Stephanie Cowell
Der Medicus von London

SERIE PIPER

Zu diesem Buch

Ein aufregender Einblick in eine der spannendsten Epochen englischer Geschichte: heftige gesellschaftliche Konflikte stellen Wissenschaft, Künste und Religion in Frage. Der König, Karl I., regiert in aller Pracht, während Gefolgsleute und Untertanen sich einen zerstörerischen Kampf um alte und neue Werte liefern. Ein Bürgerkrieg ist nicht zu verhindern. Hautnah erlebt und erleidet der zu hohem gesellschaftlichem Ansehen gekommene Arzt und Pfarrer Nicholas Cooke die Umwälzungen der Stuart-Zeit: Sein bester Freund Tom, Berater des wankelmütigen Königs, fällt einer Intrige zum Opfer, seine Liebe zu Cecily wird auf eine harte Probe gestellt und findet erst spät Erfüllung. Als Nicholas Cooke gegen seinen Willen in die Religionswirren verwickelt wird, muß er mit seiner Familie aus London nach Frankreich fliehen.

Stephanie Cowell, gebürtige Amerikanerin, studierte seit ihrer Jugend das englische Renaissancezeitalter. Sie veröffentlichte zahlreiche historische Erzählungen, hielt Vorlesungen über englische Sozialgeschichte an Universitäten, Schulen und Museen. Zuletzt erschien von ihr auf deutsch »Sonette der Liebe« (1999).

Stephanie Cowell

Der Medicus von London

Roman

Aus dem Amerikanischen von
Carina von Enzenberg

Piper München Zürich

Von Stephanie Cowell liegen in der Serie Piper außerdem vor:
Die Ballade des Falken (2470)
Sonette der Liebe (3323)

Taschenbuchsonderausgabe
Februar 2002

Titel der amerikanischen Originalausgabe:
»The Physician of London«, W. W. Norton, New York 1995

Umschlag: Büro Hamburg und ZERO, München
Umschlagabbildung: Peter Paul Rubens (»Die vier Philosophen«, Ausschnitt; Palazzo Pitti, Florenz; akg-images)
Foto Umschlagrückseite: Debra Greenfield / P. Kirchner Studios
Satz: Uwe Steffen, München
Druck und Bindung: Clausen & Bosse, Leck
Printed in Germany ISBN 3-492-26021-7

www.piper.de

Inhalt

Fünfter Teil: 1640–1642

Sechster Teil: 1643–1645

Für meine Schreibwerkstatt
und Russell
in Liebe

Und ich höret die Stimme des Herrn, daß er sprach:
Wen soll ich senden? Wer will unser Bote sein?
Ich aber sprach: Hie bin ich, sende mich!

JESAJA 6,8

Prolog
1641

An diesem Tag sollte er sterben.

Die ganze Frühlingsnacht hindurch hörte der Arzt, wie die Menschen in Scharen über die gepflasterten Straßen zum Tower zogen. Sie hatten ihn nicht geweckt, denn er hatte ohnehin kein Auge zugetan, sondern beobachtete durch die geschlossenen Fensterläden seines Hauses unweit des Stadttores den flackernden Schein ihrer Fackeln, während durch die Wand ihr Gemurmel und Gelächter an seine Ohren drangen. Um fünf Uhr morgens hielt er es nicht länger aus, und so fuhr er rasch in seine Kleider, gürtete sich mit seinem Schwert und stieß die Tür auf.

Noch immer huschten die schattenhaften Gestalten von Männern im Sonntagsstaat und Frauen mit ihren besten Spitzenhauben Arm in Arm zwischen den vorkragenden Fachwerkhäusern der Aldermanbury Street hindurch zum Fluß und zum Tower hinunter. Körbe voll Fleischpasteten und in Flaschen abgefüllten Biers umklammernd, hasteten sie mit gierigen Gesichtern vorüber, als fürchteten sie, zu spät zu einer seit langem anberaumten Zusammenkunft zu kommen.

Er schlug die Kapuze hoch und schloß sich ihnen an.

Die Straßen füllten sich immer mehr und hallten vom unheilvollen Gelächter der Leute wider. Seltsam warm waren die letzten Nachtstunden von all den flammenden Fackeln und der dichtgedrängten Menge, die sich, so weit sein Auge reichte, vor ihm und gen Westen erstreckte.

Die Sterne über den Köpfen der Menschen verblaßten allmählich, und als sie sich dem Tower Hill näherten, sah er hinter dem altehrwürdigen Gemäuer den Tag wie jeden Morgen seit Anbeginn der Zeit zartrosa empordämmern. Das Gedränge wurde dichter und dichter, eine Laterne nach der anderen erlosch.

Dann töten sie ihn also doch? fragte jemand.

Ja, der König hat die Papiere unterzeichnet.

Es hieß, er würde niemals unterzeichnen.

Das hatte er gelobt, doch er hat es getan.

Sie ahnten nichts, sie konnten nichts ahnen. Freilich würde es im letzten Augenblick noch verhindert werden. Gewiß würde Seine Majestät es verbieten, ganz gleich, was er unterschrieben hatte; gewiß würden rund fünfzig Freunde auf Pferden durch die Menge preschen und ihn retten. Welchen Sinn hätten sonst die Schiffe, die sein treu ergebener Sekretär am Landungssteg des Tower hatte ankern lassen? Und was war mit seinen wohlhabenden Lehnsleuten? Solcherlei Gedanken schossen dem Arzt durch den Kopf und beschäftigten ihn derart, daß er die Straßen, durch die er kam, kaum wiedererkannte.

So gelangten sie zum Tower Hill.

Den ganzen Abend und die ganze Nacht hindurch hatten Handwerker Nagel um Nagel eingeschlagen, um hölzerne Tribünen zu errichten, auf denen die glücklicheren unter den Gaffern einen Platz mit guter Sicht ergattern konnten. Er blickte sich um: An die hunderttausend Menschen hatten sich eingefunden, um Tom Wentworth sterben zu sehen. Aus allen Teilen der Stadt und etlichen Dörfern der Umgebung waren sie herbeigekommen und hatten, in Tücher eingewickelt, ihr Mittagbrot mitgebracht. Sie schubsten und drängelten, bis die Frauen kreischten, die Männer fluchten und die Kinder in Tränen ausbrachen. Bäcker hatten ihre Läden der Obhut ihrer Gesellen anvertraut, doch auch die jungen Burschen kehrten den Backöfen den Rücken und kamen, die Mützen tief in die Stirn gezogen, um nicht erkannt zu werden, ebenfalls herbei. An diesem Tag würden die Schenken der ganzen Stadt leer bleiben und die Buchhändler im Kirchhof der St.-Pauls-Kathedrale hinter ihren Ständen mit verschränkten Armen ein Nickerchen machen. Nur die Drucker würden arbeiten, sie würden Blatt für Blatt die Ballade abziehen und sie, von der Druckerschwärze noch feucht, zum Trocknen aufhängen, auf daß der Tod des

Schwarzen Verräters in fünfzehn kleingedruckten Strophen allen anderen zur Warnung gereichte: »O Sterblicher, sei auf der Hut, so du in Sünde fällst...«

Was wollte diese schwatzende, schimpfende, spuckende und mit den Füßen scharrende Menge, die den Hügel hinabreichte, so weit das Auge blicken konnte? Was hatte ihnen der Junker aus West Riding, der dem König gedient hatte und in dessen Diensten aufgestiegen war, schon getan? Er hatte dem gemeinen Mann nie ein Leid zugefügt; vielmehr hatte er ihn vor jenen geschützt, die seine Moore trockenlegen oder ihm das Land rauben wollten. Warum also haßten sie ihn? Nun, weil die Menschen etwas hassen müssen, wie sein Freund Harvey einst gesagt hatte. Sie wissen nicht, wem sie die Schuld geben sollen an ihren Gebrechen, Zahnschmerzen, geschäftlichen Fehlschlägen oder daran, daß ihre Frauen sie nicht mehr lieben oder ihre kleinen Kinder jämmerlich erkranken. Sie kratzen im Kampf gegen die Teuerung jeden Penny zusammen, und wird dann ein gemeiner Dieb hinten an einen Karren gebunden und ausgepeitscht, lecken sie sich die Lippen und frohlocken, weil er für sie alles Übel verkörpert. So war es auch mit Tom Wentworth. Während sie stehend ihr Mittagbrot verzehren, mit fettigen Fingern auf ihn zeigen und sich über seine Verdienste streiten, fühlen sie das Herzklopfen, hören den Trommelschlag, vernehmen (mit ein wenig Glück) die letzten Worte, die der Verurteilte über der erschauernden Menge spricht, und dann: ein blutbesudelter Rücken, ein abgeschlagenes Haupt, und wieder ist etwas bestraft worden. Spielt es eine Rolle, was? Kennen sie dessen Namen?

Und warum war ihm das Gespür gegeben, dies zu erkennen, so daß er voller Verachtung für ihre Tumbheit die Oberlippe kräuselte und seinen Zorn im Zaum halten mußte, um nicht einen Gutteil von ihnen auf die Knie niederzustoßen? Doch was tat er, der Pfarrer und Arzt, statt dessen? Er braute Mittelchen, um ihre Magenschmerzen zu lindern, hielt ihre Neugeborenen im Arm und taufte sie. Tom Wentworth sollte seine Kinder nie wieder in den Armen halten. Hier bot sich ein Panoptikum der Menschheit in all seiner Breite: Menschen vom rauhen, derben und doch so reichen Land mit seinen Kornfeldern, Wäldern und Hügeln, Menschen aus Kathedralen, Universitäten und Palästen, und gemeinsam trieben sie einer Zukunft entgegen, die niemand kannte. Schlagt ein dunkles Haupt ab, kauft euch für einen Penny eine Ballade, um sie im Licht eines Binsendochts zu singen, und geht mit dem zufriedenen Gefühl zu Bett, daß der Gerechtigkeit Genüge getan wurde.

Tränen brannten in seinen Augen, doch es war ihm nicht bewußt, bis er sah, wie ihn ein kleines Mädchen auf dem Arm des Vaters neugierig musterte. Stunden vergingen. Er hatte einen Stehplatz auf einer der an den Mauern errichteten Tribünen gefunden. Vor ihm und rings um ihn her drängten sich die Menschen zu Tausenden. Er war zwischen ihnen eingezwängt und hätte sich, selbst wenn er es gewollt hätte, nicht davonstehlen können. Die Sonne stand schon beinahe senkrecht über ihren Köpfen, als man Tom Wentworth endlich aus dem Tower brachte.

Man erzählte sich, der gefangene Erzbischof von Canterbury habe, die eng anliegende Kappe auf dem grauen Haar, aus dem Fenster auf den Weg hinabgeblickt, den der Verurteilte gehen mußte. Wentworth sei stehengeblieben und auf den Pflastersteinen niedergekniet, um den Segen zu empfangen, und der Erzbischof habe ihm die zitternden Hände entgegengestreckt. Dann sei der alte Mann in Ohnmacht gefallen. Dies erzählte man Nicholas, weil er selbst nicht in der Nähe seines Freundes war, als dieser, so sagte man, eher wie ein Feldherr an der Spitze seines Heeres denn wie ein Mann auf dem Weg in den Tod einhergeschritten sei. Nun endlich erblickte ihn Nicholas, der Arzt, weit vorn, über den Köpfen der Menge; er erkannte ihn an seinem Schritt, als er das Schafott bestieg.

Nahebei stürzte eine Holztribüne ein, Kinder wurden darunter begraben, Frauen schluchzten. Wentworths letzte Worte, mit denen er seine Liebe zum König beteuerte, hörten sie nicht. Nicholas sah, wie er die Hände in die des Kaplans legte. »Mein Leib gehört ihnen«, hatte er geschrieben, »doch meine Seele Gott.«

Selbst jetzt wandte Nicholas das Gesicht noch einmal nach Westen zum Whitehall Palast und hielt Ausschau nach den Abgesandten des Parlaments, die doch gewiß schon mit einem Boot unterwegs waren, um den Widerruf und die frohe Kunde zu überbringen, daß der Mann aus Yorkshire leben sollte.

Erster Teil

1617

1
Der junge Pfarrer

Ein Stück oberhalb der St.-Pauls-Kathedrale, unweit des steinernen Stadttores von Cripplegate, stand im Jahre unseres Herrn 1617 ein Fachwerkhaus. Es gehörte zu der von Feldern und Ackerland umschlossenen Pfarre St. Mary Aldermanbury, deren Straßen sich zur Themse hinabwanden.

Bereits zu jener Zeit war London eine alte, aus allen Nähten platzende Stadt, die einhundertfünfzigtausend Einwohner zählte. Tagtäglich trafen Arbeitsuchende vom Lande ein: Sie suchten sich eine Bleibe in den verwinkelten Gassen, in denen Wäsche zum Trocknen hing, Blumen verstreut lagen und sich das Abwasser in dünnen Rinnsalen seinen Weg suchte, bis hin zu den von den Römern errichteten Stadtmauern, die sich aus schierer Platznot in die angrenzenden Felder und Weiden vorzuschieben schienen. In jenem Teil der Stadt und in dem erwähnten Haus lebte ein Arzt mit Namen Nicholas Cooke. Er war zudem Pfarrer, doch dies erst seit so kurzer Zeit, daß er sich jedesmal, wenn ihn jemand mit »Hochwürden« ansprach, nach allen Seiten umdrehte, um sich zu vergewissern, ob tatsächlich er damit gemeint sei.

Als er an diesem Januartag um sechs Uhr morgens erwachte, stand er nicht sogleich auf, sondern blieb in dem windschiefen, dreigeschossigen Haus mit den nach Holzfeuer riechenden Wänden noch ein Weilchen, halb in Träumen befangen, im Bett liegen und lauschte dem allmählich verklingenden Glockengeläut und dem Geklapper im Waschzuber, mit dem Joan, seine Haushälterin, sich unten in der Küche an die Arbeit machte. Er hörte, wie die Stiefel seines Küsters auf der harten Friedhofserde knirschten und sich kurz darauf quietschend die Haustür öffnete. Gewiß hatte der krummbeinige Alte sein Wams wieder nur halb zugeknöpft und hielt nun, sich die schwieligen Hände reibend, nach seinem morgendlichen Bier Ausschau.

Noch immer verspürte der Arzt kein Verlangen aufzustehen, denn durch den Kamin und die Ritzen im Fensterrahmen drang kalte Luft herein, und das Wasser im Waschbecken war vermutlich gefroren. Der Spalt im dunkelgrünen Bettvorhang gewährte ihm einen Blick auf den im Halbdunkel liegenden Raum mit dem schlichten Mobiliar auf den unebenen Bodendielen und den hölzernen Wandhaken, an denen seine beiden Meßröcke sowie seine abgetragene, aus Kniehosen und Wams bestehende Ausgehkleidung hingen. Auch erkannte er die Umrisse des geräumigen Kleiderschranks, eine Hinterlassenschaft all der Pfarrer, die in den Jahrhunderten vor ihm hier gewohnt hatten.

In der einen oder anderen Pfarre läuteten noch immer die Glocken, doch sie klangen dumpf, als vermochten sie die Feuchtigkeit nicht von ihren betagten Schlegeln abzuschütteln. Vor diesem Hintergrund hob sich das Klappern von Pferdehufen in der gepflasterten Gasse ab. Nicholas griff nach seinem Schlafrock und begab sich hinunter ins Dispensarium, in dem an den Wänden braune Flaschen und irdene Krüge aufgereiht standen. Als er aus dem Fenster schaute, sah er auf dem Pflaster silbrige gefrorene Tropfen, die das von den Wasserträgern verschüttete Naß hinterlassen hatte.

In der Küche hatte John, der Küster, in der noch warmen Asche einen Becher Ale für ihn erwärmt. »Kalter Morgen heute, Master«, brummte er und legte die Hand an die Mütze. »Bess aus dem Armenhaus bei der Stadtmauer war gerade hier. Da ist irgendeine Seuche im Anzug. Das hab ich an der Art gemerkt, wie die Katze gestern nacht in Aldermanbury geschrien hat.«

Nicholas ließ den Blick über die mit gepökeltem Aal, Mehl und Dünnbier gefüllten Fässer und die zum Trocknen an den rauchgeschwärzten Dachsparren aufgehängten Kräuter schweifen, während er sich wohlig der Wärme des Bechers in seinen Händen und der Hitze des Feuers hingab, die unter seinen Rock kroch. Als er das Brot brach, kehrte seine Haushälterin, die Einkäufe in die Schürze eingeschlagen, vom Markt zurück. Sie war eine dralle Person mittleren Alters, die das schwere, hochgesteckte Haar züchtig unter einem weißen Häubchen verbarg und unentwegt mit hochgezogener Oberlippe herumlief, um ihr Mißtrauen gegen alle Welt kundzutun. »Gott zum Gruß, Herr Pastor!« murmelte sie knapp. »Gott zum Gruß. Ich habe angeschlagene Eier gekauft, um den Heller zu sparen.«

Wieder in seiner Kammer, zog Nicholas das abgewetzte schwarze Wams und die Kniehosen an; sodann trat er an den Schrank, tauchte die Feder ins Tintenfaß und fertigte eine Liste von Kräutern an, die er an diesem Tag in der Gracious Street besorgen mußte, des weiteren eine von Arzneien, die abzuliefern er versprochen hatte. Anschließend eilte er hinunter in die Küche und über den Friedhof. Die Kirchentür stand offen. Er schloß sie hinter sich.

Nun war er mit Gott allein. Er spürte Seine Gegenwart hinter der Kanzel, am Altar, ja sogar in der Luft. Reglos stand er da und sprach die Worte, mit denen er sein Morgengebet vor dem Gottesdienst zu beginnen pflegte: »O sende Dein Licht und Deine Wahrheit aus, auf daß sie mich leiten mögen, und führe mich zu Deinem heiligen Hügel und Deiner Heimstatt.« Dann kniete er nieder.

Die Kirche St. Mary Aldermanbury, deren alte romanische Bögen sich über ihm spannten, war rund dreihundert Jahre zuvor erbaut worden. Er kannte darin sämtliche Winkel und Ritzen. Die in die steinernen Wände eingelassenen Buntglasfenster zeigten Christus mit seinen Jüngern beim Fischen und einen zotteligen, bärtigen Abraham, der angesichts der Opferung seines Sohnes Isaak zaudert. Das Kirchenschiff selbst war mit Gedenkplatten gepflastert, unter denen die Toten einstiger Regentschaften ruhten, und der Altar erhob sich vor einem verblaßten Fresko mit einer Darstellung der Auferstehung. All dies war ihm ebenso vertraut wie die undichten Stellen, durch die das Regenwasser sickerte, und die abgewetzten Inschriften der Grabplatten.

Vor einem Jahr erst war er als Priester in dieses Gotteshaus gekommen, denn kein gerader Weg hatte ihn der Berufung seines Lebens entgegengeführt. In der Anfangszeit waren ihm das Predigen und Brechen des Brotes nicht leichtgefallen, und er hatte des Nachts drei- bis viermal das Bett verlassen, um durch die Küche und über den Friedhof zu eilen und sich zu vergewissern, daß die Kirche sich nicht in jenes Traumgebilde aufgelöst hatte, das sie einst für ihn gewesen war. Seit nunmehr einem Jahr taufte er Kinder, traute junge Paare, lehrte die Heranwachsenden Psalmen und das Glaubensbekenntnis und fungierte bei Streitigkeiten in seiner kleinen, von der Cheapside und der Stadtmauer eingegrenzten Pfarre als Schlichter und Vermittler.

Nachdem er die Psalmen für den kommenden Tag gelesen hatte, kniete er noch eine Weile mit in den Händen verborgenem Gesicht da, bis die Gebete in seinem Inneren verklungen waren, und ließ alsdann die Gedanken schweifen. Seine Aufgabe, die rund fünfhundert Seelen seiner kleinen Gemeinde Gott nahezubringen und in ihrem Glauben zu stärken, bereitete ihm Kopfzerbrechen. Erst gestern hatte ihn nach Mitternacht ein junger Mann aufgesucht und ihm sein Herz ausgeschüttet. »Ich habe meinen Lohn beim Hahnenkampf verspielt, und nun ist für meine Kinder nichts mehr übrig!« Der junge Mann weinte, und Nicholas tröstete ihn. Dann bat er Nicholas um Geld, doch Nicholas besaß keines, und so zog der Bittsteller leise fluchend von dannen. Aber war dies nicht allzu menschlich? Seufzend erhob sich Nicholas, um sich auf den Weg zu seinen Patienten und seiner Arbeit zu machen.

Als er gegen elf Uhr von seiner letzten Morgenvisite zurückkehrte und durch die Cheapside, die breite, alte Marktstraße, ging, hörte er über das Gerumpel der Fuhrwerke hinweg jemanden seinen Namen rufen. Der Kirchenvorsteher John Heminges, ein gutherziger, vierschrötiger Theaterdirektor von rund fünfundsechzig Jahren, trat gerade aus der Tischlerei auf der gegenüberliegenden Straßenseite. Ochsenkarren und Rollwagen rumpelten zwischen ihnen hindurch, gefolgt von der zweimal wöchentlich verkehrenden Kutsche aus York.

»Nick«, sagte der alte Mann, als er neben ihm stand. »Willst du mit mir das Mittagbrot teilen? Ich muß dich etwas fragen.«

Der seit kurzem verwitwete John Heminges lebte wie eh und je an der Ecke der Wood Street mit mehreren seiner Kinder und ein oder zwei Lehrlingen. Er war Gründungsmitglied der King's Men und ehemaliger Teilhaber des Globe Theatre. Noch immer Leiter der Truppe, galt er in ganz London als der überaus beliebte Doyen der Schauspieler, denn es gab keinen Handel, den er nicht schlichten konnte: ob es sich um einen Zwist zwischen Stückeschreiber und Mimen, Kostümschneider und Bühnenmeister oder zwischen der Truppe und der Zensurbehörde, dem Amt für Lustbarkeiten, handelte, das die Genehmigung für die Aufführung der Stücke erteilte.

Ein paar Schauspieler legten in Heminges' Küche gerade Kostüme zusammen, als der alte Mann und der Arzt durch die Tür traten. Unter den Bänken lag Spielzeug verstreut, und in den Ecken türmten sich neben den Mehl- und Heringsfässern Unterröcke und Musikinstrumente. Ein paar Theater- und Kostümzettel waren an die Wände geheftet. Auf der aufgebockten Tischplatte lagen mehrere Ledermappen und ein kleiner Stapel ungebundener Quartos mit Stücken des verstorbenen William Shagspere zu je sechs Pence.

John Heminges legte die breite Hand auf die Schulter des Arztes und sagte: »Wie wir es im letzten Jahr besprochen haben, Nick, möchte ich Wills Stücke zusammentragen, und hier sind alle, die ich bislang finden konnte. Wenn wir es nicht bald tun, werden viele verloren sein, denn so manches Stück wurde nie gedruckt, und die gedruckten wimmeln in der Mehrzahl nur so von Fehlern. Wir müssen jeden Schauspieler in London bitten, seine alten Kisten nach Rollentexten zu durchforsten, und Briefe an all jene im ganzen Land verschicken, die sich zur Ruhe gesetzt haben. Meine Hoffnung ist es, sämtliche Stücke in einem großen Band herauszugeben, sofern dies nicht zu kostspielig ist. Sollte dich dein Weg heute am Globe vorbeiführen, Nick, würdest du dann in der Garderobe in den Kisten der oberen Regale und vielleicht auch in den Truhen nachsehen?«

Er drückte den Arm des Jüngeren und fügte nachdenklich hinzu: »Vermißt du seine Gesellschaft auch so wie ich?«

Nicholas nickte. Der ruhige, rätselhafte Shagspere, den im Vorjahr der Tod ereilt hatte, war sein ältester Freund aus der Zeit gewesen, als sich die Schauspieler allmählich zu einer

Truppe zusammenschlossen. In jenen Jahren hatte der Stückeschreiber in der Stadt als Provinzler von einiger Originalität gegolten, der alte Tragödien überarbeitete, als etwas steifer, doch solider Mime und verläßlicher Freund.

Unweit der von zwanzig Bögen getragenen, aus Quadersteinen erbauten London Bridge schimmerten die Fahnen der großen Indienfahrer. Auf dem Südufer kam Nicholas nicht nur am Brückenhaus vorbei, in dem Holz und Steine für Ausbesserungsarbeiten an dem betagten Bauwerk lagerten, sondern auch an Brauereien, Backöfen für die Armen und zahlreichen Werkstätten, in denen die kleinen Boote gebaut wurden, die für einen Penny je Überfahrt den Fährdienst auf der Themse versahen.

Er wandte sich nach Westen und ging durch das vom Wind aufgewirbelte Laub eine Gasse entlang, an St. Mary Overy vorbei und auf das vom Wetter gezeichnete Vieleck des Globe zu, das zweite Theater dieses Namens, da das erste einige Jahre zuvor abgebrannt war, als das Strohdach beim achtlosen Abfeuern einer Kanone während der Aufführung von *Heinrich VIII.* in Flammen aufging. Mehrere Schauspieler studierten gerade eine Kampfszene aus einem der alten historischen Dramen ein. Nicholas stieg zum zweiten Rang hinauf, um ihnen beim Proben zuzusehen, und klaubte vom Boden die Orangen- und Nußschalen auf, die das Publikum vom Vortag zurückgelassen hatte. Nach einer Weile stieg er wieder hinab und suchte hinter der Bühne in dem wüsten Durcheinander aus Schachteln voll Perücken mit schlaff herabhängenden Locken, stumpfen Schwertern und Kronen aus Pappmaché nach den Bühnentexten. Er fand mehrere Packen Papier und klemmte sie sich unter den Arm, um später darin zu lesen. Im Gehen warf er noch einmal einen Blick zurück auf das im Wind flatternde Banner. Das Publikum für die Zwei-Uhr-Vorstellung war bereits größtenteils eingetroffen; er hörte die Trompeten und das Gelächter, mit dem wie immer die Spaßmacher begrüßt wurden.

Das ursprüngliche Theater war in den letzten glorreichen Jahren Königin Elisabeths erbaut worden. Seit vierzehn Jahren nun lag sie im Grab, doch der Nachglanz ihres goldenen Zeitalters war noch spürbar, so wie das Sonnenlicht an spätsommerlichen

Nachmittagen zwischen den Bäumen und über der Themse verweilt. Lange vor seiner Geburt war sie ihrer Krönung entgegengeritten, ein blutjunges Wesen mit hüftlangem rotem Haar. Später dann war sie zu einer weisen, gewitzten Ratgeberin herangewachsen, die mehrerer Sprachen mächtig war, auf dem Spinett spielte, die tanzte und sang und als das geistreichste Staatsoberhaupt der christlichen Welt galt. Eine Jungfrau blieb sie, bis sie verblühte, und doch trug sie die welken Brüste mit Stolz und nahm Huldigungen ihrer Schönheit entgegen, bis sie am Ende alt wurde – eine von der Zeit überraschte Gebieterin.

Auf der Brücke blieb er abermals stehen, das Paket unter dem Arm und das Ränzel mit den Medikamenten über der Schulter. Die Stadt war noch genau so, wie Elisabeth sie hinterlassen hatte, und sie müßte immer so bleiben: Kirchtürme und Märkte, der alte Fluß, das Gezänk der Bischofssynoden, die vom Kohlestaub geschwärzten Häuser, die Senkgruben und Brunnen und die Boote auf dem Fluß.

Und mittendrin er selbst, ein wißbegieriger, frommer Arzt, der all dies so sehr liebte, daß er es manchmal nicht ertragen zu können glaubte, so heftig wandelte es ihn an. Er erinnerte sich noch an den Tag im Jahre 1592, als er sich der Stadt im zarten Alter von dreizehn Jahren halbtot vor Hunger, Angst und ungewollten Abenteuern zum ersten Mal genähert hatte, einer Stadt, in der er der kleinen Theatertruppe gleichsam in die Arme gestolpert und von Heminges als Lehrling aufgenommen worden war. Er hatte seine Leute nur verlassen, weil er es als seine Pflicht empfunden hatte. Andernfalls hätte er es nie getan. Derlei Gedanken hing er nach, als er sich an diesem kalten Tag mit den unvollständigen Schriften seines Freundes Shagspere unter dem Arm auf den Heimweg machte.

2

Ein Winter an der Themse

Nicholas Cooke stand zu jener Zeit in seinem siebenunddreißigsten Lebensjahr, ein gefälliger, reichlich einen Meter achtzig großer Mann von sanftem Gemüt und schönem Wuchs, der beschwingt, wenn auch mit leicht gerundeten Schultern und einer tiefen Scheu durchs Leben ging, als würde er sich schützend den Arm vors Gesicht halten, wollte man ihm allzu eindringlich in die Augen blicken. Er trug einen kurzen Bart, den er gelegentlich stutzte, und sein dickes braunes Haar, das sich einige Fingerbreit unter den Ohren leicht wellte, zeigte bereits einen Stich ins Graue. Er hatte große braune Augen. Den älteren Ärzten der Stadt galt er als unbesonnen und anmaßend, denn obgleich er den Arztberuf erst seit drei Jahren ausübte, hielt er mit seinen absonderlichen Ansichten nicht hinter dem Berg. Indes, eine eigentümliche Klugheit konnten sie ihm nicht absprechen.

Es war nichts Ungewöhnliches daran, daß ein Mann Arzt und Priester zugleich wurde, hatte doch zwischen beiden Berufen seit jeher ein enger Zusammenhang bestanden; aber daß ausgerechnet dieser Mann nun die Priesterweihe empfangen hatte, befremdete viele, die ihn in seiner wilden Jugend gekannt hatten. Kopfschüttelnd unkten sie, das könne nicht von Dauer sein. Nicholas kannte, wie ein von ihm in seiner Kindheit heißgeliebter alter Schauspieler zu sagen pflegte, weder Maß noch Ziel.

Als er einige Wochen später an einem Wintertag die Zusammenstellung von Shagsperes Stücken in Angriff nahm, lieferte ein Knabe einen Brief seines engen Freundes, des Buchbinders Tim Keyes, im Dispensarium ab. Für diesen Abend war eine Mondfinsternis vorausgesagt, und der Buchbinder fragte an, ob Nicholas nicht gemeinsam mit ihm sowie den Schauspielern

John Lowin und Andrew Heminges ein Abendbrot nach Junggesellenart einnehmen und anschließend nach Long Acre gehen wollte, um sich das Naturereignis anzusehen. So machte sich Nicholas, kaum daß er an diesem Tag seinen letzten Patienten behandelt hatte, auf den Weg zu Keyes' Laden in der City of Westminster. Bei der Gelegenheit nahm er ein Päckchen Arzneien für einen Barrister mit, den er in der Westminster Hall anzutreffen hoffte.

Hinter ihm verhüllte die dicke, schmutzige Luft die Kirchtürme und Häuser von Cripplegate Ward. Da er mit dem Fährboot nach Westminster übersetzen wollte, ging er hinunter zum Fluß, wobei er sich zum Schutz gegen die Kälte einen Arm vor den Mund legte und mit dem anderen die Laterne hochhielt. Vom Kai aus konnte er, abgesehen von den Masten der vielen vor Anker liegenden Schiffe in nächster Nähe, kaum etwas erkennen: weder die mächtige London Bridge noch die Umrisse der Läden und Kirchen, die sich darauf befanden. Fremde, bis zum Haaransatz eingemummelt, huschten mit gelben Laternen an ihm vorüber. Im Osten hörte er das eisige, tiefe, weiße Wasser gegen die Grundfesten der Brücke schlagen, und vom Südufer vernahm er Trommelschlag, der die Boote ans sichere Ufer leitete. Er würde wohl zu Fuß gehen müssen.

Als er sich nach Westen wandte, frischte der Wind auf. Mit gesenktem Kopf ging er die Steigung hinauf und überquerte den Fleet River auf einer Brücke außerhalb von Ludgate. Er kam am Temple Inn vorbei und gleich darauf an den Palästen und herrschaftlichen Häusern der Stadt, die sich hinter hohen Mauern, Parks und Obstgärten verbargen: prachtvolle Anwesen der Earls of Essex, Drury, Arundel und Somerset, die allesamt über großen Landbesitz verfügten. Weiter oben, im Nordwesten, lag St. Giles in the Fields, wo er im Frühjahr und Sommer oftmals Kräuter sammelte.

Trockenes Laub umwirbelte den Sockel von Charing Cross, als er am Park vorbei zum Fluß und durch Nebenstraßen zur Westminster Hall hastete. Die Nachmittagssitzung des Gerichts hatte soeben geendet: Die großen Türen flogen auf, und die letzten Teilnehmer strömten ins Freie. Zwischen ihnen flatterten von Anschlagtafeln abgerissene Zettel und Seiten aus alten Büchern herum. Kläger, Verteidiger, Gerichtsdiener, Barrister und Schreiber eilten mit glänzenden Schwertspitzen um die Ecke von Westminster Hall zu den sie erwartenden Kutschen oder nach Hause. Als er in den Saal blickte, fand er ihn leer bis auf die Diener, die beim Ausfegen mit den Besen immer wieder gegen die Bänke und schulterhohen hölzernen Trennwände schlugen, welche den Saal in zahlreiche kleine Räume zur Erörterung einzelner Fälle unterteilten.

Außer diesem altehrwürdigen Ort, der Abtei und den beiden anderen großen Sälen, in denen sich Ober- und Unterhaus während der Sitzungsperioden versammelten, war von dem einst so weitläufigen Westminster-Palast kaum etwas übriggeblieben. Das Parlament indes war schon seit drei Jahren nicht mehr zusammengetreten. Zwei Diener löschten im Saal eine Fackel nach der anderen, während ein dünner, hungrig aussehender Bursche die Kerzenflammen in den kleinen Lesenischen erstickte.

Nicholas wandte sich vom Fluß ab und hielt auf den Whitehall Palast zu. Es war ein Leichtes, sich in dem Gewirr von Straßen, Kirchen, Geschäften, Waschfrauen, Höflingen, Bäkkern, Schreiberlingen, Fremden, Priestern, Bettlern und Lumpensammlern, das rund um die königliche Residenz mit ihren zweitausend Räumen herrschte, zu verlaufen. Alles lag nun im Schatten, denn auch das letzte Licht des Nachmittags war nahezu geschwunden. Vom Wind angetrieben, bog Nicholas in die Gasse ein, in der das Schild des Buchbinders Timothy Keyes hing.

Keyes war ein baumlanger Kerl, so daß man meinen konnte, zwei Engel hätten ihn gestreckt. Gleichwohl brachte er nur wenig Gewicht auf die Waage, und laut seinen Freunden waren seine Knochen nicht einmal kräftig genug, um eine herzhafte Wintersuppe abzugeben. Verheiratet und Vater unzähliger Kinder, war er Buchbinder geworden, weil er sich ein Leben, in dem seine großen Hände ohne die Berührung von Papier und Leder auskommen mußten, nicht vorstellen konnte. Nicholas war ein Knabe gewesen, als sie sich, seinerzeit beide noch Lehrlinge, zum ersten Mal begegnet waren. Sie hatten rasch Freundschaft geschlossen.

»Pfui Teufel, was für ein Gestank!« dröhnte Keyes mit seiner heiseren Stimme. Er tastete nach den Werkzeugen in den Taschen seines Kittels und schob die Brille auf seiner langen Nase hoch. »Das Gesetz verbietet es, billige Kohle zu verbrennen, aber wer gibt schon was darauf? Gott zum Gruß, du lausiger Pastor. Schenk dir deine frommen Floskeln, denn ich liebe dieses Leben zu sehr, um mich um das nächste zu scheren! Wir wollen das Abendbrot auf dem Tisch in meinem Laden einnehmen, sobald ich ihn frei geräumt habe, und es soll die beste Schweinefleischpastete und den schmackhaftesten Käse geben, den uns das Wirtshaus herüberschicken kann.« Mit diesen Worten schüttete er noch eine Ladung Kohle in die Feuerschale; dann rollte er das Leder zusammen und machte sich daran, den Ladentisch leer zu räumen.

Nicholas nahm ein paar Bücher zur Hand. »Was hast du da?« fragte er. »Philosophie? Astronomie? Geschichte? Was verkaufst du mir für acht Pence? Mehr besitze ich nicht, nachdem ich meiner Haushälterin das letzte Geld aus meiner Börse für Eier gegeben habe, und die sind auch noch angeschlagen. Ich habe acht Pence, um mir eine Bibliothek zu kaufen, dabei gibt es so unendlich viel Wissen zu erwerben.«

Der Laufbursche aus dem Wirtshaus brachte das Abendbrot in abgedeckten Schüsseln nebst zwei großen Flaschen Süßwein, die er in die Taschen seines Kittels geschoben hatte. Nicholas schnitt das Brot, stellte die Füße auf eine Kiste und fing an zu lesen, während Tim für die Nacht die Fensterläden schloß. »Ich habe hübsche Neuigkeiten vom königlichen Hof!« rief er. »So nahe, wie ich wohne, sickert mitunter etwas aus dem Allerheiligsten zu mir durch. Seine Majestät hat seinen Günstling George Villiers mit noch mehr Ehren überhäuft und ihn am heutigen Tage zum Marquis von Buckingham gemacht!«

»Alle Könige haben Günstlinge.«

»Er überschüttet ihn mit Reichtümern, und der Hof ist verschuldet.«

»Das bin ich auch, genau wie du und alle anderen, bis auf den Adel, der in feinster Seide und Spitze herumläuft! Willst du mir etwa schon wieder meine Armut unter die Nase reiben? Ha, ich werfe dich gleich auf den Misthaufen hinter dem Haus!« Nicholas streckte die Hand nach der Laute aus, deren oberste Saite fehlte, und während er sie stimmte, kam ihm der Palast wieder in den Sinn. Irgendwo in dem zweitausend Räume umfassenden Gebäude, ganz in seiner Nähe, befand sich König Jakob I. aus dem Hause Stuart, der stattliche Schotte, der den englischen Thron rund vierzehn Jahre zuvor geerbt hatte. Torheit sagte man ihm nicht selten nach, desgleichen ein ausschweifendes Liebesleben. Er zwängte sich in Kleider, die nicht für seinen mächtigen Leib geschaffen waren, liebte Maskenbälle und Spiele über alles und glaubte ebenso fest an die Existenz von Hexen, wie er den Tabak verteufelte. Seine Hofhaltung war nachlässig, von Empfindungen geleitet, unscheinbar. Sein größtes Verdienst um das Königreich bestand in Nicholas' Augen in der Veröffentlichung einer englischen Ausgabe der Bibel, die er von einigen der bedeutendsten Kirchenmänner des Landes hatte übersetzen lassen. Obschon König, so war er doch auch ein Mann von Bildung, und gleiches behauptete man von seinem Sohn Karl.

Diese Gedanken verflüchtigten sich indes bei den ersten Lautenklängen. »Was Pythagoras über die göttliche Harmonie gesagt hat«, murmelte er nachdenklich, »gilt auch für die Musik: Die Intervalle zwischen den Tonhöhen müssen reguliert sein.« Er begann zu singen:

»O Liebchen mein, was treibt's dich umher?
Bleib hier und hör von Liebe mehr
Sie singt in tiefen Tönen und in hoh'n!

Geh nimmer fort, du süße Maid,
Die Liebe endet Wanderzeit.
Das weiß jedes weisen Mannes Sohn.«

»War es Pythagoras? Kepler versucht bis auf den heutigen Tag, die Bewegung der Planeten durch musikalische Oktaven darzustellen. Er hat herausgefunden, daß die Umlaufbahn des Mars um acht Grad von einem vollkommenen Kreis abweicht und eine Ellipse bildet. Wußtest du das, Tim? Hast du schon einmal von der Bestimmung der Exzentrizität gelesen? Aber genug davon, bei meiner Treu! Wo zum Teufel stecken John Lowin und der junge Andrew? Es ist schon beinahe dunkel, und bald ist es Zeit für die Mondfinsternis.«

»Bis dahin sind es deinen eigenen Schätzungen zufolge noch zwei Stunden«, lautete die gelassene Antwort des Buchbinders. »Der Wind steht schlecht, und der Himmel ist ein dunkles Kuddelmuddel, Nick. Ich möchte wetten, daß wir den Mond heute abend nicht sehen.«

»Ich setze einen halben Penny dagegen.«

»Die Wette gilt, Nick!«

Wieder begann der Arzt in leisen, sanften Tönen zu singen, bis sie draußen auf der Gasse Stimmen hörten. Gleich darauf trat der bärbeißige John Lowin ein, ein großer, wohlbeleibter Mime Anfang Vierzig, der einen Großteil des Raumes auszufüllen schien. Auf seinen Fersen folgte John Heminges' fünfzehnjähriger Sohn Andrew, der mit seinem wilden Kraushaar, den Sommersprossen und seiner gutherzigen Art der Favorit unter den jungen Schauspielern war. Schlank und feingliedrig, bezauberte der Knabe sowohl als Spaßmacher wie auch in der Rolle junger Mädchen, doch in der Weihnachtszeit war seine liebliche Singstimme schließlich gebrochen. Wenige Wochen später hatte eine Händlersfrau beim Sheriff eine Beschwerde wegen unzüchtiger Bemerkungen gegen ihn vorgebracht, und daraufhin hatte ihm sein Vater gehörig die Leviten gelesen.

»So plump wie die Damen heute abend hat noch keiner getanzt«, bemerkte er kritisch wie einer, der etwas von seinem Handwerk verstand. Sie rückten Kisten an den Tisch und setzten sich zum Essen nieder.

»Einen Furz drauf, aber wir konnten nicht eher kommen!« sagte John Lowin mit vollem Mund. »Wie ihr wißt, hat man uns für das Maskenspiel engagiert, das morgen in Whitehall vor den Majestäten aufgeführt und von der Schneiderinnung großzügig bezahlt wird. Lord Buckingham tanzt den Apollo! Die schönsten Beine bei Hofe soll er haben, aber für den Geschmack meiner

Frau sind sie zu dünn. Hättest Schauspieler bleiben sollen, Nick! Keiner hat Beine wie du!«

»Nick hat Gottes Ruf vernommen«, spottete Keyes.

»Eine Stimme im Wind wohl eher.«

»Die Pest soll euch beide holen!« murmelte der Arzt mit finsterer Miene. »Der Mond wird nicht auf uns warten. Pack Süßwein und Zucker in dein Bündel, Tim, und dann laßt uns nach Long Acre aufbrechen! Du auch, Pißtopf, du kannst uns zur Hand gehen!«

»Nach deiner Berechnung bleiben uns noch anderthalb Stunden«, erwiderte Lowin gleichmütig. »Bei meiner Treu, auf den Feldern ist es kalt! Kommt in mein Haus unten am Wasser, mein süßes Weib wird uns mit warmem Ale bewirten. Vom Mond werden wir allerdings kaum so viel Licht zu sehen kriegen, als daß eine Jungfrau es nicht auspinkeln könnte!«

So beschlossen sie denn, zu dem am Wasser gelegenen Haus auf dem Nordufer zu gehen. Sie verstauten das Essen in einem Beutel, Nicholas legte sich die Laute über die Schulter, und sie machten sich auf den Weg zu The Strand. Das Laternenlicht huschte vor ihnen her über das Pflaster, als sie durch das Stadttor traten. Nicholas grübelte unterwegs darüber nach, wie sich die Segmente verändern, die entstehen, wenn man verschiedene Punkte auf der elliptischen Umlaufbahn eines Planeten durch Geraden mit der Sonne verbindet. Als sie sich vorsichtig die nasse Gasse zu Lowins Haus am Fluß hinuntertasteten, sagte er sich, daß Tim Keyes wohl recht hatte und sie an diesem Abend keine Mondfinsternis zu Gesicht bekommen würden.

Die Häuser in dieser Gegend waren Überbleibsel der überfüllten Handelsstadt aus dem vierzehnten Jahrhundert, als die Gilden zum ersten Mal erstarkten. Lowin hatte seines von seinem Großvater geerbt; es hatte vor der Schließung der Klöster zu einem Konvent gehört, war dunkel und feucht und stand jedesmal, wenn der Fluß stieg, unter Wasser. Davor befand sich ein kleiner Anlegeplatz mit Stufen, die zum Fluß hinunterführten. Er hatte ihn an ein paar Fischer vermietet.

Aus den anderen Häusern drangen Stimmen herüber, und dann und wann kamen Lowins Kinder heraus und setzten sich zu ihnen. Seine Magd und der Lehrling brachten heiße Ziegelsteine für ihre Füße, und als sich der Wind legte, entkorkten sie den Wein und ließen die Flasche kreisen. Der Himmel klärte nicht auf, und so tranken sie weiter, bis sie einen wohligen Schwips hatten.

»Spiel uns ein Lied, Nick!« sagte der junge Andrew gefühlsselig. Nicholas zog die Handschuhe aus, griff nach der Laute und stimmte sie. Der Knabe fiel in das Lied ein.

»Singst du etwa Liebeslieder, du Grünschnabel?« schnauzte Lowin. »Dein Vater wird dir für deine Liederlichkeit eine Tracht Prügel verpassen, bevor der Monat um ist, denk an meine Worte! Ach, einen Furz geb ich drauf! Wir werden heut nacht keinen Stern und schon gar keinen Mond zu sehen kriegen.«

Aus der Ferne drang über das plätschernde Wasser andere Musik zu ihnen. Nicholas stand auf und tastete sich an der Wand bis zur untersten Treppenstufe am dunkel vorbeirauschenden Fluß vor. Im matten Lichtschein der Häuser auf der Brücke und am Ufer konnte er lediglich die Umrisse der auf dem Fluß ankernden Schiffe und der kleinen, am Ufer eng beieinander vertäuten Boote erkennen. Da glitt eine Barke mit leuchtenden Laternen auf sie zu, und die Klänge einer kleinen Kapelle tönten durch die Nacht.

Andrew sprang auf und spähte hinaus auf den Fluß.

»Sapperlot!« rief Lowin. »Das ist die königliche Barke! Und der Teufel soll mich holen, wenn das nicht die Zeremonienmeister vom Maskenspiel sind! Der König hat sich mit seiner Nachthaube schlafen gelegt, und seine Höflinge, diese betrunkenen Pißtöpfe, haben sich seine Barke geschnappt, um sich einen vergnüglichen Abend zu machen. Möcht wetten, sie sind noch als Götter, Nymphen und Sartyrn verkleidet, ihr werdet sehen!«

Eiskaltes Wasser schwappte den Männern gegen die Schuhe, während sie das herannahende schimmernde Schiff beobachteten und der von Gelächter untermalten Musik lauschten. Gleich darauf waren die kostümierten Insassen auszumachen. Mehrere vornehme Herren tanzten auf dem vergoldeten, geschmückten

Deck der Barke, und zwei oder drei griffen sich eine der jungen Damen und wirbelten sie zu den Klängen einiger Schnabelflöten durch die Luft, daß ihre Röcke nur so flogen. Da drang über das Wasser die mahnende Stimme des Bootsführers herüber: »Meine Lords, meine Lords! Wir sind schon fast an der Brücke und müssen umkehren. Morgen früh soll ich den Pariser Gesandten aus Gravesend holen, und bis zu den Strudeln unter der Brücke wage ich mich lieber nicht vor!« Sein Ruf schallte übers Wasser und brach sich an dem kleinen Steinhaus. »Meine Lords... so habt die Güte und hört auf mich...!«

Die Hofdamen der Königin liefen lachend zur Reling, um zu den kleinen Häusern hinüberzuwinken, doch da ließen sich die Lords vernehmen: »Kehr um! Wende die Barke, Bootsführer! Fahr nach Windsor oder wohin du willst, das ist uns gleich, aber gönn uns noch etwas gezuckerten Wein und Musik. Sing, Lucius!«

Über dem wogenden Wasser ertönten die ersten Lautenklänge und gleich darauf das Lied von Tom Campion, dessen Text und Melodie Nicholas so gut kannte:

»Soll, süßes Weib, ich zu dir kommen,
wenn das letzte Licht erstirbt?
Hast das Rufen du vernommen,
dessen, der so lang schon wirbt?
Erspar es fürder gnädigst mir
zu zählen all die langen Stunden,
die langen Stunden vor deiner Tür!«

Langsam drehte die große Barke, und es erscholl ein Hochruf. »Gott schütze den König!« tönte es, worauf Nicholas den Kopf zurückwarf, die Hände trichterförmig an den Mund legte und rief: »Gott schütze Euch, Majestät!« Die Worte hallten durch die kalte Nacht.

»Nick, er ist gewiß nicht dabei, sondern liegt längst im Bett«, sagte John Lowin.

Nicholas errötete und antwortete verlegen: »Trotzdem... ich habe das Recht zu sagen, daß Gott ihn schützen möge.«

»Dann also Amen, guter Pastor!« Gemeinsam standen die Männer auf den Stufen der Anlegestelle und lauschten dem Knarren der Boote und dem von Musik begleiteten Gelächter, das allmählich erstarb. Nicholas gähnte. Als er den Kopf in den Nacken legte, stellte er fest, daß der Nachthimmel aufgeklart war und der Herrgott mit vollen Händen Sterne über das Firmament verstreut hatte. Auch den Mond sah er: Er war nicht mehr verdunkelt. Sei's drum.

Tim Keyes sammelte die leeren Flaschen ein. »Könnten wir nur öfter in so trauter Runde beisammen sein! Wozu ist der Mann geschaffen wenn nicht zur Kameradschaft? Es gibt kaum etwas Innigeres auf Erden, abgesehen von der Liebe zu den Frauen, und das ist so ziemlich das gleiche. Ich wünschte, du würdest nicht allein nach Hause gehen, Pastor.«

»Laß gut sein!«

»Verzeih mir, ich bin betrunken. Gute Nacht, mein lieber Pastor.«

»Euch auch, meine Freunde. Gehst du nach Westminster, Tim?«

»Jawohl, der Wind wird mich treiben.«

»Und du, Lowin?«

»Ins Bett, mein Weib ruft. Du kennst Nell.«

»Ich wünsch dir Freude an ihr.«

»Und du, Nick?«

»Ich bleibe noch ein Weilchen hier sitzen und werde dann unseren jungen Freund zu Hause abliefern.«

»Gute Nacht, du Pfaffenarzt.«

»Dir auch, und auf bald.«

Noch lange saßen Nicholas und der angehende Schauspieler beisammen und lauschten dem leisen Plätschern des Flusses und dem rauhen Geflüster im Haus über ihnen, bis auch dort Stille einkehrte. Potztausend, wie kalt es mit einemmal wurde, wenngleich nun kein Wind mehr ging! Die Kälte kroch unter Wolljacke und Kniehose, und ihm war, als ließe sie ihn erstarren, bis er so hart wäre wie die steinerne Anlegestelle. Jählings warf er die Flasche in den Fluß, wo sie klirrend gegen die Stufen schlug, dann machte er sich durch die gewundenen Gassen auf den

Heimweg. Andrew, der leise vor sich hin sang, folgte ihm wankend.

Tags darauf schneite es.

Es fing am späten Nachmittag an, als die Kirchenglocken über den mit Ziegeln und Stroh gedeckten Dächern der Stadt zum Abendgebet riefen. Der Schnee fiel auf Glockentürme und Marktbuden, sammelte sich am Fuß der Pfosten, an denen die Pferde angebunden wurden, und auf den Balken der Fachwerkhäuser. Auf dem Rückweg von einer Visite bei den Kindern eines Fischers blieb Nicholas wiederholt stehen, um zum Himmel aufzuschauen. Er fand das Haus leer, denn Joan, die Haushälterin, war noch immer auf dem Markt und der Küster hatte sich wer weiß wohin verfügt. Er war mit sich allein, vom Keller bis zum Dachboden.

Als er einen alten Schrank nach Rollentexten zu Shagsperes Bühnenstücken durchsuchte, stieß er auf einige Seiten von Heißsporn und Orlando sowie eine frühe Fassung von Jacques' *Die ganze Welt ist eine Bühne*. Er fand Briefe von Freunden, alte Journale und Listen mit Vorsätzen, wie man ein besserer Mensch wurde. Als er einen der Briefe auseinanderfaltete, stieß er auf ein Verzeichnis von Woll- und Tuchsorten: »Vom rosa gefärbten Leinen zweiter Wahl sechs Ellen; von der weißen Wolle zwei Docken...« Die Rechtschreibung ließ zu wünschen übrig. Nicholas biß sich fest auf die Lippen, knüllte den Brief zusammen und trat an die Kohlenpfanne. Zögernd hielt er den Papierbogen über das Feuer, doch am Ende legte er ihn zwischen die Seiten eines Buches, weil er nicht wußte, was er sonst damit hätte anfangen sollen.

Auch die kahlen Zweige der Quitte waren nun schneebedeckt.

Er stopfte all die Papiere wieder in den Schrank, schaufelte noch etwas Kohle in die Feuerpfanne und machte sich im Schein der Laterne ans Polieren der neuen Linsen für das Mikroskop. Es dämmerte bereits. Draußen türmte sich der Schnee in schräg abfallenden Haufen auf den Fensterbrettern, während drinnen das Licht die medizinischen Lehrbücher und an der hinteren Tischkante die Vergrößerungslinsen und das dicke, lange Fernrohr zur Beobachtung der Sterne erhellte. Das Rumpeln der Fuhrwerke und die Stimmen von Kindern drangen nur gedämpft herein. Er wußte nicht, wie lange er arbeitete, doch als er schließlich aufblickte, herrschte jenes seltsame Licht, das stets noch ein wenig verweilt, bevor sich völlige Finsternis herabsenkt.

Vom rosa gefärbten Leinen zweiter Wahl sechs Ellen...

... Leinen, das in einem Korb nach Hause gebracht wurde, darunter Frauenschuhe aus Satin, und er trug den Korb die Treppe hinauf, doch es war eine andere Treppe, und dies alles schien so weit zurückzuliegen wie etwas, das sich in einer Ballade zugetragen hatte. Er zündete seine Pfeife an, und während er eine Weile auf und ab ging, mischte sich in die allbekannte Verwirrung ein Sehnen, das schon bald alle anderen Gedanken verdrängte. Mit geschlossenen Augen versuchte er es niederzuzwingen. Schließlich setzte er sich benommen an den Tisch und griff nach dem Polierwerkzeug und den Linsen vor sich, doch es war mittlerweile so dunkel, daß er ohnehin nichts mehr sehen konnte. Erst nach einer Weile hörte er die Rufe, die erhobenen Stimmen in der Nachbarschaft und gleich darauf das ungeduldige Läuten der Glocke im Dispensarium.

Joan stürzte herein. »In dieser Pfarre herrscht auch nie Ruhe!« zeterte sie. »Ein armer Bursche ist vom Pferd gestürzt, und man ruft nach Euch. Gewiß hat er kein Geld, wie all die anderen auch keins hatten, Herr Pastor!«

Nicholas stand auf und verließ das Haus. Am hinteren Ende der Love Lane erblickte er eine kleine Ansammlung von Schuljungen, Lehrlingen und Ladenbesitzern. Einer hielt ein Pferd am Zügel. Kaum hatte Nicholas sie erreicht, kniete er nieder. Auf dem schneebedeckten Pflaster lag ein dunkelhaariger Jüngling in guter, wenn auch schlichter Kleidung. Während die Nachbarn sich in wohlgemeinten Ratschlägen ergingen, tastete Nicholas den Kopf nach Wunden und den Körper nach Brüchen ab. Das Gesicht des jungen Burschen war von Fieber gerötet. Die Stute hatte ihn nicht abgeworfen, folgerte Nicholas, sondern er war ohnmächtig geworden und herabgeglitten.

Nicholas' Beine waren kalt vom langen Knien im Schnee. Er stand auf und bat um Hilfe. Zu mehreren trugen die Männer den kranken Burschen in die Gästekammer des Arztes, wo Joan das Bett geschwind mit einem in ein Flanelltuch eingeschlagenen Ziegelstein wärmte, während ein Knabe Kohle für die kleine Feuerpfanne herbeischaffen und Feuer machen half. Nicholas zog dem jungen Mann die nasse Kleidung aus und deckte ihn gut zu. Als dieser mit einem Stöhnen die Augen aufschlug und erschrocken zusammenfuhr, sagte Nicholas: »Ich bin hier Arzt, junger Freund, und habe mich Eurer angenommen. Wohin wolltet Ihr denn mit Eurem Fieber reiten?«

»Ich muß von hier fort, auf der Stelle!« war die heisere Antwort. Mühsam richtete sich der Fremde auf, stützte sich auf einen Ellbogen und blickte sich verwundert und ein wenig hochmütig um. Seine Lippen waren aufgesprungen.

»Dies ist kein Wetter, um müde und krank durch die Gegend zu reiten! Bleibt hier und macht Euch morgen früh auf den Weg.«

Der Jüngling musterte ihn kurz, murmelte: »Nur eine Stunde, nicht mehr« und schloß wieder die Augen, von tiefem Schlaf übermannt, der restloser Verausgabung auf dem Fuße folgt.

Ein Stück weiter schlug es in der Cheapside sechs Uhr, die Stunde, zu der Lehrlinge ihr Werkzeug niederlegen und Feierabend machen durften. Als Nicholas hinunter in die Wohnstube ging, wurde er plötzlich gewahr, daß der Fremde keine Papiere bei sich hatte; dabei trug jeder Mann einen Nachweis über seine Arbeit oder Abkunft, seine Pfarre oder Universität bei sich. Aus der Schlichtheit der Kleidung schloß Nicholas, daß es sich bei seinem Gast um einen Studenten handelte (obgleich er keinen Talar trug). Mit einigem Erstaunen betrachtete er die Geldbörse, die er im nassen Wams gefunden hatte, denn sie schien mehr zu enthalten, als er selbst in vielen Monaten verdiente. Zur Sicherheit schloß er sie in einer Schublade ein.

Mit geschürzten Lippen deckte die Haushälterin den Tisch fürs Abendbrot. »Habt ein Auge auf Euer Silberzeug, Master, denn wir wissen nicht, wer er ist und woher er kommt!«

Nicholas nickte stumm. Der junge Mann war nicht der erste, den er in seinem ersten Jahr als Priester in seinem eigenen Heim beherbergte. Da waren eine Schauspielerfamilie und ein übelriechender Bettler gewesen, der Läuse im Bettzeug zurückgelassen hatte, und auch ein hübsches Mädchen, das ihn eines Tages mitten in der Nacht weinend aufgesucht hatte, mit einem Bauch so kugelrund, daß die ganze Pfarre darüber getuschelt hatte, bis er für sie eine andere Bleibe suchte. Sogar einem Dieb hatte er sein Haus geöffnet, und der hatte das Wenige, was er an Silber besaß, mitgehen lassen. Er mochte lieber nicht mehr daran denken. Vielleicht hätte er den Jüngling, der in den Schnee gestürzt war, nicht bei sich aufnehmen sollen.

Einen Becher mit einer aus Brombeeren, Mädesüß sowie anderen Blüten und Kräutern gebrauten Arznei in der Hand, stieg er wieder nach oben. Der junge Mann erwachte und trank widerstrebend, dann stieß er den Becher beiseite und vergrub das Gesicht im Kissen. Kein Dieb, dachte Nicholas, als er die Fensterläden schloß, das Feuer abdeckte und die Tür hinter sich zuzog. Er stammt aus gutem Hause und besitzt den Dünkel eines Adligen. Doch wovor muß einer fliehen, der in solchem Zustand reitet? Wohin will er oder wovon will er fort?

Er hatte nur wenige Stunden geschlafen, als er vom Knarren einer Tür geweckt wurde. Schon wollte er nach dem Knüttel greifen, als er im Flur seinen Gast erblickte, der, die Hand am Türrahmen, nur wenige Schritte von ihm entfernt stand. »Wie dumm!« schimpfte der junge Mann leise. »Was muß ich krank werden, wo ich längst unterwegs sein sollte!« Seine Stimme hatte den kehligen Unterton der Bewohner des Nordens. Er drohte vornüberzukippen, doch Nicholas ergriff seinen Arm und stützte ihn. Der Jüngling war so lang und dürr, als wäre er allzu schnell in die Höhe geschossen.

»Seid Ihr hungrig, mein Freund?« erkundigte sich Nicholas halbherzig.

»Das bin ich wohl.«

»Vom Abendbrot ist etwas Suppe übrig. Sie steht am Herd und ist noch warm. Kommt und erzählt mir in ein paar Worten, wer Ihr seid.« Dies sagte er in dem gestrengen Ton, den er anzuschlagen pflegte, wenn er eine Buße auferlegte oder die Absolution erteilte. Der Jüngling nickte gehorsam und ließ sich willig die Treppe hinunterhelfen.

Als sie gemeinsam am Küchenherd saßen und sein Gast die Suppe trank, beugte sich Nicholas vor, um ihn genauer zu betrachten. Das blasse Gesicht hätte von vollkommener Schönheit sein können, wäre da nicht dieser störrische Ausdruck gewesen. Die Finger indes waren so lang und wohlgeformt wie die eines Gelehrten, und doch ging von seinem Gegenüber auch etwas Handfestes aus, als marschierte er mit dem aus Büchern angeeigneten Wissen als Rüstzeug in die Welt hinaus. Er trug keinen Bart, war schätzungsweise knapp über Zwanzig und entstammte dem Anschein nach einer guten Familie.

Da sagte der Jüngling: »Wir tüftelten bei Gericht an einem vertrackten Fall herum, und ich hatte mein Bett seit drei Nächten nicht gesehen und fieberte bereits, als mich aus Yorkshire die Kunde erreichte, daß mein Vater überraschend verstorben ist, Gott sei seiner Seele gnädig!«

»Ich fühle mit Euch in Eurem Leid!«

»Ihr könnt nicht wissen, wer ich bin, weil ich meine Papiere in meiner Wohnung im Inner Temple, wo ich als Barrister tätig bin, zurückgelassen habe. Sie geht nach vorn hinaus und liegt im zweiten Stock, genau über dem Buchhändler. Ich bin Thomas Wentworth aus North Riding. Zu Hause erwarten mich neun Geschwister und ein Besitz, der verwaltet werden will, denn diese Aufgabe fällt nun mir zu. Ich kann nicht länger hierbleiben.«

Das schwarze Haar fiel ihm in die blasse Stirn. Mit einer unwirschen Bewegung schob er es zurück und begann von der Schönheit seines Landes und der Liebe zu seiner Heimat zu sprechen.

Er war ein sonderbarer, scharfsinniger junger Mann von gefühlvoller Wesensart, und die Worte sprudelten nur so aus ihm hervor, als hätte er vieles lange Zeit für sich behalten. Zweimal, als er von seinem Vater sprach, versagte ihm die Stimme. Er erzählte flüssig und ohne Vorbehalte wie ein Mann, der sich in der Schenke in einem verschwiegenen Winkel einem anderen anvertraut, selbst wenn er diesen soeben erst kennengelernt hat. Es war die Rede von Büchern, vom Recht und von der Wissenschaft, und seine Stimme schien die leeren Ritzen im Raum zu füllen. Unterdessen schneite es unentwegt auf die Gasse herab.

Entschieden sagte Wentworth: »Ich muß mich so bald als möglich auf den Weg machen! Zu Hause ist so vieles zu tun...« Nach kurzem Schweigen erkundigte er sich scheu: »Ihr seid Pfarrer?«

»Ja, das bin ich.«

»Ich bin selbst ein tiefgläubiger Mensch, und doch ringe ich... Aber nein, ich bin zu müde, um darüber zu sprechen. Wollt Ihr mir Euren Segen geben?«

Nicholas legte die Hände auf das geneigte Haupt. »Christus behüte und beschütze Euch, Tom Wentworth, auf allen Euren Wegen«, sagte er. Verwundert wurde er gewahr, wie ihn eine starke Zuneigung zu dem noch immer fiebernden jungen Mann ergriff.

Wieder erwachte er zu Glockengeläut, denn es war Sabbat.

Während Nicholas die saubere Soutane und das Meßhemd anzog, hörte er unten im Haus das Geplauder der Chorknaben, die gekommen waren, um vor dem Gottesdienst in der Küche warmes Ale zu trinken. Durch das Fenster sah er, wie die Männer und Frauen der Pfarre die Straßen entlangkamen und im Schnee Fußabdrücke hinterließen, als sie unter dem weißen Geäst der Bäume auf die Kirche zugingen. Auf dem Gottesacker hüpften Vögel pickend zwischen den Grabsteinen umher. Sein Gast schlief noch. Bevor Nicholas sich zur Kirche begab, legte er die trockenen Kleider auf die Truhe in der Gästekammer und schob die mit Münzen gefüllte Börse dazwischen. Dann entfernte er sich auf den knarrenden Bodendielen.

Unten kniete er auf dem gescheuerten Ziegelboden der nun leeren Küche nieder, legte die Hände vors Gesicht und betete darum, würdig gemacht zu werden, vor Gottes Altar zu treten. Als er gleich darauf über den Friedhof schritt und die Kirche betrat, erhob sich die Gemeinde respektvoll unter Geraschel von Röcken und Spitzen. Die Gesichter der Leute sah er nicht, denn er hatte nur einen Blick für den Abendmahlstisch mit den Meßkännchen, dem Kelch und dem krustigen Leib frischgebackenen Brotes, das für ihn bereitlag.

Sonst sah er nichts, und auch sich selbst nahm er nicht mehr wahr.

Während sich die Chorknaben, von einigen Schauspielern und dem alten John auf Zugposaune, Schnabelflöten und Viole begleitet, durch metrisch gesungene, gereimte Fassungen der Psalmen mühten, zogen längst vergangene Abschnitte seines Lebens wie aufdringliche Träume vor seinem geistigen Auge vorüber: Da waren Menschen, die er einst geliebt hatte, und allerlei Dinge, die ihm widerfahren waren, doch an vieles konnte er sich nicht mehr erinnern. Gütiger Gott, er würde sich nie wieder an alles erinnern. Nach einer Weile verflüchtigten sich seine Tagträume, und er sah nichts weiter vor sich als den Kelch und den Hostienteller, den tiefrot schimmernden Wein, das gute Brot und das schöne Tuch auf dem Tisch.

Da hob er die Hände zum Herrn und sprach:

»Allmächtiger Gott, dem alle Herzen offen, alle Wünsche bekannt und keine Geheimnisse verborgen sind: Läutere die Gedanken unserer Herzen durch die Eingebung des Heiligen Geistes, auf daß unsere Liebe zu Dir vollkommen sei und wir Deinen heiligen Namen gebührend ehren durch Christus unseren Herrn. Amen.«

Er wandte sich der Gemeinde zu und sprach: »Erhebet die Herzen.« Und sie antworteten: »Wir haben sie beim Herrn.« Und er schloß mit den Worten: »Lasset uns danken dem Herrn unserem Gott.«

Unter denen, die kamen, um das Heilige Abendmahl zu empfangen, war auch der Mann, der seinen Lohn beim Hahnenkampf durchgebracht hatte, waren kranke, einsame und fröhliche Menschen. Sie kamen zu ihm in ihrem Kummer und ihrer Verstörung; sie weinten und lachten und gelobten Besserung. Er kannte sie, aber sie kannten ihn nicht. Mit wenigen Ausnahmen kannte ihn niemand; es war ihm lieber so. Und doch war da etwas, dank dessen er voll Freude Zugang zum Mittelpunkt seiner eigenen Seele fand.

Das Licht strömte durch die Buntglasscheiben auf die im Boden eingelassenen Gedenkplatten. Die Gläubigen traten vor, um die gesegneten Gaben, Brot und Wein, zu empfangen. Sie sagten Dank, und nach dem Abendmahl hob er neuerlich die Hände zum Segen und sprach: »Der Friede Gottes, der jegliches Verstehen übersteigt, möge eure Herzen und Seelen in der Gewißheit und Liebe Gottes und Seines Sohnes Jesus Christus unseres Herrn bewahren. Der Segen des Allmächtigen Gottes, des Vaters, des Sohnes und des Heiligen Geistes sei alle Zeit mit euch.«

Nach dem Gottesdienst scharten sich Kinder um ihn, und viele Gemeindemitglieder wünschten mit ihm zu sprechen. In Meßrock und Chorhemd stand er an diesem ruhigen Januartag in der Kirchentür, um sie persönlich willkommen zu heißen. Als er ins Haus zurückkehrte, war Tom Wentworth fort. Auf dem Schreibtisch fand er, in ein Papier mit Notizen zu einer unbedeutenden Rechtssache gewickelt, mehrere goldene Sovereigns. Da stand er, die Münzen in der Hand, und lauschte dem Spiel der Knaben unten im Kirchhof.

3

Der Tanz in der Küche

Sechs Wochen vergingen.

Nicholas hatte mit dem Zusammentragen von Shagsperes Stücken alle Hände voll zu tun. Bei Robert Taylor fand er in einer alten Truhe die Rollentexte von *Viel Lärm um nichts*. Das Soufflierbuch zu *Wie es euch gefällt* kam in der Garderobe des Globe im obersten Fach eines Regals unter einer Schachtel mit längst ausrangierten Perücken zum Vorschein, und eines Morgens brachte ihm der in die Jahre gekommene Schauspieler Henry Condell eines der historischen Dramen, das er in einer Kiste voll altem Papier entdeckt hatte, als er sich anschickte, mit dem Beginn des dritten Aktes das Feuer in der Küche anzuzünden. Eine Reihe von Briefen an die Witwe Anne Shagspere in dem am Avon gelegenen Stratford trugen Nicholas schließlich die knappe Antwort ein, weder sie noch ihr verstorbener Gatte hätten »derlei Zeug« je aufbewahrt, sondern für den Lumpen- und Gebeinesammler vor die Türe gelegt. Sie unterstrich die Worte, daß Will Shagspere als guter Christ gestorben sei, da er sich das Theater aus dem Kopf geschlagen habe. Die Männer zuckten nur mit den Achseln, wenn sie an seine jämmerliche Ehe dachten, und fanden sich damit ab, daß aus dieser Ecke keine Hilfe zu erwarten war. Zumindest die Sonette waren bereits veröffentlicht worden, obgleich sich Nicholas vage an mehrere erinnerte, die in dem Band fehlten. Desgleichen hatte er die Suche nach den beiden Balladen über Wilderei aufgegeben, die Shagspere zu seiner Erheiterung geschrieben hatte, als er, damals noch ein Knabe, erkrankt war. Nun brauchten sie für die Folioausgabe nur noch einen Drucker zu finden.

Darüber ging der Winter ins Land, dessen bitterkalter, peinigender Wind bis unter die Stulpen der Mäntel und unter den

Bund der Kniehosen kroch. Nicholas' Haushälterin war zu Besuch bei ihrer leidenden Mutter, die Krankenzimmer standen leer.

Der Wind blies ihm geradewegs ins Gesicht, als er sich eines Abends nach ein paar Besorgungen auf den Heimweg nach Aldermanbury machte. Es war die Tageszeit, zu der Familien ihre Fensterläden schlossen und sich um den heimischen Herd versammelten. Im Eingang einer Schule schlief ein Bettler. Rund um den Kirchhof und entlang den gewundenen Gassen beugten sich die Häuser einander zu, als wollten sie auf die Straße stürzen. Der Wind rüttelte an den Feuerhaken und ließ sie scheppernd gegen die breiten Balken der Fassaden schlagen; er fegte über die Dächer, zauste das Stroh und ließ die Ziegel klappern. Mit schmerzendem Gesicht stieß Nicholas die Haustür auf und stolperte ins Innere, wo ihn Gelächter und Getanze empfingen.

Die Küche war nicht leer: Andrew Heminges und zwei junge Frauen hüpften über eine brennende Kerze, die sie mitten auf den Steinboden gestellt hatten. Es war ein altes Spiel, und Nicholas hatte es selbst oftmals gespielt.

Die ältere der beiden war ihm fremd. Sie hatte ein rundes, hübsches, wenngleich ernstes Gesicht, und er schätzte sie auf etwa achtzehn. Obgleich klein, war ihr draller Körper voll entwickelt. Der Anblick der jungen Leute verschlug Nicholas im ersten Moment die Sprache. Er knöpfte seinen Umhang auf und fragte barsch: »Was treibt ihr hier, Kinder?«

Sie hatten mitten in der Bewegung innegehalten, und nur die Kerzenflamme flackerte in der dämmrigen Küche. »Nun, Nick, die Mädchen sind gekommen, weil sie eine Arznei brauchen, und während wir auf dich gewartet haben, haben wir getanzt, um uns warm zu halten«, sagte Andrew arglos. »Es sind Anne Jaggard aus Aldersgate und ihre Cousine vom Land. Vom Tanzen wird dir auch warm werden. Komm, mach mit!«

Die kleine Anne lispelte: »Kommt, Master! Tanzt mit uns!«

Nicholas schüttelte den Kopf, doch Anne und ihre jüngere Cousine ergriffen seine Hände und rieben sie. »Oh, Ihr seid ja halb erfroren!« umgurrten sie ihn. »Wollt Ihr nicht tanzen wie zum Pfingstfest? Der junge Master Heminges wird den Besen als Pferd hernehmen und sich eine Mütze aufsetzen, und an Musik soll's auch nicht fehlen!«

»Wie? Ihr glaubt, ich kann tanzen?«

»O ja!«

»Nur zu, Herr Pastor!« forderte ihn Anne unbeirrt auf. »Wir wissen, daß Ihr trefflich tanzen könnt und kein Puritaner seid. Ihr tanzt, ich spiele auf der Laute *John, komm und küß mich jetzt*, und meine Cousine vom Land soll sehen, wie gut wir's uns in der Stadt ergehen lassen.«

»Jawohl!« pflichtete Andrew ihr bei, schnappte sich die Rüschenmütze vom Tisch und zog sie sich bis über die Augen. Sie baten Nicholas um seinen Umhang und Hut und schoben ihn unter Gelächter und Neckereien in die Mitte des Raumes. Die Laute war leicht verstimmt, doch die junge Anne spielte sehr gut. Ihre Cousine vollführte einen Knicks, ergriff Nicholas' Hände und drehte ihn um die eigene Achse. Im Kreise ging's herum, immer auf Abstand zu der Kerze auf dem Boden bedacht, und Andrew, der junge Rotschopf, klatschte in die Hände und ritt wiehernd und im Takt mit den Füßen stampfend auf dem Besen. Wieder drehten sie sich, und nun lag der Arm des Arztes um die Taille der jungen Frau: Sie verdrehte mit gerunzelter Stirn leicht die Augen und biß sich auf die Lippen.

Als nächstes Lied folgte *Sellengers Runde*: Ausgelassen hüpften sie herum, bis sich der Raum rings um sie her zu drehen begann: die rauchgeschwärzten Balken wirkten schief, der Eisenkessel schwang hin und her, die aufgehängten Zwiebeln, getrockneten Heringe und Kräuter schaukelten über ihren Köpfen. Kamen sie in die Nähe des Feuers, hob Nicholas die junge Frau in die Höhe, so daß ihre Röcke über den Flammen tanzten. Unverwandt blickte sie ihm ins Gesicht, auch wenn er sie noch so rasch herumwirbelte.

»Obacht!« rief der Junge.

Eine Flamme hatte den Rocksaum erfaßt: Schon rollte sich das Gewebe knisternd auf, doch da warf Nicholas sich auf die Knie nieder, packte den Stoff und drückte ihn mit den Handflächen zusammen, um die Funken zu ersticken. Die Saiten der Laute verstummten, das hübsche Mädchen blickte heftig atmend zu ihm herab.

»Herrje, was treiben wir hier?« rief er bestürzt. »Müßt ihr nicht längst zu Hause sein, Mädchen?«

Seine Tanzpartnerin sagte: »Wir sind gekommen, um eine Arznei gegen den Husten zu holen.«

»Ach ja, richtig.« Er ließ die junge Frau, die so plötzlich errötete, als hätte man sie gescholten, in der Küche stehen und stieg die steile, gewundene Treppe zum oberen Stockwerk hinauf. Als er mit dem Pulver wieder herunterkam, wartete sie im Schatten unter der Biegung der Treppe auf ihn. Ungestüm riß er sie an sich, beugte sich zu ihr herab und küßte sie mehrfach auf die Wange. Auf den Mund küßte er sie nicht, doch sie küßte den seinen im jähen Überschwang jugendlicher Leidenschaft. Sein Herz pochte wild: Zu gern hätte er sie nach oben ins Bett getragen, und nur mit größter Mühe gelang es ihm, sie ein Stück von sich zu schieben.

Zerzaust und mit glänzenden Augen starrte sie ihn an. »Oh!« sagte sie leise mit belegter Stimme. Sie nahm seine Hand und rieb sie an ihrer Wange. Alsdann gingen sie verlegen in die Küche zurück, wo Andrew und die kleine Anne sofort aufsprangen.

»Wir haben von den Äpfeln und dem Kuchen gegessen, aber nicht alles«, sagte das Mädchen. »Nicht wahr, Katherine? Soll Mutter morgen mehr schicken?«

»Nein, meine Kleine.«

»Der Kuchen ist mit Muskatnuß gebacken: Auf dem zugedeckten Teller ist noch ein großes Stück.«

»Danke, aber ich habe schon zu Abend gegessen.«

Andrew stopfte sich das Hemd in die Kniehosen. »Nick«, sagte er, und seine Stimme klang plötzlich bang. »Du wirst doch meinem Vater nichts davon erzählen?«

»Ich werde nichts verraten.«

Als sie gegangen waren, ließ Nicholas den Blick über das Mikroskop und die Bücher, die Papiere mit den Notizen, die aufgerissenen Päckchen mit getrockneten Kräutern und die achtlos in eine Ecke gestellte Laute wandern. Er schürte das Feuer und blieb eine Weile mit dem Haken in der Hand davor stehen. Dann ging er hinaus in den von Ziegelmauern umfriedeten Garten hinter dem Haus, zwischen dessen quadratischen Beeten schmale Wege verliefen; im Sommer kletterten Weinranken an den Mauern empor und hingen Kirschen an dem knorrigen Baum. Jetzt erbebten im Windhauch nur ein paar vertrocknete Efeublätter an der Mauer. Mehrmals berührte er mit den Fingern die Lippen, auf die ihn das Mädchen geküßt hatte, und nach einer Weile ging er zu Bett.

Nachdem er am nächsten Morgen gegen zehn Uhr einen Sud gegen Skorbut gebraut hatte, zog er sich in aller Eile die Soutane an und setzte den breiten, viereckigen Hut auf, der zur Tracht eines Pfarrers nach kanonischem Recht gehörte, überquerte die Fleet Bridge und begab sich zum außerhalb der Stadtmauern gelegenen Haus des betagten Bischofs William Sydenham, der ihn im Jahr zuvor zum Priester geweiht hatte.

William Sydenham, der sich schon vor langem aus der Diözese von Winchester verabschiedet hatte und nunmehr auf die Achtzig zuging, bewohnte ein kleines Steinhaus innerhalb des eingefriedeten Bezirks von Covent Garden, wo Mönche einst Kräuter und Obst angebaut hatten. Seine dunklen Räume teilte er mit seinen beiden Schwestern, die erst kürzlich in die Stadt gezogen waren. Kaum daß Nicholas in die Gasse einbog, kam der Bischof in Pantoffeln und Hausrock aus der Tür geschossen und blaffte: »Ihr Taugenichts, was treibt Euch hierher?« Seine beiden Schwestern, noch kleiner und zierlicher von Gestalt als er, umflatterten sie aufgeregt und eilten sogleich davon, um ein Mahl zuzubereiten.

Als die beiden Männer in der Wohnstube mit den Vasen voll getrockneten Blumen und dem schönen Kruzifix an der Wand schließlich sich selbst überlassen waren, lehnte sich William Sydenham zurück, verschränkte die knotigen Hände auf dem Bauch und musterte den jungen Arzt eingehend. Anfangs sprachen sie über allerlei Belanglosigkeiten – Sydenham über seine Bekannten, die er entweder für dumm oder nicht allzu verläßlich erachtete, und Nicholas über seine Arbeit –, doch nach einer Weile begann der Jüngere, sein Herz auszuschütten. Wie gewöhnlich plagten ihn Zweifel an der Wahrhaftigkeit seiner Berufung, und er haderte mit sich selbst. An diesem Morgen indessen war er derart verstört, daß seine Stimme mehrmals bebte.

Das scharfgeschnittene, kluge Gesicht dem kleinen Fenster zugewandt, hörte Sydenham ihm zu und nickte zuweilen. »Soso«, sagte er leise, »das alte Lied. Aber der Mensch ist nun mal träge und beschreitet immer aufs neue denselben beschwerlichen Weg. Lieber Freund, ich werde Euch als Buße eine Aufgabe stellen.«

»Und die wäre?« fragte Nicholas verzagt, während er mit den Fingerspitzen geistesabwesend über die Binsenmatten auf dem Boden fuhr und sich wünschte, der alte Bischof würde seinen Rat beherzigen und die Matten um der Reinlichkeit willen wegwerfen.

»Euch selbst zu lieben.«

»Das alte Lied! Und doch ist es die schwierigste aller Aufgaben.«

»Fürwahr, und eben deshalb stelle ich sie Euch. Ich sehe in Euch als Menschen viel Gutes, Nicholas, doch Ihr seht nur Eure Fehler. Ich hoffe, Ihr werdet daran wachsen.« Er legte Nicholas die Hände auf den Kopf, um ihm mit leisen Worten die Absolution zu erteilen, und fuhr fort: »Wolltet Ihr mir noch mehr sagen? Ich sehe es Euch am Gesicht an! Das habt Ihr davon, wenn Ihr anderen Menschen gestattet, Euch kennenzulernen.«

»Wie kann ich anderen helfen, wenn ich selbst so unvollkommen bin? Warum vertraue ich anderen, wo sie mich doch so oft im Stich lassen? Und doch begehe ich immer wieder –«

»Mein lieber Nick, man kann nicht leben, ohne dann und wann einen Irrtum zu begehen. Ein Mensch, der entschlossen ist, an das grundsätzlich Gute in seinen Mitmenschen zu glauben, wird zuweilen eine bittere Enttäuschung erleben, doch glaubt er nicht zu bis einem gewissen Grad daran, wird er Gottes niemals ansichtig werden. Keiner von uns ist vollkommen, so ist es nun mal auf dieser Welt. Es gibt Gutes und Schlechtes in allen Dingen.«

Er griff nach seinem Stock und erhob sich mühsam. Als Nicholas eilfertig aufsprang, um ihm behilflich zu sein, machte er eine wegwerfende Handbewegung. »Kommt, kommt, zu Tisch! Ich bin ein alter Mann und muß essen.« Er streichelte die Wange des Jüngeren, doch die Geste verwandelte sich in einen leichten Klaps, als die Tür aufging und seine Schwestern mit Kerzen hereinkamen, gefolgt von einem ältlichen Diener mit einer Platte voll Fleisch und Geflügel.

»Denkt Ihr je an die Gebote, die uns auferlegt wurden, Nick?« fragte er, als sie beisammensaßen. »Liebet einander! Lebet in Eintracht und Frieden! Es ist so beseligend einfach, solange man allein in seiner Kammer wohnt, und so unmöglich, sobald irgendein Hurenjäger Euch mit Schmutz aus der Gosse bespritzt, sich wollüstig über Eure Schwester hermacht oder einfach nur andrer Meinung ist... Fürwahr, Gott hat sich mit uns ein händelsüchtiges, hitzköpfiges und eigennütziges Volk geschaffen. Hätte Er uns doch nur besser gemacht! Und das bei all Seiner Weisheit! Ich sollte Seinen Ratschluß nicht in Zweifel ziehen, doch wenn ich meinen knorrigen, schmerzenden Leib abends auf mein trautes Lager bette, versteige ich mich zuweilen dazu. Priester zu sein bedeutet, die Menschen von ihrem naturgegebenen Wesen abzubringen, und dieses ist schon immer grausam und selbstsüchtig gewesen, seit der Apfel gegessen und das Paradies verloren ward. Wir Menschen besitzen eine sonderbare Gabe: Durch argloses Fragen wie ein Kind, das keine Ruhe geben will, wachsen wir über uns hinaus und entwickeln ungeahnte Schaffenskräfte. Besäße der Mensch diese Eigenschaft nicht, wäre dann jene Kathedrale da drüben aus unbehauenem Stein und Sand in den Himmel gewachsen? Ach, Nick! Ich kenne Euch, denn um Euer Herz ist es ähnlich bestellt wie um meines kurz nach meiner Priesterweihe. Ihr liebt die Menschen und fürchtet doch ihre Nähe, aus Angst vor ihnen und vor Euch selbst.«

Er wartete, bis Wein nachgeschenkt wurde, und fuhr sodann fort: »Alte Menschen neigen dazu, Ordnung in das Leben jüngerer bringen zu wollen. Ich selbst habe den Rat anderer stets in den Wind geschlagen und bin mal schlecht, mal gut damit gefahren. Dennoch gibt es zu mancherlei Dingen von größerer Tragweite ein paar Worte zu sagen, die ich Euch gerne mit auf den Weg geben würde, denn Ihr seid ein ebenso hitzköpfiges und unbesonnenes Mannsbild, wie ich es selbst einmal war. Als ich noch Bischof von Winchester war, durfte ich bei Konzilen und Versammlungen zugegen sein, auf denen sich Bischöfe und Theologen an Fragen zum Glauben und zur Liturgie festbeißen wie Hunde an einem Knochen, bis die Erhabenheit der Schöpfung bei dieser erbärmlichen Balgerei abhanden kommt. Ihr habt die Geschichte unserer Kirche ebenso studiert wie ich! Denkt an die verbitterten Dispute von Alexandria im dritten und vierten Jahrhundert! Denkt an die sich immer aufs neue wiederholende Abspaltung religiöser Sekten, von den rivalisierenden Primaten im Schoße der römischen Kirche von Avignon und Rom im dreizehnten Jahrhundert bis hin zu den fürchterlichen Verfolgungen in unserem eigenen Land im vergangenen Jahrhundert! Und worum war es ihnen allen zu tun? Um Fragen zur Auslegung der Heiligen Schrift, die man am besten dem Gewissen jedes einzelnen überläßt. Seid gewarnt, Nicholas! So Gott will, sind Euch viele Jahre als Priester Unseres Herrn vergönnt. Dient Ihm und gönnt anderen ihre eigenen Vorstellungen darüber, wie sie Ihn ehren. Dient Gott still in Eurem Herzen, denn Er wird zu Euch kommen, und haltet Euch nicht mit Quisquilien auf. Mehr noch: Seid vor jenen auf der Hut, die Euch in sie hineinzuziehen suchen, mein Freund.«

»Derlei Sorgen habe ich nicht.«

»Und ich hoffe, Ihr werdet sie auch nie haben. Dennoch: Merkt Euch meine Worte für den Fall, daß Ihr sie je brauchen solltet, mein Lieber.« Mehr Wein wurde aufgetragen, und auch von dem köstlichen Hammelfleisch, und als sie satt genug waren, um sich nichts anderes mehr zu wünschen, als einfach nur in dem behaglichen Raum mit den im Licht schimmernden Bodendielen zu sitzen, lehnte sich der Bischof mit gestrenger Miene zurück, faltete die Hände über dem Bauch, trommelte mit den Fingern darauf und beäugte, die buschigen Brauen zusammengezogen, den jüngeren Mann. Eine einzelne graue Haarsträhne lugte unter seiner Kappe hervor, mehr nicht, denn er war nahezu glatzköpfig. »Was gedenkt Ihr nun anzufangen, Pißtopf?« bellte er unvermittelt.

»Wie meint Ihr das, Vater?« kam zaghaft die Antwort.

»Mit Eurem Leben, mit Eurem Leben, Ihr Narr! Was wollt Ihr mit Eurem Leben anfangen? Es liegt noch so vieles vor Euch. Seid wohl noch immer fassungslos darüber, was aus Euch geworden ist, nicht wahr, mein Freund? Die Zeit wird kommen, da es Euch nicht mehr so neu erscheint, Christi Atem in Eurem Ohr zu spüren. Ich stelle allzu viele Fragen, denn in meinen Augen seid Ihr noch immer ein Grünschnabel, der von diesen Dingen nichts wissen kann. Und wenn Ihr sie erst begriffen habt, werde ich schon zu Staub zerfallen sein und es nicht mehr aus erster Hand erfahren.«

»Ihr verwirrt mich, Sir.«

»Das war seit jeher meine Art.« Nach kurzem Schweigen fügte er hinzu: »Und lebt nicht so einsam. Habt Ihr etwa vor, auf immer allein zu bleiben?«

Bei diesen Worten wandte Nicholas das Gesicht ab, denn er wußte darauf keine Antwort.

Mit dem Daumen zeichnete ihm der Bischof ein Kreuz auf die Stirn, wobei sein ungleichmäßig geschnittener Nagel ein wenig kratzte. Er sprach nicht weiter über persönliche Belange. Später, als sein Besucher ging, stand er an der Tür und blickte ihm nach, bis er auf dem Weg zur Fleet Bridge um eine Ecke bog.

Ein Mief aus vom Feuer mäßig erwärmtem Ale und altem Stroh schlug Nicholas entgegen, als er wenige Stunden später in der Wood Street die Tür zur Mitre Tavern aufstieß. Mit einem Nicken bahnte er sich einen Weg zwischen den Handwerkern und Lehrlingen hindurch, die am Tresen standen und in den englischsprachigen Zeitungen aus Holland lasen.

»Was gibt's Neues, Kameraden?« erkundigte er sich und nahm das Ränzel mit der Medizin von der Schulter. Auf einer Bank fand er einen freien Platz und fegte die Krumen von der rissigen Tischplatte. Nur zu gut kannte er diese Schenke, denn sein Freund kam oft auf einen Becher warmen Ales her und ließ sich dazu aus dem Wirtshaus einen Teller gebratener Eier oder

Fleisch bringen. Man brauchte nicht erst auf die allmonatliche Gemeindeversammlung zu warten, um die neuesten Klatschgeschichten aus der Gegend zu hören. Über der Theke waren Zettel von Arbeitssuchenden und Ankündigungen bevorstehender Theateraufführungen angeschlagen.

»Hier steht etwas über die Ostindische Gesellschaft, Nick!« rief ein Freund. »Ich habe fünfundzwanzig Pfund hineingesteckt, genau wie der Vetter meiner Frau, und es sieht ganz so aus, als würde sich mein Geld verdoppeln.« Seit einiger Zeit war die neue Handelskompanie in aller Munde, die, obgleich erst im Jahre 1600 auf eine Urkunde der alten Königin gegründet, bereits recht erfolgreich operierte.

»Hier steht etwas viel Witzigeres!« rief ein anderer. »Diese Woche sind wieder mehrere zum Ritter geschlagen worden. Es heißt, jeder kann einer werden, sofern seine Barschaft dem König genehm ist. Bald wird auch einer, der die Abtrittsgrube reinigt, in den Adelsstand treten können, wenn er nur genügend Gold auf die hohe Kante gelegt hat.«

Nicholas setzte sich mit dem Rücken zu den kleinen, trüben Glasscheiben, durch die man auf die Läden und Pferdegespanne in der Wood Street hinabblicken konnte, und las im spärlichen Licht in einer alten Zeitung einen Bericht über Reisen nach Indien und was man dort vorgefunden hatte; dabei schnitt er sich dann und wann eine Scheibe von dem großen gelben Käse ab, der neben ihm auf einem Holzbrett lag. Etwa eine Stunde später bimmelte das Glöckchen über der Tür, und ein Bote in fleckigen Lederhosen stürmte mit einem Stapel Päckchen und Briefen herein. Nachdem der Schankwirt die Post flüchtig durchgesehen hatte, manövrierte er seinen gewichtigen Bauch um die Ecke der Theke und brüllte: »Hier ist ein Brief für Euch, Pfaffendoktor, falls Ihr bei all den Seelen, die Ihr retten, und all den Leibern, die Ihr heilen müßt, noch Zeit habt, ihn zu lesen. Er ist gerade eben mit der Kutsche aus York gekommen, und es sind zwei Pennies nachzuzahlen.«

Er wischte sich die dicken Hände an der Schürze ab, reichte Nicholas den Brief und blieb schwer atmend stehen, während dieser ihn drehte und wendete. Verblüfft betrachtete Nicholas die in das rosafarbene Siegelwachs geprägte Helmzierde. Erst als er den Bogen entfaltete, begriff er, von wem er kam.

»An Nicholas Cooke, Pfarrer und Arzt, St. Mary Aldermanbury in Cripplegate, von Wentworth, Yorkshire

Herr Doktor,
die viele Arbeit seit meiner Rückkehr auf unseren Besitz ist schuld daran, daß ich so spät schreibe. Mit neun Geschwistern hat man alle Hände voll zu tun, und meine Frau war überglücklich, mich wiederzusehen. Überdies setzte mir nach meinem Ritt eine Zeitlang die Gicht zu, und noch immer schmerzen meine Glieder sehr. So nehmt denn meinen verspäteten Dank entgegen für das, was Ihr für mich getan, und laßt Euch versichern, daß ich in Eurer Schuld stehe.

Ich habe schreckliche Sehnsucht nach London und bin fest entschlossen, ins Unterhaus zurückzukehren, wann immer Seine Majestät das Parlament einzuberufen beliebt, denn ich habe erst ein einziges Mal, fast noch ein Knabe, an einer Sitzung teilgenommen und wagte vor Ehrfurcht nicht, den Mund zu öffnen. Heute würde ich den König piesacken wie eine Viehbremse, da ich meine, daß die Monarchen in unsren Tagen nach allzuviel Macht streben, von der den Grundbesitzern mehr zukommen sollte. Meine Sympathie gilt den Freidenkern. Wir leben in fortschrittlichen Zeiten.

So werdet Ihr denn die Welt weiterhin von ihren seelischen und körperlichen Gebrechen heilen, während ich mich der politischen annehme, und sobald dies vollbracht ist, gibt es für uns nichts mehr zu tun. Ich werde kommen, um mit Euch ein Glas zu trinken, und bis dahin möge Gott mit Euch sein, gütiger Pfarrer!

Adieu! Ich habe den Kontinent bereist und bin ein Sprachkundiger, wie Ihr seht, doch in mir steckt noch mehr. In mir steckt so vieles, wovon die Menschheit Stück um Stück erfahren soll.

Thomas Wentworth (weder Baronet noch sonst mit einem Titel versehen, denn einen solchen zu tragen ist mir gegenwärtig nicht vergönnt. So bin ich schlicht und einfach Tom, wie meine Freunde mich nennen)«

In der Zwischenzeit hatte sich jemand die holländische Zeitung ausgeborgt, und ein anderer hatte sich den Käse geschnappt. Nicholas bat um Tinte, Papier und Sand, wischte den Tisch sauber, schottete sich innerlich gegen das Gelärm ab und formulierte ein Antwortschreiben.

»Lieber Landjunker mit dem schlichten Namen Tom!

Welch frohe Kunde, daß Ihr heil zu Hause angelangt seid. So wurde mein Gebet denn erhört! Dennoch muß ich Euch schelten, daß Ihr den langen Ritt durch den Schnee und die daraus folgenden Beschwerden auf Euch genommen habt, und ich werde Euch in Kürze einige Heilmittel gegen Rheumatismus und Gicht schicken, die ich eigenhändig aus getrockneten Kräutern gebraut habe.

Ich sehe keinerlei Anzeichen für eine Einberufung des Parlaments und somit für Eure Wiederkehr. Laßt es Euch gut ergehen, mein Guter, und genießt Euer Leben. Ihr seid jung und habt noch viel Zeit vor Euch.

Nicholas Cooke (bald Pfarrer, bald tölpischer Doktor, dem die nicht enden wollende Kälte in diesem Monat schwer aufs Gemüt schlägt)«

Er hielt inne, die Feder über dem Papier, und überlegte, ob er noch mehr schreiben sollte. Doch was? Sie waren einander nur flüchtig begegnet, er und der junge Mann aus Yorkshire, und würden sich wahrscheinlich niemals wiedersehen. Ihm erschien Wentworth nunmehr als ein Träumer, der im Norden schon bald von Besitz, Frau und Kindern niedergedrückt würde. Und überdies waren sie allzu verschieden. Er selbst war ein Wissenschaftler, der vielleicht niemals finden würde, wonach er suchte, ein einsamer Mann mit der Hoffnung auf Erlösung und nur einem einzigen präsentablen Anzug; der junge Mann aus Yorkshire hingegen war mit guter Abkunft und Wohlstand gesegnet und besaß ein Weib, das ihn liebte. Schließlich versiegelte Nicholas den Brief mit heißem Kerzenwachs, in das er die stumpfe Klinge eines Messers drückte, und hinterlegte ihn mit der Bitte, ihn in drei Tagen der nächsten Postkutsche nach Norden mitzugeben.

4

Die wissenschaftliche Gesellschaft von Blackfriars

Der Frühling kam in diesem Jahr so überraschend, daß es schien, als öffnete man eine Tür und sähe, viel früher als erwartet, einen geliebten Menschen vor sich stehen. Er drang bis in den hintersten Winkel des Hauses vor und lockte Nicholas hinaus in den Garten. Zuweilen mußte er an die junge Frau denken, mit der er an jenem kalten Winterabend getanzt hatte. Er hatte erfahren, daß sie erst achtzehn Jahre alt und die Nichte des ehrbaren Druckers Isaac Jaggard war, an den man wegen des Drucks der Folioausgabe von Shagsperes Stücken herangetreten war. Sie war nur kurz auf Besuch in der Stadt gewesen und mittlerweile nach Kent zurückgekehrt. Jedesmal wenn er Jaggards Laden in der Nähe von Aldersgate aufsuchte, kam sie ihm in den Sinn.

Der Drucker strich sich über den dichten, zurechtgestutzten Bart, als er sich erstmals ihre Vorstellungen von der Folioausgabe anhörte; sie schien ihm ein aufwendiges Unterfangen, das ohne weiteres mehrere hundert Pfund kosten konnte. Bühnenstücke seien kurzlebig, meinte er, und deshalb solle man Shagsperes Dramen besser im ungebundenen Quartformat belassen, denn wer wisse schon, ob man ihn in zwanzig Jahren überhaupt noch kannte?

Während dieses Gesprächs ratterten hinter und über ihnen die Druckerpressen, und ab und an ließ sich Isaacs Vater William mit einer Bemerkung vernehmen. Obzwar seit mehreren Jahren blind, führte der alte Mann noch immer das Geschäft. Anschließend ging Nicholas ohne Hast unter den Kirschblüten der Wood Street nach Hause und sann über die Sterblichkeit des Menschen nach. Er war froh und traurig zugleich, daß das Mädchen fort war.

Im Juni erhielt er einen Brief vom Ärztekollegium.

Diese ehrwürdige Institution war zu Beginn des vorigen Jahrhunderts unter König Heinrich VIII. gegründet worden und erst kürzlich nach Amen Corner in ein stattliches, vom Bistum St. Paul angemietetes Gebäude umgezogen. Die Mitglieder des Kollegiums zählten zu den angesehensten Ärzten der Stadt und hatten innerhalb Londons sowie in einem Umkreis von sieben Meilen über die Tauglichkeit der praktischen Ärzte zu wachen. So hatten sie auch Nicholas die Zulassung erteilt, als er vor drei Jahren mit seinem frisch erworbenen Doktorentitel aus Cambridge zurückgekehrt war. In dem jetzigen Brief wurde ihm mitgeteilt, daß er für eine Mitgliedschaft nominiert worden und man gewillt sei, seine Eignung im Monat Juni einer Prüfung zu unterziehen.

Es war ihm vollkommen rätselhaft, wer ihn nominiert hatte, hatte ihm seine Ablehnung des allzu exzessiv angewandten Aderlasses doch reichlich Spott eingetragen. Überdies riefen seine Versuche, eine bessere Linse für das Mikroskop zu schleifen, nur Verachtung bei jenen Kollegen hervor, die ihrem Handwerk schon ein halbes Jahrhundert oder länger nachgingen. Kein Arzt bei vollem Verstande konnte sich vorstellen, daß die mikroskopische Welt, so sie für das menschliche Auge überhaupt jemals sichtbar werden sollte, für die klassische Medizin von Nutzen sein könnte.

Die in lateinischer Sprache abgehaltene mündliche Prüfung in Physiologie, Pathologie und Therapeutik ging innerhalb einer Woche vonstatten. Darauf folgten Aufwartungen bei Mitgliedern des Ärztekollegiums, damit diese sich ein Bild von seinem Charakter machen konnten, und im Juni schließlich, am Tag nach dem Fest der Geburt Johannes des Täufers, trat das Kollegium zusammen, um über seine Aufnahme zu befinden. In der Vorhalle wurden eine Bank und ein paar Stühle aufgestellt, und dort harrte er der Entscheidung, unter dem Porträt des runzligen Dr. Caius, der fünfzig Jahre zuvor die Kranken der Stadt geheilt hatte. Als Nicholas hereingerufen wurde, erblickte er an langen Tischen die Mitglieder, die allesamt die breitkrempigen Samthüte der Zunft trugen. Die Gesichter wurden nur spärlich von Talgkerzen erhellt, und doch erkannte er einige wieder, denen er bereits in der Stadt begegnet war. In einer schattigen Ecke des Raumes hing ein Porträt des Königs. Sie hatten sich für Nicholas' Aufnahme in das Kollegium entschieden, und so machten sie ihm auf der Bank einen Platz frei.

»Auf ein Wort, mein Freund«, wandte sich der behäbige Kollege zu seiner Rechten an ihn und schob die Ärmel seines schwarzen, mit Stickereien verzierten Umhangs zurück, »denn ich kann in Eurem Gesicht lesen! Auch ich war in jungen Jahren ein Träumer. Ich habe so manche armselige Hütte aufgesucht, um einem halb totgeschlagenen Weib zu helfen, habe einen Viehtreiber zu überreden versucht, seinen Lohn nicht zu versaufen, sondern damit seiner Brut die Mäuler zu stopfen. Auch die Reichen brauchen ärztlichen Beistand. Es wird die Zeit kommen, in der Eure Kräfte nicht mehr unerschöpflich sind, in der Ihr nicht mehr wünscht, dreimal in einer bitterkalten Nacht aus tiefem Schlaf gerissen zu werden und Euer warmes Bett verlassen zu müssen, weil ein Tölpel von einem Zimmermann sich den halben Daumen abgesägt und ihn nicht richtig gesalbt hat, weshalb nun der ganze Arm infiziert ist. Dann werdet Ihr Euch glücklich schätzen, daß Ihr unter den Herdsteinen in einer Kiste ein wenig Gold versteckt habt und mit den Füßen auf dem Schemel in Euren behangenen vier Wänden bleiben könnt. Die Welt dankt Euch Eure Opfer nicht, doch vielleicht vermögt Ihr als Priester ihnen einen gewissen Reiz abzugewinnen.«

Nun ergriff Nicholas das Wort. Leidenschaftlich führte er aus, was er selbst zu tun gedachte und was sie alle mit vereinten Kräften vollbringen könnten. Er redete, bis die Männer um ihn herum verstummten, die einen aus Interesse, die anderen aus Belustigung. Was wußten sie? Was konnten sie in Ansätzen begreifen? Er sprach von den Ägyptern und ihrer verlorengegangenen Weisheit, von den Heilkundebüchern der Araber, von Fracastorius, Roger Bacon, Paracelsus und von den Metallen. Er sprach von der Theorie der Keime, von der Gefahr alter Binsenmatten, einer Brutstätte von Flöhen. Er redete und redete, bis der größte Teil der Männer gegangen war und ihm ein verwachsener Saaldiener, der die Wachskerzen löschte, feindselige Blicke zuwarf. Da entschuldigte er sich für seine Weitschweifigkeit, doch mußte er feststellen, daß kaum noch jemand da war, um seine Entschuldigung entgegenzunehmen.

Nachdem er Sekretär und Hausverwalter die Hand geschüttelt hatte, eilte er aus dem Saal. Als er, noch immer rätselnd, wer ihn wohl für eine Mitgliedschaft vorgeschlagen hatte und ob der Betreffende es nun womöglich bedauerte, hinter der Kathedrale um eine Ecke bog, erblickte er ein Mitglied des Ärztekollegiums, einen kleinwüchsigen Mann mit langer schwarzer Mähne, der neben den Wasserkarren an der Kirchhofmauer auf ihn zu warten schien. Er erkannte ihn sogleich, wußte, daß er seine Ausbildung in Padua genossen hatte und als Arzt viele der hochmögendsten Persönlichkeiten der Stadt behandelte, und er wußte auch von seiner Theorie der Blutzirkulation, über die sich die erfahreneren unter den Ärzten mit einiger Geringschätzung zu äußern pflegten.

William Harvey rührte sich nicht vom Fleck, sondern stand, die dürren Arme vor dem dunklen Wams verschränkt, einfach nur da und musterte Nicholas stirnrunzelnd, als käme das neugewählte Mitglied zu spät zu einer Verabredung. Ein Winkel seines schmalen Mundes zuckte, und für einen Augenblick hatte es den Anschein, als lächelte er. »Nun habe ich einen Mann im Kollegium, der meine Arbeit versteht«, sagte er unvermittelt. »Das gilt sonst nur noch für den Heiligen Geist. Wollt Ihr mich zu meiner Wohnung begleiten? Ich habe heute noch nicht einen Tropfen Kaffee zu mir genommen und bin der geistigen Umnachtung nahe.«

Nicholas murmelte ein paar Dankesworte, wandte sich mit seinem neuen Freund in Richtung Fluß und ging mit ihm auf den altehrwürdigen, eingefriedeten Bezirk von Blackfriars zu. Sie gelangten zu einem verwinkelten Haus, das sich in einer Gasse rechter Hand des Tors der alten Priorei duckte, wo im Schatten des spitzen Kirchturms wie eh und je Menschen Quartier nahmen. Die Zimmer waren mit Stapeln lose gebündelter Papiere, Büchern, Destillierkolben und chirurgischen Instrumenten vollgestopft. In den Ecken rauchgeschwärzter Gemälde steckten Zeichnungen von Amphibien und kleinen Säugetieren.

Im hintersten Raum, einer ehemaligen Abstellkammer, lag auf einem Tisch der Leichnam eines Greises mit fein säuberlich aufgeschnittener und zurückgerollter Bauchdecke. »Mein Hauswirt«, sagte Harvey und machte eine schwungvolle Handbewegung. »Mein ehemaliger Hauswirt, sollte ich wohl sagen. Ich kann in seinem Leichnam keinen Hinweis darauf entdecken, warum er so knauserig war. Nehmt die Katze vom Stuhl, wenn Ihr Euch setzen wollt, und erzählt mir von Euren Studien!«

Nicholas nahm die Katze in den Arm und antwortete mit einer gewissen Befangenheit: »Das Mikroskop übt eine starke Anziehung auf mich aus, und ich hoffe, die kleinsten Materieteilchen zu entdecken, nicht allein zu meinem Vergnügen, denn das habe ich in reichem Maße, sondern um herauszufinden, was die Krankheiten hervorruft. Unter den Atomen, wie Demokrit sie nannte, hoffe ich es zu finden. Und wenn ich erkenne, was richtig und wahr ist, vermag ich Ignoranten gegenüber meine Worte nicht zu mäßigen, das ist nun mal meine Art.« In den letzten Worten klang eine gewisse Unerbittlichkeit mit. Er mußte an den Tod denken, an des Menschen ewigen Feind, doch dann sprach er voller Hingabe über andere Bereiche seiner Arbeit.

Harvey hatte unterdessen dunkle Bohnen gemahlen und daraus einen Trank gebrüht, den er Kaffee nannte. Nach ein paar Schlucken von dem kochendheißen bitteren Gebräu ließ er sich auf einen wackligen Stuhl sinken, legte die Füße auf ein leeres Heringsfaß und sagte: »Ich habe Euch aus Eigennutz nominiert, Cooke, denn ich brauche Euch. Ich trage mich mit dem Gedanken, eine wissenschaftliche Gesellschaft zu gründen, und möchte, daß Ihr Mitglied werdet.«

»Eine Zunft für die Wissenschaft! Fürwahr, das wär nach meinem Sinn!« entfuhr es Nicholas.

»Würdet Ihr denn auch regelmäßig kommen und Freunde mitbringen?«

»Freilich, bei meiner Treu!«

»Gut! Alles Wissen ist die Domäne des Menschen. Über das, was wir nicht begreifen oder als einzelne nicht zu untersuchen vermögen, können wir gemeinsam Betrachtungen anstellen.

Was ist der Mensch, wenn er nicht von seinem Verstand Gebrauch macht und logische Schlüsse zieht?« Er lehnte sich zurück und beobachtete Nicholas, der in dem vollgestopften Raum auf und ab ging, mit zusammengekniffenen Augen.

»Ihr sagt es!« stieß dieser hervor. »Wo liegen unsere Grenzen? Warum sollten wir überhaupt welche haben? Bei allem, was mir heilig ist: Ich würde mich über Magnetismus und Astronomie, über die Erde, Wind und Hitze, Gewichte, Metalle, Alchemie und die Eigenschaften des Lichts kundig machen, wenn nicht in ihrer Gänze, so doch wenigstens in Teilen...« Er griff nach dem Skelett eines Eichhörnchens und betrachtete es so eingehend, als wollte er es sich auf der Stelle in allen Einzelheiten einprägen.

Harvey schüttelte die Dose mit den Kaffeebohnen. »Auch ich habe Freunde«, beeilte er sich zu sagen. »Ein paar Lords, ein paar Ärzte und den einen oder anderen Krämer. Ihr bringt die Euren mit, und wir treffen uns jeden zweiten Dienstag, so wahr wir leben. Bei unserem Herrn, wir werden lernen und studieren, auf daß die Nachwelt sagen möge, daß von allen Zeitaltern nicht etwa das der alten Griechen, sondern das der Stuarts das gelehrteste war!« Seine Augen blitzten vor Freude; er ließ die Fingerknöchel knacken und fuhr sich mit dem Rücken der mageren Hand über den Mund, als wollte er ein Lächeln verbergen. Sie saßen noch bis zwei Uhr morgens beisammen, dann trat Nicholas hinaus auf die Gasse, ging durch das Tor der alten Priorei und machte sich auf den Heimweg.

Thomas Wentworth hatte in seinen letzten Briefen geschrieben, er werde bald in die Stadt zurückkehren, doch mittlerweile war es Herbst geworden, der Michaelistag stand vor der Tür, und von Wentworth war keine Spur zu sehen.

Sie hatten unerwarteterweise einen Briefwechsel begonnen. Der junge Landbesitzer erwies sich als ebenso mitteilsam wie ehrgeizig, und obgleich er seine Grafschaft liebte, fühlte er sich dort doch sehr von allem abgeschnitten. Nicholas seinerseits sehnte sich nach Ansprache. Dergleichen erkannte er immer erst, wenn es ihn gleichsam ansprang, und dann verschloß er mißmutig die Augen davor und suchte es so gut als möglich zu verdrängen. Harvey hatte verreisen müssen, und so kam die geplante Zusammenkunft von Freunden der Wissenschaft nicht zustande. Nicholas spielte mit dem Gedanken, Sydenham einen Besuch abzustatten, doch ahnte er, daß der alte Bischof seine Ermahnung *Seid nicht so viel allein* wiederholen und diesmal nicht so einen milden Ton anschlagen würde. Ebensowenig stand ihm der Sinn nach einem Maskenspiel bei Hofe, aber Sydenham hatte ihm eine Eintrittskarte geschenkt, und so würde er ihm zu Gefallen wohl oder übel hingehen müssen.

Seit der Thronbesteigung Jakobs I. vor rund fünfzehn Jahren hatte sich die Zahl solch extravaganter Hoflustbarkeiten erhöht. Seit Jahren schon entwarf Inigo Jones dafür Kostüme und Bühnenbilder, während sein Kollege, der ungesellige Ben Jonson, die Gedichte beisteuerte. Der alte Bankettsaal aus Holz und Zeltleinwand hatte dreihundert Fenster und eine mit Sonnen, Wolken und Sternen bemalte Decke aufzuweisen; der neue hingegen war ein solides Ziegel- und Steinbauwerk. Rund um die Plattform erhoben sich stufenförmig mehrere Bankreihen.

Als der König eintrat, erhoben sich alle oder knieten, sofern möglich, nieder. Nicholas erhaschte von der Seite einen Blick auf den Saum seines Gewandes und hörte, wie er die Menschen in nächster Umgebung mit ein paar freundlichen Worten bedachte, während er auf das Podium stieg. Mit einem Knarren nahm Seine Majestät Platz und bettete die spindeldürren Beine auf den Fußschemel vor dem ausladenden Sessel, worauf auch Hof und Gäste sich unter Kleidergeraschel und Schwertergeklirr wieder setzten und die Gesichter erwartungsvoll dem hinteren Teil des Saals zuwandten.

Trompeten erschollen, und gleich darauf erschienen, Kapriolen schlagend und als Satyrn verkleidet, die ersten Schauspieler zum Vorspiel auf der Bühne; sie trugen Masken und kunstvolle Haartrachten, doch Nicholas erkannte den jungen Andrew an seinem akrobatischen Geschick. Stunden vergingen. In dem riesigen Saal war es heiß, die Damen transpirierten, die Schuhe der Tänzer klapperten auf der Plattform. Knaben sangen, der König trank zuviel und lachte aus voller Kehle. Während des Haupttanzes stiegen die Damen in ihren luftigen gelben Kleidern von der Plattform herab, um mit den Zuschauern zu tanzen. Die Bögen auf der Vorderbühne öffneten sich und gaben den Blick auf eine zweite Bühne dahinter frei. Darauf drehte sich eine große Kugel mit acht Tänzern in ihrem Inneren, und gegen Ende der Darbietung erschien der Günstling des Königs, der Marquis von Buckingham, in der Gestalt eines gütigen heidnischen Gottes und brachte Ordnung in das wüste Treiben. Gleich darauf war das Maskenspiel vorbei. Zutiefst erleichtert stand Nicholas auf und wandte sich zum Gehen. Statt sein Gemüt aufzuhellen, hatte der Abend in ihm wie erwartet ein Gefühl der Trauer und Leere hinterlassen, und er konnte es kaum erwarten, sich aus der Menge zurückzuziehen.

Wohin er auch blickte, überall sah er stumme Zeugen des schon der Vergangenheit angehörenden Spiels: halbgeöffnete Vorhänge, auf der Bühne verstreute Lauten und Krummhörner. Er zwängte sich zwischen den steifen Krinolinen der Frauen hindurch und schob sich an der Musikertribüne und gleich darauf an einem Diener vorbei, der mit einer Lichtputzschere hereingekommen war, um eine nach der anderen die Kerzen zu schneuzen. Als Nicholas sich in dem überfüllten Saal umsah, erspähte er Tom Wentworth aus Yorkshire, der in Gesellschaft einiger Männer in der Nähe der großen Türen stand. Er kämpfte sich zu ihm durch.

Im Näherkommen stellte er mit einiger Enttäuschung fest, daß Wentworth nicht länger der trauernde Jüngling war, der die Nachricht vom Tode seines Vaters nicht für sich hatte behalten können und den Segen seines Gastgebers erbeten hatte. Nun schien auch er nur einer jener hoffärtigen jungen Angehörigen des niederen Adels zu sein, einer jenes Schlages, der einen Arzt mitunter zur Tür brachte, um ihn ohne ein Wort des Dankes mit einem knappen Kopfnicken zu entlassen. Nicholas kamen die Goldmünzen in den Sinn, doch wofür er sie ausgegeben hatte, war ihm entfallen (hatte er sie einem notleidenden Schauspieler geschenkt, ein Buch oder Astrolabium dafür erstanden?). Er errötete. Diese Münzen standen nun zwischen ihnen wie eine baufällige Brücke über einem tiefen Fluß. Er wünschte, er hätte sie nicht ausgegeben.

Bei genauerem Hinsehen erkannte er indes, daß Wentworths Mund unter dem gestutzten dunklen Schnurrbart vor Unbehagen verzogen war und sich der jugendliche Landjunker an diesem glanzvollen Ort unter all den glänzenden Höflingen wie einer ausnahm, der von ganzem Herzen dazugehören wollte und es doch nicht tat. Nicholas spürte, wie ihn Mitleid erfaßte, und er schämte sich seiner ebenso flüchtigen wie heftigen Voreingenommenheit.

Wentworth erwiderte sein Lächeln kaum. »Ich wußte nicht, ob Ihr noch in der Stadt weilt, Herr Pastor, denn ich habe Euch vor einigen Wochen geschrieben und keine Antwort erhalten«, sagte er vorwurfsvoll.

»Ich habe keinen Brief bekommen, den ich nicht beantwortet hätte.«

»Auch keinen, in dem von meiner Frau Margaret die Rede war?«

»Nein«, antwortete Nicholas ahnungslos, »auch keinen über Eure Frau. Ist sie etwa krank, sagt?«

Der junge Landjunker schüttelte nur unwirsch den Kopf, faßte Nicholas am Arm und schob ihn zur Tür hinaus.

Auf dem Hof herrschte dichtes Gedränge: Diener und Pferdeknechte eilten hin und her, dunkle Kutschgäule tänzelten nervös. Gerade rollte wieder ein schweres Gespann davon und bespritzte die beiden bis zu den Knien mit Schlamm, während sich hinter ihnen der Whitehall Palast im Dunkel aufzulösen schien. In der klaren Nachtluft fiel Wentworth das Atmen leichter.

Etwas verbindlicher erkundigte er sich: »Und Ihr? Wie ist es Euch ergangen, Herr Pastor?«

»Ich trage schwer an meiner eigenen Gesellschaft.«

»Ach, mir geht es ebenso!« platzte der andere heraus.

»Wo bleibt Ihr heute nacht?«

»Bei Freunden, aber ich kann sie nicht finden.«

»Dann kommt mit zu mir«, schlug Nicholas kurz entschlossen vor. »Leistet mir Gesellschaft, denn meine eigene bekommt mir nicht. Bei mir wohnt niemand außer meiner Haushälterin

Joan, der ich es nie recht machen kann, aber ich armer Wicht habe nicht den Mumm, ihr zu kündigen.« Wieder kam eine Kutsche knarrend auf sie zugerollt, und der Kutscher brüllte sie an, sie sollten gefälligst beiseite treten.

Wentworth schnippte den Schmutz von seinem Umhang. »Ich komme mit Euch«, sagte er. »Ihr seid sehr freundlich, Cooke! Gütiger Gott, laßt uns zusehen, daß wir von diesem Ort fortkommen. Der Abend ist für mich nicht sehr erfolgreich verlaufen!«

Nachdem sie das Fährboot in Queenshyde Wharf verlassen hatten, gingen sie gemeinsam die steil ansteigenden Straßen nach Cripplegate hinauf. Von der Basinghall Street drang das Scheppern herüber, das die Männer beim Säubern der Abfallgruben verursachten. Nicholas sprach frei von der Leber weg, und sie lachten ausgiebig über das Maskenspiel. Zu Hause angekommen, schloß er rasch die Tür auf, zündete ein paar Kerzen an und eilte zum Schrank, um Käse zu holen.

Wentworth legte den Umhang ab und schritt mit hinter dem Rücken verschränkten Armen im Raum auf und ab. In der Tat, er hatte jenen eigenartigen Rest von Unschuld eingebüßt, der ihm bei seinem ersten Besuch eigen gewesen war, als ihm der Gedanke an den Tod des Vaters die Tränen in die Augen getrieben hatte. Nun wirkte er wie einer jener stattlichen, ungeduldigen und ein wenig dünkelhaften jungen Männer, die daheim in ihrer Grafschaft großes Ansehen genießen, zu ihrer Überraschung indes feststellen müssen, daß sie bei Hofe nur von minderem Interesse sind.

Zögernd blieb Nicholas am kleinen Bierfaß stehen und sagte: »Ich kann Euch außer Hausmannskost nicht viel anbieten.«

»Nach mehr verlangt es mich auch nicht. Am liebsten esse ich zu Hause zusammen mit meinem Verwalter und dessen Freunden. Ich benutze zum Essen auch keine Gabel, wie man es in Italien tut, denn dazu habe ich meine Hände«, sagte Tom ohne Umschweife: »Ich komme hungrig zu Euch! Habt Ihr Brot?«

Als sie sich zum Essen niedersetzten, öffneten sie beide die Krägen und krempelten die Ärmel hoch. »In meiner Grafschaft geht die Rede, daß Seine Majestät Geld benötigt«, sagte er zwischen zwei Bissen, »und gewillt ist, eine Handvoll Titel zu verkaufen. Hunderte von Männern haben den ihren zu Beginn seiner Herrschaft auf diese Weise erstanden, und das Heroldsamt ist mit den Eintragungen kaum nachgekommen. Ob er allerdings derzeit keinen Titel verkaufen möchte oder nur nicht willens ist, mir einen zu verkaufen, kann ich nicht sagen. Ich bin erst vor zwei Tagen eingetroffen und kann mir keinen Reim darauf machen.«

»Warum sollte er Euch keinen verkaufen wollen?« fragte Nicholas und griff nach der Schale mit Äpfeln.

»Gott allein weiß, wer gerade in seiner Gunst steht, das ändert sich im Handumdrehen. Diese Stadt ist ein grausamer Ort für einen Mann, der emporkommen möchte, und bei Hofe genießt man ohne Freunde keinen Einfluß. Der König kennt meinen Namen nicht: Wentworth von Nirgendwoher hat mich jemand genannt. Weit gefehlt! Ich stamme in gerader Linie von John of Gaunt ab, einem der großen Friedensstifter unserer Geschichte! Mag sein, daß ich seine wilde Entschlossenheit geerbt habe. Ich beabsichtige, mir in der Stadt ein Haus zu mieten, damit die Leute mich kennenlernen. Wäre ich hübscher, hätte ich es leichter. Buckingham hat es dank seiner Beine geschafft, aber ich biete ihm nicht meine Beine, sondern meinen Geist.«

Nicholas musterte den tatenlustigen, hungrigen Jüngling mit dem dunklen Haar, der sich das Brot beim Schneiden wie ein Bauernbursche gegen die Brust drückte. »Ich kenne fast niemanden«, fuhr Wentworth fort, »und von denen, die ich kenne, ist die Hälfte allzu sehr damit beschäftigt, andere kennenzulernen, um sich mit mir abzugeben. Wahrlich, nichts bereitet mir mehr Freude, als zu Hause auf die Jagd zu gehen, doch dann ist da noch dieser andere Teil von mir, den es hierher treibt... Wir bestehen doch aus verschiedenen Teilen, oder nicht? Ja, aus verschiedenen Teilen bestehen wir, und sie sind so willkürlich zu einem Körper und einer Seele zusammengeworfen, wie Bücher zu den unterschiedlichsten Themen nebeneinander in einem Regal stehen.«

Während der Mann aus Yorkshire sprach, stand sein heimlicher Kummer, über den er bislang kein Wort verloren hatte, so greifbar im Raum wie ein Gegenstand, gegen den man im Dunkeln stößt und dessen Kanten man mit Händen betastet, bis man begreift, daß er sich nur mit Mühe beiseite schieben läßt. Nicholas achtete mehr auf den Klang denn auf die Bedeutung der Worte und wartete darauf, daß Wentworth verstummte. »Und Eure Frau?« erkundigte er sich sodann mit ruhiger Stimme. »Was ist mir ihr? Ist sie krank?«

»Nein, Gott sei's gedankt!«

»Was ist es dann?«

»Herr Pastor, glaubt Ihr, wenn eine Frau nicht empfängt, dann liegt es daran, daß sie und ihr Mann eine Sünde begangen haben?«

»Das glaube ich nicht.«

Wentworth schob den Teller jäh von sich, und schon sprudelten die Worte aus ihm hervor. »Margaret und ich haben vor mehreren Jahren geheiratet, als ich noch ein Knabe war, und sie will und will nicht empfangen. Die Männer in meiner Grafschaft sagen, die Schuld läge bei mir«, fügte er hinzu und errötete vor Verärgerung, »aber Gott allein weiß, daß dies nicht sein kann. Ich habe mit niemandem über diese Angelegenheit gesprochen, denn zu den Ärzten bei uns zu Hause habe ich kein Vertrauen. Wißt Ihr Abhilfe?«

»Bekommt sie ihre Blutungen?«

»Ja, jeden Monat und reichlich.«

Nicholas besann sich kurz. »Hier in der Gegend gab es einmal eine junge Frau, die zwei Jahre lang nicht schwanger wurde. Ich gab ihr in Wein gekochte Rübsamen, und plötzlich rundete sich ihr Bauch, ob davon oder von etwas anderem, vermag ich nicht zu sagen. Erst letzte Woche habe ich an der Old Kent Road am Feldrand ein paar Rüben gefunden. Kommt!« Er nahm eine Kerze, eilte geschäftig voraus in sein Dispensarium und zog die kleinen Schubfächer auf. Wenig später köchelten die Rübsamen auf dem Herd vor sich hin. Während Nicholas den Sud umrührte, fragte er: »Wird Eure Frau auch in die Stadt kommen?«

»Ja, kommende Woche, so Gott will.«

»Ich würde sie so gerne kennenlernen.«

»Sie Euch auch.«

Mehr Wein wurde erwärmt, doch tranken sie ihn, wie er war, und plauderten dabei über dieses und jenes, während der Nachtwächter die Uhrzeit ausrief und die Kälte unter der Tür hereinkroch. Als Nicholas sich zurücklehnte, spürte er wieder Traurigkeit in sich aufsteigen. Ein wenig betrunken, sagte er bedächtig: »Ich wünschte, Ihr hättet mir die Münzen nicht hiergelassen.«

»Ich wollte Euch etwas als Dank für Eure Fürsorge geben«, lautete die erstaunte Antwort.

»Diese Fürsorge kam von Herzen.«

»Zürnt Ihr mir etwa deshalb?« erkundigte sich Wentworth betreten, und da überkam Nicholas Scham, und er sagte leise: »Nein, keineswegs. Wenn Ihr es so wünscht, dann soll es so sein. Ganz nach Euren Wünschen, mein junger Wentworth. Es ist gut so...« Er spürte, wie es ihm die Kehle zuschnürte, und nahm schweigend noch einen Schluck aus dem Becher.

Über den Dächern und Turmspitzen ertönte Glockengeläut. Als es verklungen war, beugte sich Wentworth vor und sagte offenherzig: »Bei diesem und meinem letzten Besuch habe ich viel von meinem Leben erzählt, Ihr aber nur wenig von Eurem.«

»Es ist nicht sonderlich interessant.«

»Ich spüre, daß Ihr viel zu erzählen habt.«

»Mag sein.«

»Mir könnt Ihr vertrauen!« beteuerte Wentworth eifrig. »Erzählt mir, wart Ihr nie verheiratet? Habt Ihr keine Kinder, sagt?«

Nicholas schöpfte tief Atem und sagte dann: »Ich war einmal verheiratet.«

»Wollt Ihr nicht darüber reden?«

»Nicht heute abend. Seht her, dieser Brief lädt zu einer Zusammenkunft von Männern ein, die die Wissenschaft lieben: Kommt doch auch, sofern Ihr Euch in der Stadt aufhaltet. Es ist schon spät, mein Freund. Legt Euch oben in der Kammer schlafen, die Ihr vom letzten Mal kennt. Die Arznei wird morgen früh fertig sein.«

Eigentlich wollte Nicholas mit seiner Kerze ebenfalls nach oben gehen, doch er besann sich anders. Statt dessen lauschte er den Schritten auf der Treppe, dem Quietschen des Bettes und dem darauffolgenden Seufzer. Er schloß die Fensterläden und trank den letzten Rest des warmen Weins. Dann ließ er sich auf der Sitztruhe nieder und dachte über seine eigene Ehe nach.

Er war damals Schauspieler gewesen und sie die Tochter seines ehemaligen Lehrmeisters Heminges. Er war noch so jung gewesen, als er das Gelübde ablegte, und obgleich er Susan nicht geliebt hatte, hatte sein Pflichtgefühl von ihm verlangt, alles zu tun, um sie glücklich zu machen, sofern dies seinem eigenen Freiheitsstreben nicht allzu sehr zuwiderlief. Doch es war alles schiefgelaufen, zuschanden geworden, in die Brüche gegangen: Er erinnerte sich an die leise, einsam klagende Stimme im Dunkeln, an die im Kissen erstickten krampfhaften Schluchzer und schließlich an die qualvolle Trennung und Susans überstürzte Heimkehr zu ihrem Vater, der ihn als Knabe einst vor sich selbst gerettet, ihn gehätschelt, ihn einen Beruf und das unbestimmte Verlangen zu leben gelehrt und ihm dann seine Tochter zur Frau gegeben hatte.

Er mußte an Heminges denken, wie er ihm, Nicholas, mit hinter dem Rücken verschränkten Händen leise Vorwürfe gemacht hatte. *Du weißt doch Bescheid, Nick!* Und erst die Verbitterung! O ja, die Verbitterung! Und die Lügengeschichte, die sie den Kirchenbehörden aufgetischt hatten, nämlich daß sie ohne Kenntnis ihrer Verwandtschaft geheiratet hätten. Da Heirat zwischen Blutsverwandten verboten war, war die Ehe aufgelöst und er in die aufgewühlte See seines eigenen Ich geworfen worden, in der er so manches Mal beinahe untergegangen wäre. Sie waren gescheitert, und Susan hatte ihm seinen besten Freund aus der Zeit der Irischen Kriege vorgezogen. Er hatte sie gewähren lassen und war nach Cambridge gereist, um seinen Doktortitel in Medizin zu erwerben und Pfarrer zu werden. Sechs Jahre waren seither vergangen: Heminges und er hatten einander verziehen. Seine ehemalige Frau war mit ihrem zweiten Ehemann nach Heidelberg gezogen, wo er eine Anstellung als Musiker gefunden hatte. Nicholas hatte sie und seine Kinder nie wiedergesehen.

Sechs Jahre, und doch war ihm manchmal in seltsamen Augenblicken, wenn ihn tiefe Müdigkeit überkam, als wären es

Jahrhunderte und als wäre es zwischen ihm und den anderen zu einem Bruch gekommen, der nicht verheilt war und nie verheilen würde. Eines stand für ihn fest: Er wollte das Wagnis, eine Frau zu lieben, nicht noch einmal eingehen.

Er deckte das Feuer ab, stieg zu seiner Schlafkammer hinauf, entkleidete sich bis auf das Hemd und verrichtete sein Gebet. Kaum hatte er jedoch die Psalmen gesprochen, zog es ihn unwiderstehlich zum Kleiderschrank, und er kniete nieder und öffnete die unterste Schublade. Zwischen lauter zerschlissenen Hemden und Büchern, die gebunden werden wollten, tastete er nach einem ganz bestimmten Tuch, legte es sich auf den Schoß und schlug es auf: darin lagen ein Kinderkleidchen, Pantoffeln und eine Mütze. Er fing an zu weinen, bis die Schluchzer mit solcher Macht aus ihm herausdrängten, daß ihm die Rippen schmerzten. Da griff er nach der Stuhllehne, um sich daran aufzurichten, doch dabei stürzte der Stuhl um. Wie er ins Bett zurückgelangte, wußte er nicht zu sagen.

Wenn sich ein so tiefer Kummer Luft verschafft, spüren dies die anderen Menschen. Sie sahen ihn mit zusammengepreßten Lippen durch die Pfarre laufen, sahen sein vom Weinen leicht geschwollenes Gesicht. In diesen drei Tagen weinte er mehr als in der gesamten Zeit seit seiner Kindheit, und als es ausgestanden war, hatte er das seltsame Gefühl, ein anderer geworden zu sein.

Aus den fragenden, liebevollen Blicken, mit denen ihn sein Gast am folgenden Morgen bedacht hatte, schloß er, daß auch diesem sein Kummer nicht entgangen war. Wentworth blieb in der Stadt, mietete ein Haus in der St. Martin's Lane in Aldersgate und schickte ihm von dort ein paar Tage später einen Brief.

»Mein Freund!

Ich glaube an das Schicksal, wenn auch auf andere Art als jene armen Seelen in Genf, deren Glaube an Verdammung oder Erlösung vor der Geburt manch eine unserer kleinen puritanischen Sekten hier durchsetzt hat. Unser Gott ist barmherzig und errettet uns mit Seiner Gnade. Diese Gnade wird uns zuweilen durch die Begegnung mit anderen Menschen zuteil, und so bin ich in gewisser Weise davon überzeugt, daß unser beider Leben miteinander verflochten sein werden. Daher darf ich Euch sagen, daß es mir wie Euch ergeht: Ihr nehmt die Menschen mit offenen Armen auf, und doch schreckt Ihr aus Angst zurück. Aus Angst wovor? Vor Verlust? Der Verlust wird uns dennoch ereilen, er findet uns sogar im verborgensten Winkel. Doch ist dies nicht schlimm, denn eines weiß ich gewiß: Das zu erlangen, was uns so wichtig wie unser eigenes Leben ist, wird uns eines Tages vergönnt sein!

Doch bei Gott, ich habe Vertrauen zu Euch, und so laßt uns wahre Freunde sein bis zu unsrem Tode, denn die Welt ist zuweilen ein grausamer Ort, und ich habe erlebt, wie andere Menschen über meinen Schmerz lachten. Gewißlich ist es Euch bereits ebenso ergangen. Schickt es sich für einen Mann, zu einem anderen zu sagen, ich weiß um Euren Kummer? Bei der Liebe des Herrn, ich betrachte die Freundschaft als eines der größten Gottesgeschenke. Betet für mich alle Tage Eures Lebens, so wie ich es für Euch und Euer Glück tun werde.

Versprecht mir, daß Ihr, ganz gleich, wie Euch das Leben mitspielt, nie von dem ablaßt, woran Euch wirklich liegt: Eure Forschungen, Eure Studien. Und ich werde meinerseits stets mein Bestes geben, das gelobe ich hiermit, wohin es mich auch führen mag.

Margaret kommt diese Woche und übermittelt Euch in ihren Briefen die besten Grüße. Wir beide umarmen Euch und sehen mit Freude Eurer Gesellschaft entgegen.

Wentworth«

Nicholas faltete den Brief sorgfältig zusammen. Während er in den kommenden Wochen seiner Arbeit nachging und die Bühnenstücke zusammenstellte, spürte er, wie sein Herz aufging. Es war ein sonderbares Gefühl, etwa so, als würde das Gitter vor einem Fenster geöffnet, und er nahm es mit Verwunderung zur Kenntnis.

Margaret Wentworth war noch immer nicht in der Stadt eingetroffen, obgleich das Haus in der St. Martin's Lane bereits für ihre Ankunft hergerichtet wurde. Nicholas schickte Wentworth in Brandy getränkte Wermutblüten gegen die Gicht und trug sämtliche Mittel gegen Unfruchtbarkeit zusammen, die er in seinen alten Büchern von Galen und anderen Verfassern finden konnte. Wentworth seinerseits schrieb ihm Briefe, in denen er ihm überschwenglich dankte und ihm berichtete, er habe mit dem betagten Erzbischof Abbot sowie anderen hochmögenden Männern im Lambeth Palast auf der anderen Seite des Flusses zu Mittag gespeist und den Eindruck, allmählich erste Freundschaften zu schließen.

Dann kam der Tag, an dem ihn die Kunde erreichte, daß die erste Zusammenkunft der Gesellschaft für Naturwissenschaften in der Wohnung des Arztes William Harvey in Blackfriars stattfinden sollte. Tim Keyes erschien mit Goldstaub von seiner Arbeit bedeckt und einem großen Stück Käse unter dem Arm, und John Lowin brachte eine gehörige Portion Skepsis mit, denn er traute keinem anderen Arzt als Nicholas. Sein Interesse an den Wissenschaften war gering, aber er hätte es nicht ertragen, ausgeschlossen zu sein.

Harvey hatte zwei weitere Ärzte eingeladen. Henry Bartlett, gleichfalls Mitglied des Kollegiums, war ein wohlbeleibter junger Mann knapp über Dreißig, der Ringe an den dicken Fingern trug, mit einem silbernen Stock herumspazierte und einer betuchten Witwe den Hof machte. Von den Fortschritten seines Werbens hing, wie sie später herausfanden, seine jeweilige Laune ab. Bartletts Latein war ebenso tadellos wie sein Humor verschroben, und laut Harvey gab es in London weder einen besseren Diagnostiker noch jemanden, der sich auf die Weisheit der arabischen Ärzte besser verstünde. Bartlett machte aus seinem Bestreben, sich so weit hochzuarbeiten, bis er dem König höchstselbst dienen durfte, keinen Hehl, und dafür eignete er sich seiner eigenen Überzeugung nach besser als jeder andere. Er umschmeichelte seine Patientinnen und war für sein ganz unerwartet zutage tretendes, ungemein freundliches Wesen bekannt. Der Tod eines Kindes brachte ihn zum Weinen.

Der zweite Arzt, Lawrence Avery, der stets drei Schritte hinter Bartlett herzutappen schien, war ein feingliedriger, kleiner Mann mit der schmalen Brust eines Schwindsüchtigen und hängenden Schultern. Er lebte in Armut irgendwo in der Thames Street, so ging die Rede, und besaß zwei große Leidenschaften. Die erste bestand im Studium des Wahnsinns: Morgen für Morgen stattete er den eingesperrten Jammergestalten in Bedlam vor den Toren der Stadt einen Besuch ab, redete den Wärtern ins Gewissen, sie glimpflich zu behandeln, las ihnen bisweilen etwas vor oder brachte einen aus eigener Tasche bezahlten Burschen mit, der auf der Laute spielte und ihnen ein paar Liedchen sang. Musik, behauptete er hartnäckig, könne viel bewirken. Die zweite Leidenschaft galt der Geschichte und Topographie der Stadt, die er in seinen Mußestunden in einem umfangreichen Buch zusammenstellte. Ansonsten schien er seine eigenen Ansichten, die er nur zögernd zum Ausdruck brachte, eher anzuzweifeln. Er hatte ein liebenswertes Gesicht und besaß eine Vorliebe für Scherze, die er mit todernster Miene vortrug. Selten äußerte er etwas, ohne sich sogleich durch einen Blick der Billigung des stämmigen Bartlett zu versichern, dem er aus unerfindlichen Gründen verbunden schien.

Harvey stand auf. »Auf Wissen und Freundschaft!« sagte er und hob seinen Becher. »Wir sind heute abend hier zusammengekommen, um die Mysterien der gesamten Welt zu enthüllen. Wir werden über Navigation, Längenmaße, Astrolabien und alles sprechen, was innerhalb und außerhalb dieses Universums existiert. Wir werden über Himmel und Erde sprechen, denn es gibt kein Geheimnis, das uns verborgen bliebe!«

»Gut gesprochen, alter Knochen!« rief Bartlett ihm von seinem Stuhl aus zu.

»Amen!« sagte Nicholas leise. Er hatte sich bereits damit abgefunden, daß Wentworth doch nicht kommen würde, doch kurz darauf hörten sie Hufgeklapper in der Gasse, und im nächsten Augenblick stand der dunkelhaarige Grundbesitzer mit leicht herablassender Miene in der Tür.

In dem kleinen, mit Skeletten und Destillierkolben, Gläsern voll metallischer Substanzen, chirurgischen Instrumenten und Hunderten von Büchern vollgestopften Raum herrschte Dämmerlicht. Die Männer saßen im Kerzenschein am Tisch, der Neuankömmling dagegen befand sich noch im Schatten. Auf ihren Willkommensgruß schließlich trat er vor, setzte ein strahlendes, knabenhaftes Lächeln auf und schüttelte einem nach dem anderen die Hand. Nach einer Weile drängten sie alle ins Freie, um sich einen Meteoritenschauer anzusehen, der wie immer im Norden über den Kirchtürmen und der Brücke der Stadt niederging.

Später meinte Harvey: »Noch so ein Bursche, der im Unterhaus sitzen will! Nun, bis jetzt wurde das Parlament nicht einberufen, und Gott allein weiß, wann das geschehen wird. Sei's drum, er macht einen anständigen Eindruck.« Sie hofften, daß Wentworth auch beim nächstenmal wieder dabeisein würde, doch er war bereits nach Hause, in den Norden, abgereist.

5
Die Nichte des Druckers

Der Sommer kam, und mit ihm seine Liebe zur Nichte des Druckers.

Gemeinsam mit Heminges und den anderen Schauspielern hatte er, um den günstigsten Preis zu ermitteln, mehrere Drucker aufgesucht und sich erkundigt, wieviel Zeit der Druck einer so umfangreichen Folioausgabe wie der von Shagsperes Werken in Anspruch nehmen würde, und zu guter Letzt hatten sie sich, wie nicht anders zu erwarten, auf Isaac Jaggard geeinigt. Jaggard veranschlagte vier Jahre für den Druck der Bögen und das Korrekturlesen und beschloß, sich die Stücke einzeln, in der Reihenfolge, in der er sie erhielt, vorzunehmen. Als Nicholas an einem warmen Junitag den ersten Akt eines der historischen Schauspiele zu ihm brachte, stellte er fest, daß Katherine wieder in der Stadt war, und sein Herz machte einen Sprung.

Sie saß auf einem Hocker unter dem Ladenschild und fertigte auf der unbedruckten Seite eines ausgesonderten Folioblattes, das sie an ein Brett geheftet und sich auf die Knie gelegt hatte, eine Liste an. Hinter ihr waren durch die offene Tür Lehrlinge beim Setzen und Aufhängen frischgedruckter Bögen zu sehen. Als sie Nicholas erblickte, stopfte sie hastig ein paar lose Haarsträhnen unter ihre bestickte Haube.

Um das Rattern der Pressen zu übertönen, sagte er mit erhobener Stimme: »Ist Master Isaac zu Hause, Mädchen?«

»Nein, er liefert gerade etwas beim Buchbinder ab.«

»Ich habe nicht erwartet, dich hier anzutreffen. Bleibst du nun hier?«

»Ja, für eine Weile.«

Nicholas mußte an den Kuß denken, den sie sich unter der Treppe gegeben hatten. Er setzte sich neben sie und beäugte ihr rundes Gesicht mit den Sommersprossen um die Nase und ihre von der Hausarbeit leicht rauhen, mit Druckerschwärze beschmierten Hände. Eine Blume mag man so lange betrachten, wie es einem beliebt, doch nicht einen Menschen. Er wollte einfach nur bei ihr sitzen, mit ihr über allerlei Belanglosigkeiten plaudern und dabei die Sommersprossen anschauen, mit denen sie am Hals und über dem Mieder gesprenkelt war.

In den folgenden Tagen war er vom Gedanken an sie derart besessen, daß er beim Briefeschreiben einmal die Feder vom Papier zu heben vergaß, so daß ein großer Tintenfleck entstand, der auf die Tischplatte abfärbte. Er vergegenwärtigte sich ihre dralle kleine Gestalt und das wie ein Weizenfeld im Sonnenschein schimmernde Haar. Immer wieder suchte er unter einem Vorwand die Druckerei auf in der Hoffnung, sie hinter einem Schreibtisch etwa beim Erstellen von Rechnungen zu sehen. Bisweilen saß sie vor der Tür und sah Kisten mit Drucklettern durch, um abgenutzte oder angeschlagene auszusondern. Dann setzte er sich neben sie und unterhielt sich mit ihr.

Sie war das jüngste Kind und einzige Mädchen unter lauter Brüdern, die allesamt zu ihrer Erziehung beigetragen hatten. Für ein Mädchen vom Lande war sie sehr belesen und begierig darauf, sich mitzuteilen; auch über Gott sprach sie mit ihm, und dabei rang sie die Hände und wurde plötzlich ganz schüchtern. Er hingegen sprach von der Liebe eines Menschen zu seinem Nächsten, und wenn er zwischendurch aufblickte, schenkte sie ihm, die Schürze voll loser Drucklettern, ein strahlendes Lächeln. Sie sahen einander so lange an, wie sie sich trauten. Der Schweiß brach ihm aus, so warm wurde ihm dabei, und anschließend lief er nach Hause und nahm am Feuer in der Wanne ein ausgiebiges Bad.

Sie war mit einem Bauern in Kent verlobt.

Indes, der Anblick ihres runden, weichen Oberarms unter dem hochgeschobenen Ärmel ließ ihn nicht los. Mit einemmal fühlte er sich wieder schrecklich jung, und aus Selbstschutz verschanzte er sich hinter seinen Büchern. Zuweilen gebrauchte er ihr gegenüber allzu komplizierte Worte, was er sogleich bereute; andererseits kam ihm die Lehrerrolle durchaus zupaß.

An so manchem Morgen in diesem Sommer erwachte er zum Geträller der in der Quitte sitzenden Vögel, dem Wohlgeruch feuchten Laubs und dem vom Garten aufsteigenden Duft der Kräuter. Was waren es für wonnevolle Tage, wenn er die Straße nach Aldersgate hinunterging und schon von weitem das Rattern der Pressen und das Gelächter der Lehrlinge hörte! An lauen Abenden, kaum daß es fünf Uhr geschlagen hatte, zog es halb London ans Wasser; dann wurden die Fenster aufgestoßen, und der Blumenduft überlagerte in den verwinkelten Straßen die Ausdünstungen von Stallungen und Misthaufen. Junge Mädchen, soeben mit der Fähre aus Southwark von den dortigen Theatern eingetroffen, musterten ihn mit neugierigen Blicken.

Der örtliche Alderman hieß die Ausputzer der Abfallgruben, Mist und Unrat jeglicher Art zu den Gräben außerhalb der Stadtmauer zu schaffen, und vom Fluß wehte eine milde Brise herauf. An einem solchen Abend nahm er sie und ihre Cousine zum ersten Mal zu einem Schauspiel nach Blackfriars mit. Dieses Theater, eine ehemalige Schule und später, in den neunziger Jahren des fünfzehnten Jahrhunderts, ein Knabentheater unter der Leitung skrupelloser Männer, die nicht davor zurückschraken, Burschen vom Land mit hübschen Stimmen zu entführen, dieses Theater also war vor reichlich zwanzig Jahren von den *King's Men* gekauft und zur erfolgreichsten Innenbühne Londons gemacht worden. Nach der Aufführung konnte er sich nicht einmal mehr daran erinnern, welches Stück sie gesehen hatten, so sehr war er in die Betrachtung von Kates aufgewecktem Gesicht versunken gewesen, während die Männer tanzten. Als sie im Dunkeln durch die engen Gassen nach Hause gingen, zitierten sie Passagen aus Chaucers *Canterbury Tales*, die sie gut kannte, oder sangen mehrstimmige Lieder, die ihnen gerade in den Sinn kamen, etwa *Drei Munt're Gesellen* oder *Komm über den Bach, Bessie*. Knisternd streiften die leinenen Unterröcke der Mädchen beim Gehen die feinen Eisenstreben ihrer Krinolinen. Katherine gab ihm einen flüchtigen Gutenachtkuß, und er errötete wie ein Knabe.

Zuweilen kam sie allein. Dann machten sie einen Spaziergang nach Finsbury Fields, um frische Milch zu holen, oder gingen zu den Brennöfen der Ziegeleien. In der Stadt standen die Fenster offen, vor den Haustüren blühten Blumen in Töpfen, und das dichte Laubwerk der Bäume überschattete die Straßen. Einmal kam der Oberbürgermeister auf dem Weg zur Eröffnung des Bartholomäus-Jahrmarkts in Smithfield in seiner Kutsche vorbeigefahren. Ihm voran schritt, Stäbe in der Hand, sein Gefolge: Ratsherren in scharlachroten Gewändern, Amtspersonen und mehrere Kompanien der Bürgerwehr: Männer mittleren Alters mit Musketen über der Schulter oder gefällten Piken. Davor und danach zogen die Trompeter und Pfeifer vorüber.

Manchmal fuhren sie auch mit einem Boot über das Wasser und lauschten dem Geschrei der Möwen über ihren Köpfen, den barschen Befehlen des Bootsführers und dem Rauschen der Stromschnellen unter der Brücke. Oder sie gingen auf der Cheapside zwischen den Buden entlang, die von Eiercreme bis hin zu Seidenstoffen alles feilboten, oder zur Royal Exchange, deren in Zweierreihen angeordnete Geschäfte Leinen aus Holland, Wolle aus Irland, Zivetparfum, Nadeln für Reifröcke, Zukkerkuchen und Früchte aus Portugal verkauften. Katherine drehte sich dann und wann zu ihm um, um etwas zu ihm zu sagen, und in solchen Augenblicken durchströmte ihn ein warmes, einfältiges Glücksgefühl.

Im Tower bestaunten sie die in Käfige gesperrten Löwen, und er erzählte ihr die Geschichte von dem Elefanten, der auf der Überfahrt nach England verendet war. Sie besuchten den Ort, an dem Lord Essex enthauptet worden war, und seine Finger berührten die ihren, als er ihr anvertraute, daß er Essex als Knabe in die Irischen Kriege gefolgt war und wie sehr ihn der Tod des Lord seinerzeit bekümmert hatte. Alsdann gingen sie hinunter zum Kai, um sich die Schiffe anzuschauen, und zurück nach Finsbury, wo auf der grünen Wiese, unter den zwischen Bäumen gespannten Wäscheleinen, eine kleine Kompanie Militär exerzierte. Sie spazierten zum Globe Theatre auf der anderen Seite des Flusses, um sich *Der Ritter vom brennenden Stößel* anzusehen, und erstanden beim Wärter am Eingang eine Tüte Nüsse. Sie besuchten die alte Kirche von Middle Temple, in der steinerne Abbilder von Rittern in voller Rüstung auf dem

Boden ruhten, wie Gefallene, auf die in Jahrhunderten niemand Anspruch erhoben hatte. An all diesen langen Sommertagen stand das Begehren wie eine ungeöffnete Truhe zwischen der verlobten jungen Frau und ihm, und keiner von beiden verlor ein Wort darüber.

Eines Tages kam sie mit zu ihm nach Hause, weil es zu regnen begann.

Der Himmel verfinsterte sich, als sie die Wood Street entlangeilten, vorbei am Laden des Schneiders und des Lichtziehers. In Nicholas' Wohnstube fiel trübes Licht auf die verschlissenen Kissen der Stühle und den stumpfen Ziegelboden, in der Luft schwirrten Staubpartikel. Er nahm sie an der Hand und führte sie hinauf in die Dachkammer, wo sie vom schmutzigen Fenster aus die mit Ziegeln und Stroh gedeckten Dächer bis hin zur Stadtmauer überblicken konnten. »In einer Kammer wie dieser, nur die Straße ein Stück weiter hinunter, habe ich als Knabe gewohnt«, sagte er. »Kannst du dir das vorstellen?«

»O ja.«

Im oberen Stock blieb sie an der Tür zu seiner Schlafkammer stehen und beäugte neugierig das schmale, von einem fadenscheinigen braunen Vorhang umgebene Bett und die an Haken hängenden Kleider. Mit der Hacke des Stiefels schob er eine schmutzige Kniehose unter den Kleiderschrank und hoffte, daß sie nicht bemerkt hatte, wie staubig die Scheiben des Sprossenfensters waren, auf die er in einer schlaflosen Nacht im vergangenen Frühjahr die Entfernung des Planeten Venus in jener Phase, in der er der Erde am nächsten war, geschrieben hatte.

Mit ernster Miene sagte sie: »Zeigt mir Eure Arbeit.«

Also führte er sie ins Dispensarium, wo er mehrere braune Glasflaschen öffnete, ihr getrocknete Kräuter und den Inhalt der kleinen Schubfächer zeigte: Pulver, Opium, Laudanum, Quecksilber und Rosenöle. Dabei ließ er ihre weiche, rundliche Gestalt und ihr kluges Gesicht, dem nichts entging, kaum aus den Augen.

Es regnete nun in Strömen. Sie schlossen die Fenster und sahen einander im unversehens graugewordenen, dämmrigen

Tageslicht an. Auf der Cheapside schlugen die Glocken sechs Uhr. Er sagte: »Ich dachte nicht, daß es regnen würde.«

»Ich auch nicht.«

»Laß uns warten, bis es vorüber ist.«

Sie schoben die Schüsseln mit den Zwiebeln und weißen Rüben auf dem Küchentisch beiseite und setzten sich, seine Hand dicht neben der ihren. Es verwirrte ihn, sie so nah bei sich zu wissen und dennoch nicht berühren zu dürfen. Sie verschwamm vor seinen Augen zu einem Fleck aus gelbem Stickwerk, und seine Kehle war vor Verlangen wie ausgedörrt.

Katherine holte aus ihrer Tasche eine Flickarbeit hervor und machte sich still daran, die abgewetzten Stellen eines Strumpfes auszubessern, von dem er vermutete, daß er ihrem Onkel gehörte. Bevor er sich indes dazu entschließen konnte, eine entsprechende Bemerkung zu machen, steckte sie die Nadel weg und sagte: »Ich muß nun gehen.«

»Aber es regnet noch immer.«

»Nicht mehr so stark.«

»Dann werde ich dir einen Plan zeichnen, wie du zu meinem Haus findest, damit du jederzeit wiederkommen kannst, liebste Kate.«

Rasch holte er Feder und Tinte vom Gestellbrett und malte die Straßen auf. »Dies hier ist die große Cheapside mit ihrer Kreuzung, den Wasserleitungen und Läden!« erklärte er mit Nachdruck. »Vom Fluß in Richtung Stadtmauer verläuft die Wood Street, in der ich als junger Lehrling wohnte. Hier, noch vor dem Gefängnis und der Schenke, biegst du in die Love Lane ein, so benannt nach den Dirnen, die hier vor mehreren hundert Jahren gearbeitet haben. Nun gehst du unter den auskragenden Obergeschossen der Häuser hindurch, die einander fast berühren, bis du zu meinem Haus gelangst, auf dessen Holz außen drei Spatzen gemalt sind – warum, weiß niemand mehr – und in dem wir augenblicklich sitzen. Von meiner Küchentür sind es nur drei Schritte zum Friedhof meiner Kirche, und unter anderem liegt dort…«

»… liegt dort…?«

Er holte tief Atem. »Mein Sohn… mein Erstgeborener aus

der Zeit, als ich noch verheiratet war. Die anderen Kinder habe ich meiner Frau gelassen, als unsere Ehe für nichtig erklärt wurde, und sie hat sie mit sich genommen. Sie leben weit weg und kennen nicht einmal meinen Namen.« Die Worte waren so plötzlich aus ihm hervorgebrochen, daß er vor Schreck erstarrte und schlagartig verstummte. Der Schmerz krallte sich in seine Eingeweide.

Da wandte sie sich ihm zu und zog ihn auf sanfte, frauliche Art an sich, so daß ihr schönes Haar sein Gesicht streifte und er das Klopfen ihres Herzens unter der Bluse spürte. »Ach, welch traurige Geschichte!« sagte sie.

»Fürwahr, das Leben hält so manche davon bereit«, antwortete er mit belegter Stimme.

»Wollt Ihr mir nicht mehr erzählen?«

Unsicher verschränkte er die Arme vor der Brust. »Ich habe keine Familie, und das schon seit frühester Kindheit«, begann er widerstrebend. »Ich war fünf Jahre alt, als sie meinen Vater wegen Diebstahls aufknüpften. Er war ein Taugenichts, der für alles eine Entschuldigung hatte, und dennoch liebte ich es, wenn er mich huckepack nahm und mit meiner Mutter Sonntag nachmittags Hand in Hand spazierenging. Er weinte, als er mir Lebewohl sagte.«

Was er ihr in der Folge anvertraute und was nicht, wußte er später nicht mehr: Sein Herz floß über wie seit Jahren nicht mehr. Er erzählte ihr von seiner Jugend, doch nicht auf amüsante Weise, wie er es häufig zu tun pflegte, sondern von Schrecken und Blut und davon, daß er im Alter von dreizehn Jahren um ein Haar einen Menschen getötet hätte, um seine eigene Haut zu retten. Er erzählte ihr von seiner Ehe und davon, wie oft er Susan im Dunkeln hatte weinen hören, weil er sich von ihr zurückgezogen hatte, und wie er eine Zeitlang weder seine Kinder noch sonst jemanden hatte lieben können. Er gestand ihr, daß er Angst davor hatte, wieder zu lieben. Am Ende murmelte er erschöpft: »Den Rest kennst du. Und jetzt will ich dich nach Hause bringen.«

Doch da sagte sie: »Tanzt mit mir, wie Ihr es letztes Mal getan habt.«

Der Nachbarssohn, der junge Mark, der in einer Kapelle der Zunft spielte, hatte auf seiner Zugposaune eine Melodie angestimmt, die über die Dächer und durch den Kamin zu ihnen drang. Es handelte sich um einen typischen, getragenen Hoftanz, und während Nicholas die Melodie mitsummte, schob er den Tisch beiseite, nahm ihre linke Hand in seine Rechte und lehrte sie die Schritte. Der Regen troff von den Dachrinnen auf das Pflaster, und irgendwo greinte ein Kind, doch Mark spielte weiter.

Sie verlor ihre Haube, und das Haar fiel offen herab.

»Wenn du hier wärst und zu mir gehörtest«, sagte er, »wäre dies ein hübscher Ort.«

»Fürwahr, dafür würde ich sorgen!«

»Würdest du wach bleiben, auch wenn ich erst spät in der Nacht nach Hause komme, weil meine Arbeit das nicht selten von mir verlangt? Würdest du auf mich warten?«

»Ich würde nicht schlafen, bis Ihr kämt«, beteuerte sie feierlich. »O Master, ich habe Euch so gern! Ihr seid so herzensgut.«

Ein Ruf wurde laut, und die Musik verstummte. Er blickte auf sie herab und strich ihr das Haar aus dem Gesicht. »Ich muß dich jetzt nach Hause bringen, Kate. Ich will es nicht, aber ich muß«, sagte er.

»Kommt Ihr morgen zu mir?«

»Jawohl.«

Der Regen hatte nachgelassen, aber durch die Gosse strömte noch immer reichlich Wasser. Er nahm eine Laterne und trat mit Katherine hinaus auf die Gasse. Wie immer nach einem Regenguß roch es in der Stadt stark nach altem Mauerwerk, feuchter Erde und dem Holz der Türen, während sie in westlicher Richtung auf den Hügel mit der alten Festung und dem Wachturm zugingen.

Vor dem Portal einer Kirche begann er unversehens, ihr Gesicht zu streicheln. Wieder löste sich ihr Haar, weil ihre Haube verrutschte und herabfiel; er fing sie auf und versteckte sie hinter dem Rücken. Da rief sie: »Oh, wie gern ich Euch habe! Könnt Ihr mich nicht auch gern haben, vielleicht sogar auf immer?« Sie küßte ihn und flüsterte ihm voll leidenschaftlicher, kindlicher Erregung zu: »Euch würde ich allen anderen vorziehen, das schwöre ich!«

Ergriffen flüsterte er: »Kate.« Dann küßte auch er sie. Er spürte ihren Reifrock an seiner Lende, spürte ihre warmen, weichen Brüste. Er war von seinem Verlangen so benommen, daß er kaum weitergehen konnte.

Vor dem Ladenschild der Druckerei drehte sie sich zu ihm um und sagte: »Bis morgen!« Er wartete, bis sie die Stufen hinaufgeeilt war, dann stolperte er nach Hause, doch schlafen konnte er nicht.

In der Morgendämmerung klopfte der jüngste Lehrling des Druckers an seine Tür. Er brachte ein Briefchen von Katherine, das er sich in den Ärmel geschoben hatte. Sie habe Nachricht erhalten, daß ihre Mutter erkrankt sei, und müsse unverzüglich nach Kent abreisen. In Windeseile kleidete er sich an und rannte zum Kai am Tower, wo das Fährboot nach Gravesend ablegte. Dort angekommen, sah er, wie es den langen Fluß hinunterfuhr, der nach Kent und zum offenen Meer führte und bald darauf vom Morgennebel verschluckt wurde.

Bettler sind wir ohne die Liebe und Narren mit ihr, hatte sein Freund, der Bischof William Sydenham, so manches Mal zu ihm gesagt. Schreibt mir, hatte sie ihn in ihren Zeilen beschworen. Er neigte den Kopf und eilte zurück nach Hause, um ihrem Wunsch nachzukommen.

Er wußte, daß er sie wiederhaben mußte, koste es, was es wolle, und nicht selten erwachte er mitten in der Nacht, zündete eine Kerze an und schrieb ausführliche Briefe an sie, von denen er nicht wenige zerriß. Er wußte nicht recht, was er ihr sagen sollte, denn in Wahrheit wollte er sie auf der Stelle haben, so wie man etwas von einem Augenblick auf den anderen begehrt, und die Ungewißheit brachte ihn schier um den Verstand. Tagsüber malte er sich immer wieder aus, daß sie mit ihm in seinem Haus wohnte, schlug sich diesen Gedanken indes sogleich wieder aus dem Kopf.

Die gelben Quitten in seinem Garten waren nun endlich auch reif geworden, und Andrew half ihm, aus den Samen eine milchige Substanz zu kochen, die hervorragend gegen Halsschmerzen wirkte. Es wurde Spätherbst. Schlachtgerüche hingen in der kühlen Luft. Er schüttete frisches Wasser in die Gosse vor der Haustür, um sie auszuspülen, und hängte Rosmarinbüschel vor die Fenster. Er braute Abführmittel zusammen und bereitete für seine Freunde eine Abhandlung über die Eigenschaften des Lichts vor. Als Pfarrer gewann er an Würde und Ernsthaftigkeit, wie wenn er von neuem danach trachtete, die Tiefen seiner Seele zu ergründen.

Er schrieb Katherine oft, und ebenso oft fand er auf dem Tisch im Dispensarium eine Antwort in der ihm nunmehr vertrauten hastigen, zierlichen Handschrift vor. Beim Erbrechen des Siegels war ihm, als sähe er ihre angekauten Nägel, kräftigen Finger und großen braunen Augen vor sich. Und dennoch: Was wußte er schon über sie, oder vielmehr, was gab es über sie schon zu wissen, außer daß sie blutjung und von sanftem Wesen war und ihn begehrte? Sie hatte ihn einen »herzensguten« Menschen genannt. Daß sie an einen Teil von ihm glaubte, an den er selbst nach Auflösung seiner Ehe zu glauben aufgehört hatte, war nicht von der Hand zu weisen. Wie sehr wünschte er sich, daß sie mit ihrer Einschätzung recht behielt und er mit seiner Erfahrung irrte! So wurden die Briefe denn immer häufiger und länger. Sie füllten die Lücken in seinem Leben und sammelten sich zwischen den Gläsern im Dispensarium und unter Ciceros Reden neben dem zerbrochenen Kerzenleuchter auf dem Schrank in seiner Schlafkammer, wo sie in schlaflosen Nächten im Mondschein matt schimmerten.

Bald übte er sich beim Schreiben in Zurückhaltung; bald verfaßte er, wenn er soeben eine Trauung vollzogen hatte, einen Brief von solch rasendem Überschwang, daß er ihn nicht abzusenden wagte, sondern auf die Rückseite die Diagnose eines Patienten mit geblähtem Bauch kritzelte, um das Schreiben am Ende doch noch in einer stark veränderten Fassung abzuschicken. Ein ums andere Mal entwarf er einen Brief, in dem er um ihre Hand anhielt, überantwortete den Bogen indes jedesmal den Flammen.

»An Nicholas Cooke, Arzt und Pfarrer, Pfarrhaus von St. Mary Aldermanbury in Cripplegate, City of London

Liebster Pastor!

Euer Brief traf heute morgen ein, der dritte in dieser Woche, und ich habe ihn soeben von neuem gelesen. Ich denke oft an das, worüber wir am letzten Abend ansatzweise sprachen und wie es wohl zwischen uns beiden wäre. Ihr könntet mich lehren, Abführmittel und einen Sud gegen Skorbut zu brauen, und ich würde jeden Sonntag in die Kirche kommen und mich in die erste Reihe setzen, um Euch predigen zu hören. Ich hätte gerne sechs Kinder. Wollt Ihr mehr? Und des Nachts würde ich auf Euch warten, wenn Ihr spät von der Arbeit heimkommt, und Euch unter der Steppdecke einen warmen Platz bereiten.

Darum verwundern mich Eure Worte oder vielmehr deren Ausbleiben, denn Ihr schreibt über allerlei, vom Katechismusunterricht bis hin zur Geburt von Zwillingen, nur nicht über das, worüber wir sprachen. Was soll ich tun? Ihr wißt, daß Mutter und Vater einen Ehemann für mich ausgewählt haben, und er ist ein guter Mensch, doch nicht wie Ihr. Dennoch erscheint er zweimal in der Woche mit Geschenken und sitzt auf der Freiersbank, und man erwartet von mir, daß ich ihn nehme. Das würde ich auch tun, wäre ich Euch nicht begegnet.

Ihr aber schweigt Euch aus. Wochen vergehen, und Ihr schreibt über allerlei, nur nicht darüber. Und doch schickt Ihr unermüdlich Briefe und übersendet mir Eure innigsten Grüße. Was hat das zu bedeuten? Ich bin dem jungen Mann eine Antwort schuldig, und darum, liebster Pastor: Wollt Ihr mich denn wahrhaftig zur Frau haben, so nehmt die Fähre am Kai zu Füßen des Tower, begebt Euch nach Gravesend und alsdann nach Kent und haltet um mich an. Ich küsse Eure Hände und Euer liebes Gesicht, wie ich auch Euren Brief dieses und so viele andere Male geküßt habe.

Kate«

Mehrfach setzte er ein Antwortschreiben auf, verwarf sie jedoch allesamt und schickte ihr schließlich einen Brief, in dem vieles stand, nur nicht das, was sie zu wissen wünschte.

»Liebstes Mädchen!

Kate, ich schicke Dir hier einen Sud gegen Skorbut, den ich aus Brunnenkresse, Lindenblüten und Löffelkraut gebraut und mit Zimt und Wacholderbeeren abgeschmeckt habe. Ich gebe es allen Kindern aus der Pfarre zu trinken, damit sie bis zum Frühjahr nicht unter Mangelerscheinungen leiden.

Was das andere anbelangt, so grüble ich über die Worte nach, die ich wählen soll. Ich komme bald, sehr bald. Du wirst meine Pläne in Kürze erfahren.

Tausend Küsse, süße Kate«

»Mein lieber Pastor!

Letzte Nacht hatten wir zum ersten Mal richtigen Frost. Ich bin mit meinem Tuch hinausgelaufen und habe das Feld in der grauen Dämmerung glitzern sehen.

Liebster Pastor, wann mag »bald« und wann »in Kürze« sein? Schickt mir Nachricht von Euch.«

»Liebstes Mädchen!

Von mir ist folgendes zu vermelden: Ich laufe mit betrübter Miene und die Hände auf dem Rücken umher und studiere die Pflastersteine.

Ich werde, wie ich meine, an Allerseelen kommen und mit Deinen werten Eltern sprechen. An jenem Tag werde ich es gewiß tun, liebe Kate.«

»Lieber Master Cooke!

Allerseelen ist vorbei, ich habe bis zum Einbruch der Dunkelheit vor dem Haus gewartet, aber von Euch war nichts zu sehen, und dann kommt ein Brief, in dem von dieser Angelegenheit nicht die Rede ist. Sie drängen mich, das Aufgebot zu bestellen. Was soll ich ihnen sagen?«

Der Stapel ihrer Briefe unter dem zerbrochenen Kerzenständer auf dem Schrank wuchs. Des Nachts wollten ihm keine Gebete in den Sinn kommen, denn ihm war, als raunten ihm die beschriebenen Seiten etwas zu. Zuweilen nahm er den jüngsten Brief mit zu Bett und fand am nächsten Morgen Krümel von grünem Siegelwachs auf dem Laken. Alte Erinnerungen trieben ihn um, und er sagte sich verbittert: Fürwahr, jetzt liebt sie mich, aber wenn wir die erste Lust befriedigt haben und alles Neue verflogen ist, wenn die Fensterläden geschlossen sind, das Feuer gelöscht ist und der Ruf des Nachtwächters ertönt, was dann? Wird sie von mir erwarten, daß ich immerzu bei ihr bleibe, und wird in unserem Haus Stille herrschen bis auf das Schaukeln der Wiege? Wird dann die Liebe vergehen wie beim letzten Mal? Doch wenn jeder Viehtreiber und Bäckergeselle ein anständiges Zuhause schaffen kann, warum nicht auch ich?

Weihnachten kam, und es wurde weiß.

Tom war zurückgekehrt, um eine Weile in dem kleinen, hinter einem baumbestandenen Garten gelegenen Steinhaus in der St. Martin's Lane in Aldersgate zu wohnen, und als Nicholas eines Tages an der Kirche um die Ecke bog, erblickte er Kerzen in den Fenstern des oberen Geschosses. Im Vorraum hing ein Porträt von James I. Stuart, und die liebreiche Stimme, die ihn vom oberen Treppenabsatz aus begrüßte, gehörte der Dame des Hauses, in die sich Nicholas auf Anhieb ein wenig verliebt hatte.

Margaret Wentworth, ein hochgewachsenes, feingliedriges Geschöpf voller Sanftmut, schien die wachsende Zahl von Menschen, die ihren geschäftigen Gatten umgab, mit Befremden zur Kenntnis zu nehmen. Bisweilen umschloß Nicholas ihr Handgelenk prüfend mit den Fingern, denn der rasche Puls unter ihrer zarten Haut gab ihm Anlaß zur Sorge. Er schien ihm zuzuraunen: Ich kann nicht empfangen, ich kann kein Kind austragen! Hilfesuchend sah sie ihn aus ihren blauen Augen an, wenn sie sich im ehelichen Schlafzimmer, das reich mit Tapisserien, Statuen und allerlei anderen schönen Dingen ausgestattet war, die Tom Wentworth in seiner Liebe für sie erstanden hatte, leicht zu ihm hinneigte. Nicholas fühlte mit ihr, und zuweilen fragte er sich, ob das Problem nicht eher beim Ehemann denn bei der Frau lag. Diesen Gedanken sprach er indes nicht aus; er verzog das Gesicht bei der Vorstellung, wie Wentworth diese Vermutung entrüstet von sich weisen würde. So beschränkte er sich denn darauf, Margaret mit leisen Worten Trost zu spenden, sie weiterhin mit stärkenden Mitteln zu versorgen und mit ergötzlichen Geschichtchen zu erheitern. Wenn sie dann die Kutschen und Pferde der zum Abendessen Geladenen hörten, begab sie sich, plötzlich frohgemut, an Nicholas' Arm nach unten, um jedermann im Namen ihres Gatten willkommen zu heißen. Sie betete ihn an.

In jenem Winter begegnete Nicholas in Wentworths Haus vielen Menschen, darunter auch dem Rektor des St. John's College in Cambridge, einem gewissen William Laud, der ein schmächtiger, schlichtgekleideter Mann mit spitzem ergrauendem Bart war und auf zierlichen Füßen umhereilte. Er war einer der Hausprediger des Königs und stand im Rufe eines großen Pädagogen, da er in Eton zahlreiche Reformen durchgeführt und die Unterrichtsmethoden sowie die Bibliothek seines Colleges in Cambridge stark verbessert hatte. An den Hof begab er sich indessen nicht oft, denn er stand nicht in der Gunst Seiner Majestät.

Dann gab es da noch einen jungen Adligen namens Michael Dobson, einem Menschen mit parfümiertem Bart und manikürten Fingernägeln, der gelegentlich vorbeikam und viel über die Kunst, die Frauen und den Hof redete. Er kenne Harvey, sagte er, weil dieser ihn bereits einmal zur Ader gelassen habe, und er war erpicht darauf, der Gesellschaft für Naturwissenschaft beizutreten. Auch John Harrington, ein betagter Lord, bemühte sich geflissentlich um Aufnahme; sein Interesse galt der Erdkruste, den Bergen und Seen. Ein rauhbeiniger Hüne von einem Barrister mit rüder Ausdrucksweise und wehendem, grauem Haar, das ihm nach der Mode längst vergangener Tage bis auf die Schultern reichte, war er in seiner Jugend mit Sir Walter Raleigh in den Krieg gezogen und stand kurz vor Vollendung des sechzigsten Lebensjahres. Diese beiden Herren und viele andere mehr gingen in jenem Jahr in dem Steinhaus ein und aus.

Thomas Wentworth hieß sie alle willkommen. Auch enge Freunde waren zu Gast in seinem Hause: George Radclyffe, der mit ihm die Schulbank gedrückt hatte, und Christopher Wandesford, sein Sekretär, der ihn auf allen Reisen begleitete. Auf einem Tisch in einer Ecke des Salons lagen oftmals aufgeschlagene Rechtsbücher, in der Regel Fitzherbert und Rastells *Lehrbuch der Jurisprudenz.* Weilte Wentworth in der Stadt, las er häufig spät abends darin, nachdem Margaret bereits zu Bett gegangen war.

Jetzt, da Nicholas ihn etwas besser kannte, bemerkte er an Wentworth bisweilen einen seltsam grüblerischen Ausdruck. Er wußte auch, daß der junge Grundbesitzer einem Freund an einem kalten Tag seinen Mantel oder die letzten Münzen in seiner Tasche gegeben hätte. Seine Kräfte schienen unerschöpflich: Es machte ihm nichts aus, zwischen Yorkshire, wo er jüngst ein Stück Land dazugekauft und an politischem Einfluß in der Grafschaft gewonnen hatte, und London hin- und herzureisen. War er unterwegs, überließ er Margaret der Obhut des Arztes, und Nicholas stattete ihr an mehreren Abenden in der Woche einen Besuch ab. Sie fand Gefallen daran, ihm anhand von Tarotkarten die Zukunft vorherzusagen, und im Gegenzug vertraute er ihr so manche Herzensangelegenheit an, darunter auch das eine oder andere Wort über des Druckers Nichte aus Kent. Sie legte ihre zarte Hand auf seine, blickte ihm in die Augen und sagte: »Geht und heiratet sie! Tut es, Nick, und Ihr werdet glücklich sein.«

Dann kehrte Wentworth zurück, die gewohnten kleinen Diners fanden wieder statt, und die oberen Räume des Hauses waren von Musik erfüllt. Jedermann wußte, daß Wentworth nach einem Adelstitel gierte wie ein hungriger Mann nach Brot, doch der König wollte ihm keinen verkaufen. Das bereitete Nicholas Sorge, und er verspürte den Drang, Wentworth zu beschützen. So kamen der Frühling und die Fastenzeit, in der die wissenschaftlichen Zusammenkünfte in das Haus des neuesten Mitglieds Michael Lord Dobson in The Strand verlegt wurden.

Dobson war ein junger Mann von augenfälliger Schönheit, der sich das lange Haar nach der Mode der jüngeren Höflinge in Locken auf die Schultern fallen ließ. Er entstammte einer alten Familie aus dem Norden, deren Männer zweihundert Jahre zuvor unter Heinrich V. bei Agincourt gedient hatten, und hatte von seinem Vater zwar den Titel, doch kaum mehr geerbt. Fünfundzwanzig Jahre jung, war er soeben von einer Reise auf dem Festland zurückgekehrt, um sich auf dem feuchten, alten Familiensitz auf halbem Wege nach Westminster niederzulassen. Er galt als enger Freund von Lord Buckingham, dem schmucken Günstling des Königs, und hoffte durch dessen Fürsprache Einkünfte aus der Einfuhr von Süßwein beziehen zu können. Nichts begeisterte ihn mehr als die dingliche Welt, und kein anderes Mitglied war mit so flammendem Interesse bei der Sache wie er.

Am Dienstag nach Ostern ging Nicholas zum ersten Mal durch The Strand zu Lord Dobsons Haus. Die Luft war kühl, und am Straßenrand bettelten hier und da Kinder um ein paar Pennies. Andrew Heminges trottete neben ihm her. Der Knabe hatte sich mit seinem Vater wieder einmal so heftig gestritten, daß man das Gebrüll bis zur Stadtmauer hatte hören können, und anschließend hatte er seine Siebensachen zusammengerafft und war davongelaufen, um eine Zeitlang bei Nicholas zu bleiben.

Sie betraten das Haus durch den Seiteneingang und gelangten zu den steinernen Herden, an denen zwei barfüßige junge Frauen damit beschäftigt waren, Pfannkuchen zu backen. Die anderen Männer warteten einen Stock höher in einem mit fadenscheinigen Tapisserien ausgekleideten Salon. Der Teppich über dem Kaminsims war vom Rauch eines ganzen Jahrhunderts geschwärzt. Der beleibte Arzt Henry Bartlett befand sich in Festtagslaune, denn seine wohlhabende Witwe hatte eingewilligt, ihn zu heiraten, und nun konnte er seinem kleinen Dispensarium den Rücken kehren und ein größeres, eleganteres einrichten. Nachdem sie einander mit den üblichen Rufen und Uzereien begrüßt hatten, begaben sich die Männer auf einen Rundgang durchs Haus. Dobson führte sie an, und Wentworth wich nicht von seiner Seite.

Die Tapeten schälten sich von den Wänden. Das Mobiliar war alt, und in der Dachstube entdeckten sie leicht verschimmelte und stockfleckige Bücher und Landkarten, die einst Dobsons Vater gehört hatten. Auch die Kellergewölbe besichtigten sie und staunten über die Fundamente, in denen der faszinierte Avery Überreste eines römischen Tempels erkennen wollte, weshalb er sogleich Papier und Bleistift hervorholte, um die Maße zu notieren. Mit genüßlichem Lächeln sagte Dobson zu seinen Freunden, wie bequem es doch sei, am Fluß zu wohnen, da er die Mädchen aus den Freudenhäusern von Southwark zu sich kommen lassen könne, wann immer es ihm beliebte. Eine der jungen Frauen, die ihn nachts besucht hatte, hatte in den feuchten Kellern eine Halskette aus billigen Schmucksteinen verloren. Welche es gewesen sei, daran erinnere er sich nicht mehr, meinte er, als er die Kette aufhob.

Wieder im Salon, versammelten sie sich um einen Tisch und kamen auf Agricolas umfangreiche, rund sechzig Jahre zuvor in Basel veröffentlichte Studie über die Erdkruste zu sprechen. Nicholas berichtete über sein neuestes Unterfangen, nämlich das Studium des Lichts.

Stunden waren vergangen, und Andrew, den dies alles nicht interessierte, hatte sich zu den Mädchen in der Küche gesellt, als die Türflügel aufflogen und eine der beiden jungen Köchinnen in den Raum stürzte.

Dobson zog sie an sich, doch sie stieß ihn mit beiden Händen von sich und platzte mit den Neuigkeiten heraus: Am Landungssteg habe soeben ein kleines Boot von der anderen Seite des Flusses angelegt und eine ihrer Freundinnen gebracht, die kaum gehen könne, so heftig blute sie zwischen den Beinen. Wie auf Kommando sprangen die Männer auf und folgten dem jungen Lord die Treppe hinunter in die Küche.

Auf einem niedrigen Schemel saß, zitternd und von Krämpfen geschüttelt, besagte Freundin: Sie hatte das Schultertuch fest um sich gezogen und lehnte sich an eine ältere, pockennarbige Frau, die ihren Arm streichelte. Der Schrecken stand dem Mädchen ins Gesicht geschrieben, als es beim Hereinkommen der Männer aufstand und einen Knicks zu machen versuchte. Unter ihren schäbigen Röcken tropfte Blut auf die Schuhe aus gelbem Satin.

»Sally!« stieß Dobson leise hervor.

Nicholas zwängte sich zwischen den anderen hindurch, hob das Mädchen hoch und trug es nach oben. Da das Gästezimmer nicht geheizt war, legte er die junge Frau auf Dobsons breites Bett, ein Familienerbstück, dessen Pfosten so dick wie eines Mannes Taille waren. Harvey, der sich wie immer, wenn er aufgeregt war, über den Bart strich, schnauzte Anweisungen.

Während das Mädchen wimmerte und ein ums andre Mal »Christus, hab Erbarmen mit mir!« flüsterte, erzählte ihnen die ältere Freundin stockend die ganze Geschichte. Vor zwei Monaten sei die Regel des Mädchens ausgeblieben, und nun blute und blute sie. Die Frau gestand, ein Stöckchen in die Gebärmutter des Mädchens geschoben zu haben, um das Kind abzutreiben. Sie warf sich vor den Männern auf die Knie, ergriff ihre Hände und bettelte darum, nicht als Kupplerin vors Kirchengericht gestellt zu werden.

Dobson wich mit angewiderter, entsetzter Miene zurück. Da packte sie seine Manschette, zerrte daran, so daß die Spitze zerriß, und rief mit vorwurfsvoller Stimme: »Das Kind war von Euch, mein guter Lord, denn sie war noch Jungfrau, als Ihr sie genommen habt, und seither hat sie außer Euch keinen anderen gehabt. Sie hat es aus Angst vor Eurem Mißfallen getan, guter Lord.«

Nicholas hatte unterdessen ein sauberes Hemd aus dem Kleiderschrank in Streifen gerissen und stopfte sie dem Mädchen in die Öffnung des Mutterleibes. Keuchend und wimmernd lag es mit zitternden Beinen auf den kostbaren Satinlaken und bestickten Kopfkissen. Der junge Andrew stand mit weit aufgerissenen Augen daneben. Sie flößten ihr Rinderbrühe ein und bereiteten einen Aufguß gegen Infektionen. Das geschwächte Mädchen bekam dies alles nur am Rande mit, und schließlich fielen ihr die Augen zu und sie schlief ein. Die Blutung wurde zunehmend schwächer und schwand nach einer Weile zu einem Rinnsal. Auch Nicholas, dem gleichfalls die Beine zitterten, schloß für einen Moment die Augen. Er fragte sich, ob es wohl dieses Mädchen gewesen war, das die Kette mit den Schmucksteinen verloren hatte, als es mit dem Boot vom anderen Flußufer herübergekommen und auf seinen hübschen Füßen leise die feuchten Stufen des herrschaftlichen Hauses emporgehuscht war. Er legte der Schlafenden die Hand auf die Stirn, sprach ein Gebet und wandte sich dann vom Bett ab.

Dobson hatte die ganze Zeit über mit vor der Brust verschränkten Armen und finster gerunzelter Stirn ein Stück abseits gestanden. Nun spuckte er ins Feuer, ging zur Tür und öffnete sie. Die anderen Männer folgten ihm.

Tom Wentworth hatte schweigend ein leinenes Bettlaken in Stücke gerissen; dabei hatte sich seine schlanke Gestalt gekrümmt und gewunden, und als der Anfall vorüber war, hatte er den Kopf in den Nacken geworfen und die Lippen so fest aufeinandergepreßt, daß sein Gesicht einen drohenden, unerbittlichen Ausdruck annahm. Wortlos hatte er das Zimmer verlassen, als das Mädchen eingeschlafen war, und als die anderen nun die Treppe hinuntergingen, wandte er sich an seinen Gastgeber und sagte kalt: »Dobson, Ihr beschlaft ein Mädchen und laßt zu, daß Euer Kind getötet wird? Was seid Ihr für ein Hurenjäger, daß Ihr etwas Derartiges fertigbringt?«

»Was sagt Ihr da?« kam die verblüffte Antwort. »Sally ist mir lieb und teuer! Ich hätte für den Bastard gesorgt. Habe ich die Kupplerin etwa gebeten, ihr den Stock hineinzustecken?«

»Wäre ich Richter im Norden, was ich eines Tages sein werde, und würde man Euch vor meinen Stuhl führen, bekämt Ihr unverzüglich, was Ihr verdient!« erwiderte Wentworth. Er zog sein Wams aus. »Die Ehre einer Herausforderung werde ich Euch nicht gönnen, sondern Euch mit meinen Fäusten schlagen.«

Nicholas rief: »Halt ein, Tom!«, doch da hatte Wentworth Dobson bereits am Hemd gepackt, und der junge Lord versuchte fluchend, den Dolch zu zücken. Nur mit vereinten Kräften waren die beiden zu trennen. Die Männer riefen alle durcheinander, und die alte Frau kam aus dem Zimmer im oberen Stock gelaufen.

Dobson wandte das Gesicht ab und begann zu weinen. Vor Erstaunen verstummten die anderen. Nicholas sagte leise: »Gütiger Himmel, Tom, der Schaden ist schon groß genug! Willst du noch größeren anrichten?«

Tom schüttelte ihn ab; barhäuptig stand er da und warf das dichte Haar zurück. »Es ist nur...«, stammelte er. »Was ich mir mehr als alles auf der Welt wünsche, fällt diesem Hurenjäger so einfach zu, und er wirft es fort...« Er schluckte. Den Hut noch immer in Händen haltend, stürzte er die Stufen hinunter und zur Tür hinaus, und der Klang seiner Stiefel hallte in der leeren Eingangshalle nach. Andrew und ein paar andere liefen ihm nach, aber er war bereits verschwunden.

Tags darauf machte Harvey eine kleine, saubere Kate im Süden der Stadt ausfindig und brachte das Mädchen dort unter, damit es wieder zu Kräften kam. Es blieb nicht lange, und niemand wußte etwas über sein weiteres Geschick. Dobson wurde von hohem Fieber befallen, und so lieh Nicholas sich ein Pferd, damit er zwischen seinen anderweitigen Verpflichtungen rasch zu ihm reiten und nach ihm sehen konnte. Der junge Lord lag in einem kleinen Schlafzimmer; Schweißperlen glänzten über seinem Schnurrbart, das Haar war ungelockt und verfilzt. Seine Diener hatten die ruinierte Matratze aus dem großen Schlafgemach in den Hof getragen und aufgeschlitzt, um die Federn zu reinigen und für ein anderes Bett zu verwenden. Nicholas stieß die Fenster im Raum weit auf, und vom Fluß her wehte kühle, feuchte Frühjahrsluft herein.

Andrew söhnte sich mit seinem Vater aus und verließ das Haus des Arztes. Zurück blieben nur ein Dutzend Gedichtbände mit Blättern als Lesezeichen auf dem Fensterbrett des kleinen Zimmers und eine schmutzige Kniehose auf dem Fußboden. Ein paar Tage später erschien Tom mit beschämtem Gesicht im Dispensarium, um mehr empfängnisfördernde Arzneien für seine Frau zu erbitten.

Nicholas, der die ganze Nacht am Krankenbett einer alten Frau gewacht hatte, faßte ihn an beiden Armen. »Tom, Tom«, sagte er mit strenger Miene. »Auf der Welt gibt es genug Kummer! Nichts darf zwischen uns stehen, denn wir sind vereidigte Mitglieder. So du mich liebst, schließ Frieden mit Dobson.«

»Das werde ich«, sagte Wentworth, »denn ich will Euch nicht mißfallen. Anderen vielleicht, doch nicht Euch.« Feierlich ritt er zu dem Haus in The Strand, durchzechte mit Dobson eine Nacht und schied von ihm als Freund, als hätte es zwischen ihnen keinen Zwist gegeben und würde nie wieder einen geben können. Zwischen den beiden Männern blühte von jenem Tag an eine eigenwillige Zuneigung auf. Ein inniges Einverständnis verband sie miteinander sowie die Entschlossenheit, sich einen Weg durch das dornige Gestrüpp bei Hofe zu schlagen, um am Ende vor dem König zu stehen. Dobson wollte ihm schmeicheln, Wentworth als weiser Ratgeber die Hand heben, damit Seine Majestät wußte, wie weit er gehen konnte und wann er über das Ziel hinausschoß; dafür sollte er sich Wentworth gegenüber in gewisser Weise erkenntlich zeigen.

Jedenfalls standen sie einander in diesem Frühjahr und auch noch einige Zeit danach so nahe, wie es zwei Männer nur tun konnten. Dobson schrieb gar an Toms Frau: »Liebste Auserwählte meines liebsten Freundes!« Einmal fochten sie spielerisch mit stumpfen Rapieren in der langgezogenen, bis auf einige Gemälde in verzogenen Rahmen leeren Eingangshalle des alten Hauses in The Strand. Das Degengeklirr und ihre Ausrufe drangen über die Treppe nach oben und durch das Fenster hinaus bis zur Themse.

6

Osterzeit

Ostern kam, und von Haus zu Haus erscholl der althergebrachte Ruf:

»Christus ist auferstanden!«

»Wahrlich, der Herr ist auferstanden!«

An dem feuchten Frühjahrsmorgen ging Nicholas zum Brunnen, um den Eimer zu füllen. Der Nachbarssohn übte bereits auf dem Krummhorn, um zusammen mit seinem Gambe spielenden Vater während der Messe die Psalmen zu begleiten. Die Sonne ging auf, und über den Ziegeldächern der Häuser und den Wasserspeiern des Kirchturms dämmerte schläfrig der Tag empor.

Langsam bewegte sich die Prozession zum Gesang der Knaben und zur Musik der Schauspieler auf den Altar zu. Nicholas segnete Brot und Wein, wie er es in den zwei Jahren seiner Priesterschaft Woche um Woche getan hatte. Früh am nächsten Morgen verließ er mit seinem Pferd die Stadt und nahm die Fähre nach Gravesend. Grau dehnte sich vor ihm das Wasser bis hin zum Meer. Er hatte die Nähe des Todes und die Wankelmütigkeit der Liebe am eigenen Leib erfahren und daher den Entschluß gefaßt, nicht länger zu zaudern, sondern die Nichte des Druckers zur Frau zu nehmen.

Katherine Jaggards Familie bewohnte ein stattliches Steinhaus mit einem Vorratskeller für Wurzelgemüse, einer Brauerei, einer Bäckerei, einem Stall und mehreren Kornspeichern inmitten sanfter brauner Felder. Nicholas, mit Soutane und breitkrempigem Priesterhut angetan, stieg vom Pferd, und da er die Türen offen fand, ging er die Stufen zur Küche hinunter, wo mehrere Männer beieinanderstanden.

Auf dem Tisch lagen frisch erlegte Vögel mit blutverschmiertem Gefieder und schlaffen Flügeln. Er zog den Hut und fragte nach Kate, worauf ihr ältester Bruder ihn in eine kleine dunkle Wohnstube führte. Dort erblickte er einige von ihrer Hand angefertigte Zeichnungen, mehrere Musikinstrumente und viele alte Bücher. Auf dem Fußboden lagen dicke Binsenmatten vom vergangenen Herbst, auf die jemand getrocknete Rosenblätter gestreut hatte. Es verlangte ihn danach, die bestickte Haube vom Regal zu nehmen und an sein Herz zu drücken, das unter dem schwarzen Gewand heftig pochte. Er berührte alles mit den Fingerspitzen, denn auch sie hatte all diese Gegenstände berührt.

Er stand gerade am Fenster und blickte hinaus auf die Felder, als er ihre Schritte hörte. Sie trug das auf der Vorderseite mit Blumen bestickte gelbe Kleid, und bei ihrem Anblick begriff er, daß er nichts auf der Welt so sehr begehrte wie sie. Sie schloß die Stubentür und stellte sich vor ihn hin, die Lippen leicht geöffnet und die Sommersprossen rund um die Nase dunkel vor Erregung.

Er sagte: »Oh, meine Liebe!«

»Master, seid Ihr am Ende doch noch gekommen!«

In ihrer Stimme schwang leise Verachtung mit, und so erwiderte er: »Hast du etwa nicht daran geglaubt? Hast du gedacht, ich könnte es vergessen? Kate!« Er streckte die Hand aus, um ihren Arm zu berühren, fuhr sich aber statt dessen über den Mund.

»Kate«, sagte er noch einmal. »Ich möchte, daß du zu mir gehörst. Was auch immer dein Herz begehrt, du sollst es von mir bekommen. Und wenn ich um deines Glückes willen mich oder mein Leben ändern muß, so will ich es mit Freuden tun und alles dafür geben.«

Stumm biß sie sich auf die Lippen.

»Kate«, fuhr er fort. »Du kennst mich wohl, denn es gibt kaum etwas, das ich dir nicht erzählt habe. Bis zu diesem Augenblick habe ich mir selbst nicht zugetraut, eine Frau zufriedenstellen zu können, aber beim Blute Christi, bei dir, glaube ich, könnte es mir gelingen.« Er redete noch eine Weile weiter, schloß dann mit: »Du sagst ja gar nichts, Katie« und verstummte.

Nun schwiegen sie beide, und allein der Gesang der Vögel, das Winseln einer Petze in der Küche und die Rufe ihrer Brüder auf den Feldern störten die tiefe Stille.

Voller Verbitterung stieß sie leise hervor: »Man hat mich vor einer Woche verheiratet, und ich bin nur zu Hause, um meine Mutter zu besuchen. Warum habt Ihr gezögert? Was habt Ihr in all der Zeit, die ich auf Euch gewartet habe, getan, Pastor?« Sie reckte das Kinn und blickte ihn aus tränennassen Augen herausfordernd an. Sprachlos vor Erschütterung wankte er zurück zu seinem Pferd, saß mühsam auf und ritt unter den Blicken ihres Vaters und ihrer auf den Feldern arbeitenden Brüder davon. Bei seiner Heimkehr schloß er sich in seinem Haus ein und betrank sich wie nie zuvor in seinem Leben.

Auf den Frühling folgte der Sommer, und Nicholas' Tage gingen über einem obzwar begrenzten Ausbruch der Pocken, manch hitziger Debatte darüber, ob weitere Bestattungen innerhalb der Stadtgrenzen genehmigt werden sollten, und den bis zu den Stadtmauern herüberschallenden Schmerzensschreien des einen oder anderen in der Cheapside ausgepeitschten armen Wichts dahin. Er vertiefte sich in die Mysterien seiner Kirche, predigte bald zaudernd, bald mit einer inbrünstigen Heilserwartung, die seinen zwar mit bescheidenem Wohlstand gesegneten, im übrigen indes eher unbedarften Schäfchen fehl am Platze erschien.

In den warmen Monaten blieb er oft lange auf und machte einen Spaziergang zur London Bridge, um von dort aus die Stadt zu betrachten. Gewiß hatte bereits manch anderer Mann in seinem tiefem Kummer an ebendieser Stelle gestanden, seit im Tower noch fromme Könige mit spitzen Schuhen gewohnt hatten. Auch er selbst war schon des öfteren hierhergekommen (in einem anderen Leben, wie ihm schien), wenn der Gram an ihm fraß, doch die Gründe hatte er vergessen: vielleicht war er geschlagen oder fälschlicherweise eines Vergehens beschuldigt worden, oder er hatte wieder einmal festgestellt, daß seine innere Zerrissenheit sich nicht in die festgefügten Formen dieser Welt einpassen wollte.

In Augenblicken der Verstörtheit, wenn ausgestandenes und frisches Leid sich miteinander verquickten und in der jüngst verlorenen Liebe alle Lieben zusammenfielen, stand er dort und lauschte den Geräuschen der Stadt, was ihm einen gewissen Trost verschaffte. In der Ferne erstreckte sich in der Dunkelheit nach allen Himmelsrichtungen das weitläufige, schäbige Labyrinth des Whitehall-Palasts mit seinen unzähligen Zimmern. Ringsumher erblickte Nicholas Kirchtürme und Ziegeldächer, unter denen sich Einzelschicksale mit ihren je eigenen Enttäuschungen zutrugen, die dem seinen vielleicht gar nicht so unähnlich waren. (Indes, so richtig mochte er nicht daran glauben.) In den Dachstuben lagen vermutlich Knaben, wie seinerzeit auch er selbst, und lasen von all den Möglichkeiten, die ihnen die große weite Welt bot, nicht ahnend, daß der ausgewachsene Mann, der in diesem Augenblick auf der London Bridge stand, durch eigenes Verschulden gleichsam noch immer in einer kleinen Kammer hauste und aus dieser wohl auch nie herauskommen würde.

Ein paar Schenken waren gewiß noch geöffnet. In einer von ihnen saß der junge Andrew Heminges vielleicht gerade zu Füßen des korpulenten, in die Jahre gekommenen Stückeschreibers Ben Jonson, um dessen klangvollem Vers zu lauschen:

»Ich glaube nun, die Lieb' ist eher taub denn blind,
Wie sonst erklär' ich's mir
Daß ihr
Die ich so sehr verehr', so wenig liegt an mir
Und sie an meiner Lieb' nichts find'.«

Anschließend würde er, vom Portwein trunken (denn Jonson hielt es für eine Sünde, Wasser zu trinken), nach Hause schleichen, an den Balken des väterlichen Hauses emporklettern und sich im Inneren leise zu Boden gleiten lassen.

An solchen lauen Sommerabenden lauschte Nicholas dem Knarren der an ihren Tauen zerrenden Boote und dem Plätschern des gegen die Pfeilerköpfe der Brücke schwappenden

Wassers. Krähen und Möwen sammelten sich flatternd auf den dahinterliegenden Kais, und in den Häusern zu beiden Seiten der Themse drehten sich Liebende mit einem Seufzer einander zu und schlossen sich in die Arme. Die Träume, denen er sich hingab, wenn er schließlich nach Hause getrottet war, waren allzu innig, als daß er sich später daran erinnerte; bei Tagesanbruch hatten sie sich verflüchtigt.

Morgens kamen dann übel zugerichtete Frauen zu ihm, die beteuerten, von ihren Männern nicht geschlagen worden zu sein, Handwerksgesellen, die Blut und Schleim aushusteten, Fremde, die es nach einer Absolution, Freunde, die es nach einem Gespräch verlangte; es kamen Nachrichten von Bekannten oder Bischof William Sydenham, dem es nicht gutging. Auch der junge Andrew erschien. Er tröstete die Armen und brachte regelmäßig schwangere Mädchen, geschlagene Ehefrauen, mitunter einen Schurken, dessen Rücken von den Peitschenhieben ganz wund war, und einmal gar einen Leprakranken zu Nicholas. Mit vertrauensvollem Blick sah er den Arzt an und sagte: »Mach sie gesund, Nick!«

Worauf Nicholas antwortete: »Mein Junge, du verlangst mehr von mir, als ich je werde geben können!«

In jenen Tagen betete er verstärkt um Weisheit und Kraft und um die Gabe, andere Menschen heilen zu können. Einmal erhielt er einen Brief von Tom: »Vergiß unser beider Gelübde nicht!« Welches Gelübde meinte er wohl? fragte er sich. Dann fiel es ihm ein, und er wandte sich wieder seiner Arbeit zu. Es fanden Abendessen und Versammlungen statt, und es kamen Briefe von seinen Freunden: Der junge Kaplan des Vorstehers von St. John's sei ihrer Gesellschaft beigetreten, nebst einem Krämer. Und sosehr es Wunder nahm, nach einer Weile begannen auch seine eigenen Wunden zu heilen.

Zweiter Teil

1620–1628

1

Das Parlament

Gelbes Laub bedeckte an diesem Novembermorgen des Jahres 1620 die Straßen der Stadt, als Nicholas sich auf den Weg zu dem Haus in der St. Martin's Lane machte. Er traf Wentworth auf den blitzblanken Bodendielen seiner Bibliothek kniend an, umgeben von Rechtstexten und Rechnungsbüchern seines Besitzes, neben ihm im Schneidersitz sein Sekretär, ein muntrer dunkelhaariger Bursche Anfang Zwanzig. Der schlanke Mann aus Yorkshire sprang auf die Füße und legte dem Arzt einen Arm um die Schulter. »Das Parlament ist einberufen worden!« verkündete er. »Zum ersten Mal seit sieben Jahren! Ende Januar tritt es zusammen. Ich bin als Abgeordneter für West Riding gewählt worden, zwar nur mit einer kläglichen Mehrheit, doch Hauptsache ist, daß ich überhaupt gewählt worden bin, und ich will all jenen eine lange Nase machen, die mich aufzuhalten versuchen. Nun geh schon nach oben, Margaret verlangt nach deiner Gesellschaft!«

Als Nicholas später am Nachmittag nach Hause zurückkehrte, stellte er fest, daß sich die Kunde bereits über weite Teile Londons verbreitet hatte; so kam sogar der hagere Bäcker aus seinem Laden gelaufen, wischte sich die mehligen Hände an der Schürze ab und meinte: »Das Parlament tritt zusammen! Es soll unsere Beschwerden zu hören bekommen, bei meiner Treu!«

Weihnachten stand vor der Tür. Die Kälte kroch in die Stadt, und die Schornsteine spien grauen Kohlestaub, der Hauswände, Pflastersteine und Kleidung beschmutzte. Aus den Kirchen und von den Lippen der Hausfrauen auf dem Weg zum Markt erklangen Weihnachtslieder, und in den Wohnstuben und über den Türen hingen hier und da ein paar Stechpalmenzweige oder Efeublätter, ein aus heidnischer Zeit überlieferter Brauch. Und im Januar des Jahres unseres Herrn 1621 reisten nach und nach die Mitglieder des Ober- und Unterhauses aus sämtlichen Grafschaften des Königreiches an. Sie mieteten kleine Steinhäuser oder bezogen ihre lange unbewohnt gebliebenen Stadtwohnungen, nachdem sie einen Parfümeur durch die Räume geschickt hatten.

In den Straßen von Cripplegate und in den Nebenzimmern der Mitre Tavern trafen sich die Kaufleute und sprachen über Kriege und Korruption, die beiden Hauptthemen, die sie den beiden Häusern des Parlaments vorzutragen gedachten. Lord Buckingham vereinigte in seiner Hand zu viele Monopole, was ihm nicht wenig Groll eintrug; auch billigten sie seine Feldzüge im Ausland nicht, die England einen hohen Geld- und Blutzoll abverlangten.

Bei der nächsten Zusammenkunft der wissenschaftlichen Gesellschaft machte der Arzt William Harvey seinem Unmut darüber Luft, daß eine nie zuvor gekannte Zahl von Männern sich seit der Thronbesteigung des neuen Herrschers die Ritters- und Peerswürde erkauft hatten. Dabei zuckte wie jedesmal, wenn er in Harnisch geriet, sein Mundwinkel, was ihm, obgleich erst mittleren Alters, das Aussehen eines Spastikers verlieh.

»Oh, da wäre weiter nichts dabei, würde die Macht nicht allzu freigebig verteilt«, erwiderte Dobson und fügte mit engelsgleichem Lächeln hinzu: »Und das reine Blut des Adels, so wie meines, herabgewürdigt.«

Nicholas hatte sich anhand von Büchern eingehend mit den Annalen des Landes beschäftigt und die Geschichte des Staates seit den frühen Königen vor rund vierhundert Jahren studiert, als Johann ohne Land vom Adel die Magna Charta aufgenötigt worden war, die seine königliche Macht beschnitt. Wentworth erging sich in Erörterungen der parlamentarischen Verfahrensweisen, was Nicholas das Gefühl gab, Einblick in das verborgene Räderwerk eines komplizierten Chronometers zu erhalten, und er verfolgte mit größtem Interesse, wie die einzelnen Zahnräder und Federn ineinandergriffen. Seine alte Liebe zur Mechanik meldete sich zurück, und er rief: »Wohlan, Harvey! Wir wollen uns die Prozession bei Tagesanbruch anschauen!«

»Ohne mich!« schnauzte sein magerer, ungeselliger Freund, doch am Ende erwartete er Nicholas um fünf Uhr morgens in der Gasse vor seinem Haus mit in Flaschen abgefülltem Ale und etwas Brot in einem Ränzel sowie einer gehörigen Portion Mißbilligung in dem langen, finstren Gesicht. Gemeinsam gingen sie durch die Straßen, die von den Laternen zahlreicher anderer Männer mit demselben Ziel erhellt wurden. In der Milk Street stieß Avery zu ihnen, der barhäuptig, das schöne Haar zu einer wilden Mähne zerzaust, aus seiner neuen Wohnung gehastet kam. Er trug den gewohnten dunkelbraunen Anzug, dessen Wams an den Stulpen und dessen Hosenboden bereits durchgescheuert waren. Während sie weitereilten, gab er die Entstehungsgeschichte der Prozessionen in der Stadt seit der Zeit der Kreuzzüge zum besten und legte die Stirn in Falten, wenn ihm ein genaues Datum einmal nicht gleich einfallen wollte.

Auf halbem Wege zu The Strand begegnete ihnen Henry Bartletts prunkhafte neue Kutsche. Der leutselige Arzt, nunmehr ein rechtmäßig verheirateter Mann, lehnte sich mit seiner Frau aus dem Fenster und forderte seine Freunde zum Einsteigen auf. Sie schüttelten die Köpfe, wußten sie doch allzu gut, daß die Straßen nach Westminster schon bald so verstopft sein würden, daß ein großer Wagen wie dieser nicht mehr durchkäme. Zu ihrem Leidwesen mußten sie sich überdies eingestehen, daß sie die frischgebackene Mistress Bartlett wegen ihrer scharfen Zunge und ihres gehässigen Verhaltens gegenüber ihrem Gatten nicht mochten. So wünschten sie dem Paar denn alles Gute und hasteten weiter Richtung Westminster.

Zehntausende beugten sich aus den Fenstern und säumten tücherschwenkend die Straßen, und der Hof des Old Palace hätte kaum eine Menschenseele mehr fassen können. Verspätet eintreffende Abgeordnete entstiegen ihren Kutschen oder eilten mit ihren Sekretären von den Kais herbei. Rotgewandete Bischöfe schwebten vorüber, dicht gefolgt von Kaplanen und Kirchenbeamten. Die Rufe der Balladenverkäufer und Straßenhändler wurden von den deftigen Flüchen der Pferdeknechte und dem wilden Gewieher widerspenstiger Gäule übertönt.

Die Prozession begann. Über den Kirchtürmen stiegen die Musik der Kapellen und die keuschen, Himmel und Erde preisenden Gesänge der Chorknaben der St.-Pauls-Kathedrale auf. Weiß stand der Atem der Chorvikare, welche die tieferen Stimmlagen vertraten, in der kalten Luft. Zuerst kamen die Aldermänner, deren scharlachrote Roben das Pflaster fegten; sodann die Sheriffs und der Oberbürgermeister, gefolgt von den Mitgliedern beider Kammern. »Ha, da ist Tom bei den Commons!« rief Avery mit geschwellter Brust. »Und Harrington und Dobson bei den Lords!«

Es folgten die Bischöfe und der Kronanwalt, noch mehr Trommeln und Hörner, große, mit vergoldetem Gips und Seidenbannern verzierte Prunkboote auf Rädern und die Freiwilligenverbände mit Musketen und Piken. Die nach Kampfer riechenden Roben und Pferdedecken waren nach langer Zeit wieder aus der Mottenkiste geholt worden, und so hingen überall dort, wo die Teilnehmer der Prozession vorüberschritten, Staubschwaden in der Luft. Zu guter Letzt erschien der König höchstselbst, das feiste Gesicht dann und wann zu einem mißgünstigen Lächeln verziehend und der Menge seine beringte Hand entgegenstreckend, als wollte er sagen: »Euch gilt all meine Liebe...« Ergriffen rief das Volk: »Gott segne Euch... Gott schütze Euch, Majestät!«

Die drei Freunde bahnten sich einen Weg über den Hof. An gewöhnlichen Tagen begaben sich die Commons, die Mitglieder des Unterhauses, in die St. Stephens's Chapel und die Lords in die Painted Chamber, die vor langer Zeit als Audienzsaal gedient hatte. Heute indessen sollten sich beide Kammern in Westminster Hall, einer ehemaligen Tennishalle, versammeln.

Die Türen wurden aufgestoßen, und die Menge drängte ins Innere.

Man hatte die Trennwände fortgeschafft und zu beiden Seiten des Saals lange Bankreihen in treppenförmiger Anordnung bis hinauf zu den oberen Fenstern aufgestellt, während sich am hinteren Ende des Saals ein Podium mit dem Königsthron erhob. Die Lords, von denen ein jeder in seiner heimatlichen Grafschaft eine bedeutende Persönlichkeit darstellte und sich hier unter Standesgenossen befand, hantierten geschäftig mit Federkielen und Kerzen. Die Freunde fanden Platz in einer der oberen Bankreihen und blickten sich fasziniert in dem von Fackeln erleuchteten, zum Bersten vollen Saal um.

Beim ersten Stoß der silbernen Trompete sprangen die Männer auf, rissen sich die Mützen vom Kopf und verneigten sich. Mit einer hermelinbesetzten Robe angetan und aufrecht auf seinem rotsamtenen Sessel thronend, wandte sich Jakob I. an sein Parlament. Seine Stimme, die noch immer stark vom kehligen Akzent des Schotten gefärbt war, rollte über die durchgetretenen Binsenmatten auf dem Boden hinweg und stieg hinauf bis zum Sparrenwerk. Er sprach von der Verantwortung eines jeden Mannes unter diesem Dach, Land und Königtum hochzuhalten. Er rief ihnen die Unerbittlichkeit der Kriege und der Politik gegen das Ausland in Erinnerung und bat um ihre Hilfe. Wieder erscholl die Trompete.

Alsdann kam er auf seine geliebte Tochter Elisabeth zu sprechen, die sich einige Jahre zuvor mit Friedrich, dem Kurfürsten der Pfalz, vermählt hatte. Im vergangenen Winter hatte Friedrich den böhmischen Thron angenommen, und daraufhin hatten die Katholiken ihm den Krieg erklärt. Er sprach von der Ehe, die er zwischen seinem Sohn Karl und der spanischen Infantin auszuhandeln hoffte, damit Spanien ihn in seinem Bemühen unterstützte, den Thron seiner Tochter wiederherzustellen. Abermals erklang die Trompete.

Nicholas ließ den Blick über die Lords und die Commons schweifen, die einander zu beiden Seiten des Saals gegenübersaßen. Als nächstes hielt ein Bischof eine Predigt und erbat Gottes Segen für die Parlamentssitzung. Neben dem König saß der Schönling George Villiers, Lord Buckingham. Von seinem Aufstieg bei Hofe kündeten allerlei Balladen: Zuerst war er zum Königlichen Kammerjunker, sodann zum Oberstallmeister und kürzlich zum Königlichen Garderobenverwalter ernannt worden. Als er für einen kurzen Augenblick das Wort ergriff, ging seine goldene Stimme im Fußscharren der Anwesenden unter. Dann trat der Lordkanzler Francis Bacon, der trefflichste Gelehrte von ganz England, mit seinem silbernen Gehstock vor; ihm voran schritt der Zeremonienmeister des Oberhauses mit seinem schwarzen Amtsstab.

Tauben flatterten unbeteiligt zwischen den Dachbalken umher.

Zwischenrufer ließen sich vernehmen, verstummten, meldeten sich von neuem: Man solle eine Armee nach Böhmen schicken – Nein, das solle man nicht. – Wenn ja: wie viele Schiffe, wieviel Proviant, welche Waffen? Um elf Uhr wurde die Sitzung mit einem lauten Ruf des Zeremonienmeisters aufgehoben. Nicholas und seine Freunde kämpften sich im Gedränge zum Hof durch, wo Dobson und Harrington sie bereits ungeduldig erwarteten. »Wer pinkeln mußte, der ist beinahe gestorben, so lange hat der König palavert!« sagte Dobson mißlaunig.

»Aber gefurzt haben sie, was das Zeug hielt!« erwiderte Harrington mit seiner barschen dröhnenden Soldatenstimme: Er schien allzeit bereit, die Erstürmung einer feindlichen Stadtmauer zu befehligen. Er lächelte breit, wobei er seine kümmerlichen Zähne entblößte, und schob die lange, schmutziggraue Mähne zurück. »Potztausend, Kameraden! Sehen wir zu, daß wir hier fortkommen!«

Sie suchten in einer Nebenstraße unweit vom Laden des Buchbinders eine Schenke auf, in der magere Burschen mit abgedeckten, dampfenden Schüsseln umherflitzten, die sie aus dem Wirtshaus ein paar Türen weiter holten. Kapaune, Rindfleischpasteten, Räucheraal und Steckrüben flogen nur so an ihnen vorbei und verschwanden in den einzelnen Nebenräumen. Die Freunde nahmen ebenfalls ein Nebenzimmer in Beschlag, knallten mit den Bechern auf die rauhe Tischplatte und verlangten nach Bedienung, doch der träge Schankwirt rieb sich nur die dicken Hände und meinte: »Gemach, gemach, werte Herren!«

Dobson warf den Kopf in den Nacken. »Wo bleibt Tom? Wo ist der Schwerenöter hin? Und wo ist Bartlett?«

»Noch immer in seiner Kutsche gefangen, möcht ich wetten, und muß sich das Gekeife seiner Frau anhören... Aber nein, da kommt er schon, und auch Wentworths Stimme höre ich! Alle Achtung, daß die Burschen uns hier gefunden haben!«

Die Tür zum Nebenraum flog auf, und Wentworth stand in seinem schwarzen Wams und dem schlichten Kragen aus feinem Batist vor ihnen, unter dem Arm einen Packen Papiere und neben sich seinen Sekretär. Der ernste Ausdruck auf seinem glänzenden Gesicht verschlug den anderen für einen Augenblick die Sprache.

»Kruzifix!« rief Dobson verwundert aus. »Unser Freund macht ein Gesicht wie ein unerfahrener Knabe, der von seinem ersten Besuch bei einer Metze heimkehrt! Die Miene würde einem unberührten Heiligen gut anstehen! Ich habe dich lammfromm und voll des Eifers bei den Commons sitzen sehen, Wentworth! Barhäuptig, wie es der alte Brauch will. Ist es nicht so, daß du den Lords, deinen Oberen, barhäuptig gegenübersitzen mußt?«

»Ich habe den Hut abgenommen, weil es der Brauch so verlangt«, kam die ausweichende Antwort.

»Was sagt ihr dazu, Männer? Der Junge ist sprachlos vor Erregung! Habt ihr nicht gehört, wie Lord Bacon sagte, die Gemeinen müßten sich der Hochachtung und Ehrerbietung befleißigen, wie sie sich angesichts Seiner erhabensten Majestät ziemen? Dieser junge Mann tut es. Willst du uns deine Antrittsrede halten?«

Zögernd setzte sich Wentworth zu ihnen. Er holte tief Atem und erwiderte: »Hiermit sage ich euch, daß ich meinen König lieben, aber niemals zulassen werde, daß er sich mehr nimmt, als ihm gebührt.«

»Hurensohn! Mußt du für alles einstehen, was ich verabscheue?«

»Und wofür stehst du ein, Dobson?« fragte Wentworth zurück.

»Für mich... und darum verabscheue ich alles außer mir und stehe für nichts anderes ein als für mich selbst.« Lachend warf Dobson den Kopf in den Nacken. »Darin sind sich doch alle Menschen gleich. Es ist schierer Mummenschanz, wenn sie etwas anderes vorgeben! Du kannst das beste Land und die besten Pachteinkünfte haben und dich gegen den König stellen, aber in Wahrheit geschieht dies nicht aus Überzeugung, sondern aus Berechnung und ist klug ersonnen.«

»Halt ein, Kamerad«, fuhr ihm Harrington über den Mund, »und laß unsren Freund zu Wort kommen!«

Wieder verstummten die Männer. Aus den anderen Zimmern und von der Straße drangen Gelächter und Gesang zu ihnen, und irgendwo spielte eine Schnabelflöte quiekend und piepsend eine ländliche Weise.

Tom sah sie einen nach dem anderen an. »Nun denn, meine Freunde. Unter der guten Königin Elisabeth herrschten zwischen Hof und Land, zwischen Regent und Parlament vollkommene Ausgewogenheit und Eintracht. Ich spreche hier nicht von den Vorrechten des einen oder anderen, denn mein Gefühl sagt mir, daß mit dieser Ausgewogenheit alles steht und fällt. Und wenn das Pendel schon zu einer Seite ausschlagen muß, dann besser zum Land hin denn zum König. Darum will ich ihm wegen seiner ebenso unbesonnenen wie unstatthaften Ausgaben für seine Kriege und Günstlinge in den Ohren liegen. Ich werde ihm ein Diener und ein Ratgeber sein. Und ich werde ihm von ganzem Herzen meine Überzeugung kundtun, daß es nie zu einem unwiderruflichen Bruch zwischen Parlament und König kommen darf.«

Henry Bartlett schnaubte. »Er pflegt sich Diener auszuwählen, die ihm nicht wie ein Schulmeister mit dem Stock drohen, Wentworth! Solch ein Gebaren mag unter dem ungehobelten Volk in Yorkshire angemessen sein, aber nicht hier im Schoße des Christentums!« Beifallheischend blickte er in die Runde und trommelte dann nickend mit den dicken, beringten Fingern auf die Tischplatte.

Nicholas schob den großen, runden Käse von sich fort. Einen Augenblick lang betrachtete er die angespannten Züge und die hohe Brust seines Freundes, die sich vor Erregung beständig hob und senkte. Er wußte sehr wohl, daß einer der mächtigsten Männer in Yorkshire die Richtigkeit von Wentworths Wahl nach wie vor in Frage stellte. Der junge Abgeordnete hatte sich bereits Feinde gemacht. Dies erklärte sich Nicholas damit, daß ein jeder, der öffentlich seine Meinung kundzutun wagte, geschweige denn in ein Amt gewählt wurde, sich zwangsläufig die Feindschaft anderer zuzog. So war die Welt nun einmal. Und da war Tom, der sich mit seiner gewaltigen Kraft, seinem flinken Geist und seinen hehren Idealen den anderen aufdrängte, als wäre er ein Prophet wie etwa der jugendliche Jesaja: »Da flog einer der Serafim zu mir, er trug in seiner Hand eine glühende Kohle, die er mit einer Zange vom Altar genommen hatte. Er berührte damit meinen Mund…«

»Iß etwas, mein Freund«, sagte Nicholas.

»Nein, mein Magen ist vom heutigen Tag bis an den Rand gefüllt.« Wentworth wies das Brot von sich, schob die Unterlippe vor und gab sich so schweigsam und verstockt, daß die anderen froh waren, als er sich mit seinem Sekretär entschuldigte und ging.

2

Reisen und Margaret

Wie so viele tiefsinnige Gottesmänner fand auch Nicholas es schwierig, das Elend des menschlichen Daseins mit der erhabenen Macht und Güte des Ewigen in Einklang zu bringen. Ungerechtigkeit hatte seit jeher seinen Zorn hervorgerufen, und doch konnte er nicht aus dem Fenster blicken, ohne ihr in ihren mannigfaltigen Ausprägungen zu begegnen: Vagabunden wurden blutig gepeitscht, arme Greise genötigt, ihr täglich Brot zu erbetteln, und die ledige Mutter als Hure geschmäht. Er suchte Ausgleich in seinen Büchern, weil sie ihm gestatteten, eine vollkommenere Welt zu ersinnen, und dann ging er hinaus, von dem Wunsch beseelt, seinen Mitmenschen all das Gute zu tun, das seiner festen Überzeugung nach getan werden konnte. Bald gelang es ihm, bald nicht.

Zuweilen wanderten seine Gedanken zu Kate, doch löste die Erinnerung an sie einen dumpfen Schmerz in ihm aus, so daß es schien, als könnte keine Freundlichkeit ihn mehr so berühren, wie es nötig wäre, um ihn zu heilen. In der Pfarre gab es etliche junge Frauen, die ihn neugierig beäugten, während er seiner Arbeit nachging, doch registrierte er diese Blicke voller Argwohn und sagte sich, wenn er allein nach Hause ging, daß ohnehin alles zum selben Ende führte und daß, so er sie nicht betrog oder ihrer überdrüssig würde, sie ihm dies antäte. Innerlich fühlte er sich seltsam verwundbar, und er war nicht bereit, ein größeres Wagnis einzugehen. Er glaubte an die Güte Gottes und suchte dieselbe Elle an die übrige Welt anzulegen, und wenn dies mißlang, verschloß er sich vor ihr und wandte sich wieder seiner Lektüre und seinen Studien zu.

Durch diese wurde ihm wie ehedem in seiner Jugend vor Augen geführt, daß sowohl die alten Griechen als auch die

Römer Zeiten des inneren Friedens gekannt hatten, mit einem wohlwollenden Kaiser oder Konsul, einer Demokratie unter der weisen Ägide eines Senats, einer klaren, marmorglatten Welt von Dichtern, Denkern und Staatsmännern. Genauso sei es zu Zeiten Königin Elisabeths gewesen, rief Wentworth wiederholt bei ihren Spaziergängen auf den Feldern jenseits der Stadtmauern aus, und was sie begonnen habe, werde und müsse nun fortgeführt werden. Gewiß, Jakob I. war ein wohlwollender Staatsmann und guter Mensch, doch zuweilen handelte er wie ein Narr. So stellte Nicholas denn Gut und Böse gegenüber, in sich selbst und in dem Bild, das er sich von seinem Land machte. Desgleichen trachtete er danach, ein Gleichgewicht zwischen seinen geistigen Bestrebungen und den Gelüsten seines Fleisches herzustellen.

Eines Tages kam er auf dem Weg nach Lambeth an ein paar jungen Frauen vorbei, die in den schlammigen Tümpeln vor dem Palast des Erzbischofs herumplanschten und deren leinene Unterhemden an den angehobenen Brüsten klebten. »Gott schenke Euch einen schönen Tag, Herr Pfarrer!« zwitscherten sie und hielten sich die Hand vor den Mund, um ihr Gekreische zu unterdrücken.

»Ach, schaut uns doch an, Herr Pfarrer, nur ein einziges Mal! Davon kommt Ihr nicht gleich in die Hölle!«

»Tretet ein bißchen näher, Master!«

Sie warfen die Köpfe in den Nacken, so daß ihr langes offenes Haar ins schmutzige Wasser hing, und schlangen die Arme umeinander. »Ei, was seid Ihr für ein schmucker Bursche! Habt Ihr nicht einmal ein Lächeln für uns?« Eine spritzte mit Wasser nach ihm, und sein Wams wurde naß. Sie warf ihm eine Kußhand zu. Da verhärtete sich sein schöner Mund, und er ging, von ihrem Gelächter begleitet, von dannen. So ungeschickt er sich bis zu jenem Augenblick seines Lebens in der Liebe auch angestellt hatte, wußte er doch, daß er sich nicht nur nach einer flüchtigen Umarmung sehnte, ob sie nun freiwillig oder gegen Bezahlung erfolgte, sondern nach einer Seelenverwandtschaft. Er wollte lieben und von ganzem Herzen geliebt werden, und konnte er dies nicht haben, wollte er lieber nichts.

Im Sommer des Jahres 1621 kehrte die Pest zurück in die Stadt.

Bartlett und andere Mitglieder des Ärztekollegiums verwiesen auf erste Anzeichen der Seuche in den Elendsvierteln außerhalb von Westminster, und der Buchbinder Tim Keyes berichtete, sein Nachbar in der Etage über ihm fühle sich elend. Zwei Frauen aus der Pfarre litten unter Fieber, und obgleich Nicholas nicht unbedingt mit dem Schlimmsten rechnete, nahm er sich vor, seine medizinischen Lehrbücher hervorzuholen und noch einmal die Seiten über ansteckende Krankheiten durchzulesen. Die Glocke im Dispensarium blieb indes still. Eines Tages erhielt er einen Brief von einem Freund Galileo Galileis aus Florenz; darin stand, der bedeutende Gelehrte wolle sein unlängst veröffentlichtes Werk über Kometen noch einmal überdenken.

Am Spätnachmittag klopfte Harvey mit hängenden Schultern und grimmiger Miene an die Tür. »Komm und sieh dir die eine der beiden Frauen aus unsrem Viertel an«, knurrte er, »und dann sag mir, was du denkst.«

»Meldet sich die Pest zurück?«

»Mir wird übel, wenn ich nur daran denke«, erwiderte Harvey.

Es war ein lauer Abend, und die linden Junilüfte trugen den Duft aus den Gärten überallhin. In der Nähe des Tores von Blackfriars gingen sie unter einem Steinbogen hindurch, eine Gasse entlang und schließlich ein paar Stufen zu einer Wohnung über einer Bäckerei hinauf. Dort saß, eine Stickarbeit auf den Knien, eine dicke Frau, die sich beim Anblick der beiden Männer verstört und ängstlich zugleich auf die Lippen biß, als wären sie gekommen, die Miete einzutreiben. Sie setzten sich auf Schemel neben sie und redeten leise auf sie ein, bis sie sich beruhigte. »Zeigt uns jetzt Eure Brüste, gute Frau, beim gütigen Gott«, sagte Harvey weit weniger barsch, als es für gewöhnlich seine Art war.

»Ich traue mich nicht.«

»Mein Freund soll Euch nicht stören, gute Frau. Seht Ihr nicht, daß er die heiligen Weihen empfangen hat? Er ist ein rechtschaffener Mensch, der wie jeder andere auch seine jährliche Steuer und seinen Zehnten zahlt. Und nun zeigt uns den

Grund Eures Kummers, bei unsrer Muttergottes! Wir wollen Euch doch nur Gutes.«

»Und wenn es eine tückische Krankheit ist?«

»Nun, dann ist es eine, und wir müssen mit ihr zu Rande kommen.«

Sie ballte die Faust, und der Stickrahmen fiel klappernd zu Boden. »Ich habe drei kleine Kinder, und meine Schwester ist krank!« jammerte sie.

Zwischen Betroffenheit und Ungeduld schwankend, sagte Nicholas leise: »Bitte, gute Frau.« Ihre Brust wogte auf und ab, während sie mit rauhen, von der Nadel zerstochenen Fingern die Bluse aufmachte, und da waren sie, die dunklen Flecken, einer halb verdeckt von dem braunen Haar unter ihrem fleischigen Arm. Mit aufgeschnürtem Mieder und wie vor Scham herabhängenden, schweren Brüsten saß sie weinend da und wischte sich mit dem Handballen über die Augen. »Es ist die Seuche, nicht wahr?« flüsterte sie. »Mein Großvater hatte sie im ersten Jahr des Königs! Muß ich nun unter einem Galgen Kräuter sammeln und verbrennen?«

»Nein, gute Frau.«

»Was soll ich dann tun?« Ihre Stimme schwoll zu einem ärgerlichen, vorwurfsvollen Klagen an. »Was soll ich tun?« Sie raffte das Mieder zusammen, verschnürte es wieder und wischte sich dann mit dem Handrücken die Nase ab. »Ich werde arbeiten, bis ich krank werde!« schrie sie. »Aber ich werde nicht krank. Ich habe einen Splitter vom Stab des heiligen Paulus, den habe ich von meiner Urgroßmutter. Ich werde ihn in ein Duftkissen stecken...«

Voller Anteilnahme ergriff Nicholas ihre Hände und riet ihr, sich ins Bett zu legen, warmes Ale zu trinken und, so die schwarzen Flecken sich vermehren sollten, einen Boten zu ihm zu schicken. Als die Männer gleich darauf durch die Gasse davoneilten, stieß sie die Fensterläden auf und kreischte: »Scharlatane! Beutelschneider, vermaledeite!«

Sie kehrten noch in zwei, drei weiteren Häusern ein und fanden in einem davon einen Mann mit den gleichen Flecken vor; sie verabreichten ihm ein Abführmittel, zündeten einige Rosmarinblätter an und ließen sie schwelen und steckten ihn ins Bett. Mittlerweile war die Nacht hereingebrochen. Als sie am Galgen von Tyburn vorbeikamen, erblickten sie zwei Männer und eine Frau, die darunter knieten und mit einem Messer Pflanzen abschnitten. Trotzig starrten sie die Ärzte an; einer von ihnen spuckte gar aus, und die Frau begann zu weinen.

Aus der Nachbarschaft drang leises Wimmern an ihr Ohr. »Wieder einmal sind wir zum Kampf aufgerufen, und wieder fehlen uns die Waffen«, sagte Harvey. »Woher mag sie wohl kommen? Was haben wir getan, daß sie zurückkehrt?«

»Ich denke, es wird nicht allzu schlimm.«

»Dein Wort in Gottes Ohr, mein Freund!«

Es war noch nicht einmal Mitternacht, als Nicholas nach unten eilte, weil ihn in der Gasse ein kleines Mädchen weinend zu Hilfe rief. Sie wohne in der Addle Lane, und bei ihrem Vater seien in der Lendengegend dunkle Flecken aufgetreten.

So ging der Sommer dahin. Es war die schlimmste Pestwelle, an die er sich seit dem Tod seines kleinen Sohnes im Jahr 1604 erinnern konnte, und damals hatte er noch keine ärztliche Ausbildung besessen. Viele seiner Bekannten verließen die Stadt, so auch der eine oder andere Arzt, was keineswegs gegen das Berufsethos verstieß, sondern lediglich verhindern sollte, daß auch sie unnütz dahingerafft wurden. Etliche blieben indes, und einige Kollegen, die unweit des westlichen Teils der Stadtmauer in Aldersgate und Moorgate lebten, fanden sich zusammen, um über eine Isolierung der Kranken und Möglichkeiten zu beratschlagen, wie die Konstabler der einzelnen Viertel am ehesten zu einer drastischeren Durchsetzung der Verbote bewegt werden konnten, insbesondere was Abfallhaufen vor den Haustüren sowie das Entleeren von Nachtgeschirr in den Gossen betraf. Die Theater wurden geschlossen, öffentliche Versammlungen untersagt.

Dobson zog auf seinen Landsitz und nahm Bartlett nebst Gattin mit: Mit weitaufgerissenen Augen wie ein Knabe beim Schwindeln entschuldigte sich der beleibte Arzt wortreich mit der anfälligen Gesundheit seiner Frau, als er mit beschämter

Miene zur ungefederten Kutsche stolperte, in der sie sodann davonrumpelten. Avery gelobte feierlich zu bleiben. Harrington und seine Frau packten mit peinlicher Sorgfalt, wie sie es auch sonst zu tun pflegten, und reisten in weiser Voraussicht nach Norden.

Nicholas schickte den Wentworths die eine oder andere Nachricht in die St. Martin's Lane, da er sie nicht selber aufsuchen und der Gefahr einer Ansteckung aussetzen wollte.

»Tom,

das Herz würde Dir schwer, könntest Du sehen, was ich in diesen Wochen gesehen habe! Am schlimmsten steht es in den Elendsquartieren in den Gassen von Aldgate und hinter Westminster.

In meiner Pfarre läßt der Konstabler die Senkgruben täglich reinigen und die Straßen abschwemmen, und dennoch wurden zwei allerliebste kleine Mädchen, die sich immer hinter einer Straßenecke zu verstecken pflegten, um mich zu überraschen, dahingerafft. Noch immer habe ich zuweilen das sonderbare Gefühl, daß sie mir im nächsten Augenblick in die Arme springen könnten.

So es in Deiner Macht steht, hilf den Armen! Warum ich dies sage? Allerorts debattiert man über Bestechung und Kriege in der Fremde, während sich in unseren Straßen Krankheit und Armut ungehindert breitmachen.

Von Herzen vermisse ich unsere Spaziergänge.

Nick«

»Wentworth, St. Martin's Lane, vor Tagesanbruch geschrieben

Nick,

unser Haushalt ist wohlauf, doch sehe ich mich abermals Unerquicklichkeiten in meiner Grafschaft gegenüber, da ich nunmehr den Lordverweser von Nordengland gekränkt habe. Unterdessen geht das Gerücht, daß ich zum Aufseher des Königlichen Haushalts bestellt werden soll. Ich werde einiges Land veräußern müssen, denn durch meine hiesige Lebensführung als auch durch den Unterhalt, die Schulbildung und Mitgift meiner Geschwister zu Hause entstehen mir beträchtliche Ausgaben. Dennoch widerstrebt es mir, London zu verlassen aus Angst, ich könnte bei Hofe nie zu Einfluß gelangen. Das Parlament wird im Herbst erneut zusammentreten, des bin ich gewiß.

Wenn überhaupt ein Mensch dergleichen Seuchen besiegen kann, mein Freund, dann bist Du es. Ich sage dies aus vollem Herzen. Margaret sendet Dir innige Grüße.

Wentworth«

Nicholas antwortete jeden Abend zu später Stunde ausführlich auf seine Briefe. Rückhaltlos gab er seinem Bedauern über das Fehlen von Hospitälern für die Erkrankten Ausdruck; in die bestehenden Anstalten wurden lediglich Obdachlose, Gebrechliche, Waisen, Missetäter und lasterhafte Frauenzimmer gesteckt. Ursprünglich hatten die Hospize Gästen, Reisenden und Opfern von allerlei Ungemach als Herberge oder Zufluchtsort gedient. Um derartige Freistätten war es dieser Tage indes schlecht bestellt. Auf dem Südufer gab es das uralte St.-Thomas-Hospital und im Norden das St. Bartholomew, wo Harvey als Arzt tätig war. Nicholas hatte ihn ein-, zweimal begleitet, und dabei waren ihm der kümmerliche Bestand an schlechtgewaschenen Bettüchern und die abgetretenen, übelriechenden Binsenmatten auf dem Fußboden ins Auge gefallen. Fliegen hatten Trinkbecher und Schneidbretter umschwirrt. Vor Auflösung der Mönchs- und Nonnenkloster im vergangenen Jahrhundert hatten sich die Mitglieder der religiösen Orden, Männer wie Frauen, der Kranken angenommen. Heute gab es diese Orden nicht mehr. Im St.-Bartholomew-Hospital wurden zwar ein Aufseher und eine Oberschwester beschäftigt, doch war sie nicht selten betrunken und er galt als Griesgram. Als Nicholas Harvey zu Zeiten der Pest einmal nach Hause begleitete, überlegte er laut, ob es nicht möglich wäre, ein hervorragendes Hospital für die Kranken einzurichten und den ärztlichen Nachwuchs vor Ort das Handwerk zu lehren.

Harvey schüttelte den Kopf. »Das Kollegium wird sich nicht hinter dich stellen«, sagte er. »Du bist eines der jüngsten Mitglieder, und sie werden dir keine Befugnis erteilen. Zudem bedarf es eines wohlhabenden Gönners, um auch nur einen Abtritt zu stiften, geschweige denn ein Spital, und der bist du nicht, sofern ich mich nicht irre. An wen hast du bislang deine Barschaft verschenkt, Cooke? Laß gut sein: Ich will es gar nicht wissen. Du wirst als armer Schlucker sterben. Schleif du nur weiter deine Linsen.«

Es wurde Herbst.

Die kühlen Winde fegten den Schmutz und die ansteckenden Keime aus den Ritzen der Fachwerkhäuser und den tiefen Furchen der Straßen. Die Verkaufsstände waren überreich gefüllt mit Äpfeln und Birnen vom Lande, und die Straßen rund um Smithfield hallten vom Brüllen des zu Markte getriebenen Viehs wider. Der König kehrte samt Hofstaat zurück, und schon bald gehörte für die Londoner die königliche Karosse wieder zum täglichen Bild. In Cripplegate Ward hielt der altvertraute, beschauliche Trott wieder Einzug. Nicholas gab sich ihm mit einem Seufzer der Erleichterung hin, schüttete sauberes Wasser vor seine Tür und verrichtete zum Dank für die Gesundung der Stadt so manches inbrünstige Gebet. Auch Dobson kehrte zurück, und mit ihm Bartlett, der aus Scham über seine Flucht auf den Nägeln kaute und die Knöpfe seines Wamses befingerte, bis sie ganz abgegriffen waren. Harrington und seine stets zweckmäßig denkende Frau trafen als letzte in ihrer sorgsam bepackten Kutsche ein; sie rissen die Fenster ihres Hauses auf und ließen die Böden schrubben. Auch die wissenschaftliche Gesellschaft tagte wieder, und kleine Knaben in schmutzigen Kollern trugen für einen Heller geschwind die Briefe zwischen den Männern hin und her.

»Frohen Mutes um vier Uhr morgens am 11. September zwischen Brotkrumen und Butter auf dem Küchentisch geschrieben, bei der Gnade Unsres Herrn!

Harvey,

mein brennendes Interesse für das Studium des Lichts hat mich aus dem Schlaf gerissen. Licht vermag sich im Raum unbegrenzt auszubreiten und bedarf dafür keinerlei Zeit, und da es jeglicher körperlicher Substanz entbehrt, ist es bar jeglicher Trägheit und bewegt sich folglich mit uneingeschränkter Geschwindigkeit fort. Ein ungebundener Geist scheint mir der beste, und so gilt denn auch für mich, daß meine Hingabe an König und Vaterland über das Maß des Gebührenden kaum hinausgeht, während sie gegenüber den heiligen Geistern des Verstandes größer nicht sein könnte. Doch nein, ich empöre mich zu sehr, denn es wird wohl kaum jemals der Tag kommen, an dem mich nicht etwas peinigt wie Flöhe oder Läuse, diese getreuen Bettgenossen in nicht sehr reinlichen Herbergen.

Hast Du vergangene Nacht die Venus gesehen? Sie war nicht mehr als ein Streif am Himmel. Ich habe, bevor der Winter kommt, den Schornstein fegen lassen, und nun schwebt der Ruß im Raum umher. Ich kann nicht schlafen, denn mein Geist rüttelt mich wieder wach und raunt mir zu: »Nur zu, mach weiter!« Oft liege ich wach, und die Worte eines Psalms kommen mir auf die Lippen. Ein andermal ist mir, als wäre ich kein Pfarrer, sondern ein alter Erdenbürger, der es besser wissen sollte. Bald denke ich unentwegt an Gott, bald kaum. Meine Inbrunst wandelt sich zu Gleichmut. Die Menschen beichten mir ihre Sünden, und ich denke an ihre Körper und ihre Seelen, bis Seele und Fleisch mich umtanzen wie Heiden einen Baum.

Ich habe mich noch eingehender mit den Eigenschaften des Lichts befaßt und bin zu dem Schluß gelangt, daß es aus sich unendlich schnell fortbewegenden Partikeln bestehen muß, doch Partikel sind Materie, und darum kann das nicht sein. Öl reflektiert Licht besser, als dies Wasser tut. Wir müssen Keplers Abhandlung über die Optik Seite um Seite durchgehen, sobald Du Zeit findest, und Punkt um Punkt durchdenken. Nein, wir sind nicht für die Ehe geschaffen, Du und ich, denn früher oder später würde ich über derlei Dinge reden wollen, und sie wäre dazu nicht imstande. Und will ich überhaupt, daß sie es könnte? Warum sind wir so begrenzt, mein Freund?

Nick«

»An Margaret Wentworth, St. Martin's Lane in Aldersgate

Wie gütig von Dir, daß Du mir abermals Kuchen geschickt und mir überdies ein so bitter benötigtes Wams gestrickt hast! Mein altes war voller Löcher, denn Motten haben eine Vorliebe für Junggesellen. Da Du mir lieb und teuer bist, würde ich auch Dir Deine größten Träume erfüllen, liebste Margaret.

Ich habe die Reden Deines Ehemannes, dieses Schelms, im Parlament verfolgt und bin verwirrt. »Die Größe und Macht Seiner Majestät sind unser Halt« und »Der König und sein Volk sind als Einheit und nicht getrennt zu betrachten«. Woher dieser Sinneswandel? Steht er für den König oder für das Parlament ein? Worauf will er hinaus? Was spielt er den Versöhner? Im Grunde kommt es mir zupaß, denn es ist ganz in meinem Sinne, wiewohl eine Versöhnung nicht in Sicht scheint, ist doch keine der beiden Seiten zum Einlenken bereit.

Ich küsse Deine hübschen Hände!

Nick: Pastor, Arzt und Junggeselle«

Er war eine Zeitlang in eine verliebt, doch war sie verheiratet, und so rang er schwer mit seinem Gelübde, besuchte sie zweimal und schlug sie sich am Ende aus dem Kopf. Er haderte mit der moralischen Last, die er sich aufgebürdet hatte, gleich einem armen Holzsammler, der sich die spitzen Zweige auf die Schultern schnürt und sich unter dem Gewicht beugt. Immer wieder überkam ihn das Verlangen, seine Bürde abzuwerfen und auszurufen: »Verdammt sollst du sein!« Doch er tat es nicht.

Die erste Sitzung des Ärztekollegiums nach dem Rückzug der Pest aus den Stadtmauern fand an Michaelis statt, und so versammelten sich die Mitglieder wie gewohnt unter den Porträts des Königs und der Ahnherren ihres Berufsstandes. Sie begrüßten einander mit verschämten Uzereien und legten sich die schwarzen Roben ihrer Zunft um. Jeder von ihnen wünschte sich inständig, daß keiner das Thema ansteckende Krankheiten aufs Tapet brachte, doch in Wahrheit kreisten ihre Gedanken um nichts anderes.

Ein Streit entbrannte. »Beten und Fasten sind das einzig wirksame und verläßliche Mittel!« rief ein Mann. »Die Sünde hat dieses Übel über uns gebracht!«

Nachdem es Nicholas gelungen war, sich in dem Tumult Gehör zu verschaffen, erging er sich erneut in allerlei Mutmaßungen darüber, was sie unter dem Mikroskop alles entdecken könnten. Er wurde regelrecht niedergebrüllt, und die Sitzung nahm ein unerfreuliches Ende. Einige Männer äußerten unverhohlen ihr Bedauern darüber, ihn überhaupt in ihrer Mitte aufgenommen zu haben. In seinem Zorn verließ er grußlos den Saal, faßte Harvey am Arm und eilte mit ihm zu den Bücherständen im Kirchhof der St.-Pauls-Kathedrale.

»Was habe ich dir gesagt?« versetzte Harvey ungnädig, schlug ein Buch über Astrologie auf und stieß es gleich darauf von sich. »Sie wollen mit den Methoden weiterarbeiten, die sie bei ihrer Gründung im Jahre 1518 entwickelt haben.« Er stampfte so heftig aufs Pflaster am Tor, daß einige Tauben unter empörtem Gekrächze davonwatschelten. »Hier gibt es nichts zu lernen, Nick!« sagte er mit zuckenden Mundwinkeln und vor Wut bleichen Wangen. »Wir sollten nach Paris, Padua oder Florenz gehen wie die wandernden Scholaren vor einigen Jahrhunderten. Was haben wir in dieser schmutzigen Stadt verloren?«

Abends kam ein befreundeter Musiker aus Dieppe bei Nicholas vorbei und erzählte ihnen in der Küche von seinen Auftritten bei Hofe und in verschiedenen vornehmen Häusern Hollands, doch berichtete er auch von seinen neuesten Erkenntnissen über optische Linsen. Er hatte mehrere davon in einer verschlossenen Kiste mitgebracht, in Samt eingeschlagen und auf Stroh gebettet, und so brachten die drei Männer bis spät in der Nacht damit zu, verschiedene konkave und konvexe Linsen miteinander zu kombinieren und den Abstand zwischen ihnen innerhalb des Instrumentenschaftes auf der Suche nach der bestmöglichen Auflösung zu variieren.

Harvey stieß seinen Freund leicht an. »Geh zum Studieren ins Ausland, Nick«, sagte er. »Wir suchen hier nach Dingen, von denen wir gar nicht wissen können, daß wir nach ihnen suchen.« Nachdem die anderen gegangen waren, saß Nicholas noch eine

Weile am Feuer und starrte in die glühende Asche; er war innerlich zutiefst aufgewühlt und fühlte altbekannte Fragen in sich aufsteigen: Was ist das Wesen Gottes und der Materie? Wie ist diese große Welt entstanden? Warum brauchte er die Liebe anderer?

»Von Wentworth, St. Martin's Lane, an den Arzt Cooke, Cripplegate, innerhalb der Stadtmauern

Mein Freund!

Harvey kam an diesem Morgen vorbei, um mir mitzuteilen, er habe Dir geraten, auf Reisen zu gehen, und wir schließen uns dieser Ansicht an. Ich selbst habe eine Zeitlang auch mit dem Gedanken gespielt, zumal das Parlament nunmehr entlassen ist und ich hier keinerlei Aussichten auf ein Weiterkommen erblicken kann. Alle meine Erwartungen auf ein Amt bei Hofe haben sich zerschlagen, wie es bald wohl auch meine Hoffnungen auf eine Einigung zwischen König und Land tun werden. Dennoch fühle ich, daß mir viel Kraft mitgegeben wurde, die für gute Zwecke genutzt sein will. Gleiches gilt für Dich, und unter Gottes Leitung werden wir unsere Gaben richtig einzusetzen wissen. Das spüre ich so stark wie meinen Atem.

Tom«

Der Herbst ging ins Land mit seinem gelben Laub, das den Kirchhof von St. Paul bedeckte und sich an den Ecken der Bücherstände sammelte. Nicholas wurde sich der verschiedenen Jahreszeiten dank der Kirchenfeste und seines Gartens gewahr. Auch in diesem Jahr erntete er wieder Quitten. Am Tag vor Heiligabend kam Dobsons Diener angeritten und überbrachte ihm eine Einladung.

»Gute treue Seele!

Morgen, am Abend vor dem St.-Stefans-Tag, findet in meinem Hause um sechs Uhr ein Diner nebst Lustbarkeit statt. Komm, und Du sollst meine Frau kennenlernen, die ebenso reich ist wie schön und gerade erst sechzehn Jahre alt! Einige

Männer kostümieren sich wie zu einem Maskenspiel: Willst nicht auch Du ein außergewöhnliches Gewand tragen und als Neptun oder Herkules erscheinen?

Tom hat geschrieben, er werde Dich mit Gewalt hierherzerren, so Du nicht freiwillig kommen solltest, eine grimmige Drohung, wenn man unseren Freund aus dem Norden kennt. Sei umarmt,

Dobson«

Schnee fiel auf das Pflaster, als Nicholas am folgenden Abend die Wood Street entlangging, unter dem Umhang eine Christrose aus seinem Garten als Gastgeschenk für die hübsche junge Ehefrau. Aus mehreren Häusern drangen schmetternde Trinksprüche. Die Kirchturmspitzen waren samt und sonders weiß verschneit, und wenn die Glocken läuteten, hallte ihr tröstlicher Klang dumpf von den steinernen Stadtmauern wider. Drei in Mäntel gehüllte junge Männer, die Gesichter hinter vergoldeten Masken verborgen, eilten an ihm vorbei.

Das Haus in The Strand leuchtete wie ein Juwel am Ende der Straße, und im Näherkommen hörte er die Klänge von Schnabelflöten und Violen. Die Räume im Innern waren mit Stechpalmenzweigen und Efeu geschmückt, und über der Tür zum Salon hatte jemand einen Mistelzweig angebracht.

Halb London samt Hofstaat schien bereits versammelt zu sein, und die andere Hälfte trat soeben in der Kutsche oder zu Pferde in der Gasse ein. Kaum hatte er sich ein wenig an die vielen Menschen gewöhnt, als Dobson, in eine aufwendig gearbeitete Tunika nebst Überwurf gekleidet und eine Lyra unter dem Arm, mit triumphierender Miene als Apollo auf der Treppe erschien. »Hier kommt der Gott der Musik und Schönheit!« verkündete jemand. »Wo ist Diana?«

»Noch in den Händen ihrer Zofen.«

»Wirst du spielen und singen?«

»Nein, nein, ich kann nicht singen!« verwahrte sich Dobson. Er legte den nackten, muskulösen Arm um Nicholas' Schultern und führte den Arzt herum. »Du hast dich nicht kostümiert!« schalt er ihn.

»Freilich, siehst du's denn nicht? Ich habe mich als ich selbst verkleidet.«

»Du fader Pfaffe! Komm und unterhalte dich mit meinen Freunden! Lords und Ladies, dies ist mein Freund, und er wird uns etwas über die Ellipsenfläche erzählen!« Und ehe Nicholas, der sich auf ein Sofa hatte fallen lassen, sich's versah, hielt er einen Vortrag über die Umlaufbahn von Jupiters Trabanten, bis eine hübsche Frau seine Hand ergriff, mit ihm eine Gavotte tanzte und ihn anschließend unter dem Mistelzweig auf den Mund küßte.

Da erklang ein Tusch, und alles wandte sich der Treppe zu.

Dobsons junge Frau kam, von ihren reichverzierten Röcken und Pfeil und Bogen auf dem Rücken beim Gehen behindert, mit steifen Schritten und einem verlegenen Lächeln auf den hübschen vollen Lippen die Stufen herunter. Ihr Mann hob sie hoch, küßte sie auf die Stirn und drehte und wendete sie wie einen Kunstgegenstand. Dann überließ er sie einigen Freunden und raunte Nicholas zu: »Ich hatte noch keine Zeit, es dir zu sagen! Meine ältere Schwester ist aus Frankreich gekommen. Jetzt werde ich bald am Bettelstab gehen, denn ich muß allein für ihren Unterhalt aufkommen.«

In diesem Augenblick traf Wentworth mit ein paar Höflingen ein. Auch er trug lediglich schlichte, dunkle Kleidung, und ihm zur Seite stand seine hochgewachsene und zartgliedrige Frau Margaret, die, das goldene Haar in Locken gelegt, scheu in die Runde blickte. Sofort ging Nicholas zu ihnen und sagte mit gequältem Lächeln: »Siehst du, ich war gehorsam und bin gekommen, und nun ersuche ich dich, mich zeitig wieder zu entlassen, denn meine Bücher weinen gar jämmerlich nach mir.«

Stille war im Raum eingekehrt, und als er sich umwandte, sah er, daß sich eine schlanke Dame in elfenbeinfarbenem, bestickten Rock und Mieder am Cembalo niedergelassen hatte, um zu singen. Ihre Nase war leicht gekrümmt, der Hals lang und schmal; die Lippen waren spröde, die Finger unberingt. Sie trug keine Haube auf dem dunklen Haar, und an ihrem Hals hing an einem samtenen Band ein Medaillon. Mit heiserer, knabenhafter Stimme sang sie eine alte Weise aus Frankreich: »L'Amour de Robin et Jeanne«.

Nicholas drehte sich zu Harrington um, der in seiner Nähe stand, und raunte ihm zu: »Ob das Dobsons Schwester ist?«

Der alte Soldat starrte ihn aus seinen tiefblauen Augen an und erwiderte unwillig: »Jawohl, das ist Lady Cecilia Lawes, die vor einigen Tagen aus heiterem Himmel hier erschienen ist! Ein Jahr ist's nun her, seit sie sich von ihrem Mann getrennt hat, der als Gesandter in Paris weilt, und seither hat sie dort in einem ärmlichen Viertel inmitten von Schreiberlingen, Schauspielerinnen und Priestern gehaust! Nun ist sie mit Truhen voll Hausrat und Möbeln geflohen, und Dobson hat sie in einem kleinen Haus untergebracht, das er hier besitzt.«

Mit leicht gerunzelter Stirn blickte Nicholas zu ihr hinüber, als das Lied verklang. Er nahm Lady Cecilia Lawes als verschwommenen elfenbeinfarbenen Fleck wahr und hörte das Rascheln ihres Rocks und das Knistern der gesteiften Krinoline, als sie sich erhob. Sie hatte sich mit einer Freundin auf französisch unterhalten, brach das Gespräch nun jedoch mitten im Satz ab. Sie war überaus schlank und hochgewachsen. Da rief Dobson, der neben ihr stand, nach ihm, und Nicholas ging mit leichtem Widerstreben zu ihnen.

Sie reichte ihm formell die Hand und sagte: »Mein Bruder hat mir berichtet, daß Ihr der klügste Mann von London seid, Master Cooke!«

»Zu liebenswürdig von ihm. Wann seid Ihr angekommen, Madam?«

»Vor einigen Tagen. Ich hatte vergessen, wie sehr ich diese Stadt liebe! Ich möchte am liebsten umherspazieren und mir alles ansehen! Wie kommt es, daß wir manche Dinge lieben und andere nicht? Ihr müßt es doch wissen!«

»Nein, Madam«, erwiderte er unbeholfen. »Ich weiß ja kaum, warum ich selbst mich zu einer Sache hingezogen fühle und zu einer anderen nicht.« Darauf gab sie eine überaus geistreiche Erwiderung, doch in dem allgemeinen Stimmengewirr gingen ihre Worte teilweise unter, und so küßte er ihr die Hand und wandte sich ab. Wohlig betrunken, hatte Harrington es sich in einem Sessel am Feuer bequem gemacht und die strammen, in einer altmodischen wollenen Kniehose steckenden Beine von sich gestreckt. Im Brustton der Überzeugung verkündete er: »Ich habe gesehen, wie Seine Gesegnete Majestät einmal Skrofulosekranken die Hand auflegte! Die Männer standen quer durch den ganzen Garten Schlange, die armen Seelen! Könige sind heilig.«

Worauf Harvey, der sich in einem Polstersessel in seiner Nähe niedergelassen hatte, trocken versetzte: »Mag sein. Trotzdem, ich habe die königliche Pisse untersucht, und wahrlich, sie stinkt wie die jedes anderen Mannes auch!«

In diesem Augenblick wurden mit einem Jubelruf die Türen aufgestoßen, und einige Laienschauspieler stürmten, als Heilige Drei Könige verkleidet, in den Salon. Nicholas erkannte trotz der königlichen Gewänder einige der Bediensteten wieder, so etwa in der Gestalt des Lakaien den Koch, der den köstlichen Schweinebraten zubereitet hatte. Wentworth stand nun auf der gegenüberliegenden Seite des Raums mit ein paar Freunden beisammen. Nicholas versuchte sich einen Weg zu ihm zu bahnen, doch da trafen weitere Höflinge mit ihren Damen ein, die Mimen verbeugten sich schwungvoll, und als er die Stelle erreichte, an der Tom soeben noch gestanden hatte, waren der Mann aus Yorkshire und seine Frau fort.

Möbel wurden beiseite geschoben, der Tanz eröffnet. Harrington, die mächtige Brust unter dem nur halb zugeknöpften schwarzen Wams geschwellt, stellte sich in die Mitte und brachte einen überschwenglichen Toast auf die alte Königin aus.

Um elf Uhr nahm Nicholas seinen Mantel und verabschiedete sich von seinem Gastgeber. Das Straßenpflaster war nun schneebedeckt; Pferde scharrten im Dunkeln mit den Hufen, Kutschen knarrten, und die Kutscher traten vor, um nach ihren Herrschaften Ausschau zu halten. Hoch ragten die Kirchtürme in die Nacht auf.

Ohne sich umzublicken, spürte er, daß Lady Cecilia neben ihm stand, und für einen Augenblick hatte er das befremdende Gefühl, sie sei mit dem Schnee gekommen, der sie alsbald zurückfordern würde. »In diesen Räumen hat sich nur wenig verändert«, sagte sie wie zu sich selbst. »Als Kind kam ich des öfteren mit meinem Vater in dieses Haus. Einmal versteckte ich mich in einem leerstehenden Zimmer im Kleiderschrank, und als dann alles händeringend umherlief und nach mir rief, blieb ich mucksmäuschenstill. Ich war wütend wegen etwas, das ich längst vergessen habe.«

Belustigt erkundigte er sich: »Gibt es diesen Kleiderschrank noch?«

»Nein. Er war modrig und wurmstichig. Michael hat ihn zu Brennholz zerhacken lassen. Einige Zeit, nachdem ich mich darin versteckt hatte, wurden wir in den Norden geschickt, Michael auf die Schule, ich in unser Elternhaus. Nun bin ich zurückgekehrt, und vieles ist auf immer vorbei. Wie seltsam das Leben doch ist!« Sie wandte das Gesicht ab.

Ein paar Frauen hatten sich kreischend in den Schnee gestürzt und tollten darin herum, und ein leicht betrunkener Barrister spielte zu ihrem Getanze auf der Sopranflöte. Cecilia beäugte sie neugierig. »Mein Freund«, sagte sie mit ihrer tiefen, leicht heiseren Stimme, »ich habe soeben Nachricht erhalten, daß das Töchterchen meiner Magd schwer hustet und fiebert. Wenn Ihr noch heute nacht nach dem Kind sehen könntet, würde ich Euch anschließend in der Kutsche, die Michael mir geliehen hat, nach Hause bringen lassen.«

»Ich möchte Eure Bitte nicht abschlagen, aber hat das nicht Zeit bis morgen früh?«

»Schon, aber nur ungern.«

»Nun denn, Euch zu Gefallen«, sagte er mit einem Seufzer.

Durch das Fenster der Kutsche sah er, wie es auf die Grabsteine eines Friedhofs herabschneite, und gleich darauf erblickte er im dahinhuschenden Laternenschein an der Mauer einen zusammengekauerten Bettler, den Mantel vors Gesicht gezogen, neben sich einen Bettelnapf mit schneebedecktem Rand. Die Kutsche entfernte sich, und die Szene wurde von der Dunkelheit verschluckt. Das Geholper der Räder und Klappern der Hufe auf dem Pflaster lullte ihn ein. Wieder kam ihm der Gedanke, daß die Frau an seiner Seite mit dem Schnee gekommen sei, und er musterte sie neugierig aus den Augenwinkeln.

Sie hielten in der Threadneedle Street vor einem kleinen Steinhaus, das noch vor kurzem einer der städtischen Livreegesellschaften gehört hatte. Im Inneren waren Möbel, Kisten und Truhen übereinandergestapelt, und an den Wänden lehnten Dutzende von Bildern. Eine schmallippige, nicht mehr junge Französin im Nachtkleid erschien, um ihre Herrin zu begrüßen. Nachdem sie ein paar Worte gewechselt hatten, ließen sie Nicholas allein. Er trat ans Fenster und schaute hinüber zu den durch das Glas nur verschwommen sichtbaren Häusern der Straße, von denen eines einem Bischof und ein anderes einem Aldermann gehörte. Wenig später kehrte die Magd zurück und winkte ihn die Treppe hinauf.

In einem Zimmer lag in einem weißen Kinderbett ein kleines Mädchen, das mit rasselndem Geräusch atmete. Er verlangte nach einer Schüssel heißen Wassers und ein paar Tüchern, tauchte diese, nachdem er das Wasser am Feuer nochmals erhitzt hatte, hinein und legte sie der Kleinen auf Kehle, Brust und Mund. Nachdem Cecilia ihm das Versprechen abgenommen hatte, am Morgen ein paar Arzneimittel zu schicken, beugte sie sich einen Augenblick lang über das Kind. »Ihr seid ein wahrhaft gütiger Mensch, Master Cooke, bei Männern eine rare Eigenschaft.«

»So rar auch wieder nicht, denke ich.«

»Ihr kennt nicht die Männer, denen ich begegnet bin.«

Im Salon hatte unterdessen jemand ein Tuch über eine Hälfte des Tisches gebreitet und zwei Kelche bereitgestellt. Zwei Kerzen, die in einem silbernen Kandelaber in der Form eines Greifs mit um den eigenen Leib geschlungenem Schwanz steckten, warfen ihr flackerndes Licht auf eine Karaffe. Obgleich er am liebsten unverzüglich nach Hause gegangen wäre, kostete er den Wein aus Höflichkeit, und nach und nach verlor Cecilia ihre Herbheit. Dennoch brachte er kein Gespräch mit ihr zustande, mochte er sich mühen, wie er wollte. Ihm war zumute, als befände er sich in einem langen Flur mit zahllosen Türen, und obgleich er andere Männer durch diese oder jene treten sah, fand er die jeweilige Tür verschlossen, sobald er es selbst versuchte.

»Werdet Ihr nach Paris zurückkehren?« erkundigte er sich.

»Nein, doch sprechen wir nicht mehr darüber. Mein Bruder hat mir gegenüber Eure Studien erwähnt. Erzählt mir doch, so Euch danach ist, etwas über das Licht. Nichts geht mir so sehr zu Herzen wie etwa das trübe Grau an verregneten Sommertagen. Wie kommt das?«

Nicholas war sprachlos. Die Glocken in der Cheapside hatten soeben Mitternacht geschlagen, und er hatte weder damit gerechnet, um diese Stunde einen Patienten zu besuchen, der nicht ernstlich in Gefahr schwebte, noch damit, einer wißbegierigen, rätselhaften Dame mit dunklen Augen schlaftrunken und mit schwerer Zunge von seiner Arbeit zu erzählen. Mehrmals setzte er an, doch er hatte das Gefühl, es wollte ihm nicht gelingen.

Als sie ihm beinahe gleichmütig eine gute Nacht wünschte, hatte er das befremdliche Gefühl, daß sie nun zu einem Geliebten ginge oder dieser oben auf sie wartete, und im nächsten Augenblick fühlte er die glühende Berührung ihrer Hand in der seinen. Noch Tage danach glaubte er jene Berührung zu spüren, und erst allmählich, wie es seine Art war (in jenen Tagen galt sein Denken fast ausschließlich der Arbeit), begann er sich nach Cecilia zu sehnen. Die Erinnerung an ihr raschelndes Kleid stieg in ihm auf, an ihre warme Hand, an die Art, wie sie sich beim Zuhören vorbeugte, und an ihre Gebärden, und dies alles zusammen fügte sich in seinem Inneren zu einem Bild, das ihn eine Weile nicht mehr losließ.

Ein plötzlicher Verlust drängte es jäh beiseite.

Eines Tages kam gegen Abend William Sydenhams Diener gelaufen und bat ihn eiligst um seine Hilfe; Nicholas stürzte aus dem Haus. Der bejahrte Bischof war im Regen mit dem Spazierstock hinaus in den Garten gegangen, um nach einem streunenden Hund zu schauen, und kurz darauf mit durchnäßtem Mantel und offenen Augen unter den Bäumen aufgefunden worden. Eine halbe Stunde später traf Nicholas in dem Haus in Covent Garden ein; er setzte sich ans Bett des alten Mannes und sprach ihn ein ums andre Mal mit seinem Namen an, doch er wußte, daß er nichts mehr für ihn tun konnte. Da weinte er.

Drei Tage und drei Nächte hielten sie in der kleinen Hauskapelle an seinem Sarg Totenwache. Freunde und Geistliche kamen, um für ihn zu beten, und im Gehen drückten sie leicht Nicholas' Schulter. Die meiste Zeit verbrachte er auf Knien, das Gesicht in den Händen verborgen, und dachte über den eigensinnigen Alten nach, der ihn besser als er selbst gekannt und ihn zum Priester geweiht hatte. Eine seltsame, dunkle Leere machte sich in jenen Stunden in ihm breit. Er glaubte an den Himmel und zweifelte nicht daran, daß sein Freund sich nun dort oben befand und Engeln und Heiligen das Dasein schwermachte, doch war der Himmel fern: Diese Räume voller Bücher und knarrender Möbel hingegen, das Klirren der Weinkaraffe, wenn sie gegen Glas stieß, der Staub auf dem italienischen Kruzifix, das in der Wohnstube an der Wand hing, schienen in seinen Augen ein greifbareres Paradies und zugleich alles zu sein, was sein Herz begehren konnte. Doch mochte er auch noch so oft durch die niedrigen, düsteren Räume gehen und lockend seinen Namen rufen – der alte Mann würde nie wieder mit raschelndem Gewand auf ihn zukommen, um ihn willkommen zu heißen.

> »Herr, laß mich wissen mein Ende, tu mir kund das Maß
> meiner Tage, und wissen werde ich, wie vergänglich ich bin.
> Sieh, nur wenige Spannen breit hast Du gemacht meine
> Tage, mein Leben ist vor Dir wie ein Nichts...«

Ein ebenso praktischer wie liebevoller Mensch, hatte William Sydenham dem Arzt, den er so manches Mal seinen Sohn genannt hatte, etwas Geld für Reisen und Studien hinterlassen. Auch hatte er ihm das Haus in Covent Garden vermacht, und so verfügte Nicholas zum erstenmal in seinem Leben über bescheidene Mittel.

In dem Winter, der auf die Pest folgte, war sein Ansehen weiter gestiegen. Auf Empfehlung seiner Freunde war er, gleichberechtigt neben Harvey, zum Arzt des St.-Bartholomew-Hospitals ernannt worden. Überdies hatte er vor dem Ärztekollegium seinen ersten Vortrag über Perspektivrohre gehalten, den die Mitglieder, wenn auch mit einiger Skepsis, so doch höflich verfolgt hatten.

Ein Kollege stellte ihm Empfehlungsschreiben für Ärzte und Glasbläser in Florenz und Holland aus; ein anderer wiederum faltete einen in Latein abgefaßten Brief des großen florentinischen Mathematikers und Astronomen Galileo Galilei auseinander und drängte ihn: »Geht und besucht ihn!« Nicholas besann sich kurz und sagte sich, daß nichts dagegen sprach. Tom Wentworth war, über eine weitere verpaßte Gelegenheit betrübt, für eine Weile in den Norden zurückgekehrt. Der Mann aus Yorkshire war nunmehr dreißig Jahre alt und hatte das Gefühl, nichts aus seinem Leben gemacht zu haben.

Avery und Bartlett hatten eingewilligt, Nicholas' Praxis zu übernehmen, und er machte einen ältlichen Pfarrer ausfindig, der bereit war, statt seiner die Messe zu lesen sowie Trauungen und Taufen zu vollziehen. Seine Bekannten statteten ihn mit Lehrbüchern der italienischen und lateinischen Sprache aus, und Tom schickte ihm von seinem Landsitz im Norden hanebüchene Berichte über seine eigenen Reisen zu den Franzosen. Einige Kreditbriefe und Empfehlungsschreiben, sorgsam in Tücher eingeschlagene und auf Stroh gebettete Arzneien und Kräuter sowie ein paar kleine Münzen von seinem Musikerfreund aus Dieppe im Gepäck, brach Nicholas in die Niederlande auf, von wo er gen Süden nach Padua weiterzureisen gedachte, um die medizinische Fakultät zu besuchen, und anschließend nach Florenz, um Galilei seine Aufwartung zu machen, so dieser ihn empfangen würde.

Am Morgen seiner Abreise umkreisten Raben krächzend den Tower, und die Fluten der Themse schlugen kraftvoll gegen die Pfeiler der alten Brücke. Harvey, der gekommen war, ihm Lebewohl zu sagen, küßte ihn derb auf beide Wangen. »Gottes Segen auf all deinen Wegen«, sagte er knapp, denn er mochte Abschiedsszenen nicht. Die Leinen des Fährschiffes wurden losgemacht, und schon wenig später hielt es auf Dover und das offene Meer zu.

Es war eine seltsame, wundervolle Erfahrung, allem Gewohnten den Rücken zu kehren und mit etwas Geld in der Tasche allein in die Welt hinauszureisen. Die anderen Passagiere nickten ihm höflich, wenn auch verhalten zu: Er wechselte das eine oder andere Wort mit ihnen, mehr nicht. Sie blieben für sich, und so tat er es ihnen gleich.

Immerhin erfuhr er, daß sich auf dem schaukelnden Schiff mit Kurs auf Calais unter anderem Kaufleute, Männer mit mehr oder minder bedeutenden diplomatischen Missionen nebst Sekretären und außerdem von Hauslehrern begleitete Jünglinge befanden, letztere auf dem Weg zu einer der Pariser Akademien, um Fechten, Tanzen und Latein zu erlernen, und bereits eingestimmt auf ein wildes, ausschweifendes Jahr. In seinem blauen, spitzenbesetzten Wams und den Kniehosen war Nicholas wie ein gewöhnlicher Herr gekleidet. Als er den salzigen, über den Kanal fegenden Wind im Gesicht spürte und die weiße Steilküste vor seinen Augen immer weiter in die Ferne rückte, fühlte er in seiner Kehle einen Freudenschrei aufsteigen, und so lehnte er sich wie ein Knabe an die Reling und nickte, von der Gischt besprüht und von einem innigen Wohlgefühl durchtränkt, vorbeifahrenden Booten zu.

Wohin reist Ihr?

Nach Amsterdam.

Gedämpfte Stimmen hoben sich vom Knarren des Schiffes, dem Flattern der Segel und dem Gerumpel hin und her rutschender Truhen, Kisten und Fässer ab; Seemänner mit kurzgeschorenem, ergrautem Haar trugen gleichmütig Taurollen hin und her; das Sonnenlicht schimmerte auf dem Wasser; und dann und wann flitzten silberne Fische vorbei.

Wohin reist Ihr?

Ich habe Urlaub genommen, um mich in den Niederlanden mit dem Studium von Linsen zu befassen.

Seine Antwort indes ging im heftigen Schlagen der mächtigen Segel unter, und der Herr, der ihn gefragt hatte, wandte sich ab. So erreichten sie denn den Hafen von Calais: Schabend rieb sich Holz an Holz, schwere Truhen wurden an Land geschleppt, die Segel eingeholt und die Taue ausgeworfen, und über alledem vernahmen sie die französischen Rufe: »Garde! Ici, ici!« Er fand sich in der neuen Welt nicht sogleich zurecht und landete schließlich in einer Art Schenke, wo man ihm gegrillten, vom Brennholz geschwärzten Fisch, süßen Wein und knuspriges Brot vorsetzte.

Où allez-vous?

Ein magerer Bursche mit Wolljacke und Mütze stürmte herein und rief die Passagiere für das Schiff nach Amsterdam aus. Auf der Laufplanke erblickte Nicholas einen Seemann mit seiner Truhe; er gab dem Mann ein Trinkgeld, worauf dieser sich verbeugte und ihm eine gute Reise wünschte. Wenig später segelten sie in Sichtweite der Küste in der kühlen, feuchten Frühlingsluft gen Norden. In den Niederlanden angekommen, fiel er in einem Bett mit mehreren Kissen und Steppdecken in einer blitzsauberen Kammer in tiefen Schlaf und erwachte tags darauf in einer Welt von unbeschreiblicher Reinlichkeit, wie er sie bislang nur auf Gemälden im Hause von Freunden gesehen hatte. Am ersten und auch am zweiten Tag nach seiner Ankunft schlenderte er umher und beobachtete die in den Hafen einlaufenden Boote; dann schließlich wandten sich seine Gedanken wieder den Linsen zu.

In London gab es in der Nähe des Old Fish Street Hill eine Glashütte mit einem Dreikammerofen, die er zum erstenmal vor vielen Jahren aufgesucht hatte, um beim Gießen des geschmolzenen Glases zuzusehen. Dort wurde zwar nicht das filigrane venezianische Fadenglas angefertigt, doch zwei der Handwerker stammten aus Antwerpen und hatten sich auf die Herstellung von Brillen spezialisiert. In gebrochenem Englisch hatten sie Nicholas erklärt, welche Werkzeuge er benötigen würde, von der rotierenden dünnen Eisenklinge zum Schneiden des Glases bis zu den gußeisernen Platten für den Grob- und Rundschliff, zum Glätten und Polieren und schließlich der Drehscheibe für die Bearbeitung der Ränder. Sie hatten ihm den Gebrauch von Pech und Schmirgelpaste vorgeführt. Es war komplizierter, als er es sich vorgestellt hatte, und erst nach zahlreichen Besuchen hatte er die einfachsten Grundlagen begriffen.

Schon die alten Griechen hatten die geometrische Optik studiert, doch hatte sich erst der islamische Lehrer Alhazen und, zwei Jahrhunderte später, Roger Bacon in Oxford mit dem Studium der Linsen befaßt. Galilei verwendete derzeit ein lichtbrechendes Fernrohr mit zwei Linsen, obgleich es, im Gegensatz zum Spiegelteleskop, eine Verzerrung des betrachteten Gegenstands bewirkte.

Der beste Handwerker, den Nicholas kannte, war ein gewisser Jannsen, der in Middelburg wohnte. Als er indessen in dieser Stadt eintraf, mußte er feststellen, daß besagter Linsenmacher nicht mehr am Leben war, doch der derzeitige Eigner seines Ladens war als Knabe bei ihm in die Lehre gegangen und hatte viele seiner Methoden übernommen. So blieb Nicholas denn drei Monate bis zum Frühsommer bei dem Mann und dessen Familie und vervollständigte seine Kenntnisse auf diesem Gebiet. Gerne hätte er seinen Aufenthalt noch verlängert, doch da machte er die Bekanntschaft einer Gruppe von Reisenden auf dem Weg nach Italien und schloß sich ihnen an.

Ein Führer geleitete sie über den niedrigsten Teil der Alpen, und hier und da machten sie halt, um zu essen und zu schlafen. Einmal fanden sie Unterkunft in einem Mönchskloster. In einer Dorfkirche auf dem Weg von Frankreich nach Padua und weiter nach Verona wurde ihm das ebenso wundersame wie schöne Erlebnis zuteil, eine gesungene Messe ohne Musikbegleitung zu hören. Später, in einer sich in ein Tal schmiegenden Stadt, gelangten sie zu einem Nonnenkloster mit einem kleinen Hospital, in dem bemerkenswerte Sauberkeit herrschte. Ausgiebig bestaunte er die weißleinenen Laken, den blankgeschrubbten Fliesenboden und die blitzenden Fensterscheiben, durch die das Sonnenlicht fiel.

Schließlich erreichte er das am Fluß Bacchiglione gelegene, von braunen Mauern umgebene Padua, das für seine medizinische Ausbildung auf der ganzen Welt berühmt war. Dort gab es von Arkaden überwölbte Gassen, schöne Brücken, Paläste mit Loggien und die dem heiligen Antonius geweihte Kirche von Il Santo, die in einer Kapelle die Gebeine des Heiligen barg.

Dante hatte hier gelebt, und Galilei, Vesalius, Fracastorius und Fabricius hatten ebenda gelehrt.

An seinem zweiten Tag verschaffte ihm ein Schmiergeld eine Eintrittskarte für das Sektionstheater mit seinen übereinander angeordneten Balkonen, wo er sich unter Studenten aus aller Herren Länder mischte. Später führten ihm Bekannte Galileis ein Teleskop vor, das der Meister eigenhändig angefertigt und mit dessen Hilfe er herausgefunden hatte, daß die Milchstraße aus einer Ansammlung kleiner Sterne bestand. Per königlichem Kurier schickte Nicholas dem großen Gelehrten in Florenz einen Brief und erhielt binnen sechs Tagen Antwort, er möge kommen.

Kurz nachdem er in Florenz eingetroffen war und Quartier genommen hatte, ließ er sich zu dem Haus mit Namen Bellosguardo führen, das in einer von Arkaden gesäumten Straße an einem kleinen Platz mit einem Brunnen stand. Es war ein warmer, schwüler Tag, so daß viele Fliegen und allerlei andere Insekten herumschwirrten. Nicholas nahm den Hut ab und klopfte an die niedrige Tür. Nach einer Weile öffnete ihm eine hochgewachsene Nonne in mittleren Jahren.

»Seid Ihr der Büttel?« fragte sie. »Wir haben derzeit kein Geld, erst wieder, wenn das Gehalt eintrifft. Doch halt, vergeudet nicht Euren Atem! Nun entsinne ich mich, wer Ihr seid! Mein Vater erwartet Euch bereits: Was kommt Ihr so spät und enthaltet ihm sein Getränk vor?«

Ehrfurcht überkam ihn, als er ihr die Treppe hinauf folgte. Seit der große Astronom Kopernikus die Behauptung aufgestellt hatte, die Sonne bilde den Mittelpunkt des Universums und werde von der Erde umkreist, war Europa von dem bebenden Verlangen erfüllt, den Himmel zu erkunden. Der Däne Tycho Brahe hatte tausend Sterne verzeichnet, und auf der Grundlage dieser Beobachtungen hatte sein Gehilfe Kepler die Bahnen der Planeten berechnet. Indes, beiden nötigte der italienische Lehrmeister seltenen Respekt ab. Nicholas spürte, wie sein Atem vor freudiger Erregung flacher ging, als sie den dritten Stock erreichten.

Mit einer knappen Geste stieß die Nonne eine kleine Tür auf, und er betrat einen hellen Raum; im selben Augenblick sprang ein Hüne von etwa sechzig Jahren mit vollen Lippen und breiter Stirn vom Schreibtisch auf und stürzte, wild mit den großen Händen fuchtelnd und einen leidenschaftlichen Schwall italienischer Worte ausstoßend, auf ihn zu.

Nicholas ersuchte ihn höflichst um den Gebrauch des Lateinischen.

»Was!« rief der alte Mann entgeistert. »Ihr seid nicht der Weinhändler? Ihr habt mir keine Kostproben Eurer Rebe mitgebracht? Die Hölle soll sich für Euch warm halten! Es gibt nichts mehr zu trinken außer Quellwasser, das einem die Pest bringt, und dieser letzten Flasche hier, und die schmeckt wie Pferdepisse. Einen Brief habt Ihr geschickt, sagt Ihr? Ich habe viele Briefe bekommen. Alle wollen sie mich besuchen, junge bartlose Knaben, Priester, die sich von ihren Seminaren davonstehlen, Dummköpfe und ungesittetes Volk. Ach, wärt Ihr nur der Händler! Was ist mein Leben doch für eine Qual! Einst hatte ich eine gar süße Konkubine, und zu den Geschenken, die sie mir machte, zählt auch meine hochheilige Tochter, die Ihr bereits gesehen habt. Sei's drum! Sprecht, sagt, was Ihr zu sagen habt!«

Nicholas verneigte sich. Um seine Gedanken zu sammeln, trat er ans Fenster und ließ den Blick von der Basilika zu den sich über den Fluß spannenden Brücken und der zwischen den Steinhäusern aufgehängten Wäsche schweifen. Von unten scholl das lebhafte, hohe Geplapper von Kindern in der Mundart der Stadt herauf. Schließlich wandte er sich um und erklärte, er sei gekommen, um des Meisters Rat zur Vergrößerung des unendlich Kleinen zu hören.

»Mein Rat ist kurz«, blaffte der alte Mann. »Schlagt es Euch aus dem Kopf! Die mikroskopisch kleine Welt werden wir nie zu sehen bekommen, denn die Klarheit bei der Vergrößerung ist nicht zu verbessern. Glas ist zu ungleichmäßig beschaffen. Ihr habt Eure Reise vergebens gemacht.«

Eine Fliege umsummte einen Teller mit einem Stück harten, starkriechenden Käses; Galilei schnippte sie mit seinen langen Fingernägeln weg. »Sucht Ihr in Italien etwa nach höherer Erkenntnis?« fragte er. »Dieses Land ist die Pest, von einem Ufer zum anderen! Ich bin umgeben von Narren und Eunuchen! Sie schätzen meine Gedanken nur, solange sie ihren Städten Nutzen bringen. Ansonsten bin ich als Ketzer verschrien, und immer wieder wird gemunkelt, daß die Kirchenbehörden Erkundigungen über mich einziehen wollen. Man hat mich vor das Heilige Offizium in Rom gestellt und angeklagt, weil ich erklärt habe, Kopernikus' Weltbild sei die Wahrheit und keine schiere Vermutung. Sei's drum! Ich kann nicht glauben, daß es im Sinne Gottes ist, der uns mit Verstand und Klugheit ausgestattet hat, wenn wir uns dieser Gaben nicht bedienen. Aber sie machen um diesen geringen Teil meines Wirkens so viel Aufhebens, daß sie darüber den Rest vergessen. Es sind minderwertige Geister, die vor Gott kuschen aus Angst, Er könnte sie ihrer Kühnheit wegen strafen. Nein, Er belächelt ihre Dummheit, vielleicht weint Er gar.«

Zornig durchmaß er mit großen Schritten den Raum, und seine Stimme drang gewiß durch das Fenster bis hinunter auf die Straße. »Ich habe die Jesuiten von meinen Anschauungen zu überzeugen gesucht und beabsichtige nach Rom zu reisen, um den Heiligen Vater höchstselbst dafür zu gewinnen! Ich fürchte nichts außer dem Dunkel der Unwissenheit. Dabei habe ich nicht vergessen, daß vor erst dreißig Jahren der Philosoph Giordano Bruno nackt und mit geknebelter Zunge an einen Eisenpfahl gebunden und bei lebendigem Leib verbrannt wurde. Sie haben ihn getötet, diese Teufel! Sollen sie in der Hölle schmoren, diese Elefanten, diese Narren! Sie haben ihm das Fleisch von den Knochen gebrannt, nur weil er gesagt hat, daß es nicht nur dieses eine Universum, sondern derer viele gebe. Woher will der Mensch wissen, daß es nur eines gibt? Er dagegen, dieser wunderbare Mensch, der so vieles begriffen hat...« Seine Schritte waren nun so hastig, daß es den Anschein hatte, als wollte er hinunter auf die Straße stürzen.

In diesem Augenblick kam seine Tochter in ihrem schwarzen Habit hereingerauscht und schalt ihn in harschem Italienisch. Der heftige Wortwechsel schwoll zu lautem Geschrei an, und unversehens griff der Gelehrte nach dem Becher schlechten Weins auf dem Tisch und schleuderte ihn quer durch den Raum.

Erschrocken ließ sich seine Tochter auf die Knie nieder und machte sich daran, die Scherben zusammenzuklauben. »Madre Dio!« stieß sie ein ums andre Mal leise hervor.

Friedlich lächelnd wandte sich der Meister wieder seinem Gast zu; auch sein Atem ging nun ruhiger. »Wie gesagt, amico mio, Giordano Bruno wurde verbrannt, und seine Seele ist nun bei Jesus Christus. Warum lege ich ihm nicht öfter Blumen aufs Grab? Mag sein, daß ich nicht ganz ehrlich war, mag sein, daß ich ein wenig auf der Hut bin. Und sie machen wegen der paar Zeilen in meiner Erklärung solch ein Gewese und vergessen darüber den Rest. Heute morgen zum Beispiel, als die Sonne über dem Fluß aufging, habe ich mir erstmals Gedanken über die Unzerstörbarkeit der Materie gemacht.« Er fuhr herum und schnauzte seine Tochter an, worauf diese das Tablett nahm, türknallend das Zimmer verließ und mit stampfenden Schritten die Treppe hinunterging.

Sogleich milderten sich seine Züge wieder, und er verschränkte die dicken Hände auf dem Bauch. »Laßt uns musizieren!« schlug er fröhlich vor. »Wenn die Jesuiten und ich aneinandergeraten, beschwichtigen wir uns stets mit Musik. Kommt!« Auf steifen Beinen eilte er zu einer kleinen tragbaren Orgel; gleich darauf bewegten sich seine kräftigen Knie unter dem Instrument auf und ab, und seine großen Hände wanderten gefühlvoll über die Tasten, als er zu spielen begann und das eine oder andere Lied aus seiner Stadt sang. Nicholas entdeckte in einer Ecke des Zimmers eine Laute und sang seinerseits eine englische Weise, in der die Verehrung anklang, die sein Land der alten Königin entgegengebracht hatte.

»Komm über den Bach, Bessie,
Holde Bessie, so komm zu mir!
Zur Herzdame will ich dich nehmen,
denn nur dir gilt mein Sehnen…«

»Nichts geht über die Musik«, verkündete der große Lehrmeister. Da hörte er einen Karren vor der Treppe zu seinem Haus halten; er stürzte ans Fenster und rief freudig: »Der Wein ist da! Dann wird auch der hochehrwürdige Herr Kardinal nicht auf sich warten lassen, ein verständiger Mann mit einem geduldigen Magen, aber er kann es nicht ertragen, Studenten oder sonstigen Besuch bei mir anzutreffen, und so werdet Ihr ein andermal wiederkommen müssen.«

Als Nicholas das Haus verließ, wurde tatsächlich gerade die Sänfte einer hochgestellten Persönlichkeit die Straße heruntergetragen. Unterdessen lud ein zerlumpter Bursche verstohlen Weinflaschen vom Wagen, um sie in den Keller zu schaffen, und schob sich eine davon unters Hemd. Nicholas kehrte auf direktem Wege zu seiner Bleibe zurück, um nicht dem sich auf den Straßen herumtreibenden Gesindel in die Arme zu laufen, vor dem man ihn gewarnt hatte. In seinem Zimmer berichtete er Wentworth, der mittlerweile nach London zurückgekehrt war, in einem Brief von den Vorkommnissen des Tages, ebenso Harvey, wobei er vieles unterstrich und immer wieder laut lachte, während er Seite um Seite füllte. Unter seinem Fenster ging es lustig her: Ein paar Soldaten sangen einige der Lieder, die ihm der Meister an diesem Tag vorgespielt hatte. Eine Prozession von Mönchen zog vorbei.

Als er sich am nächsten Morgen wieder zu Galileis Haus begab, war der Meister zu beschäftigt, um ihn zu empfangen, und seine dem geistlichen Stande angehörende Tochter zog nur verbittert die Mundwinkel hoch und knallte die Tür zu.

In Paris erwarteten ihn im herrschaftlichen Haus des englischen Gesandten bündelweise Briefe von Freunden. Die Erinnerung an London, an die sich einander zuneigenden Häuser, an die Gärten der Stadt und das Geläut altehrwürdiger Glocken holte ihn ein. Von Wentworth war kein Brief dabei; Nicholas hatte schon eine Weile nichts mehr von ihm gehört.

Zwei Tage später fuhr er mit der Kutsche nach Calais und ging dort an Bord des Schiffes nach Dover. Nach weiteren drei Tagen ritt er mit geschultertem Ränzel durch die Tore seiner Stadt und jauchzte vor Freude wie ein Knabe.

Zahlreiche Briefe lagen auf seinem Tisch, und als er die Hälfte von ihnen durchgesehen hatte, stieß er auf die Nachricht von

Wentworth, auf die er inständig gehofft hatte. Sie war zwei Tage zuvor aus dem Haus in Aldersgate abgeschickt worden und beschränkte sich auf die knappen Worte: »Ich brauche Dich«. Er sprang so jäh auf, daß die anderen Briefe zu Boden fielen, stürzte aus dem Haus und lief die Gasse hinunter zur St. Martin's Lane, wo er die Tür mit seinem eigenen Schlüssel aufschloß und die Treppe hinaufeilte.

Der Sommer mit seiner alles verzehrenden Hitze hatte einen muffigen Geruch in den Vorhängen zurückgelassen, und die Luft in den Räumen mit all den kleinen Figuren, die Wentworths Frau sammelte, war abgestanden. Im ersten Moment glaubte Nicholas das Haus verlassen, doch dann vernahm er unten aus der Küche das Weinen einer Magd. Er stieß die Tür zum großen Schlafgemach auf: Das Bett war gemacht, Wasserbecken und Krug standen an ihrem Platz. Da quietschte die Tür in den Angeln, und Wentworth trat auf ihn zu.

»Bist du soeben zurückgekommen?« fragte er tonlos.

»Ja, vor wenigen Stunden, und kaum hatte ich deine Nachricht gefunden, bin ich losgelaufen. Was ist geschehen, Tom?«

»Margaret ist tot, ein Fieber ist über sie gekommen.«

Sie ließen sich auf die Bettkante sinken. Nicholas ergriff eines der von ihr bestickten Kissen und fing an zu weinen. Dort saßen sie beieinander bis in die frühen Morgenstunden, und Tom berichtete ihm von der einwöchigen Krankheit und wie Margaret dem Fieber mehr und mehr erlegen war, wie sie gemeinsam in der Heiligen Schrift gelesen und, so ihr Zustand es gestattete, Psalmen gesprochen hatten. Die beiden Männer knieten neben dem Bett nieder und beteten für ihre Seele. Dann nahm Nicholas seinen erschütterten Freund in die Arme und hielt ihn lange.

Tags darauf erstand er silberne Kerzenständer, in die er ihren Namen gravieren ließ, damit die Engel ihrer gedachten, und stellte sie auf den Altar in seiner Kirche.

3
Cecilia und die Folioausgabe

Die Freunde machten in diesem Herbst fast jeden Nachmittag einen Spaziergang zu den Feldern, Wentworth stets mit einer breiten schwarzen Trauerbinde am Arm. Sie gaben ein feierliches Grüppchen ab, wie sie da mit gesenkten Köpfen und hinter dem Rücken verschränkten Händen über die Wiesen, an Windmühlen und Schafherden vorbei, marschierten.

Als Wentworth sich wieder soweit erholt hatte, daß er überhaupt über etwas sprechen wollte, brachte er das Gespräch auf die letzte Sitzung des Parlaments im vergangenen Winter. »Es ist nichts dabei herausgekommen«, sagte er mehrmals, eine Gerte hinter sich her durchs hohe, trockene Gras ziehend. »Der König brauchte Geld, und das Unterhaus wollte es ihm nicht bewilligen, aus Angst, Lord Buckingham könnte es in seine Kriege in der Fremde stecken.«

»Da ist noch immer das Problem mit der spanischen Infantin!« kollerte Harrington und schob streitlustig den Bauch vor. »Seine Majestät wünscht nach wie vor, den Prinzen mit dem Mädchen zu vermählen. *Eine spanische Katholikin!* Gott bewahre uns vor dem Papsttum, meine Herren! Jeder anständige Engländer haßt die Katholiken wie die Pest! Eines ist gewiß: Unser Prinz darf das Mädchen nicht heiraten.«

Wentworth tastete nach dem obersten Knopf seines Wamses, als fröstelte ihn, doch war dieser bereits geschlossen. Sein Blick schweifte quer über das Feld zu ein paar Knaben, die hinter dem Bach Fußball spielten, aber an dem Ausdruck in seinen Augen erkannten die Kameraden, daß er die Kinder überhaupt nicht wahrnahm. »Armer Francis Bacon, Lordkanzler, der er einmal war!« sagte er leise. »Wegen Bestechung hat man ihn seines

Amtes enthoben. An seiner Bestechlichkeit allein hat es wahrlich nicht gelegen. Er war nicht wohlgelitten, das ist es. Die Macht der Abneigung ist groß, meine Herren, und sie findet ihre eigenen Wege, sich zu behaupten.«

»Potztausend!« brummte Harvey zornig. »Diese Buben! Den größten Wissenschaftler in unserem Land, der uns das Experimentieren gelehrt hat, haben sie zugrunde gerichtet! Herrje, würde man sämtliche Würdenträger entlassen, die Bestechungsgelder angenommen haben, müßten wir die Regierung statt ihrer mit Tauben besetzen. Menschen bestechen einander nun mal, sie haben in den fünftausend Jahren seit Bestehen dieser Welt nichts anderes getan! Und was hat es Francis Bacon eingebracht? Kennt ihr seinen Essay über die Macht? ›Männer in hoher Stellung sind auf dreierlei Weise Diener – Diener des Herrschers oder Staates, Diener des Ruhms und Diener ihrer Geschäfte. So besitzen sie denn keine Freiheit, nicht als Person, nicht in ihren Handlungen, nicht im Gebrauch ihrer Zeit. Es ist ein seltsamer Drang, nach Macht zu streben und darüber die Freiheit zu verlieren...‹« Mit zuckenden Mundwinkeln und blitzenden braunen Augen fuhr er fort: »Hat er seine Freiheit nun verloren, da sie ihn verstoßen und ihm nichts als seinen Wissensdrang belassen haben, oder hat er sie zurückgewonnen?« Er legte Wentworth die Hand auf die Schulter. »Bist du auch auf dreierlei Weise Diener, Tom? Mir will es so scheinen. Zum einen ein Diener deines Ehrgeizes, zum zweiten deines Landes und zum dritten deines Kummers.«

Das Blut schoß Wentworth in die Wangen, doch er erwiderte nichts darauf.

Harvey hakte sich bei ihm unter. »Sollen wir den Heerestruppen beim Exerzieren zusehen, meine Herren?« schlug er beiläufig vor. »Fürwahr, ein schöner Tag ist das heute!« Gemeinsam marschierten sie weiter durch den Herbstnachmittag, die Blätter mit Füßen vor sich herschiebend und so dicht hintereinander, daß es schien, als trete der hintere jeweils auf das Blatt, von dem sich der Stiefel seines Freundes vor ihm soeben erst gelöst hatte.

Über Weihnachten und auch danach war Wentworth immer wieder krank, was Nicholas einzig auf den schmerzlichen Verlust zurückführte. In Gesellschaft anderer sprachen die beiden über König und Vaterland, doch waren sie unter sich, gestanden sie sich gegenseitig ihre Sehnsucht nach Glück und beteten zuweilen Seite an Seite in St. Mary Aldermanbury, wenn sich das Licht allmählich aus den Fenstern zurückzog und Dunkelheit sich über die Namen auf den ausgetretenen Gedenkplatten schob. »Du bist Pfarrer und Gottes Diener«, sagte Wentworth einmal. »Darum bist du für mich kein Mann wie alle anderen.«

In den ersten kalten Januartagen kehrte er auf seinen Besitz im Norden zurück, und von seiner Wahl in den einen oder anderen unbedeutenden Rat abgesehen, hatte sich seine Position nicht sonderlich verbessert. Bei seiner Abreise wirkte er so müde, daß die Freunde nicht wußten, ob er je wiederkommen würde.

Die Februarabende verbrachte Nicholas wiederum in seiner Wohnstube, umgeben von Bücherschränken, Mikroskopen, Mappen mit Notizen und Regalen voller mit Briefen gefüllter Schachteln. Im Kerzenschein, der die Umrisse der Wendeltreppe und den zu Weihnachten aufgehängten, inzwischen trocken und brüchig gewordenen Stechpalmenzweig nur matt erhellte, tauchte er die Feder ein und schrieb vor sich hin. In der Kohlenpfanne knisterte das Feuer, und die streunende Katze, die er an der Stadtmauer aufgelesen hatte, lag zusammengerollt zu seinen Füßen. Die Uhr tickte, die Balken knarrten. Seine Haushälterin war bereits zu Bett gegangen.

Er schrieb an einer Abhandlung über das Licht und an einigen kürzeren Arbeiten über die Unzerstörbarkeit der Materie und die Eigenschaften der Luft. Seit kurzem unterhielt er einen Briefwechsel mit Kepler und stattete auch dem Glasbläser am alten Fish Street Hill wieder häufige Besuche ab. Glitzernde Glassplitter lagen auf dem Ziegelboden verstreut. Bisweilen hielt er, die Feder in der Hand, mitten in der Arbeit inne und lauschte dem Knacken der warmen Kohlenpfanne und einem Geräusch in seinem Inneren, das wie näher kommende Schritte klang.

Und auf den Rand von Keplers Buch, das aufgeschlagen vor ihm lag, schrieb er feinsäuberlich den Namen von Dobsons Schwester: Cecilia.

Er war ihr in diesem Winter bei einer privaten Abendgesellschaft in Blackfriars wiederbegegnet.

»Ihr wart eine Weile fort«, sagte sie.

»Ja, doch seit einigen Monaten bin ich zurück.«

»Mein Bruder hat es erwähnt.«

»Habt Ihr beschlossen, in London zu bleiben?«

»Ich studiere das Recht. Fragt mich nicht, was ich als Frau eines Tages damit anfangen werde. Ich interessiere mich nun einmal außerordentlich für Gerechtigkeit.«

»Das sollte jeder von uns.«

»Fürwahr«, sagte sie.

Sie neigten die Köpfe einander zu, um sich über das laute Stimmengewirr bei Tisch hinweg unterhalten zu können; die Gespräche kreisten um die Ergebnisse der letzten Parlamentssitzung und Francis Bacons Amtsenthebung. »O ja«, sagte er leise, brach sein Brot in winzig kleine Stücke und betrachtete betrübt die Krumen auf der Tischdecke, »das war ein Verbrechen.«

»Nicht, wenn er Bestechungsgelder angenommen hat.«

»Da bin ich andrer Ansicht.«

»So sei es denn, lieber Pastor! Aber wie denkt Ihr über den Aufruhr unter den arbeitslosen Tuchmachern?«

»Nach meinem Dafürhalten vermag ein Aufruhr gegen solch einen Übelstand nichts auszurichten, aber die Männer tun mir von Herzen leid! Zwei von ihnen stammen aus meiner Pfarre, und ich habe ihnen von meinem Geld –« Er biß sich auf die Lippe und verstummte.

»Da sind wir einer Ansicht«, sagte Cecilia und blickte ihm fest in die Augen.

Später gerieten sie in Streit, und so zogen sie sich in zwei gegenüberliegende Ecken des Raumes zurück, beide ein wenig aufgebracht und beschämt zugleich. Es dauerte ihn, daß er sich überhaupt auf sie eingelassen hatte, denn man munkelte, daß der schöne, geistreiche junge Lord Kenelm Digby ihr Liebhaber sei. Nicholas war heiß entflammt, doch war ihm dabei nicht wohl zumute.

Seine Gedanken vermochte er indes nicht so zu sammeln, wie ihm lieb gewesen wäre, und so warf er zuweilen die Feder hin, stürmte nach oben, um nach sauberen Kleidungsstücken zu suchen, eilte zu einem Abendessen, das er ursprünglich abgesagt hatte, und bemühte sich, nicht nach dem einen Gesicht Ausschau zu halten, das zu sehen er sich zuinnerst wünschte. Inzwischen hieß es in der Stadt über ihn, seine Leidenschaft für optische Linsen habe ihn wahrhaftig um den Verstand gebracht.

Mitunter war sie tatsächlich zugegen, eine schillernde Erscheinung wie eh und je in ihrer etwas nachlässigen Aufmachung und mit dem Medaillon um den Hals. Vielleicht waren der Schnee, der Wein oder die nur notdürftig eingerichteten Zimmer in ihrem Haus der Grund dafür gewesen, daß sie sich an jenem Abend in den wenigen gemeinsam verbrachten Stunden allzu nahe gekommen waren, und vielleicht neigten sie deshalb beide zur Vorsicht; jedenfalls hielten sie sich bei Einladungen jeweils an den entgegengesetzten Enden des Raumes auf. Cecilia hatte ein scharf konturiertes Gesicht, das aus jedem Blickwinkel anders wirkte. Hoch von Wuchs und mit schwarzem Haar, machte sie solchen Eindruck auf die Männer, daß diese noch lange, nachdem sie gegangen war, ihren Namen murmelten. Einmal hörte er über den Tisch hinweg, wie sie sagte, sie wäre gerne Barrister geworden.

Er hatte nicht die leiseste Ahnung, was er von ihr wollte oder wie er sich ihr nähern sollte, doch war sie im Raum, hatte er allein für ihre Stimme Ohren. Dies ging so weit, daß sein Herz schneller schlug, wenn er nur in die Nähe der Straße gelangte, in der sie wohnte, aber zu Gesicht bekam er sie dort nie, allenfalls ihre Magd, die am Fenster eine Bettdecke ausschüttelte.

An einem windigen Märzabend kam ein Bote mit der Bitte zu ihm, einer alten Frau, die ihr Haus in The Strand nicht mehr verlassen konnte, seelischen Trost zu spenden. Als er nach dem Besuch bei ihr mit ernster Miene die Treppe herunterkam, sah er Lady Cecilia auf der Fensterbank sitzen und auf den Fluß blicken. Von unten drangen leise die Laute einer Abendgesellschaft herauf, und draußen vor den Fenstern hörte er den Wind pfeifen und die Boote im Dunkeln gegeneinanderstoßen.

Mit pochendem Herzen trat er auf sie zu. »Mylady«, sagte er. »Ihr sitzt hier ganz allein?«

»Ja, obgleich die anderen auf mich warten. Die Diener haben erzählt, auf der Themse sei ein Schiff im starken Wind gekentert, und da sich das Fenster nicht öffnen läßt, habe ich durch die Scheibe geschaut, aber ich kann im Dunkeln nichts erkennen.«

»Ich hörte sie davon sprechen, als ich kam. Laßt Euch helfen!« Er kniete sich auf die Polster und riß das Fenster weit auf. »Na bitte!« sagte er und fuhr zurück, als ihm der kalte Wind entgegenschlug. »Schaut nach links, an den Masten vorbei! Da liegt es mitsamt den weißen Segeln noch immer im Wasser. Hört Ihr die Rufe der Bootsführer?«

Sie beugte sich weit über den gepflasterten Uferweg unter dem Fenster, und er streckte die Arme aus, um sie zu halten. »Wie gerne würde ich hinuntergehen und es mir anschauen!«

»Es ist bitterkalt! Ich sollte das Fenster jetzt besser schließen.«

»Einen Augenblick noch.«

»Nein, Mylady, der Wind fegt durch sämtliche Ritzen im Haus. Die ältere Dame über uns wird vor Kälte erstarren und nicht mehr imstande sein, die Bibelstellen zu lesen, die ich ihr herausgesucht habe, obgleich ich bezweifle, daß sie sich überhaupt erinnert, um was es sich dabei handelt.« Mit einem Ruck zog er das Fenstergitter zu und verriegelte es. Das Ränzel mit den Arzneien zu seinen Füßen, setzte er sich neben sie und rubbelte die zugefrorenen kleinen Butzenscheiben frei.

»Das Glas taugt nicht viel«, sagte er seufzend. »Jetzt sehe ich lediglich die Lichter der Häuser auf der Brücke.«

Seine Hand lag auf seinem Knie, dicht neben ihrer Hand, und einen Augenblick lang verspürte er das Verlangen, sie zu ergreifen. »Was tut Ihr hier allein, wo man unten so herzhaft lacht?« erkundigte er sich freundlich.

»Ich möchte mit meinen Gedanken allein sein! Die Gegenwart anderer erdrückt mich zuweilen, denn es verlangt mich nach geistreichen Gesprächen, ob ich nun will oder nicht. Ich weiß nicht, warum ich hier in dieser Stadt bin. Noch immer habe ich keine sinnvolle Beschäftigung, und doch könnte ich niemals nach Paris zurückkehren. Ich bin hin und her gerissen. Ich liebe so vieles, aber ich weiß nicht recht, wohin ich gehöre. Mein Bruder meint, ich fordere das Schicksal heraus. Oft streiten wir uns, und davon werde ich ganz krank. Wußtet Ihr, Pastor, daß Michael sich in meiner Kindheit, wenn mein Stiefvater zum Schlag gegen mich ausholte, zwischen uns gestellt hat? Er war damals noch ein kleiner Junge, und dennoch hat er es sein Leben lang als seine Pflicht empfunden, mich zu beschützen. Das tut er noch heute.«

Sie rieb sich die Hände und schlang die Arme um ihre schmale Brust. »Ach, Pastor, wir wuchsen unter merkwürdigen Umständen in großen kalten Sälen auf und hatten außer den Dienern niemanden, mit dem wir sprechen konnten. Vielleicht können wir deshalb nicht lieben, jedenfalls nicht im herkömmlichen Sinne. Er wird seiner jungen Braut mit seiner Rastlosigkeit schon jetzt zur Qual. Zumindest wird er Kinder haben. Meine starben bei der Geburt, und vielleicht war das gut so, denn ich habe weiß Gott wenig Geduld. Aber Ihr seid so schweigsam, erzählt mir von Euch.«

Da nahm er ihre Hand, und sie sprachen lange miteinander. Er erzählte ihr ein wenig von seiner Ehe, vom Tod seines Erstgeborenen während der Pest und zu guter Letzt von seinem törichten Verhalten gegenüber der jungen Kate. Da stieg ihm das Blut ins Gesicht, und er wünschte, er könnte seine Worte in der Luft zerfetzen oder sich an einen Zeitpunkt zurückversetzen, an dem sie noch unausgesprochen waren. In der Wirrnis seiner Gefühle wurde er gewahr, daß sie nun wieder sprach, doch hörte er nur ihre Stimme, ohne den Sinn ihrer Worte zu verstehen. Seine Hand lag auf ihrer, und er spürte ihren Pulsschlag.

Nach einer Weile sagte er mit einem Lächeln: »Ich habe meine Freunde zu meiner Familie gemacht. Erzählt mir von Eurer, Mylady.«

Schulterzuckend erwiderte sie: »Meine Familie? Väterlicherseits kämpften wir bei Agincourt. Meine Mutter ist Französin.

Ich hatte Großonkel, die in den Kämpfen zwischen Hugenotten und Katholiken in Frankreich vor rund achtzig Jahren starben. Zur anderen Hälfte ist sie katholischer Abkunft. In mir fließen zwei große Ströme zusammen, und beide wirbeln sie in meinem Inneren umher. Ich habe mit sechzehn geheiratet, aber es hat ein trauriges Ende genommen. Bisweilen habe ich schreckliche Angst vor der Welt, Pastor. Ich habe Angst vor dem Altern, vor Krankheiten, vor Verlusten, vor dem Versagen, vor vielerlei. Ihr habt gewiß keine Angst.«

»Das würde ich nicht sagen«, antwortete er nachdenklich. »Ich hülle mich in Gott wie in einen Mantel, und das wappnet mich.«

»Und wenn dies nicht möglich wäre?«

»Wenn eines immer möglich ist, dann das.«

Sie sprang auf. »Ich muß das Schiff im Wasser sehen!« rief sie mit plötzlicher Ungeduld. »Begleitet Ihr mich?«

An dem mit Gästen und Musikern gefüllten Raum vorbei ging er seine Laterne holen, die er in der Eingangshalle zurückgelassen hatte. Eng zogen sie die Mäntel um sich und traten in die Gartenanlagen vor dem Haus. Der Boden am Kai war aufgeweicht, die Luft feucht. Der Wind traf sie so hart, daß Nicholas ins Wanken geriet; er faßte ihren Arm und hielt sie an den Schultern fest.

Vor sich erblickten sie auf dem dunklen Wasser der Themse die großen, ineinander verhedderten Segel und den gebrochenen Mast. »Habt acht, meine Liebe«, sagte er.

»Werdet Ihr auf mich achtgeben?«

»Ich pflege stets auf meine Mitmenschen achtzugeben.«

»Glaubt Ihr aufrichtig daran, daß alle Menschen einander lieben sollen?«

»Es ist uns aufgetragen, zumindest den Versuch zu unternehmen.«

»Aber Ihr wißt doch selbst, daß es unmöglich ist, so wie die Menschen sind...«

»Trotzdem, Mylady.«

Sie blickten nach oben: Das Fenster, an dem sie gesessen hatten, hatte sich wieder geöffnet und schlug gegen die Hauswand.

Ein paar Scheiben barsten und fielen ganz in ihrer Nähe klirrend auf den Uferweg, der zum Kai führte. Ein Hausdiener kam aus der Küche gestürzt.

Nicholas lief die Treppe hinauf und stellte fest, daß zwei kleine Glasscheiben zerbrochen waren. Er meldete es dem Hausverwalter und versicherte ihm, er habe den Riegel ganz bestimmt geschlossen. Im Hinausgehen warf er einen Blick in den Speisesaal, wo Cecilia lachend mit ein paar Bekannten zusammenstand. Eigentlich hatte er ihr eine gute Nacht wünschen wollen, doch befiel ihn unversehens eine so lähmende Schüchternheit, daß ihm die Worte fehlten.

Drei Tage vergingen. Mitten in der Nacht weckte ihn das Rascheln alten trockenen Laubs im Wind; wohlig räkelte er sich unter dem Federbett. Sinnliche Empfindungen krochen hinter die Bettvorhänge und unter seine Decke. Er lag dort in zufriedener Behaglichkeit wie jemand, der sich endlich zu einem schweren Entschluß durchgerungen hat, und er spürte, wie seine Seele die Schlafkammer verließ, die Stufen zu ihrem Haus empor-, durch die Tür und quer durchs Zimmer zu dem Bett schwebte, in dem sie schlief. Sein Meßrock am Holzhaken auf der anderen Seite des Zimmers erbebte in dem Luftzug, der durch die Ritzen des Fensters hereindrang.

Er hatte beschlossen, ihr den Hof zu machen.

Obgleich die freudige Erregung in seinem Inneren mit jedem Tag wuchs, ließ er etwas Zeit verstreichen, um sich die passenden Worte zurechtzulegen. Dann überkamen ihn indes wieder Zweifel, und er stürzte sich mit Feuereifer auf seine Arbeit, doch entschwanden ihm seine Gedanken, während die Tinte auf der zum Schreiben bereiten Spitze des Federkiels trocknete. Nacht für Nacht erhob sich seine Seele und ging ihm zu der Straße, in der sie wohnte, voraus und die Stufen zu ihrem Haus empor. Er bekam sie in jenen Tagen nicht zu Gesicht, auch erwähnte niemand ihren Namen, und doch fühlte er, daß sie Bescheid wußte. Noch immer spürte er ihre Hand in seiner.

Eine Zeitlang hatte sie für ihn nicht existiert, genaugenommen die meiste Zeit seines Lebens. Vielleicht war er ihr bereits früher auf der Straße begegnet, ohne sich dessen bewußt zu sein. Doch dann hatte sie, eine Frau unter vielen auf einem allzu lärmenden Maskenball, ihn mit einer ihm unerklärlichen Kraft angezogen. Anfangs hatte sie sich in seiner Gedankenwelt mit einem Platz neben all den anderen Frauen begnügen müssen, neben all seinen fehlgeschlagenen Lieben und den wenigen, denen ein kurzes Glück beschieden war. Doch am Ende war nur noch sie allein übriggeblieben, hatte er lediglich Augen für sie und staunte darüber, daß es für ihn je andere Frauen hatte geben können. Ohne sie zu fragen, schenkte er ihr sein Herz.

Dabei konnte er sich nicht einmal gewiß sein, ob sie ihn wollte: bald hatte sie sich gefühlvoll, ja fast sinnlich, bald gleichgültig gegeben. Dennoch suchte er sie auf: An einem Frühlingstag begab er sich am frühen Abend in die Threadneedle Street und klopfte an ihre Tür. Ein kleiner französischer Knabe mit großen Ohren öffnete und trat geschwind beiseite, um ihn einzulassen.

Über ein Jahr war seit ihrer Rückkehr nach London vergangen, und in dieser Zeitspanne hatte sie das Haus zu ihrem Heim gemacht. Auf Tischen und Stühlen lagen bestickte Decken und Kissen, an den Fenstern hingen Vorhänge mit traditionellen französischen Mustern, und auf dem Kaminsims stand eine blau emaillierte Schale aus altem venezianischem Glas, auf der eine Allegorie der Liebe dargestellt war. Ein französischer Gedichtband lag aufgeschlagen auf einem Tisch. All dies nahm er seiner geschärften Sinne wegen mit einem Blick in sich auf.

Die in abgetragenen Satinpantoffeln steckenden Füße auf einem Schemel, saß sie am Feuer und las. Sie trug ein lose fallendes Kleid aus dunkelrotem Samt, und ihr zu Zöpfen geflochtenes, in Schlaufen gelegtes Haar wurde nachlässig von einigen Bändern zusammengehalten. Sie sah ihn an, als hätte sie ihn erwartet. Hatte sie womöglich im Schlaf gespürt, daß seine Seele sich in den vergangenen Nächten zu ihr aufgemacht hatte, über die knarrenden Bodendielen gehuscht und auf der Suche nach Wärme, menschlicher Nähe und Trost unter ihr Laken geschlüpft war? Er fühlte, daß sie Bescheid wußte, und doch schämte er sich nicht. Minutenlang stand er da und starrte ihre Hände an, die auf dem Buchdeckel ruhten.

Mit einem Lächeln sagte sie: »Ihr seid zu mir gekommen, Master Cooke!«

»Was lest Ihr da?«

»Spencers Buch über die Irischen Kriege. Ihr wart als Soldat dort, hat man mir erzählt. Ich habe meinen Bruder viel über Euch gefragt.«

»Weshalb, Madam?«

»Ich wollte Euch kennenlernen, aber Ihr seid nicht zu mir gekommen. Mir blieb also keine andere Möglichkeit.«

Auf ein Klingeln von ihr kam der Knabe, der sie offensichtlich anhimmelte, herbeigeeilt, verschwand wieder und kehrte kurz darauf mit einem Teller Fleischpasteten und einem großen Krug Ale zurück. Nicholas hatte seinen Mantel ordentlich gefaltet und über eine Stuhllehne gelegt, doch nun griff er danach und legte ihn erneut zusammen. Leicht belustigt stellte sie fest: »Ihr scheint sehr um Eure Kleidung besorgt!« Da errötete er und erwiderte schroff: »Nicht die Spur, ich achte allenfalls darauf, daß sie nachts am Haken hängt und nicht auf dem Boden liegt.«

Lachend sagte sie: »Ganz so wie ich...« Sie warf einen mißbilligenden Blick auf seine Soutane und Halskrause. »Ihr kommt als Pfarrer«, konstatierte sie ungnädig.

»Als ich selbst, Madam.«

Sie lehnte sich zurück und musterte ihn gestreng wie eine Schulmeisterin. »So läßt sich der Mann nicht vom Pfarrer unterscheiden! Und doch bildet Ihr unter den Geistlichen eine Ausnahme. Sie tun der Welt wenig Gutes. Euch könnte ich vertrauen, glaube ich, und das tue ich nur selten. Aber was hat Gott mit uns und was haben wir mit Ihm zu schaffen? Sagt es mir, Master Cooke! Das Himmelreich ist so fern, und hier auf dieser Welt geschieht so Wichtiges, was unserer Aufmerksamkeit bedarf!«

Sein Herz pochte heftig, so nahe fühlte er sich ihr plötzlich, und er sehnte sich mit ihr zurück ans nasse, windige Flußufer, wo er ihren Arm hatte halten dürfen. Abwartend beugte sie sich vor und hob dann und wann die Hand, um mit den Bändern in ihrem Haar zu spielen. Er sagte: »Ihr müßt es mit dem Herzen erkennen.«

»Ich erkenne vieles mit dem Herzen, aber dies nicht.«

»Und warum nicht?«

Sie warf den Kopf zurück, und der Feuerschein fiel auf ihre weiße Halsbeuge. »Ich interessiere mich nicht für den Himmel, sondern für das Vermögen der Menschen, Gutes zu tun. O nein, ich spotte nicht über Euch und auch nicht über das, was Euch teuer ist! Meine Zunge ist scharf, und ich kann nicht sagen, was in meinem Herzen vorgeht, darum spreche ich über andere Dinge. Ach, Pastor! Ihr könnt kein Gefallen an mir finden oder meine Art gutheißen! Ich kenne Euch und Männer Eures Schlages und weiß, was Euch an einer Frau bezaubert: Liebreiz, bei unsrer Muttergottes, und Demut und Botmäßigkeit. Jetzt legt Ihr die Stirn in Falten. Und doch wissen all meine Freunde, wie sehr ich mir wünsche, Euch wiederzusehen, und daß ich nicht selten nur deshalb zu einer Abendgesellschaft gehe, weil ich Euch dort anzutreffen hoffe.«

»Ist das wirklich wahr?« flüsterte er.

»Ja. Verschlägt es Euch nun die Sprache?«

»Keineswegs, aber ich muß Euch gestehen, daß ich nicht recht schlau aus Euch werde! Bald entzieht Ihr Euch mir, bald neckt Ihr mich. In Gottes gütigem Namen, wenn Ihr mir nicht sagen könnt, was für eine Art Frau Ihr seid, wie kann ich mich Euch dann nähern, und sei es nur mit Worten? Wie soll ich es tun, wenn Ihr es mir nicht verraten wollt?« Die Worte brachen wie ein Aufschrei aus seinem Herzen hervor. Betroffen wandte sie das Gesicht ab.

»Nun habe ich Euch gekränkt, dabei wollte ich Euch nur kennenlernen«, sagte er leise.

»Ihr habt mich nicht gekränkt.«

»Wirklich nicht?«

»Nein.«

Sie sprachen alsdann über so vieles, daß ihre Sätze bisweilen unvollendet blieben: über die Poesie und die Stille der Nacht, die allein vom Gefauch wilder Katzen auf der Stadtmauer gestört wurde, über ihre Kindheit im Norden, ihre mißglückte Ehe und darüber, wie sie sich in die Lektüre von Büchern geflüchtet hatte. Sie erzählte ihm, daß sie Gefallen am Zeichnen fand und vor allem die prägnanten Eigenheiten des menschlichen Gesichts sie zum Stift greifen ließen. Sie verachtete alles Seichte und Kleingeistige und stellte Scharfsinn und Redlichkeit über alles. Während sie so sprach, ließ er sich neben ihr auf ein Knie nieder und begann ihre Wange zu streicheln. Selbst in diesen Augenblicken ging von ihr so große Ruhe aus, als hörte sie ihm zu. Er fuhr mit den Fingern über ihre Lippen, und schließlich küßte er sie und dachte ja, jetzt, natürlich.

»Ich verstehe mich nicht aufs Werben«, sagte er befangen. »Es liegt mir nicht, wohlfeile Worte zu sagen, wenn ich in Wirklichkeit etwas anderes meine. Ich möchte dich von ganzem Herzen kennenlernen, und es soll anders als alles andere werden... so du es willst, Cecilia. Wahrlich, ich weiß nicht mehr, was Liebe eigentlich ist oder wo sie beginnt... nur daß sie gewiß mehr umfaßt, als ich zu geben bisher imstande war, denn ein bißchen habe ich dazugelernt...«

»Komm, Liebster! Nicht, daß uns der Knabe überrascht!«

Sie erhoben sich so ungestüm, daß einer der blauen Weinbecher umkippte: zwar zerbrach er nicht, doch der Rotwein rann zwischen den Tellern hindurch und tropfte zu Boden. Gleich darauf stiegen sie die Treppe zu ihrem Schlafgemach hinauf und bewegten sich im Dunkeln aufeinander zu. Zu seiner Überraschung weinte sie, und mit den Worten »Ach du!« kam er zu ihr. So geschah es, schlicht und ergreifend. In Gedanken hatte er sie bereits so oft geliebt, daß es ihm nun gar nicht wie das erste Mal erscheinen wollte. Schon jetzt konnte er sich nicht mehr vorstellen, daß er je ohne sie gelebt hatte oder daß es in all den vor ihm liegenden Jahren auf dieser Welt einen Augenblick geben könnte, an dem er nicht mit ihr zusammensein sollte.

Irgendwann zwischen jener Nacht und den folgenden verliebten sie sich ineinander. Das verwunderte ihn, denn alles war ganz anders als erwartet. Zuweilen war sie so scharfkantig wie Scherben von zerbrochenem Steingut: ihre Worte, ihre Ellbogen in seiner Flanke mitten in der Nacht. Er hatte das Gefühl, daß ein Teil von ihm stumpf und träge geworden war: Sie war ihm zu schnell. Bald gab sie sich ungnädig, bald verspielt oder gar sinnlich; ja, sie war die sinnlichste Frau, der er je begegnet war. In mancherlei Hinsicht verehrte sie ihn, doch dann bot sie ihm wieder die Stirn. Die Lebensfreude erfaßte Bereiche in ihm, von deren Existenz er zuvor nicht einmal gewußt hatte. Er lief durch die Straßen, sprang nach tiefhängenden Ästen. Seine Freunde waren darüber hocherfreut, zogen ihn jedoch gnadenlos auf. Der Tag begann und endete für ihn mit ihrem Körper und ihrem Geist, mit dem Geschmack warmen Ales auf ihren Lippen am Morgen und dem Rascheln der Laken am Abend, wenn draußen in der Gasse der näselnde Ruf des Konstablers und das Knirschen seiner großen Füße auf dem sandigen Boden zu hören waren. Er schob sich ihre zerrissenen Haarbänder in die Taschen und nahm sie mit, um sie dann und wann berühren zu können.

Abermals war der Frühling gekommen, langsam und mit kühler Brise. Nicholas war so ungeduldig wie ein Knabe. Im Gegensatz zu all den anderen Lieben, die er erlebt hatte, entrückte ihn diese wundersamerweise nicht den Dingen, die ihm lieb und teuer waren, sondern bezog sie mit ein. Hätte er Cecilia nicht geliebt, hätte er sie um ihre Freundschaft gebeten. Ihr Wissensdurst war schier unstillbar, und Bücher hatte sie schon immer regelrecht verschlungen. Rückhaltlos gab sie sich ihm hin und erwartete dasselbe von ihm. Von schlanker Gestalt, hatte sie kleine Brüste mit dunkelbraunen Warzen und lange, wohlgeformte Beine. Vor dem Einschlafen legte er bisweilen den Arm um sie, als wollte er sie um keinen Preis verlieren, doch wenn er dann erwachte, blickte sie auf ihn herab. Er befragte sie weder zu ihrer zerrütteten Ehe, in der sie Dobson zufolge unter der prahlerisch ausgelebten Treulosigkeit ihres Gatten bitter gelitten hatte, noch zu den schönen jungen Höflingen, mit denen ihr Name schon bald nach ihrer Ankunft in London in Verbindung gebracht worden war. Auch verschloß er die Augen davor, daß es, zumal für ihn, eine Sünde war, mit ihr ohne ehelichen Segen das Lager zu teilen; im Geiste formulierte er die Dogmen seiner Kirche neu. All das bannte er aus seinem Bewußtsein und gab sich seiner Liebe zu Cecilia hin.

Das Heil bedeutet im Griechischen Ganzheit, die es zu erreichen gilt, was Nicholas während der letzten Jahre der Herrschaft Jakobs I. in dem Haus in der Threadneedle Street bis zu einem gewissen Grad gelang. Cecilia erzählte ihm viel von der Welt außerhalb Englands, denn sie war weitaus mehr herumgekommen als er. In ihrem Haus gingen Hugenotten, Holländer, Flamen und Deutsche ein und aus, und sie beklagte bitterlich die Verheerungen der Kriege in der Fremde. Sie war eine vorzügliche Musikerin, mehrerer Sprachen mächtig und von einem schillernden, zuweilen kühlen Wesen, das indes in heißer Liebe entbrennen konnte. Nie in ihrem Leben hatte sie jemanden so geliebt wie ihn, wie sie oftmals beteuerte, und obgleich er mit der Zeit herausfand, daß sie die Wahrheit sagte, waren weder er noch sie selbst imstande, sie in ihrer Vielschichtigkeit gänzlich zu erfassen.

Sie sah in ihm von Anfang an einen Mann von unbegrenzten Fähigkeiten, der an der Schwelle seiner größten Entfaltung stand, jedoch nicht den Mut besaß, sich vollends darauf einzulassen. Er zählte damals knapp über vierzig Jahre, war vielleicht noch etwas ernster geworden, als er es ohnehin schon gewesen war, und besaß ein großes Herz. Oft ging er tief in Gedanken versunken mit raschen, leisen Schritten seines Weges. Mochte sie sich anfangs ein eher schlichtes Bild von ihm gemacht haben, so erkannte sie mit der Zeit, daß sein gesamtes Sein von seiner vielgestaltigen Liebe zu Gott durchdrungen war. Gleiches galt für seinen Verstand. Ein stolzer Mann, lachte er von Herzen gerne und kannte seine besten Freunde wie seinen eigenen Handteller oder die raschelnde Strohmatratze auf dem mit Schnüren bespannten heimischen Bettgestell. Cecilia war zutiefst gerührt, als er ihr sein Gebetbuch zeigte, das er seit seiner Kindheit besaß und an dessen Ränder er mit spitzem Federkiel die Bittgebete seines bisherigen Lebens gekritzelt hatte.

Auf seinen Kinderwunsch ging sie nicht näher ein; da sie selbst bereits zwei bei der Geburt verloren hatte, wäre sie nur in zornige Tränen ausgebrochen, und er hätte sie nicht zu trösten gewußt. Auch hatte sie wie er Angst vor einer neuerlichen Ehe und vor dem Schwinden der Liebe nach Ablegen des Gelübdes, und so verloren sie auch darüber kein Wort.

Sie liebte ihn vorbehaltlos, und wenn sie im matten Licht, das bei ihr zu Hause durch die kleinen Fenster fiel, im Bett lagen, zeichnete sie bisweilen mit den Fingern den Verlauf der Muskeln auf seinem nackten Rücken nach, bis er schließlich erwachte und sie voller Sanftmut anblickte. In solchen Augenblicken empfand sie so etwas wie Ehrfurcht vor ihm. Beim Frühstück neckten und küßten sie sich, wie die Jugend es tut, und unterhielten sich sodann, während sie das Brot brachen, über gewichtige Dinge. Wurde schon früh am Tage nach ihm verlangt, eilte der bejahrte Küster John, der neben einem kleinen Kreis getreuer Freunde ihr Geheimnis hütete, auf seinen Säbelbeinen die Straße hinunter, um ihn zu holen. In Cecilias Haus sprachen sie zumeist über verschiedene Höfe, Könige und die Wissenschaft; hielten sie sich in seiner bescheidenen Bleibe auf, was seltener der Fall war, erzählte er ihr von seiner Kindheit. Abends trafen sie sich bald mit ihren, bald mit seinen Freunden und redeten über Gott und die Welt.

Die Jahre 1622 und 1623 bescherten ihnen eine gute Zeit: Mit Buckingham, den Kriegen und dem Wertverlust des Geldes hatten sie sich abgefunden, bildeten sie doch nichts weiter als einen unerfreulichen Hintergrund zur wahren Welt der Wissenschaft und des Geistes, zum Glockengeläut, das die Menschen zur Messe rief, zu den nach Blumen und Dunghaufen riechenden, schmutzigen und doch beschaulichen Straßen Londons, den von Bäumen überschatteten Gassen und Wegen, den Schwänen auf dem Wasser, dem Wein in den Schenken und den Schauspielen in den Theatern. Und dann war da noch sie, die seine Hand hielt, ihn mitunter spätabends zu Hause aufsuchte, wenn er gerade an der Predigt für den kommenden Tag schrieb, und leise, um ihn nicht zu stören, ihre Stickarbeit hervorholte. Nach einer Weile erschien sie auch zu den Zusammenkünften der wissenschaftlichen Gesellschaft.

Wentworth weilte noch immer im Norden. Nicholas schrieb ihm häufig, und es stimmte ihn traurig, daß sein Freund ob seines Kummers offenbar so manches ehrgeizige Vorhaben aufgegeben hatte. Er vermißte Tom schmerzlich und las Cecilia abends im Bett gelegentlich seine langen Briefe vor. »Einen feineren Burschen gibt es in England nicht«, sagte er, »und auch keinen gütigeren, im tiefsten Sinne des Wortes.«

»So? Ich habe ihn hier und dort erlebt und halte ihn für hochmütig. Er schert sich nicht darum, was andere über ihn denken, denn er hat von sich selbst eine höhere Meinung, als jeder gewöhnliche Mensch es sich zu erträumen wagt!«

»Nein, so ist es nicht! Er sehnt sich nach Zuneigung, zeigt dies aber nur wenigen.«

»Liebst du ihn, Nick?«

»Ja, mit allem, was ich bin.«

Sie senkte die Stimme und fragte zärtlich: »Und warum, mein Herz?«

Verblüfft erwiderte er: »Ich weiß es nicht, Liebes. Er ist für mich wie ein Bruder, und welche Fehler er auch immer haben mag – seine Weichherzigkeit macht sie wett.«

Cecilias politische Ansichten waren kompliziert und schlicht zugleich. Die Mechanismen von Recht und Parlament faszinierten sie; sie fühlte sich von der mangelnden Förmlichkeit am leichtlebigen Königshof angezogen, und obgleich sie die Monarchie hochhielt, empfand sie das persönliche Gebaren König Jakobs I. als anstößig und abscheulich. Ihre Gunst galt schon seit längerem dem verwöhnten jungen Prinzen Karl. Eine Zeitlang redete alle Welt darüber, wie er und Lord Buckingham in Verkleidung nach Spanien gereist waren, um dort um die Hand der Infantin anzuhalten, jedoch erfolglos, und zum Krieg gegen dieses unbekümmerte Land entschlossen zurückgekehrt waren. An manchen Tagen gaben sich in ihrem Salon Hugenotten, flämische Maler und Barrister ein Stelldichein, um derlei zu erörtern. Kaum waren sie gegangen, stürmte Nicholas, zwei Stufen auf einmal nehmend, die Treppe zu ihrem Schlafgemach hinauf, um den Mantel quer durch den Raum zu werfen und sie in die Arme zu schließen. Sie kaufte ihm Bücher über Theologie und lauschte bereitwillig, wenn auch mit leichtem Befremden seinen Berichten über unerquickliche Debatten mit dem Kirchenvorstand, dem es einfach nicht gelingen wollte, genügend Kohle für die Armen zu sammeln; über seine Zuneigung zu den Chorknaben, die er zu Theateraufführungen mitnahm und denen er beim Lernen half; über seine Betroffenheit, wenn ein Gemeindemitglied, um das er sich aufopfernd gekümmert hatte, seiner Kirche den Rücken kehrte und sich einer anderen Religionsgemeinschaft anschloß. Derartige Mißerfolge führte er ausnahmslos auf seine eigene mangelnde Glaubenskraft zurück.

In jenen Jahren unternahmen sie ausgedehnte Spaziergänge durch London, bald mit Freunden, bald allein. Zuweilen wanderten sie weit unten im Süden durch die Dörfer und über die Felder, und wenn sie dann über die derben Holzbrücken zurückkehrten, die über die Landstraßen führten, erblickten sie hinter Lambeth die Windmühlen und den großen Palast des Erzbischofs von Canterbury. An den Steinmauern, die seine Gärten von der Allmende abgrenzten, pflückten sie Blumen und Kräuter. Er entdeckte wildwachsende Pimpinellen und Rosen, die sie im hochgeschlagenen Rocksaum oder in der Armbeuge nach Hause trug.

Endlos diskutierten sie darüber, ob der Mensch arm, weil unwissend oder ob er unwissend, weil arm sei. Mit Bestürzung nahm Nicholas die unablässig wachsenden Elendsviertel hinter Westminster und rings um Aldgate wahr, denn er hatte nicht vergessen, daß die Pest dort am ärgsten gewütet hatte. Indes, wenn sie durchs hohe Gras streiften und der Wind den süßlichen Geruch gemahlenen Korns zu ihnen herübertrug, schienen der Schmutz und die Kloaken von Londons finsteren Gassen in weiter Ferne. Und was die Frage anbelangte, ob der Mensch aus Unwissenheit arm oder aus Armut unwissend sei, so wußten darauf weder Nicholas noch Cecilia eine Antwort.

Ein andermal erörterten sie, was einen gerechten und guten König ausmache, und nahmen sich die Schriften Jakobs I. über das Königtum vor, die er viele Jahre zuvor veröffentlicht hatte. »Die Staatsform der Monarchie ist das erhabenste Ding auf Erden«, worauf das Unterhaus erwidert hatte: »Unsere Privilegien und unsere Freiheiten sind unsere Rechte und unser uns zustehendes Erbe, nicht minder als unser eigenes Land und unsere Güter.«

Mit Ehrfurcht gedachten sie der Worte, die der gestrenge Dekan von St. Paul seinen Freunden und anderen Geistlichen mit auf den Weg gegeben hatte: »Jedes Menschen Tod schmälert auch mich selbst, denn ich bin ein Teil der Menschheit. Deshalb trachtet nicht danach zu wissen, wem die Stunde schlägt – sie schlägt euch.« Die Welt war über und über mit gelbem Laub bedeckt; es trieb auf dem Wasser unter der Brücke und verfing sich im Saum ihres Kleides, und in solchen Augenblicken fühlten auch sie sich als Teil der gesamten Menschheit. Arm in Arm gingen sie unter Apfelbäumen spazieren, an denen noch immer Früchte hingen.

An einem kühlen Herbsttag des Jahres 1623 schließlich erschien die Folioausgabe von Will Shagsperes Werken. In den sechs Jahren seit Beginn des Unterfangens hatte Nicholas häufig seinen einstigen Lehrmeister John Heminges in Aldgate aufgesucht, um die Druckseiten Satz für Satz durchzusehen, bevor sie gebunden wurden. Den Theaterstücken waren Huldigungen an den Verfasser von Ben Jonson und verschiedenen anderen vorangestellt. Er habe niemals eine Zeile durchgestrichen, schrieb Jonson. Das Frontispiz zierte ein Porträt von erbärmlicher Qualität, bei dessen Anblick Nicholas unwillkürlich lachen mußte.

Das Ereignis wurde mit einem feierlichen Akt im Globe begangen. Vom nahegelegenen Bear Garden trug der Wind das Gebrüll der wilden Tiere herüber, die Mühlen drehten sich, und die Nachmittagsvorstellung im Theater war gerade zu Ende, als Nicholas mit Cecilia einen der mit Holzplanken ausgelegten Wege auf dem schlammigen Terrain entlangkam. Etliche Kollegen des Stückeschreibers, die sich mittlerweile zur Ruhe gesetzt hatten, waren eigens angereist, um einen Trinkspruch auf sein Angedenken auszubringen, so auch Condell und Heminges, die auf einem Fuhrwerk mit einem kleinen Bierfaß darauf eintrafen. Der Schauspieler John Lowin hatte mit Hilfe seiner Lehrlinge ein Lamm gegrillt, und der köstliche Duft stieg ihnen in die Nase. Viele hatten ihre Instrumente mitgebracht.

Als die Männer dann auf ihren Handtrommeln und Schnabelflöten spielten, begann der junge Andrew Heminges eine

Gigue zu tanzen. Die ersten Schritte vollführte er dort, wo während der Aufführungen die Gründlinge zu stehen pflegten, zog sich jedoch alsbald auf den ersten Rang hoch und tanzte weiter, während die Kinder in Scharen die Stufen zu ihm hinaufstürmten. Er sprang über die Bänke, stellte sich auf das Gesims und schwang sich zum zweiten Rang empor, wo er sich bald im Kreise drehte, bald auf Händen lief oder Räder schlug.

Da schritt unten sein Vater John Heminges, ein paar Papiere ans Herz gepreßt, mit steifen Schritten zur Bühnenmitte. Die Knaben hörten mit der Herumtollerei auf, setzten sich ans Geländer der Galerie und ließen die in Wollhosen steckenden Beine baumeln; die Männer legten die Instrumente aus der Hand. Bedächtig ließ der betagte Theaterdirektor den Blick in die Runde schweifen. Rings um die Bühne hatten sich die derzeit über dreißig Mitglieder der Gesellschaft samt Frauen und Kindern versammelt, des weiteren Stückeschreiber und Schauspieler vom Swan sowie aus der Drury Lane.

»Wir haben nun das großartige Druckwerk gefeiert«, begann er, »doch muß ich euch noch um etwas Geduld für eine persönliche Angelegenheit bitten. Mein Sohn Andrew, der da oben über uns thront, wird in diesem Monat einundzwanzig Jahre alt. Mit dem Zerreißen seines Lehrvertrages am heutigen Abend wird er hiermit aus dem Lehrverhältnis entlassen und zu einem Teilhaber der King's Men.«

»Hört an!« riefen die Männer.

»Komm her, du Rotzlöffel!« sagte Heminges.

Ohne Hast stieg Andrew herab.

»Du bist ein Mann des Theaters, mein Sohn!« verkündete John Heminges mit Nachdruck. »Als solcher wurdest du erzogen, und ein solcher wirst du immerfort sein. Du warst noch nicht geboren, da rissen wir das alte Schauspielhaus jenseits von Moorgate im bitterkalten Winter '99 nieder und karrten das Holz über den gefrorenen Fluß, um an dieser Stelle das Globe zu errichten. Ich bin ein alter Mann und wurde in eine rauhe Zeit hineingeboren: die deine ist aus feinerem Garn gesponnen. Möge dieses Theater stehen bis zum Ende der Welt. Sag Amen, mein Junge.«

»Amen, guter Vater.«

»Recht so, mein Junge, und nun küß mich.«

Ein paar Männer traten mit einem Drachen vor, den sie aus alten Requisitenlisten gebastelt hatten; John Heminges schnitt den Lehrvertrag in Stücke und befestigte diese am Schweif. Sodann stürmten Andrew und die Knaben aus dem Theater aufs freie Feld, um den Drachen steigen zu lassen, und nach anfänglichem Trudeln wurde er vom Wind erfaßt und über die verwitterten Holzlatten des Globe durch die rauchgeschwängerte Luft in den Himmel emporgetragen.

Im weiteren Verlauf des Abends stieg Heminges wiederholt auf die Bühne, um Stellen aus seinen größten Rollen, dem Falstaff, Titus und Polonius, zu deklamieren und seine alten Kameraden auszuschelten, wenn sie sich nicht mehr an ihre Texte erinnern konnten; einmal verlangte er gar ein stumpfes Rapier, um sich zu vergewissern, ob er die Fechtszenen noch bestreiten konnte. Betrunken wischte er sich schließlich mit der Hand übers Gesicht, sagte: »Nun ist's genug, meine müden Knochen müssen ins Bett!« und stieg zusammen mit seinen jüngsten Kindern und seiner Schwiegertochter auf den Wagen. Er streckte Nicholas die Hände entgegen, und bei der sich anschließenden Umarmung schmeckte der Arzt die warmen, salzigen Tränen seines ehemaligen Meisters. Da rumpelte der Wagen auch schon durchs hohe Gras davon, und im nächsten Augenblick flitzte der junge Andrew über die Holzplanken, sprang auf das Trittbrett zwischen den Rädern, schlang die Arme um seinen Vater und zog sich zu ihm hoch.

Es war bereits recht dunkel, als Nicholas und Cecilia sich auf den Heimweg machten.

Vieles teilten sie in den folgenden zwei Jahren miteinander, bis ihre Gefühle untrennbar miteinander verwoben waren. Tom Wentworth schrieb zwar allwöchentlich, kehrte indes nicht aus dem Norden zurück, und der kleinwüchsige Prälat von St. John, William Laud, wurde zum Weihbischof ernannt und kam nach London. Harvey führte seine Arbeit über die Blutzirkulation fort und schrieb weiter an seinem Buch mit Erläuterungen zu diesem Thema. Andrew feierte eine Liebeshochzeit, und der große Philosoph und einstige Lordkanzler Francis Bacon zog sich auf seinen Besitz in Gorhambury zurück, um sich der Wissenschaft und Forschung zu verschreiben, nachdem er sein Bedauern darüber geäußert hatte, seine Kräfte im Dienste einer weltlichen Macht vergeudet zu haben.

Als sich Nicholas Ende März 1625 am frühen Abend nach einem Besuch bei Cecilia auf den Heimweg machte, hörte er Glockengeläut. Zuerst ertönten die großen Glocken der Westminster-Abtei, denen an diesem trüben Wintertag nach und nach sämtliche Pfarrkirchen antworteten, auch die seine. Was hat dieses Geläut zu bedeuten, fragte er sich und blickte wie im Traum auf.

Von den Glockentürmen stiegen Tausende von aufgeschreckten Vögeln in das letzte graue Licht am Himmel empor. Seine Majestät Jakob I. war tot.

4
Die Krönung und ein Kind

Die sterbliche Hülle des ungeschliffenen, eigensinnigen Jakob I. Stuart ruhte in der Westminster-Abtei unter einem sechseckigen Katafalk aus Gips, Holz, Zelttuch und Wachs. Im Leichenzug trugen Vertreter des Heroldsamtes seinen von Ruhmestaten kündenden Tappert und seinen Schild; Hunderte von Männern, darunter auch die Schauspieler, schritten in Trauerkleidung und mit schwarzen Federn an den Hüten hinter dem Sarg her. Alsdann brach die Stadt in Freudengeschrei aus, um den jungen Karl I. Stuart willkommen zu heißen.

Als Nicholas an einem milden Tag Ende April von einem Krankenbesuch aus einer der Seitenstraßen von Westminster zurückkehrte, geriet er in der King Street in eine Menschenansammlung. Ein wahres Glücksgeheul hob an, als eine große Karosse plötzlich den Hof von Whitehall verließ und in einer Wolke von aufgewirbeltem Staub auf Charing Cross zuhielt. Gleich dem Tosen des Windes schwoll das Gejauchze der Menge an, bis es wie Glockengeläut an einem Festtag klang. Da begriff Nicholas: Der neue Regent näherte sich ihnen.

Der Arzt erhaschte indes nur einen flüchtigen Blick auf ihn: ein zierlicher Jüngling mit schmalen Handgelenken und schmuckem Spitzbart. Das rötliche, gelockte Haar fiel ihm auf den breiten Spitzenkragen, und er hob die in einem bestickten, parfümierten Handschuh steckende Hand zum Gruß, doch sein Blick war wachsam. Im nächsten Augenblick war er verschwunden, und ein Seufzer der Zufriedenheit lief wie ein Beben durch den dichtgedrängten Pulk. »Ach, was für ein holder Knabe!« sagte eine Frau lachend und wischte sich die Freudentränen aus den Augen; dann raffte sie ihre Wäschebündel zusammen und ging wie die anderen ihres Weges.

An diesem Abend schrieb Nicholas einen überschwenglichen Brief an Wentworth. Er verlieh seinem Gefühl Ausdruck, daß Karl I. Stuart ein guter Mensch und Wentworth mit seiner Thronbesteigung der verdiente Aufstieg im Lande gewiß sei. London, so schrieb er in seiner flinken, fließenden Schrift weiter, borde über vor Leben, wie er es noch nie gesehen habe.

In den Schenken, bei Hofe und sogar in den Gefängnissen war von kaum etwas anderem die Rede als von dem neuen König und seiner sechzehnjährigen Braut, der französischen Prinzessin Henriette Maria, die mit wahren Hundertschaften Gefolge, darunter auch zwanzig Pfarrer katholischen Glaubens, aus Paris eingetroffen war. So mancher geriet bei dieser Nachricht in Harnisch (»Papisten!« schnaubte Harrington verächtlich), denn man hatte nicht vergessen, daß England sich vor nicht einmal hundert Jahren von der römischen Kirche losgerissen hatte. Indes, die meisten ließen gegenüber der zierlichen, scheuen Prinzessin Nachsicht walten, wünschten dem König eine freudvolle Hochzeitsnacht und zahlreiche Nachkommen.

In London war eine Zeit wachsenden Wohlstands angebrochen. Mit jedem Tag füllten mehr Waren und Sprachen aus aller Welt die Straßen der Stadt: Schuhwerk aus Portugal, Gewürze und Seide aus Indien, Glas aus den italienischen Stadtstaaten, feine Ware sowie zahlreiche Handwerker aus Schweden, diesem kleinen, entlegenen Staat von Schiffsbauern. Die Zahl der Druckereien verdoppelte sich, und dem Buchbinder Keyes wuchs die Arbeit derart über den Kopf, daß er zwei Gehilfen einstellte.

Im Fenster eines Malerateliers erblickte Nicholas ein Porträt des neuen Herrschers: ein schmalbrüstiger Jüngling mit schulterlangem, gelocktem Haar. Er erwog, es als Geschenk für Cecilia zu erstehen, mußte zu seiner Belustigung indes feststellen, daß die Farbe noch nicht ganz trocken war. Die Nachfrage sei so groß, erklärte der Künstler mit verlegenem Achselzucken, daß er mit dem Abmalen nicht nachkäme. Auf dem Terrain des Old Palace Yard unterlegten Balladenverkäufer seit alters überlieferte Weisen mit Strophen über die Güte und Mildtätigkeit der Könige aus dem Hause Stuart, und wann immer er am

Whitehall Palast vorbeikam, sah er ein paar Knaben schüchtern durchs Tor spähen in der Hoffnung, einen Blick auf den König zu erhaschen. Der neue Souverän, so hieß es allerorts, spreche mehrere Sprachen, liebe die Kunst und sei ein tiefgläubiger Mensch. Er sei kein Kriegerkönig, sondern einer, der sich Frieden wünsche.

Es war nicht allein die erste Parlamentssitzung unter dem neuen Herrscher, die Thomas Wentworth im Juli nach London zog, noch beschäftigten die damit zusammenhängenden wiederholten Enttäuschungen sein Denken über die Maßen. Er war gekommen, sich eine Frau zu suchen. Es ging das Gerücht, daß die Kinderlosigkeit seiner langjährigen Ehe auf eine Zeugungsunfähigkeit seinerseits zurückzuführen sei, und daher verweigerten ihm einige Männer ihre Töchter. Grimmig und finster hatte er vor sich hin gelitten, doch dann begegnete er Lady Arabella Holles.

Sechzehn Jahre alt, schön und kaum größer als ein Kind, war sie die Tochter des Earl of Clare, eines Landbesitzers aus Nottinghamshire. Wer sie kannte, sagte ihr eine gute Erziehung, Bescheidenheit sowie einen sprühenden Geist nach und rühmte ihre Gabe, mit allen und jedem gut Freund zu sein. Wentworth trug ihr ovales Miniaturporträt stets bei sich. Bei den wissenschaftlichen Zusammenkünften konnte es geschehen, daß er eine Diskussion über Magnetismus unterbrach, um von Arabellas dichtem dunklem Haar zu schwärmen.

Eines Morgens tauchte er unvermittelt im Pfarrhaus in der Love Lane auf, wo Nicholas unrasiert und in Hemdsärmeln damit beschäftigt war, auf der Rückseite eines Notenblattes die Meßordnung für den kommenden Samstag zu notieren. »Zieh dein Kirchengewand an, Pastor!« rief er. »Ich möchte mit meinem Freund Eindruck schinden!«

»Wieso, wohin gehen wir, Tom?«

»Was glaubst du wohl, du Gimpel! Wir gehen einer Frau den Hof machen, genauer gesagt, ich gehe, und du kommst mit, um für meinen Charakter und meine Ausdauer als Liebhaber zu bürgen.«

Die Steinhäuser der Stadt schimmerten im Sonnenschein, als sie in Wentworths neuer Kutsche unter dunkelgrünen Zweigen durch die Straßen fuhren. »Hätte ich etwa Moschus auflegen sollen?« erkundigte sich Wentworth besorgt.

»Dein Barbier hat dich wund geschnitten.«

»Die Pest soll ihn holen! Aber Nicholas, wir haben keine Blumen!«

»Unten am Fleet hat ein Mädchen welche feilgeboten.«

Wentworth sprang auf und schlug mit dem Spazierstock gegen das Kutschendach. »Du da, kehr um! Fahr zurück zum Fleet!« Er war so heftig aufgesprungen, daß er sich den Kopf gestoßen hatte; er errötete und rieb ihn sich mit reuigem Gesicht, während er sich wieder setzte und sich auf die weichen Lippen über seinem kleinen dunklen Bart biß.

Nach einiger Zeit wurden sie gewahr, daß sie sich verfahren hatten, und so legten sie die ganze Strecke notgedrungen noch einmal zurück. Schließlich hielt die Kutsche vor einem mittelgroßen Steinhaus in The Strand, und man führte sie in einen sonnigen Salon, wo Arabella Holles, ihren kleinen Hund zu Füßen, in einem französischen Gedichtband las.

Sie küßten ihr die Hand, sie machte einen Knicks. Nach einer Weile empfahl sich Nicholas, da ihn ein Patient erwartete, und als er noch einmal zurückkam, weil er sein Ränzel vergessen hatte, saßen die beiden Liebenden dicht beieinander: Wentworth hatte ihre Hände ergriffen und starrte unverwandt darauf, als läge in ihnen seine Zukunft. Im Herbst heirateten sie, und als im Winter die zweite Parlamentssitzung vertagt wurde, kehrte Wentworth in den Norden zurück.

Die frohe Kunde von Lady Arabellas Schwangerschaft traf bereits zwei Monate nach der Hochzeit ein. Während die Geburt näher rückte, schickte Wentworth allwöchentlich überschwengliche, von Glücksbekundungen erfüllte Briefe, in denen manche Wörter dick unterstrichen waren. »Wenn du mich je geliebt hast, Pastor, so komm und sei Zeuge der Geburt meines Sohnes, denn gewiß wird es ein Knabe in Erhörung meiner Gebete«, schrieb er einmal. Nicht, daß er der Hebamme der Familie, die alle seine Geschwister auf die Welt geholt hatte, nicht traute, doch war er in Sorge, daß etwas schiefgehen könnte (»Frauen sind so zarte Geschöpfe, Nick!«), und zudem setzte er in seinen Freund aus Aldermanbury ein Vertrauen, das über das Maß des Üblichen weit hinausging. Mit einem gewissen Schalk schloß er: »Harvey schreibt, Du seist in diesen Tagen zu beschäftigt, um zu schlafen. Bring die höchst wundersame Dame, die Dir derart den Kopf verdreht hat, doch mit, und es soll Euch beiden hier wohlergehen, bei meiner Treu!«

Nach der Abendandacht begab sich Nicholas mit nachdenklicher Miene zu Cecilias Haus in der Threadneedle Street. Er traf sie im Salon an, und nachdem er ihr Wentworths Vorschlag unterbreitet hatte, blickte sie mit einer gewissen Strenge von ihrer Stickerei auf und sagte: »Ist es wirklich Wentworths Wunsch, daß ich mitkomme? Er wirkt zuweilen so ehern und unerbittlich. Weißt du, wie man ihn laut Michael seit neuestem nennt? Den Schwarzen Tom.«

Er setzte sich neben sie und nahm ihre Stickarbeit in die Hand, um das hellbraune Blumenmuster zu betrachten. »Du magst ihn nicht, Cecily.«

»Doch, um deinetwillen.«

»Ansonsten nicht?«

»Darüber haben wir doch bereits gesprochen! Er ist mir weder schrecklich zuwider, noch mag ich ihn sonderlich.«

»Nun, dann komm nicht mit.«

»Doch«, sagte sie, nahm ihre Arbeit wieder an sich und küßte ihn. »Ich weiß, daß dir daran liegt, und deshalb komme ich mit, denn ich möchte immer bei dir sein. Außerdem lassen uns deine Arbeit und meine Freunde, die mich brauchen, gegenwärtig nicht viel Zeit füreinander.«

»Liebende, die unter einem Dach wohnen, kennen derlei Beschwer nicht«, versetzte er mit Nachdruck.

So mieteten sie denn eine Kutsche samt Kutscher und vier Pferden, obzwar Nicholas sich anfangs über den Preis entrüstete. Sie fuhren über alte, zum Teil rund tausendsechshundert Jahre zuvor von den Römern angelegte Landstraßen, vorbei an Bauernhöfen, Herbergen und von wogenden Weizenfeldern umgebenen, hingeduckten Dörfern. Die Worte, die er in ihrem Haus zuletzt ausgesprochen hatte, hatten zwischen ihnen eine leichte Mißstimmung zurückgelassen. In den Herbergen fühlte er sich nicht wohl, schlief schlecht und sehnte sich nach seinem eigenen Bett.

Am zweiten Tag der Reise stellte sie ihn zur Rede: »Was ist mit dir?«

»Nichts.«

»Etwas stimmt nicht, möchte ich wetten.«

Er schlug das Gebetbuch auf und begann, die Psalmen für den vor ihm liegenden Tag zu lesen, und dabei legte er die Finger an die Lippen wie jedesmal, wenn er um Beherrschung rang. Nach einer Weile zog sie sich in eine Ecke der Kutsche zurück, schlang sich die dünnen Arme um den Leib und schob die Unterlippe vor. »Ich werde höflich zu ihm sein«, sagte sie schließlich mit erstickter Stimme. »So habe ich es stets gehalten, und das werde ich auch weiterhin tun. Aber er scheint mir bei weitem ehrgeiziger als begabt, und wenn er dich ruft, dann nur, damit du schleunigst zu ihm eilst. Seinetwegen stellst du dein Licht unter den Scheffel, Nick! Deine Selbstlosigkeit macht mich bisweilen rasend.« Mit den Fingerspitzen hob sie sein Gebetbuch an, so daß es ihm unmöglich war weiterzulesen. »Ich weiß nicht«, sagte sie ruhig, »ob ich mich freuen soll oder nicht, daß ich einen Diener Gottes liebe.«

»Du liebst mich als den Menschen, der ich bin«, stieß er leise hervor.

»Aber du liebst mich nicht.«

»Was sagst du da, Cecily!«

»Du willst mehr, als ich zu geben imstande bin. Du wünschst dir etwas, das ich dir nicht geben kann: die Ehe, ein Kind, das vor allem … Und dennoch habe ich noch nie jemanden so geliebt wie dich, Nicholas.« Sie wandte das Gesicht zum Fenster, und Tränen liefen ihr über die Wangen. Da warf er das Buch beiseite und schloß sie in die Arme. »Wer liebt, wird enttäuscht«, sagte sie kaum hörbar. »Ich könnte mich ohrfeigen, daß ich weine, aber in deiner Gegenwart kann ich nicht anders. Es will mir nicht gelingen, mich gegen dich abzuschotten, und wenn ich es noch so sehr versuche. Wenn das Leben für mich eines Tages vorüber ist, wird es dann heißen, es sei schlicht und ganz gewöhnlich verlaufen?« Er wiegte sie und redete besänftigend auf sie ein, und niemals, auch nicht, als sie sich an diesem Abend in einer Herberge liebten, hätte er ihr eingestanden, wieviel Wahres in ihren Worten gelegen hatte.

Nicholas' leichte Verstimmung verflog selbst dann nicht, als sie die Grafschaften rings um die Stadt York erreichten und die Glockentürme der Kathedrale in den blauen Himmel aufragen sahen. Das wunderte ihn, denn er freute sich weiß Gott für seinen Freund. Wäre das Kind seines gewesen, hätte er kaum glücklicher sein können, und er mußte daran denken, wie er Rübsamen mit Wein vermischt hatte, wie er neben Margaret niedergekniet war, um ihre Hand zu halten, als sie vor Scham über ihre Unfruchtbarkeit weinte, und wie sie schließlich gestorben war. Er fühlte sich nackt, verletzlich und kaum in der Verfassung, unter Menschen zu gehen.

Die Kutsche näherte sich West Riding und dem über Generationen vererbten Gut der Wentworths. Kaum fuhren sie in den Hof ein, lief ihnen Wentworth auch schon über den staubigen Boden entgegen, sprang auf das Trittbrett, noch bevor die Kutsche vollends stand, und rief: »Das Kind ist vor zwei Tagen gekommen! Ich habe einen Sohn! Kümmert euch nicht um das Gepäck, sondern kommt schnell!«

Man hatte die Fenster des Schlafgemachs weit aufgestoßen, und eine sanfte Brise trug den Duft frischen Grases herein. Arabella, die gerade stillte, errötete bei ihrem Eintreten verlegen und schickte sich an, das Kind von der Brust zu nehmen, worauf dieses jedoch ein so maßloses Gebrüll anstimmte, daß sie beschwichtigend auf es einredete und es weitersaugen ließ. Über ihren Besuch schien sie sich zu freuen.

Nicholas kniete neben der jungen Mutter nieder und legte die Hand auf den Hinterkopf des Säuglings. Das feine dunkle Haar, von derselben Farbe wie das des Vaters, klebte am Schädel und ließ dessen Form deutlich hervortreten. Wo die Knochen sich noch nicht verfestigt hatten, sah man Adern pochen. Nicholas war von der Schönheit dieses neugeborenen Lebens derart überwältigt, daß er kein Wort hervorbrachte. Es war Toms Sohn, dessen Haar er da berührte, die Frucht seines Leibes, und doch war ihm aus unerfindlichen Gründen, als sei es auch sein Kind. Wieder kamen ihm die mit Wein aufgekochten Rübsamen und die Scham seines Freundes in den Sinn.

»Ich werde euren Sohn taufen«, sagte er, als er die Sprache wiedergefunden hatte.

Zahlreiche wohlhabende Familien aus der Grafschaft fanden sich am folgenden Tag zum Heiligen Sakrament der Taufe ein, ebenso Hunderte Pächter vom Lande, die sich in ihren braunen Kitteln und Kleidern auf dem Hof vor der Kapelle drängten. Obgleich das Kind in etliche Ellen alten, vergilbten und mit Spitze besetzten Leinens gehüllt war, spürte Nicholas, wie es mit den Beinen strampelte und die Brust blähte, als wollte es protestieren. Er hielt den Knaben in der Armbeuge, und bevor er ihm die Stirn dreimal mit Wasser benetzte, sprach er die Worte, wie sie seit sechzehnhundert Jahren gesprochen wurden: »Teures, geliebtes Kind, da alle Menschen in Sünde gezeugt und geboren sind und Christus, unser Erlöser, spricht, keiner werde in das Reich Gottes eingehen, so er nicht aus dem Wasser und dem Heiligen Geist neu ersteht und wiedergeboren wird...«

Als das Sakrament beschlossen und das gemeinsame Gebet verrichtet war, streckte der frischgebackene Vater die Hände aus und sagte: »Gib ihn mir, Pastor.«

Nicholas fühlte Bahnen alter Spitze über seinen Arm gleiten, als er ihm das Kind überließ. Wentworth wiegte den Knaben, schaukelte dabei mit dem Oberkörper vor und zurück und sang mit gedämpfter Stimme ein Lied. Nach einer Weile blickte er auf und sah sich verstört um, als hätte er vergessen, daß er nicht allein war.

»Ich habe einen Erben«, sagte er ehrfürchtig. »Mein Name wird nicht aussterben. Ich werde für ihn ein Herrschergeschlecht erschaffen, und mein Werk soll sein Erbe sein!«

Nachdem die Hunderte von Gästen nach den Tauffeierlichkeiten aufgebrochen waren und sich die Nacht aufs Land herabgesenkt hatte, versammelten sich einige der engsten Freunde in der Bibliothek, einem muffigen, mit Wandbehängen, Tapisserien und zwischen den Bücherschränken aufgehängten Ahnenbildern ausgeschmückten Raum. Zweimal entschuldigte sich Wentworth, um nach oben zu gehen und nach Mutter und Kind zu sehen. Als er wieder herunterkam, strahlte er jedesmal so sehr vor Freude, daß er sich verlegen mit der Hand übers Gesicht fuhr und die Achseln hob, als wollte er um Nachsicht bitten.

»Ich bin hier nun der Sheriff«, sagte er nachdenklich, als seine Freunde ihn mit Fragen über sein Leben im Norden bedrängten, »und da man mich endlich in dieses Amt berufen hat, werde ich Habgier und Verbrechen nach Kräften auszumerzen suchen. Das wird mir zwar so manche Feindseligkeit eintragen, aber mit Sanftheit ist den Unholden nicht beizukommen. Ich verachte jeden, der die Rechte des einfachen Mannes mit Füßen tritt, und ich hoffe, mein Sohn wird als erwachsener Mann erkennen, daß ich mich stets um Gerechtigkeit bemüht habe.«

Cecilia hatte sich in eine Ecke des Raums zurückgezogen und die Stirn ihres länglichen Gesichts leicht in Falten gelegt. Wenn sie das tat, hatte sie große Ähnlichkeit mit einem Porträt, das bei Sydenham in der Schlafkammer gehangen hatte und eine streng dreinblickende Florentinerin aus einem vergangenen Jahrhundert darstellte, eine noch immer jugendlich wirkende Matriarchin, blaß und verständig und mit schmaler, gekrümmter Nase. Die Sorgen und Probleme, über die Cecilia in der Kutsche gesprochen hatte, hatten rings um ihren Mund Spuren hinterlassen, und in ihren Augen ging von diesem Haus und der es umgebenden Grafschaft etwas Bedrückendes aus. Die anderen Frauen hatten sich nach oben begeben, und zweimal erwog sie, es ihnen gleichzutun, unterließ es jedoch. Für Nicholas war dies ein Ort der Freude, für sie indessen eine Mahnung daran, daß sie in gewisser Hinsicht versagt hatte. Sie griff nach ihrer Handarbeit und machte sich still daran, Blumen auf eine Mütze zu sticken.

Wentworth hatte bereits des öfteren zu ihr hinübergeblickt und sich auf die Lippe gebissen; offensichtlich rief sie in ihm Unbehagen hervor, und das verdarb ihm die Laune. Seine fröhliche

Ausgelassenheit schwand zusehends, und als er seinen Gästen nach einer Weile Wein nachschenkte, wandte er sich ihr zu und richtete mit einer Unbeholfenheit, die Nicholas so nicht von ihm kannte, das Wort an sie. »Madam«, sagte er, »wir haben noch nicht oft miteinander gesprochen, und ich weiß nicht recht, was ich zu Euch sagen soll.«

»Nun, das, was Ihr zu jedem anderen sagen würdet.«

»Wie ich höre, studiert Ihr das Recht.«

»In der Tat, es ist meine große Leidenschaft. Ich habe Vertrauen in unser Rechtswesen und bin der Auffassung, daß darauf unsere Größe beruht«, antwortete sie unverbindlich.

Darauf erwiderte er leise ein paar Worte, dann tauschten sie die eine oder andere Höflichkeit aus. Lächelnd blickte sie zu ihm auf, er küßte ihr die Hand und schien heilfroh, als er sich schließlich von ihr abwenden konnte. In diesem Augenblick spürte Nicholas, wie ihn all die angestaute Traurigkeit, gegen die er seit der Abreise aus London angekämpft hatte, gleich einer schrecklichen Last niederdrückte. Sie hatte recht. Er liebte sie so sehr, und doch... Jedes Jahr band ihn enger an sie, und doch war sie nicht sein. In ihm wallten so heftige Gefühle auf, daß er aus Angst, die Beherrschung zu verlieren, eine Entschuldigung murmelte, eilends den Raum verließ und zur Kapelle auf der anderen Seite des Hofes lief.

Ein Hund bellte. Der Abendhimmel war klar und sternenübersät. Es war eine sehr alte Kapelle, deren Heiligenfiguren zum Teil aus der Zeit stammten, als das Land noch der römischen Kirche angehörte. Er setzte sich auf einen der knarrenden Stühle und verbarg das Gesicht in den Händen.

Nach einer Weile hörte er die Tür aufgehen, und er brauchte nicht aufzublicken, um zu wissen, wer neben ihm stand. »Warum läßt du deine Gäste allein, Tom?« fragte er leise.

Mit scharrendem Geräusch zog Wentworth einen Stuhl heran und setzte sich so dicht neben ihn, daß sein Knie beinahe das des Freundes berührte. »Nicholas«, begann er und versuchte seine Stimme freundlich klingen zu lassen, »diese Dame ist höchst sonderlich! Bei ihr habe ich stets das Gefühl, mich in die Nesseln zu setzen, und ich komme mir in ihrer Gegenwart weiß

Gott wie ungebildet vor... Nein, das gefällt mir nicht, das gefällt mir ganz und gar nicht.«

»Ihr geht es mit dir ebenso.«

»Ach, tatsächlich?« sagte Wentworth und warf trotzig den Kopf in den Nacken. »Gott im Himmel, worauf hast du dich da eingelassen? Ihr Mann lebt noch, und du sehnst dich nach einem Kind! Weshalb quälst du dich? Von Dobson weiß ich, daß ihr Mann alt und krank von seinen Metzen ist, aber er kann noch lange leben. Was für ein Irrwitz, eine Frau zu lieben, die dich nicht heiraten kann! Was muß sie für ein schlaues, verderbtes Frauenzimmer sein, daß sie dich so betört, wo du doch die Weiber von halb London haben könntest. Arabella hat eine Base –«

»Schweig! Ich will nur die eine.«

»Ach ja, du Starrkopf? Ich wüßte nicht, was Frauen mit dem Recht zu schaffen haben. Obendrein sorgte sie kurz nach ihrer Ankunft in London für viel Gerede, weil ein oder zwei Edelmänner bei ihr ein und aus gingen.«

Nicholas sprang auf. »Jetzt ist's genug, Tom!« herrschte er ihn an. »Ich dulde nicht, daß du in diesem Ton von ihr sprichst. Ich liebe sie und werde sie immer lieben. Sobald ihr Mann stirbt, wird sie mein. Geh jetzt zurück zu deinen Gästen. Ich freue mich weiß Gott für dich, Tom! Bitte unsren König, dich zum Lordverweser von Nordengland zu ernennen, das hast du wohl verdient. Ich habe dich von Herzen gern, aber sprich nicht so über sie, sonst werde ich zornig.« Seine Stimme zitterte. Flüchtig berührte er die Schulter des Freundes und verließ dann stolpernd und gegen Stühle stoßend die Kapelle.

Während nachts der Wind ums Haus pfiff, lag Nicholas schlaflos im großen Bett ihres Zimmers. Er glaubte, das Neugeborene wimmern zu hören und gleich darauf die freudige, lachende Stimme des jungen Vaters, der es tröstete. Mit einem stummen Aufschrei und voller Neid meldete sich sein eigener Wunsch nach einem Kind zurück, und er vergrub das Gesicht in Cecilias langem, losem Haar.

Freilich hatten sie so manches Mal Dinge gesagt wie »Wenn der französische Gesandte stirbt, dann...« Weder er noch sie brachten es über sich, von ihrem »Ehemann« zu sprechen, weil es ihnen heuchlerisch vorgekommen wäre, doch dann waren sie stillschweigend übereingekommen, ihn überhaupt nicht mehr zu erwähnen, denn einem Mann, der über Siebzig und seit langem krank war, den Tod zu wünschen, erschien ihnen als Sünde. So schmiedeten sie denn keine Zukunftspläne. Die Scheidung zu erlangen war äußerst schwierig; sie sprach diese Möglichkeit von sich aus nie an, und er vermutete, daß der Mann, mit dem sie im Alter von sechzehn Jahren durchgebrannt war, ohnehin seine Einwilligung verweigern würde.

Und dann starb er tatsächlich: Ein Bote überbrachte eine Nachricht von Dobson, in der es zum Schluß hieß (und die Worte waren unterstrichen): »Gott weiß, was meine Schwester sich nun wieder einfallen läßt, denn sie neigt dazu, in ihr Verderben zu rennen! Kreuzt etwas Gutes ihren Weg, nimmt sie davor gewiß Reißaus!«

Nicholas schob den Brief in seine Tasche und machte sich mit einem großen Bund getrockneter Blumen und Kräuter auf den Weg zur Threadneedle Street. Dort schloß er die Tür mit seinem eigenen Schlüssel auf und ging langsam die Treppe hinauf. Cecilia legte gerade Wäsche zusammen. »Hast du es schon gehört, Cecily?« fragte er zaghaft.

»Ja, gestern.«

»Hast du mir nichts zu sagen?«

Ohne aufzublicken, fuhr sie mit ihrer Tätigkeit fort. Nach einer Weile antwortete sie so leise, daß ihre Worte fast in dem Lärm untergingen, mit dem auf der Straße ein Kohlenwagen entladen wurde. »Was sollen wir jetzt tun?« murmelte sie. »Was erwartest du? Ach, ich weiß es nur zu gut: Ringe und ein Eheversprechen und dergleichen. Ich finde, wir sollten es nicht tun.«

»Nicht heiraten? Cecilia!« rief er und machte einen Schritt auf sie zu, um sie an sich zu ziehen, doch etwas hielt ihn davon ab. »Ich soll dich nicht heiraten dürfen? Gott im Himmel, seit ich dich zum erstenmal geküßt habe, ist kein Tag vergangen, an dem ich mir das nicht gewünscht hätte, habe ich keine Trauung zwischen Mann und Weib vollzogen, ohne dich und mich vorne am Altar zu sehen!«

Leicht ungehalten wandte sie den Blick von ihm ab und sagte leise: »O ja, Pastor, aber ich weiß, was daraus werden würde. Du bist deiner ersten Frau überdrüssig geworden, das hast du selbst gesagt.«

»Sie war nicht du!«

»Die Ehe würde dich verändern! Das Ehegelübde hat eine Art bösen Zauber an sich, der einen Viehtreiber dazu verleitet, das Mädchen, das er einst geliebt hat, gelegentlich zu prügeln, nur weil die Suppe kalt ist. Willst du mir antun, was mir mein Ehemann angetan hat? Willst du um mich werben, um mich dann anderer Frauen wegen schmählich zu verlassen? Als ich sechzehn war, brachte er mir Blumen und warf sich vor mir auf die Knie... Wäre mein Bruder nicht gewesen, wäre ich dieser Ehe nie entkommen! Und nun soll ich eine zweite eingehen? Willst du das wahrhaftig?«

»Aber Cecily!« beschwor er sie. »Ich bin ich und nicht dieser Mann... Und was Suppen, Viehtreiber und derlei Dinge angeht, so schert es mich herzlich wenig, was kalt ist und was nicht, solange nur du Wärme für mich hast.«

»Die Ehe kann uns kein Glück bringen, sondern nur das verderben, was jetzt zwischen uns ist, und ich war in letzter Zeit so glücklich wie noch nie in meinem Leben. Ich wünschte, er wäre nicht gestorben, denn nun kommst du wie alle anderen daher und willst, daß ich dein werde!« Ihre Stimme klang dünn und gepreßt. Cecilia kehrte ihm den Rücken zu. Am liebsten hätte er sie an sich gezogen, doch ihm war, als wären seine Hände mit Kohlestaub oder etwas anderem beschmutzt, und so wagte er nicht, sie zu berühren. Und doch war sie es gewesen, die in seinen Armen geseufzt, hinter den Bettvorhängen allerlei Kosenamen für ihn bereit gehabt und aus lauter Liebe zu ihm bisweilen gar geweint hatte.

»Cecily!«

»Nein.«

Stunden blieben sie zusammen, bis ihm die Stimme den Dienst versagte und sie ihn mit Tränen des Hochmuts in den Augen anstarrte. Er war mit seinem Latein am Ende, und da er nicht wußte, was er noch hätte sagen sollen, verließ er benommen das Haus, wanderte ziellos zwischen den Läden der Royal Exchange umher und betrachtete geistesabwesend ein paar Seidenstoffe oder bestickte Hauben, die ihr möglicherweise gefallen hätten. Nach einer Weile begab er sich zum Kirchhof von St. Paul und erstand für sie ein Buch mit Sonetten eines jungen Dichters. Viele Leute grüßten ihn, und eine würdige Dame aus seiner Pfarre fing ihn an der Kirchhofmauer ab und klagte ihm ihr Leid über ihren Mann, der seit langer Zeit so schwach auf der Brust sei, daß er kaum atmen könne. Zu Hause schließlich erwarteten ihn Briefe pikierter Patienten, die des Wartens auf ihn müde geworden waren, sowie eine Einladung zum Abendessen bei Harvey, für die er sich nicht in der Stimmung fühlte.

Nicholas war ein starrköpfiger Mensch, und sobald er sich etwas in den Kopf gesetzt und für richtig befunden hatte, rückte er nur widerwillig davon ab. So hielt er denn auch in den folgenden Tagen, als Cecilia sich ihm reumütig hingab und er spürte, wie sich die mönchische Strenge in ihm löste, an seiner Wunschvorstellung fest. Für ihn galt es als ausgeschlossen, daß eine Ehe zwischen zwei aufrichtigen Menschen diesen etwas anderes als Glück bescheren könnte. Zudem wußte er, daß sie ihn liebte.

Das Tauziehen ging zwischen seinem und ihrem Haus hin und her, und es kam zu einem neuerlichen Streit, als ihn seine Haushälterin eines Tages spätnachmittags aus der Kirche holte, wo er mit seinem Kapellmeister und den Chorknaben gerade Teile einer alten Messe von Byrd einstudierte. Sie hatten soeben geendet, und da Nicholas den Knaben versprochen hatte, mit ihnen in die Cheapside zu gehen und Pflaumenkuchen zu kaufen, bat er sie, im Kirchhof auf ihn zu warten. Rasch ging er nach Hause, wo er Cecilia in der Wohnstube antraf.

Sie war unter einem Vorwand gekommen, aber in Wirklichkeit wollte sie erneut den Disput eröffnen, dabei war er den ewigen Zank mittlerweile unsäglich leid. »Sag mir einen Grund, der dafür spricht!« forderte sie.

»Das will ich tun«, antwortete er leise. »Zum einen behagt mir die Geheimniskrämerei nicht! Ich muß mich des Nachts klammheimlich zu dir schleichen!« Verdrossen streckte er die Hand nach dem Schrank unter der Treppe aus, öffnete den Riegel und schloß ihn wieder mit einem Quietschen. »Und dann ist da meine Arbeit! Ich bin hier der Pfarrer, und alles rätselt, warum ich nicht heirate. Die braven Leute wollen mich unter die Haube bringen, und Familienväter drängen mir ihre kindischen, vor hoffnungsvoller Erwartung in Tränen aufgelösten Töchter mit Schleifchen im Haar auf... Und wenn ich ihnen dann nicht schmachtend den Hof mache, heißt es, ich sei kein Mann. Liebe ich dich nicht genug? Willst du einen andern? Ich bin es leid, während der Predigt von blutjungen Dingern mit tief ausgeschnittenem Mieder angehimmelt zu werden!«

Er hatte die Stimme gehoben und wurde gewahr, daß seine Worte womöglich durch die Küchentür nach draußen und den jungen Burschen, die zwischen den Grabsteinen des Kirchhofs auf ihn warteten, an die Ohren gedrungen waren. Sie waren von ihm Ruhe und Besonnenheit gewohnt: Schließlich war er Pastor und Arzt. Er mußte so unwandelbar sein wie die blaue Glasflasche voll Kamilleblüten, die seit eh und je auf dem rechten oberen Regal in seinem Dispensarium stand und von deren Tintenaufschrift die ersten beiden Buchstaben verwischt waren, so daß nur mehr »milleblüten« darauf zu lesen stand. Gesetzt, respektierlich und mit ergrauendem Bart, hatte er das priesterliche Gebaren so sehr verinnerlicht, daß es sich bereits in einer so schlichten Geste wie dem Öffnen der Hände äußerte, und er verlangte sich selbst unerbittlich Sanftmut ab. Doch im Augenblick war davon nichts zu spüren.

Cecilia rang die Hände, denn sie hatte das beunruhigende Gefühl, daß sie seinen Argumenten nichts entgegensetzen konnte. »Die Ehe ist immer –«

»– anders, je nach den Eheleuten. Was für die anderen gilt, muß noch lange nicht für uns gelten. Ich bin nicht wie jedermann, ich bin ich. Falls du das nach all der Zeit noch nicht bemerkt haben solltest, brauchst du eine bessere Brille.« Er zog sie an sich, berührte mit den Lippen ihr Haar und sagte: »Ich liebe dich wie mein Leben und wünsche mir Kinder von dir... das weißt du! Sollen wir etwa ewig diese unsinnige Leinenhülle benutzen?«

»Ich kann keine Kinder austragen, von daher ist sie nicht unsinnig. Oder willst du etwa, daß ich es noch einmal versuche und ein totes Kind gebäre?«

»Vertraust du meinem Können nicht?«

»Vielleicht ja, und auch wieder nein.«

»Nun, im Grunde geht es überhaupt nicht darum!« rief er, plötzlich zornig. »Wir sind allzu verschieden. Vielleicht hätte ich mir eine andere suchen sollen.«

»Dazu ist es nicht zu spät.«

»Meinst du das im Ernst?«

Sie schob die Unterlippe vor und antwortete mit blitzenden Augen: »Ja, das tue ich. Wir würden miteinander unglücklich werden...«

»Bislang sind wir es nicht, von diesem einen Punkt abgesehen«, beschwor er sie. Er redete weiter auf sie ein und verfiel dabei in den leisen Tonfall des besonnenen Predigers, der sie rasend machte. Mehr als einmal hatte sie ihm vorgeworfen, sich in seinen Glauben zu flüchten, worauf er stets erwiderte, die Heilige Schrift halte ihn dazu an. Dann warf sie ihm an den Kopf, er sei bei aller Studiertheit so engstirnig wie ein Bauer.

Sie legte die Hände flach auf den Tisch und fragte herausfordernd: »Wer ist schon rundum glücklich verheiratet?«

»Allein die Engel genießen vollkommenes Glück, und doch möchte ich wetten, daß wir mit unserer Liebe recht nahe an sie heranreichen könnten – so du mich liebst.« Mit diesen Worten machte er auf dem Absatz kehrt und ging mit finsterem, grämlichem Gesicht hinaus zu den Chorknaben, die, wie er vermutet hatte, nachdenklich am Friedhofstor auf und ab schlenderten.

Tags darauf wollte er sie um Verzeihung bitten, doch sie war fort. Anfangs konnte er es nicht glauben, als er zu ihr ging und ihr Haus verriegelt fand: Nur ihren Diener hatte sie als Wächter zurückgelassen.

Es war einer jener drückend heißen Sommertage in der Stadt. Von Smithfield wehte der Gestank des Schlachthauses herüber;

Bettler kauerten in Hauseingängen, und der Schwachsinnige aus der Nachbarpfarre heftete sich an seine Fersen und rief ihm unverständliches Zeug hinterher. Anschlagzettel neben Laden- und Kirchtüren kündeten von Hahnenkämpfen, einer Aufführung von *Sie starb an ihres Gatten Güte* im Phoenix und einem Rapport über die Volksgesundheit; des weiteren berichteten sie über eine Erhängung, eine Landesverweisung und darüber, daß in der kommenden Woche eines der von der Schneiderinnung finanzierten Schiffe in Plymouth auslief. Am Stand des Lautenbauers probierten zwei Herren die Instrumente aus, und der bucklige Wasserträger von der Cheapside, der einen dicken Knüppel mit zwei daranhängenden Eimern auf der Schulter trug, hinterließ auf dem Kopfsteinpflaster im Vorübergehen kleine Pfützen. Ein kleiner Junge hockte vor der Haustür von ein paar Näherinnen und weinte, das Gesicht in den schmutzigen Händen verborgen. In manchen Straßen gab es hier und da ein paar Blumen, und einem schlug unversehens der schwere Duft von Rosen oder frischgestutzten Hecken entgegen.

Alldem schenkte Nicholas indes keine Beachtung; er ließ ein paar hastig hingekritzelte Worte zu Harvey und Avery bringen und lud sie zum Abendbrot ein.

Die beiden Freunde betraten das Haus respektvoll wie das eines Trauernden, doch statt eines Leichenschmauses brachten sie einen Sack Kaffeebohnen mit. Harvey hatte sich die neueste Zeitung aus den Niederlanden unter den Arm geklemmt. »Cecily und ich haben uns getrennt«, verkündete Nicholas abrupt. »Sie ist fort, und nicht einmal die Heiligen wissen, wohin. Dobson weiß es, der Hurensohn, aber er will es nicht verraten. Nein, es ist nicht recht, so von ihm zu sprechen. Er weiß nichts von ihr, nur daß sie wieder frei sein und in ihr Verderben rennen wird.«

Harvey schüttete Kaffeebohnen in den Mörser, den er aus Nicholas' Dispensarium geholt hatte. »So ist es nun mal«, brummte er. »Wir Engländer haben unsere Frauen nicht im Griff. Mein Weib hat es nur eine Woche unter meinem Dach ausgehalten, weil ihr die Gerippe eine solche Angst eingejagt haben, daß sie wieder zu ihrer Mutter heimgekehrt ist. Ich habe es nie bedauert. Ein intelligenter Mensch denkt nicht im Traum ans Heiraten! Weib und Kinder sind Hindernisse für alle großen Taten, ob gut oder schlecht... ›Wer welche hat, verpfändet sein Glück.‹ So steht's in Lord Bacons Essays geschrieben.«

»Jawohl!« rief Avery. »Ich habe den genauen Text irgendwo bei mir.« Er fing an, Papiere aus seinen Taschen hervorzukramen.

Sie bliesen in den heißen Kaffee und tranken das bittere dunkle Gebräu aus Holzbechern. Harvey streifte die Schuhe ab, legte die Füße auf das Kamingitter, schlug die Zeitung auf und las den anderen von den großen Geldsummen vor, die das zuletzt aus Indien zurückgekehrte Schiff eingebracht hatte. Im oberen Stockwerk murmelte die Haushälterin vor sich hin, doch unten drehte sich das Gespräch schon bald in immer engeren Kreisen um die dunkelhaarige Dame, die sich mit ihren Koffern wer weiß wohin abgesetzt hatte.

Avery meinte: »Vielleicht kommt sie ja wieder, Nick, wie eine Brieftaube.«

»Nein, sie wird sich in einen anderen verlieben«, sagte Nicholas leise. »Ja, genau das wird geschehen, und sie wird nicht zurückkommen. Sie ist so sonderbar, und doch liebe ich sie.« Zutiefst bekümmert erhob er sich eine Weile später mit schweren Gliedern und ging, sich mit einer Kerze leuchtend, zu Bett. Die beiden anderen Männer unterhielten sich noch eine Weile mit gedämpften Stimmen am Feuer, bevor sie in die schwüle Nacht und die mit altem Staub gesättigte Luft hinaustraten.

Drei Wochen vergingen, bevor er von ihr hörte.

»Geschrieben in Bath, am 25. Juli, dem Tag des heiligen Jakob.

Von Lady Cecilia Lawes an den Arzt und Gentleman Nicholas Cooke in Cripplegate Ward

Mein liebster Nicholas!

Als ich Dich verließ, füllten sich meine Augen plötzlich mit Tränen. Die Wahrheit ist, daß ich mich erst so weit von Dir entfernen mußte, um Dir nachweinen zu können. Ich liebe Dich so sehr, daß ich es mir nicht einzugestehen wage, wenn ich in Deiner Nähe oder auch nur eine Meile von Dir entfernt bin. Nun, da uns fünfzig oder gar mehr Meilen voneinander trennen, sehne ich mich schon wieder danach, in Deinen Armen zu liegen. Verringerte sich die Entfernung zwischen uns, würde dieser Gedanke womöglich davonfliegen wie ein aufgeschreckter Vogel.

Sollte ich besser allein bleiben? Entspricht mir dies vielleicht mehr?

Ich bin Bekannten von Thomas Wentworth und Lady Arabella begegnet, und sie können es kaum fassen, daß wir uns getrennt haben. Sollte der Fluß das Bett, durch das er von alters her fließt, verlassen haben? Sollte die Brücke nicht mehr über das Wasser führen? Wo Du warst, da war auch ich, doch stand ich, wie ich meine, allzu sehr in Deinem Schatten. Darum zog es mich fort, doch wohin? Ich, die ich mich einst überall zu Hause fühlte, fühle mich nirgendwo mehr zu Hause ohne Dich.

So hat es mich denn in die altehrwürdige Stadt Bath verschlagen, wohin die Menschen kommen, um die Franzosenkrankheit auszukurieren, und nackend bis auf die Kopfbedeckung in den alten Bädern sitzen, Männlein wie Weiblein. Über ihnen drängen sich Schaulustige, um sie zu begaffen. Auch ich bin mit meiner Magd Suzanne hingegangen, und wir haben uns, wie Gott uns geschaffen, ins Bad gesetzt und uns gegenseitig bespritzt wie Kinder. Mich rührt das Altertümliche, das von diesem Ort und diesem ganzen Land ausgeht, unwillkürlich an, oder, wie Dein lieber alter Freund Shagspere es einmal ausdrückte: ›Der segensvolle Fleck: dies Reich: dies England.‹

Würde ich als Deine Ehefrau unglücklich? Oder Du mit mir? Oder bliebe alles beim alten, versehen nur mit dem Segen der Kirche, die Du so liebst? Und was, wenn ich kein Kind austragen kann? Als hätte ich nicht gesehen, wie liebevoll Du Deine Chorknaben und jedes Kind anblickst, an dem wir vorübergehen! Als wüßte ich nicht, wie sehr Du Dir selbst eines wünschst! Würdest Du Dich trotz dieser Ungewißheit an mich binden wollen?

Ich habe mich noch nicht entschieden, ob ich hierbleiben oder zurückkehren werde. Daher kann ich Dir nichts Genaues sagen, kann ich keine Versprechungen machen und Dir nur das einzig Wahre mitteilen, nämlich daß ich Dich liebe, daß ich Dich aufs schmerzlichste vermisse und mich danach sehne, unseren Zwist auf die zärtlichste Weise beizulegen, wie wir es hinter den Vorhängen meines Bettes in der Threadneedle Street zu tun pflegen. Fast lohnt es sich, mit Dir zu hadern, wenn darauf eine so köstliche Versöhnung folgt... Doch genug davon.«

Er strich sich über den Bart. So manchen Abend verbrachte er allein, doch an anderen wiederum stürzte er aus dem Haus und suchte Gesellschaft in der Mitre Tavern, in die John Lowin und Andrew Heminges nicht selten auf ein Glas hineinschauten. Oder er ging hinüber nach Blackfriars und trank mit Harvey Kaffee. Unterdessen reiste sie durch den Süden des Landes und verweilte bald hier, bald dort bei Freunden.

Er schrieb zurück:

»Meine Herzallerliebste!

Nicht in meinem Schatten stehst Du, sondern mir zur Seite! Wie kommst Du nur auf diesen aberwitzigen Gedanken? Als könntest Du je in meinem Schatten stehen!

Mein Herz, die Ereignisse in der Stadt überschlagen sich. Avery bereitet sein Werk für die Veröffentlichung vor. Deines Bruders Frau ist abermals froher Hoffnung: Kaum ist ihr Bauch wieder flach, rundet er sich von neuem. Allerlei Leute aus der Pfarre wollen mir ihr Herz ausschütten, und ich sitze, die Hände vor dem Bauch gefaltet, da und nicke weise, als bewahrte mein viereckiger Hut mich vor eigenem Kummer!

Oh, mein Mäuschen! Der Fluß ist noch nicht in sein Bett zurückgekehrt, und entlang dem Ufer verkümmern die Bäume.«

Sie schrieben einander oft in diesem Monat, und es war, als lernten sie sich von neuem kennen. Ende August kehrte sie zurück, als von den Feldern und vom Fluß die erste sanfte Brise herwehte; sie trug den süßen Duft der Ernte und weiter Reisen mit sich und vertrieb die Hitze aus den Gemäuern der Chancery

Lane und der alten Mühle. Cecilia traf am späten Abend ein. Er hatte längst die Fensterläden geschlossen und saß, mehrere Bücher zu seinen Füßen und die Katze auf dem Schoß, auf einem Stuhl am Herd, als sie die Tür mit ihrem eigenen Schlüssel aufschloß. Gemeinsam gingen sie zu Bett und wurden vom ersten Tageslicht geweckt. »Ich will dich von Herzen gerne heiraten«, sagte sie, »und dich mein Leben lang lieben.«

Da lief er barfuß und mit offenem Hemd über den Friedhof zur Kirche St. Mary Aldermanbury und läutete an diesem Morgen die Glocken, daß sie von den Stadtmauern widerhallten.

Dreimal bestellte er das Aufgebot und verkündete von der Kanzel aus die Eheschließung zwischen Nicholas Cooke, Junggeselle, aus der Pfarre St. Mary Aldermanbury und Lady Cecilia Lawes, Witwe aus der Threadneedle Street in der Gemeinde von St. Anthony. Sofern jemand Einwände gegen diese Verbindung hätte vorbringen können, trat dieser Jemand nicht vor.

Nicholas hatte Bartlett gebeten, ihn in die Lothbury zu begleiten, die Straße der alteingesessenen Goldschmiede, die im dreizehnten Jahrhundert ihre erste Blüte erlebt hatte und in der nun Menschen mit heiseren Stimmen in einem halben Dutzend Sprachen durcheinanderriefen. Sie zogen von einem Laden zum anderen, die allesamt mit Waagen, Gewichten und Schachteln voller Halsketten und Ringe vollgestopft waren. Drei geschlagene Stunden dauerte es, bis er den richtigen Ring gefunden hatte; er reichte dem Händler ein Stück Faden, mit dem er Cecilias Fingerumfang gemessen hatte, damit der Ring für sie angepaßt werden konnte.

Anschließend standen sie noch eine Weile am großen Kreuz in der Cheapside beisammen und unterhielten sich, bis Nicholas unvermittelt sagte: »Unser Freund Avery soll auch zur Hochzeit kommen! Hast du ihn in letzter Zeit gesehen?«

»Nein.«

»Wenn ich mich nicht irre, wohnt er in der Silver Street über einem Lumpensammler. Sollen wir vorbeigehen und ihm eine Nachricht hinterlassen?«

Im warmen Sonnenschein des Spätnachmittags eilten sie durch die Straßen in Richtung Stadtmauer, bis sie zu einem Laden gelangten, vor dessen Tür sich Kleider, die allzu abgetragen waren, um noch geflickt werden zu können, schmierige Lumpen und haufenweise alte Knochen stapelten. Im ersten Stock fanden sie den gutherzigen, schmächtigen Gelehrten in nichts als eine Decke gehüllt und von Fieber geschüttelt. Er hatte seine gesamte Habe verpfändet. Der Bücherschrank war leer bis auf eine Bibel mit winzigen handschriftlichen Anmerkungen an den Rändern. Bartlett biß sich auf die Lippen; da er seine Börse nicht bei sich trug, nestelte er an einem seiner Ringe und zog ihn vom Finger.

Mittlerweile hatte die Hauswirtin sie gehört. Wutschnaubend kam sie die Treppe herauf, um sich über ihren Mieter zu beklagen: Sechs Monate habe er von ihrer Nächstenliebe gelebt, und nun schicke er sich offensichtlich auch noch an, auf ihre Kosten zu sterben. Ungehalten kramte Nicholas sämtliche Münzen hervor, die er bei sich hatte, und warf sie auf den wackligen Tisch; dann sammelte er ein paar schmutzige Strümpfe und Leinenkragen vom Boden auf und stopfte sie in eine Tasche. »Keine Widerrede, Avery«, sagte er unwirsch. »Du kommst mit und wohnst von nun an bei mir. Könntest du stehen, würde ich dich für dein Schweigen ohrfeigen!« Cecilia, der er später alles erklärte, hatte nichts dagegen einzuwenden.

Binnen einer Woche hatten sie die Dachstube mit einem Bett samt Vorhang, einem Kleiderschrank, einer Kohlenpfanne und einem Schreibtisch am Fenster ausgestattet, und Cecilia eilte zu Pfandleihern und Buchhändlern, um von Averys privater Bibliothek zu retten, was zu retten war. Dobson schenkte ihm mehrere Bücher, die Keyes neu band. Als Nicholas sie ins Regal stellte, fiel sein Blick auf einen kleinen Stapel puritanischer Traktate; er wollte seinen Freund darauf ansprechen, vergaß es jedoch. Derweil lösten sie den Haushalt in der Threadneedle Street auf. Die französische Magd kehrte in ihre Heimat zurück, und den Jungen, der nunmehr ein ausgewachsener Bursche war, brachten sie als Lehrling bei einem Buchhändler unter.

Am Tag der Hochzeit erwachte Nicholas um sechs Uhr morgens, wusch sich Hände und Gesicht und kleidete sich an. Die Haushälterin wuselte geschäftig umher, und Avery kam auf Strümpfen herunter und machte sich ohne rechten Erfolg daran, mit einem Besen die Ecken auszufegen. Bis neun Uhr hatten sich sämtliche Freunde, in Gesellschaftsstaat und stark parfümiert, eingefunden. Tom hatte aus dem Norden zwölf Silberbecher sowie einige halbherzige persönliche Zeilen geschickt, in denen er seinem Freund Glück und Segen wünschte.

Die Braut, die von ihrem nervösen Bruder begleitet wurde, kam zu Fuß aus der Threadneedle Street, das gelbbraune Kleid leicht gerafft, damit es nicht über das Pflaster schleifte. Ein junger Pfarrer aus einer Kirche in der Nachbarschaft sollte die Trauung vornehmen. Durch die Fenster fiel das Sonnenlicht auf die im Boden eingelassenen Gedenkplatten, während sie ihre Plätze vor dem Altar einnahmen, und als Nicholas die Worte »Mit Leib und Seel' will ich dich ehren und all mein irdisch' Gut in deine Hände legen« sprach, blickte Cecilia ihn an und lächelte.

Die Häuser von Aldermanbury waren mit Wimpeln, Bändern und Tüchern geschmückt, und da die Hochzeitsgesellschaft im Pfarrhaus allein nicht Platz fand, feierte sie auch auf der Straße und im Kirchhof. Allmählich neigte sich ein langer Tag dem Ende zu, und die Freunde verabschiedeten sich. Gegen neun Uhr stieg Nicholas mit Cecilia, die vor Erschöpfung kaum noch ihre Unterröcke aufzuschnüren vermochte, die Treppe hinauf. Sie löschte die Kerzen, ließ ihre Kleider zu Boden gleiten und schlüpfte unter die Steppdecke. Er tat es ihr gleich.

Einige Monate später stellte sie zu ihrer beider Überraschung fest, daß sie ein Kind erwartete.

»An Thomas Wentworth, West Riding, von seinem guten Freund Nicholas Cooke, Pastor von Mary Aldermanbury

Werter Freund!

Ich nahm an, ich sei der erste, der Dir die frohe Kunde von meiner Frau übermittelt, doch Dobson sagte mir, er habe Dir bereits gestern abend davon geschrieben. Sie ist alles in allem eine so erstaunliche Frau, daß ich das Gefühl habe, sie jeden Tag von neuem kennenzulernen. Dennoch kann ich mich einer gewissen Besorgnis nicht erwehren, ist sie doch bereits über Vierzig.

Das Neueste aus der Stadt ist, daß Bartlett zum Aldermann seines Viertels gewählt wurde. In Eile und Freude geschrieben,

Nick«

»Werter Freund!

Ich muß ein paar Worte hinzufügen. Zum einen sollt Ihr Euch meinethalben keine Sorgen machen, da ich alles, was ich mir vorgenommen, zu einem guten Ende zu bringen pflege, und zu diesem Entschluß habe ich von Herzen ja gesagt! Diese Starrköpfigkeit habt Ihr mit mir gemein.

Zum zweiten habe ich beschlossen, Euch nicht länger eine Mühsal zu sein, sondern dem Wort meines guten Ehemannes zu glauben, daß Ihr kein rundum schlechter Mensch seid und es eines Tages vielleicht zu etwas bringen werdet.

So will ich denn die Waffen strecken, so mir welche zu Gebote stehen, und Euch meinen Bruder nennen. Laßt uns hoffen, daß Ihr in der Tat eine Aufgabe findet, die Eurer würdig ist, und daß wir allesamt bald wieder vereint sind.

Cecily«

Zwei Monate später verlor sie ihr Kind.

5
Gefängnis und Neubeginn

Obgleich Nicholas seinen Freund nur selten sah, dachte er inmitten all seiner eigenen Kümmernisse viel an ihn und grübelte über dessen Sorgen nach, als könnte er eine Lösung für sie finden. Wentworths Sinnen und Trachten war gänzlich darauf gerichtet, eine Stellung bei Hofe zu erlangen und dadurch den Grundstein für seinen gesellschaftlichen Aufstieg unter dem neuen König zu legen, doch wie schon bei dessen Vorgänger konnte er in der Mauer, die den Monarchen umgab, nicht einmal eine kleine Pforte entdecken, die ihm Einlaß gewährt hätte. Andere Männer stiegen mühelos auf; er dagegen machte ein paar Schritte vorwärts, strauchelte und mußte notgedrungen wieder von vorne beginnen.

Zweimal wöchentlich brachte Nicholas die Kutsche aus York lange, hastig hingekritzelte Briefe, in denen ihm sein Freund das Herz ausschüttete, wobei er etliche Worte unterstrich und auf dem Papier kaum Platz genug war für all die Ausdrücke seines Verdrusses.

»Dein Schwager und unser geschätzter Freund Dobson bringt es, seinen eigenen Briefen zufolge, bei Hofe zu wachsendem Ansehen und Wohlstand. Er ist über Malerei, Bildhauerei, die Ruinen der Antike, die man in Europa derzeit so bewundert, und diesen italienischen Baumeister – Palladio, glaube ich, heißt er – wohl unterrichtet. Er versteht sich darauf, den richtigen Männern zu gefallen. Er schreibt mir, er habe zwei Mätressen und ich müsse anderen mehr zu Gefallen sein, wenn ich vorankommen wollte. Ich habe ihn zum Teufel gewünscht.

Zu meinem Leidwesen drehen sich König und Land noch immer im Kreise und kommen keinen Schritt voran. Hat das

Parlament sich in seiner ersten Sitzung doch tatsächlich geweigert, Karl I. Stuart eine gesicherte Leibrente aus den Zollgebühren auf Wein- und Handelswaren zu bewilligen, wie es seit jeher Brauch gewesen ist! Wie Du weißt, habe ich mich für einen Ausgleich stark gemacht und eine Abfuhr erlitten. (Dobson lachte mich aus, als wir uns das letzte Mal sahen, weil ich mir diese Angelegenheit so zu Herzen nehme, und, weiß Gott, um ein Haar hätte ich ihn geschlagen!) Und was hat Seine gepriesene Majestät getan, um mich für meine Mühen zu entlohnen? Er hat mich zum Sheriff ernannt, damit ich nicht ins Parlament zurückkehren und dort nichts mehr ausrichten kann und damit diese Tölpel im Unterhaus ungehindert ihren Kopf durchsetzen können! Er wird mich auch nicht zum Lordverweser von Nordengland ernennen, obgleich ich mich für diesen Posten sehr wohl eignen würde.

So ist es um mich bestellt, lieber Pastor! Ich bin nun bald fünfunddreißig Jahre alt und habe so gut wie nichts erreicht.

Oh, wie beharrlich doch jeder auf die trennenden Unterschiede in Religion und Politik pocht, wo es doch darauf ankommt, Einigkeit zu beweisen! Etwas muß sich bewegen, mein lieber Pastor, einer muß nachgeben. Aber mir sind die Hände gebunden.«

Als Nicholas einige Tage später, es war im Frühsommer, gerade an einer Predigt schrieb, platzte Wandesford, der Sekretär seines Freundes aus Yorkshire, mit dem Ungestüm eines großen Hundes herein, der vom Feld kommt und Anstalten macht, in der Stube das nasse Fell zu schütteln. »Gott zum Gruß, Herr Pastor!« stieß er hervor.

»Gott zum Gruß, Wandesford! Was treibt Euch hierher?« fragte Nicholas und vergewisserte sich, daß seine Hand nicht mit Tinte bekleckst war, bevor er sie dem atemlosen Jüngling reichte. »Wenn Ihr in der Stadt seid, kann Tom nicht weit sein. Wann ist er angekommen? Ich brauche einen Jahresvorrat an Federkielen auf, um seine dicken Briefe zu beantworten, und jetzt ist er hier und läßt sich nicht blicken?«

»Sir«, sagte der junge Bursche und rieb sich den weichen, kurzen Bart, »er ist verhindert.«

»So? Und warum ist er verhindert, sagt?«

»Er wurde vor den Kronrat zitiert.«

»Sieh an! Und mir schrieb er soeben noch, man kenne kaum seinen Namen, so unbedeutend sei sein Ruf! Und was wollte man von ihm?«

»Viel, Sir, aber dazu war er nicht bereit, und deshalb ist er entschlossen, mit den anderen zu gehen.«

»Mit den anderen zu gehen? Wohin, mein Freund?«

»Ins Marshalsea-Gefängnis, zusammen mit rund siebzig anderen.«

Nicholas stützte sich so abrupt auf die Tischplatte, daß das Tintenfaß umkippte und zu Boden fiel. »Gott im Himmel! Ins Gefängnis? Weshalb?«

»Weil er wie die anderen auch die Zwangsanleihe abgelehnt hat, die Seine Majestät niederem Adel und Landbesitzern auferlegen will.«

»Welche Zwangsanleihe?« entfuhr es dem Arzt. Laut schimpfend rief er nach seiner Haushälterin. Dann kritzelte er hastig eine Nachricht für Cecilia auf ein Stück Papier, packte sein Ränzel mit Arzneien und warf sich den Mantel um. Binnen weniger Minuten führte der Küster sein Pferd vor, ein Hochzeitsgeschenk von Dobson, und nachdem Wandesford hinter ihm aufgesessen war, ritt Nicholas durch die Straßen zur Brücke. Dort war indes auf halber Strecke ein Fuhrwerk zusammengebrochen, und so mußten sie gemeinsam mit zahlreichen zornigen Händlern, berittenen Boten und anderen Leuten warten, da sie nicht vorbeikamen: zu schmal war die Straße, die zwischen den Geschäften auf der Brücke hindurchführte.

Das auf sumpfigem Gelände errichtete Gefängnis wurde ebensosehr von Seuchen, Läusen und Ratten heimgesucht wie die anderen berüchtigten Zuchthäuser der Stadt, in die man Mörder, Diebe, Ketzer oder Schuldner steckte. Obgleich die Arbeit Nicholas hin und wieder an Orte wie diesen führte, war ihm jedesmal, wenn er das Wachhäuschen passierte, als zöge es ihm die Rippen zusammen. Zu viele Menschen, die er geliebt hatte, waren hier hinein- und nicht wieder lebend herausgekommen.

Zuchthaus wegen Verweigerung einer Anleihe? Um welchen Betrag hatte es sich wohl gehandelt? Mochte Tom auch für seine Brüder und Schwestern sorgen, er hätte das Geld gewiß irgendwie aufbringen können. Nicholas und Wandesford saßen im Hof ab. Es wimmelte dort nur so von Kutschen und Karren, von denen kostbare Güter der rund siebzig in Ungnade Gefallenen abgeladen wurden, welche die Geldforderung des Königs zurückgewiesen hatten. Tapisserien wurden hineingetragen, Felldecken, Tafelsilber, Landkarten, Globen, lederne Pantoffeln und bestickte Schlafröcke, Reitgerten (er fragte sich, wozu), Bettwäsche und mit Gänsefedern gefüllte Kopfkissen sowie Tafelporträts draller Damen vom Lande mit sittsam vor dem rundlichen Bauch verschränkten Händen. Er mußte an die zierliche, dunkelhaarige Arabella denken und fragte sich, ob auch sie da drin war.

Wandesford ging ihm auf den ausgetretenen Stufen voran. Wie jedes andere Gefängnis auch, war Marshalsea ein verwinkelter, düsterer und schmutziger Steinklotz, in dem sich ein Geruch von abgestandenem Essen und Kloake festgesetzt hatte. Kein Parfümeur und keine dem Stroh beigemischten Kräuter vermochten ihn zu bannen, und selbst die Tapisserien konnten die klammen Wände nicht gänzlich kaschieren. Unten, in den Sammelzellen, lagen die gemeinen Diebe, mit einem Napf Haferschleimsuppe täglich, es sei denn, sie konnten ein wenig mehr erbetteln. Hier oben jedoch herrschten andere Zustände. Alles erinnerte ein wenig an die Räumlichkeiten von Whitehall, die den Gefolgsleuten bei Hofe je nach Rang zugeteilt wurden – dreißig Zimmer für den Verwalter des königlichen Haushalts, zwei für einen Sekretär –, nur daß hier der Boden entsetzlich feucht war und sich der Gestank in den Wänden festgesetzt hatte. Zwar erkannte Nicholas einige der Männer, die, von ihren Steppbetten und Polstersessel schleppenden Dienern gefolgt, an ihm vorbeigingen, doch schenkte er ihnen keine Beachtung. Wandesford hielt eine niedrige Tür auf und trat beiseite.

Wentworth saß mit hochgekrempelten Ärmeln an seinem Schreibtisch, den man aus dem Haus in der St. Martin's Lane herbeigeschafft hatte. Mißbilligung sprach aus seinem Gesicht, als er vom Geschriebenen aufblickte. Der junge Sekretär kniete nieder und machte sich daran, zwei große Truhen auszupacken, wobei er die Bücher beim Herausnehmen kurz begutachtete und anschließend in einer bestimmten Reihenfolge auf einem kleinen Tisch an der Wand anordnete, auf dem bereits Wentworths schwere, reichlich abgegriffene Bibel stand, ein Erbstück seines Vaters. Auf das Vorsatzblatt hatte Tom, wie Nicholas sich erinnerte, die Namen seiner beiden Ehefrauen geschrieben. Zielstrebig durchquerte Nicholas den Raum, nahm auf dem freien Stuhl seinem Freund gegenüber Platz, legte die gefalteten Hände auf den Tisch und musterte Wentworth gestreng.

»Was ist das für eine Zwangsanleihe?« fragte er. »Und warum konntest du das Geld nicht aufbringen?«

»Ich konnte schon, doch ich wollte es ebensowenig wie die anderen.«

»Du hast dem König etwas verweigert?«

»Das habe ich.«

»Ist das der richtige Weg, an das zu gelangen, was du dir von ihm erhoffst?«

Wentworth ließ die Feder fallen, lehnte sich zurück und nagte mit finstrer Miene an der Kante seiner Hand. »König Karl will den niederen Adel und die Landbesitzer zwingen, ihm ein Darlehen zu gewähren. Die Nachricht erreichte mich in West Riding, und als ich mich weigerte, wurde ich wegen Ungehorsams vor den Kronrat gerufen und hierher gebracht. Die Sache ist die: Ich bin fertig mit ihm! Mir ist es einerlei, was er mit mir macht, denn wenn er nicht für mich ist, so ist er gegen mich. Ich jedenfalls werde für ihn keinen Finger mehr rühren. Ich gebe Karl Stuart mein Geld nicht für Buckinghams Kriege!«

Seine Finger zitterten, und um dies zu verbergen, ballte er sie auf der Tischplatte zur Faust. Nicholas schwieg eine Weile. Er begriff, daß sich sein Freund in einem Zustand befand, in welchem ein Mensch den Gegenstand seiner Liebe verleugnet aus

Zorn darüber, daß er für ihn unerreichbar ist. Sacht legte er die Hand auf Wentworths Faust, und dabei spürte er, wie sich dessen ganzer Körper versteifte.

»Sag mir, warum ich etwas Derartiges tun sollte, Pastor!« verlangte Wentworth. »Hat er mir je seine Gunst erwiesen? Was hat er schon für mich getan? Und was hat er nun vor?«

Nicholas blickte sich in dem kleinen Gefängnisraum um; er konnte es nicht ertragen, den Freund hier zu wissen. Sein erster Gedanke war, eine Versöhnung in die Wege zu leiten, dem jungen Wandesford zu befehlen, Bücher und Leinen wieder in die Truhen zu räumen, diese eigenhändig die Treppe hinunterzuschaffen, sich höchstpersönlich nach Whitehall zu begeben und dem Schatzmeister die gewünschte Summe auf den Tisch zu knallen. Doch er besann sich anders und fragte: »Du widersetzt dich dem Mann, dem du zu gefallen wünschst?«

»Bis ins Grab werde ich mich ihm widersetzen! Es ist aus zwischen uns...« Es erstaunte und erschreckte Nicholas, welche tiefen Gefühle sein Freund einem Menschen gegenüber hegte, mit dem er in seinem Leben gewiß nicht mehr als einige Stunden im Gespräch verbracht hatte. Tom entzog sich seiner Berührung, denn in seiner Aufgebrachtheit bewegte er sich heftig vor und zurück. »Er hat Scope zum Verweser von Nordengland ernannt, doch der wird alles auf den Hund bringen! Weshalb tut er so etwas? Wie tief soll ich noch gedemütigt und mißachtet werden, während Männer von weit geringeren Fähigkeiten in hohe Ämter eingesetzt werden? Soll ich mein Leben lang ein Bittsteller bleiben?« Er fuhr herum, um seine Kopierarbeit fortzusetzen, und seine Schmach war so spürbar, daß sie den Raum füllte und durch die Wandbehänge mit Szenen aus dem Leben der heiligen Apostel nach draußen zu drängen schien.

Voller Mitgefühl sagte Nicholas: »Es ist feucht hier, Tom! Was macht die Gicht?«

»Davon spüre ich nichts.«

»Aha. Und das Rheuma? Wo ist Arabella?«

»Sie ist hier ganz in der Nähe untergebracht. Wirst du sie besuchen?« Wentworths Stimme klang mit einemmal besorgt. Nicholas nickte. Auf dem Heimweg hielt er vor dem Haus, in dem die junge Frau samt Magd und Kindermädchen wohnte, und begrüßte den kleinen Erben des Wentworthschen Besitzes, der bereits die ersten Gehversuche machte. Bei der Gelegenheit fiel ihm auf, daß Arabella wiederum schwanger war.

»Wirst du dich um Tom kümmern?« fragte sie bang.

»Ich werde tun, was ich kann.«

»Die Gicht plagt ihn, und auch das Rheuma macht ihm zu schaffen.«

»So? Das hat er glattweg bestritten.«

»Du kennst doch seine Art, Pastor«, erwiderte sie mit einem Seufzen.

In diesem Sommer ritt Nicholas täglich, mit Salben gegen Gicht und Rheuma im Ränzel, zum Marshalsea-Gefängnis. Von Zeit zu Zeit fanden sich auch Mitglieder der wissenschaftlichen Gesellschaft ein. Avery blickte sich höflich und aufmerksam in den Hallen um, in denen Männer in Hausröcken ihren Sekretären diktierten oder Schach spielten. »Immer noch besser als Bedlam«, sagte er mit ernster Miene. »Aber wenig Licht habt ihr hier!«

Dobson kreuzte die Arme vor der Brust. »Zu klein!« konstatierte er und rümpfte die Nase. »Sind die Unterkünfte in London so knapp, Wentworth, daß du ausgerechnet hier einziehen mußtest?«

Die Freunde drängten sich in der engen Kammer zusammen und nahmen die Kissen vom Bett, um sich auf den Boden zu setzen. Bartlett streckte sich rücklings auf Wandesfords niedrigem Rollbett aus, verschränkte die kräftigen Arme unter dem Kopf und starrte an die Decke. »Da oben ist ein feuchter Fleck, der wie eine hübsche nackte Dirne aussieht«, sagte er nachdenklich. »Erst diese Woche ist eine trotz meiner Behandlung gestorben. Man hat mich zu spät gerufen. Dieser Sommer ist pestilenzialisch!«

»In der St. Martin's Lane hat es Tom nicht gefallen! Die vielen Kärrner, die vom Feld kamen, haben ihn um den Schlaf gebracht.«

»Es heißt, das Südufer sei besser, wenn auch nicht so in Mode.«

»Potztausend, wir sollten alle hier einziehen, schon allein aus Kameradschaftlichkeit!« rief Harvey.

Harrington schritt den Raum ab, stocherte mit dem Spazierstock hinter den Wandbehängen herum und rüttelte am Fenstergitter, als wollte er um eine Schüssel der kargen Gefängniskost bitten. »Beim Kreuze Christi!« stieß er hervor. »Du solltest dir etwas einfallen lassen, womit du dir anschließend die Zeit auf deinem Besitz vertreibst, Wentworth, denn für dich führt kein Weg zurück an den Hof oder ins Unterhaus! Ha, du bist erledigt, mein Freund.«

Sie verzehrten mit Fleisch gefüllte Teigtaschen und saßen anschließend noch eine Weile beisammen, um die Möglichkeit zu erörtern, ein Rechengerät mit Rädchen zur mechanischen Multiplikation und Division zu bauen. »Ich habe eine Skizze für ein derartiges Gerät gezeichnet«, verkündete Bartlett. Er setzte sich auf und schlang die Arme um die Knie. Später, als sie gingen, meinte er kopfschüttelnd: »Bereue, Wentworth, bereue. Selig, die keine Gewalt anwenden, denn sie werden das Land erben.«

Als Nicholas sich im Spätherbst eines Tages mit der Fähre und zu Fuß zum Gefängnis begab, waren im Innenhof Diener mit dem Beladen zahlreicher Kutschen beschäftigt. Die meisten Männer waren freigelassen worden. Wentworth sei unverzüglich nach Hause gereist, teilte ihm der Wärter mit. Der Staub, den die Räder seiner Kutsche aufgewirbelt hatten, hing noch in der Luft über dem sumpfigen Südufer. Er habe nichts mitgenommen als das, was er am Leibe getragen habe, und verfügt, daß ihm alles andere nachgeschickt werde. Nicht einmal seine Frau habe ihn bei seiner überstürzten Abreise begleiten dürfen. Wie Nicholas später erfuhr, war Tom Hals über Kopf nach West Riding aufgebrochen, um seine Rückkehr ins Unterhaus vorzubereiten. Ein königliches Dekret hatte die dritte Parlamentssitzung für März 1628 anberaumt, und Wentworth war entschlossen, sich Gehör zu verschaffen.

Er wurde in der Tat gewählt und traf in den letzten Wintertagen ein, doch diesmal ließ er Arabella zu Hause. In Windeseile bezog er sein Haus in der St. Martin's Lane, hielt sich aber nur selten dort auf. Bei Hofe und in dessen Bannkreis hörte Nicholas nunmehr zuweilen Wentworths Namen. Wieder tagte das Parlament, gelangte jedoch zu keiner Einigung, und Wentworth redete mit Engelszungen auf den König ein, der Petition of Right, der Bittschrift um Herstellung des Rechts, sein Plazet zu erteilen. »Wir dürfen Menschen nicht grundlos ins Gefängnis werfen, dürfen sie nicht zwingen, bei Kriegen im Ausland zu dienen, dürfen keine Soldaten bei Bürgersleuten einquartieren, noch Steuern ohne Billigung des Parlaments erheben.« Der Fehler liege nicht beim König, beteuerte er in seinen Reden, sondern bei der Verwaltung. Gewähre der König diese Freiheiten, sei das Unterhaus bereit, die Zuwendungen an die Krone zu bewilligen. Zweimal ging Nicholas hin, um ihn zu hören. Tom redete flüssig, eindringlich. Er wolle das Beste für Krone und Land, sagte er, denn beide seien untrennbar miteinander verbunden. Schon bald schenkte jedermann bei Hofe und im Parlament dem hochgewachsenen, schlanken und doch energischen Mitglied des Unterhauses Beachtung, war er mit seiner festen Stimme und seinem sicheren Auftreten doch im Begriff, die beiden Kammern und den Thron zu einen. Von seinem Platz auf einer Bank aus beobachtete Nicholas ihn ruhig und mit einer gewissen Ehrfurcht. Alle Freunde waren zutiefst enttäuscht, als die Sitzung erneut ohne eine Einigung zwischen König und Land endete. Danach hörten sie eine Zeitlang kein Wort von Tom Wentworth.

Cecilia war abermals in anderen Umständen. Tagtäglich betastete sie ihren Bauch in der Hoffnung, eine Veränderung in Form und Straffheit festzustellen. Eifrig zählte sie die Wochen... sechs, sieben. Vor Erschöpfung schlief sie viel und sank bisweilen halb angekleidet aufs Bett. Die warmen Sommerregen hatten eingesetzt und gingen auf Haus und Garten nieder. Nichtsahnend gab sie sich dem Schlaf hin, während unten die Uhr ein ums andre Mal schlug und Nicholas bei Kerzenschein über seine Linsen und Fernrohre gebeugt saß und in seinen Aufzeichnungen las.

Er hörte das Klopfen im prasselnden Regen nicht sogleich, und als er die Tür öffnete, erkannte er auch nicht sofort den

Mann, der mit hochgeschlagener Kapuze vor ihm stand. Im nächsten Augenblick wurde er so herzhaft umarmt, daß ihm die Luft wegblieb. »Du siehst aus wie ein Gespenst, Tom!« rief er und hielt den durchnäßten Freund ein Stück von sich. »Pah, jetzt bin auch ich klatschnaß! Man sollte dich hier in der Gegend ein wenig herumspuken lassen, manch einer würde wer weiß was dafür geben, ein Gespenst zu sehen. Der Volksmund sagt Geistern heilende Kräfte nach!«

»Was ist die Uhr?«

»Eins vorbei, aber meine geht immer nach.«

»Willst du mich nicht hereinbitten?«

»Dazu bedarf es keiner Einladung, mein Freund«, sagte Nicholas. Im Kerzenlicht sah er, wie naß sein Freund war: sogar von der Scheide des Rapiers troff Wasser. Er nahm es ihm ab und schüttelte es mitleidig über dem steinernen Küchenboden. »Treibst du dich um diese Zeit immer draußen herum?« fragte er und reichte Tom ein Tuch, damit er sein Haar trocknen konnte.

»Ich bin die ganze Nacht umhergelaufen! Und wennschon, es ist ein lauer Abend, und die restliche Feuersglut wird mir reichen! Ich möchte nichts trinken, ich bin bis obenhin mit Glück angefüllt. Eigentlich wollte ich erst morgen zu dir kommen, aber es hat mich nicht im Bett gehalten. Ich bin nach Westminster gegangen, Nick, und habe dort im Regen gestanden und ihn angeschaut, diesen großartigen, gespenstischen Ort mit seinen Schatten all der Könige und Minister, die dort ein und aus gegangen sind. Meine Ahnen! Ich stamme von John of Gaunt ab. Ich habe dem Gemäuer zugerufen, daß ich gekommen bin, aber es hat nicht geantwortet. Nein, ich kann heute nacht nicht schlafen!«

»Was hättest du getan, wenn ich schon zu Bett gegangen wäre, sag?«

»Dich herausgezerrt, du Schlafmütze!« Wentworth wischte sich das Wasser aus dem Gesicht und zog ohne Eile das Hemd aus. Das dunkle Haar auf der schmalen Brust schimmerte im matten Kerzenschein. »Wo ist Cecily?«

»Sie schläft. Sie erwartet wieder ein Kind.«

»Gott segne euch beide!«

Wentworth griff nach oben und ließ, einem sonderbaren Glöckner gleich, die an den Dachsparren hängenden Kessel, Töpfe, Zwiebelzöpfe und getrockneten Fleischstücke schwingen. »Weißt du, weshalb ich gekommen bin?« fragte er beinahe kokett.

»O ja, allerdings! Weil du verrückt bist! Gleich kommt Avery herunter, um dich für geisteskrank zu erklären und nach Bedlam einzuweisen.«

»Fürwahr, ich bin verrückt, verrückt vor Glück und Zufriedenheit, weil ich auf das, was nun endlich eingetroffen ist, so lange gewartet habe!« Er faßte Nick an beiden Armen und sah ihm ins Gesicht. »Ich bringe es kaum über die Lippen«, murmelte er, plötzlich befangen. »Als ich heute morgen erwachte, brachte mir mein Sekretär eine Nachricht aus Whitehall, in der es hieß: ›Kommt, wann es Euch beliebt‹, was freilich bedeutete: ›Kommt sofort.‹ ›Kommt‹, stand da, und darunter die Unterschrift: ›Euer unverbrüchlicher Freund, Karl Rex‹. Beim Rasieren schnitt ich mir vor lauter Hast ins Kinn. Die Kuriere des Königs geleiteten mich hinunter zum Wasser, denn Seine Majestät hatte mir seine Barke geschickt, und als ich an Bord ging, erhob sich einer der Diener und sprach mich mit ›Mylord‹ an. Ich glaubte ihn im Irrtum, sagte aber nichts. Gott im Himmel, Nick! Diese Fahrt werde ich nie vergessen! Entlang der Themse hingen überall Ulmen über das Wasser, von der Anlegestelle bis zum Lagerhaus und weiter bis zum Palast, zwischen ausrangierten Booten sprossen wilde Blumen, und in Ufernähe trieben Schwäne auf dem Wasser.«

Er hielt inne, um Atem zu schöpfen. »Und dann trat ich vor ihn. Er stand im Morgenrock am hinteren Ende des Saals, denn es war noch früh. Er kam gerade vom Gebet und hatte, wie immer danach, diesen sanften, jenseitigen Blick. Er nahm mich am Arm, und wir gingen eine Weile im Saal auf und ab.« Wentworth zitterte. »Er hat mich in den Adelsstand erhoben, Nicholas! Ich bin jetzt Lord und werde künftig nicht mehr im Unterhaus, sondern im Oberhaus sitzen, denn von diesem Tage an bin ich Baron Wentworth of Wentworth Woodhouse!«

»Tom!«

»Träume ich? Gewiß träume ich! Ich habe es allen zu Hause und auch den Gemäuern dieser Stadt erzählt. Ach, gottlob, gottlob, Nicholas! Nun hat es für mich erst richtig begonnen. Das lange Warten hat mich aufgerieben, bis ich nur noch ein Häuflein Elend war. Doch wer kommt da?«

Avery kam mit kindlich besorgtem Lächeln durch den Raum auf sie zu. Unter dem kurzen Nachtgewand schauten seine dünnen, behaarten Beine hervor, und er sah aus wie ein ungehorsamer Bengel, der sein Kinderbett verlassen hat, weil er nicht allein sein will.

»Was geht hier vor?« murmelte er und rieb sich die Augen. »Ist die Seuche ausgebrochen?«

Als er die Neuigkeit vernahm, riß er die Augen weit auf und schüttelte Wentworth mit feierlicher Miene lange die Hand. »Gottes Gnade sei mit dir, Tom!« sagte er. »Du wirst also fortan nicht mehr im Unterhaus sitzen?«

»Nein! Ich glaube wahrhaftig, daß die Männer, die derzeit im Unterhaus den Vorsitz führen, nicht imstande sind, das Land als Einheit zu regieren. Und doch muß es so sein: zwischen König und Parlament darf es keine Trennung geben!«

Aufgeregt unterhielten sie sich eine Weile mit gedämpften Stimmen, bis sie die Treppe knarren hörten: Barfuß, einen Kerzenhalter in der Hand, kam Cecilia verschlafen und vor Müdigkeit leicht gebeugt die Stufen herab. Das dunkle Haar fiel ihr lose bis zu den Hüften, und sie musterte die drei Männer mit leichtem Stirnrunzeln.

Wentworth erhob sich. Verlegen blickte er sich nach seinem Hemd um, und da er nicht mehr wußte, wo er es gelassen hatte, nahm er eine alte Steppdecke von der Fensterbank und legte sie sich über die Schultern. Damit sah er aus wie ein in die Jahre gekommener Bettler, der um ein Almosen bittet.

Cecilia sagte: »Du kommst selten hierher, und nun auch noch unerwartet, mein Freund.«

Nicholas schob seinen Arm unter ihren, drehte ihr Gesicht zu sich hin und flüsterte ihr die Neuigkeit ins Ohr. Vor Überraschung holte sie tief Luft. »Oh, Tom, welche Freude!« sagte sie. »Oder sollte ich ›Mylord‹ sagen?«

Er schüttelte den Kopf und fing zögernd an zu sprechen. Schlaftrunken formte er die Worte, denn er war so übermüdet, daß er die Gedanken nicht ordentlich aneinanderreihen konnte, und innerlich so aufgewühlt, daß er zwischen Ingrimm und Freudentränen schwankte. Er sprach von seinem Land, das von den Meeresarmen bis hin zu den Fischerdörfern von Cornwall, von den walisischen Hügeln über die unwirtlichen Grafschaften im Norden bis hin zur Küste des rauhen Schottland, von wo der verstorbene König Jakob I. gekommen war, und im Osten bis zum Kanal reichte, der nach Frankreich und zu den vorgelagerten Inseln führte. Er sprach von der Geschichte der Könige und des Landadels, von Bischöfen und Mönchen in den Tagen vor der Reformation, von Steuern, Zöllen, Schiffahrt, Bergbau und vom Fischerei- und Wollgewerbe. Er sprach wie ein Mann im Liebesbann. Plötzlich schien er sich unter der Decke zusammenzukauern und brach mit unwirschem Gemurmel ab, als wollte er damit alles ungesagt machen. »Seine Majestät hat mich wohl lieber an seiner Seite denn gegen sich, vielleicht hat er es deshalb getan. Er hat meine Macht gespürt.« Reglos, wie gelähmt, stand er da.

Cecily, die noch immer bei Nicholas untergehakt war, lehnte sich leicht an ihn. »Manche werden dir deinen Fortgang aus dem Unterhaus verübeln, Mylord«, bemerkte sie knapp.

»Den Teufel werden sie tun!« entfuhr es Wentworth heftig.

Sie legte die Hand auf seine und küßte ihn nachdenklich auf die Wange. »Gott steh dir bei!« sagte sie, wandte sich ab und ging die Treppe hinauf.

Die Kirchenglocken schlugen zwei Uhr, der Regen ließ allmählich nach. Die Männer unterhielten sich noch eine Weile, und Avery röstete Käse, indem er ihn mit einer langen Gabel übers Feuer hielt. Wentworth aß gierig, ließ sich anschließend zurücksinken und schloß die Augen. Nicholas führte ihn die Treppe zu dem Zimmer hinauf, das er vor langem einmal bewohnt hatte, und sein Freund schlief augenblicklich ein, ohne sich auch nur zuzudecken.

Einige Wochen später wurde Lord Wentworth, wie er nunmehr hieß, zum Lordverweser von Nordengland ernannt und zurück nach Yorkshire geschickt. Dort sollte er die Interessen des Königs hinsichtlich Landbesitz und Steuern, Gesetz und Ordnung wahren. Dieser Verwaltungsposten, spekulierte Harrington ausgiebig, sei nur vorübergehender Natur, weil Karl I. Stuart seinen Diener auf dessen Tauglichkeit prüfen wollte, bevor er ihn zurück nach London holte. Dobson indes meinte, obgleich Wentworth es so weit gebracht habe, werde er weiter nicht kommen, da er nicht zu der Sorte von Männern zählte, die dem Monarchen gefielen.

Milde kündigte sich der Herbst an. Beim morgendlichen Erwachen galt ihr erster Gedanke stets dem Kind in Cecilys Leib. Dann fuhr Nicholas mit der Hand über die straffe Wölbung ihres Bauchs und zählte staunend die Wochen nach. Mit jedem Tag wurde er sicherer und ruhiger. Er überlegte bereits, wo sie die Wiege aufstellen sollten. Er konnte sich seine geliebte Cecily nicht so recht als Mutter vorstellen, studierte sie doch Geburtshilfe und Juristerei zur selben Zeit, so daß er bisweilen, wenn er sich spätabends schlafen legen wollte, erst mehrere dicke Wälzer beiseiteräumen mußte, die sie auf der Steppdecke verstreut hatte. Er fragte sich, wo sie die Geduld und die Zeit für ein Kind hernehmen wollte.

Am Spätnachmittag des Tages vor Allerheiligen trug Nicholas seinem Küster gerade auf, den Friedhof des Nachts zu bewachen, um zu verhindern, daß die heilige Ruhe durch die alljährlichen Schelmenstücke vorwitziger Lehrlinge gestört wurde, als ein Kind aus der Gemeinde ins Dispensarium gelaufen kam und verkündete, die Kutsche des Königs habe vor der Kirche in Aldermanbury gehalten. Da trat auch schon William Harvey höchstpersönlich im Hofstaat durch die Tür und rief: »Wir sollen auf der Stelle vor dem König erscheinen. Gewande dich gefälligst!«

Nicholas sprang auf. »Seine Majestät ruft mich! Wie das?«

»Ich weiß es nicht! Vielleicht ist ihm zu Ohren gekommen, daß du auch Pfarrer bist und ihm die Letzte Ölung verabreichen kannst, sollte ich ihn mit meinen Purgiermitteln umbringen. Na los, spute dich!«

Als Nicholas hinauf in die Schlafkammer eilte, fand er Cecilia am Fenster, von wo aus sie den Garten überblicken konnte. Sie saß da und stickte, den Rahmen gegen den Bauch gestützt. Die königliche Karosse samt Kutscher erwartete die Männer bereits, und kaum waren sie eingestiegen, hielt sie auf das Stadttor im Westen zu. Ihnen ritt ein Hofmarschall voran, der ab und an ins Horn blies, um die Leute wissen zu lassen, daß die Männer im Inneren des Gefährts auf Geheiß des Königs unterwegs waren. Am Holbeintor riß der Wachtposten den Schlag auf, und sie stiegen hinab auf den Hof. Anschließend führte man sie an den Wachen vorbei in den Whitehall Palast.

Sie kamen durch Räume mit Teppichen auf den Tischen und Kunstwerken aus italienischem Marmor in den Ecken. An den Wänden hingen Gemälde aus den italienischen Stadtstaaten, von denen eines die Ruinen von Karthago darstellte. Von fern vernahmen sie die Klänge eines kleinen Kammerorchesters bei der Probe. Einige Polstermöbel wirkten verschlissen, so manche Wand schrie förmlich nach einer neuen Tapete, und eine Garnitur Kaminbesteck, auf die Nicholas' Blick im Vorbeigehen fiel, war verrostet.

Draußen toste der Wind. Junge Knaben schickten sich an, die Kerzen auf den Wandleuchtern anzuzünden; ein kleiner Knirps unterdrückte ein Gähnen. Ab und zu kroch die Wärme eines gut geschürten Kaminfeuers über den Fußboden und umfing für kurze Zeit die Knöchel der weiterhastenden Männer. Schließlich gelangten sie zu den königlichen Gemächern und einem ersten kleinen Vorraum. An einer Wand hing ein Porträt von Karl I. Stuart und daneben eines der Königin, auf dem sie die Oberlippe über den langen Zähnen hochzog und eine Rose in der Hand hielt. Man führte sie durch einen weiteren Saal und eine Treppe hinauf, alsdann durch einen Salon und schließlich in ein Schlafgemach, an dessen hinterem Ende mehrere Herren im Halbkreis den jungen König umstanden, der, das Hemd am Halse aufgeschnürt und ein Taschentuch in der Hand, auf einem Stuhl saß.

Nicholas und sein Freund zogen die breitkrempigen Hüte und fielen auf ein Knie nieder. Mit einem Wink hieß der König sie aufstehen und sagte leise: »Wir heißen Euch willkommen.« Seine leicht heisere Stimme schien von der stuckverzierten Decke und der großen Tür des Kleiderschranks mit den holzgeschnitzten Engeln widerzuhallen.

Harvey trat vor und nahm mit gebührender Schicklichkeit eine Untersuchung des Königs vor: Herz, Puls und vieles mehr, darunter auch die Urinprobe im Topf. Anschließend verneigte er sich mit den Worten: »Sire, neben mir steht der achtbare Bürger und Arzt Nicholas Cooke aus Cripplegate Ward, dessen Aufwartung in dem mir gesandten Brief erwünscht wurde. Wollt Ihr dem Gelehrten nun Euer Handgelenk überlassen, damit er Eure Person gleichfalls untersucht?«

»Er möge sich uns nähern«, sagte der König.

Nicholas schritt quer durch den Raum auf ihn zu, ließ sich abermals auf ein Knie niedersinken und ergriff die schlanke Hand unter der Spitzenmanschette. Für einen Augenblick schien alles in dem Gemach zu verschwimmen: Er nahm nichts weiter als die zarte und doch männliche Hand in seiner und das Kitzeln der erlesenen Spitze an seiner Haut wahr; er sah die Seidenlitzen des Hemdes und das nicht eben üppige, doch schöne Brusthaar. Über allem lag ein Hauch von Moschus, vermengt mit dem Geruch des Feuers. Diese Eindrücke fielen indes sogleich wieder von ihm ab, und er war wieder der Arzt und der Mann vor ihm nichts weiter als ein vornehmer junger Herr mit Blutandrang und belegter Stimme. Zitronenmelisse, schoß es ihm durch den Kopf. Ein mildes Abführmittel. Heiße Brühe, ein anständiges Feuer im Schlafgemach, vorgewärmte Bettlaken und ein paar unbekümmerte Stunden der Muße. Jedem Burschen aus meiner Pfarre würde ich dasselbe verschreiben. Gott sei mir gnädig!

In diesem Augenblick klopfte es an der Tür, und einige Lakaien traten ein. Mit einem Kopfnicken dirigierte Harvey Nicholas in eine Zimmerecke unweit des Bettes, wo sie sich über das geeignete Heilmittel berieten. Bevor sie entlassen wurden, beugten sie abermals das Knie. Als Nicholas im Hinausgehen einen Blick über die Schulter warf, sah er die stattliche Gestalt von George Villiers, des Earl of Buckingham, in der Tür eines der Vorzimmer auftauchen. Mit seinen vollen Lippen berührte der Earl das Handgelenk des Königs und meinte tadelnd wie ein guter Freund: »Wie, Euch ist nicht wohl, lieber Charlie? Werdet Ihr heute nicht ausreiten?« Dann wurden die Flügeltüren geschlossen.

Die beiden Ärzte verneigten sich vor den Herren, denen sie begegneten, und verließen schon kurz darauf die privaten Gemächer. Verblüfft sagte Harvey zu Nicholas: »Du Narr, was ist mit dir? Warum lachst du?«

»Deinetwegen! Kein Totengräber hätte feierlicher dreinblicken können! Und wie ich dort kniete, mußte ich plötzlich an das denken, was du selbst einmal gesagt hast... daß der Urin des Königs riecht wie der jedes anderen auch... Ich kniete da neben dem Topf und... Und dennoch, bei den Heiligen im Himmel, ich war zu Tränen gerührt, hol's der Kuckuck, und weiß nicht, warum.«

»Ich muß gestehen, es war Wentworths Werk, daß man dich gerufen hat.«

»Potztausend, ich wußte es! Aber nun komm, ich glaube, Cecilia geht es nicht gut. Ihr Wohlergehen liegt nun in meinen Händen.«

Arm in Arm gingen sie durch die Räume. Plötzlich lief ihnen jemand mit einem in ein Tuch eingeschlagenen Stück Gold nach. Kalt traf sie der Wind, als sie ins Freie traten.

Zu Hause mußte Nicholas feststellen, daß Cecilia abermals eine Fehlgeburt gehabt hatte.

»Tom, ich kann nicht sagen, was ich empfinde. Zum einen sind meine Augen vom vielen Weinen geschwollen, denn Cecily ist leidend und kann kaum etwas zu sich nehmen. Bisweilen denke ich, daß man von uns dreien mir die Rolle desjenigen aufgezwungen hat, der Ruhe bewahren muß, dabei hat mich der Herr weiß Gott nicht dazu erschaffen! Und zum anderen denke ich voller Befremden über meinen Besuch beim König und darüber nach, warum er mich so angerührt hat. Was bedeutet mir dieser Mensch? Selbst wenn sie es nicht verdienten, habe ich stets auf die Gesundheit unserer Herrscher angestoßen und

»Gott schütze Seine Majestät!« gerufen, während ihre Kutschen meine guten Hosen mit Schlamm bespritzten. Indes, dieser verdient es. Harvey und ich disputieren erneut über die Frage: Ist der König heilig? Bei seiner Krönung wurden ihm Hände, Haupt und Brust mit heiligem Öl gezeichnet, er wurde geweiht. Nun, ich weiß es nicht. Sein Amt freilich ist heilig, doch der Mensch darin ist nur Zufall, und doch (würdest Du mir glauben, wenn ich Dir sagte, daß ich zittere?) sagt mir mein Herz, wenn ein Herrscher heilig ist, dann dieser. Er hat etwas Gütiges an sich. Bei dem, was ich hier schreibe, vertraue ich meinem Instinkt und dem, was ich vom Hörensagen weiß: Die knappen Worte, die bei meinem Besuch gewechselt wurden, bilden die Summe all dessen, was ich je zu ihm gesagt habe oder er zu mir.

Er faßt so leicht Zutrauen, daß er den Schwachen eher denn den Starken vertrauen könnte. Bei Gottes heiligem Odem, möge er Vertrauen in Dich setzen! Doch meine Gedanken sind zerstreut, und Cecilia ruft von oben. Ihre Stimme ist so schwach! Was habe ich getan? Ich bin so selbstsüchtig wie all jene, die ich verachte, allein schon weil ich zulasse, daß sie den Versuch wagt, ein Kind auszutragen. Und ich kann ihr nicht wirklich Befriedigung verschaffen. Darin versage ich, und das zehrt an mir.

Ich muß nun schließen. Meine innigsten Grüße an Dich und Deine Familie.«

»West Riding, Yorkshire

Lieber Pastor!

Du schuldest mir keinen Dank, denn Du bist mein Freund, und ich bin entschlossen, für Dein Fortkommen alles zu tun, was ich kann. Ich beabsichtige, ein sehr einflußreicher Mann in diesem Land zu werden und dafür zu sorgen, daß auch Du einer wirst. Ich werde alles in meiner Macht Stehende dafür tun, und möge Gott Dir und Deiner Frau ein Kind schenken!

Ich lebe hier gleichsam in der Verbannung, aus der Mitte meines Herzens und meiner Ziele verstoßen, doch bei meiner Treu, so es Karl Stuarts Wille ist, daß ich hier in diesem eher öden

Landstrich meinen Dienst tue, neige ich mein bloßes Haupt. Er weiß sehr wohl, daß ich ein glühender Verehrer des Königtums bin und eher demütig seinen Spazierstock polieren, denn seinen Blicken gänzlich entzogen leben möchte. Ich bin dieser Tage so sehr von Liebe und Ehrgeiz erfüllt, daß ich nicht zu sagen vermag, was von beidem die Oberhand hat.

Bisweilen gehe ich am frühen Morgen hinaus, und dann spüre ich, wie das Land unter meinen Füßen kraftvoll dahinfließt, so wie ein Fluß im Frühling anschwillt und heiter vorwärts drängt. So wie Dein Gewissen zu Dir spricht, flüstert mir das Land etwas zu. Unterdessen bilden sich meine Überzeugungen immer stärker heraus. Die Autorität eines Königs ist der Keilstein, der den Bogen von Ordnung und Regierung schließt, und wird daran gerüttelt, bricht das gesamte Stützwerk zu einem wüsten Haufen aus Grundfesten und Zinnen, aus Kraft und Schönheit zusammen. Es aufrechtzuerhalten soll mein Lebenswerk sein.

Ich habe meinem Freund William Laud, dem Bischof von Bath und Wells, geschrieben, er möge Deiner gewahr sein, Dich zu seinem Leibarzt machen und sich nach Möglichkeit für Deinen Aufstieg in der Kirche verwenden. Er ist bei all seinem Übereifer ein herzensguter und tiefgläubiger Mensch. Im übrigen bin ich auf immer Dein Freund, wie Du der meine bist, und drücke Dich an mein Herz.

Tom«

Dritter Teil

1628–1633

1

Der Bischof von London

Ein sanfter Wind blies an diesem Herbstmorgen durch das trocknende Laub und zauste die Wäsche an der Leine, als Nicholas lautes Geschrei vernahm und aus der Kirche stürzte. Die Hand am Tor, sah er, wie ein Mädchen in rotem Kleid schluchzend die Straße hinunterlief und sich dabei einen Arm schützend vors Gesicht hielt. Ein paar Burschen warfen mit Dreck nach der Kleinen. Gerade wollte er die Kerle zurechtweisen, als noch mehr Leute vorbeirannten und er das Mädchen aus den Augen verlor. »Was ist passiert?« rief er.

»Habt Ihr es noch nicht gehört, Pastor? Man hat Lord Buckingham umgebracht!«

In der Mitre Tavern schlugen die Männer auf die Tische und diskutierten so hitzig, daß ihre Stimmen schnarrten. »Erdolcht hat man ihn, in Dover, mitten unter seinen Leuten«, rief einer. »Es war ein umherziehender Söldner ohne Arbeit, ein Schwachsinniger, heißt es... Er kam zu einer Audienz beim Earl und hatte die Waffe unter dem Mantel verborgen.«

Nicholas blickte von einem zum anderen. »Warum hat er das getan?« fragte er.

»Warum, Pastor? Ohne triftigen Grund, der Mann war verrückt... aber der Earl ist tot, und der König trauert. Er hat sich in seinen Gemächern eingeschlossen, als er davon hörte, und will nicht herauskommen.«

»Und wennschon«, brummte ein anderer. »Ohne ihn ist er besser dran. Das Land hatte Buckinghams Kriege im Ausland und seine Monopole satt.«

Nicholas ließ den Blick in die Runde schweifen. Die Mitre Tavern hatte sich nicht verändert mit ihrem Geruch nach Ale und ungewaschener Kleidung, der großen Kreidetafel mit der daraufgekritzelten Zechschuld der Stammgäste, der Sammlung von Trinkbechern aus Holz, Zinn oder Steingut, von denen einige zu angeschlagen oder rissig waren, um noch von Nutzen zu sein. Am schmutzigen Fenster stapelten sich Zeitungen aus dünnem Papier. Zwei schlaksige Lehrlinge, die vor Neugierde zitterten, hatten mit gespitzten Ohren zugehört. Bei einem herbstlichen Fußballspiel hatte er sie die Spieler mit ebenso fiebriger Begeisterung anfeuern hören.

Gleichviel, ein Menschenleben war ausgelöscht worden: So und nicht anders sah er die Sache. Ein Mann war durch die Menge seiner Bewunderer geschritten, die mit einem Gesuch oder guten Wünschen zu ihm gekommen waren, und hatte einen Dolchstoß ins Herz bekommen. Der Arzt schlug sämtliche Einladungen auf einen Trunk aus und ging unter der aufgehängten Wäsche langsam die Love Lane hinunter.

Am späteren Abend ritt er mit Cecilia nach Westminster. Der Whitehall Palast lag still da, die Fensterläden waren geschlossen. Selbst das Rumpeln der Fuhrwerke schien aus Rücksicht auf den trauernden König leiser als sonst. Nicholas fühlte, wie es ihm vor Mitgefühl die Kehle zuschnürte. Er war zwar nicht eben ein Verehrer Buckinghams gewesen, der seinen Aufstieg eher der an Besessenheit grenzenden Begünstigung durch den früheren König und der von knabenhaftem Ernst durchsetzten Ergebenheit des jetzigen Monarchen denn eigenen Verdiensten zu verdanken gehabt hatte, doch mußte Nicholas daran denken, wie er den einsamen Herzschlag Karls I. gespürt hatte, als er ihn untersuchte, und er versuchte sich auszumalen, wie schwer ihm an diesem Abend ums Herz sein mußte.

Schweigend und das Pferd am Zügel führend, gingen er und Cecilia Hand in Hand zurück. Aus manchen Schenken drang Gesang, aus anderen laute Rufe: »Buckingham! Der verdammte Tyrann…« Oder: »Ach, der Arme! Der Arme! Was wird bloß seine Witwe tun? Immer sind's die Frauen, die mit ihrem Kummer allein zurückbleiben…«

»An den Arzt, Edelmann und Pfarrer Cooke in Cripplegate Ward, London, vom Lordverweser von Nordengland, Thomas Wentworth

Nick!

Hier im Norden ist von nichts anderem die Rede als von Buckinghams Tod. Ich weiß nicht, inwieweit er sich auf des Königs Zuneigung zu mir auswirken wird, glaube ich doch, daß Buckingham zwischen Seiner Majestät und meinem Aufstieg stand. Gleichwohl gräme ich mich um seinetwillen. Welche Richtung wird das Land nun einschlagen?

Die Gefühle schlagen allerorts hohe Wellen. Dobson schrieb, sein Laufbursche habe sich deshalb mit anderen Burschen geschlagen und sei übel zugerichtet worden. Den Londoner Lehrlingen war schon immer jeder Vorwand für eine Prügelei oder ein Freudenfeuer recht!

Wie wir hören, sucht Karl I. Stuart in seinem Kummer verstärkt die Nähe seiner kleinen Königin, er hat ihr französisches Gefolge heimgeschickt und ist entschlossen, sie zu schwängern. Sein Vertrauen gilt Laud, das weiß ich, und es ist recht so, denn der neue Bischof von London ist, wie Du selbst sehen wirst, ein wahrhaft guter Mensch.«

Einige Tage später, an einem warmen, nieseligen Herbstnachmittag, klopfte ein ehrerbietiger Geistlicher in einer Soutane mit abgewetzten Knöpfen an die Tür des Hauses in der Love Lane und überbrachte dem Pfarrer Nicholas Cooke eine Einladung, mit William Laud einen Becher Wein zu trinken. Wenig später fuhr Nicholas mit dem Fährboot nach Westen, und seine Gedanken kreisten um den neuen Bischof von London, dem er in den vergangenen Jahren nur drei- oder viermal kurz begegnet war.

»Lauds Aufstieg geht rasch vonstatten«, hatte Wentworth bei einem der letzten Spaziergänge auf den Feldern vor den Toren der Stadt gesagt. »Buckingham hat dafür gesorgt, daß man Laud ein kleines Bistum zuteilt, und bei der ersten Sitzung des Parlaments hat er die Predigt gehalten – ich weiß noch, wie übel sie manch einem aufstieß, weil vom Göttlichen Recht der Könige die Rede war! Karl Stuart ist höchst zufrieden mit dem kleinwüchsigen William Laud und wird ihn eines Tages gewiß zum Bischof von London ernennen. Wettest du einen Kupferpenny dagegen, Nick?« Mit einem Pfiff hatte er ihm die offene Hand hingestreckt.

Vor Lauds großem, aus Ziegelsteinen erbautem Haus befand sich ein Blumengarten. Beim dritten Klopfen kam ein noch junger Hausdiener zur Tür geeilt; er murmelte eine Entschuldigung wegen seiner mit Sägespänen bedeckten Stiefel und meinte erklärend, seit Tagesanbruch seien sie allesamt mit Auspacken beschäftigt und überall herrsche ein heilloses Durcheinander. Er ließ Nicholas in einer Wohnstube allein, in der viele große Porträts von ehemaligen Bischöfen und Erzbischöfen hingen, doch schon kurz darauf flog die Flügeltür auf und William Laud höchstpersönlich lief ihm, die gepflegten Hände ausgestreckt, auf seinen kleinen, runden Füßen entgegen.

Der neue Bischof von London war nun um die Fünfzig. Äußerlich gab es indes kaum einen Hinweis auf seine bedeutende Position, denn er trug lediglich eine schlichte schwarze Robe und eine ebenfalls schwarze, knappsitzende Strickhaube, unter der weiches, graues Haar hervorschaute. Die klaren, schönen Augen waren von buschigen Brauen überwölbt; der Bart war auf einen Punkt zurechtgestutzt. Allein die geweiteten, zarten Nasenflügel verliehen ihm einen leicht blasierten Ausdruck.

»Mein guter Freund Tom Wentworth hat mir von Eurer Gelehrsamkeit geschrieben!« sagte er fröhlich. »Diese Worte ließen mich aufhorchen, denn nichts geht mir über das Studieren!« Seufzend blickte er zu den Konterfeis seiner mit würdevollem Ernst dreinschauenden Vorgänger und zu der Uhr, die laut tickend die Sekunden zählte. »Vielleicht werde ich in diesen Wänden Zeit finden, meine Übersetzung der Heiligen Schrift aus dem Hebräischen voranzutreiben, so es unserem Herrgott beliebt! Doch so kommt in die Bibliothek!«

Beim Anblick des geräumigen Zimmers mit Tausenden von Büchern in schweren Regalen, die bis weit über ihre Köpfe reichten, hielt Nicholas den Atem an. Auch auf dem Boden und den Stühlen, deren Lederpolster von Katzenkrallen arg zerkratzt waren, stapelten sich Bücher. Nachdem er sich auf Geheiß des Bischofs einen Stuhl herangezogen hatte, bemerkte er, daß der kleinwüchsige Mann, der ihm gegenüber mit nachdenklich über dem Bauch verschränkten Händen Platz genommen hatte, verstummt war und ihn aufmerksam musterte.

»Was habt Ihr nicht alles gemacht!« rief er, nachdem Nicholas ihm so manches von seinem Leben und seiner Arbeit erzählt hatte. »Ich selbst habe nie geheiratet, mein Haushalt ist meine Familie. Die guten Seelen, sie arbeiten ohne Unterlaß! Ich glaube, das ist Nell, die unten in der Küche die Töpfe aufhängt und die Burschen ausschilt! Haha, die armen guten Seelen! Selbst der Stallknecht wünscht mir auf Latein einen guten Tag, wie ich es ihn gelehrt habe, denn was sind wir ohne Bildung?«

»Das Haus ist groß«, fuhr er fort. »Von diesen Fenstern aus kann ich den Fluß und die ein- und auslaufenden Schiffe sehen. Ich wurde als Sohn eines armen Schneiders geboren und entsinne mich, daß das Fenster in meinem Kinderzimmer nur mit Wachspapier ausgefüllt war, damit das Licht herein konnte, und Ausblick auf eine verfallene Priorei gewährte. Wir leben in einer Zeit und in einem Land, wo ehrbare, fähige Männer unter ihrem Herrscher ungehindert aufsteigen können. Ein überaus gütiger und freundlicher Fürst ist er, und von tiefer Frömmigkeit.«

Eine alte Frau huschte mit Wein und Äpfeln herein, und nachdem sie wieder gegangen war, sprach der Bischof kopfschüttelnd weiter: »Es gibt so vieles zu tun, daß ich kaum weiß, wo man beginnen soll! Ich bin durchs Land gereist, mein lieber Pastor, und was ich gesehen habe, stimmt mich traurig. Viele Kirchen befinden sich in einem schändlichen Zustand: einstürzende Dächer, Sakristeien, die als Schweineställe benutzt werden, und überall streunende Hunde... Nun, es ist offenbar die heutige Mode, daß man beim Betreten eines Gotteshauses nicht mehr Respekt aufzubringen hat als ein Kesselflicker, der eine Bierschwemme aufsucht! Übrigens gibt es da etwas, was ich Euch gerne zeigen möchte, denn man hat mir gesagt, Ihr hättet ein gewisses Interesse an Architektur. Seht Euch die Papiere auf dem Schreibtisch an.«

»Euer Gnaden, sind dies etwa Renovierungspläne für die St.-Pauls-Kathedrale?« Nicholas beugte sich über den Schreibtisch und machte sich nicht ohne Erregung daran, die Papierrollen im Licht der hohen Fenster eine nach der anderen auseinanderzurollen. Er kannte die große, heruntergekommene Kathedrale wie seine eigene Küche. In ganz London gab es keinen schäbigeren Ort. Das war schon so gewesen, als er, noch ein Knabe, in die Stadt gekommen war und sich in den Seitenkapellen versteckt hatte. Die folgenden Jahre hatten daran nichts geändert, denn die Bürger der Stadt hatten es sich zur Gewohnheit gemacht, ihren Müll in der Krypta abzuladen; die Kirchturmspitze war seit dem Brand vor gut achtzig Jahren nicht repariert worden, und ein Klüngel von Dirnen, Rechtsgelehrten, Pamphletisten und Beutelschneidern hatte das Kirchenschiff zu seinem Treffpunkt auserkoren, und nichts und niemand konnte sie daraus für mehr als ein paar Tage vertreiben.

Die Hände auf die geglätteten Papierrollen gestützt, blickte er nach einer Weile träumerisch auf und sagte leise: »Euer Gnaden, dies ist ein großes Unterfangen, eines, von dem ich nie im Leben geglaubt hätte, daß ich es je erleben würde. Wenn ein Ort wieder zu einer heiligen Stätte gemacht werden muß, dann dieser! Jeden nur erdenklichen Beistand, zu dem ich imstande bin, will ich Euch demütigst leisten!« Er setzte sich wieder auf seinen Stuhl und beäugte den kleinen Mann ihm gegenüber verwundert und mit einer gewissen Scheu. Manche Menschen scherten sich nicht um die Geschichte oder den Erhalt dessen, was einmal gewesen war, doch für Nicholas war die Vergangenheit seit jeher etwas gewesen, ohne das die Gegenwart nicht denkbar wäre: Wer und wo er war, verdankte er dem, was hinter ihm lag.

Die Kirche von England hatte bis ins vergangene Jahrhundert zu Rom gehört, als der trotzige König Heinrich sie für unabhängig erklärte. In diese Kirche war Nicholas hineingeboren und in ihrem Schoß viele Jahre später zum Priester geweiht worden. Während William Laud in leisem, bescheidenem Ton weitersprach und dabei mit den Falten seiner Soutane spielte, wurde Nicholas gewahr, daß sich sein eigener Glaube in ihm widerspiegelte. Einen Augenblick war ihm, als bräuchte er nur die Hände auszustrecken, um den Glauben des anderen zu berühren. Die folgende Stunde verbrachten sie mit Gesprächen über all die schönen Sitten und Gebräuche der alten Kirche, die man mit Schaffung der neuen Kirche abgelegt hatte und die Laud wiederherzustellen wünschte. Zum Schluß meinte er, er hoffe, die Priester und Gotteshäuser jeder einzelnen Pfarre im Lande wie einst mit Meßgewändern und Weihrauch ausstatten zu können.

Als er einige Stunden später das Haus verließ, war ihm, als umfingen ihn die Bäume im Garten mit ihrem Glitzern, und auch die Luft schien zu leuchten. Der zurückliegende Tag hatte ihn in seinem Innersten aufgewühlt, und er war von der Gewißheit durchdrungen, in etwas eingebunden zu sein, das bei weitem größer war als er selbst. Während er in der untergehenden Sonne am Kai stand, durchlebte er aufs neue die Freude, die er verspürt hatte, als Gott ihn einst zum Priester berufen und er in aller Demut geantwortet hatte: Hier bin ich.

Wieder wurde es Winter. Über Nacht gefror das Wasser in den Waschschüsseln, und sie schüttelten die Wollsachen aus, welche die Haushälterin im zurückliegenden Frühling mit Kampfer und Lavendel gegen Motten geschützt hatte. Fässer voll Kohle wurden angeliefert. Über Buckingham sprach kaum noch jemand, und auch Nicholas vergaß ihn und vieles andere zuweilen vor Freude über seine Ehe.

Im November war er zum Sekretär des Ärztekollegiums und in dessen Ausschuß gewählt worden, der über die Heilmethoden nicht zugelassener Ärzte in einem Umkreis von sieben Meilen rings um die Stadttore wachte. Manch einer hängte nämlich nach wie vor ein Ärzteschild vor die Tür, selbst wenn seine Ausbildung einzig und allein darin bestanden hatte, daß er zufällig am Haus eines Arztes vorbeigekommen war und eine Weile durch dessen Fenster geschaut hatte. Sie beschlagnahmten Rosenwasser, das ein alter Bursche als Medizin gegen Schwindsucht verkaufte, und sie stießen auf ein Mädchen von sieben Jahren, das als Geist mit Heilkräften gegen Geld an Familien ausgeliehen wurde. Es war eine befremdliche Arbeit, deren Wirkung nie lange vorhielt, und so war er jedesmal froh, wenn er ihr den Rücken kehren und wieder nach Hause gehen konnte.

Cecilias Laute lehnte in einer Ecke an der Treppe; ihre Bücher stapelten sich auf dem Tisch neben seinen Mikroskopen, unter dem Bett und auf den Treppenstufen. Schnürmieder und bestickte Hauben lagen, mit Lavendelblättern versehen, in der Schublade des Kleiderschranks. Als er einmal die Hand nach dem Regal ausstreckte, auf dem er abends seit Jahr und Tag seine Uhr mit Federantrieb abzulegen pflegte, stieß er auf ein Schälchen mit Haarkämmen und ein zweites mit Nadeln und Spangen. Er liebte es, ihr beim Schnüren ihrer Strumpfhosen zuzusehen. Wie früher betrachtete er sie voller Zärtlichkeit: Sie begann etwas zu studieren, stürzte sich geradezu darauf und ließ alsbald wieder davon ab.

Allein die Juristerei vermochte sie dauerhaft zu fesseln, und so setzte sie sich eines Tages hin und schrieb einen Brief an Wentworth, in dem sie ihn bat, ihr zu einer Stellung als Elevin eines Barristers in Middle Temple zu verhelfen.

Die Antwort war sonderbar.

»Ich werde tun, was ich kann, Mylady, aber ich bezweifle, daß es viel sein wird. Es gibt Dinge, die nicht einmal der König vermag! Sollte es sich nicht bewerkstelligen lassen, so ersuche ich Dich dringend, Dich nach einer anderen Betätigung für Deinen brillanten Geist umzusehen. Ich weiß nicht, was ich Dir sonst noch sagen könnte. Um meines Freundes willen kann ich nicht wünschen, unser Herrgott hätte Dich nicht als Weib erschaffen; und auch um meiner selbst willen kann ich das nicht wünschen, denn jetzt, da meine anfänglichen Bedenken Dir gegenüber verflogen sind (und da sie dies sind, gestehe ich sie unumwunden ein!), finde ich Dich bezaubernd, so wie Du bist, und von großer Tiefe und Klugheit.«

Er fuhr in dem formellen, leicht pläsierlichen Tonfall fort, den er sich in seinen Briefen an sie angewöhnt hatte, und sie schrieb ihm seufzend ein paar freundliche Zeilen zurück und suchte sich in der Nachbarschaft einen betagten Barrister, der sie unter seine Fittiche nahm. Indes, sie hatte sich zweierlei in den Kopf gesetzt und ließ nicht davon ab: Sie wollte Elevin in Middle Temple werden *und* ein Kind austragen. Beides schien ihr nicht vergönnt. Letztlich war sie dem Leben gegenüber jedoch allzu aufgeschlossen, um lange unglücklich zu sein, und kurz darauf stand sie zum erstenmal einer Frau aus der Pfarre bei der Geburt eines Kindes bei. Doch sie spürte, daß das nicht ihre wahre Berufung war. Sie mußte herausfinden, worin diese bestand! Gelegentlich sprach sie darüber, ansonsten setzte sie ihre Studien fort.

Wer kam in jenen Tagen nicht alles in ihr Haus! Menschen auf der Suche nach Heilung oder Erneuerung ihres Glaubens und andere, die sich nach Freundschaft sehnten, Schauspieler, Nachbarn, Ärzte aus den deutschen Staaten und Glasmacher aus den Niederlanden, seine Freunde aus Padua und ihre aus Paris, ihm nahestehende Kollegen sowie Boten des Bischofs von London oder von dessen Kaplan. Avery ging ihm nach wie vor im Dispensarium zur Hand und übernahm schon bald den Großteil der Arbeit.

Lustlos tagte das Parlament im Winter des Jahres 1629, denn es befaßte sich zum wiederholten Male mit der Besteuerung und der Frage, wieviel Geld es dem König zugestehen sollte. Auch wurde ein verhaltener Widerstand gegen den neuen Bischof von London und dessen beabsichtigte Wiederbelebung religiösen Brauchtums spürbar. Karl I. Stuart trat gleichfalls für eine Verschönerung der Kirchen und einen formellen Gottesdienst mit Gebetbüchern und Kerzen ein, und er rückte auch dann nicht von seinem Standpunkt ab, als das Unterhaus ebendies als Voraussetzung dafür verlangte, daß es ihm die Zuwendungen bewilligte. Wentworth, der in die Stadt zurückgekehrt war, um seinen Platz im Oberhaus einzunehmen, unterstützte nach Kräften die Einigung von Staat und Kirche, was Nicholas überraschte, zumal er wußte, daß sein Freund aus dem Norden schlichtere, kürzere Gottesdienste den prunkvollen Messen, wie der König sie wünschte, vorzog. (»Kerzen oder nicht – der Heiland ist und bleibt derselbe«, meinte Wentworth mit einem Achselzucken. »Aber wenn Seine Majestät Kerzen und Meßgewänder wünscht, so wird dies auch mein Wunsch sein. Der Teufel hole die Puritaner, wenn sie sich querstellen!«) Diese Fragen waren in aller Munde, von den Schenken bis zu den Gildenhäusern.

An einem der letzten Wintertage begab sich Nicholas nach Blackfriars, um Eintrittskarten für ein neues Lustspiel zu kaufen. Der schöne Saal des Theaters mit den in Reihen aufsteigenden Balkonen und den eleganten Kerzenhaltern an den Wänden war vom hohen lieblichen Klang einer einzelnen Sopranflöte erfüllt. Der Schauspieler John Lowin, kräftiger als früher und mit angegrautem Bart, kam schwerfällig auf ihn zu, um ihm die Hand zu schütteln. Sie unterhielten sich eine Weile, bis sie jemanden nach ihnen rufen hörten, und als sie sich umwandten, sahen sie, wie Bartlett, den Spazierstock mit dem silbernen Knauf in der Hand, den Saal betrat.

Henry Bartlett war nunmehr seit einem Jahr Aldermann im nahegelegenen Viertel Basinghall. Alles geriet ihm gut, außer seiner Ehe, und er war sowohl in seiner Gemeinde als auch bei seiner Arbeit so beliebt, daß es manchmal schien, als gebe es in ganz London keinen Menschen, den er nicht kannte. Gleichwohl erweckte er den Eindruck eines Mannes, der voller Leidenschaft seinem vierzigsten Lebensjahr entgegengestrebt war, um dann, kaum daß er es erreicht hatte, um sich zu blicken und sich zu fragen, was er an seinem Ziel eigentlich vorzufinden gehofft hatte.

Sein Gesicht war gerötet, er schwitzte leicht, zog ein Taschentuch heraus und wischte sich die Stirn ab. »Habt ihr gehört, was im Parlament passiert ist?« schnaufte er. »Etwas Abscheulicheres und Empörenderes gibt es nicht!«

»Nein, ich habe nichts gehört«, erwiderte Nicholas.

»Das wirst du bald! Der König hatte angeordnet, die Sitzung zu vertagen, aber eine Handvoll Mitglieder des Unterhauses hat sich dagegen gesperrt, daß der Sprecher sie entläßt, bevor sie nicht gewisse Gesetze zur Einschränkung der Rechte Seiner Majestät verabschiedet hätten. Also haben sie die Tür verriegelt und den Sprecher auf seinem Stuhl festgehalten. Seine Majestät hat die Rädelsführer ins Gefängnis werfen lassen und geschworen, daß er das Parlament niemals mehr einberufen wird.«

Lowin legte die Stirn in Falten. »Sollen sie sich den Tower von innen ansehen, bis sie verrotten!« schimpfte er. »Seine Majestät zu verhöhnen, den gütigsten Herrscher, der je den Thron bestiegen hat! Hält er sich etwa Mätressen, läßt er arme Teufel auf die Folter spannen, oder flucht er wie ein Schwein? Nein, meine Herren! Und dennoch hat ihm das Land kein Geld bewilligt, mit dem er wie jeder rechtschaffene Mann seinen Bäcker und seinen Schuster bezahlen kann. Soll er etwa hingehen, sich eine Arbeit suchen und einer Zunft beitreten, um sein Brot zu verdienen? Soll er Maurer werden, beim Kreuze unseres Herrn? Es ist nicht recht, unseren gesalbten König so zu behandeln!«

Mehrere Schauspieler kamen herbeigelaufen, um mit ihnen über die Vertagung des Parlaments zu diskutieren. Der König war ihr Schirmherr und behandelte sie gut, und daher gaben ihm die meisten von ihnen recht. Bartletts Mund und Augen verengten sich zu Schlitzen. Er hörte den Männern eine Weile zu, bevor er das Wort ergriff.

»Bemerkt Ihr nicht den Wandel im Land?« sagte er beschwörend. »Das Volk ist längst nicht mehr bereit, dem König sein Geld für Kriege zu geben, die es verabscheut, oder für andere Dinge! Es hat kein Vertrauen in seine Ausgabegewohnheiten und die unseligen Bündnisse, zu denen ihn seine katholische Königin drängen wird, denn jetzt, wo Buckingham tot ist, ist sie seine oberste Favoritin. Wir leben nicht mehr im Zeitalter der Tudorkönige!«

Er verstummte kurz und fügte alsdann hinzu: »Der gute Lord Wentworth wird freilich nicht dieser Meinung sein. O ja, seit er in den Adelsstand erhoben wurde, sieht er die Dinge ganz anders! Er steht nun auf der Seite des Königs.«

Die beiden Ärzte traten in den kalten Märztag hinaus und gingen auf das Tor von Blackfriars zu. Nachdenklich verschränkte Bartlett die Hände hinter dem Rücken. »Eines Tages werde ich die Stadt im Unterhaus vertreten«, sagte er. »Unser Freund aus dem Norden wird nicht der einzige sein, der in diesen Belangen etwas zu sagen hat.« Da entspannten sich seine

Züge unter dem dichten, hellbraunen Schnurrbart, und er fing an zu pfeifen.

Karl I. blieb seinem Wort treu, denn er berief das Parlament nicht wieder ein. Harrington, der über die Finanzen des königlichen Haushalts wohl unterrichtet war, erzählte, der König habe Schiffsgeld erhoben, um den einen oder anderen Gläubiger zu bezahlen, und seinen Unterhalt könne er dank gelegentlicher Darlehen, Schenkungen und Zinsen bestreiten.

Seine Hofhaltung war elegant wie eh und je. Jeder Palast verfügte über ein komplettes Aufgebot an Zeremonienmeistern, Dienern, Zofen, Köchen, Konditoren, Küchenmägden, Musikern, Garderobenverwaltern und Kämmerern für die Privatgemächer, Mundschenken und Lakaien. Alles in allem gab es eintausendsiebenhundert Bedienstete, und der König pflegte zu den Klängen seiner eigenen Musikkapelle zu dinieren. Die Königin residierte zwar in Somerset House, besaß jedoch auch Zimmerfluchten in Whitehall. Allerdings stand ihr für ihr Seelenheil nicht länger ein Gefolge aus zwanzig katholischen Pfarrern und einem Bischof zu Gebote, sondern sie legte die Beichte bei einem schottischen Geistlichen ab, womit sie durchaus zufrieden schien. Ihr erstes Kind, das mit nur acht Monaten als Frühgeburt zur Welt kam, lebte gerade lang genug, um von William Laud getauft zu werden, der mit Tränen des Mitgefühls in den Augen herbeieilte. Nichtsdestotrotz waren die zierliche Königin und ihr Gemahl seit Buckinghams Tod einander innig zugetan. Es hieß, sie führten die glücklichste Ehe des Christentums, obgleich Nicholas der Ansicht war, daß sie an seine eigene nicht heranreichte.

Thomas Wentworth war endlich zum Mitglied des Kronrats Seiner Majestät ernannt worden, doch schrieb er verdrossen, durch die Arbeit, die ihm im Norden aufgetragen war, wäre er wohl kaum jemals zugegen, um den König zu beraten. »Was ich von den Dummköpfen halte, mit denen sich König Karl gegenwärtig umgibt und die sich außer auf Pferde und Kunst auf wenig andere Dinge verstehen, will ich nicht sagen, aber Du weißt es ohnehin, mein Freund«, schrieb er. In seinen zwei- bis dreimal die Woche eintreffenden Briefen äußerte er sich ausführlich über die Regierung und darüber, wie diese bei einem vollkommenen Gleichgewicht der Kräfte sowohl dem Wohlergehen des Herrschers als auch dem der Untertanen dienen könnte. Nicholas versuchte zuweilen, sich anhand der Briefe einen Reim darauf zu machen, was Wentworth in seinem Innersten für den König empfand: Da vermengte sich Groll mit kritischer Ablehnung, Hoffnung und einer unerschütterlichen, gleichsam religiösen Liebe. Ob Wentworth allerdings das heilige Amt des Königtums oder den zarten, verwöhnten Jüngling liebte, der es innehatte, vermochte Nicholas nicht zu sagen. Er hatte Zweifel, ob Wentworth sich selbst kannte. Auch Cecilia las, die Wange auf eine Hand gestützt, den anderen Arm über den abermals gerundeten Bauch gelegt, seine Briefe.

Ihr ließ Wentworth ausrichten:

»Sag der entzückenden Cecily, daß ich mich vergebens bemüht habe, ihr einen Studienplatz an einem der Rechtskollegien zu verschaffen und daß ihr gegenwärtiger Zustand meine Erfolgsaussichten nur noch mehr schmälert. Ich habe es indes nicht vergessen.

Meinem Schreiben habe ich den einen oder anderen Gedanken hinsichtlich einer Stärkung der Regierung angefügt, und ich wäre dankbar, wenn Du dazu Stellung nähmst. Sollte auch Cecily sich ihr kluges Köpfchen darüber zerbrechen, würde ich dies als überaus freundlich betrachten.«

Darüber mußte sie lächeln.

Die Monate vergingen, und ihr Bauch wurde dicker und dicker. Zum ersten Mal, seit Nicholas sie kannte, machte sie auf ihn einen rundum friedlichen Eindruck. Immerfort mußte er an sie denken, und hielt ihn die Arbeit einmal einen ganzen Tag von zu Hause fern, schickte er einen kleinen Jungen los, damit er sich nach ihr erkundigte, und gab ihm für den Botengang einen ganzen Penny.

Er verbrachte in jenen Monaten viel Zeit mit William Laud. Zwei- oder gar dreimal die Woche fuhr er mit dem Fährboot nach Westen und ging das Stück Weges vom Fluß zu Fuß nach Fulham House hinauf. Woche für Woche wurden dort Wandbehänge, italienische Gemälde oder Neuausgaben von Lebensbeschreibungen des einen oder anderen Heiligen angeliefert, Geschenke von Menschen, die den kleinen Bischof verehrten, doch beachtete er diese Dinge kaum. Er selbst schickte dann und wann ein seltenes oder besonders schönes Buch mit einer in seiner ausladenden, großzügigen Handschrift verfaßten Notiz zu Nicholas nach Hause. Wurden seine ausgedehnten Obstgärten im Herbst abgeerntet, ließ er körbeweise Früchte ins Pfarrhaus von Cripplegate bringen. Gelegentlich lud er Nicholas zum Abendessen ein, und zweimal kam auch Cecilia mit, die der Bischof amüsant fand: Nichts liebte er mehr als Gelächter.

Seit ihrem Gespräch in der Bibliothek war ein Jahr vergangen, und in diesem Zeitraum hatte sich William Lauds Aufstieg innerhalb der Regierung fortgesetzt. In seinem Haus waren nicht selten ein Dutzend oder gar mehr Diakone, Adelige und andere Laien zugegen. Laud war nunmehr Schatzkanzler und Schirmherr der Universitäten von Oxford und Cambridge und ging in den Privatgemächern des Königs ein und aus. Wenn Nicholas ihm einen Besuch abstattete, ersuchte ihn der sommersprossige Page zuweilen unterwürfigst, ein Weilchen zu warten: Der Lord Bischof bitte um etwas Geduld, Hochwürden, er befinde sich in einem Gespräch mit der Sternkammer oder mit Abgesandten aus Oxford, um eine Erweiterung der Bibliothek zu erörtern, oder mit dem König, der seinen Rat in puncto Andersgläubige oder politische Präferenzen einholen wolle. Dann machte Nicholas es sich bequem, bis er die Räder der Kutsche hörte und Laud auf flinken kleinen Füßen leicht schwankend hereingeeilt kam.

An einem Herbstabend, als die Kutschen bereits abgefahren waren und die Diener wieder die Teppiche über den Eßtisch gebreitet und die Krumen für die Armen eingesammelt hatten, lud ihn der Bischof zu vorgerückter Stunde ein, zur Komplet zu bleiben, dem von alters letzten Gebet des Tages. Statt jedoch die Kapelle aufzusuchen, stiegen die Männer die Treppe zu Lauds Schlafkammer hinauf. Diese war schlicht, wenn nicht gar karg eingerichtet und enthielt nichts weiter als ein unverhangenes, schmales Bett, einen kleinen Schreibtisch, ein paar Stühle und ein Betpult.

Nachdem sie die Tür geschlossen hatten, sagte Laud grüblerisch: »Ihr seid ein Mann der Wissenschaft, Pastor! Meßt Ihr den Träumen Bedeutung bei? Ich habe so seltsame Träume. Bisweilen denke ich, der Mensch hat keinerlei Macht über sie, denn sie entspringen der Phantasie, die willkürliche Kapriolen schlägt. Und doch glaube ich, daß uns die Träume von einer höheren Instanz eingegeben werden. Was meint Ihr?«

»Mag sein, Euer Gnaden«, antwortete Nicholas. »Was habt Ihr geträumt?«

»Daß ich an eine hohe Stelle gelangte und sich alle ihre Gesichter von mir abwandten und meinen Untergang herbeiwünschten. Das hat mich erschreckt! Was wird Gott uns abverlangen, mein Freund? Wird es mehr sein, als wir zu geben imstande sind? Und woher wissen wir, ob wir würdig oder fähig sind, zu tun, was Er verlangt?«

Sie zündeten die Kerzen auf dem Pult an und verrichteten gemeinsam das Gebet. Danach wünschte ihm Laud eine gute Nacht. Als Nicholas den Flur entlangging, fiel ihm noch etwas ein, was er zu den Träumen hätte sagen wollen, und er drehte sich um, doch durch die offene Tür sah er, daß William Laud erneut niedergekniet war und die Hände vors Gesicht geschlagen hatte. Leise ging er die Treppe hinunter, sagte dem Stallknecht auf Latein gute Nacht und ließ sich vom Fährboot den Fluß hinunter zur dunklen Brücke tragen.

2

Das Kind

In jenem Herbst fuhr John Heminges, der alte Theaterdirektor, eines Tages von seinem Stuhl am Herd auf, faßte sich an die Brust und stieß einen heiseren Schrei aus. Die Geschäftsbücher glitten von seinem Schoß, als er zu Boden sank. Nicholas traf bei ihm ein, als sein Körper noch warm war. Er saß eine Weile da und streichelte das dichte, widerspenstige graue Haar. Heminges' Mütze lag noch immer dort auf dem blankpolierten Ziegelboden, wo sie hingefallen war.

Gemeinsam legten sie ihn auf sein Bett, wuschen seinen massigen Leib und zogen ihm ein mehrfach ausgebessertes knielanges Hemd an, da er sich über die Verschwendung empört hätte, einen Mann in guter Kleidung zu beerdigen. Einer nach dem anderen kamen die Angehörigen herein, um Abschied von ihm zu nehmen: seine sieben noch lebenden Kinder, vom ältesten zum jüngsten, samt Frauen, Männern und eignen Kindern. Nicholas kniete nieder, schlug die Hände vors Gesicht und sprach die Totengebete. Heminges hatte ihn einst gebeten, auf die Schauspieler achtzugeben. Nun antwortete er im stillen: Das will ich tun, alter Mann.

Zahlreiche Freunde versammelten sich im Haus in der Wood Street. Der Kirchenausschuß machte seine Aufwartung, und auch viele Gemeindemitglieder, denn Heminges war nahezu dreißig Jahre Kirchenältester gewesen. Sie bestatteten ihn unweit der Kirchenmauer von St. Mary Aldermanbury, an der Seite seiner Frau. Kalt war der Novembertag, und der Wind ließ die Seiten von Nicholas' Gebetbuch rascheln und spielte mit dem Saum seiner Soutane, als man Heminges aus dem Sarg hob und im bloßen Hemd auf das Erdreich bettete. Nicholas warf die erste Handvoll Erde, und die Söhne und Töchter des alten Mannes taten es ihm gleich. Ruhe in Frieden, sprachen sie, und das Ewige Licht leuchte dir.

Andrew verbarg das Gesicht in den Händen und gab sich seinem Kummer hin. Ein paar junge Burschen aus der Pfarre läuteten die sechs Glocken, bis es schien, als erwiderten die Stadtmauern das rhythmische Geläut. Da blickte Nicholas auf und schaute im Kirchhof zu seiner Frau hinüber, die andächtig und die Hände über dem nunmehr kugelrunden Bauch verschränkt dastand. Bislang waren nicht die geringsten Komplikationen eingetreten, und er war sich gewiß, daß das Kind um die Mitte des Winters zur Welt kommen würde.

Es kam unerwartet am Dreikönigsabend.

Hunderte von Wachskerzen erhellten den neuen Bankettsaal, als Nicholas ihn, Cecilia an der Hand, betrat. Der Wind der ersten Januartage hatte sie von der Aldermanbury Street hinunter zu den Kais getrieben, und Cecilias schlanke Finger waren von der Fahrt auf der Themse noch eiskalt. Sie war lustlos gewesen, und so hatten sie, als Dobson ihnen überraschend Karten für das Maskenspiel der Königin schickte, erst im letzten Augenblick beschlossen hinzugehen.

Leicht beklommen gingen sie an den Günstlingen des Königs vorüber zu einer der oberen Bänke, die zu beiden Seiten des Saals in aufsteigenden Reihen angeordnet waren, nahmen Platz und blickten sich um. Verschwunden waren die dünnen Holzbretter und die Zeltleinwand, die einfachen Ziegel und der Flitter früherer Säle. Dieses Bauwerk besaß eine Fassade aus Portlandstein sowie eine Galerie, von der aus die Leute ihrem König beim Dinieren zusehen konnten. Die Tafelmalereien für die Wände, auf denen Szenen aus der frohen Regierungszeit von Jakob I. Stuart dargestellt werden sollten, wurden gerade als Auftragsarbeit in den Niederlanden angefertigt. Dobson, der dies mit in die Wege geleitet hatte, hatte ihm davon erzählt. Etwas mißmutig legte Nicholas die Hände auf die Knie seiner guten braunen Samthosen: Bevor sie das Haus verlassen hatten, hatte er mit seiner Frau ein wenig gehadert, denn ihm war nicht ganz wohl bei der Vorstellung gewesen, daß sie ausgingen.

»Wir erwarten das Kind doch erst in zwei Wochen«, hatte sie gesagt und unter ihren wenigen Kleidern dasjenige herausgesucht, das ihr am besten stand.

Jetzt wandte er sich ihr zu und musterte im hellen Kerzenschein verstohlen ihr Gesicht: blasse Lippen, das Haar unter einer silbern bestickten Haube zusammengefaßt. »Bist du besorgt?« hatte er gefragt, doch sie hatte nur unwirsch den Kopf geschüttelt.

»Ich ängstige mich nicht so schnell«, hatte sie ausgerufen, und aus der trotzigen Haltung ihres Kinns hatte er geschlossen, daß er besser nicht weiter in sie drang.

Für Nicholas waren Maskenspiele nichts Neues, und so machten sie, von der Bühnenmaschinerie abgesehen, keinen sonderlichen Eindruck auf ihn. Manche der Spiele, die Mitglieder des Hofes aufführten, wurden vom König und seinen Dienern, andere von der Königin und ihren Hofdamen bestritten. Das heutige war ein Maskenspiel der Königin, der ihr Gemahl die allerhöchste Wertschätzung entgegenbrachte, seit sie ihm vor wenigen Monaten einen Thronfolger, ein gesundes, dickes Kind, geboren hatte. Dessenungeachtet hatte sie sich, dem Schauspieler Lowin zufolge, die Zeit genommen, einen Großteil ihrer Rolle auf englisch auswendig zu lernen, um König und Hof noch mehr zu erfreuen.

Wiederholt bemerkte Nicholas mit dem Interesse des einstigen Mimen, wie die Schauspieler von der Bühne eilten, um ein Requisit zu holen oder sich der korrekten Anordnung der Instrumente zu vergewissern. Schließlich senkte sich Schweigen auf den Saal herab, die kleine Tür am hinteren Ende ging auf, und der König trat ein. Alles sprang auf und riß sich schwungvoll den Hut vom Kopf, während in den vordersten Reihen Pagen, Höflinge und andere auf ein Knie niedersanken. Mehrere Bischöfe und Minister im Gefolge, nahm der zierliche König huldvoll Platz und eröffnete das Maskenspiel mit einem Wink.

Musik erklang, die ersten Tänzer traten auf.

Der vorderste Bühnenhimmel teilte sich und gab den Blick auf ein Wäldchen frei, in dem als Nymphen verkleidete Hofdamen inmitten duftender Stoffblumen herumstanden. Das

Stück hieß *Chloridia* und erzählte die Geschichte einer Nymphe, die durch die Liebe des Westwindes zur Göttin der Blumen wurde. Die Königin und ihre Hofdamen tanzten in grünen, golden bestickten Gewändern miteinander. Ein ums andre Mal sprang der junge König auf und klatschte herzhaft in die Hände, weil ein hübsches Lied oder ein Monolog seiner Gemahlin es ihm besonders angetan hatten, und dann erhob sich auch das Publikum geschlossen unter lautem Seidengeraschel, um gleichfalls zu applaudieren und Beifall zu rufen.

Eine Wolke, die junge Diskantsänger aus der Chapel Royal trug, war herabgeschwebt, und die Knaben brachten den Nymphen als Ständchen gerade ein Madrigal dar, als Nicholas bemerkte, daß seine Frau seine Hand nicht nur hielt, sondern in regelmäßigen Abständen fest drückte. Ihr Klammergriff schien sich mit jedem Mal zu verstärken, bis sie sich schließlich zu ihm hinbeugte und inmitten des Gesangs flüsterte: »Nicholas!«

»Mein Häschen, was ist?«

»Die Wehen haben eingesetzt.«

»Potztausend!« preßte er leise hervor. »Wann ist es soweit?«

»Um die Wahrheit zu sagen: sehr bald.«

»Warum hast du mir nichts gesagt?«

»Das Fruchtwasser ging ab, bevor wir das Haus verließen, doch ich hatte keine Schmerzen. Und daheim bleiben, um zu grübeln und mich zu ängstigen, wollte ich nicht. Ich könnte es nicht noch einmal verkraften, verstehst du? Nachdem ich –« Ihre Stimme versagte.

Wäre er zu anderer Zeit an einem anderen Ort gewesen, hätte er laut geflucht. So aber blickte er auf die Reihen von Höflingen vor ihnen hinab, auf die üppig wattierten Ärmel und Kniehosen und die ausladenden, von zahlreichen Reifröcken gebauschten Kleider der Frauen, ergriff Cecilias kalte Hand und flüsterte: »Ich lasse mir etwas einfallen, Cecily.«

»Sorge dich nicht. Sobald das Maskenspiel vorbei ist, bringt uns mein Bruder nach Hause. Die Wehen sind noch ganz schwach. Das Kind kommt gewiß nicht vor dem Morgen.« Bei ihrem Getuschel drehten sich ein paar Höflinge in der Reihe vor ihnen um, worauf sie verstummte.

Mit gerunzelter Stirn studierte Nicholas den Grundriß des Saals wie ein General den Schlachtplan. Wollten sie auf der Stelle gehen, mußten sie zu den Türen hinter dem Thron und somit am König samt Hofstaat und Gesandten vorbei. Sie konnten indes auch versuchen, den Saal auf dem Weg zu verlassen, auf dem sie hereingekommen waren, indem sie sich hinter der Bühne zwischen Schauspielern, Bühnenarbeitern und Requisiteuren hindurchschlängelten. Diesmal hat sie sich arg verschätzt, dachte er grimmig, als er sie dicht an seinem Körper nach Luft ringen spürte. Es war heiß im Saal, und sein Rücken war schweißnaß. Mittels seiner Taschenuhr stellte er fest, daß ihre Wehen bereits alle drei Minuten kamen.

Der letzte Tanz wurde aufgeführt, und die Göttin der Blumen verließ ihren Geliebten, den Westwind, um herabzusteigen und dem König die Hände zu reichen. Im selben Augenblick drängten aus den vorderen Reihen mehrere hundert Gäste in die Mitte des Saals, um einander zu begrüßen und zu umarmen. Nicholas faßte seine Frau am Arm und führte sie durch die Menge hinaus in den Hof. »Ängstigst du dich, Liebes?« fragte er, und ihre Antwort kam so leise, daß er sie kaum hörte. »Ja.«

Er glaubte Dobson zu sehen, der sich mit einer seiner Mätressen einen Weg durch das Gewühl im Hof bahnte, doch vor der Tür drängten sich so viele Kutschen samt Pferdeknechten und Dienern, daß er nicht zu ihm durchkam. Cecilia am Arm, irrte er im Gedränge umher und blieb alle paar Minuten stehen, damit sie tief durchatmen konnte. Er versuchte einen Bekannten mit Kutsche zu finden, um ihn zu bitten, sie mitzunehmen. Kaum sichtete er indes eine und steuerte darauf zu, fuhr die Kutsche mit schlammspritzenden Rädern davon.

Langsam rumpelte der Wagen der Schauspieler über die Pflastersteine von Whitehall hinunter zum Wasser. »Beim Barmherzigen, Männer!« rief er. »Cecily kommt früher nieder als erwartet!«

Sie machten ihr zwischen den mit Mänteln, Schwertern, Perücken und Lauten vollgestopften Truhen ein wenig Platz und fuhren zur Anlegestelle hinunter, wo das Fährschiff des Amts für Lustbarkeiten auf sie warten sollte, um sie flußabwärts zu bringen, doch es war nirgends zu sehen. Lowin und Taylor liefen winkend am Flußufer entlang, um eines der kleineren Schiffe herbeizurufen. Ein Flußschiffer kam sogar näher, schüttelte angesichts des schwerbeladenen, großen Wagens jedoch den Kopf. Aus den Augenwinkeln musterte Nicholas seine Frau, und er sah ihr an, daß sie sich tatsächlich ängstigte. Wieder warf er einen Blick auf die Uhr, aber es war bereits zu dunkel, um etwas zu sehen.

Der halbe Wagen mußte entladen werden, bevor der Flußschiffer bereit war, ihn an Bord zu nehmen. Zwei schläfrige Lehrlinge wurden zum Aufpassen zurückgelassen, und schon glitten die anderen Männer auf dem vertrauten grauen Fluß rasch dahin. Der Himmel war klar und dicht gestirnt, der Mond schon lange im Westen untergegangen. Leise pfiffen sie in der Nacht vor sich hin. Wenig später fuhren sie vom Fluß aus durch die gewundenen Gassen nach Hause.

Im Pfarrhaus von Aldermanbury hob Nicholas Cecilia hoch und trug sie die Treppe hinauf in die Schlafkammer, wo er den Bettvorhang beiseite riß und sie auf die Laken bettete. Einige Minuten später empfing er in den offenen Händen sein Kind. Andrews Frau war im Hausrock aus der Wood Street herbeigeeilt und hatte unten in der Küche Wasser heiß gemacht, und Lowin entfachte in der Kohlenpfanne der Schlafkammer gerade eine kräftige Glut, als sie die Nabelschnur durchschnitten und den neugeborenen Knaben wuschen. Das Kind wand sich, es ertastete die Welt mit seinen winzigen Händen, strampelte, sich ans nasse Hemd des Vaters klammernd, mit den Beinen und krümmte sich. Nicholas reichte den Kleinen Cecilia, damit sie ihm die Brust gab.

»Er ist nicht tot«, sagte sie matt.

»Nein, Liebes.«

»Er ist bei guter Gesundheit.«

»Fürwahr, und ein Prachtbursche obendrein!«

Ihre Augen füllten sich mit Tränen. »Gott sei gelobt, ich habe es gut gemacht«, sagte sie.

»Wahrlich, das hast du«, antwortete er erschöpft.

Sie nannten ihn William nach ihrem Freund, dem Schauspieldichter, dessen Bild, mit einem roten Tuch abgedeckt, im Flur hing. Harvey wiegte sich in dem Glauben, er sei der Namensgeber, und um ihn nicht zu verletzen, widersprachen sie ihm nicht.

3

Der Lordverweser von Nordengland

Die erste Zeit nach der Geburt lebte Cecilia in der ständigen Angst, das Kind könnte sterben. Die Frauen der Schauspieler borgten ihr Babywäsche, und Harrington erbot sich, ihnen sein eigenes Taufkleid aus altem Familienbesitz zu leihen. Lord und Lady Wentworth ließen eine Wiege anfertigen und schickten sie ihnen. Nicholas wünschte sich ein zweites Kind, wagte jedoch kaum, seine Frau erneut zu schwängern, war sie doch bereits dreiundvierzig Jahre alt. Die ihnen beiden verhaßte Leinenhülle ließen sie indes beiseite und legten ihr Glück in die Hände Gottes. Doch Cecilia wurde nicht wieder schwanger.

Sie ließ das Gerede der Frauen aus der Pfarre über das Zahnen und Abstillen eine Zeitlang bereitwillig über sich ergehen, wandte sich alsbald jedoch achselzuckend wieder den mit ihr befreundeten Barristern und Künstlern sowie einer französischen Dichterin zu, die sie in Paris kennengelernt hatte und die seit kurzem in der Stadt wohnte. Einen Fuß auf dem Schemel und das Kind an ihrem halbaufgeschnürten Mieder, diskutierte Cecilia mit ihren Bekannten über die Weiterungen der Armengesetze, die zu Beginn des Jahrhunderts verabschiedet worden waren. Sie übersetzte einige Shakespeare-Sonette ins Französische, setzte sie in Musik zur Laute und bedrängte Wentworth nach wie vor, ihr nach Möglichkeit zu einer Lehrstelle zu verhelfen, doch legte sie dabei längst nicht mehr dieselbe Hartnäckigkeit wie früher an den Tag. Ihr Kind ließ sie nicht gern für längere Zeit alleine, und allmählich fand sie sich damit ab, daß sie im Leben nicht alles, wonach es sie verlangte, zur selben Zeit tun konnte. Ihr Bett war mit Büchern der Jurisprudenz übersät, von denen zuweilen eines mitten in der Nacht krachend zu

Boden fiel und Joan, die Haushälterin, weckte, die ihnen dann in ihrer Aufgebrachtheit einmal mehr mit der Kündigung drohte.

Avery verehrte Cecilia. Nach Einbruch der Dunkelheit übernahm er es, die Tür zu öffnen, wenn im Dispensarium die Glocke läutete, damit die frischgebackenen müden Eltern ausruhen konnten, und das Knarren der Bodendielen in der Mansarde, wenn er spätnachts darüber ging, zählte zu den kleinen Annehmlichkeiten ihres Lebens. Manchmal fragten sie sich, warum er so wenig schlief und was in ihm vorgehen mochte.

Einige Jahre zuvor hatte William Harvey endlich sein großes Werk *De Mortu Cordis* veröffentlicht, das alle seine Erkenntnisse über den Blutkreislauf enthielt. Kaum sprach sich herum, daß er darin die These vertrat, Blut werde nicht in unbegrenztem Umfang von der Leber erzeugt, wandten sich viele seiner Patienten von ihm ab. Einen Narren schimpften sie ihn, einen geistesschwachen Träumer, und sogar einige Kollegen lästerten hinter seinem Rücken über ihn. »Das kommt davon, wenn man Glaube und Aberglaube verwechselt«, schnaubte er wütend, als er eines Tages in die Love Lane kam, in der Hand einen der zahlreichen Schmähbriefe. Erbost warf er ihn ins Feuer.

Harvey kennenzulernen war nicht leicht: Guten Freunden gab er bisweilen Kostproben seines sarkastischen Humors, und wer genauer hinsah, der erkannte sein brennendes Bedürfnis, den menschlichen Körper zu begreifen. Weiter drangen nur wenige vor. Nicholas hatte er anvertraut, daß er seine Eltern, die beide qualvoll gestorben waren, abgöttisch geliebt hatte, und auch, daß er einmal für kurze Zeit verheiratet gewesen war. Er sei jede Nacht aufgewacht, sagte er, weil er nicht frei habe atmen können, wenn sie neben ihm im Bett lag. Ob sie ihn verlassen oder er ihr die Tür gewiesen hatte, blieb unklar, denn er erzählte jedesmal eine andere Geschichte. Noch immer schickte er ihr zur Unterstützung einen Gutteil seines Geldes, doch niemand kannte ihren Namen. Nicholas fragte sich zuweilen, ob Harvey selbst sich noch an ihn erinnerte.

Nun beklagte sich der kauzige Arzt über sein leeres Dispensarium. »Das kommt davon, wenn die Menschen es für Ketzerei halten, Gottes Schöpfung unvoreingenommen in Frage zu stellen!« rief er. »Sieh dir Bartlett an! Er hat eine gute Ausbildung genossen, ist ein guter Arzt und verspürt nicht den Wunsch, sich zu verbessern. Er ist genügsam, aber ich...«

Sie brühten einen heißen Sud aus Kaffeebohnen auf und setzten sich zum Trinken an den Herd. Cecilia und das Kind schliefen oben, und in der Mansarde hörten sie ein leises Knarren, wenn Avery ohne Stiefel auf und ab ging.

Harvey sagte: »Ich gehe fort. Seine Majestät hat mich gebeten, nach Florenz und Venedig zu reisen, um Gemälde der großen Meister zu erwerben.«

»Gemälde, mein Freund?« sagte Nicholas. »Was verstehst du von Kunst?«

»Nichts, ich weiß die Spreu nicht vom Weizen zu trennen. Doch wenn er mich dafür bezahlt und auf diese Weise zu beschäftigen wünscht, soll es mir recht sein. Was kümmert's mich, daß meine Patienten mir den Rücken kehren?« Er biß sich auf die Lippen, und einen Augenblick lang glitzerten Tränen in seinen dunklen Augen. »Spar dir deinen Trost«, sagte er. »Ich will über niemanden gut denken, auch über dich nicht.« Er verkroch sich in sich selbst und brach kurz darauf nach Italien auf.

Vor seiner Abreise hatte Harvey Nicholas indes noch mit dem vielversprechendsten holländischen Maler der Zeit bekannt gemacht, der erst kürzlich in die Stadt gezogen war. Die Malerei stand in London hoch im Kurs, sowohl ins Land geholte Werke berühmter europäischer Meister als auch die weitverbreitete, unter den Tudorkönigen aufgekommene Kunst der Miniaturen. Großflächige Porträts waren gefragt, und so hatte der König im Vorjahr den stattlichen jungen Anthonis van Dyck aus den Niederlanden geholt und ihm in Blackfriars in Flußnähe ein Atelier eingerichtet.

Allerlei Idiome schwirrten zwischen den Staffeleien und hinter den Draperien umher, vom kehligen Holländisch über das Flämische bis hin zum Pariser Französisch, und die ganze Zeit über hasteten Lehrlinge geschäftig hin und her und baten alle Augenblicke lang jemand Neues, Platz zu nehmen und für sein Abbild Modell zu sitzen. Nicht nur vermögende, sondern auch

Männer von bescheidenem Einkommen fanden Gefallen daran, sich malen zu lassen, und wenn nicht vom jungen Meister höchstpersönlich, so von einem seiner Schüler. Andrew Heminges wurde mit einer roten Rose in der Hand verewigt, und auf der Leinwand hatten seine sanften braunen Augen einen verträumten Ausdruck. Auch Bartlett ließ sich ein Konterfei anfertigen, auf dem sein glänzendes Gesicht kühl dreinblickte, als wollte er dem Rest der Welt mitteilen: »Wißt ihr, ich habe einst an euch geglaubt, doch nun ist die Wahrheit ans Licht gekommen…« Er gab eine Kopie für das Ärztekollegium in Auftrag, das Original behielt er selbst. Dobson wurde in griechischer Gewandung porträtiert.

Höflinge kamen mit dem Boot zur Anlegestelle von Blackfriars gefahren. Damen standen, mit Rosetten geschmückt, in flachen Schuhen und mit gesteiften Unterröcken Modell, die einen als Schäferinnen, die anderen als Göttinnen verkleidet. Die Männer trugen wattierte Hosen, Ringellocken, die auf flache Spitzenkrägen herabfielen, gefiederte, breitkrempige Hüte und mitunter eine Rüstung. Ihre langen Umhänge aus fließendem Samt wurden auf dem Boden des Ateliers in Falten drapiert. Auch Geistlichen und Gesandten gefiel es, sich im Profil malen zu lassen, und allerorts hingen Porträts der königlichen Familie.

Auch Nicholas wurde mit Frau und Kind gemalt. Erste Skizzen waren binnen kurzem angefertigt, und um die Gesichter auf die Leinwand zu bannen, benötigte der liebenswürdige Hofmaler van Dyck nur eine Handvoll Sitzungen von je zwei Stunden Dauer. Der Faltenwurf von Spitze, Kleid und Jacke wie auch der im arkadischen Stil gehaltene, aus einer Terrasse und einer Wiese bestehende Hintergrund wurde von einem seiner Gehilfen, einem hübschen holländischen Knaben mit rundem Gesicht, vollendet.

Nun hing das Werk in ihrer Wohnstube, und Nicholas betrachtete es oft voller Staunen über die ausdrucksvolle Schönheit der Frau, die er geheiratet hatte, und nicht gänzlich unzufrieden mit sich selbst. Von ihm ging in jenen Tagen eine gewisse Würde aus, doch hatte der Maler auch den humorvollen Zug um seine Lippen einzufangen gewußt, so daß es aussah, als würde er das Gesicht im nächsten Augenblick zu einem Lächeln verziehen. Er trug einen flachen Spitzenkragen, schwarze Kniehosen und ein mit roher Baumwolle wattiertes Wams; sie dagegen war in blaue Seide gewandet. Sein Arm lag um ihre Schulter, ihre kleinen Brüste wölbten sich über dem Schnürmieder, und der kleine William blickte trotzig und gelangweilt drein, denn er haßte es stillzuhalten. Unten, in einer Ecke, trug die Leinwand die Aufschrift: »Mr. Nicholas Cooke nebst Frau und Kind, 1632.«

Das Atelier übte auf die Freunde große Anziehung aus, und sie gingen hin, wann immer sie konnten. An einem Tag gegen Ende des Winters indes hatte Nicholas einen besonderen Grund, es aufzusuchen, denn Lady Arabella Wentworth saß für ihr Porträt Modell und hatte ihm eine Nachricht geschickt, er möge zu ihr kommen.

In den vier Jahren, die er nunmehr das Amt des Lordverwesers von Nordengland bekleidete, war Wentworth, mittlerweile zum Viscount ernannt, einer der einflußreichsten Männer von England geworden. Er saß in zahlreichen Räten, und die Menschen buhlten zu Hunderten um seine Gönnerschaft. Auch nutzte er nach wie vor jede sich bietende Gelegenheit, sein privates Vermögen zu mehren. Vor einiger Zeit war der Weizen im Land knapp geworden, und es ging das Gerücht, er habe billig gekauft, um teuer zu verkaufen, doch war ebenso bekannt, daß er nach dem Ende der Hungersnot ein großes Dankfest ausrichtete. Als in York eine Seuche ausbrach, wechselte er mit Nicholas lange Briefe und tauschte sich mit ihm über gesundheitliche Einrichtungen aus. Wentworth eröffnete Pesthäuser für die Kranken, verließ jedoch mit seiner Familie nicht die Stadt. Die Standhaftigkeit des königstreuen Dieners nahmen die einen voll ehrfürchtiger Bewunderung, die anderen mit einem Achselzucken zur Kenntnis; man prangerte seine Machenschaften während der Getreideknappheit an und rühmte ihn für die Quarantänehäuser. All dem begegnete er mit Gleichmut und schrieb sein großes Glück Gottes Gnade und der Liebe seiner schönen jungen Frau zu. Sie war mit ihm in die Stadt gekommen, und in ihrem Haus ging es von früh bis spät zu wie in einem Taubenschlag.

Als Nicholas an diesem kalten Nachmittag das Atelier in Blackfriars betrat, sah er sie in der Pose einer Schäferin, den Hirtenstab in der Hand und ein Lamm auf dem Arm, in blauem Satin auf einem niedrigen Podest stehen. Das Tier wand sich und zappelte mit den Beinen, und ein Lehrling trat vor, um es ihr abzunehmen. Bei Nicholas' Anblick rief sie: »Sollen sie das Lamm eben später dazumalen. Diese Tiere sind stärker, als sie aussehen, Pastor«, und zog die Nase kraus.

Das Lamm stupste mit dem Kopf gegen das große Reiterporträt des Königs, das noch nicht ganz trocken war, und der Lehrling verscheuchte das Tierchen mit einem Besenstiel.

»Tom hat darauf bestanden, daß ich mich in dieser Pose malen lasse«, sagte sie und forderte Nicholas auf, sich neben sie zu setzen, indem sie mit der flachen Hand auf den Rand des Podestes klopfte. »Eines Tages, wenn das Lamm ein Hammel ist und ich eine alte Frau bin, werden wir beide auf unsere Jugend zurückblicken.« Sie plauderten ein Weilchen über allerlei Belangloses: Lämmchen, Haushaltsführung, Moden bei Hofe und im Theater. Sodann schlug sie die Augen nieder und starrte schweigend auf die seidenen Falten ihres Kleides hinab. »Ich habe dir um meines Mannes willen geschrieben«, sagte sie schließlich. »Ach, Pastor, ich sorge mich jedesmal um ihn, wenn wir hier sind. Er sollte mich ins Atelier begleiten, doch wir wollten gerade aus der Tür eilen, als der Erste Lord der Schatzkammer ihm eine Nachricht sandte, in der es hieß: ›Eine Stunde, Mylord! Ich bedarf Eurer nur für eine Stunde!‹ Freilich wird es längst nicht bei einer bleiben. Kaum haben wir einen Augenblick für uns, taucht jemand aus Whitehall oder ein Bote des Bischofs von London auf! Heute morgen etwa lagen wir noch im Bett, als Mr. Laud höchstpersönlich erschien. Mir blieb kaum Zeit, mich zu schnüren, und er wußte nicht, wohin er den Blick wenden sollte!«

Ein Malergehilfe trat mit dem Lamm auf dem Arm scheu auf sie zu, doch sie bedachte es nur mit einem geringschätzigen Blick, als wäre die Angelegenheit für sie erledigt, schüttelte den Kopf und schickte ihn mit einem Wink fort. »Sehr wohl, Viscountess Wentworth«, murmelte der Knabe. »Wie Eure Ladyschaft wünschen, sehr wohl, Eure Ladyschaft.«

Die junge Frau nahm die Ehrerbietung ungerührt entgegen. Sie hob das hübsche Gesicht und sagte leise: »Sie kommen, um ihm zu schmeicheln, Nicholas! Sie reden mit zwei Zungen, und sie kommen und gehen so schnell, daß mir fast schwindelt. Wem können wir trauen? Wem nicht? ›Verehrter Lord Wentworth... mein guter Lord... Mylord Viscount!‹ Er ist zuweilen so müde. Hier schläft er nur fünf Stunden, wenn überhaupt, und manchmal, wenn ich nachts aufwache, sehe ich ihn am Schreibtisch sitzen und schreiben. Dann bittet er mich um Verzeihung, daß mich das Kratzen seiner Feder geweckt hat.« Sie hielt kurz inne und fragte dann ratlos: »Warum muß er so hart arbeiten?«

»Es ist sein Naturell, meine Liebe. Dafür gibt es viele Gründe. Er ist nicht leicht zu durchschauen.«

»Wirst du ihm statt meiner ins Gewissen reden?«

»Ich werde mein möglichstes tun.«

»Er vertraut dir mehr als jedem anderen. Er sagt, du wirst dafür sorgen, daß er gottesfürchtig bleibt, sollte er je Gefahr laufen, vom Glauben abzukommen. Versprich, daß du uns bald im Norden besuchst.«

Nicholas nickte bedächtig. Diesmal hatte er mit Wentworth während dessen Aufenthalt in London keine ausgedehnten Spaziergänge vor den Toren der Stadt unternommen. Wenn sie, wie so oft, mit hinter dem Rücken verschränkten Händen umhergeschlendert waren, bald ein Stück Ziegel, bald einen Stein mit der Fußspitze vor sich herstoßend, hatte sich zwischen ihnen bereits nach kurzer Zeit die alte Vertrautheit wiederhergestellt. Dann hatten sie über Dinge gesprochen, über die zu sprechen ihnen sonst niemals eingefallen wäre: Ziele, Liebe, Macht, Angst. In solchen Stunden hatte ein inniges Einvernehmen zwischen ihnen bestanden. Bei ihrer Heimkehr hatte sich jedesmal bereits die Nacht über Cripplegate herabgesenkt, und beide hatten sich irgendwie geläutert und bereichert gefühlt.

Im Gehen warf Nicholas über die Schulter einen Blick zurück auf die junge Frau, die nun wieder reglos auf dem Podest stand. Sie hatte einen Schal über ihre blassen Schultern gebreitet, als fröstelte sie.

Anfang Juni reisten sie nach York. Der Tag war gerade angebrochen, als die Kutsche des Lord of the North, mit Wentworths Wappen versehen und von vier Pferden gezogen, am Ende der Love Lane vorfuhr. Die Truhen waren bereits aufgeladen, und Nicholas trug ein Lederränzel mit Briefen und Schriften von William Laud bei sich, weil es zu wertvoll war, um es anderswo zu verstauen. Cecilia nahm eine Schachtel voll Törtchen mit kandierten Rosenblättern mit.

Auch Henry Bartlett stieg mit seinem Arzneiränzel und einem Quantum Tabak ins üppig gepolsterte, dunkelrote Innere der Kutsche. Er hatte überraschend darum gebeten, mitkommen zu dürfen, und geschäftliche Verpflichtungen vorgeschützt, um seiner Frau zu entfliehen. Nicholas, den unweigerlich Mitleid überkam, als der Freund beim Schließen der Wagenschläge erleichtert aufatmete, hatte eingewilligt, obgleich er wußte, daß der beleibte Arzt bei Tom Wentworth von Mal zu Mal weniger gern gesehen war.

Als die schwere Kutsche sanft auf und ab schaukelnd die Straße hinunterrollte, musterte Bartlett beeindruckt die dicken Polster und hin und her schwingenden Messinglampen. »Potztausend!« sagte er und pfiff wie ein Knabe durch die Zähne. »Welcher Luxus! Da kann man freilich neidisch werden!«

Er lächelte und stimmte mit seiner tiefen, wohlklingenden Stimme das alte Lied des Müllers vom Fluß Dee an:

»Es war ein munterer Müller einst,
der lebte am Flusse Dee,
Er mahlte und sang von früh bis spät,
Die Lerche war glücklicher nie!

Und's ist die Moral von diesem Lied
seit aller Zeit und ewiglich:
Ich schere mich um keinen nicht,
und keiner sich um mich!«

Nicholas hielt Cecilias Hand und schaute aus dem Fenster. Die Abwässergruben und Ziegelöfen lagen bereits weit hinter ihnen, und er sah nichts als hochsommerliche Felder und

Bäume. Da wandte er sich seiner Frau zu, deren dunkelgrüne Augen ihm hinter der Lesebrille entgegenblickten. Er fragte sich, ob sie den kleinen William vermißte, der nun zwei Jahre alt war. Sie hatten ihn der hervorragenden Pflege von Andrew Heminges und dessen Frau anvertraut, und weder wußte er, wie Cecilia sich, noch wie er selbst sich dazu hatte durchringen können.

Da eine lange Reise vor ihnen lag, beabsichtigten sie, auf drei Landsitzen haltzumachen, von denen der erste einem guten Freund von Tom Wentworth und die beiden anderen vornehmen Herren gehörten, die sich als Mäzene der Astronomie beziehungsweise des Theaters hervortaten. Sie schliefen in Federbetten und schlenderten durch kleine Bibliotheken mit zahlreichen Büchern über Ackerbau und Viehzucht sowie Sammlungen von Predigten, die einen handkoloriert, andere vor Jahrhunderten in obskuren Klöstern verfaßt. Ihre Gastgeber brannten allesamt darauf, über den gegenwärtigen Zustand des Landes zu sprechen. Stießen die Reisenden dann am nächsten Morgen die Fenster auf, erblickten sie jedesmal Wentworths Kutsche, die bereits mit blankpolierten Messinglampen auf sie wartete. Nicholas nutzte die frühen Morgenstunden, um Briefe zu schreiben, die er dann den Hausdienern anvertraute, damit diese sie in der nächstgrößeren Schenke abgaben, wo sie die zweimal wöchentlich zwischen York und London verkehrende Kutsche mitnehmen würde.

»An den Arzt William Harvey, Casa d'Or, Florenz, von seinem Gefährten in Weisheit und Dummheit, dem Arzt N. Cooke

Lieber Freund!

Bei meiner Liebe zu Dir, der Du wer weiß wo im Lande der einstigen Cäsaren weilst, besorge mir einen besseren Kompaß. Er braucht nicht graviert zu sein, und ich erstatte Dir die Kosten bei Deiner Rückkehr. Zur Zeit verfüge ich über Geld, und es bleibt stets etwas übrig, ganz gleich, wie sorglos ich es ausgebe. Indes habe ich zu meinem Kummer nicht die Zeit gefunden, meine Arbeit mit den Linsen voranzutreiben.

Was die Überlebenschance von Frühgeburten anbelangt: Eine brave Frau aus unserer Pfarre bekam ihr Kind im sechsten Monat, doch es war zu klein, um zu atmen, und da half es auch nichts, daß wir es in Wein wuschen und warm hielten. Auch an der Brust saugen konnte es nicht. Ich muß mit Dir über die Heranbildung des Fötus sprechen, insbesondere über die Lungen. Auch erlebten wir, wie eine Magd in dem Hause, in dem wir zu Gast sind, zwei an der Brust miteinander verwachsene Knaben zur Welt brachte. Sie überlebten nur wenige Stunden. Ich wünschte, Du wärest dabeigewesen! Gern hätte ich eine Autopsie durchgeführt, habe es ohne Deine Hilfe indes unterlassen; zumal konnte ich als Pfarrer schlechterdings nicht um die Erlaubnis dazu bitten. Nur selten kommen meine beiden Berufungen einander in die Quere, doch wenn es dann geschieht, macht es mich rasend. Meine lieben Gastgeber wüßten nicht, was sie von einem Mann halten sollen, der des Morgens Brot und Wein segnet und wenig später zwei Angehörige des Haushalts seziert. So beschränkte ich mich denn darauf, die Knaben zu taufen, zu salben und zu bestatten.

Bei meiner Treu, ich vermisse Dein häßliches Gesicht.

Ergebenst,
Nick«

Sieben Tage waren vergangen, als die behäbige Kutsche schließlich durch die Straßen des mittelalterlichen York rollte und sich dem Sitz des Lordverwesers im Herzen der Stadt näherte. Schwungvoll öffneten die Wachen das Tor: Die Kutsche rumpelte in den Hof und kam zum Stehen. Vor ihnen erhob sich das herrschaftliche Haus, und im scheidenden Tageslicht glitzerten die zahlreichen Fenster und wiegten sich leicht die Blumen in den Kästen und Kübeln. Über ihren Köpfen stand der Neumond, und der Himmel war mit Sternen übersät, so weit das Auge reichte.

Kaum waren sie ausgestiegen, eilte ihnen, von Fackelträgern gefolgt, Lady Wentworth mit ihren Kindern entgegen. »Ich begrüße euch allein«, sagte sie freudig und umarmte sie der Reihe nach. »Mein lieber Tom ist in einer Ratssitzung, aber er hat geschworen, um zehn zurück zu sein. Kommt!«

Nicholas stupste mit den Knöcheln sacht gegen den leicht gerundeten Bauch der jungen Frau und meinte schelmisch: »Ab und zu muß er aber zu Hause sein. Wie sonst hätte er diesen kleinen Hügel machen sollen, Mylady?«

»Oh, das ist er auch!« rief sie lachend. »Bartlett, wie geht es dir?«

»Leidlich, Mistress«, antwortete der wohlbeleibte Doktor und küßte ihr mehrmals überschwenglich die Hand. Sie wechselte ein paar Worte mit ihm, dann wandte sie sich ab und rief: »Ich habe das Abendessen warm halten lassen. So kommt!« Mit einem Händeklatschen befahl sie den Dienern, die Truhen hineinzutragen, und eilte den anderen voran ins Haus.

Sie speisten im großen Saal, in dem ein altes Tafelporträt neben dem anderen hing; anschließend führte man sie nach oben. Während Cecilia sich entkleidete, schritt Nicholas in dem mit wuchtigen Möbeln ausgestatteten, parfümierten Schlafgemach auf und ab. Unter seinen Füßen raschelten alte, trockene Binsenmatten. Als er seine Kleidung aus der Truhe nahm und auseinanderfaltete, sah er eine kleine braune Ratte unter dem Kleiderschrank hervorflitzen, und gleich darauf vernahm er aus dem langen Flur Triumphgeschrei einer spielenden Katze.

Sie waren gerade zu Bett gegangen, da schlüpfte Arabella in einem weißen Nachtkleid mit einem Teller geschmorter Birnen herein. Sie setzte sich auf die Bettkante, schob die Füße unters Nachtkleid, weil sie die Pantoffeln vergessen hatte, und schaukelte vor und zurück. Das dunkle Haar fiel ihr offen über die Schultern bis zu dem Bäuchlein, das sie selig mit beiden Händen umschloß.

»Welche neuen Stücke werden in der Stadt gespielt?« fragte sie begierig, und als sie ihr von Shirleys florentinischer Tragödie *Der Verräter* und dem Gerücht erzählten, Will d'Avenant habe eine neue Tragikomödie mit dem Titel *Liebe und Ehre* geschrieben, wiegte sie sehnsüchtig den Kopf.

Sie erkundigte sich, welche neuen Lieder gerade beliebt seien, und Cecilia pfiff ihr das eine oder andere vor, das sie kannte.

»Möchtest du zurück, meine Liebe?« fragte sie voller Anteilnahme.

»Ja... und doch auch nein! Ich mag den Hof nicht.«

»Und weshalb?«

»Tom ist geradezu süchtig danach, und bald zählt für ihn nichts anderes mehr. Es ist ein unheilvoller Ort. Zuweilen wünsche ich mir... alles würde sich... in Luft auflösen. Nein, wir werden nicht zurückgehen. Ich werde ihm davon abraten.« Sie klang gereizt und so entschlossen, daß alle einen Augenblick lang schwiegen.

Alsdann wandten sie sich anderen Themen zu, und sie plauderte ein Weilchen vergnügt auf französisch mit Cecilia, nahm schließlich ihre Kerze und huschte durch den Flur davon. Bald darauf hörten sie, wie im Hof eine Kutsche vorfuhr und der Verweser von Nordengland pfeifend aufs Haus zuging, wo er von seinen Hunden mit lautem Gebell begrüßt wurde.

Die strohgefüllte Matratze knisterte auf dem geschnürten Unterbau, und im matten Mondschein stiegen vom Bettvorhang winzige Staubpartikel auf. Cecilia und Nicholas schliefen tief und fest, und als er im ersten Licht des frühen Tages die Augen aufschlug, fiel sein Blick als erstes auf die Bilder von verstorbenen Grundbesitzern und Männern in schwarzem Harnisch an den Wänden; auch erblickte er vergeistigt wirkende, vornehme Damen in weißen Nonnenschleiern, die langen Fingerspitzen zum Gebet aneinandergelegt. Leise stieg er aus dem Bett, kleidete sich an und verließ das Schlafgemach.

In den Fluren begegnete er lediglich ein paar Hausmädchen und Pagen sowie einem Burschen mit schmutzigem Gesicht, der einen Nachttopf forttrug. Nach einem kurzen Blick in die leere Bibliothek und einige andere Räume begab sich Nicholas in die Backstube, wo er Tom Wentworth fand, der, neben sich eine große Schüssel voll Zwiebeln, unrasiert und mit aufgeschnürtem Hemd an der auf Böcken ruhenden Tischplatte saß und schrieb.

Mit einem freudigen Schrei sprang der Lord of the North auf, um ihn in die Arme zu schließen, und erklärte ihm sodann den Grund für sein Fortbleiben. In der Ratssitzung habe es Schwierigkeiten gegeben, und so sei er erst kurz vor Mitternacht heimgekehrt. »Ich habe bis Sonnenaufgang in den Schriften des Bischofs von London gelesen, die du mir mitgebracht hast«, sagte er gut gelaunt. »Geschlafen habe ich nicht eine Minute, doch das spielt keine Rolle. Du hast Henry Bartlett mitgebracht. Ich werde mir Mühe geben, ihn herzlich zu begrüßen!«

In den Obstbäumen der Küchengärten zwitscherten die Vögel, und von jenseits der Mauer drangen das Klappern von Wassereimern und das Lachen junger Frauen herüber. Glitzernd fiel das Sonnenlicht durch die trüben Fensterscheiben und tanzte auf dem Fliesenboden.

Da rief Wentworth: »Auf zum Frühstück! Wir werden eine Jagd und ein Tanzfest geben, und ihr müßt die ganze alte Stadt besichtigen. Wo steckt Cecily? Die Hälfte meiner Geschwister wird mit uns essen. Komm, ich sterbe vor Hunger!« Sie eilten in den großen Speisesaal, wo bereits Freunde, Verwandte und Kinder versammelt waren.

Den Tag verbrachten sie mit der Besichtigung von allerlei Sehenswürdigkeiten der geschichtsträchtigen Stadt, wobei sie lediglich von Arabella und deren Freundinnen begleitet wurden, da man den Lordverweser von Nordengland bereits wieder fortgerufen hatte. Die angekündigte Jagd fand am nächsten Morgen statt: Im Hof erschollen die Hörner, die Pferdeknechte schimpften, und die Hunde bellten voller Ungeduld. Als Nicholas die Treppe hinuntereilte und die kühle Luft des Nordens spürte, die durch die offenen Fenster hereinströmte, fiel ihm das alte Lied über Heinrich Tudor wieder ein, das er als Knabe in der Stadt gelernt hatte.

»Die Jagd geht los, die Jagd geht los
Es fehlt zum Tage wenig bloß
Nun geht der König auf die Pirsch
Um flugs zu stellen seinen Hirsch!«

Kleine weiße Wolken zogen über den Himmel, und aus dem Garten stieg der Duft von Zitronenmelisse und Minze auf. Er schwang sich auf sein Pferd und Cecilia sich auf ihres. Die Kinder sausten im Hof umher und winkten ihnen unter lautem Geschrei hinterher, als sie zunächst durch das Tor trabten, um anschließend durch die gewundenen, von den Häusern der Händler und Buden der Handwerker gesäumten Straßen zu den Stadtmauern von York und hinaus aufs Land zu reiten.

Wentworth zeigte ihnen seine Besitztümer. Seine dunklen Augen leuchteten, und seine schmale Brust sog die saubere Luft in vollen Zügen ein. Locker hielt er die Zügel in seinen schönen Händen. Nach einer Weile lenkte Cecilia ihr Pferd neben seines, und sie begannen eine Unterhaltung.

Er fragte: »Hast du je in dieser Gegend gelebt?«

»Ja, als Kind. Als kleines Mädchen liebte ich Igel über alles! Einer kam immer wieder in unseren Garten, und ich baute ihm ein kleines Haus.«

»Einem Igel, Madam?« fragte der Mann aus Yorkshire lächelnd und zügelte sein Pferd, damit es mit ihrem auf einer Höhe blieb.

»Ja, richtig! Ich nannte ihn Harry Bolingbroke. Eines Tages verschwand er, wohin, habe ich nie erfahren, und ich war untröstlich. Diese kleinen Wesen haben eine rauhe Schale und einen weichen Kern. So ist es auch mit den trefflichsten Männern. Harry hatte so gefühlvolle Augen. Du lachst ja!«

»Oh, Cecily!« sagte er und wischte sich die Tränen aus den Augen. Über die Schulter rief er: »Nick, meint sie das im Ernst? Igel! Sag, wenn es hier Igel gäbe, würdest du Jagd auf sie machen?«

»Nein, ich würde sie beschützen, bei meinem Leben!«

»Befindet sich augenblicklich ein Mann in unserer Gesellschaft, der Ähnlichkeit mit diesen Kreaturen hat?«

»Fragst du das im Ernst?«

»Jawohl, meine Liebe, das tue ich!«

»Ich werde es dir dennoch nicht sagen.« Sie ruckte an den Zügeln und stieß dem Pferd die Hacken in die Flanken. Lachend blickte er ihr nach, wie sie nach vorn zu Arabellas Stute ritt, und zügelte sein Pferd, bis Nicholas aufgeschlossen hatte.

Noch immer grinsend, erkundigte er sich: »Nun, worüber sprecht ihr dieser Tage bei den Zusammenkünften?«

»Über dasselbe wie eh und je, Tom, jetzt, wo Harvey fort ist und Bartlett mal hierhin, mal dorthin muß. Uns ist Schlimmes über Galileis Prozeß in Italien zu Ohren gekommen: Sie verlangen von ihm, öffentlich seiner Überzeugung abzuschwören, daß die Erde um die Sonne kreist, und sollte er sich weigern, unterwerfen sie ihn womöglich der Folter.« Nicholas schaute zum blauen Himmel auf und ließ den Blick sodann über die ausgedehnten Felder schweifen, als wollte er alles tief in sich aufnehmen.

»Und was ist mit dir, Tom?« fragte er. »Was schreibt der gute Lord Bischof?«

»Bei meinem letzten Aufenthalt in London haben wir uns mehrmals in Fulham House getroffen. Wir arbeiten an einem Plan für die Regierung, der sowohl die Ehre unseres Königs als auch das Wohlergehen seiner Untertanen sichert. Wir nennen ihn *Thorough*, denn wir wollen gründlich durchgreifen. Es muß *ein* Gesetz, *eine* Kirche und *ein* geeintes Land geben. Allerorts auf der Welt scheitern Regierungen, leiden Menschen, geht vieles verloren, aber hier… Ich kann es kaum erwarten, es euch beiden zu zeigen.«

Ein Fuchs wurde ausgemacht, die Pferde preschten voran, und die Stimmen der Männer verloren sich in Staub und Wind. Vor ihnen wellte sich das liebliche grüne Land.

Während tagsüber Wagen mit allerlei Dingen für den Empfang vorfuhren, schloß sich der Lord of the North in der Bibliothek ein und diktierte seinem Sekretär. Schließlich senkte sich die Dunkelheit herab, eine Kutsche nach der anderen rollte gemächlich in den Hof ein und brachte Gäste aus der Umgebung zum abendlichen Tanz. Als Nicholas herunterkam, sah er, daß sich in dem von Fackelschein hellerleuchteten Saal bereits zahlreiche Freunde und Bekannte drängten. Er erkannte viele wieder, die er vor Jahren bei der Taufe kennengelernt hatte, und auch mehrere von Toms Geschwistern, von denen manche in der einen oder anderen Funktion für ihren Bruder tätig waren, hatten sich eingefunden. Toms Kinder, die in Begleitung ihrer Kinderfrauen in Samt und Spitze gekleidet die Treppe herunterkamen, durften eine Zeitlang herumtollen. Sein Sohn tappte ihm anhänglich hinterher.

Da spielte die Kapelle, bestehend aus Hörnern, Violen und Flöten, auch schon zum Tanz auf, und im selben Augenblick reichte der Lordverweser von Nordengland seiner Gemahlin die Hand, verneigte sich und führte sie aufs Parkett. Er wirkte so vergnügt und unbeschwert, als hätte er den ganzen Tag geruht und keinerlei Kummer mit seinem Bein gehabt. Auf und ab, tanzte er an den Reihen der Gäste im Ballsaal vorbei, stampfte mit den Füßen auf, hüpfte und sprang und schwenkte Arabella ein ums andre Mal durch die Luft. Es wurden nicht etwa die neueren, gemessenen Tänze gespielt, wie sie bei Hofe gerade in Mode waren, sondern solche, die bereits ein oder zwei Generationen alt waren: »Des Kärrners Pfeife« und »In einem Garten so grün«. Alles klatschte in die Hände und jubelte den tanzenden Paaren zu, während diese sich drehten, verneigten und abermals drehten. Die Hörner bliesen »Wolseys Wald« und Tänze von John Dowland.

Nicholas tanzte eine Weile mit Arabella, die ihm noch nie so heiter und zugleich so zierlich erschienen war; Wentworth führte Cecilia zum Tanz und flüsterte ihr immer wieder ins Ohr: »Igel, meine Liebe! Bei meiner Treu...!«, worauf er in schallendes Gelächter ausbrach.

Bartlett verbrachte einen Großteil des Abends mit einer unscheinbaren Gutsherrentochter: Er betanzte sie, brachte ihr gekühlte Früchte oder anderes Naschwerk, wenn sie müde war, oder stand, einen Fuß auf einem Hocker, neben ihr und schwadronierte ausgiebig über das Leben des Londoners. Als er Nicholas zufällig am Tisch mit dem Apfelwein traf, vertraute er ihm an: »Da gibt es eine, die mich glücklich machen könnte! Kann man denn noch einmal von vorne beginnen?« Als ihre Familie indes erfuhr, daß er kein Junggeselle mehr war, pfiff sie ihre Tochter zurück und bewachte sie fortan wie ein Kleinod. Nach einer Weile ging er niedergeschlagen zu Bett.

»Armer Bartlett!« sagte Cecilia.

Nicholas wurde von einem Apotheker aus der Gegend abgefangen und in ein Gespräch über Gespenster verwickelt. In der Gruft unter der Kathedrale trieben die Geister einer alten römischen Legion ihr Unwesen, behauptete der Apotheker. Er habe sie eines Nachts mit eigenen Augen in Formation marschieren sehen, und ihre Brustharnische hätten im schwachen Licht geschimmert. Unterdessen wünschte Arabella allerseits eine gute Nacht und zog sich müde zurück, und Wentworth saß in einer Ecke mit zwei Freunden aus seiner Jugendzeit beisammen. Nach und nach traten die Gäste den Heimweg an, und die Musiker packten ihre Instrumente ein, bis auf den Flötenspieler, der zur Erheiterung des unbedarften jungen Dings, für das Bartlett so geschwärmt hatte, noch die eine oder andere Weise zum besten gab.

Auch Nicholas und Cecilia wünschten ihrem Gastgeber eine gute Nacht und gingen die Treppe hinauf. Sie liebten sich hinter den Bettvorhängen, während unten die Bediensteten mit dem Aufräumen begannen und die Flöte den letzten Tanz spielte.

Im ersten Augenblick wußte er nicht, wo er sich befand oder was ihn geweckt hatte: Er lag, den Arm quer über Cecilias Rücken, hinter schweren, staubigen Bettvorhängen in einem sonnendurchfluteten Raum. Nach und nach kam ihm wieder der sonderbare Schrei ins Bewußtsein, der durch das offene Fenster gedrungen war und noch immer in der Luft hing.

Auch Cecilia war wach.

Er setzte sich auf. Seine Glieder waren schwer von der durchtanzten Nacht und dem leichten Fieberfrost, der es ihm hatte ratsam erscheinen lassen, sein Taschentuch mit ins Bett zu nehmen. Sie sahen sich an, und in diesem Augenblick hörten sie Toms Stimme unten im Garten: »Nicholas!«

Der Arzt sprang aus dem Bett, hob sein zu Boden gefallenes Nachtkleid auf und bedeckte sich damit. Er stieß das Fenster so weit wie möglich auf und blickte in den Garten hinunter, doch außer den dichtbelaubten Bäumen sah er nichts. Erst als er die Augen anstrengte, bemerkte er auf dem Weg einen rosafarbenen Fleck wie von einem Umhang oder einer Fahne. Nach erneutem Blinzeln erkannte er eine ausgestreckte Frauenhand. Wieder rief Tom nach ihm, in einem Ton, den er noch nie zuvor gehört hatte: »Nicholas! In Gottes Namen, Pastor!«

Er beugte sich hinaus und rief zu den Blumen- und Kräuterbeeten hinüber: »Tom, was ist?«

»Beim Heiland, komm!«

Nicholas nahm sich lediglich die Zeit, seine Kniehosen anzuziehen, und schon riß er die Tür des Schlafgemachs auf und lief barfuß und mit ungeschnürtem Hemd die Treppe zum Garten hinunter. Mehrere Diener eilten ihm voran, und er mußte sich zwischen ihnen hindurchzwängen, als er den Gartenweg erreichte. Tom kniete auf den Steinplatten; neben ihm lag, den Kopf zur Seite gedreht, Lady Arabella in einem lose sitzenden, rosafarbenen Hauskleid. Ihre Augen waren geschlossen, und sie atmete nur flach durch die leicht geöffneten Lippen. Ihre Glieder waren gänzlich erschlafft; aus dem Mundwinkel sickerte Erbrochenes.

Nicholas spürte, wie sich sein Magen vor Angst verkrampfte.

Tom blickte auf. »Sie erkennt mich nicht«, rief er. »Sie schnitt gerade Blumen, und ich ging auf sie zu, und da... ich weiß auch nicht, was es war... Sie stieß einen Schrei aus, wie ich ihn nie mehr hören möchte, nie wieder...« Seine Stimme bebte. »Und dann... dann faßte sie sich mit beiden Händen an den Kopf, ihr Magen hob sich... und sie stürzte. Und einen Augenblick zuvor hatte sie noch gelacht. Ich habe es bereits mit Riechsalz versucht, aber sie spricht überhaupt nicht darauf an.«

Nicholas ließ sich ebenfalls auf die Knie nieder und tätschelte die Wange der jungen Frau. Dann legte er den Kopf an ihre Brust: das Herz klopfte nur schwach, aber rasch. Mit geübten Händen tastete er Rücken und Kopf nach Quetschungen ab. Ihr Hals war seltsam steif. Alles, was er sich über die Jahre an Wissen angeeignet hatte, schoß ihm nun durch den Kopf, während er nach einer Erklärung suchte: Atmung stabil, Puls regelmäßig... Sie war in eine tiefe Ohnmacht gefallen. Er zog sie an sich, säuberte ihre schlaffen Lippen mit seinem Taschentuch und legte sie mit Toms Hilfe mit dem Gesicht nach unten über sein Knie, damit sie nicht an möglichen Resten von Erbrochenem in ihrer Kehle erstickte. Mehrmals schlug er ihr kräftig auf den Rücken. Tom schrie laut auf.

»Herrje, ich tue ihr schon nicht weh!« sagte Nicholas. Er bettete die junge Frau auf den Rasen neben dem Weg und schob ihre Lider hoch: Die veilchenfarbenen, leicht nach oben verdrehten Augen starrten ihn ausdruckslos an.

Auch Wentworth hatte sich auf die Knie geworfen. »Nick, was ist mit ihr?«

Nicholas antwortete nicht. Sein Blick schweifte durch den Garten, in dem alle nur erdenklichen Blumen und Bäume wuchsen, Steineichen und Weinranken, Besenginster, Veilchen und Rosenbüsche, er schweifte zu den altgedienten Holzbänken unter den Bäumen, zu den vereinzelt aufgestellten Vogelbädern, zur Sonne, die durch das Geäst herabschien, und wieder zurück zu der bewußtlosen jungen Frau, die vor ihm lag. Seine Erfahrung hatte ihn gelehrt, in Augenblicken wie diesem große Ruhe zu bewahren. Sacht wanderten seine Finger zu dem Geflecht aus Blutgefäßen an der Basis des Schädels. Wieder fiel ihm auf, wie steif ihr zarter Hals war, und als er ihr Medaillon entfernte, hatte er eine Eingebung.

Etwas war mit dem Gehirn geschehen. Mit starrem Blick rief er sich seine ersten Studien der Lehre Galens in Erinnerung. Er blinzelte. Christus, hab Erbarmen, dachte er bei sich. Christus, blicke zu uns herab: Es darf nicht sein, was es zu sein scheint! Bartlett, der scharfsinnige Diagnostiker, weiß Bescheid, er steht hier mit trockenem Mund und weiß nicht, wohin mit den Händen! Und doch muß alles ein böser Traum sein. Das Mädchen, das hier auf meinen Knien liegt, kann nicht die junge Frau sein, mit der ich gestern abend so vergnügt durch den Saal getanzt bin. Herr, richte Deinen Blick auf uns, und nimm Dich unsrer an!

»Bring sie hinauf, Tom«, sagte er.

Behutsam nahm Wentworth seine Frau auf den Arm und trug sie ins schattige Haus und die Treppe hinauf, wobei sich seine Knie immer wieder in ihrem Kleid verfingen. »Es ist nichts!« flüsterte er in ihr dunkles Haar. »Es ist nichts, mein Mäuschen… bald ist alles wieder gut!« Er bettete sie auf die Steppdecke und schnürte ihr Mieder auf.

Abermals betastete Nicholas Leib und Hals; seine Finger erfühlten die Form des Schädels unter dem dicken, nunmehr verfilzten Haar.

»Gewiß ist es nur eine Ohnmacht als Folge des Sturzes, Nick.«

»Ich befürchte etwas Ernsteres. Henry, komm her. Das Herz schlägt, aber sie atmet ungleichmäßig. Ihr Körper weist keinerlei Verletzungen auf. Sie ist nicht bei Bewußtsein.« Auf ihren Lippen bildeten sich winzige Schaumbläschen. Nicholas blickte zu Bartlett auf, der so angestrengt gegen die Tränen ankämpfte, daß sein Gesicht schon ganz rot war. Für einen Moment schloß er die Augen und wandte sich dann an Wentworth. »Ich vermute, sie hat einen Schlaganfall erlitten und nimmt deshalb nichts wahr«, sagte er. »Ihr Wahrnehmungsvermögen hat ausgesetzt, oder zumindest ihre Reaktionsfähigkeit. Vielleicht hört sie uns, vielleicht nicht.«

»Für so etwas ist sie viel zu jung! Es kann nicht sein! *Ihr irrt euch, Nicholas!*« Wentworth ließ sich neben dem Bett auf die Knie fallen, umschloß das Gesicht seiner Frau mit den Händen und flüsterte eindringlich: »Komm, jetzt ist es genug, wach auf, Liebes! Sag etwas, bitte…«

Der Nachmittag kam und ging; die ersten Schatten fielen durch die kleinen Fensterscheiben und krochen über die Bodendielen zum breiten Bett, von dem die Decke seitlich herabhing. Der Welt entrückt, lag Lady Wentworth da, den Kopf noch immer zur Seite gedreht. In ihren Augen zeichnete sich kein Erkennen ab, als man eine Kerze davor hin und her schwenkte. Ihr Atem ging nun stockend, und wieder bildete sich auf ihren Lippen feiner Schaum.

Viermal hatte Nicholas ihr bereits die Venen geöffnet, und das Blut war leise in die Schüssel geplätschert, doch wagte er nicht, sie erneut zur Ader zu lassen. Wenn ich nur begreifen könnte, was mit ihr ist, sagte er zu sich selbst und blickte auf Toms dichten, dunklen Schopf hinab. Der Freund hatte sich über seine Frau gebeugt und flüsterte ihr allerlei Verheißungen ins Ohr. Vor vielen Jahren, bevor Nicholas seine medizinische Ausbildung erhalten hatte, war sein erstgeborener Sohn in seinen Armen an der Pest gestorben. Seither hatte er, Nicholas, eine sonderbare Beziehung zum Tod, predigte er doch einerseits die Vorzüge des Himmelreichs, während er andererseits all jene, deren er sich hier auf Erden annahm, am Leben zu erhalten suchte, mochte ihr irdisches Dasein noch so elend und verzweifelt sein. Manche Menschen, die unter seiner Pflege starben, waren alt und verbraucht und sahen der ihnen verheißenen himmlischen Bleibe vielleicht voller Freude entgegen; bei den jüngeren indes konnte er nicht anders, als im Tod einen Dieb zu sehen.

Wie er da stand und seinen Freund betrachtete, wurde er gewahr, daß die leidende junge Frau sterben würde. Ihre Gesichtsknochen traten immer kantiger hervor, die feingeschnittene Nase war nur noch ein Schatten, und die Lippen zogen sich allmählich zurück und gaben das Zahnfleisch frei. Unsäglicher Abscheu gegen sich selbst und tiefe Verbitterung überkamen ihn. In seiner Verzweiflung sehnte er sich nur nach einem, nämlich mit seinem Gebetbuch allein zu sein und Gott in der Stille seiner Kammer seine Lage darzulegen, auf daß Er ihm Trost und Rat spendete. Cecily wußte, was in ihm vorging, er sah es ihrem Gesicht an.

Tom sprang auf. Bei seinem Anblick mußte Nicholas an einen zum Tod durch Erhängen verurteilten Jüngling denken, dem er einmal begegnet war: Der junge Bursche hatte den ganzen Weg auf dem Karren geweint und die Hände nach dem Laub der Bäume ausgestreckt, um der Erde so lange wie irgend möglich nahe zu sein. Am Ende hatte er sich auf die Knie fallen lassen, die Schöße von Nicholas' Mantel ergriffen und hineingebissen, um seinen Mund mit dem Geschmack zu füllen.

Wentworth sagte leise: »Kannst du nichts tun? Wirklich nichts? Ich habe noch nie so an einen Menschen geglaubt wie an dich. Du warst nicht da, als Margaret mir genommen wurde, doch *nun bist du hier und tust nichts*!« Er sank auf die Knie und bedeckte das Gesicht mit den Händen. »Herr Jesus!« rief er. »Verlaß uns nicht, uns, die wir Dich stets geliebt haben! So Du sie verschonst, magst Du mir alles nehmen, was ich besitze. Im Hemd will ich umherziehen, ohne eine feste Bleibe, wenn sie nur an meiner Seite ist!«

Gegen vier Uhr morgens tat Arabella Wentworth den letzten Atemzug und verschied. Ihre zarte, mit etlichen Ringen bestückte Hand glitt von der Bettkante und schwang hin und her. Das Schluchzen ihrer Kinder in einer Ecke des Schlafgemachs zerriß die Stille.

Mit matter Stimme sagte Nicholas: »Tom, der Heiland hat sie zu sich geholt. Möge der Herr ihrer Seele gnädig sein und uns Lebenden die Kraft geben, den Verlust zu verwinden.«

Bei seinen Worten blickte Wentworth auf. Er erhob sich von den Knien, stieg ins Bett, zog seine tote Frau an sich und vergrub das Gesicht in ihrem Haar. Über eine Stunde lang wiegte er sie in den Armen, während die Dienstmädchen die Vorhänge vor dem anbrechenden Tag verschlossen.

Nicholas ging in sein Zimmer, um Gebetbuch, Stola und heiliges Öl zu holen. Während Tom seine junge Frau noch immer in den Armen hielt, beugte er sich übers Bett, salbte sie und sprach die Totengebete:

»Scheide, o Christenseele, aus dieser Welt,
Im Namen Gottes des allmächtigen Vaters, der dich erschaffen.
Im Namen Jesu Christu, der dich erlöst.
Im Namen des Heiligen Geistes, der dich von Sünden gereinigt...
In Deine Hände, o gnadenreicher Erlöser, empfehlen wir die Seele Deiner Dienerin Arabella, die nun aus ihrem Leib geschieden ist... Nimm sie auf in Deine gnadenvollen Arme...«

Ein paar Frauen traten vor, um Arabella für die Bestattung herzurichten. Nachdem Tom sie mit einem flüchtigen Blick bedacht hatte, gab er den Leichnam seiner Frau zögernd frei und bewegte sich rückwärts zur Tür. Als Nicholas das Gebetbuch zuklappte und aufsah, war sein Freund verschwunden.

Statt seiner stand Christopher Wandesford neben ihm. »Gütiger Himmel, Pastor!« sagte er leise. »Der Lord ist so schnell die Treppe hinuntergerannt, daß ich ihn nicht aufhalten konnte, und hat sich in der Bibliothek eingeschlossen. Seine Pistolen befinden sich darin, Sir, und ich bin um ihn besorgt. Ich habe ihn noch nie so gesehen. Wenn er überhaupt auf jemanden hört, dann auf Euch. Er hat seine Frau geliebt wie sein eigenes Leben.«

Mehrere Frauen und Männer schlossen sich ihnen an, als sie die Treppe hinuntereilten und durch die dunklen Korridore zur Bibliothek liefen. Der Türknauf ließ sich nicht drehen, und so rüttelte Nicholas an der wuchtigen Tür. »Tom!« rief er mehrmals, doch er erhielt keine Antwort.

Jemand riet: »Geht auf die Straße und steigt durchs Fenster!« Dies hätten sie auch tatsächlich getan, wäre in diesem Augenblick nicht die Haushälterin mit ihrem Schlüsselbund die Stufen heraufgehastet. Mit einem Klicken sprang das Schloß auf, und die Tür öffnete sich ins Dunkel.

Nicholas trat ein. Er konnte nichts sehen, doch er spürte Angst im Raum, dicht wie Nebel, dieselbe Angst, die von jenem dem Galgen geweihten jungen Mann ausgegangen war, der sich an seinen Mantel geklammert hatte, bis die Knöpfe abgesprungen waren. Er senkte die Stimme, wie er es auch an jenem furchtbaren Tag getan hatte, und sagte: »Tom.«

Keine Antwort.

Nicholas lauschte angestrengt und vernahm das Knistern von Stoff. Allmählich nahmen seine Augen eine Gestalt im großen Stuhl am Schreibtisch wahr, und mit schwankender Stimme sagte er: »Geliebter Freund, Gott ist mit dir. Vergib mir, daß ich dich im Stich gelassen habe. Ich bin nicht Christus, sondern nur Sein demütiger Diener. Ich kann Tote nicht wieder zum Leben erwecken, und könnte ich es, so würde ich es jetzt weiß Gott tun. Gott weiß um dich.«

Durch die Tür drang flackernder Kerzenschein herein. Bei seinem Freund angelangt, schloß Nicholas ihn in die Arme. Da stieg in dem Witwer ein Schluchzen auf und entstellte seine schöne Stimme. Wie ein Kind kauerte er sich zusammen; er würgte und rang nach Atem.

»Es ist gut, es ist gut... Sie ist bei Gott«, sagte Nicholas, bis auch ihm die Stimme versagte.

Wentworth stieß ihn von sich. Einen Arm vor die Augen haltend, machte er taumelnd ein paar Schritte und sank zu Boden. Cecilia eilte über den Teppich zu ihm und zog ihn an sich. »Oh, mein Lieber!« flüsterte sie. »Oh, mein Lieber!«

Leise bewegte sich die Dienerschaft in den Fluren. Schon hingen die ersten schwarzen Banner aus den Fenstern, um der Stadt zu verkünden, daß im Hause des Lord of the North getrauert wurde. Draußen auf der Straße hatte man Stroh ausgestreut, um das Rattern der Kutschenräder zu dämpfen, und im Haus war eine kleine Magd still damit beschäftigt, sämtliche Spiegel zu verhängen, damit die Seele der Toten nicht in ihnen erschien. In der Kathedrale von York läuteten die Glocken.

Zwei Tage verließ Wentworth sein Zimmer nicht und rührte kein Essen an. Nach der Beerdigung zog er sich wieder in die Bibliothek zurück, wo er erschöpft zu Boden sank und zum ersten Mal seit Tagen schlief. Sie schoben ihm Kissen unter den Kopf. So verrann die Zeit: Tag und Nacht waren eins. Stunden wurden zu Minuten oder dehnten sich zu Wochen. Die schweren Vorhänge und Draperien hielten das Licht draußen. Mägde huschten, sich immer wieder die Augen mit der Schürze betupfend, auf Zehenspitzen durchs Haus.

Nicholas ruhte nie mehr als eine Handvoll Stunden am Stück: Immer wieder fuhr er aus dem Schlaf auf, weil er sich einbildete, die junge Frau rufe nach ihm; dann sprang er auf, um zu ihr zu eilen und alles ungeschehen zu machen, bis ihm einfiel, daß es zu spät war. Cecilia weinte viel.

In diesen Tagen dachte niemand an Bartlett. Anfangs war er nur einer von vielen Schatten gewesen, die durchs Haus schlichen, doch als Nicholas am fünften Tag erwachte, fiel ihm der Alderman wieder ein. Er spritzte sich etwas Wasser ins Gesicht und ging ihn suchen.

Bartlett saß im Speisesaal vor einer Karaffe Süßwein und schenkte mit abrupter Geste ein Glas voll. Nicholas begriff, daß er betrunken war, und vermutlich war er dies seit der Beerdigung die meiste Zeit gewesen. Er drückte Bartletts Schulter, setzte sich neben ihn und hielt ihm seinen eigenen Becher hin, denn er wollte den unangenehmen Geschmack in seinem Mund mit einem Schluck Süßwein hinunterspülen.

Heiser stieß Bartlett hervor: »Sie war der Liebreiz in Person.«

»Fürwahr, das war sie.«

»Ich weiß nicht, wie er sich selbst ertragen kann.«

»Wer?«

»Wentworth.«

»Wie meinst du das, mein Freund?«

»In ihrer Familie wird gemunkelt, er habe sie geschlagen. Deshalb sei sie gestürzt, und deshalb weine er. Sie sagen, er habe sie oft im Zorn geschlagen. Warum sonst hätte sie einen Gehirnschlag erleiden und er um Vergebung bitten sollen?«

Nicholas fuhr so jäh in die Höhe, daß die Karaffe erzitterte. »Was für eine Tollheit ist das?« rief er. »Was für eine schnöde Verleumdung? Geschlagen haben soll er sie, du Schweinekerl? Er hat sie angebetet! Was ist mit seinen Tränen?«

Auch Bartlett hatte sich erhoben. »Ich traue ihnen nicht... und ich glaube auch nicht, daß er im Grunde seines Herzens etwas anderes liebt als seinen Ehrgeiz... Nicholas, beim Heiland, sieh mich nicht so an! Ich habe nie Angst vor dir gehabt, aber jetzt, bei Gott, da fürchte ich...« Er stützte sich auf die marmorne Tischplatte mit den üppig gefüllten Blumenvasen und fing an zu weinen. Mit dem Handrücken fuhr er sich über die Nase.

»Jawohl, Verrückte seid ihr, und zwar beide«, schluchzte er mit bebender Brust. »Und ich bin ein Hurensohn, und vielleicht auch eifersüchtig... ja, ein Hurensohn bin ich... aber ein ehrlicher, Nicholas, ehrlicher als er! Kein Judas... und ich bin beliebt, wohingegen er –«

In diesem Augenblick kam ein Knabe hereingelaufen. »Lord Wentworth läßt Euch rufen, Herr Pastor«, meldete er schüchtern. »Wollt Ihr bitte kommen?«

Tom Wentworth saß in der Bibliothek am Schreibtisch und schrieb. Im Kerzenschein schimmerten die spärlichen silbernen Strähnen in seinem dichten dunklen Haar, und der sinnliche Mund unter dem dunklen Schnurrbart war so verkniffen, als wollte er auf immer alle Gefühle zerdrücken. Eine Weile sahen sie sich unentschlossen an, als hätten sie einander so lange nicht gesehen, daß sie sich nicht mehr erinnerten, worüber sie einst gesprochen oder gelacht hatten oder was sie in der Vergangenheit oder Zukunft miteinander verband.

Tom rieb sich mit der flachen Hand die Stirn. »In drei Stunden bricht die Kutsche mit Eilpost nach London auf. Sie wird dich rasch nach Hause bringen! William Laud geht es nicht gut, er braucht dich.«

»Für ihn würde ich es tun und noch viel mehr«, erwiderte Nicholas. »Aber wie willst du alleine zurechtkommen, Tom?«

»Ich werde mich in die Arbeit stürzen.«

»Kommst du bald nach London?«

»Ja, sobald ich kann.« Wentworth erhob sich und stützte sich mit beiden Händen auf den Tisch. »Verzeih mir, daß ich dich nicht umarme, mein Freund«, sagte er tonlos. »Ich ertrage die Berührung eines anderen Menschen nicht. Schreib mir, wenn du die Muße dazu findest, und sei versichert, daß ich dir auf immer in Liebe verbunden bin.«

Als die Kutsche anrollte, sahen die drei Insassen Lord Wentworth mit zum Abschied erhobener Hand reglos in der Tür stehen. Fünf Tage später fuhren sie durch das Stadttor.

In der Zeit nach ihrer Rückkehr war Cecilia schweigsamer als gewöhnlich, und zuweilen sah Nicholas sie mit ihrem kleinen Sohn im Arm und Tränen in den Augen am Fenster sitzen.

4
London

Es ging die Rede, Galilei habe seine Behauptung widerrufen, daß die Erde sich um die Sonne drehe, er stehe fortan zu Hause unter Arrest, wo seine Tochter, die Nonne, für ihn sorge, und habe Weisung, weitere Veröffentlichungen zu unterlassen. Königin Henriette Maria gebar ein zweites Kind, und in der Stadt läuteten die Glocken. Nicholas indes berührte all dies nicht weiter.

Sein Trost bestand in jenen Monaten darin, daß William Harvey in die Stadt zurückgekehrt war, fremder Länder herzlich überdrüssig und nach Rindfleischpastete hungernd. Allein über seine alte Schule in Padua sprach er in warmen Worten. »Mein Buch fand dort großen Anklang!« berichtete er und senkte den Blick, um seinen Stolz zu verbergen. Die niederschmetternde Reaktion auf seine Theorie hatte in ihm eine solch trotzige Wut hervorgerufen, daß er nicht mehr daran denken mochte. Wie früher verbrachten die beiden Männer viel Zeit miteinander.

Eines Tages sezierten sie beim Schein einer einzigen Laterne im Hinterzimmer von Harveys düsterem Haus in Blackfriars eine trächtige Hirschkuh. Harveys Schürze und Fingernägel waren mit dunklem Blut beschmiert. Auf seinen Zügen lag ein versunkener, friedvoller Ausdruck wie immer in solchen Momenten. Nicholas stand vornübergebeugt so nah neben ihm, daß ihre Köpfe einander fast berührten. Dann und wann wechselten sie bei der Arbeit murmelnd ein paar Worte, doch zumeist schwiegen sie.

Sie waren soeben vom Ärztekollegium zurückgekehrt, wo sie Bartlett über ansteckende Krankheiten hatten sprechen hören. Während sie sich über das tote Tier beugten, brummte Harvey, die Pfeife zwischen den Lippen: »Was sagst du zu dem Vortrag?«

»Henry will es so vielen als möglich recht machen.«

»Richtig. Wie alt schätzt du diesen Fötus, Cooke?«

»Zwei bis drei Wochen älter als den letzten.«

Harvey drehte den Docht der Laterne höher, bis das Licht auf das schimmernde, lohfarbene Fell der Hirschkuh fiel. »Es ist freundlich von Seiner Majestät, mir diese Hirsche zu schenken, Gott segne den königlichen Wildbestand. Nun denn, eines Tages wird Bartlett Präsident des Ärztekollegiums sein.«

Nicholas nickte stumm. Er hatte mit keinem Wort erwähnt, wie ausfallend Bartlett in York geworden war, was er im übrigen auf dessen Bestürzung zurückführte. Freilich hatte der Arzt mittlerweile alles getan, um seine bösen Worte wiedergutzumachen.

Seine Gedanken kehrten zu dem nachmittäglichen Vortrag im Ärztekollegium zurück, und er vergegenwärtigte sich, mit welch ernsten Mienen die Mitglieder die volltönenden lateinischen Phrasen über sich hatten ergehen lassen, während sie insgeheim wohl über ihre Frau, ihr Liebchen oder Möglichkeiten, ihren Besitz zu mehren, nachsannen. Ihr Zunfthaus war den anderen in London nicht unähnlich, und wie sie war es ausgestattet mit dem Prunk, mit dem Menschen sich und ihresgleichen zu umgeben vermochten. Es gab zwölf große Livreegesellschaften aus vergangenen Zeiten und rund siebzig kleinere. Letztere hatten im Lauf der Jahrhunderte allerlei Namen auf Gedenktafeln in Kirchen, zahlreiche Porträts in Zunfthäusern, Bücher, Lebenserinnerungen und Titel hinterlassen. Ehre und Ansehen gingen über alles. Sie färbten vom Herrscher auf den Händler ab und von diesem wiederum auf den Herrscher.

Er dachte an seine eigene kurze Rede über ansteckende Krankheiten, die er im Kreise seiner Kameraden, die er allzu gut kannte, gehalten hatte; er dachte an die tote junge Frau in den Armen ihres schluchzenden Gatten in dem Haus in York. Er träumte von ihr, träumte davon, daß er sie forttrug, irgendwohin. Dieser Traum kehrte immer wieder. Weshalb? Nun, nicht alle von uns sind ausersehen, den Grund zu erfahren: Mancherlei Geheimnisse behält Gott für sich.

Mitten in Bartletts Vortrag war er aufgestanden und für eine Weile hinaus in den von den Ärzten eigenhändig angelegten Kräutergarten gegangen, denn er mußte unentwegt an Arabella denken und daran, wie ihre Arme, die er sich um den Hals gelegt hatte, als er sie hochzuheben versuchte, schlaff herabgesunken waren. Staub und Asche.

Harvey richtete sich auf und rieb sich mit dem Handrücken das Kreuz. »Du grübelst zuviel, Cooke!« sagte er. »Komm, wir wollen am Feuer Kaffee und Käse zu uns nehmen. Am Tod führt kein Weg vorbei, mein Guter.«

Ein schwacher Geruch nach Verbranntem hing tags darauf in der Oktoberluft. Im vergangenen Monat waren bei einem gewaltigen Feuer mehrere Häuser auf der London Bridge niedergebrannt, und noch immer trieb dann und wann ein verkohltes Holzstück zwischen den Pfeilern hindurch. Jetzt, kurz nach Mittag, glitzerte und glänzte das Wasser überall, auch in den Lachen auf dem Kai, und es schwappte sacht gegen die moosbewachsenen Holzstufen, die bis tief hinunter auf den Flußgrund führten. Der Himmel war vom Kreischen der ein ums andere Mal herabstoßenden Möwen erfüllt.

Als Nicholas am Flußufer stand, erblickte er ein Schiff mit der Flagge William Lauds, des Bischofs von London, das flußabwärts auf die Brücke zuhielt. Im Bug saß Lauds Schüler und Kaplan Luke Malverne. Der junge Geistliche legte die Hände trichterförmig an den Mund und rief: »Nicholas, habt Ihr es schon gehört?!... Seiner Majestät hat es gefallen... William Laud... zum Erzbischof von Canterbury... zu ernennen...« Alles weitere ging im Rauschen des Wassers unter der Brücke und in den Schreien der Flußschiffer und Möwen unter. Mehrmals wiederholte Nicholas die Worte im stillen, bis er ihre Bedeutung in vollem Umfang begriffen hatte. Der kleine Priester, der Bildung über alles stellte, der am Hofe des früheren Königs als unerwünschte Person gegolten hatte und sich unermüdlich für die Wiederherstellung alten Brauchtums einsetzte, war nunmehr der mächtigste Kirchenmann im Lande.

Der aus rotem Ziegel erbaute Bischofspalast von Lambeth lag in einer leichten Senke am Südufer der Themse, die hin und wieder Stallungen und Kellergewölbe überflutete. Jahre zuvor hatte er einer Gemeinschaft von Mönchen gehört, die das Sumpfland im Süden in fein säuberlich abgegrenzten Parzellen bestellt hatten, bis ein Erzbischof, von dem Wunsch beseelt, näher bei Hofe zu leben, das Gebäude zu seiner Londoner Residenz erkoren hatte. Ein Herrenhaus sowie eine Kapelle zählten dazu, des weiteren Stallungen, Kohle- und Weinkeller, Vorratskammern, Darrhaus, Bierlager und Gärten, wie sie für ein so weitläufiges, sich selbst versorgendes Anwesen erforderlich waren.

Eine Woche später war Nicholas mit einigen befreundeten Geistlichen auf dem Fährboot nach Lambeth unterwegs, um der altehrwürdigen Zeremonie der Erzbischofsweihe beizuwohnen. Am Vortag war ein mit Umzugsgut des Erzbischofs – Bücher, Möbel und Tafelgeschirr – stümperhaft beladenes Schiff in der Themse gesunken. Noch jetzt hörte Nicholas die glücklichen Rufe der halbnackten Knaben, die nach dem Silber tauchten.

Lords und Barrister, Bischöfe und andere Vertreter des Klerus strebten von der Anlegestelle dem Palast entgegen. Im Wachhaus spielte eine Londoner Kapelle, bestehend aus Querflöten und Trommeln, und auch der Oberbürgermeister fand sich ein, mehrere Aldermänner im Gefolge. Die Hausdiener des neuen Erzbischofs waren schon da; ehrfürchtig drückten sie sich in der Nähe einiger Feigenbäume an den Wänden des Herrenhauses herum. Schließlich wurde die Kapellentür aufgestoßen, und alle drängten hinein, um eine Sitzgelegenheit auf den Bänken und Hockern oder einen Stehplatz am Taufbecken zu ergattern.

William Laud zog in Begleitung von vier Bischöfen ein. Er hatte die grauen, gewölbten Brauen unter der straffsitzenden Kappe hochgezogen und blickte mit vor Ergriffenheit gerötetem Gesicht um sich. Rote Talare über langen, weißleinenen Rochetts schleiften über den Boden, als die fünf Männer nach vorne zum Altar schritten, auf dessen rechter Seite ein einzelner blausamtener Polsterstuhl stand.

Während alles wartete, war aus dem Kirchhof Stimmengewirr zu vernehmen, und im nächsten Augenblick eilte Seine

Majestät Karl I. Stuart, angetan mit besticktem weißem Satin und gefiedertem Hut, nebst mehreren Höflingen herein. Er trat auf William Laud zu und küßte ihn auf beide Wangen. »Eure erzbischöfliche Gnaden von Canterbury, seid willkommen!« sagte er. Mit einem Wink hieß er die Anwesenden Platz nehmen, ließ sich selbst auf dem blausamtenen Stuhl nieder, und die Zeremonie begann.

Auf die Kollekte und die Lesung aus Epistel und Evangelium folgte das Heilige Abendmahl, und nach dem Credo führten die vier Bischöfe William Laud in sein Amt ein. Nach alter Manier fragten sie ihn nach der Wahrhaftigkeit seiner Berufung als Gottes Diener gemäß der Kirchenordnung und dem Wunsche Jesu Christi Unseres Herrn. Er legte sich seine Robe um und kniete nieder, während über ihren Köpfen das *Veni, Creator Spiritus* angestimmt wurde. Dann beteten sie:

»Herr, wir bitten Dich, laß diesem Deinem Diener Deine Gnade zuteil werden, auf daß er allzeit bereit sei, Dein Evangelium und die frohe Botschaft von der Aussöhnung mit Dir zu verkünden und die ihm verliehene Macht zu nutzen, nicht zur Zerstörung, sondern zur Erlösung, nicht zu verletzen, sondern zu helfen, bis daß er schließlich... zur rechten Zeit... in ewigwährende Freude abberufen werde...«

Alsdann legten die Bischöfe ihre Hände auf William Lauds geneigtes Haupt und beteten darum, daß ihn bei seinem Wirken im Schoß der Kirche der Heilige Geist beseelen möge. Laud seinerseits gelobte Loyalität gegenüber seinem Land, kniete zum Schluß vor dem König nieder und legte seine schmalen Hände in die des jungen Monarchen. Die Glocken läuteten, die Orgel ertönte, und die Chorknaben sangen voller Inbrunst, als William Laud oder, wie er fortan unterzeichnen sollte, William Canterbury zum Erzbischof geweiht wurde.

Alles kniete nieder, um seinen Segen zu empfangen, bevor er die Kapelle verließ und in Richtung der Stallungen davonging. Der König folgte ihm und neigte den Kopf zu ihm hin, um dem neuen Erzbischof etwas ins Ohr zu flüstern. Dann entschwand er zu seiner Ruderbarke unten am Fluß.

Wenig später versammelten sich alle im Saal mit der Stichbalkendecke, wo William Laud sich flink und gewand unter seinen Gästen bewegte und jeden einzelnen mit Namen begrüßte. »O ja!« verkündete er freudig. »Nun kann ich meine Arbeit vorantreiben! Ich werde der Kapelle dieses Palastes den Glanz zurückgeben, den sie einmal besessen hat, mit Buntglasscheiben, silbernen Kerzenhaltern und Ornat für die Priester, und zwar so bald wie möglich. Wir werden für das Abendmahl wieder den Altar anstelle eines Tisches benutzen!« Als er zu Nicholas trat, wurde sein Gesicht traurig, und er sagte leise: »Der arme Tom... Habt Ihr die kleinen, mutterlosen Kinder gesehen? Ach, was war sie für eine hübsche junge Frau!«

Schließlich verabschiedeten sich die Gäste in heiterer Stimmung am Tor und gingen an Bord der Fährboote. Die Chorherren hatten zum Schutz gegen die Kälte ihre breitkrempigen Hüte aufgesetzt oder die Kapuzen ihrer Mäntel hochgeschlagen. Als die Schiffe vom Ufer ablegten, wandten sie sich noch einmal um und winkten dem kleinwüchsigen Prälaten mit der engsitzenden Kappe aus dunkler Wolle zu, der zu den Stufen der Anlegestelle gekommen war, um ihnen nachzublicken.

Gedämpfte Stimmen, Gelächter. Schaukelnd glitten sie langsam übers Wasser. Die Bootsführer steuerten schnurstracks durch die Strömung hindurch, und hoch oben auf der Brücke hängte jemand eine Laterne vor einen Lebensmittelladen, der einmal eine Kapelle gewesen war. Nicholas war tief in Gedanken versunken, als er hinter sich einen Mann murren hörte: »Soso, in vollem Ornat und bei Kerzenschein will er künftig den Gottesdienst feiern! Und wie gedenkt er mit den Tausenden von Engländern zu verfahren, die für derlei Dinge nichts übrig und es beim Beten lieber schlicht haben?«

Nicholas zog den Mantel enger um sich. Der Sinn stand ihm nicht nach einem Streitgespräch. Im Takt tauchten die Ruder ins silbrige Wasser. Der Mond war aufgegangen, und in der Ferne schimmerte der geschichtsträchtige Ziegelbau des erzbischöflichen Palastes, von dem sich jeder einzelne Schornstein und jedes Tor deutlich abzeichneten.

Er vermißte Wentworth sehr. Jedesmal, wenn der Kurier aus dem Norden eintraf, hoffte er auf Nachricht von ihm, doch kam nur selten Post, und wenn, so war darin allein von der Arbeit die Rede. In den wenigen Briefen machte Tom seinem Unmut über die Begriffsstutzigkeit seiner Landsleute in Yorkshire und die Dummheit bei Hofe Luft. Nicholas fragte sich, ob sie jemals wieder gemeinsame Augenblicke würden erleben können, wie sie sie einst geteilt hatten. Er fragte sich auch, ob Tom es in seinem Bedürfnis, Kummer und Schmerz zu verdrängen, auch für geraten hielt, zugleich den engsten Freund aus seinem Leben zu verdrängen, zumal er Zeuge seines Leids gewesen war. Noch immer spürte Nicholas Wentworths Tränen auf seinen Händen.

Im Winter erhielt er eine kurze Nachricht von Wandesford, der ihm mitteilte, Seine Lordschaft halte sich am Londoner Hof auf. Eine Woche später kam ein knappes Schreiben in Toms eigener Handschrift, in dem es hieß: »Ich baue gerade ein neues Haus und habe Deine Vorstellungen über sanitäre Einrichtungen berücksichtigt: Komm und sieh es Dir an!«

Seit Menschengedenken hatte London aus einer Ansammlung windschiefer Fachwerkhäuser bestanden: Bierschenken grenzten an Dunghaufen, Räuberhöhlen an verrauchte Brauhäuser, welche die Straßen mit ihrem Qualm erfüllten, und die notdürftig in Torhäusern untergebrachten Gefängnisse gehörten ebenso zum Stadtbild wie die schäbigen Buden entlang der Cheapside oder die Schlachtereien von Smithfield. Eine Stadt war auf der anderen errichtet worden: Reste verrotteter Landungsstege, zugemauerte Latrinen und Bruchstücke römischer Mauern zeugten davon. Außerhalb von Westminster und rings um den Tower waren ganze Straßenzüge mit elenden Mietshäusern entstanden. Die Strohdächer waren von gefährlicher Trockenheit, und vom Fleet River, der durch die Gräben außerhalb der Stadtmauern kroch, stieg unentwegt übler Gestank auf. Die Häuser ragten so weit über die Gassen, daß zwischen ihnen kaum noch genügend Sonnenlicht hindurchdrang, um ein Paar wollener Kniehosen auf der Wäscheleine zu trocknen. Seit die Römer erstmals eine behelfsmäßige Brücke aus grob miteinander vertäuten Booten über den Fluß gebaut hatten, war London der Mittelpunkt allen Lebens gewesen. Unmöglich, dieser Stadt müde zu werden.

Noch immer war sie der Mittelpunkt, was jeder verständige Bürger wußte, und doch war sie im Wandel begriffen. Der Baumeister Inigo Jones, seit seiner Ausbildung dem klassischen italienischen Stil verpflichtet, hatte dessen Lehre von den Proportionen an den Hof gebracht. Es gab sogar Pläne, den Whitehall Palast vollständig niederzureißen und neu zu errichten, obgleich niemand wußte, wie dies zu bezahlen wäre: Karl Stuart hatte nach wie vor alle Hände damit zu tun, genügend Gold zusammenzukratzen, um seine diversen Haushalte aufrechtzuerhalten. So würde Whitehall denn bis auf weiteres ein unansehnliches Sammelsurium aus altem Holz und Stein mit dem neuen Bankettsaal als einziger Zierde bleiben. Seine Majestät suchte die Schäbigkeit wettzumachen, indem er die Räume mit großen Kunstwerken, Anmut und Würde füllte.

Gleichwohl nahm der Wandel seinen Lauf. In The Strand schossen Herrenhäuser begüterter Bürger aus dem Boden, mit Säulenhallen und Tafelwerk, marmornen Eingangshallen, weitgeschwungenen Freitreppen und Terrassen, die Ausblick auf den Fluß samt seinen Schwänen und seinem Schmutzwasser gewährten. Die alten Gebäude von Covent Garden waren, das Haus des verstorbenen, von Nicholas so hochgeschätzten William Sydenham eingeschlossen, abgerissen worden und man hatte an ihrer Statt Häuser mit terrassierten Gärten und eine Kirche nach toskanischem Vorbild rings um eine elegante Piazza errichtet. Dort ließ auch Tom Wentworth sich einen zweiten, seinem neuen Stand angemessenen Wohnsitz bauen.

Er bahnte sich gerade vorsichtig einen Weg zwischen Zementkübeln und einem Stapel Marmorfliesen hindurch, während seine Kinder zu seinen Füßen wildwachsendes Gras ausrupften, Holzstückchen aufsammelten und sich tuschelnd über ihre kleinen Schätze unterhielten, als Nicholas und Cecilia über den Platz auf ihn zukamen. Wentworth stieß einen freudigen Schrei aus und lief ihnen mit ausgebreiteten Armen entgegen. »Kommt und schaut!« rief er. »Gott segne euch! Wie ist es euch beiden ergangen? Und wie geht es dem Kleinen? Hat er das

Spielzeug erhalten, das ich ihm geschickt habe? Bisher ist nur das Fundament gelegt, aber wenn erst einmal alles fertig ist...!«

Vorarbeiter, Gesellen und ein paar junge Burschen ließen die Werkzeuge sinken und zogen schüchtern die Mützen, als sie an ihnen vorübergingen. Ein prachtvolles Haus sollte an dieser Stelle entstehen, die Front griechisch mit einem Portikus im neuen Stil, der restliche Baukörper aus Ziegeln. Nachdem Toms Kinder sie begrüßt hatten, kletterten sie weiter zwischen den Balken des Fundaments umher, wobei die Mädchen die Röcke rafften und sich immer wieder zu ihrem freudestrahlenden Vater umdrehten.

»Hier kommt die Eingangshalle hin!« verkündete Wentworth. »Und hier der Empfangssaal, in dem wir Gesellschaften geben werden. ›Guten Tag, Eure erzbischöfliche Gnaden! Ah, hier ist ja auch der Earl von Soundso...‹ Nun denn, ihr befindet euch in Tom Wentworths Haus. Er ist kein Earl, aber vielleicht... vielleicht hat unser hochheiliger Herrscher – Gott schütze ihn! – eines Tages nichts Vergnügliches zu tun und findet den Weg hierher!«

Er warf den Kopf in den Nacken und lachte. »Hier verlaufen die Abflußrohre, Nick! Ganz oben, in den hellsten Räumen, sollen die Kinderzimmer untergebracht werden, denn ich möchte, daß morgens die Sonne durch ihre Fenster scheint und sie weckt, damit sie hinausblicken und rufen: ›Oh, London!‹ Und wenn sie vom Fenster aus quer über den Platz schauen, können sie mich sehen, wenn ich nach Hause komme! ›Oh, Papa kommt... ob er Kuchen mitgebracht hat?‹ Nicht wahr, meine Süßen...?« Nacheinander hob er die zwei kleinen Mädchen in die Höhe.

Außer Atem sagte er: »Nun laßt uns nach St. Pauls hinüberfahren und nachsehen, was Laud in meiner Abwesenheit aus dieser Müllhalde von einer Kathedrale gemacht hat!«

Die kleine Gruppe stieg in Wentworths geräumige Kutsche, um durch The Strand in Richtung Stadt zu fahren. Wentworth ließ die Hände seiner Kinder nicht ein einziges Mal los. Unterwegs nahmen sie Harvey und Lord Harrington mit: der berühmte Arzt trug einen Beutel Kaffeebohnen in der Hand, und Harrington machte sich sogleich auf den roten Polstern breit.

Ein Gerüst verstellte ihnen den Blick auf das Portal der Kathedrale. Arbeiter waren damit beschäftigt, auf Karren zerbrochenes Mobiliar, Lumpen und einen übelriechenden Haufen Unrats aus der Krypta fortzuschaffen, welche die Londoner Bürger über all die Jahre als Müllkippe mißbraucht hatten. Das Gemäuer glitzerte im Sonnenlicht. Sie durchquerten den Kirchhof, in dem es von Bücherständen und Käufern nur so wimmelte, und traten unter das Gerüst, hinter dem sich das Portal mit seinen Marmorsäulen verbarg.

»Laßt uns hineingehen«, sagte Tom.

Durch den rückwärtigen Eingang gelangten sie in eine Anzahl kleinerer Räume. Die Sakristei war die reinste Abstellkammer: Kleiderständer und -haken, an denen Soutanen und die Chorhemden von Küstern und Meßdienern hingen, Schachteln voller Kerzenstummel und Lichtputzscheren sowie mehrere lange, schiefe Regale voller Bücher, die ihren seltsamen Geruch nach altem Leder verströmten. Wentworth faßte Nicholas am Arm und zog ihn hinter sich her zu einer niedrigen Tür, die in die Kathedrale führte.

Vor sich erblickten sie einen regelrechten Wald aus noch mehr Baugerüsten zur Säuberung und Restaurierung des Kircheninneren. Sie gingen das große Schiff mit seinen dreizehn geräumigen Seitennischen entlang. Hoch oben hörten sie die Stimmen der Arbeiter, welche die Bossen über den Kapellen wuschen, und das von jahrhundertealtem Schmutz braun verfärbte Wasser sammelte sich in Pfützen überall auf dem Boden. Dazwischen schlenderten ein paar Dirnen mit nachlässig geschnürtem Mieder und allzuviel roter Schminke auf Lippen und Wangen umher. Ein verkrüppelter Bettler näherte sich ihnen, und drei oder vier Chorknaben flitzten vorbei. »Gott segne Laud!« sagte Wentworth. Er drehte sich um und blickte einen Augenblick andächtig zum Lettner und dem großen Altar dahinter. »Er sagte, er würde es tun, und er wird es tun!«

Seine Kinder hüpften und sausten zwischen den Seitennischen umher. Durch das Fenstergeschoß strömte das Licht herein. Toms Sohn riß sich einen Holzsplitter ein. Wentworth führte die kleine Hand an seine Lippen, um die Stelle mit Speichel zu benetzen, und Nicholas gelang es nach einer Weile, den Splitter dank seiner Fingerfertigkeit mit der Spitze seines Taschenmessers herauszuholen, wobei er im Halbdunkel die Augen zusammenkniff. »Du mußt die Wunde gründlich auswaschen, Tom«, mahnte der Arzt. Seit sie sich Monate zuvor in tiefem Kummer getrennt hatten, war er dem Freund nicht so nahe gewesen. Etwas hatte sich zwischen sie geschoben, dessen war er sich gewiß, doch konnte er sich nicht erklären, was es war. Dieses Etwas war ebenso spürbar wie die Wärme der Kinderhand, die er beim Entfernen des Splitters gefühlt hatte. Er hob den Kopf und musterte Tom flüchtig.

Wentworth wich seinem Blick aus.

Zwischen einem Gerüst und einem Grabmal, hinter dem der Knabe eine Zeitlang umhergeschlendert war, verloren sie sich aus den Augen. Nach einer Weile trat Nicholas mit Wentworths Sohn in den sonnenbeschienenen, überfüllten Kirchhof hinaus. Als einzig vertrautes Gesicht erblickte er Harrington, der in der Nähe der Buchverkäufer stand und Wentworths nunmehr gebändigte Töchter fest an der Hand hielt. »Laud ist verrückt, wenn er glaubt, hier Ordnung schaffen zu können!« belferte er. »Selbst wenn er das Kirchenschiff schrubbt und den Statuen der toten Könige den Staub aus den Nasenlöchern puhlt, wird er die Taschendiebe und Dirnen nicht fernhalten können. Wo zum Teufel sind die anderen hin, Cooke? Wentworth hat seine Kinder bei mir abgeliefert und ist davongeeilt. Hat man mich auf meine alten Tage etwa vom Rittmeister zum Kindermädchen herabgewürdigt?«

Blinzelnd standen sie in der Sonne und ließen den Blick suchend über die Bücherstände, die Balladenverkäufer, die Reisenden aus der Fremde, die gekommen waren, die Kathedrale zu bestaunen, und die hübschen, in einer Ecke zum Schwatz beieinanderstehenden Frauen schweifen. Da sahen sie Harveys schmächtige Gestalt um die Ecke des Bauwerks biegen; wie gewöhnlich schritt er forsch und ungeduldig aus, und das glatte, dunkle Haar fiel locker auf seinen Kragen. »Nick«, sagte er, »Cecily hat mich gebeten, dir auszurichten, sie sei mit einer Freundin unterwegs und werde erst spät nach Hause kommen. Da ist

Tom. Jetzt, wo ihm der König Gehör schenkt, sagt er in niemandes Ohr mehr etwas von Belang.«

Das Rapier an seiner Seite, kam der Lordverweser von Nordengland auf sie zu. Wie auf Kommando stürmten ihm die drei Kinder entgegen, und er ging in die Hocke, um sie zu umarmen. Er hob die beiden Mädchen auf den Arm, rief seinen Freunden zum Abschied einen Gruß zu und ging, aufmerksam dem Geplapper seines Sprößlings lauschend, quer über den Hof davon. Harrington begleitete ihn, und so blieben Nicholas und Harvey allein zurück.

Eine Weile schwiegen sie und sahen gedankenverloren den rings um ihre Stiefel pickenden Tauben und Spatzen zu. Schließlich meinte Harvey gähnend: »Ich sterbe vor Hunger und Durst. Begleitest du mich?«

»Nein, die Arbeit ruft.«

»Nur für ein Weilchen, Nicholas! Da ist etwas, was ich dir sagen muß.«

Achselzuckend folgte ihm Nicholas ein paar Straßen weiter zu einer Schenke in der Lothbury, wo sie an einem Ecktisch Platz fanden. In der Schankstube berichtete ein jüngst aus Amerika zurückgekehrter Reisender lauthals von seinen Erlebnissen, und sie hörten ihm ein paar Minuten mit einem Ohr zu, bis Harvey sich abwandte. »Osten oder Westen, zu Hause ist's am besten«, brummte er. »Trink, mein Freund, ich laß es auf der Tafel anschreiben. Ich stehe tief in deiner Schuld, nicht zuletzt wegen deiner Geduld über all die Jahre. Nicht viele ertragen meine Launen.«

Er erzählte ein paar Belanglosigkeiten vom Hof und von Patienten, deren Anblick er nicht ertragen konnte, doch nach einer Weile stieß er die Aalpastete, von der er gegessen hatte, fort und kratzte mit der Messerklinge stumm an der Tischkante herum. »Ich kann dir nicht länger verheimlichen, was schwer auf meinem Herzen lastet und außer dir schon allzu vielen aufgefallen ist, Nick«, sagte er leise. »Wentworth findet an deiner Frau übermäßiges Gefallen.«

Nicholas brach in überraschtes Gelächter aus. »Du Filzlaus, bist du noch bei Trost?«

Finster blickte Harvey auf die Holzsplitter an der Klinge herab. »Habe ich je etwas Unwahres zu dir gesagt? Mit solchen Dingen scherze ich nicht. Ich bewundere Wentworth weiß Gott, denn ich weiß, welche Mühsal es bedeutet, nach etwas zu streben, was nicht leicht zu erlangen ist – Enttäuschungen, Ermüdung, Abkehr der Menschen, die man nahe glaubte! Ich meine, daß es keinen brillanteren Kopf im Kronrat gibt und auch keinen, dessen große Gaben so kläglich genutzt werden. Und dennoch liebe ich dich mehr als ihn, und deshalb rate ich dir: Hab ein Auge auf Cecily.«

Nicholas schwieg.

Mit gedämpfter Stimme fuhr Harvey fort: »Ich habe sie vorhin hinter dem Altar in einem der Räume neben der Sakristei überrascht: Sie weinte, und er redete flehentlich auf sie ein. Als er mich vorübergehen sah, warf er mir einen Blick voll kaltem Hochmut zu, und ich glaube, wenn er mich auf irgendeine Weise zum Schweigen hätte bringen können, so hätte er es getan. Er fragte sie gerade, ob ihr all seine Briefe denn nichts bedeuteten, und schwankte zwischen Zorn und Tränen. Dann machte er Anstalten, sie zu küssen.«

»Genug davon!«

»Ich bedaure, dir dies sagen zu müssen, mein Freund.«

»So hör auf! Genug davon!« Wie von Sinnen sprang Nicholas auf und kämpfte sich durch das Gedränge zur Tür. Auf der Straße machte er einen großen Bogen um die Fuhrwerke und Buden mit ihren Seidenstoffen, ihrem Gemüse und ihrer Spitze, denn er wollte sie um keinen Preis berühren, ja nicht einmal mit der Hand streifen.

Da waren in der Tat Briefe und dicke Bündel von Papieren gewesen, doch hatte er sich über sie nicht weiter Gedanken gemacht. Wentworth hatte Cecilia im Lauf der vergangenen Jahre des öfteren geschrieben, und sie hatte ihm, Nicholas, stets aus seinen Briefen vorgelesen, Anmerkungen zu Reden und Gesetzesentwürfen gemacht und Wentworth schließlich ausführlich zurückgeschrieben, wobei sie die unvollendeten Antwortschreiben nicht selten offen auf dem Schreibtisch hatte liegen lassen. Doch entsann er sich auch, wie er einmal zu ihr getreten war, als sie gerade, die Brille auf der Nase, mit ernster Miene etwas las, und wie sie errötet war und das Papier hastig in die Schürzentasche geschoben hatte.

Ziellos irrte er umher, bis er gewahr wurde, daß es mehr Briefe geben mußte als diejenigen, die er selbst gesehen hatte, daß er diese anderen Briefe um seiner selbst willen würde lesen müssen, und so ging er nach Hause, um nach ihnen zu suchen. Plötzlich mußte er daran denken, wie sie in York in der Bibliothek auf die Knie gesunken war, um Tom an ihre Brust zu ziehen und zu wiegen, und daran, wie fern und entrückt sie ihm zuweilen erschien.

Zu Hause war niemand. Vielleicht ist es schäbig von mir, ihr nachzuspionieren, sagte er sich, während er die Schubladen ihres Kleiderschranks langsam eine nach der anderen herauszog: Spitzenmanschetten, Briefe ihres Bruders, Überlegungen zur Regierung, allerlei Listen, getrocknete Blumen, die er ihr einst geschenkt hatte, die Gedichte, die er in der ersten Verliebtheit geschrieben hatte (es waren keine guten Gedichte). All dies packte er sich auf den Schoß und kniete nieder, wobei die empfindlichen Blüten auf seinen dunklen Kniehosen zerbröselten. Selbst wenn die geheimen Briefe sich nicht darunter befanden, war er sich gewiß, daß sie existiert hatten. Er konnte sie gleichsam fühlen, verhängnisvoll und dunkel, mit dem erhärteten Siegelwachs und den betrügerischen Worten. Ihn fröstelte, als wäre er krank. Er stand auf, übergab sich in den Nachttopf und ging zeitig zu Bett.

Er fiel in fiebrigen Schlaf und erwachte in tiefster Nacht mit der schrecklichen Gewißheit, daß sie nicht zu ihm ins Bett gekommen war. Da setzte er sich auf, zündete die Kerze an und blickte sich in der Schlafkammer um. Ihr Kleid hing am Haken, ihr Nachtkleid war verschwunden. Aus den Augenwinkeln bemerkte er, daß er die Schubladen ihres Schranks offengelassen und in seinem Wahn den gesamten Inhalt über den Boden verstreut hatte. Noch immer konnte er die Existenz der Briefe fühlen, mochten sie auch nicht da sein. Er begriff, daß Cecilia hereingekommen war, die Lage mit einem Blick erfaßt und die Kammer wieder verlassen hatte.

Leise öffnete er die Tür und trat hinaus in den Flur. Von oben vernahm er Averys tröstliches Schnarchen. Im kleinsten Zimmer schlief William, der wie immer mit der Hand einen Zipfel der Decke umklammert hielt und dessen Lippen leicht klebrig waren. Sie hatte ihn eilig zu Bett gebracht. Nicholas kniete nieder und führte seinen Mund an den des Kindes, um ihn zu schmecken. Er war so rein.

Noch immer ein flaues Gefühl im Magen, stand er auf und stieg, sich am Treppengeländer festhaltend, mit langsamen, schweren Schritten die Stufen hinunter. Als er in die Wohnstube trat, sah er sie im weißen Nachtkleid mit offenem Haar am Herd sitzen. Da überkamen ihn tiefer Gram und Angst, so daß er es fast nicht über sich gebracht hätte, zu ihr zu gehen, und er mußte daran denken, wie er sich als junger Soldat gefühlt hatte, als er seine Pike genommen hatte und vorwärts marschiert war, wohl wissend, daß er bei seiner Rückkehr vielleicht nicht mehr der sein würde, der er einmal gewesen war.

Mit schleppender, schmerzerfüllter Stimme sagte er: »Mein Häschen.«

»Ja, Liebster?«

»Liebt Tom dich?«

»Frag nicht, Nicholas.«

»Was hat er zu dir gesagt? Antworte mir!«

Als sie den Kopf schüttelte, fing er an zu schreien. Schließlich sagte sie matt: »Er liebt mich und hat es mir gestanden. Was geschehen ist, ist geschehen. Ich gehöre dir, mein Leben lang, so habe ich es einst gelobt, und so soll es auf immer sein. Ich ertrage es nicht, mehr Worte darüber zu verlieren und mich zwischen ihm und dir zu zerreißen. Laß es uns vergessen, Nicholas, ich bitte dich.«

In dieser Nacht schlief sie so weit von ihm abgerückt, wie das Bett es gestattete, und ihre schmalen Schultern bildeten für ihn eine unüberwindliche Barriere. Mehr als alles auf der Welt sehnte er sich danach, sie in den Armen zu halten, doch bezähmte er sein Verlangen. Da er nicht schlafen konnte, stand er schließlich auf, holte das Kind aus dem Bett und schritt mit ihm in den Armen auf und ab.

5

Porträts

Das erste, was er in der Morgendämmerung erblickte, war das von van Dyck vollendete Porträt seiner Familie an der Wand in der Wohnstube. Damals war er sehr glücklich gewesen, ganz im Gegensatz zu jetzt, wo Eifersucht sein Herz verdunkelte. Er konnte sich seine tiefe Zuneigung für Tom Wentworth selbst nicht erklären, doch ohne sie wäre er nicht mehr er selbst. In seinem Innersten fühlte er sich leer. Er hatte sich sein Leben voller Bedacht eingerichtet und war davon ausgegangen, daß alles immerfort in den gewohnten Bahnen verlaufen würde. Aus dem, was er unter größter Mühe aus Cecilia herausgepreßt hatte, schloß er, daß sie einander viele Briefe geschrieben hatten und es in Yorkshire gar zu Intimitäten gekommen war. Zum erstenmal in seinem Leben mißtraute er Cecilia, und allein die Vorstellung, seinem Freund gegenüberzutreten, machte ihn krank. Während er untätig herumstand, sagte er sich, daß er ihn wohl töten müsse, damit alles ein Ende habe. Lord Wentworth nahm sich, was ihm beliebte! Vielleicht hatte Bartlett recht gehabt, vielleicht auch Dobson.

Als die Stadt von jenem seltsam naßgrauen Licht erfüllt war, das Regen verhieß, gürtete er sich mit seinem Schwert und verließ das Haus. Noch nicht einmal die Schulknaben hatten ihre Betten verlassen, und so begegnete er lediglich einem alten Mann mit einem auf den Rücken geschnallten Reisigbündel, der ihn flüchtig musterte. Außerhalb der Mauer von St. Paul schliefen drei Vagabunden, zum Schutz gegen den feuchten Morgen dicht aneinandergedrängt wie streunende Hunde. Er bemerkte sie kaum, denn er nahm nichts wahr als seinen beständigen, wütenden Atem, den Klang seiner Stiefel auf dem Kopfsteinpflaster und das leichte Gewicht des Rapiers an seiner Seite, dessen Scheide er bei jedem Schritt mit dem Bein streifte.

Bald darauf bog er in die St. Martin's Lane in Aldersgate ein und erblickte, ein wenig zurückgesetzt, hinter den Bäumen das sich vom Himmel abhebende vertraute Haus. Als er über den Weg darauf zuging, kam eine junge Magd mit einem Eimer Wasser herausgeeilt und warf sich auf die Knie, um die Stufen zu schrubben. Beim Klang seiner Schritte blickte sie verwundert auf, doch bei seinem Anblick nickte sie sogleich respektvoll und sagte freudig: »Oh, Herr Doktor, Ihr seid es! Und ich dachte, es wäre der Milchbursche, denn nicht einmal die Kuriere vom Hof kommen so früh!«

Sie wischte sich die Hände ab und stieß die Tür auf. »Mylord ist gestern nacht nicht nach Hause gekommen«, sagte sie mit leicht gerunzelter Stirn. »Er ist so verändert, seit unsere Herrin gestorben ist. Aber Ihr seid ihm stets willkommen, Sir! Wollt Ihr hereinkommen?«

»Wo ist er?«

»Ha, Sir, das wissen weder Master Wandesford noch die anderen Sekretäre, denn er spricht nur wenig in diesen Tagen. Er wird wohl bei Hofe sein, denke ich, wie immer, wenn er in der Stadt ist.«

Nicholas bedankte sich mit einem Nicken und lenkte seine Schritte nach Westminster. Statt das Fährboot zu nehmen, ging er den ganzen Weg zu Fuß, während allmählich der Morgen heraufdämmerte und die Zahl der Karren und Kutschen zunahm. Unterwegs begegnete er jungen Studenten der Jurisprudenz, die in ihren Talaren und mit Büchern unter dem Arm mißmutig dem Middle Temple und Gray's Inn entgegenstrebten. Sie erinnerten ihn an seine Frau und an ihre unerfüllten Wünsche. An Schenken und Kirchen kam er vorbei, bis er in der Ferne Charing Cross erblickte und gleich darauf, nach einer Biegung, die ersten Häuser von Westminster und den dahinterliegenden Palast.

Er wandte sich bald hierhin, bald dorthin und erkundigte sich mit leiser Stimme, damit sie seine Gefühle nicht verriet, nach Lord Wentworth, doch überall erhielt er die Antwort, man habe ihn nicht gesehen. Um elf Uhr vormittags trat er den Rückweg an und suchte das Grundstück des neuen Hauses in Covent Garden ab, wo die Arbeiter zum Gruß an ihre Mützen tippten. Schließlich kehrte er nach Hause zurück und ließ sich auf einen Stuhl sinken. Seine Haushälterin teilte ihm mit, seine Frau sei mit dem Kleinen ausgegangen und Avery habe den ganzen Vormittag im Dispensarium die Stellung gehalten: Er habe Magenschmerzen, ein gebrochenes Bein und vielerlei andere Beschwerden behandeln müssen. Ein Mann habe die Beichte ablegen wollen, und auch zwei Pfarrer hätten hereingeschaut. Alle Welt habe nach ihm gefragt und sei über seine Abwesenheit verärgert gewesen.

In Averys Augen lag ein leiser Vorwurf, doch er sagte nichts.

Nicholas zog sich in die Wohnstube zurück, um mit seinen Gedanken allein zu sein. Er zerbröselte ein Stück Brot und warf die Krumen zu Boden. Er schlug seine Bücher auf und knallte sie wieder zu, dann legte er die Hände vors Gesicht, doch er war zu aufgebracht, um zu beten. Mitten am Nachmittag klopfte es leise an der Tür, und Nan, die Frau des Buchbinders Timothy Keyes, trat mit einer Zeichenmappe unter dem Arm ein. Harvey hatte sich für sie verwendet und erreicht, daß sie bei dem holländischen Maler in die Ausbildung gehen konnte, denn sie besaß großes Talent.

Sie sah ihn freundlich an und fragte: »Was ist mit dir, Pastor? Was grämt dich?«

»Nichts.«

»Mir scheint doch.«

»Warum bist du gekommen, Nan?«

»Ach, nichts von Bedeutung. Ich wollte nur sagen, daß Lord Wentworth heute nachmittag wegen seines Porträts im Atelier von Meister van Dyck unten am Fluß ist. Er hat mich gebeten, es dir auszurichten, falls du ihn suchst.«

Nachdem sie gegangen war, wartete Nicholas noch eine Weile, dann erhob er sich langsam. Er verließ das Haus und machte sich, ohne jemandem zu sagen, wohin er wollte, auf den Weg nach Blackfriars.

Im Atelier des Künstlers herrschte wie üblich ein buntes Durcheinander aus Malergehilfen und Höflingen, Staffeleien und Kostümen. In einer Ecke zupfte ein Lautenspieler die wehmütigen Klänge von Dowlands *Tarentons Klagelied.* Tom Wentworth stand in einer enganliegenden schwarzen Rüstung, den Helm unter dem Arm, mitten im Raum. Den Hintergrund bildete ein üppiger Samtvorhang, der sich bis auf den Boden ergoß. Bei Nicholas' Eintreten wandte Wentworth ihm den Kopf zu, und als er den Gesichtsausdruck des Arztes bemerkte, schoß ihm das Blut ins Gesicht. Er gab seine würdevolle Pose indessen nicht auf, und seine Stimme klang kühl, als er sagte: »Bist du in Eile? Wir müssen miteinander reden, Nicholas.«

Nicholas war so nahe an ihn herangetreten, daß er nicht die Stimme heben mußte, als er, die Arme vor der Brust verschränkt, erwiderte: »Vielleicht sollten wir das, Mylord.«

»So nennst du mich nun?«

»Jawohl. Man sagt dir nach, daß du dir nimmst, was du haben willst, aber vielleicht gehört mir, was du diesmal begehrst.«

»Wollte ich die Steine der Brückenpfeiler mit bloßen Händen hochheben, könnten sie nicht schwerer wiegen als diese Worte, mein Freund.«

»Vielleicht habe ich für dich noch mehr als Worte!«

Abrupt legte Wentworth den Helm ab und bedeutete den Malern mit einem Wink aufzuhören. »Genug für heute! Ich bitte dich, Pastor, komm mit mir hinaus ans Ufer und laß uns dort miteinander sprechen.« Humpelnd stieg er vom Podest.

In Blackfriars war eigens für den König eine neue Anlegestelle gebaut worden, damit er jederzeit mühelos von Whitehall herüberkommen konnte, um für sein Porträt Modell zu sitzen. Langsam gingen die beiden Männer darauf zu und ließen die Häuser hinter sich. Eine Bank stand für jene bereit, die es sich beim Warten auf das königliche Schiff bequem zu machen wünschten. Dämmriges Licht hing über den Masten der Boote und dem vom silbrigen Schein der untergehenden Sonne übergossenen Fluß. Wentworth nahm das Bild eine Weile in sich auf, bevor er zu sprechen begann.

»Ich habe dich hintergangen«, sagte er und bemühte sich, mit beherrschter Stimme zu sprechen. »Obgleich es eine jämmerliche Entschuldigung ist, möchte ich dir sagen, daß ich blind vor

Kummer war. Ja, ich muß dir alles sagen… ich muß die Worte aussprechen, damit nichts Ungesagtes zwischen uns steht.« Unversehens wurde seine Stimme lauter: »Ich lag in meinem Haus in York auf dem Boden, und sie kniete neben mir nieder. Da breitete ich die Arme aus, und sie schmiegte sich an mich. Ich kann nicht behaupten, daß ich sie besessen hätte, denn sie ist dein und ist es immer gewesen. Und doch gab sie sich mir hin. Eine klägliche Vereinigung war es, beide weinten wir. Es war nur dieses eine Mal. Dann schickte ich euch beide fort. Ich wollte, daß du bliebst, doch es war mir unerträglich, weil ich mich zugleich nach deiner und ihrer Liebe sehnte.« Er biß sich fest auf die Lippen.

»Ah«, machte Nicholas nur, ohne sich zu bewegen.

Mehr hatte Wentworth eigentlich nicht sagen wollen, doch die Worte stiegen in seiner Brust auf, brachen aus ihm hervor, und er hob die Stimme, bis sie sich fast überschlug. »Ich schickte euch beide fort und blieb allein zurück. Der Schmerz über meinen Verlust trieb mich aus dem Bett, und ich wanderte rastlos im Haus umher. Die Frau, die ich mehr als mein Leben geliebt hatte, war nicht mehr da, und die andere, der ich mein Herz geöffnet hatte, war mit meinem Freund weit weg in Cripplegate Ward. Also schrieb ich ihr Briefe, die ich zuerst nicht abzusenden gedachte… wüstes Gekritzel. Und dann schickte ich sie doch ab: Ich lebte nur noch, um ihr diese Briefe zu schreiben. Darin flehte ich sie an, dich um Himmels willen zu verlassen und meine Frau zu werden. Sie schrieb zurück, daß sie mich liebe, aber nicht kommen werde. Nun weißt du es und kannst mit mir verfahren, wie du willst. Ich lege mein Schwert nieder, Nicholas.«

»Tu es nicht.«

»Doch.« Tom Wentworth nahm das Rapier ab und legte es unter die Bank. Hinter sich hörten sie Kinder am Flußufer spielen und von irgendwoher den Gesang eines jungen Mannes.

Nicholas rührte sich nicht vom Fleck, doch ihm entging nicht, wie Tom das Gesicht verzog und sich leicht hinabbeugte, um seine schmerzende Wade und seinen Fuß zu reiben. Nach einer Weile fuhr der Mann aus Yorkshire stockend fort: »Ich drängte sie also, zu mir zu kommen, und sie schrieb zurück, daß sie nicht kommen werde. Später schämte ich mich meines Ansinnens und bat sie, meine Briefe zu zerreißen. Ich bin kein guter Mensch und auch nicht immer ein ehrlicher, aber ich hoffe, daß ich zumindest einige gute Dinge tue. Sie liebt dich mehr, als sie je zugeben wird. Liebe läßt sich nicht immer einfach unterdrücken, und zuweilen bordet sie über, wo sie es nicht sollte. Gelübde indessen lassen sich einhalten. Gegen den Drang meines Herzens vermag ich nichts auszurichten, doch für mein Tun bitte ich um Nachsicht. Nicholas, es zerreißt mir das Herz, von dir getrennt zu sein! Mein Gefühl sagt mir, wenn ein Mensch mich niemals verlassen wird, dann du.«

»Vielleicht doch.«

»Dann, weil ich es verdient habe.«

Zwei Malerlehrlinge waren mit bekleckstem Schürzen herausgekommen, weil sie die erhobenen Stimmen gehört hatten.

Nicholas warf seinen Umhang zu Boden und rief: »Dreh dich um!«

Die Schmerzen im Bein ließen Wentworth leicht zusammenfahren, doch er drehte sich zu ihm hin, und Nicholas schlug ihm zweimal ins Gesicht, erst mit dem Handrücken, dann mit der Innenfläche. Taumelnd sank Wentworth auf ein Knie nieder und hob schützend einen Arm. Nase und Mund bluteten. Mit bleichen Gesichtern beobachteten die beiden Malerlehrlinge sie von der Anlegestelle aus, ebenso einige Bootsführer. Meister van Dyck kam nun höchstpersönlich in der Schürze herausgeeilt.

»Mylord! Mylord!« riefen die Lehrlinge. »Herrje, ruf einer den Konstabler... Bringt sie auseinander... So helft dem Lordverweser von Nordengland...«

Tom, der nach Atem rang, schickte sie mit einem Wink fort. »Weg da!« rief er. »Dies ist nur ein privater Zwist, wie jeder Mann ihn mit seinem Nachbarn haben kann!« Wieder fuhr er sich über den Mund, und während er aufzustehen versuchte, preßte er leise hervor: »Wäre ich nicht so verzweifelt gewesen, hätte ich so etwas niemals getan, Nicholas.«

»Wer weiß, wozu du noch imstande bist.«

»Traust du mir etwa zu, daß ich dir etwas antun könnte?«

»Ja, das tue ich.«

»Du konntest meine Frau nicht retten!«

»Habe ich mir das selbst je verziehen?« Nicholas blickte auf seine zerschrammten Fingerknöchel herab; dann streckte er ihm die Hand hin. Der Mann aus Yorkshire ergriff sie und kam wankend auf die Beine. Nicholas reichte ihm sein Taschentuch, damit er sich das Blut von den Lippen wischen konnte.

Eine Weile standen sie schweigend vor den Lehrlingen, dem Maler und ein paar Frauen, die ans Fenster getreten waren. Tom betupfte sich den Mund mit dem Tuch und wollte es zurückgeben. »Ich werde dir nicht länger ein Dorn im Auge sein«, sagte er düster. »Seine Majestät schickt mich noch weiter fort als bisher. Ich gehe nach Irland, denn er hat mich zum Statthalter für dieses Land ernannt. Du warst als junger Bursche dort im Krieg, jedenfalls hast du mir das erzählt, als du dich mir noch anvertraut hast, Nicholas. Ich werde wieder heiraten, damit ich jemanden habe, der für meine Kinder sorgt, und ich hoffe, das Mädchen wird es mir nachsehen, daß ich ihr nicht mein Herz schenken kann, sondern nur meinen Namen und Stand. Gott allein weiß, wann ich zurückkehre. Manchmal glaube ich, daß ich jung sterben werde, doch möchte ich nicht mit dem Gefühl sterben müssen, dich gekränkt zu haben.«

Von fern schollen Trompetenklänge über das Wasser, und als sie aufblickten, sahen sie, daß sich das Schiff des Königs von Westen näherte. Mit einer gewissen Verlegenheit strich Tom seinen Umhang glatt und bückte sich nach dem Schwert, doch aus Ungeschick stieß er dagegen, und es wäre ins Wasser gefallen, hätte Nick sich nicht auf die Knie geworfen und es am Heft gepackt. Einen Augenblick trafen sich ihre Blicke. Dann wandte sich Nick ab und sagte knapp: »Ich wünsche dir alles Gute.«

»Mehr Worte hast du nicht für mich?«

»Für den Moment müssen sie genügen.«

»Nun denn, möge Gott dich beschützen, Nicholas.«

Tom Wentworth deutete vor dem Arzt eine Verbeugung an, ging an Bord des wartenden Schiffes und ließ sich in der sich herabsenkenden Dunkelheit dem Palast entgegentragen. Einige Wochen später kam die Kunde, daß er nach Irland aufgebrochen war, mit dreißig Kutschen, eine jede von sechs Pferden gezogen.

Vierter Teil
1633–1640

1

Der Statthalter von Irland

Die Frage war nun, wie der Friede zwischen Cecilia und ihm wiederhergestellt werden konnte.

Er erinnerte sich an seine Zeit als Heranwachsender, als er noch bei den Schauspielern gewesen war: Damals war Will Shagspere in die Lage geraten, daß er eines anderen Frau liebte, und es hatte ihn innerlich schier zerrissen. So unwahrscheinlich es auch klingen mag: Zwischen einem Mann und seines Freundes Frau ist nahezu jedes Maß an Zuneigung gestattet, doch wird eine gewisse Grenze überschritten und kommt es auch nur zu einer einzigen intimen Handlung, so ist danach nichts mehr wie zuvor. Nur ein einziger, unvorhersehbarer Augenblick zwischen ihnen... einem verzweifelten, trauernden Mann, der sich nach dem Tode sehnt, und einer Frau, die Mitleid für ihn empfindet... Nicholas war zumute, als sollte dieser eine Augenblick seinem Leben auf immer den Stempel aufprägen.

Shagspere freilich hatte sein Herzeleid in Poesie umgesetzt: Ich bin mein Freund, und er ist ich, und liebt sie uns beide, so liebt sie mich allein! Welch kläglicher Trost eines Dichters für eine so verheerende Schmach!

Der Mann aus Yorkshire verfolgte ihn bis in den Schlaf. Er träumte, er sei Tom Wentworth und liebte an seiner Statt Cecilia, bis er allzu unsanft mit ihr verfuhr und sie sich mit einem gereizten Aufschrei abwandte. Haderten sie miteinander, kam zuweilen der dreijährige William aus seinem Kinderbettchen angetappt und starrte sie verständnislos an, wobei sein kleines Kinn kaum bis zu ihrer Bettkante reichte; dann nahmen sie ihn zu sich unter die Decke und rieben seine kalten Füßchen.

War der Knabe endlich wieder eingeschlafen, fragte Nicholas leise: »Liebst du Wentworth, Cecily?«

»Ja, aber nicht so wie dich.«

»Wie liebst du mich denn?«

Und so ging es in einem fort, bis sie sich die Ohren zuhielt und es aus ihr herausbrach: »Laß mich in Frieden! Bei der heiligen Muttergottes, Nick!«

Tränen des Zorns flossen, und Cecilia und Nicholas bemühten sich, die Stimmen zu dämpfen, um das Kind nicht erneut zu wecken. »Die Umstände sind nicht immerzu dieselben: Wir können einen Menschen nicht nach dem beurteilen, was er aus Verzweiflung tut! Ich wollte, ich wäre euch beiden nie begegnet, dann wäre ich nie derart zwischen euch geraten!«

Seinen kleinen Sohn an die Brust gedrückt, lag er da und zerbrach sich den Kopf, wie er die Dinge zwischen ihnen dreien wieder ins Lot bringen könnte, aber in seinem Stolz wußte er sich keinen Rat. Und doch, sagte er sich, als er sich umdrehte und sehnsuchtsvoll die schmalen Schultern seiner Frau betrachtete, die ihn nach seinem Empfinden einmal mehr zurückgewiesen hatte, und doch war es wahr: Ein Teil seiner selbst war untrennbar mit Tom verflochten; sie waren durch eine Liebe miteinander verbunden, die er seinen Lebtag nicht begreifen würde. Wollte er ihre Freundschaft aufräufeln, würde er gleichsam sich selbst auflösen. Er begehrte gegen diese Erkenntnis auf, fuhr schreiend auf, schlug mit der Hand gegen die Bettpfosten und schleuderte sein Kissen fort. Doch es war in ihm: er kam nicht dagegen an.

»Doch, Glück! Sind wir nicht eins, er mein, ich sein?
Holdsel'ger Traum! dann liebt sie mich allein.«

Eines Morgens, bevor Cecilia zu ihrem Rechtsunterricht ging, beugte sie sich über ihn, während er am Schreibtisch saß und schrieb, und sagte: »Sollen wir alles, was zwischen uns dreien gut und schön ist, wegen eines einzigen Fehltritts dreingeben?«

Er starrte auf den mit frischen Linien versehenen Bogen Papier hinab und murmelte: »Ich weiß nicht.«

»Glaubst du denn nicht, daß es mir leid tut?«

»Doch.«
»Und?«
»Trotzdem.«

Er suchte seine stechende Eifersucht zu unterdrücken, doch sie kehrte immer wieder. Urplötzlich stieg sie in ihm auf, sie machte ihn rasend, ließ ihn mit den Zähnen knirschen und vertrieb schlagartig seine gute Laune. Seinen Freunden gegenüber verlor er indessen kein Wort über seinen Groll. Wie leicht hätte er mit verzogenem Mund zu ihnen sagen können: »Wie du weißt, hat Wentworth…«, und dabei würde seine Stimme triefen vor Hohn, so daß der Angesprochene die Augenbrauen hochzöge und sein Herz vor leichter Entrüstung schneller schlüge, noch bevor er die Botschaft vernähme. Er brachte es indes nicht über sich, aus Scham und aus Liebe. Schlimmer noch, er mußte sich eingestehen, daß er am Kai einige Minuten lang durchaus imstande gewesen wäre, seinen Freund zu töten. Er hätte ihn in den Fluß stoßen, ihm hinterherspringen und seinen Kopf so lange unter Wasser drücken können, bis er tot gewesen wäre. Das erschreckte ihn.

Wie schon so oft verschränkte er die Arme vor der Brust und musterte die Frau, die er geheiratet hatte. Wäre sie ein Mann gewesen, hätten ihr sämtliche Möglichkeiten offengestanden. Er stellte sie sich in einem schwarzen Talar vor wie den großen Staatsrechtler Coke, der das Parlament, dieses Flaggschiff der Nation, zu Zeiten von Königin Elisabeth und deren Nachfolger Jakob dank seiner Geistesstärke und seines Gerechtigkeitssinns umsichtig gesteuert hatte. Mit einiger Belustigung sah er sie vor sich, wie sie, das Haar straff zurückgekämmt, unter dem Gebälk der Westminster Hall mit ihrer weiblichen, doch gestrengen Stimme ein Plädoyer für ihre Gesetzesentwürfe zur Sicherung der Menschenrechte, der Ehre des Königs und des Wohles von England hielt. Indes, sie war als Frau geboren, und durch diese Schickung war ihr vieles von dem verwehrt, was sie gerne getan hätte.

Ihn traf daran keine Schuld, es war nicht sein Wunsch, daß sie in seinem Schatten stand. Oft schon hatte ihn die Schärfe ihres Verstandes verblüfft. Einmal, als Harvey und er über einen vertrackten Fall nachgrübelten und dabei auf ihren Stühlen so weit vorgerutscht waren, daß sich ihre Knie berührten, hatte sie ruhig von ihren Rechtsbüchern aufgeblickt und eine Anregung gegeben, die so simpel und treffend zugleich war, daß sie einander sprachlos anstarrten.

Nein, er glaubte nicht, daß seine Frau sich noch einmal in Wentworths Arme sinken ließe, doch wußte er auch, daß sie ihn sich ebensowenig würde aus dem Herzen reißen können wie er selbst. Er war zornig auf sie, und doch bewunderte er sie in gewisser Weise: Sie wußte die Dinge auseinanderzuhalten, wußte, was in das eine und was in das andere Regal gehörte. Der Vorfall war zu einem befremdlichen, weitgehend totgeschwiegenen Bestandteil ihrer beider Leben geworden. Seither war einiges Wasser die Themse hinabgeflossen, so daß die Erinnerung daran allmählich verblaßte. Und doch vermochte er ihn nicht gänzlich aus seinem Gedächtnis zu verbannen.

Nicholas hielt sich um diese Zeit des Jahres häufig bei Hofe auf, wo er den König und dessen Freunde behandelte, und bei solchen Gelegenheiten hörte er zuweilen ein paar Räume weiter die Kapelle üben, während er, nötigenfalls den Hut ziehend und sich verbeugend, die Zimmerfluchten der Gesandten durchquerte, die gekommen waren, um im Namen ihrer Monarchen offizielle Noten zu überreichen. Tom weilte in weiter Ferne auf der anderen Seite der Irischen See. Einmal schickte er für die Ehefrauen seiner Freunde je einen Ballen Wollstoff, und danach ließ er nichts mehr von sich hören. Mehrere Monate vergingen.

Als Nicholas an einem verschneiten Winterabend alte medizinische Aufzeichnungen durchsah, stieß er auf ein Rezept in Wein aufgekochter Rübsamen, die er einst einer Frau gegen ihre Unfruchtbarkeit verschrieben hatte, und da entsann er sich wieder seiner frühen Freundschaft mit Wentworth. In einem Augenblick der Unbesonnenheit – er hatte seit Tagen keine Nacht mehr richtig geschlafen, weil er seinen fieberkranken Sohn gepflegt hatte – schob er die Notizen beiseite und begann zu schreiben:

»An den Statthalter von Irland, Thomas Wentworth, von Nicholas Cooke, Arzt

Viele Jahre lang schien es, als hätte so manches Ereignis in meinem Leben nicht wirklich stattgefunden, bis wir nicht darüber gesprochen, es gedeutet und eingeordnet hatten.

Laß mich zumindest wissen, wie es Dir geht.«

Obgleich er wußte, daß er den Brief nicht abschicken würde, füllte er mehrere Bögen Papier. Ein ums andre Mal spitzte er die Feder an, wobei er sich die Finger mit Tinte bekleckste, und drehte den Docht der Lampe höher.

Nicholas war an diesem Abend von ungestümen schwärmerischen Gefühlen beseelt, wie sie ihn seit seiner Jugend immer wieder befielen, und in solchen Augenblicken war ihm, als könnte er die Hand in Gottes Herz legen und eine Wandlung erfahren. Das Leben umglänzte ihn und erfüllte ihn mit einer unbeschreiblichen nicht faßbaren Beglücktheit. Abermals verspürte er kraftvoll seinen Glauben an das letztlich Gute im Menschen. Ohne diesen Glauben hätte er nicht den Mut besessen, Morgen für Morgen aufzustehen, ohne ihn würde er all das einbüßen, was ihn selbst ausmachte. In seinem Überschwang glaubte er sich bald in seiner gemütlichen Wohnstube, bald an einem anderen Ort, den er nicht zu benennen wußte.

Er hatte etwas länger als eine Stunde geschrieben, als jemand draußen in der Gasse an seine Haustür hämmerte. Ein leises Gefühl von Ungerechtigkeit machte sich in seiner Brust breit, weil er immer gerade dann unterbrochen wurde, wenn zwei Gedanken sich miteinander anfreunden wollten. Widerwillig stand er auf und ging öffnen.

»Ja, was gibt es? Hier bin ich...«

Im Dunkeln packte ihn jemand am Hemd. Nicholas verspürte den Drang, den Fremden fortzustoßen, obwohl dieser eigentlich nicht so aussah, als könnte er ihm etwas zuleide tun. An der kräftigen Gestalt erkannte er, daß es sich um den Maurer handeln mußte, der sich unlängst in der Silver Street niedergelassen hatte. »Pastor, ich habe gesündigt!« lallte der Mann.

»Ich habe meinen Lohn versoffen und meine Kinder geschlagen, bis sie zu Boden gestürzt sind... Vergebt mir, vergebt mir...«

»Gott wird dir vergeben, sofern du nicht mehr sündigst.«

»Nein, Ihr sollt mir sagen, daß Er mir vergeben hat und mich nicht ins Höllenfeuer schickt!«

»Das wird Er gewiß nicht tun«, erwiderte Nicholas voller Sanftmut: Er war an diesem Abend so milde gestimmt, daß ihn nichts hätte erschüttern können. »Er wird es nicht tun, wenn du aufrichtige Reue empfindest. Uns ward so vieles mitgegeben... und wir müssen viel daraus machen. Wir dürfen unsere Gaben nicht vergeuden.« Weitschweifig erging er sich über die Verantwortung der Menschen füreinander, obgleich er sehr wohl bemerkte, daß seine Worte den Mann befremdeten. Schließlich sagte er zu ihm: »Gehe hin in Frieden«, gab ihm ein paar Münzen, damit er für seine Familie etwas zu essen kaufen konnte, und ging dann hinüber in die Kirche, wo er lange Zeit, die Hände vors Gesicht geschlagen, dasaß.

Später brachte er den Brief in die Mitre Tavern, damit ihn die Mittwochskutsche nach Irland mitnahm. Die Antwort kam binnen zweier Wochen.

»Pastor,

ich bin so dankbar für Deinen Brief. Irland ist ein feuchtes Land, und ich bin krank vor Sehnsucht nach meiner Heimat. Ich arbeite unermüdlich an meinen Plänen für die Thoroughs und eine unfehlbare Regierung. Unser beider Zwist tut mir in der Seele weh.«

Darauf schrieb Nicholas ihm ein paar noch überschwenglichere Zeilen zurück, kritzelte das Wort *Verziehen* darunter und unterstrich es dreifach. Er zeigte den Brief Cecilia, und sie fügte hinzu: »Auch von mir liebste Grüße.« Die Antwort traf postwendend ein: »Meinen innigsten Dank, geliebte Freunde!« Die Wunde war verheilt. Als Nicholas am darauffolgenden Sonntag den Kelch hob, spürte er Tränen in seinen Augen brennen.

Von nun an kamen wieder wöchentlich Briefe, wenn nicht gar öfter. Im gesamten Königreich gab es keinen schwierigeren Posten als den des Statthalters von Irland. Karrieren waren ruiniert und Menschenleben geopfert worden bei dem Versuch, dieses aufmüpfige Land im Zaum zu halten, dessen sich regelmäßige erhebende Nationalisten dem englischen König das Recht absprachen, Teile ihres Landes an seine Günstlinge zu verschenken und ihr wirtschaftliches und kulturelles Leben zu beherrschen. Die Präsenz der Krone in jenem Land lastete schwer auf dem Gewissen vieler von Nicholas' Freunden; andererseits war es so gewesen, solange sie zurückdenken konnten. Ebenso wie Wentworths engste Vertraute fragte sich auch Nicholas, ob diese Stellung für ihren Freund die richtige war. Der große, umsichtige Staatsmann hütete einen Außenposten des Königreichs, während der Kern der Regierung unbefestigt blieb. Dessen waren sie sich bewußt, doch sagten die meisten von ihnen nichts.

Begierig las Nicholas seine Briefe und reichte sie an den Winterabenden an Cecilia weiter, während die Haushälterin bereits schlief und ein warmes, gemütliches Feuer brannte. Beide trugen sie wollene Hausröcke, und ihre Füße lagen auf dem breiten Schemel so dicht beieinander, daß sie sich berührten; Cecilia hatte die Wange auf die Hand gestützt und rückte alle Augenblicke ihre Brille zurecht. Im ganzen Land staunte man über die ebenso zügige wie treffliche Arbeit, die der neue Statthalter von Irland leistete: Schon hatte er Maßnahmen ergriffen, um das Parlament von Dublin zu stärken und die Piraten von der Irischen See zu vertreiben; er trug sich mit dem Gedanken, ein Heer auszubilden, das nötigenfalls im Dienste Seiner Majestät eingesetzt werden konnte; er erarbeitete Pläne für eine straffere Organisation der Kirche und hatte erste Schritte zur Förderung des Wollgewerbes eingeleitet. Bei Auseinandersetzungen mit englischen Landbesitzern trat er zumeist für die Interessen des Königs ein.

Sein Haushalt, so schrieb er ihnen, umfasse mittlerweile über dreihundert Personen: Lehrer für seine Kinder, Pagen, Sekretäre, Berater, Geistliche, Köche und alte Freunde, die allesamt in einem riesigen Haus wohnten, das noch nicht vollends fertiggestellt war. Entsetzt war er über die ungepflasterten Straßen der Stadt, zumal nach der altehrwürdigen Pracht von York, und er kämpfte gegen sein Heimweh an. Er musterte die neu aufgestellten Truppen, die schwarze Rüstungen trugen und schwarze Pferde ritten. Jemand hatte mißgünstig angemerkt, er regiere Irland wie ein König.

2

Das Haus in Covent Garden

In Londons Schenken und Straßen war unablässig die Rede von den wachsenden Siedlungen in der Neuen Welt, und bei Nicholas zu Hause hing sogar eine Karte von jenem fernen Land an der Wand. Sein alter Freund Tom Hariot war als Nautiker dort gewesen und hatte ein Buch darüber geschrieben. Außerdem hatte der Arzt das Werk *Beschreibung Neuenglands* von Kapitän Jon Smith gelesen und seinen Freunden geborgt. Jamestown, auf einer flachen, sumpfigen Insel gelegen, war im Jahre 1607 mittels Ausgabe von Anteilsscheinen gegründet worden, die Engländer sämtlicher Schichten gezeichnet hatten. Die Lebensbedingungen dort waren indes so verheerend, daß es trotz des Tabakanbaus nur wenige Menschen hinzog.

Die Kunde von jener und anderen Siedlungen verbreitete sich anhand von Briefen, und in der Mitre Tavern machte ein zerfleddertes Exemplar der *Weekly News* die Runde. Die unermeßliche Weite der Neuen Welt übte gleich dem Meer einen starken Sog aus: Raleigh hatte sie bereist und auch der Naturforscher Gilbert; Shagspere war ihrer Faszination ebenso erlegen wie Francis Bacon, und selbst der verstorbene Dekan der St.-Pauls-Kathedrale, John Donne, hatte in seinen wilden Jugendjahren ein Liebesgedicht für seine Herzensdame verfaßt, in dem er auf jene fremden Gestade anspielte:

> »Laß schweifen meine Händ', laß ihnen freien Lauf
> Voran, zurück, hinein, hinab, hinauf,
> O mein Amerika, mein neugefund'nes Land!«

Sie waren hinunter an die See gereist, um die Schiffe zu bestaunen. Die Lockung ferner Länder wehte durch Londons

Straßen. War nicht der Tabak wie geschaffen, um ihn für Arzneien und Klistiere zu verwenden? War nicht wenige Jahre zuvor die sinnliche Pocahontas, in befremdliche, aufreizende Tierhäute gewandet, bei Hofe vorgeführt worden? Nicht zum erstenmal bedauerte Nicholas, daß seine Lebenszeit bemessen war und er vieles nie würde erfahren oder erleben können. Alle seine Freunde hatten früher oder später einmal mit dem Gedanken gespielt, aus purer Abenteuerlust auf Reisen zu gehen. In seinen Junggesellentagen hatte er selbst einmal in Gegenwart des Buchbinders Keyes ausgerufen: »Um Gottes willen, laß uns auch aufbrechen!« Doch die anfängliche Begeisterung erlahmte, und schon bald schüttelten sie die Köpfe. Schließlich handelte es sich doch, wie einem jeder, der dort gewesen war, bestätigen konnte, um ein wildes, unwirtliches, barbarisches Land: kein Theater, keine noch so heruntergekommene Schenke, nicht die Andeutung einer vernünftigen Unterhaltung – so einer von Harringtons Freunden nach seiner Rückkehr.

Nicht, daß in ihrer Heimat alles zum Besten gestanden hätte. Die Arbeitslosigkeit griff immer mehr um sich, und Nicholas erinnerte sich noch lebhaft an die Hungersnöte auf dem Lande, auf dem er in den neunziger Jahren des sechzehnten Jahrhunderts als Schauspiellehrling umhergereist war: Noch immer hatte er die abgezehrten Gesichter und geblähten Bäuche der Kinder vor Augen. Erst vor wenigen Jahren wäre um ein Haar erneut eine Hungerskatastrophe ausgebrochen. So sollten die Bürger in diesem Land nicht leben müssen, sagte Tom. Er gelobte, er wolle verdammt sein, wenn in seiner Grafschaft Grundbesitzer die Rechte des einfachen Mannes mit Füßen traten, und er wolle mithelfen, eine Regierung zu schaffen, die dafür sorgte, daß für jeden genug da sei.

Nicht nur die Landkarte von Amerika faszinierte Nicholas, sondern auch Karten anderer Länder aus fernen Zeiten und Epochen in Form von altertümlichen ovalen oder langgezogenen rechteckigen Holzschnitten oder Kupferstichen, etwa Landkarten aus dem zwölften Jahrhundert mit einer gewagten Darstellung der Welt als Kugel, in deren Mitte sich stets Jerusalem befand, denn in der Bibel stand geschrieben: »Gott hat Jerusalem in die Mitte der Nationen und Völker gesetzt.« Darauf waren weder Längen- noch Breitenkreise, noch Maßstäbe verzeichnet. Das Paradies lag in der Regel im Fernen Osten. Harvey hatte einmal zu errechnen versucht, wie lange es dauern würde, wollte man zu Fuß hingehen.

Mittlerweile gab es hervorragende Karten, darunter jene des trefflichen John Speed, auf denen jeder Winkel von England verzeichnet war. Diese und andere erstand Nicholas in den Läden von Buchhändlern und Kartographen, breitete sie zu Hause auf dem Fußboden aus und brachte, eine Kerze darüber haltend, ganze Abende damit zu, seinem schläfrigen Sohn die Umrisse der einzelnen Länder und Meere aufzuzeigen: Hier gab es Meerengen und Untiefen und nicht eingezeichnete Wasserwege. Und dort würde eine Passage entstehen, sollte der Bau eines Kanals je möglich sein.

»Osten oder Westen, zu Hause ist's am besten«, sagte Harvey immer wieder zu dem Knaben, während sie über die Karten krochen und die Katze fortscheuchten, die sich darauf gesetzt hatte. Wohlgemerkt: Nicht, daß in ihrem eigenen Land alles zum Besten stand: Da waren der Schmutz, die Armut und die Bestechlichkeit. Die überfüllte Stadt platzte schier aus den Nähten, Männer unterschiedlichster Auffassungen machten bei den allmonatlichen Gemeindeversammlungen lauthals ihrem Unmut Luft, und doch bemühten sich alle um ein friedliches Miteinander. Und dann gab es da noch die religiösen Querelen.

Obgleich Nicholas unverbrüchlich zur traditionellen Kirche hielt, war er sich der wachsenden Zahl abtrünniger Glaubensgemeinschaften innerhalb der Stadtmauern nicht weniger bewußt als jeder andere Londoner. Sie waren so zahlreich wie die gurrenden und nacheinander hackenden Tauben im Kirchhof der St.-Pauls-Kathedrale. Manche Sektenmitglieder zählten gar zu seinen Patienten, und ihnen war er wohlgesinnt. Auch wenn er ihnen kein uneingeschränktes Vertrauen entgegenbrachte, war er dennoch willens, in Frieden mit diesen Zeitgenossen zu leben.

An einem Winternachmittag kam Bartlett herüber, um sich ein Buch auszuborgen, und die beiden Männer zogen eine

Menge Bücher aus dem Regal und legten sie auf den Boden, bis sie das richtige fanden. Als sie beiläufig auf die Sekten zu sprechen kamen, bemerkte Bartlett knapp: »Deinem Erzbischof sind sie ein Dorn im Auge.« Nicholas blickte von den rings um ihn verstreuten Büchern auf. In der Brust verspürte er das altbekannte leichte Ziehen, das sich immer dann einstellte, wenn er wieder einmal zum Vermittler aufgerufen war, um die unterschiedlichsten Gruppierungen seiner Welt gleich Splittern zusammenzufügen und miteinander zu versöhnen. Dieser Aufgabe kam er mit Freude und stetig wachsendem Selbstbewußtsein nach. Sabbat für Sabbat stellte er sich vor seine Kirchengemeinde, hob die Hände und sprach: »Der Friede Gottes, der alles Verstehen übersteigt, möge in eurem Herzen und in eurem Geiste das Wissen um die Liebe Gottes wachhalten...« Er war von dem unerschütterlichen Vorsatz beseelt, nach diesen Worten zu leben und sie in die Welt hinauszutragen.

Nachdem Bartlett mit dem Buch gegangen war – er blieb nie lange in jenen Tagen –, kniete Nicholas noch eine Weile auf dem Boden und ließ die Gedanken schweifen, denn er hatte soeben ein reich mit Karten illustriertes Buch zur Hand genommen und aufs Geratewohl darin geblättert, um sich einen ungefähren Eindruck von der Form gewisser Länder zu verschaffen, die er nicht allzu gut kannte. Was kannte man schon außer seiner Arbeit, außer der Art, wie sich das Treppengeländer anfühlte, wenn man nachts zum Schlafen nach oben ging, und der schläfrigen Stimme des eigenen Kindes, das nach einem rief?

Er kam zu dem Schluß, daß das Leben auf dieser Welt nun einmal so war. Es war wie ein Häuflein Laub im Garten, das man fein säuberlich zusammenrechte, und dann kam der Wind und blies die Blätter fort; oder Ratten drangen in den Kornspeicher ein, den man dicht und fest verschlossen glaubte, und verunreinigten ihn. Sündern wurde vergeben, und sie kamen mit schamerfülltem Gesicht von neuem angekrochen, weil sie abermals schwach geworden waren. Nicholas war ein ordentlicher Mensch. Mochte er sein Hemd auch achtlos zu Boden fallen lassen oder so manches Kleidungsstück in seiner Hast falsch herum anziehen, so verfügte er doch über ein aufgeräumtes Innenleben. Er wußte, was er in Ehren hielt, woran er glaubte und wen er liebte. Er wußte auch, daß, selbst wenn man auf dieser unvollkommenen Welt liebte, Gefühle wandelbar waren und sich von einem Tag auf den anderen zerstreuen konnten wie das vom Wind verwehte Laub. Und er wußte, und dies vergrößerte sein Unbehagen noch, daß der Gegenstand der Liebe selbst sich wandeln konnte. Christus war unwandelbar, doch vieles andere nicht. Selbst die Erdkruste hatte sich verändert, wie Harrington sie bei ihrer letzten Zusammenkunft leicht triumphierend aufgeklärt hatte.

Mitunter indes hielt Nicholas die Dinge allzu fest: sogar sein geliebter Sohn William wand sich bisweilen in seiner Umarmung und rutschte von seinem Schoß. Solcherlei Verhalten war bei ihm allerdings die Ausnahme: Zumeist ließ er die anderen frei schalten und walten. Das entsprang der Angst, die von seinen frühen Verlusten herrührte, und der tief in seiner Seele verankerten Gewißheit, daß all jene, die er am meisten ins Herz geschlossen hatte, sterblich waren.

Draußen vor dem Fenster warfen sich Kinder in der Gasse einen Ball zu. Das gewohnte tröstliche Lächeln im Gesicht, kam Avery auf dem Weg vom Dispensarium an Nicholas vorbei, berührte ihn leicht an der Schulter und ging nach oben. Gewiß hatte er das Schild vor die Tür gehängt, auf dem stand, daß der Arzt außer Haus sei und man nötigenfalls an der Glocke ziehen solle. Gleich würde Nicholas das schabende Geräusch des Stuhls hören, wenn Avery sich hinsetzte, um weiter an seinem bedeutenden Buch über London zu schreiben, oder das leise Tappen seiner Stiefel, wenn er im Zimmer auf und ab schritt. Avery war ein gutherziger Mensch: Stets trug er in seinen Taschen zwischen all den Tabakkrümeln etwas Naschwerk mit sich herum für den Fall, daß ihm ein Kind über den Weg lief, und mit jedem Tag lud er sich im Dispensarium mehr Arbeit auf. Indes, wie bei Bartlett so herrschte auch in seinem Innersten eine Leere, und diese Leere mochte der Grund dafür sein, daß sich sein Schritt merklich verlangsamte, wenn er zu der von ihm bewohnten Dachstube hinaufstieg, wo er mit sich selbst ganz alleine war.

Nicholas blickte sich um und kehrte nur allmählich in die Gegenwart zurück. Er befand sich in der Wohnstube seines Hauses in der Love Lane. Auf dem Fußboden lagen Landkarten und medizinische Lehrbücher verstreut; seine Knie schmerzten, auf dem Herd köchelte ein Eintopf, und der Tag neigte sich dem Ende zu. Stimmen in der Gasse erinnerten ihn daran, daß ein paar andere Pfarrer zum Abendessen zu ihnen kommen wollten.

Zahlreiche Geistliche der Stadt zählten mittlerweile zu seinen Freunden: Domherren der St.-Pauls-Kathedrale, Gelehrte, die im Lambeth-Palast ein und aus gingen, Männer, die er in Lauds Haus bei Tisch kennengelernt hatte oder mit denen er bei bedeutenden Anlässen gemeinsam in einer Prozession geschritten war. Um über eine ebensolche Prozession zu sprechen, begab er sich an einem wolkenverhangenen Tag zu einem Kaplan, der auf dem Areal des Tower of London wohnte. Dort hielt er sich allzu lange auf, denn als er auf den Hof hinaustrat, hatte der Regen bereits begonnen.

Laut prasselnd ging er auf das rußige alte Gestein der Türme, Höfe, Kapellen und schäbigen Behausungen der Dienerschaft nieder, aus denen die altertümliche, von Mauern umgebene Festung bestand. Nicholas suchte Schutz unter einem Torbogen und beobachtete, wie ein Mann ein quiekendes Schwein quer über den Hof zerrte und gleich darauf ein kleines Mädchen mit einem Korb voll nassem Gemüse vorbeilief. Im strömenden Regen konnte er die Spitze des White Tower nicht erkennen.

Mehrere Männer, unter deren schweren Mänteln lediglich die Spitzen der Degen hervorschauten, verließen im Laufschritt die Kapelle St. Peter ad Vincula. Sie unterhielten sich angeregt über irgendwelche das Schatzamt betreffende Angelegenheiten und lachten. Einer von ihnen rempelte Nicholas im Vorbeilaufen versehentlich an, und als er sich, eine Entschuldigung murmelnd, umdrehte und ihn erkannte, faßte er ihn freudig am Arm. Es war Cecilias Bruder Lord Dobson.

»Du Filzlaus, du bist es!« schrie Nicholas gegen den pladdernden Regen auf den Dächern an und umarmte den wählerischen Lord. »Ich habe dich seit drei Monaten nicht gesehen! Du sprichst von Gesetzesentwürfen und Sondersteuern? Wird das Parlament etwa erneut einberufen?«

»Ha, mitnichten!« entgegnete sein Freund. »Sechs Jahre geht es schon ohne, und Seine Majestät kommt mit Schiffsgeldern und anderen Mitteln leidlich zu Rande. Auch ich bin recht zufrieden: Meine Taschen sind gefüllt.« Er klopfte sich auf die Seiten und blickte seinen Kameraden nach, die ohne ihn zum Tor eilten.

Dann stellte er sich zu Nicholas in das Portal und sah zu, wie der Regen sich über Türme und Pflaster ergoß. Nicholas sagte: »Allen Ernstes, ich kann mich nicht erinnern, wann unsere wissenschaftliche Gesellschaft zuletzt zusammengetreten ist! Keyes hat nicht einen Augenblick Zeit, und Harvey geht offenbar ganz in seiner Suche nach noch mehr Gemälden auf. Mein Geist stumpft allmählich ab.«

»Das müssen wir verhindern, mein Guter! Weißt du was? Ich werde Briefe verschicken und alle für kommende Woche zusammentrommeln. Ich habe einen schmackhaften, alten Tropfen, den wir kosten müssen. Wentworth ist zurück, wußtest du das? Vielleicht kommt er auch.«

»Nein, das wußte ich nicht. Sag, wann ist er eingetroffen?«

»Vor ein paar Tagen erst. Ich habe ihn nur kurz gesehen. Es hieß, der König wolle ihn zum Schatzkanzler machen, aber dann ist die Wahl auf einen Bischof gefallen... Juxon ist sein Name. Die Leute wissen, daß unser guter Tom genau hinschauen würde. Mit ihm im Nacken kann weder der englische Adel im Norden des Landes noch der in Irland sein Sümmchen abzwacken!« Dobson nahm den Hut vom Kopf und schüttelte die Regentropfen ab. »Schwarzer Tom, so nennen ihn manche!« sagte er mit mißmutigem Lächeln. »Ich fürchte, er gleitet in den Augen der Leute zunehmend in die Rolle des Sündenbocks hinein und muß für alles herhalten, was im Lande schiefläuft.«

»Und was läuft schief?«

Dobson legte die Stirn in Falten. »Für uns und die meisten, die uns nahestehen... nichts. Viele sind gar besser dran als zuvor... Für andere macht er strenge Gesetze, doch er selbst beugt sie nach Belieben. Er ist kein Heiliger, Nick.«

»Kein Mensch ist das.«

»Es heißt, er will nächste Woche in seinem neuen Haus eine Gesellschaft geben, zu der er alle bitten will, die im Königreich Rang und Namen besitzen, und er hofft, daß auch Seine Majestät sich einfinden wird. Wenn er doch bloß diesen lästigen kleinen Laud überginge, an dem er einen solchen Narren gefressen hat!« Dobson schnitt eine Grimasse und starrte das alte Gemäuer an, von dem das Regenwasser herabtroff. »Dieser Furz von einem Erzbischof! Vors Kirchengericht hat er mich und einige Freunde zitiert und uns des Ehebruchs angeklagt! Wie einen Schulknaben hat er mich heruntergeputzt! Es hätte mich nicht gewundert, wenn er hinter dem Rücken eine Rute hervorgeholt hätte... Ich mußte mir das Lachen verkneifen! Mich hat es eher belustigt als wütend gemacht, aber meinen Freunden war anders zumute. Was für ein Gespann, Nick: Wentworth und Seine Gnaden! Sie bilden sich ein zu wissen, was für unser Land das Beste ist.«

Er verstummte kurz. »Wann hast du Tom zum letztenmal gesehen, Nick?«

»Vor bald drei Jahren.«

»Er hat sich sehr verändert. Um seine Gesundheit steht es schlecht, und seit Arabellas Tod ist er nicht mehr derselbe. Er braucht das Gefühl, geliebt zu werden, doch immer weniger Menschen tun das. Komm, meine Kutsche steht vorne am Tor!«

Gegen den trommelnden Regen anbrüllend, eilten sie Arm in Arm über das Pflaster.

Zwar hatten Nicholas und Wentworth einander seit ihrem Zerwürfnis häufig geschrieben, doch gesehen hatten sie sich nicht, und die Vorstellung, ihm in Kürze gegenüberzutreten, rief bei Nicholas ein unbehagliches Gefühl im Magen hervor. Das seltsam dunkle, besitzergreifende Wesen des Mannes aus Yorkshire machte ihn unsicher. Eigentlich hatte er sich früh zu Toms Einladung begeben wollen, um den vielen Menschen, die sich gewiß einfinden würden, zu entgehen, doch dann hatte William Fieber bekommen. Er eilte die Treppe hinunter, um rasch eine

Nachricht zu schreiben, daß er überhaupt nicht kommen würde, aber schon wenig später ging es seinem Sohn sichtlich besser, und Nicholas besann sich anders. So ging er mit reichlich zwei Stunden Verspätung zu den Stallungen um die Ecke, um sein Pferd zu holen, und ritt los.

Fackelschein drang aus Wentworths neuem Haus und erhellte die zahlreichen Kutschen, die davor standen. Als Nicholas zu den Stufen am Eingang eilte, bemerkte er, daß sich einige Gäste bereits auf den Heimweg machten, doch lungerten noch immer so viele Kutscher und Diener herum, daß es sicherlich noch eine gute Weile dauern würde, bis die Räume sich vollends geleert hätten. Im Inneren des Hauses bahnte er sich höflich einen Weg durch die Gesellschaft, vorbei an Männern, die er noch nie gesehen hatte, und solchen, die ihm nur flüchtig bekannt waren. Bartlett stand weintrinkend in einer Ecke und erzählte einer hübschen Frau mit dröhnender Stimme Geschichten. Seinen Augen sah Nicholas an, daß er nicht mehr ganz nüchtern war. »Was für ein Gepränge!« rief er und schlug Nicholas auf die Schulter. »Vierhundert waren hier, wenn ich richtig gezählt habe, um dem Statthalter die Ehre zu erweisen! Es heißt, der König sei außer sich vor Entzücken über das, was Wentworth vollbracht hat.«

Nicholas ging durch mehrere von hellem Kerzenschein erleuchtete Räume, in denen solches Gedränge herrschte, daß er kaum vorankam. Das flackernde Licht ließ die Furchen in den Gesichtern der Männer deutlich hervortreten und ihre Augen funkeln. In einem Saal hatte man ein Festessen aus gebratenem und wieder in sein Federkleid eingenähtem Pfau aufgetragen und aus einem Eisblock eine Kathedrale und einen Palast herausgehauen. Überall wimmelte es von Höflingen und Mitgliedern der Rechtskollegien, und alles plauderte mit so auftrumpfender Fröhlichkeit miteinander, wie Menschen es in der Umgebung von Reichtum zu tun pflegen.

Ein blaulivrierter Diener, den er schon einmal gesehen hatte, berührte respektvoll seinen Arm. »Sir, wenn es Euch beliebt... Seine Lordschaft hat nach Euch gefragt. Wollt Ihr mir bitte folgen?«

In der Eingangshalle, am unteren Treppenabsatz, stand Thomas Wentworth in einem dunklen Wams und mit einem weiten, flach auf den Schultern aufliegenden Kragen aus schlichtem, feinfädigem Linon. Lachend hielt er sein jüngstes Töchterchen auf dem Arm. Das Gesicht mit dem schwarzen, gezwirbelten Schnurrbart wirkte sehr blaß, und im Näherkommen bemerkte Nicholas, daß das Haar seines Freundes allmählich ergraute. Bei seinem Anblick durchliefen ihn so viele widerstreitende Empfindungen, daß er auf halbem Wege stehenblieb. Wohlklingend hob sich das tiefe Organ des Statthalters vom allgemeinen Stimmengewirr ab.

»Was macht der irische Wollhandel, Mylord?«

»Er hat großen Auftrieb bekommen, Gott sei's gedankt.«

»Jagt Ihr, Mylord?«

Nicholas blickte sich um, aber der König war nirgends zu sehen. Er versuchte sich Wentworth zu nähern, doch war dieser in ein Gespräch vertieft und gesellte sich anschließend zu ein paar Freunden in einer Ecke. Obgleich es schon recht spät war und es Nicholas nach Hause zu seinem kranken Sohn zog, brachte er es nicht übers Herz, zu gehen, ohne Wentworth begrüßt zu haben, denn schließlich waren drei Jahre vergangen.

Die Uhr schlug zehn. Lords, Geistliche, Höflinge, Damen und Musiker brachen auf, und allmählich kehrte Stille in den Räumen ein. Im Vestibül wurden Küsse ausgetauscht, das letzte Geraune über Staatsangelegenheiten verstummte. Die Damen wechselten ihre bestickten Satinschuhe für den Gang über das Kopfsteinpflaster gegen solche aus robustem Leder. Wentworth stand in der kühlen Abendluft an der Haustür und verabschiedete jeden Gast einzeln. Als er sich schließlich umwandte, stellte er fest, daß Nicholas im Haus auf ihn wartete.

Einen Augenblick lang sahen sie sich schweigend an, dann schlossen sie sich in die Arme. Wentworths Schultern, die er schon immer etwas hatte hängen lassen, hatten sich leicht gerundet, und auch sein Schnurrbart zeigte erste silberne Härchen. Nicholas hielt den Freund ein Stück von sich und musterte ihn mit gestrengem Blick.

»Was starrst du mich so an?«

»Ich habe dich so lange nicht gesehen.«

»Du hättest mich jederzeit in Dublin besuchen können.«

»Du weißt, daß mich die Arbeit hier festgehalten hat.«

»Wo ist Cecily?« erkundigte sich Wentworth so beiläufig wie möglich.

»Zu Hause, unser Junge ist krank. Ich hatte zugesagt, daß ich kommen würde, Tom, und wollte dich nicht enttäuschen.«

»Meine Enttäuschung heute abend ist groß genug«, entgegnete Wentworth unwirsch. »Seine Majestät ist nicht erschienen. Vielleicht wollte er mir nach dem Brief, den er mir heute nachmittag geschickt hat, nicht begegnen. Er hat mir den Grafentitel verwehrt, um den ich ihn ersucht hatte, dabei habe ich ihn bei all meiner Arbeit für ihn weiß Gott verdient! Ich werde ihm darum nicht schlechter dienen, wenn auch mit weniger Freude im Herzen.« Der Zug um seinen Mund verhärtete sich.

»Warum liegt dir so daran?«

»Wegen der Geltung, die mir der Titel verschaffen würde, und nicht zuletzt wäre es ein Beweis seines Vertrauens. Es tut mir leid, daß dein Junge krank ist. Wenn er etwas braucht, will ich es ihm von Herzen gerne schicken.«

Sie gingen in den Speisesaal und betrachteten eine Weile den langsam dahinschmelzenden Eispalast. Nicholas sagte: »Dobson meinte, dir gehe es selbst nicht gut, mein Freund.«

»Fürwahr, ich leide unter dem feuchten Klima. Manchmal kann ich meine Hände nicht mehr gebrauchen. Man hat mir auch gesagt, ich hätte das Steinleiden, aber ich schrecke davor zurück, den Stein schneiden zu lassen... Offen gestanden habe ich nicht die Zeit, Nicholas. Ich wünschte, du könntest mit mir nach Irland kommen.«

»Was sollte ich dort?«

»Mein Leibarzt sein. Außerdem würde ich dafür sorgen, daß du als Vertreter eines Burgfleckens ins irische Parlament gewählt wirst. Dasselbe habe ich für einige Freunde und meinen Bruder getan. Du könntest reich werden. Ich besitze jetzt Macht, große Macht. Solltest du je den Wunsch haben, ein Hospital zu errichten, werde ich dir unter die Arme greifen. Ein

Hospital in Dublin, warum nicht? Vielleicht möchtest du auch in der Kirchenhierarchie aufsteigen...«

»Mir liegt nichts an diesen Dingen.«

»Aber mir liegt daran, sie dir zu geben«, erwiderte Wentworth heftig. Er zog sein Wams aus und hängte es über eine Stuhllehne; dann setzte er sich müde und schlug für einen Augenblick die Hände vors Gesicht.

Nicholas zog einen Stuhl heran. »Am meisten liegt mir an deiner Gesundheit, Tom«, sagte er schlicht. »Mir liegt an deinem Wohlergehen und an deinen Briefen. Mag sein, daß du der Statthalter von Irland bist, aber du bist auch mein Freund. Ich wünsche dir ein hohes Alter bei bester Gesundheit. Tom, hör mich an. Viel mehr brauche ich nicht. Für andere Dinge tauge ich vielleicht gar nicht. Mir scheint, ich bin für vieles auf dieser Welt zu idealistisch. Weißt du, was mir gefallen würde? Dich wie früher nur einen Steinwurf entfernt zu wissen und die halbe Nacht am Feuer zu verplaudern. Alles andere kann mir gestohlen bleiben. Was meinst du, Tom?«

»Komm mit mir, Nick. Ich brauche dich.«

»Ich kann nicht.«

»Weshalb? Du hast doch nicht etwa Angst um Cecily?« Er blickte auf. »Das ist es nicht, oder?«

»Nein, das ist es nicht, jedenfalls nicht hauptsächlich. Ich betreibe hier mit Harvey Forschungen und habe das Gefühl, in diese Stadt zu gehören. Ich muß ich selbst sein... und nicht nur ein Teil von dir, mein Freund. Ich verstehe mich nicht darauf, irgendeinen obskuren Burgflecken im Parlament zu vertreten. Ich möchte hierbleiben.«

Zwischen ihnen kehrte Schweigen ein.

Nicholas nahm einen Apfel und starrte ihn nachdenklich an. Er kannte Wentworth. Er hatte seit langem begriffen, daß sein Freund wie eine junge Eiche war, die beständig wächst, bis sie ein solches Ausmaß erreicht, daß man, blickt man ins Geäst hinauf, ihre Gestalt im hindurchströmenden Sonnenlicht nicht mehr erkennt. Auf keinen Fall wollte er diesen Moment der Zweisamkeit mit seinem Freund ungenutzt verstreichen lassen. Es gab so vieles zu sagen, daß er nicht wußte, wo er beginnen sollte.

»Tom, dein Licht leuchtet so hell wie ein Lauffeuer, meines dagegen brennt auf kleiner Flamme.«

»Dafür hält es am Ende länger vor.«

»Ich weiß nicht.«

»Hast du denn keinen Ehrgeiz, Nick?«

»O doch, viel sogar, aber er ist von anderer Art als deiner. Nicht weniger heftig, aber eben anders. Ich möchte unter dem Vergrößerungsglas etwas entdecken, was ich wohl nie finden werde. Vielleicht habe ich es nur geträumt. Selbst darin sind wir uns sehr ähnlich, Tom. Wir wollen für alle das Beste.«

»Also ist doch Cecily der Grund dafür, daß du nicht mitkommst.«

»Mag sein... nein, doch wohl nicht. Laß mich deine Brust abtasten... Schnür dein Hemd auf. Gott im Himmel, ich tue dir schon nicht weh, Tom! Du hast die Brust in meiner Gegenwart doch sonst nicht so verkrampft! Ich bin dein Freund... ich liebe dich. Sitzt hier der Stein? Harvey kann ihn so gut schneiden wie jeder andere, und der Fall wäre im Handumdrehen erledigt. Ich würde neben dir stehen und dir Dinge erzählen, bis du so laut fluchst, daß du nichts mehr spürst. Was meinst du, Tom?«

»Nein.«

»Starrkopf!«

»Du bist noch schlimmer.«

»So krank habe ich dich noch nie gesehen.«

»Es ist nicht der Rede wert.«

»Vertraust du mir nicht?«

»Mehr als den meisten Menschen.«

»Na, weit her kann es mit dem Vertrauen nicht sein«, sagte der Arzt sanft. »Aber du willst ja nicht auf mich hören.«

Wentworth dämpfte seine Stimme zu einem Flüstern: »Sei nicht so streng mit mir, Nick. Wir waren allzu lange getrennt, und es gibt vieles, was ich dir erzählen möchte. Aber jetzt geh erst einmal hinauf und gib meinen Kindern einen Gutenachtkuß, sie fragen unentwegt nach dir.«

Die kleinste Tochter war im Vestibül in einem großen Sessel eingeschlafen; Nicholas nahm sie behutsam auf den Arm und ging die Treppe hinauf. Neben dem von einem weißen Vorhang abgeschirmten Bettchen der Kleinen hing das Porträt ihrer verstorbenen Mutter Lady Arabella, das sie mit dem Lamm auf dem Arm zeigte. Zutiefst bewegt betrachtete er es. Er sagte den anderen Kindern gute Nacht, und als er wieder herunterkam, unterhielt sich Wentworth gerade mit seinen Sekretären. Mittlerweile hatte man auch die letzten Reste des Festessens abgetragen.

Sie begaben sich in die leere Eingangshalle.

Mit einem Blick in die Runde sagte Wentworth düster: »Ich möchte nicht wissen, wie viele von den Männern, die heute abend hier gelacht und getrunken haben, über meinen Niedergang frohlocken würden. Sie haben keine Visionen, wie eine gute Regierung auszusehen hat, und sind nur von einfältigen Wünschen beseelt wie Kinder, die nach aufeinandergetürmten Leckereien greifen und in ihrer Gier alles zu Boden reißen. Ach, Nick, ich bin so müde. Ich glaube, ich bin heute abend zu nichts mehr imstande.« Er streckte die Hand nach dem Treppengeländer aus und lehnte sich dagegen.

Nicholas faßte seinen Arm. »Geh nun zu Bett.«

»Wozu? Die, die ich geliebt habe, ist tot, und meine neue Frau ist eine Fremde für mich. Manchmal spreche ich sie mit Arabella an, und das versetzt ihr einen Stich. Ich füge allen Schmerz zu, ich kann nicht anders. Ich will nicht zu Bett gehen. Reichtum will ich, und einen Titel für all die gute Arbeit, die ich geleistet habe, einen Titel, der nie aussterben wird und den ich meinem Sohn vererben kann. Die Sehnsucht nach diesen Dingen bringt mich um den Schlaf. Ich werde in diesem Land für Frieden und Stabilität sorgen. Darüber werde ich wachen wie der letzte Mann auf dem Turm. Ein Staat, ein Glaube, ein König – dafür werde ich bis zum letzten Atemzug einstehen, und wenn mich das ganze Land haßt.«

Er richtete sich auf und sagte mit schmerzverzerrter Miene: »Ich kann allein hinaufgehen! Grüße bitte Cecily von mir, ja?«

»Das werde ich tun.«

»Nick?«

»Ja, mein Freund?«

»Komm mit mir nach Irland.«

»Ich kann nicht.«

Sie schieden in unbehaglichem Schweigen, und gleich darauf ritt der Arzt, die Laterne hochhaltend, über den nunmehr verlassen daliegenden Platz nach Hause. Avery hatte auf ihn gewartet, um ihm zu sagen, daß es seinem Sohn besserging, und gemeinsam stiegen sie die Treppe hinauf.

Kaum etwas liebte Nicholas so sehr wie Bücher, von denen er mittlerweile einige Hundert sein eigen nennen konnte. An den Bücherständen im Kirchhof von St. Paul kam er nicht vorbei, ohne stehenzubleiben und einen Blick auf die Neuerscheinungen zu werfen: Theaterstücke, philosophische Abhandlungen, lateinische und italienische Wörterbücher, Ratgeber, wie man ein Gentleman wurde, und geistliche Werke.

Von Mal zu Mal, wenn er durch das Tor auf den Hof trat, fiel ihm indes eine größere Anzahl von Flugschriften über abtrünnige Glaubensgemeinschaften auf: Brownisten, Separatisten, Quaker, Puritaner. Die einen prangerten am bestehenden Regime ausnahmslos alles an, die anderen nichts; die einen lehnten die hierarchische Ordnung innerhalb von Kirche und Königtum ab, die anderen respektierten sie. Baptisten, Anabaptisten. Von Tag zu Tag schienen es mehr zu werden, und bald schon waren sie so zahlreich wie die Tauben zwischen den Bücherständen.

An diesem Sonntag fand das Dreikönigsfest statt. Nicholas zelebrierte einen feierlichen Gottesdienst, und obgleich er die Aufzeichnungen für seine Predigt verlegt hatte und sich die Zeilen einzeln ins Gedächtnis rufen mußte, geriet alles wohl. Als er ins Haus zurückkehrte und die Soutane ordentlich an den Haken neben der Tür hängen wollte, bemerkte er, daß Avery allein am Küchentisch saß. Der Gelehrte hatte die zierlichen Hände gefaltet und schien tief in Gedanken versunken. »Du warst nicht in der Kirche!« meinte Nicholas gutgelaunt und ging am Feuer in die Hocke, um sich zu wärmen. »Ist dir nicht wohl?«

Ohne sich zu bewegen, antwortete der Freund: »Doch, doch, es geht schon, Nicholas, aber mich wurmt etwas. Aus der ganzen Stadt wandern die Menschen ab, weil der Gottesdienst nicht mehr nach ihrem Geschmack ist, und es ist William Laud, der sie forttreibt, weil er ihre Zusammenkünfte verbietet. Nicht nur meine Freunde gehen fort, sondern auch meine Patienten.« Ratlos hob er die Arme. »Dieser Mann hätte nie Erzbischof werden dürfen! Er hätte samt seinen Büchern in Oxford bleiben sollen!« Die Härchen an seinen Handgelenken zitterten, und der breite Mund verzog sich zu einer mißmutigen Grimasse.

Nicholas suchte nach einem Platz, um das Gebetbuch abzulegen, und setzte sich schweigend neben seinen Freund. Vieles von dem, was während der Reformation zerstört worden war, wurde nunmehr unter der Ägide William Lauds restauriert, von den ältesten Kirchen der Stadt bis hin zu den Buntglasscheiben, durch die seit kurzem wieder das Licht in die Kapelle von Lambeth strömte. Noch am Abend zuvor war Nicholas in die Kellergewölbe unter seiner Kirche hinabgestiegen und hatte aus einer uralten Truhe ein Meßgewand aus tiefrotem Samt geholt, das nach Jahrhunderten roch. Er hatte es während der Frühmette getragen. Die Chorknaben hatten Gesänge von Tallis angestimmt, und Weihrauchschwaden waren zum alten Dachgebälk aufgestiegen. Auf dem Altar, der nun wieder Verwendung fand, sowie auf dem Kruzifix aus dem Nachlaß William Sydenhams hatten Kerzen geflackert. Außerdem hatte Nicholas eine kleine wurmstichige Statue der Jungfrau Maria, die er neben dem Kohlenloch gefunden hatte, an der Tür zum Altarraum aufgestellt.

Manch einer hatte dafür nichts übrig: Papismus schimpften es die Leute und warfen Laud vor, er führe die Kirche zu Rom zurück. Begriffen sie denn nicht? Ihre Kirche war eine englische Kirche! Gewiß, Laud stieß nicht eben wenige vor den Kopf. Was das hochfahrende Wesen des Erzbischofs anging, für das er in den großen Häusern der Stadt und bei Hofe berüchtigt war, so gab sich Nicholas darüber keinerlei Illusionen hin. Bei näherem Nachdenken sagte er sich zuweilen, daß in dem Prälaten zwei Menschen steckten: Der eine brüllte, tobte, schlug mit der flachen Hand auf den Tisch und lief im Gesicht rot an, wenn er in Rage geriet; der andere war der, den Nicholas in Wahrheit kannte, und vielleicht der wichtigere von beiden: ein emsiger

Priester mit runden Schultern, der siebenmal am Tag betete, der sich selbst als unwürdig betrachtete und sich Sorgen wegen seiner Träume machte. (»Letzte Nacht, Nick, habe ich geträumt, Lord Buckingham sei am Leben und besuche mich…« – »In der Nacht davor kamen drei Männer und stritten aufs heftigste mit mir. Einer von ihnen trug große, juwelenbestückte Ringe…«) Wenn man einen Menschen gut kennt, samt seiner Ängste und dem, was ihn zum Lachen bringt, darf man nicht zulassen, daß andere ohne weiteres den Stab über ihn brechen; man darf ihn nicht allein nach dem beurteilen, was einem an ihm widerstrebt, sondern muß auch all das in die Waagschale legen, was er einem bedeutet.

Wohl war der eigensinnige Erzbischof ein zutiefst gottesfürchtiger Mensch, doch konnte auch Nicholas die Augen nicht davor verschließen, daß er sich unaufgefordert in die Staatsgeschäfte einmischte. Eine Zeitlang hatte er im stillen gehofft, William Laud würde seine weltlichen Ämter innerhalb der Regierung niederlegen. Die Höflinge brauchten sich keine Moralpredigt halten zu lassen, bei der Laud wie ein gestrenger Rektor im Flur auf und ab stolzierte. Und Männer von Besitz brauchten sich von ihm nicht züchtigen zu lassen. Nicholas mußte an Dobsons hochmütiges Gelächter denken: »… dann könnte er gleich dem halben Hof die Rute zu schmecken geben, Nick!«

Und nun auch noch dies: O ja, er wußte davon wie jeder andere auch. Menschen, denen er noch vor kurzem auf der Straße freundlich zugenickt hatte, waren nicht mehr da, ihre Häuser standen leer. Doch hatte diese Tatsache seine Wahrnehmung bislang nur gestreift und war ihm gleich wieder aus dem Sinn gekommen. Andere Familien kamen und ließen sich in den Häusern nieder: französische Hugenotten und Handwerker aus den Niederlanden.

Avery verzog das Gesicht. »Meine Freunde gehen fort«, krächzte er, als hätte er Halsschmerzen.

Sie unterhielten sich eine Weile, bis der kleine William hereingestürmt kam, ein Miniatursegelschiff an sich gepreßt, das Wentworth ihm geschickt hatte und das er zusammen mit seinem Vater auf einer der großen Lachen in Finsbury Fields schwimmen lassen wollte. Während Nicholas dem Kleinen das Mäntelchen anzog, fragte Avery mit nachdenklicher Miene: »Nick, hast du je einen von diesen anderen Gottesdiensten besucht? Glaub mir, sie sind gar nicht so übel. Würdest du mich zu einem begleiten?«

»Lieber nicht.«

»Nun gut«, erwiderte der Gelehrte. »Ich habe meine Meinung gesagt und werde mich fortan zurückhalten. Du mußt tun, was dir dein Gewissen befiehlt, Nicholas, und wenn ich mich gelegentlich nicht in der Kirche blicken lasse, dann hat es nichts mit dir zu tun, sondern damit, was sie verkörpert.« Zutiefst verstört zog Nicholas mit William los, um das Boot segeln zu lassen, und sein Sohn mußte auf dem Weg aus der Stadt dreimal an seiner Hand zerren, bis Nicholas ihm endlich seine Aufmerksamkeit widmete.

In den darauffolgenden Tagen kam Avery seltener zum Abendbrot herunter, aber sein Kummer senkte sich über die Treppe zu ihnen herab und lastete auf dem Pfarrhaus in der Love Lane. Wenn Nicholas unten über seiner Arbeit saß, spürte er an seinen Händen eine fiebrige Hitze, als berührte er ein geliebtes, krankes Kind.

Am Morgen nach seinem Gespräch mit Avery hatte er erneut an den Bücherständen von St. Paul haltgemacht, um sich einige der Flugschriften anzusehen, die mit ihren gemeinen Karikaturen gegen die etablierte Kirche wetterten. Nieder mit diesem, nieder mit jenem, hieß es darin. Leichter gesagt als getan, war sein säuerlicher Kommentar, als er sie zurück auf die Bücherstände legte. Es war einfacher, etwas niederzureißen, als etwas wiederaufzubauen. Einen Glauben, der eintausendsechshundert Jahre zurückreichte, konnte man nicht so ohne weiteres verlachen und hinwegfegen. Und doch gab es Gerüchte, daß man sogar das von Erzbischof Cranmer im vergangenen Jahrhundert zusammengestellte Gebetbuch wegwerfen wolle, dabei bedeutete dieses Buch für ihn alles, faßte es doch seinen Glauben in Worte.

»Erhelle unsere Finsternis, darum bitten wir Dich, o Herr,
und schütze uns in Deiner großen Gnade vor allen
Nöten und Gefahren dieser Nacht…«

Schimmernd ragten die Kirchtürme in der frühen Abenddämmerung vor ihm auf, und er machte sich mit dem festen Vorsatz auf den Heimweg, nichts mehr über die abtrünnigen Sekten wissen zu wollen.

Eine Woche später indes fand ein gemütliches Abendessen ein jähes Ende, als die Rede darauf kam, daß einer von Averys engsten Freunden, ein Mann, der sich gemeinsam mit ihm der Geisteskranken von Bedlam angenommen hatte, nach Amerika auszuwandern gedachte. Avery selbst äußerte sich nicht dazu, sondern räumte lediglich sein Schneidbrett weg, wünschte den anderen eine gute Nacht und stieg die Treppe zur Dachkammer hinauf, wo er den Rest des Abends auf und ab schritt. Cecilia folgte ihm, doch er bat sie, wieder zu gehen. Er wolle allein sein.

Tief verärgert saß Nicholas unten am Tisch. Gütiger Gott, der Mann fühlte sich wahrhaftig zu allen Ausgestoßenen hingezogen: Bettler, ausgepeitschte Bösewichte, einsame alte Frauen, Geistesgestörte! Averys Mitgefühl war groß, und es galt vor allem den Leidenden. Schließlich schob Nicholas die Predigt, an der er gerade schrieb, beiseite, stürmte die Treppe hinauf und stieß die Tür zur kleinen Mansarde auf. Der kleinwüchsige Gelehrte fuhr herum und hob abwehrend den Arm. »In Gottes Namen, alter Knabe!« preßte Nicholas widerwillig hervor. »Du sollst deinen Willen haben! Zeig mir diese Gottesdienste, denen du den Vorzug gibst, und was daran so anders ist. Zeig sie mir.« Schwer atmend starrten sie sich an wie zwei Rivalen, die sich endlich gegenübergetreten waren.

»Zeig sie mir«, forderte Nicholas ihn noch einmal auf.

Avery nickte lediglich und zog den Kopf ein wenig ein, wie er es zu tun pflegte, wenn er sich von der Bettstatt eines schwerkranken Menschen abwandte.

In den folgenden Tagen suchten der hochgewachsene, skeptische Pfarrer und der kleine Gelehrte, der den Kopf beim Gehen gesenkt hielt und die Pflastersteine studierte, als hoffte er, die höhere Weisheit von ihnen abzulesen, mehrere Hallen in allen Teilen der Stadt auf und stiegen in Krypten hinab, um einigen religiösen Zusammenkünften der anderen Art beizuwohnen. Diese Gottesdienste wurden bar jeglichen Zierats abgehalten: es gab weder Meßgewänder noch Kerzen, weder Weihrauch noch Kruzifixe. In manch einer Predigt wurde gar vor der Vorsehung gewarnt, vor dem verhängnisvollen Irrglauben, daß die Entscheidung über die spätere Erlösung oder Verdammnis eines Menschen bereits vor dessen Geburt gefällt werde. Nicholas preßte die Lippen unter seinem Schnurrbart aufeinander.

Aufmerksam hörte er zu. Einige Prediger priesen lauthals die gute Gesundheit des Königs; andere spotteten seiner. Alles in allem empfand Nicholas diese Art des Kultus als nüchtern und befremdlich. Dann verkündete eines Abends jemand, ein puritanischer Barrister namens William Prynne spreche ein paar Straßen weiter in der Kirche von Lawrence Jewry, und so begaben auch sie sich dorthin.

Es war ein spätherbstlicher Abend: Kinder warfen sich einen Lederball zu, die Fenster standen offen, und überall flatterte Wäsche auf der Leine. Die Leute eilten die Stufen zur Krypta unter der Kirche hinab. Nicholas und Avery folgten ihnen. Sie mußten sich an die Wand lehnen, denn die Sitzplätze waren bereits alle vergeben.

Vorne nahmen drei dunkelgekleidete Männer auf einer Bank Platz. Prynne, ein junger Bursche mit harten Zügen, der knapp über Dreißig sein mochte, ergriff unverzüglich das Wort. »Brüder«, begann er. »Kennt ihr Gottes Gnade? Sünder, die ihr seid? Sünder in einer Stadt, die so verrucht und verderbt ist und Gottes Augen einen so unerfreulichen Anblick bietet, daß er Sein Angesicht alsbald von uns abwenden wird! Was nützt es da, wenn wir weinen, Reue zeigen und unsere Kleider entzweireißen? Ich bin heute zu euch gekommen, um zu euch von den Sünden der Menschen rings um euch her zu sprechen, auf daß ihr nicht auf dieselben Abwege geratet und auf ewig verdammt werdet! Denn über viele von euch stand bereits vor eurer Geburt geschrieben, daß ihr verdammt sein werdet. Er hat euch verstoßen, weil Er wußte, wie ihr geraten würdet. Ihr unerlösten Seelen! Schon einmal hat Er die Welt durch das Wasser zerstört – warum sollte Er es nicht ein zweites Mal tun?«

In Nicholas sträubte sich alles. Flüchtig musterte er die Männer um sich her, von denen sich einige wie unter Schmerzen krümmten und laut: »Amen, Amen!« riefen.

Der Redner fuhr fort. Im Raum auf und ab schreitend, prangerte er das Übel an, das vom Tanzen, Singen und der Vereinigung zwischen Mann und Weib herrührte. Auch schrak er nicht davor zurück, die Kirche als Müllhalde und Dunghaufen zu bezeichnen. »Betet dafür, daß die Menschen dieser Stadt Reue zeigen!« rief er. »Jagt die Sängerknaben von der Bühne, die in ihren Röcken wie Dirnen umhertrippeln! Treibt die Huren mit Peitschen aus Winchester! Reißt die Orgeln aus den Kirchen! Und werft die Bischöfe aus ihren feudalen Häusern! Es war nicht Gottes Wille, daß sich Bischöfe zwischen Ihn und die Seelen der Menschen stellen. Die Bischöfe, meine Brüder, zählen das Geld, das sie mit den Freudenhäusern auf ihrem Grund und Boden verdienen, und ihre Herzen sind verderbt und von Sünde zerfressen.«

Wut stieg in Nicholas' Kehle auf, bis er daran zu ersticken drohte. Während er sich durch das Gedränge kämpfte und die Stufen hochstürmte, dachte er: Diesem Treiben muß ein Ende gemacht werden! Sie benehmen sich wie dumme Kinder, die niederreißen wollen, was seit langem Bestand hat, und nicht imstande sind, etwas von vergleichbarer Beständigkeit zu errichten. Und was ist mit der Gnade und Liebe Gottes? *Liebet einander, wie ich euch geliebt habe…*

Tränen des Zorns standen in seinen Augen, als Avery die Treppe heraufkam und zerknirscht zu ihm sagte: »Verzeih mir… Du glaubst hoffentlich nicht, daß ich mit diesem Mann einer Meinung bin.« Er drückte Nicholas' Hand und ging mit hängendem Kopf und ausgetretenen, auf das Pflaster klatschenden Schuhen durch eine Gasse davon.

Das Stiftshaus der St.-Pauls-Kathedrale war im frühen vierzehnten Jahrhundert, einige Zeit nach dem Verbot Heinrichs III., in der Domfreiheit die Jurisprudenz zu lehren, erbaut worden. Es war von einem zweigeschossigen Kreuzgang umgeben, in dem sich zu Zeiten der alten Religion Mönche und Priester versammelt hatten, um über Exkommunikationen und öffentliche Verlautbarungen zu beraten oder die Londoner Bürger zu der dreimal jährlich abgehaltenen, obligatorischen Volksversammlung zusammenzurufen, bei der sich Kirche und König zu Wort meldeten.

Einige Wochen nach dem beunruhigenden Ausflug mit seinem Hausgast eilte Nicholas gerade von einem Besuch bei einem Domherr der Kathedrale nach Hause, als er im Vorbeigehen William Laud inmitten der reich verzierten Steinkammer allein an einem Tisch sitzen und schreiben sah. In der schlichten schwarzen Soutane und der wollenen Kappe wirkte der höchste Kirchenmann des Landes wie ein unscheinbarer Zeitgenosse, den man ebensogut an einem Schreibtisch in der Universitätsbibliothek hätte vorfinden können, kaum daß der Morgen über den Türmen der Stadt graute. Ein des Hebräischen Kundiger oder etwa ein Übersetzer, der das Evangelium aus dem lückenhaften Griechisch der Aposteln, auch Koine genannt, übertrug. Kratz machte die Feder, als gelte es, alle syntaktischen Fehler auszumerzen. Kratz...

Zögernd blieb Nicholas stehen. In diesem Augenblick spürte er wieder die geistige Nähe zu dem kleinen, fleißigen Erzbischof, die in all den Jahren seit seinem ersten Besuch in der Bibliothek von Fulham House gewachsen war. Er blinzelte, und der Gedanke durchzuckte ihn: Sicher kann ich mit ihm reden! Schließlich muß man über diese Dinge sprechen. Wenn mir jemand Gehör schenkt, dann er, das hat er oft genug gesagt.

Hoch oben, unter dem Dach des Stiftshauses, war seit langem eines der Fenster zerbrochen, und Tauben waren ins Innere eingedrungen und hatten auf Simsen und Firsten ihre Nester gebaut. Ihr Gegurr hallte vom hohen, gewölbten Dachstuhl wider. Auch etwas trockenes Laub hatte sich nach drinnen verirrt und umwehte die Beine des Schreibtischs. Unversehens blickte William Laud auf und lächelte.

»Mein lieber Pastor!« rief er freudig aus. »Was steht Ihr hier herum? Tretet ein! Ich stelle gerade eine Liste weiterer Kirchen im Süden der Stadt zusammen, die renoviert werden müssen. Was für eine Arbeit, all das zu reparieren, was über Hunderte von Jahren vernachlässigt wurde, und den alten Glanz wiedererstehen zu lassen!«

Nicholas zog sich einen Stuhl heran, und wie schon so manches Mal begannen sie zu reden, als wären sie erst vor wenigen Minuten auseinandergegangen. Der scharfe Verstand des Erzbischofs sprang von der Restaurierung der Buntglasscheiben zu einer angemessenen Liturgie und von dort zu den Kümmernissen und Freuden der Königsfamilie. Nach einer Weile verebbte der Redeschwall. Der Kirchenmann faltete die Hände vor dem Bauch und musterte den Arzt unauffällig.

»Was wolltet Ihr mir sagen?« erkundigte er sich freundlich. »Vermutlich etwas ganz anderes.«

»So ist es, Euer Gnaden. Mir liegt so manches auf dem Herzen, doch weiß ich nicht, was davon gut und was schlecht ist.« Er wählte seine Worte mit Bedacht und begann, von den leeren Häusern zu erzählen. Er sprach langsam, da ihm selbst noch nicht recht klar war, was er eigentlich sagen wollte.

»Ich muß mir deshalb bittere Kritik gefallen lassen«, sagte der Prälat, als Nicholas geendet hatte. »Bittere Kritik! Ja, ich habe diese Zusammenkünfte untersagen lassen und die Leute fortgeschickt... Sollen sie nach Amerika, in die Niederlande oder nach Genf auswandern! Sie mögen in Frieden gehen... Nein, ich möchte ihnen kein Leid zufügen, sondern sie nur loswerden, denn sie sind gefährlich.«

Sein kleiner grauer Bart bebte. »Viele brechen den Stab über mich! Glaubt Ihr, ich wüßte das nicht? Ich höre doch ihre höhnischen Rufe, die durch die Vorhänge meiner Kutsche dringen! Es sind nicht die Rufe der Fischhändler ›Kauft, Leute, kauft!‹, sondern ›Die Pest soll William Canterbury holen! Möge Fortuna ihn scheel anschauen!‹ Glaubt Ihr etwa, ich höre das nicht? Diese Narren! Begreifen sie denn nicht, was ich tun muß, was unser Herrgott mir zu tun aufgetragen hat? Glauben sie etwa, ich gehe den bequemen Weg? Würde einer von ihnen sich geschickter anstellen als ich? Die meisten Menschen halten Regieren für ein Kinderspiel, dabei haben sie es nie versucht. Und nun, Cooke, mein Arzt und Freund, sagt mir: Brecht auch Ihr den Stab über mich?«

Seine Stimme überschlug sich und wurde schrill, und er hieb mehrmals kräftig auf die Tischplatte. »Begreift denn niemand? Was meint Ihr wohl, wie vieles von dem, was mich angeht und wichtig ist, ich nicht weiß? Alles geht mich an. Was ich an diesem Morgen um zehn Uhr nicht weiß, werde ich erfahren, noch bevor dem König zum Abendessen der Wein eingeschenkt wird.«

Er hatte zu zittern begonnen und zog seine Soutane fest um sich, als wollte er sich darin verkriechen. »Gott vergebe mir meinen Jähzorn!« sagte er leise. »Auf Knien bete ich darum, davon erlöst zu werden, denn ich bewege mich in einer Welt von Höflingen und habe die feinen Umgangsformen nie studiert. Daran nehmen die anderen großen Anstoß. Sie sehen nicht auf mein Herz, sondern auf meine Manieren.«

Nicholas suchte nach Worten. Ihm kam in Erinnerung, wie oft er diesen Mann behandelt und dessen sehnigen, schmächtigen Körper berührt hatte; auch erinnerte er sich, wie er während der Gabenbereitung neben ihm gestanden und ihm die Meßkännchen mit Wein und Wasser gereicht hatte. Da gab er sich einen Ruck und fragte hoffnungsvoll: »Euer Gnaden, können wir denn keinen Unterschied machen zwischen Sekten, die uns schaden, und jenen, die dies nicht tun?«

»Davor sollten wir uns hüten. Ich weiß selbst, daß sich unter ihnen auch gute Menschen befinden, aber die bösen würden uns am liebsten das Dach über dem Kopf wegreißen.«

Er beugte sich vor und fuhr in leicht heiserem, eiferndem Ton fort: »Ich will Euch die Gründe für mein Tun nennen, für all mein Tun. Meine Worte sind nicht frei von Gefühlen, denn ich hatte soeben Besuch von ein paar dummen Höflingen, über die ich mich geärgert habe. Ich liebe dieses Land samt seinem König und seinen Sitten, die es sich über all die lange Zeit so sorgsam bewahrt hat. Die Entscheidungen, die vor uns liegen, sind schwierig. Vor Gott bin ich schuldig wie jeder andere auch. Ich bin mir bewußt, daß ich manch unbesonnenen, tadelnswerten Schritt getan habe, um ein nach meinem Dafürhalten angemessenes Behältnis zu schaffen, in dem die Flamme zum Ruhme unseres Herrgotts in diesem Land auf immer brennen kann! Ich weiß, daß man mich dafür anklagen und bestrafen wird. Als Mensch, dem viel gegeben wurde, ist mir bewußt, daß all meine guten Taten, welche dies auch sein mögen, nicht die Fehler entschuldigen können, die ich begangen habe. Ach, mein Freund! Nur wenige Menschen können begreifen, wie eng Gut und Böse in der Seele miteinander verknüpft sind, und mag der Vergrößerungsgrad der Linse, durch die man beides betrachtet, noch so hoch sein, so wird man sie auch mit den allerfeinsten Instrumenten nicht gänzlich zu trennen vermögen.«

Hastig stieß er die Worte hervor und griff nach dem Ärmel des Pfarrers. Nicholas hielt den Blick gesenkt und rührte sich nicht, denn er spürte die schreckliche Seelenqual des Erzbischofs und hätte viel darum gegeben, sie zu lindern. Leise und wie unter Zwang erzählte ihm Laud von seiner ärmlichen Kindheit und der Einsamkeit in seinen ersten Jahren als Pfarrer, die bis auf den heutigen Tag nicht nachgelassen hatte. Er sprach von den Versuchungen der Nacht, wenn er endlich allein war, von seinem Verlangen nach Frauen und zuweilen auch Männern. Er gestand ihm, daß er sich nichts demütiger wünschte, als Gott zu Diensten zu sein, obgleich er fürchtete, daß alles Bemühen nicht ausreichen würde; daß er bisweilen hoffte, der Herrgott möge vom Himmel herabblicken und die leuchtenden Buntglasscheiben sehen, die Ihm zu Ehren in den Fensteröffnungen des aus rotem Ziegel erbauten Palastes von Lambeth glitzerten. Mit einer Stimme, die Nicholas kaum noch hören konnte, weil sie nur mehr ein Flüstern war, berichtete Laud von schlaflosen Nächten, die er auf Knien verbrachte und in denen er zu erschöpft war, um zu weinen, während sein Kopf auf dem Boden lag und seine Lippen flehentlich um Erlösung beteten. Sein Haupt, dessen seidengraues Haar von einem schwarzen Käppchen bedeckt wurde, sank nach vorn.

Nicholas begriff, daß noch niemand gehört hatte, was ihm an diesem Tag im Stiftshaus der Kathedrale zu Ohren gelangt war. Vielleicht hätte sich William Laud auch einem anderen anvertraut, wäre in diesem Augenblick ein anderer bei ihm gewesen, vielleicht nicht. Wie er da kniete, die Hände vor dem Gesicht, und in der Hoffnung auf Erlaß seiner Sünden sein Herz ausschüttete, wirkte er wie ein bemitleidenswerter Büßer.

Nach einer Weile legte der Erzbischof die Hände flach auf die Knie. Ohne den Kopf zu heben, fragte er mit von Erschöpfung gezeichneter Stimme: »Was sagt Ihr nun?«

Nicholas antwortete leise: »Euer Gnaden, mir ist schwer ums Herz, doch allmählich fange ich an zu begreifen. Wir dürfen nicht alle um dessentwillen verstoßen, was einige wenige anrichten könnten. Ich sage dies bei aller Liebe und in demütiger Achtung vor Euch, William, meinem ehrwürdigsten Vater in Gott.«

Der Erzbischof blickte nicht auf, doch seine Hände ballten sich langsam. »Manchmal«, sagte er schließlich, »fühle ich mich für diese Arbeit zu alt und müde. Manchmal fällt mir alles unsäglich schwer. Gott allein weiß, ob ich dieser Aufgabe gewachsen bin.« Er schloß kurz die Augen, dann brüllte er plötzlich: »Ich habe mich in Euch getäuscht, Pastor! Geht mir aus den Augen... geht! Warum habe ich mich überhaupt mit Euch abgegeben? Von welchem Nutzen seid Ihr unserer Kirche, wenn Ihr sie nicht vor ihren Feinden beschützt? Ihr taugt nicht zum Pfarrer. Lebt wohl.«

»Mylord, meint Ihr das im Ernst?«

»Jawohl.«

Von Lauds Gebrüll aufgescheucht, flatterten weit über ihnen die Tauben auf.

Nicholas erinnerte sich später nicht mehr, wie er den Raum verlassen hatte. Er stand auf, legte die Hand aufs Herz und verneigte sich; dann lief er los und hielt erst an, als er das Tor des Kirchhofs zur Cheapside hinter sich gelassen hatte. Anschließend eilte er den Weg hinunter bis zu den Stufen und durch die schmalen Gassen nach Hause.

»Von Lord Wentworth, Statthalter von Irland, an Nicholas Cooke, Gentleman und Arzt, Cripplegate Ward

Geliebter Nick!

Herrje, Du Geck, da hast Du Dir etwas Schönes geleistet! Wie ich höre, ist Seine Gnaden so wütend auf Dich, daß er Deinen Namen nicht in den Mund nehmen kann, ohne zu geifern. Ich fürchte, aus meinem Vorhaben, Dir in der Kirche zu einem höheren Amt zu verhelfen, wird nichts werden. Sollte es ihm indes einfallen, Dir Deine Lebensgrundlage zu entziehen, so habe ich genügend Einfluß auf ihn, um ihn davon abzuhalten. Ich weiß, daß ihm schwer ums Herz ist, weil Du ihm lieb und teuer bist, doch er gestattet sich nicht, an der Richtigkeit seines Tuns zu zweifeln.

So hat er denn nach einem anderen Arzt schicken lassen, der seine ewigen Gebrechen behandeln soll. Nick, hör auf mich! Zuweilen müssen wir ein kleines Übel in Kauf nehmen, um ein größeres Gut zu erlangen. Cecily wird dies verstehen.

Wentworth«

Zornig riß Nicholas den Brief in Stücke und warf sie ins Feuer. Von da an wartete er auf Hufgeklapper in der Gasse und das förmlich überreichte Entlassungsschreiben mit dem Kirchensiegel. Zuweilen sagte er sich: Soll Seine Gnaden mich doch entlassen, dann predige ich eben den Spatzen am Wegesrand, potztausend! Er hatte andere Pfarrer ihrer Ansichten wegen entlassen, warum also nicht auch ihn? Nicholas war so in Harnisch, daß die Nachbarskinder sich ängstlich in den Hauseingang drückten, wenn er die Straße entlangstürmte, und alle einen Bogen um ihn machten.

In schlaflosen Nächten fragte er sich, warum er sich überhaupt für das Los eines Geistlichen entschieden hatte, wo die Wege der Kirche doch so eng waren. Indes, nicht er hatte es sich ausgesucht, Gott zu dienen, sondern Gott hatte ihn ausgesucht. Und da war er nun. Und da war dieser umtriebige kleine Erzbischof, der das Wohlwollen der Menschen rings um ihn her über Gebühr strapazierte.

Tage vergingen, Wochen: kein Bote kam. Eine sonderbare Gelassenheit bemächtigte sich seiner, etwa so, als wäre er mit knapper Not dem Tod entronnen und als wären alle anderen Mißlichkeiten im Vergleich dazu nicht der Rede wert. Sein Herz schlug wieder im gewohnten Takt, die Schmerzen in seinem Leib ließen nach, und er brauchte nicht länger in Nieswurzsud zu baden. Er brach das Brot und segnete den Wein, heilte Kranke und widmete sich wieder seinen Studien.

Als jemand den Namen Prynne erwähnte, spuckte Nicholas aus. Tagelang nahm er sich vor, sich beim Erzbischof schriftlich zu entschuldigen, mochte es ihn auch große Überwindung kosten, und mehrmals setzte er ein Schreiben auf. Doch dann fielen ihm die sittsamen, weitaus ruhigeren Zusammenkünfte wieder ein, denen er in den verschiedenen Teilen der Stadt beigewohnt hatte, und die liebenswürdigen Nachbarn, die mittlerweile fortgezogen waren. Verstieß man einen, verstieß man sie alle... Und plötzlich geriet er in Wut über die Art und Weise, wie Laud ihn abgekanzelt hatte. Er riß den Brief in Stücke und sagte sich: Aber einer ist eben nicht alle...

Während der folgenden Monate versank er in eine tiefe Nachdenklichkeit, und obgleich er sich, so gut es ging, davon frei zu machen suchte, hinterließ sie in seinem Herzen doch einen seltsam dunklen Fleck wie ein beunruhigender Traum, an dem man sich später nicht mehr recht erinnert und der einem noch lange im Kopf herumspukt. Manchmal erwachte er nachts schreiend, ohne zu wissen, warum.

Eines Morgens verließ er in aller Frühe das Haus, ging hinunter zum Fluß und bestieg eine Fähre. Während der Flußschiffer sich über Steuern und Brotpreise ausließ, rückte der Palast von Lambeth mit seinen Ziegelsteintürmen immer näher.

Der Erzbischof begab sich gerade mit der Bibel und den Meßkännchen für Wein und Wasser langsam von der Sakristei zum Altar. Nicholas sah davon ab, ihn zu rufen, aus Angst, er könnte ihn erschrecken. Statt dessen trat er wortlos auf ihn zu und streckte die Hände nach den Gefäßen aus.

William Laud blähte leicht hochmütig die Nasenflügel, doch im nächsten Augenblick umspielte verhaltene Freude die Mundwinkel unter dem weichen grauen Schnurrbart. Als sie nach dem Gottesdienst die Chorröcke auszogen, platzte Nicholas heraus: »Ich habe mich ungeschickt ausgedrückt, Euer Gnaden, aber meine Worte kamen von Herzen.«

»Ich könnte es nicht ertragen, wenn Ihr Euch von mir abwenden würdet, Cooke.«

»Das könnte ich niemals tun, und ich will es auch nicht. Aber seht Ihr es denn nicht? Überall herrscht große Unzufriedenheit, ich befürchte Unruhen... Aus welcher Ecke sie kommen werden, kann ich nicht sagen, aber ich sehe sie kommen.«

Nachdenklich betrachtete Laud seine Stola, bevor er sie küßte und auf den Tisch legte. »Woher denn! Von einem Haufen händelsüchtiger Aufständischer!« sagte er nicht ohne Häme. »Als ob der König nicht Macht genug besäße, mit ihnen fertig zu werden! Gott sei's gelobt, bald werden auch die letzten Vertreter dieses Lumpenpacks von unserer Insel verschwunden sein! Möchtet Ihr demnächst nicht einmal mit mir zu Nacht essen, mein Freund? Ich habe Euch und die höchst geistreiche Dame, die Eure brave Ehefrau ist, bereits vermißt.«

Einige Monate später eilte Nicholas in der lauen Luft der Abenddämmerung hinunter zu den Kais, wo das Schiff aus Leiden anlegte. Er mußte eine geschlagene Stunde warten, bis die Päckchen sortiert waren, doch schließlich erhielt er seines, das in Sackleinen gewickelt und mit starkem Zwirn verschnürt war: die feuchte Salzluft hatte seinen Namen nahezu ausgelöscht. Er lief zu Lowins kleiner Anlegestelle, setzte sich vor dessen Haus und riß das Päckchen auf.

Da war es, Galileis neuestes Werk *Discorsi e dimostrazioni matematiche intorno à due nuove scienze* – Unterhaltungen und Beweisführungen über zwei neue Wissenszweige. Während Nicholas mit der flachen Hand über die Titelseite strich, gedachte er des alten Mathematikers, dessen Sehkraft allmählich nachließ. Weder Hausarrest noch körperliche Gebrechen hatten ihn erschüttern können: unverdrossen studierte er die Libration des Mondes.

Aus dem Hausinneren drang Lowins Stimme, der den Takt vorgab, während er seine Lehrlinge in einem Gesellschaftstanz unterwies. »Rafft die Röcke! He, du Früchtchen, raff deinen Rock! Du bist eine Dame und kein Bäckergeselle, du Filzlaus...« Das Buch ruhte auf Nicholas' Knien. Eine bewegte Woche lag hinter ihm, denn der Puritaner Will Prynne hatte den Bogen schließlich überspannt. Er hatte die Königin eine Dirne geheißen, weil sie in ihren eigenen Maskenspielen mittanzte, und die Sternkammer hatte ihm zur Strafe die Ohren abschneiden lassen. Seine Anhänger hatten ihm zugejubelt, und die Gefängniszelle, in der er nun saß, war dem Vernehmen nach mit Tapisserien und Silberzeug ausgeschmückt. Avery verabscheute diesen Mann und empfand doch Mitleid mit ihm. Und auch Nicholas, dessen Wut noch immer nicht verraucht war, war ein wenig bekümmert.

Als die Nacht sich herabsenkte, klemmte er sich das kostbare Buch unter den Arm und ging gedankenverloren weiter in Richtung Finsbury Fields, wo Harvey und Keyes mit ihren Teleskopen auf ihn warteten. Die Nacht war klar, und von den Äckern wehte eine sanfte Brise herüber. Am dunklen Himmel über ihren Köpfen funkelten Tausende von Sternen, einer heller als der andere.

Später dann, als sie durch das Tor in die Stadt zurückkehrten, stellten sie fest, daß die Türen der Mitre Tavern weit offenstanden und die Bewohner der halben Pfarre auf der Straße waren. »In Schottland herrschen Unruhen!« rief ein Mann. »Der König ist fest entschlossen, ihnen das englische Gebetbuch aufzuzwingen, und ganz Edinburgh steht unter Waffen.«

3
Whitehall

Nachrichten verbreiteten sich rasch: ein berittener Bote, der seinem Pferd die Sporen gab und es unterwegs häufig wechselte, konnte in vier Tagen von Schottland nach London gelangen.

Selbst der verstorbene Jakob I. Stuart, ein gebürtiger Schotte, hatte seine liebe Not gehabt, Schottland zu regieren, und sein Sohn Karl I. war ratlos. Aufgewachsen in Whitehall, hatte er kein Verständnis für die starke Anziehungskraft, welche die Presbyterianische Kirche auf dieses Land droben im Norden ausübte. Auch begriff er nicht, daß das Selbstbestimmungsrecht der ganze Stolz der Schotten war. Ein Mann versteht nur etwas von den Dingen, mit denen er sich umgibt, hatte Dobson einmal verdrießlich geäußert, und im Falle ihres sanftmütigen Souveräns waren dies Pferde, Kunst und seine wachsende Familie.

Die Frömmigkeit Karls I. grenzte an Verbohrtheit, und so hatte er ein Gebetbuch erarbeiten lassen, das sich stark an der in England gebräuchlichen Ausgabe orientierte und dessen Verwendung während des Gottesdienstes in ganz Schottland verfügt. Das Land begehrte dagegen auf. Im Laufe der Monate gelangten immer neue Nachrichten nach London, teils entstellt, teils aufgebauscht, und erfüllten die Straßen der Stadt mit Staunen und Schrecken. Verstümmelt und wie aus dem Munde Betrunkener kamen die Berichte daher, doch die Männer, die sich in den Schenken und bei den allmonatlichen Versammlungen in ihren Vierteln trafen, nahmen sie mit grimmigen Mienen für bare Münze. Tuschelnd steckten sie die Köpfe zusammen und scharrten unwillig mit den Füßen wie Pferde, denn sie ahnten, daß sie bald ins Feld ziehen mußten, mochten sie auch noch nicht recht wissen, für welche Sache.

»Ich werde den aufsässigen Norden niederzwingen!« hallte die Stimme des schönen, verwöhnten Königs durch seine Privatgemächer in Whitehall, während in der Stadt der Kaufmann, der Sheriff, der müßige Söldner oder der zornige junge Mann mürrisch den Kopf hoben und murmelten: »Geht's nun gegen Schottland? Und bin nun gar ich an der Reihe? Was wird er von mir wollen?«

Die Tage der Fron, der Kriege wie in alten Zeiten waren vorbei. Ein eigentümlicher Stolz erfüllte die Landsleute. Nicholas erkannte dies sonntags von der Kanzel herab: Es war ein kaum wahrnehmbarer Stolz, ähnlich dem Lichtschein, der zuweilen in schräger Bahn auf die in den Boden eingelassenen Gedenkplatten fiel und der, kaum daß man den Kopf ein wenig drehte, verschwand. Doch von anderer Warte betrachtet, war es, als wollte dieser Stolz sagen: Ich werde tun, was *ich* will! (Lippen wurden aufeinandergepreßt.) Ich bin ein frei geborener Engländer... Wer ist dieser König, dieser geweihte und gesalbte Herrscher in den Privatgemächern von Whitehall, der mir sagt, ich solle meine Lenden gürten, meine Schatulle öffnen und um eines Buches willen in den Krieg ziehen?

Doch ging es nicht um das Buch allein, wie Dobson mit Nachdruck behauptete. Nein, es ging um weit mehr als um ein schlichtes Gebetbuch, eine Handvoll Wachskerzen oder ein paar Meßgewänder. Dies alles stand nur für etwas anderes, meinte er, nämlich für die Papisterei oder gar eine Rückkehr in die Knechtschaft der römischen Kirche, bei der man sich vor irgendeinem Kirchenfürsten, der nicht einmal Englisch spreche, auf die Knie niederwerfen und den Saum seines staubigen Chormantels küssen müsse. Bald fluchten, spuckten und schimpften die Londoner: »Macht sie nieder, die dreckigen Schotten!« Bald brummten sie unschlüssig: »Laßt sie in Frieden, das ist nur wieder einer von diesen ausländischen Kriegen, und von denen wollen wir nichts mehr wissen. Was für Steuern kommen jetzt auf uns zu? An welchen Rechten werdet Ihr Euch mit Eurer beringten Hand vergreifen, Majestät, um von dem, was wir zusammengetragen haben, den Rahm abzuschöpfen?«

Alsdann senkten sie murrend die Köpfe, nahmen einen tiefen Schluck aus dem Kelch und murmelten gefühlsselig: »Gott schütze den König!« Zuweilen stieg Nicholas leicht verwirrt von der Kanzel herab, weil er sich auf all das keinen Reim machen konnte. Wie Dobson indes bei den mittlerweile wieder regelmäßig stattfindenden wissenschaftlichen Zusammenkünften bekräftigte, waren Fragen in den Brennpunkt gerückt, die mit dem eigentlichen Problem nur am Rande zu tun hatten. Zu Weihnachten richtete Seine Königliche Majestät eine herzergreifende Ansprache an die grollende Provinz im Norden. Ihm sei die Papisterei ebenso verhaßt wie ihnen, beteuerte er, und er werde nicht an das Gesetz rühren. Da sie indes alle ein und demselben Staat angehörten, müsse auch ihr Gottesdienst von derselben Art sein. Er beschwor sie, Einsicht zu zeigen.

Der Winter ging ins Land, und Schottland sperrte sich noch immer. In Edinburgh unterzeichneten Minister und Adelige, Hausfrauen und Ladenbesitzer den *National Covenant*, ein nationales Bündnis, in dem sie gelobten, sich der Kirchenreform zu widersetzen. Lehrlinge schnitten sich in die Arme und unterschrieben mit ihrem Blut, und ein Rebellenheer aus Clanmitgliedern, Berufssoldaten und gemeinen Bürgern begann sich zu formieren. Ein weiteres Vierteljahr verging wie im Fluge, und noch eines. In den ersten Monaten des Jahres 1639 stellten die Schotten eine regelrechte Streitmacht auf.

Leise gingen die Diener in den Räumen von Dobsons prachtvoll eingerichtetem Haus in The Strand aus und ein. Nicholas verspätete sich ein wenig, weil er einen Mann besucht hatte, der wegen Diebstahls im Gefängnis saß. Er betrat den Salon unangemeldet durch die Seitentür, da er auch Dobsons großen Hunden mittlerweile wohl vertraut war.

Die Freunde standen beziehungsweise saßen am hinteren Ende des großen Raums in der Nähe des Kamins beisammen, über dem ein Porträt der Königin mit einer Rose in der Hand hing. Dobson sah gerade einige Papiere durch, von denen er das eine oder andere zerknüllte und dem Feuer überantwortete, während er nebenher ein oberflächliches Gespräch führte. Wie er da in lässiger Pose stand, der Bauch unter dem nicht zugeknöpften Wams leicht gewölbt, vermittelte er den Eindruck eines Mannes, der sich in seinem eigenen Hause wohl fühlt. Dann und wann fuhr er sich mit der Kante eines Fingers über die Oberlippe. Diese entspannte Haltung behielt er eine Weile bei, doch dann durchbrach er sie plötzlich, als wäre er sie seit langem leid.

Vom gemütlichen Knistern des Feuers und den leisen Schritten der Lakaien hoben sich das Gemurmel der Männer, ihr Gelächter und gelegentlich ein oder zwei zusammenhängende Sätze ab. Trinkbecher wurden mit leisem Klacken auf Tischplatten mit Einlegearbeit abgestellt. Harvey, der sich in seinem Lieblingssessel fläzte, hatte die dünnen, in einer leicht zerknitterten schwarzen Kniehose steckenden Beine von sich gestreckt; das glatte Haar fiel auf den schlichten Kragen herab. Eine Uhr, deren Zifferblatt nackte silberne Nymphen zierten, maß mit langsamem Ticken die Minuten.

Timothy Keyes, von hohem Wuchs und wachsender Leibesfülle, stützte sich mit einem Ellbogen auf den Kaminsims und drehte mit den kräftigen Fingern der anderen Hand nachdenklich den Globus auf dem Tisch neben ihm. Seine sanften braunen Augen waren auf Lawrence Avery geheftet, der ihm beflissen zuhörte und ab und zu nickte: Die beiden waren unzertrennlich geworden. Bartlett, der schwer atmete, weil er unter Blutandrang litt, saß ein wenig abseits und beugte sich über einen dicken Wälzer auf seinem Schoß; er hatte den Hut abgenommen und sein spärlich sprießendes Haupthaar entblößt. Harrington stolzierte mit seinem Gehstock zwischen den anderen umher, als folgte er einem vorgegebenen Weg, und Nicholas vermutete, daß er in Gedanken nicht in diesem Raum, in dieser Gesellschaft, sondern bei gewichtigeren Problemen weilte. »Laßt uns Krieg führen, und der Fall ist erledigt«, pflegte er zu sagen. Die anderen wußten, daß im Leben des ehemaligen Soldaten allein die deutliche Unterscheidung der Rivalen sowie von richtig und falsch Klarheit schuf. Er mußte in allen Dingen Position beziehen, mochte es sich auch um Lappalien handeln.

Noch immer stand Nicholas mit der Hand am Rahmen in der Tür und schaute zu den anderen hinüber, deren gedämpfte Stimmen zu ihm drangen.

»... es liegt nicht am Gebetbuch, sondern daran, daß der König als Fremder in schottische Häuser geht und den Menschen vorschreibt, wie sie zu leben haben...«

»Tut er in englischen Häusern nicht dasselbe?« meldete sich Harvey zu Wort.

Harrington richtete den Gehstock auf sie. »Damals, unter der guten Königin Bess, stand alles zum Besten...«

Dobson blickte flüchtig von seiner Lektüre auf. »Es stand nicht alles zum Besten, ebensowenig wie jetzt, mein Lieber«, sagte er leise. »Krone und Land haben nie in vollkommener Eintracht gelebt. Dein Gedächtnis ist so verstaubt wie die Schwerter, die bei dir in der Eingangshalle hängen.«

»Welche Unverfrorenheit! Wäre ich jünger, würde ich mich mit dir schlagen«, erwiderte der alte Soldat entrüstet. »Was soll aus den höfischen Sitten werden, wenn alles Jungvolk sich wie du benimmt? Jawohl, es wird Krieg geben... Nicht, daß ich selbst, meine Frau oder meine Söhne ihn herbeiwünschten, aber...« Grimmig fixierte er sie mit seinen blauen Augen wie jemand, der andere zu überzeugen sucht, obwohl er seinen Worten selbst nicht glaubt.

Nicholas ging quer durch den Raum zu ihnen, knöpfte den Mantel auf und legte den Hut neben dem Globus auf den Tisch. Als Dobson ihn sah, schob er die verbliebenen Papiere unter den Briefbeschwerer und stöpselte das Tintenfaß zu. »Nun, Pastor«, sagte er, »ich werde von Tag zu Tag reicher. Sobald der Konflikt im Norden beigelegt ist, beabsichtige ich ein ansehnlicheres Haus zu bauen und dir und Harvey dieses für euer Hospital zu überlassen. Danach steht euch ja schon lange der Sinn...«

Allgemeines Geraune setzte ein. Avery war tief in Gedanken versunken und starrte die Männer so verständnislos an wie jemand, der soeben erwacht ist. Sie machten es sich am Feuer bequem, während die Diener auf Zehenspitzen umhertappten.

»Puritanische Pfaffen predigen überall in der Stadt, in Kellern und in den privaten Räumen vieler Gesellschaften, obwohl der Erzbischof es verboten hat!«

»... und wenn sich die Lage zuspitzt...«

»... wird unser König nach Wentworth schicken. Keiner kann ihn besser beraten. Irgendwann wird der König zusammenbrechen und ihn rufen lassen.«

»Und was dann?«

»Wer soll das wissen...?«

Mit finstrer Miene schaltete sich Harvey ein: »Wie erwartet, reden wir hier über heiße Luft und Fliegenkot. Wer sind wir denn, meine Herren, daß wir uns mit dergleichen abgeben? Ein jämmerlicher Abklatsch des Kronrats etwa? Ich sage, der Teufel ist ein Staatsmann, und wir müssen ihn austreiben. An die Arbeit, meine Herren, an die Arbeit!«

Auch Cecilia entging das wachsende Mißbehagen in den Straßen nicht.

In ihren Augen ähnelte alles einem Spiel auf der Straße, bei dem Knaben aus verschiedenen Vierteln sich anfangs mit harmlosen Sticheleien aufziehen, aus denen schließlich eine handfeste Prügelei erwächst. Verrohte Söldner, die nichts begriffen hatten, hatten unlängst ein paar Straßen weiter zwei Brownisten verprügelt. In der Kirche St. Mary Aldermanbury hatte sich gegen Ende der Messe ein Mann erhoben und laut gegen das Vorgehen des Königs protestiert. Nicholas hatte das Gotteshaus mit vor Erregung kalten Händen verlassen, jedoch wie immer an sich gehalten.

Wachsam und unauffällig blickte Cecilia sich um, und sie begriff allerhand. Bereits in reiferem Alter war sie eine jener gertenschlanken Frauen, die mit jedem Jahr an Ausstrahlung gewinnen. Ihre einstige Schärfe hatte sich in besonnene Klugheit gewandelt. Zwar hatte der beharrlich an ihr nagende Unmut darüber, daß ihr als Frau im Leben manches verwehrt blieb, sie nicht verlassen, doch hatte sie sich darauf verlegt, nach anderen Wegen zu suchen, sich nützlich zu machen. Ihre Kenntnisse der Jurisprudenz, wie sie in den Temples gelehrt wurde, waren inzwischen umfassend, aber sie lagen brach, waren sie doch bislang bloße Theorie. So wartete Cecilia denn darauf, sie eines Tages anwenden zu können. Sie fand ihre Erfüllung nun einmal nicht darin, Lebensmittel für den Winter einzuwecken, Fleisch zu pökeln oder die Hose ihres Sohnes zu stopfen, wenngleich sie über die Erledigung dieser Dinge wachte. Sie liebte ihr derzeitiges Leben, und da diesem eine lange Leidenszeit vorangegangen war, gedachte sie all ihr Geschick und ihre Geisteskraft darauf zu verwenden, es sich zu erhalten.

Nicholas liebte sie auf eine Weise, für die es keine Worte gab, und sie genoß es, ihm von der Tür des Dispensariums aus zuzusehen, wenn er Patienten behandelte. Ihm wohnte eine unerschöpfliche Güte inne, und doch schien der Zug um seinen Mund unter dem Schnurrbart zu besagen: Wir müssen den Vorhang rings um uns her zuziehen, bis hierher dürfen wir und nicht weiter. Für ihn befand sich das Himmelreich offenbar zwischen den mit Heilkräutern gefüllten Gläsern und den drei knarrenden Stufen zur Kanzel in der Kirche. Er sah den Himmel und die Menschen, die er liebte, so deutlich vor sich, daß er für kaum etwas anderes einen Blick hatte. Vieles wollte er auch nicht sehen. Dies mochte sein Tribut ans Älterwerden sein. Er hatte sich seine eigene kleine, solide Welt geschaffen und beabsichtigte stillschweigend, den Rest seines Lebens in ihr zu verbringen. Er hatte sie mit der Sorgfalt eines erfahrenen Zimmermanns erbaut und dabei größtes Augenmerk auf ein verläßliches Fundament und gut zusammengefügtes Gebälk gelegt.

Seine Mikroskope auf dem Tisch in der Wohnstube staubten allmählich ein: angeblich hatte er keine Zeit für sie. Andererseits gab es keinen Freund oder Hilfesuchenden, dem zuliebe er sich nicht um zwei Uhr morgens in die kalte Küche hinunterbemüht hätte, um ihm dic Hand zu halten, sich von dessen Freud und Leid erzählen zu lassen und ihn gestärkt und getröstet wieder nach Hause zu schicken. Was er berührte, das heilte er, doch trachtete er nicht länger nach Dingen, die ihm unmöglich erschienen. Mit leisem Lachen hob er die Achseln und meinte, dies sei etwas für jüngere Männer. Es stimmte ihn ein wenig traurig, daß er sich dem Willen des Erzbischofs gefügt hatte: Er bemühe sich, so betonte er immer wieder, ihn in kleinen Dingen umzustimmen, wenn es ihm in den großen schon nicht gelinge. Der Humor und die Zeit würden das Ihrige tun, meinte er. Jeder Tag brachte ihm kleine Fortschritte oder Rückschläge, über die er entsprechend lange nachgrübelte.

Sie liebte ihn, aber sie liebte auch Tom Wentworth. Sie hatte nie aufgehört, ihn zu lieben.

Allwöchentlich trafen Briefe von Wentworth ein. Sie nahm sie an sich, setzte sich auf die Fensterbank mit Blick auf die Love Lane und las sie ein ums andre Mal. Tom beabsichtigte, Dublins Kathedrale, die Kirche Christi, wiederaufzubauen; er hatte eine Rundreise durch Irland unternommen und war allerorts mit Jubel begrüßt worden, was, wie er ihr schrieb, »mich eher lehrte, wie ich sein sollte, als daß es mir zeigte, wie ich bin«. Auch berichtete er über sein Seelenleben und darüber, daß er sich jeden Tag eine Weile zum Beten zurückzog. Er wollte nicht zulassen, daß der englische Kronrat in Irland Zölle erhob. Er beschlagnahmte Land von Menschen, die es brachliegen ließen, und gab es jenen, die es ordentlich nutzten. Er schuf ein Vermögen und hoffte, ein Theater errichten zu können.

In seinen ausschließlich an Cecilia gerichteten Briefen beklagte er zuweilen Nicholas' Willfährigkeit. Er schrieb an sie wie an einen Kollegen, der die Intelligenz besaß, seine, Wentworths, Visionen zu teilen, und doch auch an sie als Frau, die den Mann in ihm verstehen konnte. Mit überschwenglichen Worten gestand er ihr seine Hingabe an England, seine Hoffnung für das Land, aber auch seinen Verdruß darüber, daß er vom König getrennt war und lediglich unzutreffende, irreführende Nachrichten über die Lage in Schottland erhielt. Krieg? Der König hatte kein Geld, um Krieg zu führen. Ein Großteil der Schiffsgelder war ihm in diesem Jahr verweigert worden, und er besaß nicht die Macht, ihre Erhebung durchzusetzen. In Wentworths Augen gehörte jeder, der seine Zustimmung versagte, hart bestraft. Auf das heftigste äußerte er sich über eine Handvoll Separatisten, die gegen Staatskirche und Regierung wetterten. Er würde sie am liebsten für den Rest ihres Lebens in ein finsteres Loch werfen, denn, so schrieb er, sie wollten nicht mit der Prälatenherrschaft aufräumen, sondern dem Königtum selbst das Lebenslicht ausblasen.

Sie spürte, daß er in diesen Briefen seine fähigen Hände nach ihnen beiden ausstreckte: Er brauchte Nicholas' Beständigkeit im Glauben, wenngleich er sich bitterlich darüber beschwerte, wie unbeweglich der Arzt sei, und außer sich geriet vor Empörung, als Nicholas ihm schrieb, er habe dem Erzbischof abgeraten, den Schotten das Gebetbuch aufzuzwingen. »Nicholas! Ein Staat, eine Kirche, ein König!« lautete Wentworths dick unterstrichene Antwort. Er hatte den Eindruck, daß sein alter Freund allmählich bequem und einfältig wurde, und doch brauchte er ihn, weiß Gott. Cecilia besaß einen regen Geist, und sie begriff. Sie begriff, daß ihre Stadt nicht nur aus Menschen wie der schläfrigen Schildwache am Stadttor oder dem Schankwirt bestand, der den Bierkrug stets bis zum Strich füllte und die Zeche auf der Schiefertafel anschrieb.

»Liebe Cecily«, schrieb er, und sie verzehrte sich nach ihm.

Sie stand still im Spannungsfeld zwischen ihnen, wo sie schon gestanden hatte, noch bevor ihr dies bewußt geworden war, und streckte beiden eine Hand hin, damit sie sie hielten, falls sie ins Wanken geriet. Wentworths Kühnheit, sein unbeirrbares, jähzorniges Wesen und sein Scharfsinn reizten sie. Dies spürte sie in der Brust, und ihre Seele flog über den Kanal hinweg zu ihm. Er brauchte sie beide, Nicholas und sie, zum Leben. Würden sie und Wentworth je wieder einen Akt fleischlicher Lust zwischen sich zulassen, so würde das alles zerstören, sie drei eingeschlossen. Sie erlegte sich Enthaltsamkeit auf: zuweilen erschien ihr diese Tugendhaftigkeit als albern, aber sie wußte um ihre Notwendigkeit. Hunderte von Meilen schlechter Straßen und rauher See lagen zwischen ihnen, und manchmal dankte sie Gott dafür. Brachte sie ihm sinnliche Gefühle entgegen, so würde dies alles andere, was sie für ihn empfand, zunichte machen, und dies zuzulassen war sie zu besonnen.

Tief bewegt rief sie sich ihren einzigen Akt körperlicher Leidenschaft in Erinnerung. Mit einer Mischung aus Verwegenheit und Ehrfurcht war Wentworth zu ihr gekommen, als sie beide halbentblößt dagelegen hatten: Er hatte ihre Unterröcke hochgeschoben und nestelte an den Satinbändern, die ihre Seidenstrümpfe an der Unterkleidung festhielten, und in seinem leidenschaftlichen Ungestüm hinterließ er mit den Lippen einen blauen Fleck auf ihrem Schenkel. Sein Hemd lag auf dem Boden, die Kniehose war ihm halb von den schmalen Hüften gerutscht. Sein Atem klang wie der eines Kriegers, der in die Schlacht zieht. Doch am erstaunlichsten waren anschließend ihrer beider Tränen, seine wild und knabenhaft, während die ihren sie daran erinnerten, wie sie einst um ihr krankes Kind geweint hatte. Er konnte brutal sein und doch auch vollkommen rein.

Sie lagen in dem Wissen beieinander, daß das, was er getan hatte, nicht allein der Trauer um seine Frau entsprungen war. Sie wußten, daß sie sich liebten und zueinandergefunden hatten, so wie ein Mann in einem fremden Haus einen dunklen Flur entlanggeht und sieht, daß ihm eine Gestalt entgegenkommt, und als sie sich begegnen, erkennt er, daß es nur ein Spiegel ist, und er streckt die Hand aus, um sich selbst zu berühren. Dann jedoch verfielen sie in reuevolles Schweigen, denn sie wußten auch, daß sie allzu verschieden waren: Sie begehrte gegen die Einschränkungen auf, die ihr Frausein mit sich brachte; er war in seinen nordischen Vorstellungen darüber verhaftet, wie eine Frau und wie er selbst zu sein hatte. Und ebenso wußten sie, daß der Arzt und Pfarrer, den sie beide liebten, sie zusammengeführt hatte, daß sie dank seiner auf immer miteinander verbunden sein würden und daß er, wenn er davon erführe, vor Schmach und Gram nicht würde weiterleben können. So hielten sie sich denn in dieser ausweglosen Lage in den Armen, ihre Unterröcke nach dem Liebesakt duftend, ihre Lippen von seinen Küssen geschwollen und ihre Hand auf seinen schmalen entblößten Hüften.

»Mein Lordverweser von Nordengland«, hatte sie ihn damals mit stillem Lächeln genannt. Nun war er Statthalter von Irland, und so begann sie ihre langen Briefe an ihn bald mit »Lieber Statthalter« oder »Mein allerliebster Statthalter von Irland«, bald mit »Liebster Tom«. Die dicken Bündel mit Entwürfen für Reden, Gesetze und politische Texte, die er ihr zur Begutachtung zu schicken pflegte, lagen auf der Fensterbank.

Nie sollte sie vergessen, wie sie danach beide ihre Kleider aufgesammelt und sich dabei mit scheuen Blicken gemustert hatten: sie hochgewachsen und mit kleinen Brüsten, er lang aufgeschossen und erstaunlich muskulös, mit spärlichem dunklem Brusthaar und gebeugten Schultern, denn er war so groß, daß er sich stets ein wenig bückte, wenn er anderen zuhörte. Hoffnungsvoll, ja wütend hatte er sie angestarrt, als wüßte sie einen Ausweg aus dieser verfahrenen Lage, während sich in ihnen beiden die schreckliche Gewißheit breitmachte, daß dieses erste Mal zugleich das letzte würde bleiben müssen.

Nun saß sie in einem weißen, lose fallenden Kleid mit untergeschlagenen Beinen und gebeugtem Rücken auf der Fensterbank hoch über der Gasse, schrieb »Mein geliebter Statthalter von Irland«, stellte ihm Fragen zur politischen Lage, tröstete ihn, weil ihm der ersehnte Grafentitel bislang verwehrt geblieben war, berichtete, daß sie jüngst bei einem Abendessen mit dem Erzbischof voller Sorge über die durch das Gebetbuch in Schottland hervorgerufene Situation gesprochen und ihn davor gewarnt habe, in seinen Ansichten allzu starr zu sein (»Ihr und Karl Stuart seid zu unnachgiebig«), und erschauerte leicht, als sie den Brief schließlich mit den Worten »Deine Cecily« unterschrieb.

»Lieber Freund!« schrieb Wentworth.

»Ich werde zu Weihnachten in die Stadt kommen und Dich künftig häufiger besuchen, dieweil ich schon bald im Kronrat sitzen werde. Kannst Du Dir mein Glück ausmalen? Seine Majestät hat mich zu seinem Berater berufen! Königin Henriette Maria schreibt mir sorgenvolle Briefe. Ich glaube, ich werde im Palast nun meinen festen Platz finden. Wie seltsam, plötzlich etwas zu haben, was man sich so lange gewünscht hat! So ist es nun einmal mit mir: Kaum wird mir eine Ehrung zuteil, hasche ich nach der nächsten. Ich frage mich, was ich wohl tun werde, wenn ich alles erreicht habe, was ich wollte.

Wie werde ich wohl mit den anderen Mitgliedern des Kronrats zurechtkommen? Da ist Hamilton, dessen Ansichten ich nicht teile, und der Earl of Northumberland, der mit dem Vorgehen in Schottland nicht einverstanden ist. Und dann ist da noch der Erzbischof, der mir gewiß zur Seite steht. Möglicherweise können wir mit Unterstützung seitens der Spanier rechnen, sofern wir sie vor den Schiffen der Holländer schützen. Auch die Bürger der Stadt werden sich hinter uns stellen, dieweil sie auf den Handel mit Spanien angewiesen sind. Von ihnen werden wir auch Geld für den Krieg erhalten. Möge er rasch vorüber sein, auf daß wir England voranbringen können! Von da an soll es kein Land geben, das größer oder sicherer wäre als dieses kleine grüne Eiland.

T.«

»Liebster Tom!

In einem meiner letzten Briefe fragte ich Dich, ob Du glücklich seist, und Du schriebst zurück: »Ich weiß es nicht. Ist es von Belang?« Diese Worte gehen mir nicht mehr aus dem Sinn, denn es ist sehr wohl von Belang.

Hör mich an, mein Liebster, nur dieses eine Mal. Ich weiß, daß Du Dich mit dem Gedanken trägst, das Parlament zu Hilfe zu rufen, falls Ihr für den Krieg in Schottland nicht genügend Unterstützung findet. Ich weiß aber auch, daß Grundbesitzern und Adel die Macht des Throns seit jeher ein Dorn im Auge gewesen ist, und dies gilt heute mehr denn je. Du bist als einziger imstande, die Interessen des Königs zu verteidigen, und ausgerechnet Dich hat er bis auf den heutigen Tage von sich ferngehalten.

Den wohlhabenden Männern in diesem Reich sind die Hände gebunden, sofern der König sie nicht ins Parlament einberuft. Sie können sich nicht selbst einberufen. Solange er das Parlament also nicht einberuft, ist er sicher. Du mußt ihm tunlichst davon abraten, auch wenn Hilfe noch so bitter nottut.

Nick sendet Dir seine innigsten Grüße.«

Am Ende jedes Briefes zauderte sie, als drängte es sie, weiterzuschreiben. Doch er würde ihr auch so weiterhin geben, was sie am meisten brauchte: eine Aufgabe. Das Bündel mit Wentworths Reden und Gesetzesentwürfen an die Schürze gedrückt, stand sie da und blickte hinunter auf die Gasse. Sacht schaukelten die Schilder der Händler im Wind, und im Nachbarhaus spielte Mark das Krummhorn.

Weihnachten stand vor der Tür, doch Wentworth ließ noch immer auf sich warten.

In den Häusern und auf den Straßen wurde getanzt und musiziert; Pantomimen wurden aufgeführt und für die Ärmsten der Pfarre Päckchen mit in altes Papier eingeschlagenen Lebensmitteln hergerichtet: dicke Scheiben Schweinskopfsülze, Gänseschmalz, eingemachte Beeren und Primelblüten, Fruchtpudding, Törtchen mit Rosenblättern, Räucheraal, in Flaschen abgefüllter Südwein und Plumpudding. Cecilia hielt die Engelsfiguren, die William in jüngeren Jahren gebastelt hatte, ans Licht und betrachtete sie, bevor sie sie behutsam zurück in die Schublade legte. Er war mittlerweile zu alt für solche Dinge.

Nicholas war gebeten worden, an einer weihnachtlichen Vesper in der St.-Pauls-Kathedrale in Anwesenheit des Königs und seines Hofstaats teilzunehmen, und kurz vor drei Uhr legten er und Cecilia sich die Mäntel um und machten sich auf den Weg. Der schlaksige, schüchterne William begleitete sie und erzählte ihnen von einem Stück in lateinischer Sprache, das sie in seiner Schule aufgeführt hatten. Unterwegs grüßten Menschen sie von den Fenstern aus. Schneeflocken taumelten träge neben den kleinen Kirchen der Pfarren herab und landeten auf kahlem Geäst und Grabsteinen.

Im Kirchhof herrschte ein Gewimmel von Kirchenbeamten und Domherren, Küstern und Chorsängern, Konnetabeln und königlichen Wachen, die allesamt in der Prozession mitschreiten sollten. Das Gerüst vor dem Eingang der Kathedrale war erst vor kurzem entfernt worden, und das neue marmorne Portal ragte hoch über die Fachwerkhäuser der Nachbarschaft auf. Die Bürger der Stadt, die zu Hunderten zum Gottesdienst strömten, blieben kurz davor stehen, um es zu bestaunen und ihre Meinung zum besten zu geben, bevor sie an den Pferden vorbei ins Kircheninnere drängten. Einer Laune nachgebend, legte Nicholas die flache Hand auf den kalten Marmor. Anschließend wechselte er ein paar Worte mit einem der Kirchendiener, um sicherzustellen, daß seine Frau und sein Sohn gute Plätze bekamen. Er selbst sollte mit drei anderen Pfarrern der Diözese zum Geleit Seiner Gnaden, des Höchst Ehrwürdigen Kirchenvaters William Canterbury, einherschreiten.

Der Schnee dämpfte die Stimmen. Auch aus anderen Pfarren waren Freunde herbeigekommen. Chorknaben der Chapel Royal scharrten mit den Stiefeln auf den Pflastersteinen. Da traf die königliche Karosse ein, und als der König ihr entstieg, kniete auf dem Kirchhof alles nieder. Scheu blickte er sich mit glänzendem Schnurrbart um und lächelte, als wäre alles zu seiner Zufriedenheit. Auf dem Hof drängten sich mehrere hundert Menschen, die im höhlenartigen Inneren der St.-Pauls-Kathedrale weder einen Sitz- noch einen Stehplatz gefunden hatten. Sie riefen: »Gott beschütze Euch, Majestät! Gesegnete Weihnachten, Majestät!«

»Gott sei mit euch«, erwiderte der König leise und breitete leicht die Arme aus. Er trug spitzenbesetzte, rehlederne Handschuhe und einen ärmellosen Umhang.

Während die zahlreichen Männer, die an der Prozession teilnehmen sollten, sich zu einem ordentlichen Zug aufstellten, vernahmen sie aus dem Inneren der Kathedrale die ersten Orgel- und Trompetenklänge, die gleich darauf in den dunklen Höhlungen des Dachstocks verhallten. Alsdann begannen die Chorknaben zu singen, und da setzte sich der Zug in Bewegung: Mit würdevollem Ernst schritten die Männer, ein jeder eine schlanke brennende Kerze in der Hand, unendlich langsam durch das Tor der Kathedrale.

Weit vor Nicholas ging der scharlachrot gewandete Oberbürgermeister mit seinem Schwertträger, dem öffentlichen Ausrufer und Ordnungsbeamten sowie dem Stadtmarschall. Ihnen folgten die beiden Sheriffs, die Aldermänner und die Vorsitzenden der zwölf großen Livreegesellschaften; ferner eine Anzahl Bischöfe, Domherren, Erzdiakone und Pfarrer und ein Küster, der einen alten Amtstab trug. Sodann kamen die königliche Garde, der König höchstselbst und der Prinz von Wales, der feierlich dreinblickte und von seinem Hauslehrer an der Hand geführt wurde, und im Gefolge weitere Pfarrer. Zu guter Letzt erschien Seine Gnaden William Laud, der zum Zeichen, daß er der Hirte dieser Herde war, ein Kreuz vor sich hertrug und in seinem langen weißen Rochett und der ärmellosen, purpurfarbenen Samarie gemessen einherschritt, wobei seine grauen Augen forschend das schattige Dunkel durchdrangen. Bei jedem Schritt raschelten Roben und Gewänder leise. Die lange Prozession schien weder Anfang noch Ende zu haben, und es kam Nicholas so vor, als wäre er Teil von etwas, das sich in alle Ewigkeit fortsetzen sollte.

Er blickte sich um. Im Schein der zahllosen Kerzen warf die riesige Menschenmenge ihre Schatten. Hier haben wir das Kennzeichen der Zivilisation, dachte er, und durch dieses Gefolge wird die Rangordnung festgelegt: Wer geht voran, wer hintendrein? Noch Tage danach würden die einen stolz, die anderen indigniert daran zurückdenken. Dieser Gedanke belustigte Nicholas, und er lächelte noch immer still in sich hinein, als er ein kleines Stück vor dem Erzbischof durch den geschnitzten Lettner schritt, der den Altarraum vom restlichen Kirchenschiff trennte, und seinen Platz im Chorgestühl einnahm.

Die Knaben mit ihrem hohen Diskant sangen im Verein mit den volltönenderen Alt-, Tenor- und Baßstimmen die ausgewählten Hymnen. Alsdann folgten die Lesungen, und es erklangen die Lobpreisungen des Magnificat und des Nunc Dimittis wie seit über tausend Jahren.

William Laud, der Erzbischof von Canterbury, erhob sich bedächtig und stieg mit Hilfe eines der Knaben die Stufen zur Kanzel empor. Seine Predigt, die bald laut und vernehmlich war, bald in der Tiefe des Raums verhallte, stützte sich auf die Passage aus dem Evangelium nach Lukas über die Geburt Jesu:

»In jener Gegend lagerten Hirten auf freiem Feld und hielten Nachtwache bei ihrer Herde. Da trat der Engel des Herrn zu ihnen, und der Glanz des Herrn umstrahlte sie. Sie fürchteten sich sehr... Und plötzlich war bei dem Engel ein großes himmlisches Heer, das Gott lobte und sprach: Verherrlicht ist Gott in der Höhe, und auf Erden ist Friede bei den Menschen seiner Gnade.«

Als er geendet hatte, legte er die feingliedrigen Hände flach auf die Kanzel und blickte gestreng auf die Schar der Gläubigen herab, die fast gänzlich vom Dunkel verschluckt wurde. Der Knabe half ihm von der Kanzel herab. Als der Erzbischof am Altar vorbeikam, ließ er sich vor seinem Gebieter ungelenk auf ein Knie niedersinken. Unter Gescharre von Stühlen und Bänken setzte sich die Gemeinde wieder, und dabei schlug die eine oder andere Schwertspitze klirrend auf den Steinboden. Da der Himmel verschneit war, drang nunmehr kaum noch Licht durch die Fenster.

Abermals erschollen die Trompeten, ein Kirchenlied wurde gesungen, und schon bewegte sich die Prozession im flackernden Kerzenschein auf den Ausgang der Kathedrale zu. Die Mitwirkenden schritten so langsam voran, als stünden sie unter dem Bann eines Rituals, das bis in unvordenkliche Zeiten zurückreichte.

Im Kirchhof angelangt, ging ein jeder seines Weges. Die königliche Karosse wartete bereits auf Karl I. und seinen Sohn, und auch William Laud, der nach der anstrengenden Predigt leicht zitterte und ein wenig schwitzte, stieg ein. Als er einmal bei bitterer Kälte heimgekehrt war, hatte Nicholas veranlaßt, daß er mit warmem Wein abgerieben wurde. Nun flüsterte er diese Anweisung dem Kaplan zu, der ihn anlächelte und ihm zum Abschied die Hand drückte.

William Laud lehnte sich aus dem Fenster der Kutsche. »Einen gesegneten Abend am Tag der Geburt Unseres Herrn, mein Freund!« sagte er.

»Euch dasselbe, Eure Erzbischöfliche Gnaden von Canterbury«, erwiderte Nicholas. Die Vorhänge fielen herab, und als die Kutsche anrollte, ließen sich ein paar Männer auf ein Knie nieder.

Priester, Chorknaben und Aldermänner zerstreuten sich im frühen Abenddämmer des Wintertages. Auch die Kirchenbesucher strömten nun, in Mäntel gehüllt, ins Freie und entfernten sich durch die kleinen Straßen, die am Kirchhof vorbeiführten: die Paternoster Lane und die Ave Maria Lane, benannt nach den ehedem hier ansässigen Perlmachern und Schreibern von Gebetbüchern, die dicht an den Mauern der Kathedrale ihr heiliges Handwerk ausgeübt hatten. Einige Kutschen standen noch immer herum, und an den Ständen der Buchhändler hatten sich kleine Menschentrauben gebildet.

Als Nicholas sich umdrehte, sah er Thomas Wentworth mit ausgestreckten Händen durch den Schnee auf ihn zulaufen.

Am siebenten Januar machte der russische Gesandte nebst Gefolge dem König im Bankettsaal des Palastes seine Aufwartung. Nicholas und Cecilia fanden einen Platz im hinteren Teil des Saals, doch waren sie nicht der Russen wegen gekommen.

Der Gesandte und seine Räte schritten in reich mit Pelzen verbrämten Gewändern zum Thron und erwiesen dem König gemäß der Sitte ihres Landes ihre Reverenz, indem sie niederknieten und den Kopf bis zum Boden neigten. Der König erhob sich und zog den Hut, dann setzte er sich und bedeckte sein Haupt wieder, um die Ansprache und die guten Wünsche für seine Gesundheit zu hören. Mit scheuem Lächeln beugte er sich vor, um der sich anschließenden Übersetzung zu lauschen. Sodann erhob er sich abermals und trug huldvoll seine Erwiderung vor.

Draußen vor den hohen Fenstern spielte ein Orchester feierliche Musik und dann und wann einen englischen Militärmarsch. Die Stimme des Königs, der ohnehin nicht laut sprach und leicht stotterte, ging zuweilen fast im Geraschel der Kleider und dem allgemeinen Geraune unter. Nicholas' Ungeduld wuchs: schließlich waren sie nicht deshalb hier.

Die Diener des Gesandten brachten Geschenke dar: ein silbernes Salzfaß mit einer den Wassern entsteigenden Venus, eine mit mythischen Vögeln und Greifen verzierte Suppenterrine, eine ovale, verschließbare, juwelenbesetzte Schachtel mit einem Porträt des Zaren. Vor seiner Abreise würde der Gesandte vom englischen Monarchen als Abschiedsgeschenk das übliche Tafelsilber erhalten. Zweimal beugte sich die Königin gähnend zu ihrem Gemahl hin, und dabei knisterte ihr schweres Brokatkleid. Da erhob sich Karl I. abermals, und alle ließen sich auf ein Knie nieder.

»Mylords«, sagte er leise und mit ungerührter Miene. Dann wandte er das Gesicht zur Tür, durch die ein junger Page mit großen Ohren geeilt kam. Unmittelbar vor dem König blieb der Bursche stehen, verneigte sich und rief aus: »Gnädigste Majestät – Thomas Wentworth, der Statthalter von Irland.«

»Er möge sich uns nähern«, verfügte der König.

Ohne Aufhebens trat der Mann aus Yorkshire vor. Im ersten Augenblick wirkte sein Gesicht angespannt, als kämpfte er gegen eine schreckliche, dunkle Regung an, doch gleich darauf glätteten sich seine Züge. Nicholas mußte an einen jungen Pfarrer denken, der bei der Priesterweihe ähnlich dreingeblickt hatte. Karl I. winkte ihn heran, und Wentworth ließ sich vor dem Thron auf ein Knie sinken. Man legte dem König ein Schwert in die ausgestreckte Hand, mit dem er sacht erst die eine, dann die andere Schulter seines knienden Vasallen berührte. »Erhebt Euch, Thomas Wentworth, Earl of Strafford«, verkündete er. Alsdann erscholl die Trompete, und der Herold rief die Neuigkeit aus.

Cecilia hielt ihr Medaillon mit beiden Händen fest umschlossen.

Der frischgebackene Earl nahm seinen Platz neben dem König ein. In van Dycks Atelier lehnte bereits ein kurz vor der Vollendung stehendes Porträt von ihm und seinem Sekretär an der Wand: Darauf harrte der Sekretär ergebenst mit über dem Papier schwebender Feder der Worte seines Herrn, um sie ohne Fehl festzuhalten, doch Strafford blickte ihn nicht einmal an. Derselbe Ausdruck lag nun auf seinem Gesicht, als er an der Seite des Monarchen im Bankettsaal stand: Er blickte geradeaus, doch sah er nichts und niemanden außer seiner Zukunft. Draußen vor den hohen, breiten Fenstern des Bankettsaals rieselte noch immer leise der Schnee herab.

4
Schottland

Trotz der Unruhen in Schottland, der Teuerung und der drückenden Steuerlast gingen die Bürger der überfüllten Stadt, wenn auch murrend, ihren Geschäften nach. Fremde schlenderten staunend durch die Straßen und schrieben lange Briefe nach Hause; in The Strand entstand ein Herrenhaus neben dem anderen, und Höflinge mußten drei Monate, wenn nicht gar länger warten, wollten sie von Master van Dyck gemalt werden, dem mittlerweile mehrere Gehilfen zur Hand gingen. Die *King's Men* zählten mehr Teilhaber denn je: fünfunddreißig an der Zahl, dazu kamen die Lehrlinge und Lohnarbeiter, und an milden Nachmittagen geschah es nicht selten, daß im *Globe* kein guter Sitzplatz mehr zu ergattern war. Allerlei Waren, die auf dem Seeweg über Schweden aus Indien kamen, wurden in den Buden und Läden der Cheapside und Royal Exchange feilgeboten.

Ausgebildete Truppen exerzierten wie eh und je zweimal wöchentlich in Moorfields, und Fußball spielende Knaben, die den Soldaten die schlammigen Felder streitig machten, jagten zwischen den Piken verschämt der prall mit Luft gefüllten Schweineblase nach und zogen im Vorbeirennen vor dem Hauptmann die Mützen. Auf einem Baum saß ein kleiner Junge und spielte auf der Blockflöte piepsend »Komm über den Bourne, Bessie«, während sich der Trommler der Kompanie an Brot und Käse gütlich tat. Als Fähnrich seiner Kompanie trug Andrew Heminges eine blaue, quadratische Flagge vor sich her, an deren rauher Stange er sich bereits mehrfach einen Splitter eingerissen hatte.

In diese Stadt war der jüngst in den Grafenstand erhobene Tom Wentworth zurückgekehrt. Tag für Tag verließ er, das gestärkte Leinenhemd gefältelt, im Morgengrauen das Haus und blieb kurz stehen, um zu seinen nunmehr drei kleinen Töchtern und seinem ranken, rothaarigen Sohn hinaufzublicken, die ans Fenster gekommen waren, um ihn zu verabschieden. Alsdann bestieg er die wartende Kutsche und fuhr holpernd durch den nur zur Hälfte gepflasterten The Strand nach Whitehall. Wann immer die Arbeit Nicholas in die Nähe des Palastes führte, mußte er an Tom denken, und dann fragte er sich, hinter welchem Fenster sich sein Freund, der oft stundenlang mit dem Kronrat über die Lage der Nation und das Kriegsgeschehen debattierte, wohl gerade aufhalten mochte. Einmal wartete er auf ihn, während sich die Nacht zu früher Stunde auf die schäbigen Palastgebäude herabsenkte, und fuhr sodann mit ihm in der Kutsche nach Hause.

»Dir geht es nicht gut, Tom.«

»Und ob es mir gutgeht!«

»Du mußt es wissen.«

»Nick.« Er hob die Vorhänge kurz an, um einen Blick auf den rasch kleiner werdenden Palast zu werfen, und ließ sie wieder fallen. »Uns bleibt keine Wahl! Im Frühjahr müssen wir das Parlament einberufen. Ich sehe keine andere Möglichkeit, das Geld für den Krieg aufzubringen.«

»Du weißt, wie Cecilia darüber denkt.«

»Freilich, aber auch sie ist keine Hellseherin«, versetzte der Mann aus Yorkshire spöttelnd. Er zwirbelte seinen kurzen Schnurrbart und wandte das Gesicht ab. »Die Engländer werden ihre Bedenken über Bord werfen, wenn es darum geht, die Grafschaften im Norden vom Schotten zu befreien, der für uns eine Gefahr darstellt!« fuhr er in seiner hastigen Art fort, in der er Unangenehmes vorzubringen pflegte. »Und selbst wenn nicht, mein Freund, so bin ich zumindest wieder in der Stadt! Von Irland habe ich genug, für dieses Leben und auch fürs nächste. Ich werde meinen Bruder an meiner Statt einsetzen und dem König als getreuer Diener zur Seite stehen, wenn der Krieg erst vorüber ist. Dann können wir miteinander diskutieren – worüber zum Teufel diskutiert ihr übrigens zur Zeit?«

»Über die Eigenschaften des Lichts.«

»Sieh an! Es wird mir recht gefallen, wieder mit dir querfeldein zu spazieren. Ich war so lange fort, daß wir einen ganzen Monat spazierengehen müßten, um uns alles zu erzählen, was wir versäumt haben. Noch ist es mir nicht möglich, aber bald. Du wirst doch nicht vergessen, was du mir alles zu erzählen hast, was, Nicholas?« Seine Stimme klang wehmütig.

»Nein, mein Freund.«

Müde ließ sich Wentworth zurücksinken. Im spärlichen Licht der hin und her schaukelnden Kutscherlampe konnte Nicholas die Furchen erkennen, die sich zu beiden Seiten von Toms Mund eingegraben hatten, und er bemerkte auch, wie flach der Atem seines Freundes ging, als besäße er nicht die Geduld oder die Kraft, tief durchzuatmen.

»Tom«, sagte er. »Ich habe die Berichte deines Arztes gelesen. Wie viele deiner Ohnmachtsanfälle sind nicht darin vermerkt? Hör mir zu, mein Guter! Dein Körper schreit nach Ruhe und Erholung, Tom! Ein Fieber löst das andere ab, du hast Rheuma, schlimmere Schmerzen noch durch den Stein, kannst oft die Hände nicht gebrauchen, die Beine versagen dir den Dienst, du hast einen blutigen, unangenehmen Ausfluß...«

»Genug davon!« fiel Tom ihm scharf ins Wort. »Im kommenden Frühjahr werde ich meinen Platz im Oberhaus einnehmen, und ich will meinem Herrn ein guter Diener sein, doch zuvor muß ich das irische Parlament eröffnen. Warte nur: Ich komme wieder, und dann kannst du mich verhätscheln. Sieh mich nicht so streng an, Nick. Ich brauche dein Wohlwollen.«

»Nun, das ist dir gewiß.«

Im Februar gab er in seinem Haus in Covent Garden ein Fest, weil eines seiner Töchterchen Geburtstag hatte. Am unteren Absatz der großen Treppe lagen die Geschenke ausgebreitet, die er für die Kleine erstanden hatte: Schachteln mit Bändern und Schleifen, ein Satinröckchen, zwei Stoffpuppen und eine Garnitur Leinenbettwäsche in Vorbereitung für den Tag, an dem sie sich dereinst als junge Frau verloben sollte. Die Flügeltüren des Salons gewährten den Tanzenden einen Blick in die Bibliothek, wo Lord Strafford, den Kopf auf eine Hand gestützt, im

Gespräch mit zwei königlichen Kurieren saß, die ihn in einer dringlichen Angelegenheit aufgesucht hatten.

»Von Thomas Lord Strafford, Statthalter von Irland, Dublin, an Herrn und Frau Cooke in Cripplegate Ward, im Monat März des Jahres Unseres Herrn 1640.

Vor erst drei Stunden bin ich von der Eröffnung des irischen Parlaments zurückgekehrt und habe sogleich, wie es die Pflicht gebietet, in aller Ausführlichkeit an seine höchst gnädige Majestät geschrieben und alsdann, in etwas geringerem Umfang, dafür indes mit manch humoriger Anmerkung versehen (die eine oder andere davon recht zotig) an unseren guten William Laud. Nun kann ich Dir einige Zeilen widmen, und dazu habe ich meine Schuhe abgestreift und meine ältesten Pantoffeln angezogen. Meine Töchter spielen unter dem Tisch, an dem ich sitze. Ich will diesen Brief rasch zu Ende bringen, damit ich ihn zusammen mit den beiden anderen meinem Bruder mitgeben kann, der sie eigenhändig abliefern wird.

Die Neuigkeiten könnten besser nicht sein! Das irische Parlament hat mich von ganzem Herzen willkommen geheißen, als wäre ich Salomo höchstselbst, und vielleicht haben sie mich mit meiner langen, von Dienern und meinem eigenen Sohn getragenen Schleppe tatsächlich für selbigen gehalten. Mein Sohn meinte, ich hätte prächtig ausgesehen, und meine Frau küßte mich anschließend und brachte mir meinen Hausmantel. Was mehr kann man sich wünschen? Um mich kurz zu fassen (der gute Laud erhält einen eingehenderen Bericht und wird Dir mehr erzählen können): Eine Rede folgte auf die andere, und das Parlament sicherte dem König umfassende Hilfsgelder zu. Auch willigte es ein, für Seine Majestät bis Mai ein Heer aufzustellen, um es gegen den Schotten zu führen. Ich habe den Klerus und alle anderen auf meiner Seite. Tag für Tag danke ich Gott demütig auf Knien, daß meine Mühe zu etwas nutze gewesen ist. Wie gering nimmt sie sich nunmehr angesichts dieses großartigen Erfolges aus! Hinfort kommt noch mehr Arbeit auf mich zu, doch mit Gottes Hilfe werde ich mein Bestes geben.«

Im April trat das englische Parlament zusammen. Als Nicholas ein paar Tage danach durch die Gärten des Domherren von Westminster ging, begegnete er Harvey, der in ein Gespräch mit einigen Angehörigen des königlichen Hofes vertieft war. Beim Anblick seines Freundes ließ Harvey die Männer augenblicklich stehen und eilte ihm entgegen. »Schlechte Neuigkeiten, Nicholas!« sagte er mit Grabesstimme. »Ich habe just einen Chorknaben mit einer Nachricht zu dir nach Hause geschickt. Tom ist hier, aber es geht ihm ganz und gar nicht gut. Er ist in einem fürchterlichen Unwetter von Irland übergesetzt, und bei seiner Ankunft in Chester hatte er Blutungen und fieberte. Sie haben ihn in der Sänfte hergebracht.«

»Aus Chester?«

»Jawohl. Er ist jetzt bei sich zu Hause und kann sich nicht auf den Beinen halten. Er hat so hohes Fieber, daß er mich beinahe nicht erkannt hat. Verdammt soll er sein!«

Nicholas hatte kaum einen Blick für das elegante Haus mit dem Marmorfußboden in der Eingangshalle und für die Sekretäre und Domestiken, die sich bei seinem Eintreten respektvoll erhoben. Toms Sohn kam die Treppe heruntergeflogen, als er seine Stimme hörte. Flehentlich nahm er ihn bei der Hand und zog ihn hinter sich her, an den Porträts ehemaliger gekrönter Häupter und an seinen Schwestern vorbei, die sich auf der Treppe herumdrückten.

Strafford lag in seinem schweren Himmelbett hinter weißen, mit Jagdszenen bestickten Vorhängen. Träge öffnete er einen Spaltbreit die Augen, als Nicholas ihn berührte, und rang sich ein Lächeln ab. »Um mich steht es schlecht«, sagte er mit brüchiger Stimme. »Mir geht es alles andere als gut. Gleichviel, der König kam mich besuchen... da drüben stand er, neben dem Schrank mit meiner Hoftracht... und er sagte: ›Mein Freund, wie geht es Euch?‹« Tom murmelte etwas über das Meer, fing an zu fluchen und zog krampfartig die Schultern zusammen, als kämpfte er einen bösen Traum nieder.

»Warum bist du in diesem Zustand gereist?«

»Glaubst du, es hätte mich etwas in Irland halten können?«

Kopfschüttelnd begann Nicholas den fiebrigen Leib seines Freundes behutsam abzutasten und allerlei Fragen zu stellen. Anschließend ließ er die heißen Kohlenpfannen nachfüllen, schickte jemanden nach warmem, mit Rosenöl parfümiertem Wasser, tauchte ein Tuch hinein, wrang es aus und machte sich daran, den Kranken zu waschen. Der Earl protestierte nicht und ließ sogar zu, daß Nicholas seine tauben Arme anhob. Er seufzte wie ein Kind, als er gewendet, von der anderen Seite gewaschen, abgetrocknet und in ein sauberes Leinenhemd gesteckt wurde. Der Knabe hielt unterdessen das Wasser warm und beobachtete den Arzt ehrfürchtig.

»Ich muß aufstehen«, murmelte Strafford.

»Auf keinen Fall. Ich hätte mit dir nach Irland gehen und nicht von deiner Seite weichen sollen. Was peinigt dich? Du fühlst dich elend und fiebrig, aber das ist nicht alles, und diesen Berichten hier entnehme ich, daß man dich bereits zur Genüge purgiert und zur Ader gelassen hat. Ich werde dir etwas geben, was das Fieber senkt, aber wichtiger noch ist ein Schlafmittel, denn Schlaf brauchst du wahrhaftig! Hör mir zu, Tom! Es schert mich keinen Deut, ob das Parlament ohne dich tagen muß –«

»Aber mich! Es gilt den Aufstand niederzuschlagen und Gelder aufzubringen!« stöhnte Strafford mit bebender Brust, als müßte er sich des Drucks von Kissen und Decken erwehren. »Nick, du begreifst nicht! Das Oberhaus tagt seit zwei Tagen, und ich liege hier... Beim Kreuze Christi, mein Leben lang habe ich dafür gearbeitet, und jetzt bin ich hier!«

»Kannst du dich aufsetzen?«

»Sie beraten und entscheiden ohne mich!«

»Kannst du sitzen?«

»Vielleicht... Gütiger Himmel, nein, aber das hat nichts zu sagen. Soeben habe ich noch gesessen, eine ganze Weile sogar, frag den Jungen. Recht ordentlich habe ich gesessen.«

»Und was passierte dann?«

»Ich weiß nicht... Man sagte mir später, ich sei ohnmächtig geworden.«

»Aha. Was sind deine Ärzte nur für Filzläuse, daß es ihnen nicht gelingt, dich ans Bett zu fesseln?«

»Nichts und niemand kann mich im Bett halten«, sagte Tom kleinlaut. »Die Ärzte trifft keine Schuld. Selbst du könntest es nicht, das weißt du nur zu gut. Du mußt mir beim Ankleiden helfen, Nick. Ich stehe jetzt auf.«

»Das solltest du besser nicht tun, Tom!«

»Was spielt es schon für eine Rolle, was aus mir wird? Das Oberhaus tagt, und nichts hält mich hier.«

Er schob die Decke beiseite und machte Anstalten, ein Bein auf den Boden zu stellen, doch er stürzte Nicholas geradewegs in die Arme.

»Dir ist nicht zu helfen!« rief der Arzt, als er den langen, schweren Körper auffing. »Tom, was tust du nur?«

Stöhnend sank Strafford zurück. Nicholas löschte die Kerzen, schloß die Tür und setzte sich wieder zu ihm. Der zartgliedrige Knabe war unterdessen vorsichtig aufs Bett geklettert und strich seinem Vater übers Haar, als wäre er sein ein und alles. Nicholas nahm die Hand des Freundes und hielt sie, bis dieser endlich eingeschlafen war, während unten im Haus ohne Unterlaß Kuriere des Hofes ein und aus gingen.

Nicholas verließ das Haus nicht ein einziges Mal; am zweiten Tag erschien Cecilia, setzte sich ebenfalls ans Bett und las eine Depesche über die Ergebnisse der Parlamentssitzung des vergangenen Tages vor. Strafford hörte ihr aufmerksam zu, brummte von Zeit zu Zeit etwas oder ballte ärgerlich die Faust. Am späteren Abend erkundigte er sich nach seinen Freunden. Mit Belustigung nahm er Dobsons Eskapaden zur Kenntnis und äußerte Bedauern darüber, daß Keyes' älteste Tochter in der Liebe eine Enttäuschung erlebt hatte. Ferner erzählte ihm Nicholas, daß Bartlett als Abgeordneter der Stadt ins Unterhaus gewählt worden war, weshalb er die Heiltätigkeit zunchmend vernachlässigte und es sich dank des Erbes seiner Frau wohl ergehen ließ. Das Ehepaar gab Gesellschaften im großen Stil, bei denen sich nicht eben wenige einflußreiche Londoner einfanden, die entschlossen waren, für ihre Rechte einzustehen und dem König so lange keine Zugeständnisse zu machen, bis er ihren Forderungen entsprach. All das hörte sich Tom mit grimmiger Miene an und nickte. Frisch gewaschen, fiel er in dieser Nacht in friedvollen Schlaf.

Zwei Tage später, an einem Frühlingsmorgen, der so prachtvoll war, daß es schien, als hätte es nie einen schöneren gegeben, fuhr die Kutsche des Earl of Strafford vor dem Oberhaus vor. Als er, sich auf seinen Sohn stützend, langsam ausstieg und das Gebäude betrachtete, empfand er ein unerklärliches Gefühl der Freude. Gleich darauf indes wurde sein Gesicht ernst, und er ging hinein.

Im Hof des Old Palace versammelten sich immer häufiger Lehrlinge und Schauerleute. Nicholas fragte sich, inwieweit sie über die Angelegenheiten, die in den beiden Kammern des alten Westminster-Palasts besprochen wurden, auf dem laufenden waren. Er fragte sich auch, ob sie die Lords namentlich kannten oder Näheres über den einen oder anderen tüchtigen Geschäftsmann wußten, der es dank seiner Minen, Werften, Kohlegruben oder der Trockenlegung von Marschland zu beträchtlichem Wohlstand gebracht hatte und nun als Vertreter seiner Grafschaft im Unterhaus saß. Die Leute lungerten im Hof herum, ein jeder aus einem anderen Grunde grollend, und schon bald kam es zu Zänkereien und Handgemengen, so daß die Männer des Sheriffs wiederholt eingreifen mußten, um den Frieden wiederherzustellen.

Die Menschenansammlung wuchs von Tag zu Tag: Knaben und Männer, klapperdürre und schwergewichtige, die einen seit kurzem ohne Arbeit, die anderen schon lange in Diensten, und zuweilen erblickte man unter ihnen gar Frauen. Die Lords, die mit der Fähre oder Kutsche kamen, bahnten sich mit ihren Gefolgsleuten eilends einen Weg durch das Gesindel aus Hausierern und Bettlern. Es hatte den Anschein, als würde sich die Hälfte sämtlicher Barrister der Stadt vor den Toren von Westminster Hall herumdrücken.

Eines Nachmittags, als das Parlament bereits in der zweiten Woche tagte, kehrten Nicholas und Keyes auf dem Weg nach Aldermanbury in der Mitre Tavern ein, um einen Becher zu trinken. An den Wänden angeschlagene Mitteilungen kündeten von der Ausgabe von Anteilsscheinen für überseeische Unternehmungen, von der Hinrichtung eines Diebs und der Vermietung eines Hauses in der Milk Street für einen jährlichen Mietzins von sechs Pfund. In der Schenke herrschte nur wenig Betrieb, und der Wirt schlug die Zeit tot, indem er Knochen von den Strohmatten auf dem Boden aufklaubte. »Ha, Cooke«, sagte er, richtete sich auf und schob den Bauch unter der Schürze zurecht. »Ihr habt Euch hier in letzter Zeit nicht blicken lassen! Für die paar Gäste lohnt es kaum, die Tür aufzusperren.«

Keyes setzte sich und griff sich eine ausländische Zeitung. »Bringt mir Ale, Master«, sagte er zufrieden.

Der Wirt brachte das Gewünschte, verschüttete indes etwas von dem Gebräu und wischte es mit einem Lappen von der rissigen Tischplatte.

»Seid wohl sehr beschäftigt, was, Herr Pastor?«

»Ja, das bin ich.«

»Jetzt geht's hier ruhig zu, aber neulich abend konnte man vor lauter Geschnatter nicht mal die Trompete hören, die das Auferstehungsfest ankündigte. Fürwahr, das sind bewegte Zeiten, und jeder hat seine eigene Meinung dazu.« Er wischte abermals über die Tischplatte und strich ein paar Zettel an der Wand glatt, an denen der unter der Tür eindringende Luftzug zauste; dann baute er sich mit verschränkten Armen hinter dem Tresen auf und starrte zu ihnen hinüber.

»Fürwahr«, sagte er noch einmal wie zu sich selbst. »Hier wird so viel geredet, daß ich aufs Wort genau weiß, was im Parlament vorgeht. Die meisten wissen Bescheid. Es heißt, das Parlament habe Karl Stuart viele Hilfsgelder in Aussicht gestellt, sich aber geweigert, ihm auch nur einen Penny zu bewilligen, solange er nicht mit den Mißständen seiner elfjährigen Alleinherrschaft aufräumt. John Pym, der im Unterhaus das Sagen hat, will sich angeblich für die Freiheitsrechte stark machen. Stimmt das?«

Nicholas blickte von seiner Zeitung auf. »Hm, kann sein. Ich weiß nicht«, antwortete er zerstreut.

Der Wirt machte eine ausladende Geste, als wollte er ihn umarmen. »Ihr wißt es nicht, Herr Pastor? Wenn einer in dieser

Pfarre Bescheid weiß, dann Ihr. Oder seid Ihr etwa nicht ein Herz und Seele mit Seiner Lordschaft, dem Earl of Strafford, dem es das Königtum so angetan hat?« Er zog leicht den Mundwinkel hoch.

Nun ließ Keyes seinerseits die Zeitung sinken und musterte den Wirt mit leichtem Befremden; mit einer unwirschen Geste schob er sich das fahlblonde Haar aus dem Gesicht und streckte die langen Beine, als machte er sich schon einmal bereit, seine bequeme Haltung aufzugeben.

Freundlich erkundigte sich Nicholas: »Wie meint Ihr das, Harry?«

»Nun, wenn einer ihn kennt, dann Ihr.«

»Mag sein.«

»Ach! Und warum gibt sich ein redlicher Pastor wie Ihr mit so einem Menschen ab und speist an seiner Tafel? Man erzählt sich, daß er seine Mitmenschen bestiehlt, seine Frau schändlich behandelt und beabsichtigt, die englische Regierung zu stürzen. Darüber wird hier Abend für Abend offen geredet, und wie Ihr wißt, sind wir alle rechtschaffene Leute mit gesundem Menschenverstand, auch wenn ich selbst nur ein paar Brocken Latein beherrsche.«

Überrascht stellte Nicholas fest, daß seine Hände zitterten. »Genug davon... genug! Was seid Ihr nur für Narren!« sagte er leise. Wieder flatterten die Zettel an den Wänden, als er die Tür aufriß und mit Keyes auf den Fersen hinausstürmte. Von ihrem Ale hatten sie kaum getrunken, und die Zeitungen ließen sie aufgeschlagen auf dem Tisch liegen.

In Windeseile gelangte die Kunde von Westminster zum Tower: Karl I., dem das Parlament die gewünschten Gelder vorenthielt, hatte beide Kammern aufgelöst. Sie hatten lediglich drei Wochen getagt.

Seeleute und Lehrlinge rannten unter lautem Gebrüll und Trommeln schlagend durch die Straßen; einige stürmten, mit Knütteln und Messern bewaffnet, das Fleet-Gefängnis und befreiten ihre Kameraden. Fenster wurden mit großen Steinen eingeworfen: Einer traf eine brave Bürgersfrau in der Nähe des

Flusses seitlich am Kopf, so daß sie blutend am Ufer zu Boden sank, wo ihre Kinder sie erst später fanden. Cecilia, die einige Papiere zu Toms Haus gebracht hatte, hastete allein zu Fuß durch die Gassen nach Hause, da sich kein Kärrner finden ließ, der sie mitnahm. Überall koche und brodle es, werde niedergezwungen und breche von neuem los, berichtete sie.

Der Aufruhr legte sich ebensoschnell, wie er entstanden war, und schon bald verkauften kleine Mädchen wieder Blumen in den Straßen und fanden auf dem Wasser festliche Umzüge statt. Doch dann, an einem Tag im Mai, begann es abermals.

Nicholas und Harvey wohnten im Zunfthaus der Baderchirurgen gerade der Öffnung der Leiche eines Verbrechers bei, als Trommelgedröhn und lautes Geschrei die Chirurgen veranlaßte, ihre Messer aus der Hand zu legen. In der Monkwell Street stürzten die Ladenbesitzer mit umgebundenen Schürzen auf die Straße, und der Laufbursche des Kunsttischlers verkündete bleichgesichtig und mit weitaufgerissenen Augen: »Es heißt, in Westminster tobt der Aufstand, Sir! Der Mob hat den Lambeth Palast gestürmt und einen Mann getötet!«

»Den Lambeth Palast!« wiederholte Nicholas. »Wo ist der Erzbischof?«

Halb London stand an den Ufern der Themse, die andere Hälfte war auf dem Fluß unterwegs. In den Lücken zwischen ein paar ausgebrannten, verlassenen Häusern auf der Brücke beugten sich Lehrlinge mit Wollmützen auf dem kurzgeschorenen Haar übers Wasser, pöbelten die Passagiere auf den Fährbooten an und bewarfen sie mit Steinen. Ein Flußschiffer blickte beunruhigt nach oben, als er unter ihnen hindurchglitt, während zwischen all den kleinen Booten zwei große, mit Wein aus Portugal beladene Schiffe gelassen ihre Bahn zogen. Am Flußufer wrang eine Frau Wäsche aus, neben sich zwei schmutzige Kinder. Schließlich ergatterten auch die beiden Ärzte eine Fähre.

»Wohin, die Herren?« rief der Bootsführer.

»Nach Lambeth, bei Gott!«

Mit ein paar zügigen Ruderschlägen legte der Mann vom Ufer ab, während seine Fahrgäste die Augen zum Schutz gegen die Sonne mit den Händen beschirmten und zu den jungen Burschen hinaufblickten, die in den Fensterhöhlen der herrenlosen Häuser hockten und mit zerbrochenen Ziegelsteinen ihr Bombardement fortsetzten. »Papisten! Hurenböcke!« riefen sie, und der Wind trug ihre Stimmen bald hierhin, bald dorthin. Ein paar Steine verfehlten die Männer nur knapp.

Der Fährmann ruderte brummelnd mitten auf den Fluß und hielt die Ellbogen so dicht als möglich an den Körper. »Gibt es etwas Neues über William Laud?« rief Nicholas ihm zu.

»Nein, nichts!«

Da stand Nicholas auf, legte die Hände trichterförmig an den Mund und richtete im Vorbeifahren dieselbe Frage an andere Fährleute, doch schüttelten sie allesamt den Kopf. Wenig später näherten sie sich der Anlegestelle des tiefgelegenen Ziegelsteinpalastes am Südufer, wo sie zwei Fährschiffe der königlichen Garde erblickten. Die jungen Soldaten hatten mit geschulterten Musketen am Kai und an den Fenstern der Wachtürme über den Toren Aufstellung genommen. Die Barke des Erzbischofs war nirgends zu sehen.

Nicholas rief: »Ich bin der Leibarzt des Erzbischofs! Ist er hier und unversehrt?«

Ein Hauptmann legte gleichfalls die Hände an den Mund und rief zurück: »Er ist nach Whitehall geflohen, schon möglich, daß er verwundet ist!« Auf Harveys Geheiß machte das Fährboot kehrt und hielt auf die weitläufige Anlage des alten Westminster-Palastes mit seinen Sälen und Höfen und den Hunderten von Menschen zu, die sich am Ufer drängten. Sämtliche Kaufleute und Handwerker waren auf die Straße gegangen, und so kamen Nicholas und Harvey auf dem Weg zum Palast kaum voran. Die Schildwache am Holbeintor tippte sich beim Anblick der beiden Ärzte kurz an den Hut und ließ sie in den Hof ein, in dem es von berittenen königlichen Wachen und Domestiken nur so wimmelte. Ein paar Frauen weinten.

Am Eingang versperrten ihnen mehrere Männer den Weg, doch ein Hofmarschall erkannte Nicholas. Er faßte ihn am Arm und zog ihn durch mehrere Räume hinter sich her. »Sie haben einen Mann getötet, einen Katholiken, habt Ihr schon gehört?« flüsterte er. »Aus Spaß haben sie ihn getötet, möge Gott seiner

Seele gnädig sein...« An den Wänden und in den Ecken neben den Türen drückten sich Wäscherinnen und Mägde herum; viele von ihnen weinten und knüllten die Schürzen zusammen. Die große Flügeltür zum Bankettsaal am oberen Treppenabsatz stand offen, und eine Gruppe aus Zeremonienmeistern, Höflingen und Geistlichen umstand den Thron. Ohne allzu große Rücksichtnahme zwängten sich die beiden Ärzte zwischen ihnen hindurch.

Der Erzbischof saß halb liegend auf einem zusammenklappbaren Feldbett, das jemand hereingetragen hatte. Ein junger Diakon zog ihm gerade die nassen Stiefel aus, während mehrere Pagen, die in ihrer Eile immer wieder zusammenstießen, mit Botschaften und erwärmtem Wein aus und ein hasteten. Bang ließ sich William Lauds brüchige Stimme unter der getäfelten Decke vernehmen: »Sie sind über einen Mann hergefallen, ich habe seine Schreie gehört... Schrecklich, einfach schrecklich! Ob er Familie besaß? Sie hatten Knüttel und Messer und haben ihn totgeschlagen. Ja, totgeschlagen haben sie ihn!« Er zog die Schultern zusammen, schlug die Hände vors Gesicht und schaukelte vor und zurück.

Nicholas ließ sich von einem der Pagen eine Decke geben, sank auf die Knie nieder und breitete sie über die Beine des Prälaten. »Euer Gnaden!« sagte er und küßte die Innenseiten von Lauds Händen; alsdann umschloß er mit den Fingern behutsam das Handgelenk und fühlte den rasenden Puls. Die Hosen des Erzbischofs waren durchnäßt, seine Zähne klapperten. »Lauft in die Küche, Jungen, und holt heiße Rinderbrühe und einen erwärmten, in ein dickes Tuch eingeschlagenen Ziegelstein!« befahl Nicholas den Pagen knapp.

Der Erzbischof blickte in die Gesichter rings um sich her und wiederholte ein ums andre Mal dieselben Fragen: Ob man die Übeltäter gefaßt habe? Ob jemand das arme Weib des Opfers benachrichtigt habe? »Wer hat es getan?« fragte er und hob das Kinn. »Besitzen diese Menschen überhaupt ein Gewissen?« Die grauen Augen blitzten, und die Stimme des alten Mannes wurde vor Verbitterung und Empörung immer lauter, bis sie sich schließlich überschlug.

»Es waren die Burschen«, sagte der Bischof von London mit sanfter Stimme, als einer der Pagen mit einem silbernen Deckelkrug voll Rinderbrühe auf einem Tablett herbeieilte. »Es waren die Burschen, Euer Gnaden. Sie wollen weder von einem Monarchen noch von Ministern regiert werden, sie akzeptieren keine Obrigkeit, weder die Kirche noch eine andre. Wie ihre Meister würden sie am liebsten ihre eigenen Gesetze machen und dem König vorschreiben, was er zu tun hat. Gütiger Gott im Himmel!«

»Man kann einem König nicht vorschreiben, was er zu tun hat!« belferte der Erzbischof. »Ein König ist von Gott geweiht, meine Herren!«

Es dauerte eine Weile, bis er sich überreden ließ, die Brühe zu trinken, in die Nicholas einige beruhigende Kräuter gemischt hatte. Mit vor Erschöpfung heiserer Stimme sagte Laud leise: »Ich fürchte mich so... Es war wie in meinen Träumen. Gott erlöse mich von meinen Ängsten!«

Die Stimmen draußen vor dem Palast erstarben allmählich, und bald waren nur noch vereinzelte Rufe der Wachen zu hören. Mehrmals erschien der eine oder andere Hofmarschall, um zu melden, daß der Hof geräumt worden sei und mehrere Verbände der Milizen die öffentliche Ordnung wiederhergestellt hätten. Unterdessen hatten sich auch einige Minister des Königs im Saal eingefunden, doch Seine Majestät selbst war nicht anwesend. Als Nicholas sich erhob, stellte er zu seiner Verwunderung fest, daß ihm die Knie zitterten.

William Harvey faßte ihn am Ellbogen, um ihn zu stützen. Als sie kurz darauf mit einer Fähre Richtung Stadt unterwegs waren, stellten sie fest, daß man die randalierenden Burschen vom Ufer vertrieben hatte und die Schiffe anmutig wie eh und je zwischen Schwänen hindurch dem offenen Meer entgegensegelten. Milane und Raben hockten auf den Häusern der Brücke, und nach einem Augenblick des Zauderns schwangen sie sich in den herrlich blauen Himmel empor, wo sie, in der Sonne glitzernd, schon bald den Blicken entschwanden.

Als der kleine William einige Tage später abends von einem Besuch bei Freunden nach Hause kam, stieg er die Treppe zu Averys Zimmer hinauf.

Die Steppdecke lag ordentlich gefaltet auf der leeren Truhe, die Regale waren bis auf ein paar zerfledderte Bücher über die Stadt ausgeräumt. Sein mit unzähligen Korrekturen und Anmerkungen versehenes Manuskript hatte Avery in einer Schachtel im Kleiderschrank zurückgelassen. Obenauf lag ein Brief.

»Ich bin nach Plymouth gereist, um von dort aus in die Neue Welt zu segeln. Umarme meine Freunde an meiner Statt. Du bist ein guter Mensch, Nicholas: Ihr alle seid gute Menschen, und als solcher hoffe auch ich eines Tages vor dem Herrn zu stehen. Gebe Er in Seiner Weisheit, daß wir es bleiben. Meine innigsten Grüße an Dich. Küsse Cecily und den Jungen.

Avery«

Keyes konnte es kaum fassen, als er davon erfuhr. Er tastete nach dem Porträt des Königs, das er stets um den Hals trug, und wandte sich in dem mit gefärbtem Leder, Tintenfässern und ungebundenen Büchern vollgestopften Laden wieder seiner Arbeit zu. »Avery!« sagte er leise und wischte sich ein paar Tränen aus den Augen. »Dieses finstere, wilde Land! Jetzt ist's mit meiner Jugend vorbei. O Avery, mein Herzensfreund!«

5

Der General

Jedermann in der Stadt wußte, daß Lord Strafford abermals schwer erkrankt war, und es stand in den Sternen, ob er sich je wieder erholen würde. Zuweilen wußte er nicht einmal mehr, wo er sich befand, und wenn er dann gewahr wurde, daß er gleichsam ein Gefangener in seinen eigenen Gemächern war, fing er an zu weinen und rang unter Aufbietung seiner letzten Kräfte mit den Freunden, die an seinem Bett saßen. Der Pakt mit Spanien komme nicht zustande, rief er, und nun könnten sie im Krieg nur mehr auf die Bürger Englands, das irische Heer und öffentliche Gelder zählen, und wenn er die Dinge nicht selbst in die Hand nähme, gehe nichts voran. Sowohl Ober- als auch Unterhaus bedachte er mit einem Schwall saftiger, in Yorkshire gebräuchlicher Schmähungen. Eine Zeitlang verfiel er dem Fieberwahn, doch kaum hatte er das Bewußtsein einigermaßen wiedererlangt, rief er nach Cecilia und ließ sich von ihr die alle paar Stunden aus Whitehall eintreffenden Depeschen vorlesen.

»Du mußt dafür sorgen, daß mein Körper mir gehorcht, Nicholas!« schimpfte er.

»Du Narr! Das kann ich nicht, wenn du nicht tust, was ich sage!«

»Du willst mich zugrunde richten, jawohl, das willst du. Du hast nie auf meiner Seite gestanden, sondern stets versucht, mich zurückzuhalten…«

»Ach, Tom, beim Barmherzigen Gott!« Nicholas hatte ganz andere Sorgen, denn Harrington, dieser undurchschaubare Zeitgenosse, hatte zehn Soldaten gemustert und war mit ihnen nach Norden aufgebrochen, um für sein Land zu kämpfen, an seiner Seite eines der Schwerter, das all die Zeit über in seinem Vestibül gehangen hatte. Auch verbrachte Nicholas so manche

Stunde damit, in Averys leerem Zimmer auf und ab zu schreiten, denn er trug schwer an seiner Trauer, wie es im Psalm heißt. Sein Haus schien nicht mehr dasselbe, seit sein liebenswerter, kluger Freund nicht mehr in der Mansarde hin und her ging. Ein ihm kaum bekannter Arzt hatte Averys Teil der Arbeit übernommen, doch Nicholas traute dem Mann nicht recht.

Die Depeschen aus Whitehall waren von so beunruhigendem Inhalt, daß Cecilia sie Tom lieber vorenthalten hätte, doch der Earl hatte einen siebten Sinn dafür entwickelt, wann wieder eine von ihnen eingetroffen war, und herrschte Cecilia an, sie ihm vorzulesen. So erfuhr er denn, während er vom Fieber ausgetrocknet und von einem neuerlichen unbezähmbaren Weinkrampf geschüttelt darniederlag, daß der Befehlshaber der Streitmacht, der Earl of Northumberland, ebenfalls erkrankt sei und die anderen Generäle die Stellung nicht zu halten vermochten. Nicholas begriff, daß eine heftige Schwermut von seinem Freund Besitz ergriffen hatte, und abermals sehnte er sich Avery herbei, der sich auf derlei Dinge besser verstand als er selbst. Die Kunde, daß der König höchstselbst nach Norden aufgebrochen sei, erreichte sie, kurz nachdem Tom seinen schlimmsten Tag überstanden hatte.

Der königliche Kurier traf just in dem Augenblick ein, als der Kranke, von Freunden gestützt, zum erstenmal zwischen Fenster und Bett auf und ab ging. Nun saß Tom auf der Fensterbank mit Blick auf die Piazza. »Ich soll zu ihm kommen«, sagte er und fuhr sich mit den Fingern über die aufgesprungenen Lippen. »Ich soll die Streitkräfte befehligen. Was verstehe ich schon davon? Ich bin Ratgeber, kein Heerführer. Dennoch werde ich ihm folgen.« Seine Gesundung machte Fortschritte. Er gewann seine Zuvorkommenheit und Umsicht zurück, küßte seinen Freunden die Hand und bat sie um Verzeihung, falls er während seines Leidens Dinge gesagt haben sollte, die sie gekränkt hatten. Er bat sie, für ihn zu beten. Kaum war er imstande, ohne fremde Hilfe zu gehen, machte er sich mit einer Eskorte von mehreren Kutschen auf den Weg in den Norden, um an die Seite des Königs zu eilen.

In der Stadt war wieder Ruhe eingekehrt, mochten auch in Whitehall noch Wachen postiert sein und müßige Seeleute und unzufriedene Lehrburschen mancherorts in kleinen Gruppen herumstehen: drei hier, vier dort, beileibe kein ungewohnter Anblick. Zwei Lehrlinge waren im Gefolge der Krawalle als Aufwiegler hingerichtet worden, und in den Augen einiger Stammgäste der Mitre Tavern hatten sie dies wohl verdient. Auch Nicholas, der als Friedensstifter auf den Plan getreten war, vertrat diese Ansicht.

Puritanische Predigten wurden erneut verboten, und diesmal griff man bei Verstößen gegen das Gesetz unerbittlich durch. Eines Abends drangen vom Kirchengericht gedungene Soldaten ins Zunfthaus der Fischhändler ein, trieben die im Kellerraum versammelten Männer mit Piken zusammen, kujonierten sie und jagten sie nach Hause. Daraufhin zogen drei weitere Familien aus der Pfarre fort. Zum erstenmal blieb in der Kirche St. Mary Aldermanbury während des Gottesdienstes eine ganze Bankreihe leer. William Laud litt nach wie vor unter Alpträumen, und so braute Nicholas für ihn einen Schlaftrunk nach dem anderen.

Strafford schickte keine Briefe, aber Nicholas hörte von Laud und hin und her reisenden Boten über ihn. Der Earl hatte sich voller Hingabe in seine neue Arbeit gestürzt, doch gestaltete sich diese weit schwieriger als geahnt. Die rauhe, schonungslose Art, wie er die englischen Streitkräfte zusammenknutete, schaffte ihm Feinde, wohin er sich wandte. Gleichwohl vermochte er die schottischen Truppen nicht daran zu hindern, den Tweed zu überqueren und Durham als auch Northumberland zu besetzen. Das versprochene irische Heer traf nie ein. So taumelten sie denn von einer Schlacht in die nächste, bis die Kriegshandlungen ins Stocken gerieten und schließlich ganz zum Stillstand kamen.

Im September traten einige Peers in York zusammen und hielten Kriegsrat. Sie drängten auf den Abschluß eines Friedensvertrages und die Einberufung des Parlaments, das die von den Schotten verlangten Entschädigungsgelder eintreiben sollte. Ganz England, so die Peers, verlange schimpfend und murrend das Ende der bewaffneten Auseinandersetzung. Nahezu alle

Peers, die sich in dem Rat versammelten, verabscheuten den Krieg, und da sie schlechterdings nicht den König zur Zielscheibe ihres Unmuts machen konnten, lasteten sie dem Earl of Strafford die Schuld an allem an. Als Nicholas erfuhr, daß sein Freund abermals erkrankt sei, packte er ein paar Sachen zusammen, um zu ihm zu reisen, doch bald darauf hörte er, daß es ihm bereits besserginge, und da er selbst dringend zu Hause gebraucht wurde, sah er von seinem Vorhaben ab. Ein ungutes Gefühl blieb indes in ihm zurück.

Der Herbst zog in London ein, doch die aufgeheizte Atmosphäre und Unzufriedenheit hielten sich hartnäckig. Sie begegneten ihm auf Schritt und Tritt, wohin er sich auch wandte: Wie ein Riß in einem Gemäuer, der, an einem Tag noch harmlos, schon am nächsten zu jedermanns Erstaunen dafür sorgt, daß das solide alte Mauerwerk zu bröckeln beginnt. An den Kirchentüren hingen Schmähschriften gegen den Klerus, Schmierereien verunzierten die Stadttore, Pferdepfosten und Anschlagbretter in den Schenken waren mit Handzetteln gleichsam gepflastert. Die Grundbesitzer grollten, die Männer im Hof des Old Palace murrten, die Lehrburschen muckten auf. Nicholas vermeinte sie durch die Wände zu hören. Sie stimmten bittere, auf Tom gemünzte Balladen an, die durch die Türen an sein Ohr drangen. Karl I. hatte bei den Goldschmieden am Tower eine Zwangsanleihe aufgenommen, um seinen Krieg zu finanzieren. Doch letzten Endes war nicht der König an alledem schuld, sondern sein Diener Strafford.

Als Nicholas eines Abends Mitte Oktober gerade das Dispensarium schließen wollte, kam Keyes die Straße heruntergeritten. Rasch schob er den Arzt ins Haus und zog die Tür hinter ihnen zu. »Nick«, stieß er hervor. »Das Parlament wurde einberufen, und Seine Majestät ist zurückgekehrt. Er hat nach Tom schicken lassen und verbürgt sich für seine Sicherheit.«

In dieser Nacht tat Nicholas kein Auge zu. Bei Tagesanbruch schrieb er im spärlichen Licht, das zwischen den Dächern der dicht beieinanderstehenden Häuser der Gasse hindurchdrang, einen kurzen Brief nach Yorkshire.

»An den Earl of Strafford, West Riding, von Nicholas Cooke, Arzt

Mein Freund!

Mir ist bang um Dich. Du hast zu viele Feinde. Bleib London fern.

Nick«

Sechs Tage später traf die Antwort ein.

»Danke für Deine überaus rührende Fürsorge und Deine Gebete, doch ich kann Deinem Wunsch nicht entsprechen. Ich muß nach London reisen, selbst wenn mir mehr Gefahr droht als jedem anderen Mann, der Yorkshire je verlassen hat. Und doch ist mir wohl ums Herz und fühle ich keine Kälte in mir. Nach meinem Dafürhalten können wir dadurch mehr gewinnen denn verlieren. Ich vertraue auf Gottes Schutz.

Strafford«

Fünfter Teil
1640–1642

1

Der Arrest

Der kleine William war nun elf Jahre alt.

In den vergangenen Jahren hatte er in der Sakristei wiederholt das schwere Registerbuch aus dem Regal genommen und das von seines Vaters Hand eingetragene Datum seiner eigenen Taufe betrachtet. Es verblüffte ihn, daß er sich an jenen feierlichen Augenblick nicht erinnern konnte, an das kühle Naß und sich selbst in dem üppig mit Spitzen verzierten Taufkleidchen. Es wollte ihm nicht in den Kopf, daß es eine Zeit gegeben haben sollte, in der er die Dinge nicht bewußt wahrgenommen hatte. Für ihn bestand die Wirklichkeit aus dem, was er kannte: der zerbrochene Pflasterstein an der Ecke der Huggin Lane, gleich vor der St.-Michaels-Kirche, wo er einmal einen Silberpenny gefunden hatte; das metallische Klappern der Ofentür im Schulzimmer; die kränkelnde Soldatenwitwe, die ihn Lesen und Schreiben gelehrt hatte; Alexander, der Uhrmacherlehrling, mit dem er sich einmal geprügelt hatte und den er jetzt mehr als jeden anderen liebte; die Hände seines Vaters, die das Brot segneten und ihn während seiner Kinderkrankheiten gestreichelt hatten; der leise Gesang seiner Mutter, wenn er nicht einschlafen konnte:

»Westwind, wann wirst du wieder wehen?
Mag auch der Regen fallen, der kalte,
Herr! Wenn nur den Liebsten ich in Armen halte
und selbst in meinem Bette bin.«

Seine erste Erinnerung war die, wie er auf die braunen Wollhosen seines Vaters kletterte, um an dessen Schnurrbart zu zupfen, und wie sich die festen Schenkel des Arztes unter seinen,

Williams, spitzen Knien anfühlten; die zweite, wie er auf den Schultern des schlanken Andrew Heminges im Galopp über die Brücke ritt und neugierig auf den breiten Fluß hinabblickte, der unter den schmalen Bögen immerfort dem Meer entgegenströmte. Sein Onkel Dobson meinte, er solle Barrister werden und der Krone dienen, doch William wollte Arzt und Pfarrer werden wie sein Vater, denn er nahm an, daß ein Mann nur das eine sein konnte, wenn er zugleich das andere war. Daran dachte er allmorgendlich, wenn er sich, vom Glockengeläut geweckt, verschlafen aufs Bett kniete, um sich von seinem Fenster aus anzuschauen, wie das kühle Licht der Tagesfrühe, das der Morgendämmerung vorangeht, über Kirchturmspitzen und Hausdächern hing, als sollte sich daran nie etwas ändern. Von dieser Warte konnte er gerade eben die Kante des verwitterten, ausgebleichten Arztschildes sehen, das sacht in der Morgenbrise schaukelte.

Harvey sagte oft, William sei wie sein Vater: da war die Art, wie er die Lippen zusammenpreßte, wenn er sich konzentrierte, oder wie er ging, mit raschem Schritt und den Kopf leicht vorgebeugt, als würde er vom Gewicht schwerer Gedanken niedergedrückt. Auch die großen Hände und ihre Behutsamkeit hatte William von Nicholas geerbt; die leicht kantige Nase indes hatte er von der Mutter. Über all dies sann der Knabe nach, wenn er sein Abbild in einer Glasscheibe erblickte. Auch die Straßen, die sich so weit hinzogen, wie das Auge reichte, waren ein Teil von ihm. Zuweilen fragte er sich staunend, wie er all diese Dinge in sich vereinen und dabei doch ganz er selbst und nur er bleiben konnte.

An einem kalten Novemberabend lief er nach der Schule durch die Straßen, in denen der staubige Geruch verbrannter Kohle hing, nach Hause, warf seine Bücher in der Wohnstube auf den Tisch und stürmte hinauf in sein Zimmer, um sich am offenen Fenster aufs Bett zu knien. Auf diesen Abend hatte er gewartet, auch wenn ihm dies vielleicht nicht bewußt gewesen war. Nicht selten sehnte er sich etwas herbei und vergaß es wieder, doch wenn sich dieses Etwas dann zurückmeldete, geschah das mit einer solchen Eindringlichkeit, daß er sich selbst niemals eingestanden hätte, auch nur einen Augenblick lang nicht daran gedacht zu haben.

Er hörte, wie die Haushälterin unten in der Küche Zinnkrüge und Teller für die Mitglieder der wissenschaftlichen Gesellschaft bereitstellte. Einen Moment lang schweiften seine Gedanken zu anderen Dingen ab: zu Freunden, zu einer von Ciceros Reden mit ihrer sich steigernden Sprachmelodie, zu einem flachbrüstigen Mädchen mit blonden, geflochtenen und oben auf dem Kopf zusammengerollten Zöpfen, das er auf dem Schulweg manchmal beim Wasserschöpfen am Brunnen sah. Doch gleich darauf versenkte er sich wieder in seine abendliche Andacht und blickte die Straße hinunter, in der das trockene Laub sich raschelnd an den spröden Holzfassaden der überkragenden Häuser rieb und fast zärtlich über die Oberkante der Ladenschilder strich. Herbst! Er hatte einmal jemanden ein Gedicht über den Herbst aufsagen hören, es aber längst wieder vergessen, und für einen Augenblick trübte sich sein Blick, als er es sich in Erinnerung zu rufen suchte.

Ein einsamer Reiter war in die Gasse eingebogen. Der schräg sitzende, gefiederte Hut mit der breiten Krempe verdunkelte das Gesicht des Mannes zwar, doch vollführte das Herz des Knaben dennoch einen Hüpfer, denn er erkannte ihn an der Haltung der Schultern. Da kam er! In der kurzen Nachricht, die William an diesem Morgen erhalten und vor der Schule mehrmals gelesen hatte, hatte der Absender ein Versprechen gegeben, das er diesmal offenbar einhielt. William sprang vom Bett und stopfte sich das Hemd in die Hose; es drängte ihn, die Treppe hinunterzustürmen und sich dem Ankömmling in die Arme zu werfen, doch etwas ließ ihn zögern. Vielleicht hatte der Besucher es ja so eilig wie immer und keine Zeit, mit ihm zu reden; dann müßte er, William, sich schämen, weil er ihm gezeigt hatte, mit welch glühender Ungeduld er ihn erwartet hatte. So bezähmte er seine Sehnsucht denn, trat auf den kleinen Flur hinaus und behielt die Wendeltreppe im Auge.

Unten waren resolute Schritte und gleich darauf, beim Betreten der ersten Treppenstufe, ein Knarren zu hören. Wie gelähmt stand William da. Benommen sah er undeutlich eine hochgewachsene, geschmeidige Gestalt auf sich zukommen. Mit einem Aufschrei stürmte der Knabe ihr entgegen, schlang die Arme um das schwarze Wams und rief triumphierend: »Tom!« Da hob ihn der Mann aus Yorkshire auch schon in die Höhe, und William blickte aus nächster Nähe in die sanften, dunklen Augen, bevor er überwältigt das Gesicht an der Schulter des Mannes vergrub. Sein Herz flatterte vor Freude.

»Ich dachte schon... du hättest keine Zeit zu kommen, Mylord.«

»Als ob ich es mir nehmen ließe, dich zu besuchen! Du bist ja schon schwer genug für einen Soldaten! Und groß bist du geworden, du Früchtchen!«

»Warst du wirklich im Krieg? Bist du gesund?«

»Ja, ich komme aus dem Krieg, so wahr ich hier vor dir stehe, und es geht mir leidlich«, antwortete er nachdenklich. Langsam und etwas steifgliedrig setzte Lord Strafford ihn wieder auf dem Boden ab und sah sich im Zimmer um, als könnte er nicht recht glauben, daß er da war. Der dünkelhafte Ausdruck in seinem Gesicht schmolz dahin, als er mit knabenhafter Neugier die Holzsoldaten beäugte, die in einem wüsten Haufen in einer Ecke des Zimmers lagen. »Welche Schlacht soll dies darstellen?« fragte er.

»Die von Agincourt – bevor meine Katze hineingetappt ist.«

»Soso. Führst du unsere Truppen denn nicht gegen die Schotten?«

Mit ernster Miene erwiderte der Knabe: »Nein, auf die Strategien dieses Krieges verstehe ich mich nicht.«

»Da ging es mir wie dir, mein Junge«, bemerkte Strafford trocken, »aber potztausend, man hat es dennoch von mir erwartet!« Er legte dem Knaben kurz den Arm auf die Schulter, setzte sich sodann auf die Kante des Kinderbetts, stützte die Hände auf die Knie und betrachtete William.

»Bleibst du diesmal länger als sonst, Tom?«

»Vielleicht. Doch nun erzähl von dir, mein Junge! Unser lieber Erzbischof hat mir berichtet, du seist ein guter Schüler.«

William setzte sich dicht neben ihn aufs Bett, und sie unterhielten sich über Bücher. Der Knabe erinnerte sich an jede einzelne ihrer Begegnungen und auch daran, wie er im vergangenen Winter mit Toms Sohn einen Spaziergang gemacht und sie über die Erlangung von Macht und deren Bedeutung für die Menschen gesprochen hatten. Wie er mit Tom dort saß, mußte er an die Kopie eines Porträts des Earl denken, die an einer dunklen Stelle im Flur hing, so daß man eine Kerze davorhalten mußte, wollte man ihn deutlich erkennen. Toms Miene auf diesem Gemälde hatte etwas Verächtliches, und William bemühte sich immer aufs neue, in diesem Bildnis den großzügigen, lustigen Lord aus dem Norden wiederzuerkennen, der ihm über all die Jahre Geschenke geschickt hatte und den er, William, von klein auf kannte.

»Ist dein Sohn nicht mitgekommen, Tom?«

»Nein, er ist in York bei meiner Frau, seiner Stiefmutter.«

»Ich werde ihm schreiben.«

»Tu das und gib mir den Brief, dann schicke ich ihn zusammen mit meinem ab.«

Sie plauderten noch ein Weilchen, bis sie unten Stimmen und herzhaftes Gelächter vernahmen. Betrübt meinte William: »Hörst du, Tom? Da sind die anderen. Hast du meinen Vater schon gesehen?« Er biß sich auf die Lippen, als kostete ihn das nun folgende Eingeständnis Überwindung, doch dann warf er den Kopf mannhaft in den Nacken und sagte mit tiefer Stimme, die ihn älter wirken ließ: »Er macht sich um dich große Sorgen.«

Nicholas hatte Tom erwartet, denn auch er hatte an diesem Morgen einen Brief von ihm erhalten, wenngleich einen längeren; langsam hatte er die Seiten umgedreht und mit wachsendem Unbehagen von der überraschenden Ankunft seines Freundes gelesen. Den ganzen Tag über waren ihm diese Zeilen nicht aus dem Sinn gegangen. Als er nun das Dispensarium verließ und die Schürze abband, war er so tief in Gedanken versunken, daß er ihre kleine Zusammenkunft vollends vergessen hatte und sich beim Anblick der anderen Mitglieder der Gesellschaft verwundert fragte, weshalb sie wohl gekommen waren. Keyes und Dobson standen lachend am Herd, und Harrington, der erst kürzlich mit allerlei Anekdoten aus dem Krieg zurückgekehrt war, saß auf der Sitztruhe, trommelte mit den schweren Händen auf die Knie und brannte vor Ungeduld, sie ihnen zu erzählen. Dobson hatte seinen burgunderroten, gefiederten Hut quer durch den Raum geworfen, und er war auf dem Faß mit den Salzheringen gelandet. Cecilia kam gerade aus dem Keller herauf, wo sie Wein geholt hatte.

Zwar murmelte Nicholas ein paar freundliche Worte zur Begrüßung, doch galt sein Interesse vor allem den Schritten im oberen Stock und der eifrigen Stimme seines Sohnes. Da kam Strafford auch schon mit heiterer Miene die Treppe herunter und hielt den Knaben an einer seiner langen, schlanken Hände, welche die Königin in Person als »les plus beaux mains du monde« bezeichnet hatte. Offensichtlich machte ihm die Gicht wieder zu schaffen, denn er bewegte sich nur langsam. Von seiner dunklen Kleidung hob sich allein das blaue Band des Hosenbandordens ab. Nicholas betrachtete ihn eingehend, biß sich auf die Lippe und wandte den Blick ab.

Die anderen Männer empfingen ihn mit frotzelnden und doch herzlichen Bemerkungen.

»Gott sei mit dir, Mylord«, verkündete Keyes mit breitem Lächeln und ergriff halb freundschaftlich, halb ehrfürchtig die Hand des Mannes aus Yorkshire.

Harvey musterte ihn kritisch. »Was hast du nur mit dir gemacht, eh, Strafford?« bellte er.

»Ein Häuflein Staub bin ich jedenfalls noch nicht, Harvey«, kam die gutgelaunte Antwort.

»Du bist hier und nicht in Whitehall?«

»Oh, dort werde ich morgen früh sein, um Seiner Majestät einen Besuch abzustatten, bevor ich mich ins Oberhaus begebe. Aber ich bin hierhergekommen, weil ihr mir lieb und teuer seid und ich erst das Gefühl habe, wirklich angekommen zu sein, wenn ich bei euch war.« Fast grimmig blickte er kurz zu Boden. Dann hellte sich seine Miene auf. »Du sitzt nun im Unterhaus, Bartlett? Meinen Glückwunsch.«

»Zu freundlich, Mylord.«

»Nennst du mich nicht bei meinem Namen, Harry?« fragte er mit bemühter Leichtigkeit, wandte sich jedoch sogleich ab, ohne die Antwort abzuwarten. »Was denn, Cecily, kein Kuß für den heimgekehrten General? Meine Frau und die Kinder schicken ihre innigsten Grüße und hoffen, euch bald besuchen zu können.«

Sie zogen scharrend die Bänke an den Tisch und setzten sich. Nachdem Nicholas das Mahl gesegnet hatte, begannen sie zu essen und sich über allerlei Dinge zu unterhalten, doch schienen sie alle nicht recht bei der Sache zu sein. Der kleine William blickte in die Runde, und eine schleichende, unheilvolle Vorahnung, die er sich nicht erklären konnte, stieg in ihm auf. Er saß neben seinem Vater und schaute von Zeit zu Zeit aus seinen jugendlichen Augen zu dessen Gesicht auf, doch auch daraus wurde er nicht schlau. Er wünschte sich, er würde noch immer mit Strafford oben auf seinem Bett hoch über der Gasse sitzen und sich mit ihm über die Landschaft im Norden oder die Studien seines Sohnes unterhalten.

Dobson streckte die Hand nach dem Brot aus. »Nun, Strafford«, meinte er aufgeräumt. »Du kommst spät ins Parlament, und ohne dich geht es dort zu wie im Tollhaus. Erst gestern haben die Abgeordneten ein Gesetz verabschiedet, damit das Parlament nicht wieder ohne ihre Zustimmung aufgelöst werden kann. Aufbrausende Gesellen sind das! Einmal bin ich hingegangen, aber ich kümmere mich lieber um meine eigene Arbeit.«

Auf einmal kam das Gespräch in Schwung, und wie auf ein Stichwort äußerten sich alle Anwesenden über Gesetze und Gesetzgeber, über aus dem ganzen Land eintreffende Bittschriften, die den liederlichen Lebenswandel der Geistlichkeit anprangerten, über die allgemeine Unzufriedenheit mit dem Erzbischof und so fort. Die Stimmen wurden lauter und lauter, bis Keyes mit dem Ausruf: »Gentlemen! Gentlemen!« für etwas Ruhe sorgte.

Harvey setzte seinen Krug so heftig ab, daß der Inhalt überschwappte und über die altgedienten Bretter der Tischplatte rann. »Was ist nur aus unserer wissenschaftlichen Gesellschaft geworden?« fragte er vorwurfsvoll. »Untersuchen wir Fossilien, oder erörtern wir die geeignetste Methode, die Länge der Position eines Schiffs auf offener See zu bestimmen? Nein! Worüber reden wir statt dessen mehr und mehr? Über Gesetze und Lords, Rechtstexte und Petitionen! Pah, ich pisse darauf! Wozu um alles in der Welt sind wir zusammengekommen? Ich vergeude hier nur meine Zeit. Mit Verlaub, ich gehe.«

»Was, du verschmähst uns?« belferte Harrington. »Nicht einen Tag, nicht eine Woche wirst du ohne uns überleben, du Kräutersack! Wenn unsere Seelen längst im Himmel weilen, wird er dem Totengräber unsere armen sterblichen Hüllen abschwatzen, damit er sie Stück für Stück zu einem Häuflein aus Knochen und Sehnen zerlegen kann...«

»Ach was!« brummte Harvey.

»Jawohl, du Stutzer, so ist es... Du wirst uns allesamt sezieren! Und wonach wird er suchen, unser großer Arzt? Ich will es euch sagen! Nach dem, was den Unterschied zwischen uns ausmacht und bewirkt, daß ich in den Krieg ziehe, während ihr Mehlwürmer hier sicher in euren Betten liegt!« Er klopfte mit dem Stock dreimal heftig auf den Boden und blickte mit breitem, zufriedenem Grinsen beifallheischend in die Runde.

Der breitschultrige Keyes lehnte sich zurück. »Meine Herren«, sagte er leise. »Harvey hat recht. Was müssen wir über diese Dinge reden? Sie gehen uns nichts an, und derlei Gespräche haben noch nie zu etwas geführt.«

Bartlett, der die ganze Zeit über geschwiegen hatte, sprang auf. »Von wegen ›zu nichts geführt‹!« wiederholte er. »Diesmal werden sie zu etwas führen. Die Stadt ist ihren Regenten leid, sie ist seine ewigen Anleihen, die Abgaben und Steuern und die katholische Königin leid, ganz zu schweigen von der Tatsache, daß die Menschen kein Mitspracherecht besitzen und die Engstirnigkeit ihres Erzbischofs dazu führt, daß immer mehr rechtschaffene Bürger fortziehen. Die Stadt ist all jene leid, die behaupten, die höchste Gewalt ruhe beim König und niemand dürfe sich ihm widersetzen. Jetzt, wo das Parlament zusammengetreten ist, werdet ihr bald zu hören bekommen, wie leid die Leute alles sind...« Seine großen, weißen Hände zitterten. »Doch genug davon! Mögt ihr euch ruhig die Nacht um die Ohren schlagen, ich dagegen... Lord Strafford tut recht daran, seinen Geschäften nachzugehen, und selbiges werde auch ich tun.« Er zog sein Taschentuch heraus und tupfte sich den Schweiß von Lippen und Brauen; alsdann nahm er seinen Mantel und eilte aus dem Zimmer.

Da erhob sich auch Dobson, entschuldigte sich und lief ihm nach. Keyes, Harrington, Strafford und Harvey blieben sitzen, desgleichen Cecilia und der kleine William, der das Gesicht seines Vaters nun noch ängstlicher musterte und über die Knöchel seiner breiten Hand strich, als berge sie die Kraft, den Zwist ungeschehen zu machen.

Strafford schwieg eine Weile. »Was denkst du, Nick?« fragte er schließlich leise. »Dein Schweigen ist beredter als das Gebrüll manch eines anderen.«

»Was ich denke?« wiederholte Nicholas bedächtig. »So vieles, daß ich es nicht in Worte zu fassen vermag. Mein Herz ist so schwer, daß ich mich kaum rühren kann. Was ich empfinde? Vieles, mein Freund. Die Stadt ist voller Haß gegen dich, und dennoch kommst du her.« Er mied seinen Blick und starrte statt dessen die von der Decke herabhängenden Zwiebelzöpfe an. »Was ich denke? Steig jetzt in deine Kutsche und fahre nach Hause... Du machst dich selbst zum Krüppel, und ich werde das nicht länger mit ansehen. Du treibst Raubbau mit deiner Gesundheit. Nein, Tom, wenn du so weitermachst, will ich mit dir nichts mehr zu tun haben...«

Nicholas spürte, wie ihm sein Sohn auf der Brust über das Wams strich und etwas vor sich hin murmelte, als wollte er ihn beschwichtigen. Cecilia verschränkte die Arme vor der Brust und warf ihm einen beschwörenden Blick zu. Nicholas fuhr hoch. »Es ist mir einerlei, wie ihr darüber denkt«, rief er und sah sie einen nach dem anderen an. »Ich stehe zu dem, was ich sage. Wir sind nicht mehr die, die wir einmal waren, und wir dürfen uns nichts vorgaukeln. Ich würde alles, was ich besitze, dafür geben, daß es wieder so wie früher ist. Ich verstehe die Zeiten, in denen wir leben, nicht, und ich verstehe auch dich nicht, Strafford. Du hast einmal gesagt, wir seien einer wie der andere: Das sind wir nicht, wir sind verschieden. Ich könnte niemals tun, was du getan hast, und an manches davon denke ich noch jetzt voller Schrecken. Trotzdem liebe ich dich, und hierin gründet mein Zwiespalt, doch mehr noch als deine Liebe wünsche ich mir ein Leben in Frieden. Ich glaube nicht, daß ich je Einfluß auf dich ausgeübt habe, obgleich du mir beteuert hast, ich hätte dies in meiner Eigenschaft als Priester hin und wieder getan…«

Der Earl of Strafford saß reglos da und hörte ihm mit verschränkten Armen und gesenktem Kopf zu; das Gesicht wurde von dem breitkrempigen Hut aus schwarzem Samt überschattet und war nicht zu erkennen.

Nicholas zitterte. »Ich kann den Weg, für den du dich entschieden hast, nicht billigen«, sagte er mit seltsam heller Stimme. »Meinetwegen komm her, um meine Frau und meinen Sohn zu besuchen, aber frag nicht nach mir. Von nun an sind wir geschiedene Leute«, verkündete er laut, ging die Treppe hinauf und schloß sich in seinem Zimmer ein.

Als er am nächsten Morgen viel später als gewohnt erwachte, fühlte er sich lustlos und wie gerädert. In seinem Inneren grollte es, und in seiner Brust hatte sich so viel Kummer angestaut, daß sie schmerzte, als hätte man ihn geschlagen. In Küche und Wohnstube standen die Gläser noch an derselben Stelle wie am Vorabend. Cecilia war ausgegangen.

Eine eigentümliche Stille herrschte an diesem grauen Novembertag in den Straßen der Pfarre. William, der schulfrei hatte, eilte mit banger Miene von seinem Zimmer hinunter ins Dispensarium und fragte seinen Vater, ob er den neuen Lehrling nach Westminster begleiten dürfe, um ein paar Briefe und Päckchen mit Arzneien abzugeben. Die ganze Stadt sei gestern auf der Straße gewesen, erklärte der Knabe, das habe er in der Schule gehört, und heute wolle der König die Milizen inspizieren. Selbst Andrew Heminges hatte seine Rollentexte beiseite gelegt und sich darangemacht, die Fahne seiner Kompanie mit Brotkrumen vorsichtig sauberzureiben.

Nicholas achtete kaum auf die Worte seines Sohnes, doch als er nach einer Weile die Unruhe des Knaben spürte, setzte er sich mit ihm hin, um mit ihm über die Schule und allerlei andere

Dinge zu reden. Lord Strafford erwähnte er mit keinem Wort: Er brachte es nicht über sich.

Der Regen trommelte auf die Hausdächer. Frauen, die zum Markt unterwegs waren, banden sich Tücher um die Köpfe, und zwischen den Pflastersteinen bildeten sich kleine Pfützen. Der Regen färbte die Grabsteine auf dem Kirchhof dunkel und durchnäßte die Schultern von Nicholas' Soutane, als er nach dem Gebet von der Kirche zurück in die Küche ging. Er erledigte seine Korrespondenz, beschriftete mit Korken zugestöpselte Fläschchen, wickelte stärkende Mittel und Heilkräuter ein, schrieb den Namen des Empfängers und die richtige Dosierung darauf und packte alles zusammen in einen Korb.

Freudig machten sich die Knaben auf den Weg. Um vier Uhr waren sie noch immer nicht zurück.

Um diese Stunde, als der kurze Tag zwischen den Gemäuern der Stadt allmählich verdämmerte, stieß Nicholas auf dem Heimweg von Old Fish Street Hill auf eine Menschenansammlung. Rasch breitete sie sich über die gesamte Cheapside aus: Die Leute drängten sich in Hauseingängen und Rinnsteinen und bald auch auf der Straße, so daß die Rollkutscher, die sich einen Weg zu bahnen versuchten, sich auf ihren Wagen zur Seite lehnten und auf die mit Wollmützen bedeckten Köpfe der Lehrlinge und Burschen einen Schwall Flüche herabschickten.

»Was geht hier vor?« rief Nicholas einem Jungen zu.

»Lord Strafford kommt auf dem Weg von Westminster hier entlang!«

»Er kommt hier entlang? Und wohin ist er unterwegs?«

»Er steht unter Anklage und kommt in den Tower. Die Männer im Unterhaus haben das beschlossen, aber die Lords haben ihm sein Schwert abgenommen.«

»Was legt man ihm zur Last?«

»Hochverrat.«

Der Bursche warf den Kopf in den Nacken und lachte, doch schon im nächsten Augenblick wurde er von seinen Freunden fortgezogen und verschwand in der Menge. Männer und Frauen strömten aus Gassen und Wohnhäusern und bevölkerten den alten Marktplatz. Nicholas wollte in die Richtung laufen, aus der die Kutsche kommen mußte, fest entschlossen, sich notfalls davorzuwerfen, um sie zum Stehen zu bringen, doch statt dessen sah er sich plötzlich zwischen einem Heuwagen und einer Schar von fünfzehn oder zwanzig Weibern eingezwängt, die mit naßgespritzten Röcken die Gosse zu seiner Linken hinaufstürmten. »Gleich kommt der Schwarze Tom!« rief die stämmigste von ihnen und preßte ihren Blecheimer an die Brust. »Mein Mann hat's beim Papierhändler aufgeschnappt! Sie schicken ihn dahin, wo er hingehört, und es wird höchste Zeit.«

»Fürwahr!«

»Er flüstert dem König nur Böses ein. Die schottischen Kriege müssen ihm schwer auf dem Gewissen lasten, denn er hat sie angefangen, er und der Erzbischof, die alles Übel in diesem Land angezettelt haben.«

Ein paar kleine Jungen waren auf das Hausdach über ihm geklettert und hatten sich flach auf den Bauch gelegt. Plötzlich kreischte einer: »An die Wände, Leute, bei eurem Leben! Da kommt sie schon, da, da!«

Mit verriegelten Fenstern flog die große Kutsche übers Pflaster. Halb stehend schwang der Kutscher mit zusammengebissenen Zähnen die Peitsche und trieb die sechs Pferde an, die nervös die Köpfe hochrissen und schnaubend den Atem zwischen den langen weißen Zähnen hervorstießen. Die Räder schlitterten und hüpften nur so über die Straße und wirbelten den Staub auf, als gelte es, die Leute über den Haufen zu fahren. Ein Aufschrei ging durch die Menge. Ein kleiner Stein prallte gegen das Gefährt, ein Ei, ein fauler Apfel. Gleich darauf war das schaukelnde Vehikel verschwunden, und zurück blieb ein mit Eierschalen und plattgewalzten Zwiebeln übersätes Pflaster.

Ohne haltzumachen, lief Nicholas nach Hause. In der Küche traf er auf Andrew. Grimmig warf der Schauspieler die Muskete und den mit Knöpfen besetzten Uniformrock auf die auf Böcken ruhende Tischplatte des Pfarrhauses und ließ sich auf den Stuhl am Herd sinken. »Potztausend!« stieß er leise hervor. »Lord Strafford... Tom!«

»Wir müssen zu meinem Bruder«, sagte Cecilia. »Er ist gewiß auf dem laufenden.« Behutsam stellte sie den Korb mit den Einkäufen vom Markt ab. Am liebsten wären sie unverzüglich aufgebrochen, doch machten sie sich Sorgen um die beiden Jungen. Nicholas wollte gerade seinen Küster auf die Suche nach ihnen schicken, als William und der Lehrling von der Gasse aus nach ihnen riefen und gleich darauf atemlos hereinstürzten. Sie berichteten, daß sie auf Seitenstraßen ausgewichen seien, um dem Gedränge, den Fuhrwerken und den Raufereien zu entgehen, die mancherorts entstanden seien. Unterwegs seien sie bei Nan Keyes vorbeigekommen, und die habe ihnen erzählt, daß der Hofmaler van Dyck, als er die Neuigkeit erfuhr, die Pinsel niedergelegt und sich oben in seinem Zimmer eingeschlossen habe.

William nahm die Hand seines Vaters und sagte arglos: »Vater, du mußt Tom auf der Stelle dort herausholen. Das mußt du, bei meiner Treu!« Er hielt die Finger noch eine Weile fest und zog daran, als wollte er seinen Worten dadurch Nachdruck verleihen.

Es war früh dunkel geworden. Nachdem Nicholas die Haushälterin angewiesen hatte, die Jungen nicht mehr aus dem Haus zu lassen, holte er eiligst sein Pferd aus dem Stall, half Cecilia vor sich auf den Sattel und ritt mit ihr in Richtung The Strand. Die Novembernacht war kühl und feucht, und sogar die steinernen Grenzsteine der Stadt rochen nach Meer. Hier und da brannte hinter den kleinen, in Blei gefaßten Scheiben der Häuser oder in einer Kirche eine Kerze. Als sie sich Dobsons Haus näherten, sahen sie, daß draußen vor der Mauer ein Pferdeknecht mit einer Laterne wartete. Der Bursche weinte.

Sie trafen Dobson in der Bibliothek vor den schweren Regalen mit Büchern über die Wissenschaften und Werken der klassischen Literatur an. Er hatte Süßwein getrunken, und beim Anblick seiner Besucher verdüsterte sich sein Gesicht. Als Cecilia quer durch den Raum zu ihm eilte, hob er leicht abwehrend die Hände. »Sag mir, daß du mit dieser Angelegenheit nichts zu tun hast!« verlangte sie. »Michael, bei deinem Leben – wußtest du davon?«

Leicht lallend und das Gesicht halb abgewendet, brummte er gereizt: »Freilich wußte ich nichts davon! Ich... ich hatte Gerüchte gehört, aber ich hätte nie geglaubt, daß sie es wagen würden.« Er griff an seinen Spitzenkragen und zupfte ihn zurecht, als hätte er hochoffiziellen Besuch. »Cecily, ich bin von Toms Art und Weise nicht über die Maßen angetan und habe nie einen Hehl daraus gemacht... Ich sollte ihn wohl besser Lord Strafford nennen, denn für diesen Titel und all die anderen Gunstbezeigungen wird er nun weiß Gott bezahlen müssen.« Mit einem Wink forderte er sie auf, Platz zu nehmen, und ließ sich selbst auf einen Sessel fallen. »Die Commons haben ihn des Verrats angeklagt«, sagte er mit Nachdruck und spielte mit einem der Ringe an seinen wohlgeformten Fingern, »und die Lords haben keine andere Wahl, als ihn aus ihren Reihen auszuschließen und ihn einzusperren, bis ihm ein gerechter Prozeß gemacht wird, wie er einem Gentleman und Lord angemessen ist.« Er hielt kurz inne und fügte dann mit belegter Stimme hinzu: »Bartlett hat gegen ihn gestimmt.«

»Bartlett?«

»Die beiden haben sich nicht gerade geliebt, Schwester.«

Cecilia wandte sich ab und schritt auf dem mit Teppichen bedeckten Boden auf und ab. »Nun denn«, sagte sie. Ein wenig spitz und wirr fuhr sie fort: »Wir haben also einen Verräter unter uns. Nun gut. Jetzt müssen wir zur Tat schreiten. Wir können Tom nicht eine einzige Nacht dortlassen.« Wieder schritt sie auf und ab. Im Feuerschein wirkte ihr Gesicht kantig, und ihre Augen flackerten wie stets, wenn sie tief verstört war.

Nicholas zerbrach ein paar Holzstücke und warf sie in die Flammen. »Cecily«, sagte er behutsam, »der König hat sich für seine Sicherheit verbürgt. Sie können Tom nichts nachweisen, denn er ist unschuldig. Sie können ihn höchstens eine Zeitlang festhalten, doch dann müssen sie ihn auf freien Fuß setzen.«

»Trotzdem, bis zum Morgen müssen wir ihn von diesem Ort fortholen.«

Dobson hatte seine Ringe abgezogen; er schob sie in die Tasche und erhob sich. »Ein bißchen länger kann es schon dauern«, sagte er. »Viele Abgeordnete in beiden Kammern sind gegen ihn. Er hat elf Jahre lang ein hartes Regiment geführt und sich in Englands Norden und in Irland viele zum Feind gemacht, und diese Männer waren heute hier.«

Cecilias dunkle Augen blitzten, als sie fragte: »Hast etwa auch du für die Anklage gestimmt?«

»Nein«, sagte er leicht beschämt, und im nächsten Augenblick ergriff er voller Widerwillen einen Becher mit Wein und schleuderte den Inhalt ins Feuer. Cecilia hatte sich in einen Sessel sinken lassen. Dobson blickte sich nervös nach etwas um, was er ihr geben konnte. Schließlich machte er Anstalten, nach dem Diener zu klingeln, besann sich indessen anders und fuhr sich mit der Hand fahrig über den gepflegten Schnurrbart.

Sie hatte zu weinen angefangen.

»Cecily«, sagte er leise.

Da schlug sie die Hände vors Gesicht und schaukelte leicht vor und zurück. »Was wißt ihr schon über mich, ihr beide?« schluchzte sie. »Was wißt ihr schon? Mit diesen Händen würde ich die Wände des Tower niederreißen, wenn ich es könnte! Was immer ich auf dieser Welt tun will, es ist mir versagt... Nicholas, du weißt es, und er wußte es auch. Er wußte es. Doch es ändert nichts, mir sind wie immer die Hände gebunden. O gütiger Gott, ich kann nichts tun, um ihm zu helfen!«

Ihre Leidenschaftlichkeit erstaunte Dobson. »Unsere Hilfe wird nicht vonnöten sein. Ihm ist nichts nachzuweisen, denn es gibt nichts nachzuweisen«, sagte er noch einmal. »Er ist dem König stets ein getreuer Diener gewesen.«

Als auf dem Landungssteg Schritte zu hören waren, stieß Cecilia beide Männer beiseite und sprang auf, um das Fenster zur Themse zu öffnen. Die kühle, nach Meer riechende Novemberbrise, die vom Fluß herüberwehte, zauste an ihrem Spitzenkragen und an den Blättern der spätherbstlichen Blumen in der Vase. Da ließen sich Stimmen auf der Treppe vernehmen, und gleich darauf betrat Lord Harringtons Diener die Bibliothek. Seine Mütze umklammernd, verbeugte er sich mehrmals und stieß alsdann stockend hervor, daß Seine Lordschaft ihn zuerst nach Aldermanbury und anschließend hierher geschickt habe, um ihnen auszurichten, sie mögen sich unverweilt zu ihm begeben. Der Mann war so alt, daß er die Nachricht kaum noch richtig zusammenbrachte.

Vor Harringtons Ziegelsteinhaus in der Great St. Thomas Apostle Street hatten sich bereits Dutzende von Berittenen und Knechten versammelt. Als wäre er noch der Anführer von einst, warf der bejahrte Recke mit einer jähen Kopfbewegung sein volles weißes Haar zurück und eilte ihnen entgegen, um sie zu begrüßen. Im Vestibül kamen sie an unzähligen, achtlos über Stühle geworfenen Umhängen und, an der Wand mit der verblichenen, blaugeflockten Tapete, an dem Porträt Karls I. Stuart vorbei, das in den vergangenen sechzehn Jahren nicht einmal den Platz gewechselt hatte. Daneben hing in sorgfältig angebrachten Halterungen Harringtons Sammlung von Schwertern und Rapieren, von denen er manche nach wie vor bei seinen Fechtübungen gebrauchte.

Mehrere einflußreiche Männer der Stadt hatten sich bereits eingefunden, darunter einige Lords sowie Commons, des weiteren Höflinge, Barrister, Kaufleute und Geistliche. Die Räume waren ausgekühlt, weil die Türen fortwährend geöffnet wurden, und bei jedem Windstoß verkroch sich das Feuer im Kamin. Betagte Diener trugen Schüsseln mit warmem, gewürztem Ale zu den Tischen. Jemand schlug sich mit der Faust auf den Schenkel; im oberen Stock löste sich ein Fluch aus dem Stimmengewirr. Gierig sprachen die Männer Speis und Trank zu, ohne dessen jedoch gewahr zu sein.

»Er hat es ruhig, fast höflich aufgenommen.«

»Gewiß hatte er nicht damit gerechnet.«

»Manche meinen, er hätte es geahnt und sei dennoch gekommen.«

Harrington hob die breite Hand, und das Geraune erstarb. »Meine Freunde«, begann er und machte eine Kunstpause. »Die gegen den guten Lord Strafford vorgebrachten Anschuldigungen sind eine verlogener als die andere. Er habe das irische Heer ausgehoben, um England zu unterjochen! Mitnichten, er hat es ausgehoben, damit es England zu Hilfe kommt. Ich weise diese unhaltbare Anschuldigung zurück! Gott schütze unseren König, Gentlemen!« Selbstherrlich warf er sich in die Brust, denn er genoß seinen Auftritt. Nicholas wandte sich angewidert ab.

Reihum wurden noch mehr heißes Ale und Pfeifen offeriert, und schon bald erfüllte beißender Qualm den Raum. Öllampen flackerten links und rechts der Porträts der königlichen Familie. Harrington machte die Runde, schüttelte Hände, umarmte Freunde.

Plötzlich ließ sich Harvey, der erst vor kurzem eingetroffen war, mit ruhiger Stimme aus einer Ecke vernehmen: »Draußen auf den Feldern vor der Stadt haben Lehrlinge Freudenfeuer entzündet. Und auf Eurem Heimweg achtet, so es Euch beliebt, auf Kerzen in den Fenstern. Sie künden vom Einverständnis der Leute mit dem Sturz Seiner Lordschaft, und von der Dienerschaft hier im Hause habe ich erfahren, daß einige Fenster, in denen keine Kerzen brannten, mit Steinen eingeworfen wurden.«

Cecilia fuhr zu dem alten Recken herum und rief: »Seht, Mylord, auch in Euren Fenstern brennen Kerzen! Fort mit ihnen... selbst auf die Gefahr hin, daß man Euch die Scheiben einwirft! Was zählt, ist, daß wir zu ihm stehen!«

Der Alte starrte sie entgeistert an. »Sie waren allein dazu gedacht, diesen guten Herren hier den Weg zu erhellen, Teuerste«, sagte er leise und errötete vor Scham. Plötzlich wirkte er schwach und um Worte verlegen. Hilflos sah er mit an, wie sie zu den Fenstern eilte und die Kerzen ausblies oder mit bloßen Händen löschte.

Nicholas holte ihren Mantel, legte ihn ihr behutsam um die Schultern und führte sie zur Tür. Ein paar Straßen weiter hörten sie Gelächter, und in der kalten Luft hing der Geruch der Freudenfeuer.

Als er am nächsten Morgen erwachte, begriff er, daß die Frau an seiner Seite sich unwiderruflich verändert hatte. Heiß und beständig brannte etwas in ihrer schmalen Brust und ließ sie ihm von Minute zu Minute fremder werden. Wortlos kleidete sie sich an, eilte die Treppe hinunter und begab sich geradewegs zum Schreibtisch. Sie schrieb Briefe an etliche Mitglieder beider Kammern des Parlaments und an ebenso viele ausländische Gesandte, um sie von der Unschuld und Loyalität Lord Straffords zu überzeugen und sie zu drängen, auf seine sofortige Freilassung hinzuwirken.

Von Tom selbst erhielten sie keine Nachricht, doch erfuhren sie von einem Wärter, daß sie sich nicht um ihn zu sorgen bräuchten. Daraufhin schrieben sie seiner Familie in West Riding und beschworen sie, sich in Geduld zu üben. Im Pfarrhaus indes war nichts mehr, wie es einmal gewesen war. William kam eines Tages vorzeitig aus der Schule nach Hause, weil er sich mit einem anderen Jungen geprügelt hatte; mit wem, wollte er nicht sagen, aber in die Schule wollte er von da an auch nicht mehr gehen. Abend für Abend kamen gute Freunde zu Besuch und verließen das Haus erst wieder, nachdem die Glocken längst Mitternacht geschlagen hatten.

An einem Dezembertag erreichte sie frühmorgens die Kunde, daß Mitglieder des Unterhauses am Nachmittag des Vortages mit einem Fährboot über die Themse zum Lambeth Palast gefahren seien, William Laud gleichfalls unter Arrest gestellt und in den Tower verbracht hätten. Wenig später eilte Nicholas durch die Pforte von Lambeth. In Küche und Speisekammer traf er mehrere Diener an, einige weinten. Er suchte das vertraute Gelände nach dem Kaplan des Erzbischofs ab, von den Stallungen zur Vorratskammer, vom Gemüsegarten zu den Feigenbäumen. In der Krypta schließlich stieß er auf einen Pagen, der ihm berichtete, der fromme alte Mann habe sich widerstandslos gefügt und Malverne, sein Kaplan, habe sich stehenden Fußes zum Parlament begeben, um zu sehen, was getan werden könnte.

Der Knabe führte Nicholas die Treppe zum Ankleidezimmer des Erzbischofs hinauf und zeigte ihm drei Truhen, die er gerade vollgepackt hatte, um sie zum Tower bringen zu lassen. Darin befanden sich Soutanen, Talare, Nachtkleider, flache Kappen und Nachthauben sowie eine pelzverbrämte Robe gegen die Kälte. »Er hatte nicht eben seine wärmste Kleidung an, als er ging«, sprudelte der Page hervor. »Ich habe gehört, es sei bitterkalt dort, wenn der Wind vom Fluß herweht. Er hat sein Tagebuch bei sich und das Gebetbuch, das er selbst geschrieben hat, und als sie ihn fortbrachten, kamen alle Leute aus der Nachbarschaft herbei, segneten ihn und sagten: ›Gott schütze Eure Gnaden! Möget Ihr bald zu uns zurückkommen!‹ Sie können ihn nicht lange festhalten, nicht wahr, Master? Er hat sich nichts zuschulden kommen lassen. Er betet siebenmal am Tag und hält den König in Ehren.«

Mit gedämpfter Stimme fügte der Knabe hinzu: »Pastor, da ist noch etwas, was ich Euch zeigen möchte.«

In der Bibliothek mit ihren Tausenden bis unter die Decke reichenden Büchern herrschte weiches frühwinterliches Licht. Auf dem Schreibtisch lag ein unvollendeter Brief und quer darüber ein Federkiel mit bereits trockener Spitze. Nicholas verkorkte das Tintenfaß. Sodann ließ er den Blick über die blitzblanken Bodendielen schweifen, und plötzlich stockte ihm der Atem: William Lauds Porträt, das erst wenige Jahre zuvor fertiggestellt worden war, lag mit dem Gesicht nach unten auf dem Teppich. »Es ist heruntergefallen«, sagte der Knabe kleinlaut. »Als er hereinkam, lag es da.«

»Ein Luftzug vielleicht?«

»Nein, da war keiner und schaut... Die Schnur, die es gehalten hat, ist weder gerissen noch ausgefranst, und auch der Haken steckt noch in der Wand. Er meinte, dies sei ein Omen. Er fürchtete sich sehr. Ihr wißt, wie er in solchen Dingen ist. Werdet Ihr zu ihm gehen, Sir?«

»Ja, das werde ich.«

Als er an den Gebäuden vorbei zur Pforte eilte, kam ihm über das Pflaster eine Küchenmagd mit einem Paar Strickhosen hinterhergelaufen und bat ihn, sie Seiner Gnaden zu bringen. Nicholas steckte sie zu dem griechischen Testament, das er in der Kirche gefunden hatte und dem Erzbischof ebenfalls mitbringen wollte, in sein Ränzel mit den Arzneien. Gleich darauf ließ er sich von einer Fähre über das Wasser zur Anlegestelle des Tower tragen.

Der Eingang der ehrfurchtgebietenden Festung wurde von mehreren jungen Soldaten scharf bewacht. Im Näherkommen beschied er sie: »Ich bin der Leibarzt des Erzbischofs und muß zu ihm.«

»Niemand darf zu ihm.«

»Er bedarf meiner Pflege.«

»Ihr müßt verzeihen, Sir, aber es darf keiner hinein.«

»Dann sagt mir zumindest, ob er wohlauf ist!«

»Soweit wir wissen, geht es ihm leidlich.«

»Ihr müßt mich durchlassen.«

»Tut mir leid, wir haben Befehl, jeden abzuweisen.«

»Wollt Ihr ihm dann wenigstens diese Dinge hier geben, die ihm seine Hausdiener mit allem gebührenden Respekt schicken lassen? Und sagt ihm, daß sie es kaum erwarten können, ihn wiederzusehen und ihm die Hand zu küssen.«

Der größte der jungen Burschen schob den abgewetzten Riemen seines Lederhelms nach vorn und meinte gelangweilt: »Wenn's denn sein soll, Herr Doktor.« Nicholas biß sich auf die Lippen. Am liebsten hätte er den Kerl zu Boden niedergeschlagen und ihn angebrüllt: »Was ist das für ein schlechtes Benehmen, daß Ihr es Eurer Stimme an Ehrfurcht mangeln laßt, wenn Ihr von ihm sprecht?« Doch hier wäre sein Zorn vergeudet: Er mußte ihn horten und zu gegebener Zeit wohlüberlegt einsetzen. Lange stand er auf dem Tower Hill, blickte zu den Räumen hinüber, in denen der Erzbischof gefangengehalten wurde, und murmelte ein ums andre Mal: »Gott schütze Eure Gnaden, William Canterbury! Möget Ihr bald zurückkehren!«

2

Der Prozess

Freundschaften rieben sich in jenem Winter auf, gingen unerwartet in Stücke. An allem nahmen die Menschen Anstoß, selbst wenn keinerlei Grund dazu bestand. Dumpfes Zornesgrollen schien aus den finstren Gassen und Gemäuern aufzusteigen. Menschenansammlungen waren an der Tagesordnung. Sogar im Schnee trieben sich die Leute am Old Palace Yard in Westminster herum: Kleine Feuer flackerten auf, und um sie herum scharten sich alte Seebären, Vagabunden, Schauerleute und Lehrlinge aus der Stadt, denen das Herumlungern nicht selten eine Tracht Prügel von ihrem Meister eintrug.

Auch im Kirchhof von St. Paul und in den Schenken standen Männer beisammen und diskutierten. Aus der Tür der Mitre Tavern drang so lautes Gebrüll, daß es in den Straßen widerhallte. Nicholas stieß die Wirtshaustür auf, blickte sich um und ging seines Weges. Er hatte das Gefühl, das alles nicht mehr ertragen zu können. Gelegentlich schaute der erzbischöfliche Kaplan, Luke Malverne, auf ein Stündchen bei ihm vorbei. Er hatte ihm berichtet, die Bürger Londons hätten im Parlament eine mit fünfzehntausend Unterschriften versehene Petition eingereicht, in der sie die Entfernung sämtlicher Bischöfe aus dem Parlament forderten.

Weihnachten kam und ging, und im Februar litt die Stadt Not, es mangelte an Kohle und Weizen. Die Leute hockten auf ihren Geldbörsen, die Waren der Händler staubten allmählich ein. Eiszapfen hingen an den überkragenden Häusern. Das Parlament beratschlagte und ließ die Zeit verstreichen: Petitionen wurden behandelt, Reden gehalten, es wurde gegrummelt und gebrummelt und abgewogen. Im März schließlich eröffnete es in Westminster Hall den Prozeß gegen Thomas Wentworth, Lord Strafford.

Noch vor Tagesanbruch hatte sich eine kleine Traube von Menschen gebildet, die allesamt auf einen Sitzplatz auf einer der für die Öffentlichkeit freigegebenen Bänke im Gerichtssaal spechteten. Cecilia trug einen wallenden Umhang mit Kapuze, der ihre hochgewachsene, schlanke Gestalt derart verhüllte, daß man sie für einen Jüngling hätte halten können. Aus ihren dunklen Augen musterte sie verstohlen die zerlumpten Soldaten, die am Eingang herumlungerten. Verächtlich betrachtete sie die schmutzigen Hände, die rostigen, schartigen Schwerter und die an den Ellbogen abgewetzten Mäntel der Kerle, die immer wieder ausspuckten und aus den Mundwinkeln unverständliche Worte hervorpreßten. Was sie wollten, war ein Auskommen: der Mann, der an diesem Tag vor Gericht stand, hatte sie in gewisser Weise darum gebracht.

Neben einem Pferdepfosten stand ein klappriger Bursche und bot für ein paar Pennies Liedertexte und Zeitungen feil, die an einem Stab hingen. Überall hatten sich Lehrlinge mit Stöcken über der Schulter zu kleinen Gruppen zusammengerottet. Der stämmige Timothy Keyes, der Nicholas und Cecilia begleitete, beugte sich zu ihr hin und raunte ihr, unbedarft, wie er nun einmal war, ins Ohr: »Hätte Seine Majestät Schottland doch bloß in Frieden gelassen! Dann hätte er kein Geld gebraucht und das Parlament nicht einberufen müssen. Doch was maße ich mir eine Meinung an? Ich bin nur ein einfacher Handwerker, auch wenn ich dicht am Königshof wohne.«

Die Menge wuchs immer mehr an, bis sich die Menschen schon bald in den Straßen und Gassen und vor den Stallungen rings um den Hof drängten und die Soldaten derb dazwischenfuhren, um mit lauten Befehlen für Ordnung zu sorgen. Da öffneten sich knarrend und mit quietschenden Angeln die Holztüren der Westminster Hall, und die drei wurden so rücksichtslos vorwärts geschoben, daß sie beinahe stürzten. Barrister und Lehrlinge, Hausfrauen und Dienstboten schubsten und schimpften, bis einige Soldaten der Miliz anrückten und sie zur Sittsamkeit ermahnten. Nicholas besah sich die Gesichter der Wachen: Andrew Heminges war nicht darunter.

In der dichtbesetzten dritten Bankreihe, in der sie Platz gefunden hatten, legte Nicholas den Kopf in den Nacken und blickte sich um: An den Längsseiten des Saals hatte man steil aufsteigende Sitztribünen mit je zwanzig oder gar mehr Bankreihen errichtet. Unten waren zwei Reihen für die Lords nebst ihren Dienern vorgesehen. Am hinteren Ende des langgestreckten Raumes erblickte er ein Podest mit dem Anklagestand, wo Tom seinen Richtern von Angesicht zu Angesicht gegenübertreten sollte; dahinter befand sich ausreichend Raum für seine Gefolgsleute. Lord Arundel, dem Strafford schon seit langem ein Dorn im Auge war, führte den Vorsitz im Verfahren. Die Mitglieder des Unterhauses saßen, barhäuptig in Gegenwart der Lords, wie es der Brauch wollte, in aufsteigenden Reihen hinter dem Gefangenen. Ihnen gegenüber sah er Dobson und daneben Harrington, der gerade seinen Diener anschnauzte. Viele Gesichter kannte er, viele nicht. Beim Anblick all der Menschen wurde ihm beinahe schwindlig.

Schließlich flogen die Seitentüren auf, und der Gefangene wurde, Wachen vor und hinter sich, in einem dunklen Mantel mit Kapuze hereingeführt. Im Saal kehrte Stille ein. Nicholas beugte sich vor. Der Gefangene... konnte er wirklich als solcher bezeichnet werden? Der Begriff wollte nicht recht zu ihm passen. Im Geiste sah Nicholas Strafford vor sich, wie er lachend den Kopf in den Nacken warf, wenn ihn etwas belustigte.

Da Nicholas in der Nacht ohnehin nicht hatte schlafen können, hatte er die dicken Stapel von Briefen durchgesehen, die Tom ihm in all den Jahren geschickt hatte, und nun kamen ihm manche Passagen daraus in den Sinn wie bei alten Weisen, von denen man sich an einige Stellen erinnert, während einem andere entfallen sind.

»Der Gott, den ich kenne, ist barmherzig und errettet uns mit Seiner Gnade. Diese Gnade wird uns zuweilen durch die Begegnung mit anderen Menschen zuteil, und so bin ich in gewisser Weise davon überzeugt, daß unser beider Leben miteinander verflochten sein werden. Daher darf ich Euch sagen, daß es mir wie Euch ergeht: Ihr nehmt die Menschen mit offenen Armen auf, und doch schreckt Ihr aus Angst zurück. Aus Angst wovor? Vor Verlust? Der Verlust wird uns dennoch ereilen, er findet uns sogar im verborgensten Winkel. Doch ist dies nicht schlimm, denn eines weiß ich gewiß: Das zu erlangen, was uns so wichtig wie unser Leben ist, wird uns eines Tages vergönnt sein!«

Strafford hatte den Kapuzenmantel abgelegt. Darunter trug er warme Kleidung gegen die Kälte und auf dem Kopf eine engsitzende, schwarze, pelzverbrämte Kappe wie die eines Abts, die ihm das Aussehen eines müden Büßers verlieh. Einziger Zierat war das Emblem des Hosenbandordens an seinem blauen Band. Als Strafford sich umdrehte, hielt Nicholas den Atem an. Potztausend, sein Gesicht hatte nicht mehr Farbe als das einer Kreatur, die man Jahr um Jahr in einem finstren Loch gefangenhielt. Nicholas hatte ihm eine Salbe gegen das Rheuma, Abführmittel und Sirup gegen Blutandrang und Husten zukommen lassen; er hatte die Flaschen in Stroh eingepackt und persönlich zum Tor gebracht. Der Mann war krank, und er war gealtert: auch die letzten Spuren seiner Jugend waren verschwunden. Und dennoch war seine Haltung stolz, und als er sprach, war seine Stimme klar.

Weitere Versatzstücke aus seinen Briefen kamen Nicholas in Erinnerung.

»Schickt es sich für einen Mann, zu einem anderen zu sagen: Ich weiß um Deinen Kummer? Bei der Liebe des Herrn, ich betrachte die Freundschaft als eines der größten Gottesgeschenke... Versprecht mir, daß Ihr, ganz gleich, wie Euch das Leben mitspielt, nie von dem ablaßt, woran Euch wirklich liegt: Eure Forschungen, Eure Studien. Und ich werde meinerseits stets mein Bestes geben, das gelobe ich hiermit, wohin es mich auch führen mag.«

Nicholas richtete sich auf. Er sagte sich im stillen: Nur Mut, mein Guter! Bald werden wir dich von diesem Ort fortgeholt haben, und du kannst zurück in deine Heimat. O ja, schon bald, sehr bald! Du hast dich auf Wunsch des Königs in einer Sänfte herbringen lassen, und nun tun sie dir das an... Das kann nicht rechtens sein, Tom, bei allem, was heilig ist. Ich liebe dich, Tom, auf eine Art, die ich niemals begreifen werde. Kannst du mich hören, mein Freund?

Tränen brannten in seinen Augen. Cecilia beugte sich vor, die geballten Hände auf den Knien. Keyes hatte den Arm um ihre schmale Schulter gelegt, doch sie schien es nicht zu bemerken.

Als der König erschien, erhoben sich alle, soweit es ihnen möglich war.

Er trug ein dunkles Gewand und das Abzeichen des Hosenbandordens, und sein längliches, wehmütiges Gesicht blickte hochmütig in die Runde. Um ihn gegen die Blicke des gemeinen Volkes abzuschirmen, hatte man einen Vorhang angebracht, doch er riß ihn mit einer unwirschen Geste herunter. Sodann ließ er sich mit sichtlichem Mißfallen auf dem rotgepolsterten Sessel nieder. Der zehnjährige Prinz von Wales stand zu seiner Seite auf den Stufen und sah sich neugierig im Saal um. Einmal schickte er sich an, etwas zu sagen, aber der Vater gebot ihm zischend Schweigen.

Die Lords beugten sich zuweilen vor, um ihren Pagen oder den Gerichtsdienern etwas zuzuflüstern. Da erhob sich Lord Arundel. »Lord of Strafford!« rief er mit hoher Stimme. »So kniet denn nieder, Mylord, um die gegen Euch erhobene Anklage des Hochverrats zu hören.«

Ein Raunen ging durch den Saal. Im ersten Augenblick stand der Mann aus Yorkshire wie gelähmt da, dann wandte er sich zu seinen Sekretären und Barristern um, als hätte er nicht recht verstanden. Schließlich jedoch legte er die Hände auf das Geländer vor sich und ließ sich mühsam auf die Knie nieder. Cecilia grub die Fingernägel in die Handteller; sie atmete kaum noch.

Der Schriftführer des Parlaments verlas die Anklagepunkte im einzelnen, alsdann schlossen sich Mr. Pym und Lord Arundel mit eigenen Hinzufügungen an.

»Lord of Strafford, Ihr habt die Euch vom König verliehene Macht mißbraucht, um die Gesetze Englands zu untergraben.«

»Ihr habt Euch öffentliche Einnahmen unrechtmäßig angeeignet.«

Die Liste der Anschuldigungen war lang. Der Wind pfiff durch die Fenster und rüttelte an den Stichbalken des Daches. Plötzlich fiel ein hartgewordener Tennisball, der Generationen zuvor bei einem Spiel in einer Verstrebung des Balkenwerks liegengeblieben war, zu Boden und rollte unter den Stand des Angeklagten. Jemand lachte. Die Schaulustigen zu beiden Seiten des Saals verzehrten schmatzend Fleisch und Zwiebeln; achtlos ließen sie die sich kringelnden Zwiebelschalen neben ihre Stiefel fallen, wo sie fortgeweht wurden, sobald jemand die Tür öffnete. Die Leute mampften vor sich hin, als wären sie bei einer Bärenhatz, wischten sich die Hände an den Kniehosen ab und schneuzten sich in die Finger.

Cecilia wandte das Gesicht ab: Ihre kantige, schmale Nase warf einen Schatten auf den Rand der Kapuze. Nicholas tastete nach ihrer Hand.

»Lord of Strafford, Ihr habt Papisten zu einem Umsturz in unserem Lande ermutigt.«

»Ihr habt eine fremde Streitmacht ausgehoben, um England zu unterjochen.«

»Ihr habt von den Bürgern Londons Gelder erpreßt. Ihr habt dem König geraten, den Münzwert zu mindern. Ihr habt die Engländer bei mehr als einer Gelegenheit an die Schotten verraten.«

Der König saß vorgebeugt und mit leicht geöffneten Lippen da, während der kleine Prinz, der Vorgänge im Gerichtssaal überdrüssig, sich auf die Stufen zum Thron gesetzt hatte und den mit Haar ausgestopften Ball, den er an sich genommen hatte, leise zwischen seinen Füßen hin und her rollen ließ. Unterdessen wanderte die fahle Sonne, deren mattes Licht durch die Fenster fiel, über den spätwinterlichen Himmel. Im Saal sorgten nur die flackernden, zischenden Fackeln mancherorts für ein bißchen Wärme, ansonsten war es bitterkalt. Cecilia hatte ein kleines, gebundenes Buch aus ihrem Bündel hervorgeholt, es auf ihr Knie gelegt und begonnen, den Mann im Anklagestand zu zeichnen. Ihre dunklen Augen glühten.

Draußen vor den Fenstern schwand auch das letzte Tageslicht, bis es nur mehr eine Erinnerung war. Nun sorgten allein die Fackeln für Licht und Schatten. Lord Strafford ließ den Kopf vor Erschöpfung immer tiefer sinken. Seine Erwiderungen trug er indes laut und vernehmlich vor. Cecilias Feder war zur Ruhe gekommen, da sie nun fast völlig im Dunkeln saßen. Als die Sitzung schließlich geschlossen wurde und die Wachen erschienen, um Lord Strafford abzuführen, blickte er zu der Stelle hinauf, an der sie saßen, und lächelte, als wollte er sagen: Nur Mut! Es wird alles gut!

Mit vor Kälte und vom langen Sitzen steifen Gliedern wurden sie von der Menge durch die Tür ins Freie geschoben und fanden sich gleich darauf auf dem Hof des Old Palace wieder, über den kurz zuvor die Nacht hereingebrochen war. Der Balladenverkäufer war nirgends zu sehen; einige seiner Blätter lagen, in den Staub getreten, auf dem Hof verstreut.

Nicholas küßte die Hand seiner Frau. »Wie geht es dir, Liebste?« erkundigte er sich.

Wie sie dort vor ihm stand, drückte der Wind den Rand ihrer Kapuze nieder. Sie wirkte gleichsam geläutert wie eine weißgewaschene Muschel, die lange zu Füßen einer Klippe gelegen hat, oder eine in einer Kapelle im Wald vergessene Heiligenstatue aus alter Zeit. Er wagte kaum, sie zu berühren, und so legte er nur sacht die Kante seiner Hand an ihre Wange.

»Es wird alles gut«, sagte sie. Sie bahnten sich einen Weg durch die sich allmählich zerstreuende Menschenmenge, verabschiedeten sich von Keyes und riefen ein Boot herbei, das sie schaukelnd nach Hause trug.

Das Verfahren gegen Lord Strafford zog sich über Wochen hin. Nicholas sah sich außerstande, zu arbeiten; so überließ er denn Harvey seine Praxis und begab sich mit Cecilia Tag für Tag in die Westminster Hall.

Mittlerweile waren ihm dort sämtliche Gesichter vertraut: die der Gerichtsdiener, Pagen und Kutscher als auch der Mitglieder beider Kammern, von denen die einen seinem Freund abgeneigt waren, während ihm die anderen die Treue hielten. John Pym, der Vertreter der Anklage aus den Reihen des Unterhauses, war ein ungeschlachter, korpulenter Bursche, der sich lange Zeit für konservative Reformen stark gemacht hatte. Im Verein mit anderen Abgeordneten brachte er unverdrossen ein ums andere Mal die achtundzwanzig Anklagepunkte vor, nur um zu erleben, wie sie von Strafford und dessen Rechtsbeistand einer nach dem anderen auf das gründlichste entkräftet und widerlegt wurden. Wieder und wieder erhob sich Strafford, um sich zu verteidigen, und dabei umklammerte er mit den Händen das Geländer vor sich. Er habe nie die Absicht gehabt, das Königreich zu vernichten. Er habe das Heer aufgestellt, um es gegen das rebellische Schottland zu führen, nicht aber, um England zu unterjochen. Er habe keine Bestechungsgelder angenommen.

Unbeirrt klagten seine Richter ihn an. Bei all ihrer Beredtheit lag ihre Absicht auf der Hand: sie wollten ihm die Macht entreißen, ihn auslöschen. Gelang es ihnen nämlich, des Königs besten Minister kaltzustellen, konnten sie ein für allemal mit den königlichen Nebeneinkünften aufräumen und hatten freie Hand, was Schiffsgelder, Kriegsaufwendungen und den Einsatz der englischen Streitkräfte anbelangte. Nicholas begriff, daß es in diesem Prozeß um vielerlei ging, doch war nicht alles derart augenfällig. Ein jahrhundertealter Groll hatte sich angestaut, ein Groll aus einer Zeit, zu der sie allesamt noch nicht geboren waren.

Mit tiefer Stimme ließ sich Lord Strafford vernehmen: »Mylords, diese Anschuldigungen weise ich mit ganzem Herzen von mir. Mylords, all dies ist nicht wahr, und das wißt Ihr. Wie Ihr hier vor mir steht, wißt Ihr, daß es nicht wahr ist.«

Hartnäckig verwahrte er sich gegen sämtliche Schuldvorwürfe. Cecilia saß reglos da, abgesehen von ihrer Hand, die alles zeichnete, was sich Cecilias Blicken bot: die Bankreihen von niederem Adel und Grundbesitzern, die Wachen, den Souverän, dessen Gesicht von der Krempe des schrägsitzenden Hutes verdeckt wurde, und den Mann, der sich Tag für Tag im Anklagestand selbst verteidigte. Zuweilen blieb er bei seinen Erwiderungen sitzen, weil er nicht mehr stehen konnte; zuweilen wirkte er zu krank, um fortzufahren.

Zu Hause heftete Cecilia die Zeichnungen an die Wand: da war eine flüchtige Skizze des Königs und des Prinzen von Wales zu seinen Füßen; da waren die Lords und die Commons, die schaulustigen Bürger der Stadt, die Gerichtsdiener, die Pagen beim Beschicken der Kohlepfannen, die Frauen im Hof vor dem Gericht. Auf allen Zeichnungen herrschte ein Wechselspiel von Licht und Schatten, da Cecilia manches sehen konnte und manches nicht. In der Mitte hing ein Bild von Tom mit seiner enganliegenden Wollmütze. Cecilia und Nicholas brachten weitere Arzneien und einen Teller mit Fleischpasteten zu den Wärtern am Tower, stellten sich sodann unter die Fenster, hinter denen sie Tom vermuteten, und blickten zuversichtlich zu ihnen auf. Die ganze Stadt wußte, daß der Earl of Strafford sich nicht in die Knie zwingen ließ.

Langsam kroch der Frühling die Stufen zur Westminster Hall hinauf. In den Straßen hinter der Abtei hängten Frauen nasse Bettlaken zum Trocknen in die noch kraftlose, sich nur kurzzeitig zeigende Sonne. Kalt und grau strömte der Fluß nach Süden, dem Meer entgegen: Das Ende des Winters war in Sicht.

An einem dieser Tage sprach Thomas Wentworth, Lord Strafford, wie er noch nie gesprochen hatte. In einer zweistündigen Rede legte er seine Unschuld, sein Leben als Staatsdiener und die Liebe zu seinem Land dar. Nur als er seine verstorbene Frau Arabella erwähnte, kamen ihm die Tränen. Starr hörte Cecilia ihm zu; sie hatte zu zeichnen aufgehört. Im Saal war es mucksmäuschenstill, denn der Angeklagte, dessen waren sich alle gewiß, hatte durch seine Zungenfertigkeit die Freiheit zurückgewonnen.

Die Kunde erreichte sie am nächsten Morgen in Gestalt einer hastig hingekritzelten Nachricht von Lord Harrington: Das Parlament hatte beschlossen, die letzte ihm zu Gebote stehende Waffe einzusetzen, um Lord Strafford zu vernichten, nämlich einen parlamentarischen Strafbeschluß ohne vorherige Gerichtsverhandlung gegen ihn zu erlassen. Lords und Commons waren nicht imstande gewesen, ihn durch eine öffentliche Anklage zu Fall zu bringen; durch einen parlamentarischen Strafbeschluß indes konnten sie mehrheitlich befinden, daß er eine Gefahr für die Sicherheit des Königtums darstellte und seinem Leben daher ein Ende gemacht werden mußte.

An jenem Tag traten die beiden Kammern unter Ausschluß der Öffentlichkeit zusammen.

Andrew kam kurz im Pfarrhaus vorbei, um ihnen mitzuteilen, daß er an diesem Abend in Blackfriars eine schwierige Rolle zu spielen hatte, und da er sich sehr matt fühlte, bat er den Arzt, zur Aufführung zu kommen. Um sechs Uhr nahm Nicholas sein Ränzel und machte sich schweren Herzens auf den Weg.

Auf den mit Holzschnitzereien verzierten Rängen des Theaters saßen Damen, deren bloße Haut in der Wärme der Kohlepfannen und zahlreichen Kerzenleuchter glühte. Knaben zogen mit Deckelkrügen voll würzigem warmem Ale und Porzellantassen umher, und die Musiker der Schauspieltruppe entlockten ihren Violen mit hingebungsvollen Mienen liebliche Melodien der Jahrhundertwende. Dennoch herrschte eine seltsam gedämpfte Stimmung, als hütete jemand ein Geheimnis, das er nicht preisgeben wollte. Das Parlament tagte offensichtlich noch immer, denn im Theater war kein einziger Abgeordneter zu sehen. Nicholas fragte sich, wie viele der Besucher wohl nicht einmal wußten oder sich nicht dafür interessierten, welches Stück aufgeführt wurde, denn die meisten waren in Gedanken zwei Meilen weiter im Hof des Old Palace.

Das Vorspiel endete, die Komödie begann. Ein paar Zuschauer lachten über die Drolerien. Von seinem Platz aus konnte Nicholas sehen, daß es Andrew nicht gutging und er möglicherweise nicht bis zum Ende des Abends durchhalten würde. Wiederholt blickte Nicholas zu den Türen, um sich zu vergewissern, ob jemand hereinkam. Er beugte sich vor, klappte seine Uhr auf, hielt sie ans Ohr und schüttelte sie. Die Feder war erlahmt, die Zeiger bewegten sich nicht.

Während des Zwischenspiels gingen die Knaben erneut die Ränge ab und boten Kuchen und Ale an. Kurz darauf ließ sich zufriedenes Geraune und Gelächter vernehmen, denn die Musiker hatten das alte Lied »Wolsey's Wild« angestimmt. Da öffneten sich plötzlich die Türen, und mehrere Lords traten ein. Im

Theater machte sich Stille breit, als sie ihre Plätze einnahmen. Unter ihnen befand sich auch Dobson mit seinem gepflegten braunen Schnurrbart, dessen Enden aufgezwirbelt waren. Während er mit seinen Freunden zu den Balkonen hinaufstieg, sagte jemand zu ihm: »Tote plaudern nicht« und lachte hämisch.

Eine Frau rief: »Was gibt's Neues?«

»Das Unterhaus hat mit großer Mehrheit für den parlamentarischen Strafbeschluß gestimmt. Das Oberhaus stimmt morgen ab.«

Die Musiker legten die Bögen aus der Hand, und durch die Türen des halbkreisförmigen Proszeniums trat ein Mime nach dem anderen auf die Bühne. Nicholas schob sich an den anderen Zuschauern auf der Galerie vorbei, bis er Dobson erreicht hatte. Aus dem Gesichtsausdruck seines Freundes wurde er nicht schlau. »Du wirst ihn verteidigen, Michael«, beschwor Nicholas ihn.

»Schau mich nicht mit diesem Pfaffenblick an!« zischte der andere leise. »Mir ist nicht nach einer Moralpredigt zumute.« Die Männer in Dobsons Begleitung musterten Nicholas leicht belustigt und schüttelten die Köpfe. Da packte Nicholas den Arm seines Freundes und rief: »Michael, beim barmherzigen Gott! Wirst du ihn verteidigen?«

Der stattliche Höfling errötete; er sah aus, als hätte er getrunken. »Zum Teufel mit euch allen!« schnaubte er. »Bald zerrt ihr mich hierhin, bald dorthin... Ich habe die Nase gestrichen voll von euch!« Er versuchte, sich Nicholas' Griff zu entziehen und tastete ärgerlich nach dem Heft seines Schwertes.

Ein Aufschrei ging durchs Publikum, und als Nicholas zur Bühne hinunterblickte, sah er, daß Andrew an den Rand getreten war und rief: »Gott schütze den König! Gott schütze seinen besten Diener!« Dann sank er ohnmächtig zu Boden. Mehrere Schauspielerkollegen knieten bereits neben ihm, als Nicholas zu ihm gelangte. Das Theater leerte sich allmählich.

Die ganze Nacht taten sie kein Auge zu.

Die Arme über ihrem Nachtkleid verschränkt, schritt Cecilia neben dem Bett auf den knarrenden Bodendielen auf und ab.

Dobson war sogleich nach der Aufführung verschwunden, und als Nicholas ihn anschließend zu Hause aufsuchen wollte, hatte er ihn dort nicht angetroffen. William, der wiederholt aus Alpträumen hochgefahren war, schlief nun tief und fest.

Kurz nach Tagesanbruch, als sie unten in der Gasse das Rumpeln von Wagenrädern hörten, eilten sie hinunter und bestiegen eine schäbige Kutsche, die Harvey für den Tag geliehen hatte. Mit durch die Pfützen in der Cheapside spritzenden Rädern fuhr sie hinunter zum Fleet River und über die Brücke nach Westminster, wo die Überbleibsel des alten Palastes in den grauen Himmel aufragten.

Junge Soldaten bewachten am hinteren Ende des Old Palace Yard den Eingang zur Westminster Hall. Der Regen prasselte auf ihre Hüte und Uniformröcke nieder, ließ die Läufe ihrer Musketen dunkel glänzen und durchnäßte die Oberfläche der dicken Lederbeutel, in denen sie das Schießpulver verwahrten. Ein Stück seitlich von ihnen standen die Kutschen der Männer, die schon zu so früher Stunde tagten, und in Umhänge und Tücher gewickelt rückte das Volk an: Rollkutscher, Hausfrauen, Zimmermannsgesellen, Kaufleute, Krämer, Wachszieher, Barrister, Konstabler, Wasserträger, Schulknaben und ihre Lehrer, Flickschuster, Weber und betagte Soldaten. Gegen zehn Uhr morgens war die Menge derart angewachsen, daß es schien, als sei ganz London auf den Beinen. Als die Lords schließlich ins Freie traten, kamen sie in dem Gedränge kaum voran. Alles schrie durcheinander. Die Milizionäre riefen: »In Gottes Namen… zurück, zurück!«, drängten Seeleute, Knaben und kreischende Weiber beiseite und bildeten mit ihren fünf Meter langen Piken eine Barrikade.

»Haben die Lords dem Beschluß zugestimmt?«

»Das haben sie, und sie fordern den Tod. Nun bedarf es nur noch der Unterschrift des Königs.«

Tränen liefen Harrington übers Gesicht, als er zu ihnen trat. Als Nicholas sich umdrehte, sah er, wie Dobson sich mit Hilfe eines Stocks einen Weg zu ihnen bahnte. Er fiel ihnen fast in die Arme, ließ den Kopf hängen und sagte mit so matter Stimme, daß er kaum zu verstehen war: »Ich habe für seine Freilassung gestimmt. Kaum ein Dutzend von uns hat dies getan, die meisten haben sich enthalten. Meine Zukunft ist ruiniert, aber ich habe es für meinen Freund getan.« Mit bebender Brust umarmte er sie. Harvey klopfte ihm besänftigend auf die Schulter.

»Der König wird niemals unterschreiben«, sagte Cecilia. »Ohne seine Zustimmung können sie nichts tun, und er wird den Beschluß niemals unterzeichnen.«

An diesem Abend begaben sie sich nach Whitehall, denn es hielt sie nicht zu Hause.

Ganz London hatte sich vor dem Palast versammelt, Fackelschein erhellte die Gesichter der Leute. Sie standen vor dem Bankettsaal aus weißem Marmor. Dahinter duckten sich wuchtige, mit jahrhundertealtem Ruß überzogene Steinbauten, zwischen denen sich wiederum windschiefe Häuser aus Stein und Holz drängten, in denen die Wäscherinnen, Fleischeinsalzer, Stickerinnen, Stiefelmacher und Weber wohnten. Dann kamen die hübschen Gärten, öffentliche wie private, mit dem unter der krustigen Winterrinde schlummernden Färberginster und den Licht und Leben entgegendrängenden Schößlingen unter der Erde; sodann die Zimmerfluchten der Zeremonienmeister, Diener und Master; Türen, die sich zu Sälen öffneten; und noch mehr Türen, bis man zu den mit Teppichen ausgelegten Privatgemächern gelangte. Hier lebte er in aller Abgeschiedenheit, der zartgliedrige, von Gott geweihte König Karl I. Stuart. Er nahm wohl gerade seine Uhr ab, legte sie auf ein Tischchen und hob die Arme, damit man ihm das Nachtkleid über die knabenhafte Brust streifte. Alsdann kniete er wohl zum Gebet nieder, verbarg das längliche Gesicht in den Händen und empfahl sich aufs neue Gott dem Herrn. Und unterdessen wuchs draußen im Dunkeln die Menge immer weiter an.

Bei Tagesanbruch versammelten sich die Freunde in Dobsons ehemaligem Haus in The Strand. Die Möbel hatte er samt und sonders aus den Räumen entfernen lassen, da er mit seiner Familie kürzlich in sein prachtvolles neues Domizil umgezogen war und sein altes Haus, wie versprochen, den Ärzten als Krankenhaus sowie der wissenschaftlichen Gesellschaft zur Verfügung stellen wollte. Auch die Regale in der Bibliothek waren leer geräumt, dafür warteten acht Feldbetten mit geschnürter Liegefläche und Strohmatratzen auf die ersten Patienten. Auf einem Tisch lagen chirurgische Instrumente bereit, und in einer Ecke stapelten sich Nachttöpfe. All die nützlichen Gegenstände, welche die Gesellschaft im Laufe der Jahre zusammengetragen hatte, befanden sich im ehemaligen Salon.

Zwischen Mikroskopen, Gerätschaften und einer großen Weltkarte, die an der Wand hing, schritt Dobson auf und ab. Etwas wirr berichtete er ihnen, wie er am Vorabend Bartlett in seinem Haus aufgesucht und ihn geschlagen habe, so daß dieser auf die Knie niedergesunken sei. Alsdann sagte er: »Und nun werden wir uns hinsetzen und Pläne schmieden wie noch nie. Komme, was wolle – wir werden ihn retten!«

»Hinsetzen sollen wir uns?« sagte Keyes leise. »Bei meinem Leben, das kann ich nicht.«

»Wir müssen mit allem rechnen. Für den Fall, daß der König unterschreibt – er wird es nicht tun, aber für den Fall, daß er es doch tut –, gibt es bereits Pläne, Strafford zu befreien. Erst neulich haben sich ein paar Dichter daran versucht, doch es ist fehlgeschlagen... Verpfuscht haben sie es, die Tölpel!« Er breitete schwungvoll eine Karte auf dem Tisch aus, und sie beugten sich darüber, um sich die Lage der einzelnen Gebäude und Tore des Tower einzuprägen. »Seht Ihr diesen Weg hier? Falls sie sich tatsächlich anschicken, ihn hinrichten zu lassen, werden wir das Gefolge auf dem Weg zum Schafott an dieser Stelle aufhalten. Wir werden ihn der Menge entreißen, koste es uns, was es wolle. Es gibt noch genügend Männer, die ihm die Treue halten, bei Gott!«

Sachlich fuhr er fort: »Am Kai des Tower liegen Schiffe bereit, um ihn in Sicherheit zu bringen. Mainwaring, sein Sekretär, hat das in die Wege geleitet. Dies wäre das eine, und dann ist da noch das Geld. Man hat dem Wärter für seine Freilassung mehr Geld in Aussicht gestellt, als für den Kauf eines Herzogstitels vonnöten wäre. Straffords Freunde und ich haben alles hergegeben. Soweit zu diesen Dingen. Es gäbe da noch andere Maßnahmen, doch sie werden nicht erforderlich sein.« Er blickte in die Runde. Die anderen drängten sich um die Karte, und ihre Stimmen wurden in der leeren Bibliothek mit den nackten Pritschen bald lauter, bald leiser. Immer mehr Freunde kamen hinzu, bis sämtliche Stühle vergeben waren. Cecilia saß auf dem Boden, die Arme um die Knie geschlungen und den Kopf an Nicholas' Beine gelehnt.

Gegen Mitternacht kam Keyes' Lehrling aus dem Laden in Westminster angeritten und überbrachte die Nachricht, daß sich der Pulk vor dem Whitehall Palast noch immer nicht aufgelöst habe; mit jeder Stunde würden mehr Pöbeleien und Drohungen zu den Fenstern hinaufgerufen, weshalb die Wachen sich in Alarmbereitschaft befänden, für den Fall, daß der Palast gestürmt würde. Der König habe seine Berater um sich versammelt, doch bisher sei kein Wort nach außen gedrungen.

Am Spätnachmittag des folgenden Tages erhielt Nicholas einen Brief von Lord Strafford, in dem dieser ihn um sein Kommen bat. Er allein würde von den Wachen eingelassen. Mit zitternden Händen zog Nicholas die Soutane an und setzte den Priesterhut auf. Cecilia nahm ihm das Versprechen ab, Strafford ihre innigsten Grüße zu überbringen.

Die Glocken von St. Mary le Bow hatten soeben sechs Uhr geschlagen, und die Lehrlinge legten nach getaner Arbeit die Werkzeuge aus der Hand. Die Fensterläden der Geschäfte wurden geschlossen. Im Näherkommen sah er, daß über dem Tower Raben am Himmel kreisten. Nachdem die Wachen ihn hatten passieren lassen, ging er an kleinen Hütten und an einigen Wärterskindern vorbei, die schwer an Kohleeimern trugen, erklomm die Stufen und legte kurz die Hand an das alte Gemäuer.

Lord Strafford stand am Fenster. Sein Kopf war unbedeckt, und das dichte, mittlerweile leicht ergraute Haar war zerzaust, als wäre er soeben nach einer schlaflosen Nacht vom Lager aufgestanden. Bei Nicholas' Anblick ließen seine verhärmten Züge zwar kein Lächeln erkennen, doch trat ein Leuchten in seine dunklen Augen.

»Sieh an, der Herr Pastor!« stieß er heiser hervor. »Und ich dachte, du seist allzu böse auf mich, um mich zu besuchen... Als wir uns das letzte Mal von Angesicht zu Angesicht gegenüberstanden, waren dies deine Worte. Für einen Diener Gottes bist du gelegentlich recht jähzornig.«

»Ja, gelegentlich«, antwortete Nicholas. »Aber wozu habe ich dir jede nur erdenkliche ärztliche Fürsorge, Salben, Klistiere, Purgiermittel, stärkende Arzneien und seitenweise Ratschläge angedeihen lassen? Um dich hier anzutreffen? Meine Geduld schwindet immer mehr: Nicht mehr lange, und ich trete deine Behandlung an einen anderen ab.«

»Meinst du das im Ernst, Nick?«

»Was glaubst du? Gott allein weiß, daß ich dich liebe, wie nur wenige Menschen auf dieser Erde es tun, mein guter Lord Strafford, Gott allein weiß es. Jetzt, wo ich dich wiedersehe, fehlen mir die Worte.«

Da tat Strafford einen Schritt vorwärts und fiel seinem Freund geradezu in die Arme. Mit bebender Brust rang er um Fassung. »Wie geht es Cecily? Und Seiner Gnaden, dem Erzbischof?«

»Hast du ihn nicht gesehen?«

»Nicht ein einziges Mal: es ist uns nicht gestattet.« Ein verächtlicher Ausdruck huschte über die Furchen in seinem Gesicht. »Außer diesen Wänden, meinen Sekretären und dem johlenden Mob auf meinen täglichen Fahrten mit der Fähre nach Westminster habe ich nicht viel zu Gesicht bekommen. Sie meinten wohl, ich bedürfte eines seelischen Beistands, als sie meinem Wunsch stattgaben, dich zu sehen. Offenbar glauben sie, daß mir schwer ums Herz sei.« Mit ironischem Lächeln ließ er sich auf einen Stuhl sinken. Nicholas kniete vor ihm nieder.

»Erzähl mir alles, Tom!« bat er.

»Worüber? Über diesen Ort etwa? Alles andere ist dir bekannt. Zuweilen liege ich wach und stelle mir vor, ich sei daheim auf meinem Besitz, mein Diener verkünde die Eröffnung der Jagd und ich ritte, den Wind im Gesicht, unter den Zurufen meiner Pächter ›Gott segne Eure Lordschaft!‹ auf die Felder hinaus. Ach, wäre ich doch nur dort geblieben...! Weiß Gott, gerade jetzt...«

Er rückte ein wenig von Nicholas ab und ließ mutlos die Schultern hängen. »Ich habe jüngst die Rechnungsbücher meines Besitzes durchgesehen. Man hält mich für einen wohlhabenden Mann, und der war ich auch einmal. Doch in diesem Jahr habe ich alles, was ich besaß und anderswo auftreiben konnte, zur Unterstützung der königlichen Streitkräfte und für die persönlichen Bedürfnisse des Königs hergegeben. Für meine Töchter habe ich keine Mitgift mehr und für meinen Sohn kein Erbe.« Er zuckte mit den Achseln. »Ich habe mich aus freien Stücken von meinem Vermögen getrennt und würde es jederzeit wieder tun. Setz dich, Nicholas, denn ich habe Dinge mit dir zu bereden, die von größerer Tragweite sind als alles, worüber wir je gesprochen haben.«

Nicholas zog einen Stuhl heran, setzte sich und beugte sich so weit vor, daß sein Kopf nahezu den des Gefangenen berührte. »So du in deinem Leben je mein Freund gewesen bist«, sagte Strafford ruhig, »mußt du es auch am heutigen Tag sein... Nein, mehr denn je sogar. Ich brauche deinen Rat, Pastor, denn vielleicht muß ich sterben.«

»Tom, was sagst du da?« rief Nicholas. »Der König hat den Beschluß nicht unterzeichnet.«

»Nein, das hat er nicht. Ich weiß, wie es in seinem Herzen aussieht, Nicholas, und er hat ein gutes Herz, obgleich er nicht der Stärkste ist. Er weiß nicht, wie er es anstellen soll, ein großer König zu werden. Er hätte einen trefflichen Kirchenmann oder Landjunker abgegeben. Gleichviel, er ist, wie er ist, und ich bin, wie ich bin, und bei all unserer Andersartigkeit hat uns das Schicksal zusammengeführt.«

Der Mann aus Yorkshire streckte die Arme aus und ergriff die Hände seines Freundes. »Zwanzigtausend Mann«, sagte er leise. »Zwanzigtausend Mann haben das Gesuch unterzeichnet und trachten mir nach dem Leben. Wie seltsam es ist, sich vorzustellen, daß eine so große Zahl von Menschen mir den Tod wünscht, wo ich doch für ein Vielfaches von ihnen nur das Beste wollte. Sie lungern unter den Fenstern des Palastes herum, und die junge Königin versteckt sich mit ihren Zofen und Seelsorgern. Wenn sie mein Leben nicht bekommen, schwören sie, dann holen sie sich das des Königs. Was dann? Dann werden wir beide sterben und mit uns alles, wofür ich gelebt und mich eingesetzt habe. Was soll ein Mann tun, wenn sein Lebenswerk zerstört ist? Wie soll er weiterleben, und welchen Sinn kann er in seinem Dasein finden?« Kopfschüttelnd fügte er hinzu: »Ich bitte dich, bete für mich und sprich mir Mut zu... Doch ich meine nicht die Art von Gebeten, die du im Sinn haben magst. Davon habe ich reichlich gehabt, mehr als genug. Nein, daran mangelt es mir nicht... Ich brauche etwas ganz anderes, mein Freund. Etwas von anderer Art, auf das ich selbst nicht gefaßt bin. Willst du mir jetzt die Beichte abnehmen?«

»Die Beichte?«

»Ja.«

Ohne Hast ließ sich Strafford auf die Knie nieder und bedeckte das Gesicht mit den Fingern. »Lege deine Hände auf meine Schultern«, bat er.

»Ganz, wie du willst.«

»Hier ist sie denn, mit aller Aufrichtigkeit und Scham, die aufzubieten ich imstande bin. Ich habe tief geliebt, möge mir alles Übrige verziehen werden. Ich habe das Gesetz, das ich nach außen hochhielt, in vielen kleinen Dingen umgangen, um meinen Besitz zu mehren, was ich um meiner Kinder willen getan habe. Wenn es mich nach Titeln und Ehren verlangt hat, so entsprang das meiner Schwäche. All dies ist Sünde... Ich bin mit manchem Feind unangemessen hart verfahren, doch habe ich, von den räuberischen Soldaten im Krieg abgesehen, niemals dem Leben eines Menschen ein Ende gesetzt. Es lag nie in meiner Absicht, einen Mann um seine Ehre zu bringen, obschon ich weiß, daß ich dies mitunter getan habe. So Christus im Himmel ist, möge Er auf mich herniederblicken und meine Worte hören! Ich knie demütig vor Ihm, wie ich es seit jeher getan habe, und erflehe Seine Gnade!« Seine Stimme war so leise, daß sie teilweise kaum mehr zu hören war. Er redete sich alles von der Seele, von seiner Kindheit angefangen bis zur Gegenwart. Am Ende verfiel er erneut in ein Flüstern.

»Falls ich dir je ein Unrecht getan habe, verzeih mir, vor allem dies eine«, schloß er und verstummte.

Nicholas hatte ihm aufmerksam zugehört und die Augen geschlossen, um die Tränen zu unterdrücken. Die Hände noch immer auf Straffords Schultern, vernahm er, wie dieser mit dunkler, reuevoller Stimme Buße tat. Sodann legte der Pfarrer dem Freund die Hände aufs Haar, sprach die Worte der Vergebung durch den Herrn, wie es seines Amtes war, und zeichnete ein Kreuz auf Straffords Stirn. Er küßte ihn bedächtig auf die Wange und half ihm auf. Strafford sackte indes wieder zusammen, so daß Nicholas, von dem Gewicht zu Boden gezogen, fast vornübergekippt wäre, doch schließlich gewann er das Gleichgewicht wieder.

Mit Nicholas' Hilfe ließ sich Strafford wieder auf den Stuhl sinken und blickte düster und zornig zum Fenster.

Nicholas erkundigte sich mit belegter Stimme: »Dein Bein macht dir Kummer, nicht wahr?«

»Nicht nur das Bein, sondern mein ganzer Körper. Sei's drum, bald habe ich keine Schmerzen mehr.«

»Tom, du wirst nicht sterben.«

»Ich habe einen Brief an den König aufgesetzt. Darin habe ich ihm geschrieben, daß ich sehr wohl bemerke, wie sich die erhitzten Gemüter der Leute immer mehr gegen mich wenden, obgleich er und ich und auch sie, ja, auch sie, wissen, daß ich mich keines Verrats schuldig gemacht habe! Ich habe ihm geschrieben, daß ich einen inneren Kampf ausgefochten habe und ihm das Folgende anbiete...« Seine Stimme drohte zu versagen, doch gleich darauf fuhr er fort, den Blick indes nicht auf seinen Freund, sondern noch immer auf das lichterfüllte Fenster gerichtet: »Ich habe sein Gewissen von einer Last befreit, Nicholas. Ich habe ihn gebeten, den Beschluß zu unterzeichnen, der mich dazu verurteilt, daß mir der Kopf von den Schultern geschlagen wird!«

Nicholas sprang auf. »Potztausend, Tom!« rief er voller Entsetzen. »Bist du von Sinnen? Du bittest ihn, dein Todesurteil zu unterschreiben? Bei Gott, davon will ich nichts wissen!«

»Lies, dann wirst du mich verstehen. Herrgott, Nick, zumindest du mußt mich verstehen.«

Nicholas ließ sich wieder auf den Stuhl fallen und überflog, eine Hand an den Lippen, den Brief, den Tom ihm gegeben hatte. »Sire, meine Einwilligung möge Euch vor Gott umfassender freisprechen, als dies die übrige Welt zu tun imstande ist. Dem Willigen geschieht kein Unrecht, und so verzeihe ich bei der Gnade Gottes aller Welt mit dem Gleichmut, der Milde und grenzenlosen Befriedigung meiner allem schon bald entrückten Seele. Darob, Sire, kann ich mein irdisches Leben mit allem nur erdenklichen Frohmut in Eure Hände legen... Gott schütze Eure Majestät allezeit. Euer Majestät höchst ergebener und alleruntertänigster Diener Strafford.«

Als Nicholas zu Ende gelesen hatte, pochte sein Herz so heftig, daß er sich einer Ohnmacht nahe glaubte. Mit einem Aufschrei warf er den Brief auf den Tisch und packte den Freund an den Armen, unschlüssig, ob er ihn umarmen oder schütteln sollte. Schließlich hielt er sich einen Arm vor den Mund. »Du schreibst gewandt wie immer! Und doch bist du des Wahnsinns!« flüsterte er heiser in das dunkle Tuch seines Ärmels. »Fürwahr, des Wahnsinns!«

»Mitnichten. Ich habe die ganze Nacht wachgelegen und darüber nachgedacht.«

»Du darfst den Brief nicht absenden.«

»Seine Majestät muß das Papier unterzeichnen: es ist der einzige Ausweg. He da – gib den Brief her, Nicholas! Unterstehe dich, ihn zu zerreißen, bei deinem Leben! Einmal hast du mich auf die Knie gezwungen, aber nur, weil ich es zugelassen habe, sonst wäre es dir niemals gelungen. Mag ich noch so geschwächt sein – wenn du diesen Brief zerreißt, wirst du Tom Wentworth mehr zu fürchten haben, als jeder Mann in diesem Lande es bisher getan hat!«

»In Gottes heiligem Namen, Tom!«

»Und höre auch dies!« rief dieser. »Höre auch dies und sage es deinen Freunden, diesem buntscheckigen Haufen: Wenn Karl Stuart unterzeichnet, gibt es für mich keine Rettung... Hast du verstanden? Wie Narren werdet ihr mit euren Waffen dastehen, falls ihr mich befreien wollt, denn ich werde nicht mit euch gehen.«

Strafford holte tief Atem. Nach der heftigen Aufwallung beruhigte er sich allmählich wieder und schritt im Raum gemächlich auf und ab wie ein vornehmer Herr in seinen Privatgemächern. »Hör mich an, ich sage es noch einmal: Der Mob wird den Palast stürmen und in seinem Zorn den König ermorden, und was geschieht dann? Willst du, daß ich ausgerechnet das verliere, für dessen Erhalt ich mein Leben eingesetzt habe? Bei Gott, ich werde es durch meinen Tod schützen. Dagegen ist mein Leben nicht viel wert.«

»In deinen Augen vielleicht«, erwiderte Nicholas bitter. »Für dich ist es nichts wert, doch was ist mit denen, die dich lieben? Dein Weib, deine Kinder, dein gesamter Hausstand? Und Cecily, Gott stehe uns bei, wie wird sie es aufnehmen? Wird sie es verwinden? Doch egal, möge Gott uns daran hindern, daß wir deine jämmerliche Seele in deinem Leib zu halten suchen! Christus sei davor, daß unser bitterer Kummer dich beeinflußt!« Er fing an zu weinen und taumelte haltsuchend auf die Wand zu. Schluchzend stützte er sich mit einer Hand dagegen.

»Nick! Nick!« sagte Strafford erstaunt und blieb stehen. »Geliebter Freund! Ich begebe mich in Gottes Arme, wo es keinerlei Zwietracht gibt. Die Gemüter der Leute werden sich beruhigen, sie werden nach Hause gehen, und es wird wieder Sicherheit im Land herrschen. Nimmst du mir etwa übel, daß ich aus dieser Welt scheide? Willst du mit einemmal behaupten, diese Welt sei die bessere, nachdem du ein Jahr lang Sonntag für Sonntag das genaue Gegenteil gepredigt hast? Schäm dich, Pastor!«

»Willst du mich belehren, was ich als Pfarrer zu tun habe?«

»Das scheint mir vonnöten«, erwiderte sein Gegenüber streng. »Mir kommt es so vor, als hättest du es vergessen, seit du hier bei mir bist. Antworte mir, Pastor! Glaubst du an das, was du predigst? Glaubst du daran, daß ich mich in Christi Arme begeben soll?«

»Daran glaube ich.«

»So laß mich gehen und segne mich.«

»Vielleicht... Vielleicht unterzeichnet der König doch nicht, Tom. Er *darf* es nicht tun!«

Strafford drehte sich zu ihm um und sah ihm geradewegs ins Gesicht. »Ich weiß nicht«, sagte er leise. »Ich wage zu hoffen, daß er seine Unterschrift verweigert. Ich will leben, und das muß ihm bewußt sein. Aber wenn er es für das Beste hält, mache ich ihm aus freien Stücken dieses Angebot, mit allem, was ich bin und war.« Langsam trat er auf seinen Freund zu und hielt ihm den Brief hin. »Ich vertraue dir«, sagte er. »Bring diesen Brief für mich nach Whitehall. Dann weiß ich zumindest, daß du mir geglaubt hast, als ich dir sagte, warum ich alles getan habe. Möge Gott dich ob der Unschuld, die in dir wohnt, sicher aus dieser verderbten Welt hinausgeleiten.«

Nicholas schwieg lange, dann nickte er. »Gut«, sagte er gefaßt.

»Da ist außerdem ein Brief an meinen Sohn: Sorge dafür, daß er ihn erhält, falls ich... Radclyffe wird meine Töchter mit einer bescheidenen Mitgift ausstatten, und wer weiß, vielleicht ist der gute Ruf meines Namens eines Tages wiederhergestellt. Und was Seine Gnaden William Laud betrifft... Tu, was du kannst, um ihm zu helfen, sollte er in Gefahr geraten.«

»Darauf hast du mein Wort.«

Tom wandte sich ab und blickte erneut aus dem Fenster. »Die Sonne scheint aufs Wasser«, murmelte er. »Das ist die schönste Tageszeit.« Er breitete die Arme aus, um seinen Freund nochmals an sich zu drücken. »Mag sein, daß er nicht unterzeichnet«, überlegte er wehmütig. »Das wird uns verteufelt teuer zu stehen kommen, aber wir werden eine Lösung finden, wie wir es immer getan haben. Küß Cecily von mir.«

Nicholas ging die alten Stufen hinunter und begab sich an den Kai, wo er ein Boot bestieg, das ihn gen Westen nach Whitehall trug. In jener Nacht, zwischen der elften und zwölften Stunde, erreichte ihn in Aldermanbury die Kunde, daß Karl I. Stuart nach einer mehrere Stunden währenden Beratung mit seinen Geistlichen und Ministern zur Feder gegriffen und mit größtem Bedauern seine Unterschrift unter den Beschluß gesetzt hatte, der seinen Diener, den Earl of Strafford, dem Tod überantwortete.

Die ganze Nacht hindurch zogen Menschen über die gepflasterten Straßen zum Tower. Sie hatten ihn nicht geweckt, denn er hatte ohnehin kein Auge zugetan, sondern beobachtete durch die geschlossenen Fensterläden seines Hauses unweit des Stadttors den flackernden Schein ihrer Fackeln, während durch die Wand ihr Gemurmel und Gelächter an seine Ohren drangen. Um fünf Uhr morgens hielt er es nicht länger aus, und so fuhr er rasch in seine Kleider, gürtete sich mit seinem Schwert und stieß die Tür auf. Cecilia schlief wie in einem Rausch; er hatte ihr Laudanum gegen ihre hysterischen Anwandlungen verabreicht, nachdem er ihre vom Druck seiner Hände bereits blau verfärbten Arme nicht länger halten konnte, um sie daran zu hindern, zum Tower zu laufen und mit bloßen Händen auf die Steinmauern einzuschlagen.

Was hätte es schon genützt?

William lag schluchzend in seiner Kammer; er wollte seinen Vater begleiten, doch Nicholas verbot es ihm mit gestrenger Miene.

Noch immer huschten die schattenhaften Gestalten von Männern im Sonntagsstaat und Frauen mit ihren besten Spitzenhauben Arm in Arm zwischen den vorkragenden Fachwerkhäusern der Aldermanbury Street hindurch zum Fluß und zum Tower hinunter.

Nicholas schlug die Kapuze hoch und schloß sich ihnen an.

Die Sterne über den Köpfen der Menschen verblaßten allmählich, und als sie sich dem Tower Hill näherten, sah er hinter dem altehrwürdigen Gemäuer den Tag wie jeden Morgen seit Anbeginn der Zeit zartrosa empordämmern. Das Gedränge wurde dichter und dichter, eine Laterne nach der anderen erlosch.

So gelangten sie zum Tower Hill.

An die hunderttausend Menschen hatten sich eingefunden, um Lord Strafford sterben zu sehen. Aus allen Teilen der Stadt und etlichen Dörfern der Umgebung waren sie herbeigekommen und hatten, in Tücher eingewickelt, ihr Mittagbrot mitgebracht. Sie schubsten und drängelten, bis die Frauen kreischten, die Männer fluchten und die Kinder in Tränen ausbrachen.

Die Sonne stand schon beinahe senkrecht über ihren Köpfen, als man ihn endlich aus dem Tower brachte. Er schritt eher wie ein Feldherr an der Spitze seines Heeres einher denn wie ein

Mann auf dem Weg in den Tod. Seine letzten Worte, mit denen er seine Liebe zum König beteuerte, hörten sie nicht. Nicholas sah, wie er die Hände in die des Kaplans legte. »Mein Leib gehört ihnen«, hatte er geschrieben, »doch meine Seele Gott.«

Danach schafften sie ihn auf einem Karren fort, und die Menge zerstreute sich brummelnd und halbwegs zufrieden. Im leichten Nieselregen ging Nicholas über den aufgewühlten, schlammigen Boden zu dem nunmehr verlassen dastehenden Schafott und betrachtete es lange.

Da kam jemand den Hügel heraufgehastet, blieb kurz stehen, um Atem zu schöpfen, und lief weiter, einen langen wallenden Umhang hinter sich herschleifend. Wankend kam Cecilia im Regen auf ihn zu. Sie kämpfte gegen ihre Benommenheit an in der Hoffnung, noch verhindern zu können, was bereits geschehen war. Engumschlungen kehrten sie nach Hause zurück. Dort erst brach der Zorn aus ihm hervor, und er zerschlug Teller und Tassen. Um ein Haar hätte er auch das Porträt des Königs über seinem Knie zerbrochen, doch sein Sohn hielt ihn ängstlich davon ab.

3
Die Kirche

Noch Wochen nach seinem Verlust erwachte Nicholas morgens benommen vor Schrecken und ging abends zu Bett, noch bevor es völlig dunkel war. Dann lag er lange wach und starrte die Bettvorhänge an.

Den ganzen heißen Sommer über tagte das Parlament, doch schrumpfte die Zahl der Abgeordneten zusehends, da viele von ihnen sich vor der Hitze der Stadt in ihre kühleren Grafschaften flüchteten. Schließlich beschlossen beide Kammern, daß es künftig dem Parlament obliege, die Minister des Königs zu ernennen, doch davon wollte Seine Majestät partout nichts wissen, und so reiste er nach Schottland, um dort Beistand zu suchen. Nicholas berührte all das nicht weiter. In der Stadt waren mittlerweile mehr Sekten entstanden, als man zu zählen vermochte, und täglich brachen bald hier, bald dort kleinere Tumulte aus. Als in der dritten Oktoberwoche die zweite Sitzungsperiode des Parlaments begann, rief man zum Schutz der Abgeordneten die Milizen zu Hilfe. Es kursierten Gerüchte von Verschwörungen der Katholiken und Royalisten gegen Lords und Commons.

Der Herbst war gekommen.

Wenn Nicholas über diese Jahreszeit, die er am meisten liebte, nachdachte, stiegen in ihm unweigerlich Erinnerungen an gemeinsame Nachtmahle mit Freunden in kleinen getäfelten Räumen bei warmem Ale und früh einsetzendem Zwielicht auf. Es war die Jahreszeit der Bücher und des Geraschels alten Laubs im Garten, der langen Nächte, des Geruchs nach verbranntem Holz in der Stadt. Es war die Jahreszeit, in der Tom oftmals zu ihm gekommen war und gesagt hatte: »Laß uns über die Felder spazieren!« Einmal bildete sich der Arzt ein, Toms Ruf zu hören, und er stürzte zur Tür, stieß sie auf und blickte die Gasse hinunter. Danach weinte er bitterlich.

Cecilia schlief nicht, noch trank sie den mit einigen Tropfen Laudanum versetzten Wein, den er ihr gegen die Schlaflosigkeit verordnet hatte, und so hörte er sie Nacht für Nacht unten auf und ab gehen. Eine Zusammenkunft der wissenschaftlichen Gesellschaft zog keiner der Männer in Erwägung, denn sie hätte ohnehin nur im Zwist geendet. Keyes kleidete sich zum Zeichen seiner Trauer ausnahmslos in Schwarz, und Harvey schloß sich in seinen vier Wänden ein. Der kleine William machte sich Sorgen um seinen Vater. Die Arbeit in dem Krankenhaus mit angeschlossenem Lehrbetrieb ging nicht voran, und auch von den Schauspielern hörte man nichts Neues.

Andrew zog nicht länger mit blitzblank polierten Knöpfen und gegürtetem Schwert los, um in Finsbury Fields die Fahne seiner Kompanie vor sich herzutragen. Er hatte bis vor kurzem in der Überzeugung gelebt, die Truppen dienten in erster Linie dem König und erst in zweiter der Stadt, doch daran glaubte er nun nicht mehr, und so kehrte er ihnen den Rücken. Auch er war dazu übergegangen, ein kleines Bildnis Karls I. am Herzen zu tragen; auf die Rückseite hatte er ein paar Strähnen von Lord Straffords Haar geklebt.

Dobson kehrte nicht ins Parlament zurück: Er war im Sommer nach Ostindien gesegelt, um mit Seidenstoffen zu handeln, weil er sich davon erhoffte, seine Truhen, die er so überstürzt geplündert hatte, wieder füllen zu können. Dort sollte er in Liebe zu einer Frau mit einer Haut so dunkel wie Kaffeebohnen entbrennen, doch davon erfuhr in der Heimat niemand etwas, und seine blasse Gattin stellte sich nicht zum ersten Mal aufs Warten ein. Sir Anthonis van Dyck, des Königs Hofmaler, hatte nach kurzer Krankheit seine Seele ausgehaucht, und Keyes' Frau hatte bei sich zu Hause ein eigenes Atelier eingerichtet und damit begonnen, in Kommission Porträts der königlichen Familie nachzumalen.

In der ersten Zeit war Nicholas zu benommen, um zu beten: er hielt den Gottesdienst, wie es von ihm erwartet wurde, verlas am Sabbat alte Predigten und verrichtete diesen Teil seiner Arbeit, als wäre er ihrer müde geworden war. In Momenten, in denen ihm allzu schwer ums Herz war, nahm er ein Hemd, das Tom viele Jahre zuvor, als er einmal bei ihnen nächtigte, in seiner Gedankenlosigkeit vergessen hatte, betrat die Kirche, legte es sich auf die Knie und flehte Gott an, seine Wunden zu heilen. Gewiß wäre es Toms Wunsch gewesen, daß er, Nicholas, wie eh und je mit seiner Arbeit fortfuhr. Mit der Zeit fiel es ihm leichter, seinen Tränen freien Lauf zu lassen, und zugleich wuchs sein Bedürfnis, unter Menschen zu gehen. Indes, er konnte nicht begreifen, warum ihm das Schicksal einen solchen Freund zur Seite gestellt hatte, um ihm diesen alsdann wieder zu entreißen.

An einem weißverschneiten, windigen Novembertag kehrte Karl I. nach langer Abwesenheit aus dem Norden in die Stadt zurück. Trompeten und Violen erklangen, und Miliztruppen standen entlang seines Weges Spalier. In der Kathedrale wurden Hymnen der Treue und der Begrüßung angestimmt; die Mitglieder der zwölf großen Livreegesellschaften sanken reihenweise auf die Knie nieder, als er vorüberritt. Zart zeichnete der Schnee das Geäst der Bäume nach und bedeckte die steinernen Spitzen der Kirchtürme. Rauchkringel stiegen aus den Schornsteinen in den Himmel auf, als der König mit seinem Gefolge durch den Kirchhof kam, wo ihn die sich in der feuchten Schneeluft kaum bewegenden Banner der Gilden und Militärkapellen als auch die Chorsänger und Knabenschauspieler empfingen, die mit ihren hohen Fistelstimmen »Gott schütze den König! Möge der König ewig leben!« sangen.

In Ludgate ging es auf der Brücke über das kalte graue Wasser des Fleet, und in The Strand wandte sich der Zug sodann in den letzten kupferfarbenen Strahlen der in der Ferne hinter den Gebäuden von Westminster untergehenden Sonne gen Westen. Vor dem Palast exerzierten die Pikenträger schneidig ihre dreißig Positionen durch, während die Musketiere zur Feier des Tages über die Köpfe der Menge hinweg in den Abendhimmel feuerten.

Abermals sangen die Chorknaben. Der König zog sich samt Familie in den Bankettsaal zurück; kurz darauf wurden die großen Fenster aufgestoßen, und da stand er, hoch über der Menge. Das feine, in warmem Braun leuchtende Haar wehte unter dem gefiederten Hut im Wind, und neben ihm zeigte sich die zierliche Königin, die ihren Arm in den seinen geschoben hatte. Nicholas, der gerade von einem Hausbesuch bei einem Nachbarn von Tim Keyes kam, betrachtete die Szene mit gemischten Gefühlen. Er zog nicht den Hut, doch in dem allgemeinen Jubel fiel das niemandem auf.

Weihnachtlicher Schnee bedeckte die Gasse, die Fenstersimse und Schornsteine und das Pfarrhaus in der Love Lane. Abends kamen zuweilen ein paar Freunde zu Besuch. Auf den Straßen stimmten Weihnachtssinger zu den Klängen von Flöte und Viole ihre Lieder an und tanzten in althergebrachter ländlicher Manier.

Kaum hatte der Schnee die Radspuren der königlichen Karosse nach dem Einzug des Monarchen in der Stadt getilgt, regte sich in beiden Kammern des Parlaments von neuem Unwille, den Wünschen ihres Regenten zu entsprechen. Karl I. war mit der Bitte an die Lords herangetreten, für ihn ein Heer von zehntausend Freiwilligen auszuheben, um der Schotten Herr zu werden. Sie hatten abgelehnt, mochte dies Seiner höchst gnädigen Majestät behagen oder nicht! Als die Bischöfe ihre Plätze im Oberhaus einnehmen wollten, sahen sie sich dem Spott einer Horde junger Burschen, Soldaten und hartgesottener Schauerleute ausgesetzt und mußten, um ihre Unversehrtheit bangend, den Rückzug antreten, und als sie darauf beharrten, daß sämtliche Gesetze, die während ihrer erzwungenen Abwesenheit verabschiedet würden, von vornherein ungültig seien, steckte man zwölf von ihnen kurzerhand in den Tower. Der Erzbischof von York wurde gar Opfer eines tätlichen Angriffs. So lagen die Dinge.

Der Februar kam. Die Glocken der Kirche St. Mary Aldermanbury schlugen zehn, und da Nicholas an diesem Abend nicht einschlafen konnte, saß er, einen angefangenen Brief auf dem Knie, am Küchenherd. Auf dem Tisch stand eine zugedeckte Schüssel mit Teig zum Aufgehen, und als Nicholas den Kopf hob, fiel sein Blick auf die vertrockneten Gewinde aus Stechpalmenzweigen und Efeuranken, die sie zu Weihnachten am Treppengeländer angebracht und später wieder abzunehmen sich nicht die Mühe gemacht hatten. Er schrieb gerade an einen Freund auf dem Lande im Zusammenhang mit Erzbischof Laud, der noch immer im Gefängnis saß.

Da hörte er seine Nachbarn die Gasse entlangkommen und den Schlüssel in das Türschloß des gegenüberliegenden Hauses stecken. Kurz darauf ertönte die Glocke des Nachtwächters. Nicholas stand auf, öffnete die Tür und rief: »Alles ruhig, Mark?«

»Mucksmäuschenstill. Wo steckt Euer Küster? Er hat heute zu später Stunde keine Kerze brennen, wie's sonst seine Gewohnheit ist.«

»Er ist im Westen des Landes, auf Besuch bei seiner Schwester.«

»Ihr seid noch spät auf!«

»Ich wollte mich soeben schlafen legen.«

»Dann gut' Nacht!«

»Euch dasselbe!«

Nicholas schloß die Tür, deckte das Feuer ab und stieg langsam die Wendeltreppe empor. Obwohl es unten jetzt dunkel war, konnte er die abgewetzten rotsamtenen Kissen auf der Fensterbank und der Sitztruhe und die saubergeschrubbten Schneidbretter und Zinnkrüge auf dem Regal erkennen. Knarrende Bodendielen, ein knarrendes Bett, dann ein Seufzer.

Er war fast oben angelangt, als er deutlich das Geräusch splitternden Glases vernahm. Ausgeschlossen, daß er sich täuschte: Einmal hatte William oben in der Dachstube das Fenster so heftig zugeschlagen, daß die Scheibe zerbrochen und die Scherben klirrend auf dem Ziegelsteinweg unten im Garten gelandet waren, und erst vergangene Woche hatte er selbst eines seiner kostbaren braunen Gläser vom Regal gestoßen. Reglos lauschte er, wie sich das Geräusch mehrmals wiederholte. Er packte den kräftigen Knüppel, der stets hinter der Tür bereitstand, und trat leise auf die Gasse hinaus.

Zu seiner Linken ragte der mit sechs Glocken bestückte steinerne Turm der altehrwürdigen Kirche St. Mary Aldermanbury auf. Über dem bogenförmigen Portal befanden sich die Wasserspeier mit ihren seit langem verwitterten Gesichtern und eine Christusfigur aus Stein, die eine Hand himmelwärts reckte. Nicholas überquerte den Friedhof, stieß die quietschende Tür auf und blickte sich um.

Matt schimmerte das weiße Altartuch, ebenso die beiden zinnernen Kerzenständer, das Taufbecken und die Kanzel. Der Mond stand schon recht hoch und schien durch die hohen Buntglasfenster herein. Plötzlich hörte Nicholas ein leises Knacken, und eine Scherbe fiel vor seinen Füßen auf den Steinboden. Da begriff er: Die alten Glasscheiben, die er seit seiner Kindheit liebte, waren eingeschlagen worden.

Mit einem Aufschrei stürzte er ins Freie und starrte wild die still daliegende Gasse entlang. Egal, wohin er schaute, die Straßen waren leer. In seinem Grimm packte er den Knüppel und schlug damit gegen die dicke Steinmauer des Friedhofs; dann warf er sich selbst auf die niedrige Mauer und verbarg das Gesicht in den Händen. Nein, dachte er, es darf nicht sein! Abermals blickte er hinauf zu den gezackten Glassplittern, die noch in der Bleifassung steckten. Im Geiste drehte er das Rad der Zeit zurück, bis die Fenster in seiner Einbildung wieder heil waren. Sodann eilte er zurück ins Kircheninnere und schlug Funken mit einem Feuerstein, um die Laterne anzuzünden, die John stets neben dem Eingang abstellte. Trübe lagen die Scherben auf den Gedenktafeln und der weißleinenen Decke des Abendmahltisches verstreut.

Dies sollte noch nicht alles sein, wie er mit einem Blick in die Runde feststellte.

Das florentinische Kruzifix, ein Vermächtnis William Sydenhams, war gegen die Steinwand geschlagen und eine kleine Madonnenstatue in Stücke gehackt worden. Auf dem Fußboden lag sein Gebetbuch mit abgerissenem Deckel. Mit einem Schrei ließ er sich auf die Knie fallen und nahm das Buch an sich.

Als er auf dem Kirchhof hastige Schritte hörte, griff er nach dem zerbrochenen Knüppel. »Nick, bist du da drin?« rief eine Stimme. »Ich bin es, Andrew. Ich habe Männer an meinem Haus vorbeilaufen hören, und da bin ich hinausgegangen. Hanks, mein Diener, ist bei mir.« Plötzlich verstummte er. »Der Herr stehe uns bei!« rief er. »Was ist denn hier geschehen? Ah, die Schweinehunde! Sie haben... Nick, hast du sie gesehen?«

»Nein.«

»Ich gehe meine Brüder wecken. Wir schnappen uns die Kerle!«

In der Küche des Hauses in der Wood Street brannte noch Licht, und schon Augenblicke später eilten fünf oder sechs Mann mit Knütteln und Schwertern durch die Nachbarschaft. In den dunklen Gassen und Straßen war indes niemand zu sehen; allein das eine oder andere schaukelnde Ladenschild war schemenhaft zu erkennen. Keine Menschenseele weit und breit; nicht einmal der Nachtwächter ließ sich mehr blicken. Nachdem sie eine gute Stunde gesucht hatten, kehrten sie zur Kirche zurück. Nicholas ließ sich auf die Knie nieder, um die einzelnen Stücke des zerschmetterten Kreuzes einzusammeln, und rief: »Wer kann das nur gewesen sein?«

»Das weiß Gott allein, Pastor«, erwiderte der Schauspieler. »Soldaten ohne Arbeit, Lehrlinge der Ziegelbrenner, vielleicht auch ein paar Milizionäre. Kleinere Krawalle und mutwillige Zerstörungen sind an der Tagesordnung, aber hier hätte ich dergleichen am allerwenigsten erwartet... Du bist bei den Menschen sehr beliebt, Nick.«

Nicholas erhob sich. »Wir müssen hier an Ort und Stelle ein Gebet sprechen«, sagte er in dem beherrschten, ruhigen Ton, den er stets anzuschlagen pflegte, wenn er kurz vor einem heftigen Zornausbruch stand und sich selbst im Zaume hielt. »Wir wollen Brot und Wein segnen und das Heilige Abendmahl feiern, um zu bannen, was hier geschehen ist.«

In der kleinen Sakristei hinter dem Altar zog er die dunkelrote, brokatene Kasel an und führte die Stola an die Lippen, bevor er sie sich um die Schultern legte. Andrew fand auf einem zugedeckten Teller ein Stück altbackenes Brot und holte Wasser-

und Weinkännchen aus einem Schrank. Einem Regal entnahm er den Kelch und die Patene, außerdem ein sauberes, besticktes Leintuch für den Altar und eine kleine Schale, in der sich Nicholas die Finger waschen konnte, bevor er das Brot brach, auf daß der Priester seine Schuld von sich abwasche, wie es im Psalm heißt, und weißer werde als Schnee.

Die Glasscherben schimmerten matt auf dem Steinboden, als sie den hohen Chor betraten. Nicholas wandte sich dem Altar zu, verneigte sich, hob die Hände und sprach:

»Allmächtiger Gott, dem alle Herzen offen, alle Wünsche bekannt und keine Geheimnisse verborgen sind: Läutere die Gedanken unserer Herzen durch die Eingebung des Heiligen Geistes, auf daß unsere Liebe zu Dir vollkommen sei…«

Er segnete Brot und Wein, aß und trank davon und bedachte auch die anderen Männer, die niederknieten und die Handteller nach oben kehrten. Als sie sich wieder erhoben, klebten Glassplitter an ihren Kniehosen. Anschließend saßen sie bis Tagesanbruch beisammen und redeten; alsdann machten sie sich daran, die Kirche gründlich auszufegen.

Die schwere Geburt von Andrews jüngstem Kind begann am Abend desselben Tages. Das kleine Mädchen schien im Mutterleib festzusitzen, und als Nicholas die Finger bis zur zusammengezogenen Gebärmutter einführte, berührte er die Hand der Kleinen. Sie kam zwei Monate vor der Zeit: Ihm war, als hätte er noch nie etwas so Winziges und Schönes gesehen. Zuerst atmete sie nicht, und so legte er sie über sein Knie und klopfte ihr auf den Rücken. Sodann preßte er seinen Mund auf ihren und spendete ihr seinen Atem. Sie gaben ihr den Namen Margaret.

Unten, in der Küche der Heminges', brannten Laternen und mehrere Feuer, und nicht nur die Nachbarn kamen, sondern auch viele Freunde und der Konstabler des Viertels, die einen wegen des Neugeborenen, die anderen, die von den mutwilligen Zerstörungen in St. Mary Aldermanbury gehört hatten, um Nicholas willen. Sie gingen im Geburtszimmer, in dem es nach neuem Leben und Blut roch, aus und ein.

Nicholas war danach tagelang krank, er fieberte, tobte und wütete. Einmal fuhr er mit einem Schrei aus dem Schlaf hoch, sprang aus dem Bett und suchte nach seinem Stock, um die Männer zu verprügeln, die seine Kirche geschändet hatten, und dabei stieß er sich den Kopf am Türrahmen, weil er vergaß, sich beim Hindurchgehen zu bücken. Wie Harvey ihn anschließend wieder ins Bett beförderte, wußte er später nicht mehr, doch erinnerte er sich an das herzanrührende, hohe, klare Wimmern der kleinen Margaret, das in seinen Träumen zu ihm drang, als wollte es sagen: Ich komme von den Engeln! Ihr Stimmchen vermischte sich mit den Worten der Predigt. Er hatte ihr seinen Atem gespendet, und deshalb liebte er sie zutiefst. Liebe und Haß wohnten in seiner Brust.

Die Mitglieder der Gemeindeversammlung stiegen die Treppe im Pfarrhaus empor und versammelten sich, Hüte in Händen, rund um sein Bett. Sie traten von einem Fuß auf den anderen und warfen sich verstohlene Blicke zu, die braven Kaufleute und Händler, die seit Jahren allwöchentlich seinen Gottesdienst besuchten. Mit hängenden Köpfen drucksten sie eine Weile herum und meinten schließlich, daß in der Stadt größerer Unmut herrsche, als ihm vielleicht bekannt sei, und daß sich dieser im besonderen gegen Kirchen wie die seine richte, in welcher der Gottesdienst auf die herkömmliche Weise und nach dem alten Gebetbuch abgehalten werde. Mehrere Familien besuchten bereits anderswo die Messe. Nicholas nickte stumm. Er hatte in den vergangenen Monaten keinen Blick für derlei Dinge gehabt. Die Trauer um seinen Freund hatte ihn, den Priester, so sehr beschäftigt, daß er das Mißbehagen im Schoß seiner eigenen Kirche nicht wahrgenommen hatte.

Halte dich heraus, laß dich nicht in Zwistigkeiten hineinziehen… So die Worte des alten Bischofs William Sydenham. Doch Nicholas schlug den gutgemeinten Rat ungehalten in den Wind. Er wollte streiten, wenn er es mußte. Er wollte von nun an härter kämpfen. Er wollte seine auseinanderbröckelnde Gemeinde stärker an sich binden, damit sie durch die Kraft seiner Liebe wieder eins würde.

Ob der Konstabler des Viertels die Vandalen gehört hatte oder nicht? Wem konnte er trauen? Freilich, dergleichen geschehe bald hier, bald dort, hatte man ihm gesagt: Pfarrer waren geschlagen und aus ihrem Hause gejagt worden. Sogar ein Bischof war angegriffen worden. Viele, die ihn besuchen kamen, sagten mit leisen, beschwörenden Stimmen zu ihm: Gut, es ist geschehen, aber nun ist es vorbei. Euch ist kein Leid widerfahren, Cooke! Euch und den Euren wird kein Leid widerfahren. Stein und Glas sind kein Aufhebens wert. Die Kirchentür war unverschlossen, und ein paar Männer und Burschen haben ihrem Ärger mit Knüppeln und Beilen Luft gemacht, nichts weiter.

Nichts weiter.

Ihm war noch immer elend zumute, als er zwei Sonntage später die Stufen zur Kanzel hochstieg und den Blick durch die kleine Kirche und über die Männer und Frauen schweifen ließ, die er so gut kannte. Manche von ihnen hatte er getraut, vielen hatte er Rat erteilt; es gab nicht einen, über dessen Freud und Leid er nicht zumindest ein wenig Bescheid wußte. Cecily saß mit leicht geneigtem Kopf und im Schoß gefalteten Händen da. Während jener düsteren Woche und auch in der vorherigen hatte er ihre Liebe und Kraft gespürt. William hatte seinen Arm unter ihren geschoben, und sogar die kleinen Chorknaben hatten aufgehört, mit den Beinen zu baumeln, um seinen Worten zu lauschen.

Seine Stimme hallte von den Gedenktafeln wider. Soweit es menschenmöglich sei, sagte er, sollte Friede unter den Menschen sein. Alte Wunden müßten verheilen. Und nicht nur, was hier zerschlagen wurde, müsse heil gemacht werden, sondern auch, was zwischen den Menschen entzweigegangen sei. In der Kirche war es düster, weil man die Fenster vorübergehend mit Zelttuch und Brettern abgedeckt hatte. Im flackernden Licht der Laternen konnte er nicht alle Gesichter erkennen, doch als die Gemeinde zu singen begann, stellte er fest, daß einige Leute fehlten. Nach dem Gottesdienst trat Tim Keyes schüchtern auf ihn zu und überreichte ihm das neugebundene Gebetbuch. Nicholas war ihm zutiefst dankbar.

Neun Monate waren seit Straffords Tod vergangen, und nicht ein einziges Mal in dieser Zeit hatte Nicholas den König erwähnt. Grimmig brütete er vor sich hin und sehnte sich danach, wieder Ordnung in seinem engeren Lebenskreis zu schaffen. Als Harvey ihn einmal unumwunden auf seine Gefühle ansprach, erwiderte er: »Ich habe so zornige Träume, daß ich nicht weiß, was ich tun soll.«

Worauf sein Freund trocken meinte: »Jetzt sprichst du wie die meisten Londoner. Wenn sie das wüßten, würden sie deine Kirche mit Freuden wieder zusammenleimen, mein Freund!« Sein Blick fiel auf die Mikroskope und Schachteln voller Linsen, die auf dem Tisch in der Wohnstube standen. »Bei dir staubt alles genauso ein wie bei mir. Arbeitest du etwa nicht mehr an deinen Vergrößerungsgläsern, Cooke?«

Nicholas schüttelte den Kopf. Nachdem Harvey gegangen war, wurde ihm bewußt, wie lange er die Gegenstände schon nicht mehr angerührt hatte. Der wahre Grund dafür war, daß er jegliches Interesse daran verloren hatte, nach Dingen Ausschau zu halten, die nicht zu sehen waren. Vorsichtig packte er Mikroskope, Linsen und Aufzeichnungen in eine Schachtel und stellte sie in den Schrank, damit er ihre schiere Gegenwart nicht länger als Vorwurf empfand.

Als er einige Wochen später aus dem Haus ging, stellte er fest, daß man auf der Cheapside Barrikaden errichtet und entlang den schneebedeckten Mauern rings um die St.-Pauls-Kathedrale gedrungene, schwarze Kanonen auf Karren aufgestellt hatte. Jegliche Verhandlungsbereitschaft zwischen Krone und Parlament war zum Erliegen gekommen. Das Volk gebärdete sich abermals aufsässig: Im Old Palace Yard rotteten sich des Nachts kleine Gruppen zusammen und warfen die Fenster von Ladenbesitzern ein. Karl I. bezichtigte das Parlament der Aufwiegelung. Er befahl den Milizen, das Feuer auf den Mob zu eröffnen, sollte es zu weiteren Ausschreitungen kommen, und begab sich, vierhundert bewaffnete Soldaten im Gefolge, in der Kutsche nach Westminster, um die fünf tonangebenden Mitglieder des Unterhauses unter der Anklage der Untergrabung fundamentaler Gesetze verhaften zu lassen. Die betreffenden Männer flohen in die Stadt und suchten Schutz im Zunfthaus der Kolonialwarenhändler. Das eilig aufgefahrene Kriegsgerät blieb an Ort und Stelle. Soldaten nahmen Aufstellung an den Barrikaden, die niemand zu durchbrechen wagte.

Wenige Tage später lockte das Gejohle von ein paar jungen Burschen den Arzt aus dem Dispensarium. Sie riefen, der König habe London verlassen und sich nach Hampton Palace begeben, und er werde wohl kaum mit friedlichen Absichten zurückkehren. Auf die Mauern des Kirchhofs von St. Paul hatte jemand mit Tinte die Worte geschrieben: »Kein König, keine Bischöfe, keine Pfarrer.«

Der Sommer kam: Heiß und drückend hielt er in den Stadtmauern Einzug. Mittlerweile wußte jedermann, daß der König seit geraumer Zeit Truppen zusammenzog und Kriegsvorräte anlegte und daß sich einige Parlamentarier, die ihm nicht wohlgesonnen waren, in ihre Grafschaften verfügt hatten, um ihrerseits Soldaten um sich zu scharen. Im Land herrschte eine Hungersnot, in London schnellte der Weizenpreis in die Höhe, und dies trug zum allgemeinen Groll bei. Junge Burschen wurden von der Arbeit fortgeholt, um am Temple Bar, dem Torbogen an der Grenze zwischen der City of London und der City of Westminster, Wache zu stehen. Das Gezänk der religiösen Sekten, die heftigen Dispute im Westminster-Palast, der Rückgang des Handels, die blindwütige Zerstörung von Geschäften und Marktständen dauerten fort. Zweimal mußte Tim Keyes seine Fenster reparieren, und einmal wurde ihm eine große Menge seines feinen Leders gestohlen, bevor er mit seinem Gesellen nach unten stürzte, um den Marodeuren von der Straße das Fell zu gerben.

Michael Dobson war bereits über die Zustände unterrichtet, als er aus Indien heimkehrte. »Spar dir die Mühe, Nick, ich bin längst im Bilde«, sagte er verdrießlich, als sie sich in der Schenke in ein Nebenzimmer zurückzogen. »Mein Haushofmeister hat mir alles erzählt, noch bevor das Schiff angelegt hatte. Wer den König unterstützt, den heißt man einen Verräter, und sein Vermögen wird vom Staat eingezogen. Das augenblickliche Regime ist dreifach so ungerecht wie jenes, das es zu beseitigen sucht.«

»Wirst du dich dem König anschließen, Michael?«

»Nein, aber viele Männer in meinem Bekanntenkreis, die bislang unentschlossen waren, werden es nun tun. Das Vermögen einziehen! Ein übler Schachzug! Und du?«

»Ich predige vor einer halbleeren Kirche, und mir ist dabei ganz fürchterlich zumute. Im ganzen Land werden Pfarrer aus ihren Gemeinden vertrieben. Mag sein, daß dies bald auch mir widerfährt.«

Dobson legte seine beringten Hände auf den Tisch, als wären sie alles, was ihm verblieben war.

»Sie werden den König zum Kampf zwingen, sie werden ihn herausfordern. Und dann wird er zur Standarte blasen, und es gibt Krieg.«

Das Ärztekollegium trat zusammen, um den Vorstand neu zu wählen, und nach Eingang sämtlicher Stimmen stellte sich heraus, daß alle derzeitigen Amtsinhaber, Nicholas eingeschlossen, entlassen werden sollten und ein Klüngel von Ärzten, die dem Parlament und dessen reichlich erlassenen neuen Gesetzen treu ergeben waren, deren Platz einnehmen sollte. Mit beschämten Gesichtern ersuchten sie Nicholas, desgleichen sein Amt als Aufseher über das Ärztewesen niederzulegen.

Fassungslos rief er: »Ich war immer ein guter Arzt! Wenn ich Euch nicht mehr von Nutzen bin, soll Euch alle der Teufel holen!«

»Sagt Ihr dies als Pfarrer?« fragte einer.

»Ich sage dies als Gentleman«, wurde er scharf zurechtgewiesen.

»Was meint Ihr dazu, Master Harvey?«

Harvey, der neben ihm saß, stieß einen Schwall gehässiger, böser Worte hervor. Dann schob er seinen Arm unter Nicholas' und stolzierte mit ihm hinaus. »Ich hätte die Hosen herunterziehen und ihnen meinen Arsch zeigen sollen«, preßte er zwischen den Zähnen hervor, während sie auf den Kirchhof von St. Paul zuschlenderten. »Hättest du es mir nachgemacht, mein

Lieber?« Plötzlich brach er in schallendes Gelächter aus, beugte sich vornüber und schlug sich auf die Schenkel.

Kurz darauf wurde Harvey zum Hauslehrer der Königskinder berufen. Grimmig packte er seine Taschen und ritt nach Norden zum königlichen Lager.

4
Briefe

Oktober 1642
»An den Leibarzt des Königs, William Harvey, Christus Kirche, Oxford, von Cooke, Pfarrer von Cripplegate, London

Harvey,
durchziehende Soldaten, Reisende und die holländischen Zeitungen haben uns Kunde von des Königs Schlacht und Sieg bei Edgehill unter seinem Neffen Prinz Rupert gebracht. Das Parlament freilich hat eine andere Version in Umlauf gesetzt und verbreitet, daß seine Truppen allein den Sieg davongetragen hätten. Schon der Gedanke an all das Schlachtengetümmel macht mich krank, und so bin ich erleichtert, daß Du Dich lediglich mit bescheidenen Kenntnissen über die Heilkunst und einem Hang zum Verfassen bissiger Briefe bewaffnet hast. Potztausend, ich vermisse Dich, doch ich glaube, daß in Kürze Verhandlungen stattfinden und wir in Whitehall wieder Maskenspiele haben werden, wenn nicht am Dreikönigsabend, so doch bald darauf.

Von hier gibt es Trauriges zu berichten, dieweil Harrington einen Schlaganfall erlitten hat. Seither zieht er den linken Mundwinkel hoch und fällt ihm das Sprechen schwer. Das bekümmert mich, mag ich mich über ihn auch zuweilen geärgert haben. Cecilia geht ihn täglich besuchen, was ich niemals gedacht hätte. Ich will mehr über sie schreiben, sobald ich Zeit und Muße dazu finde.

Die Stadt befindet sich in einem bejammernswerten Zustand. Pamphletisten, die gegen Königtum und Klerus wettern, haben den Kirchhof von St. Paul mit Beschlag belegt. Kein passables

Buch über Poesie oder eine der Wissenschaften ist mehr zu finden. Wir haben gehört, daß Bartlett nun Sheriff und dem Parlament sehr zugetan ist. Ich kann nicht einmal mehr auf ein Glas in die Mitre Tavern gehen, ohne mich Verbalattacken auszusetzen, dieweil es in diesem Teil der Stadt nur noch wenige Menschen gibt, die der Auffassung sind, daß man dem König ein Unrecht angetan hat. In den zurückliegenden zwölf Monaten hat es zwischen den Menschen so viel Zwietracht gegeben, daß wir es allein Gottes Gnade verdanken, wenn sich die rechte Hälfte des menschlichen Körpers nicht gegen die linke erhebt, um mit ihr zu hadern.

Meine Kirchengemeinde schrumpft von Woche zu Woche, was ich mit Gleichmut zu tragen suche, zumal ich mich frage, ob unser Herrgott mich dadurch auf die Probe stellen will. Die Zahl meiner Patienten hat sich halbiert. Viele von ihnen haben angesichts der drohenden Enteignung ihres Besitzes die Stadt verlassen, andere haben sich meiner Überzeugungen wegen, die sie zu kennen meinen, von mir abgewandt. Wann werden wir beide wieder durch die königlichen Gärten spazieren oder eine trächtige Hirschkuh zugeteilt bekommen, die wir untersuchen können? Meide das Musketenfeuer, mein lieber Freund.

Auf immer,
Nick«

Er brachte den Brief ins Staple Inn, von wo aus die Kuriere zweimal täglich zum königlichen Heer aufbrachen. Auf der Postkutsche stapelten sich bereits allerlei Mitbringsel für die Höflinge: Schachteln mit feinsten Glacéhandschuhen, mehrere Ballen blauen Satins, eine kleine Bibliothek klassischer Literatur. Drei Musikanten, die Nicholas seit Jahren kannte, machten sich ebenfalls zur Abreise bereit; ihre Lauten- und Violenkästen hatten sie sorgsam auf dem Rücken ihrer Pferde festgeschnallt. Dies ist keine Vergnügungsreise, sagte er sich, als er langsam davonging.

Da war noch so manches, was er im Brief nicht erwähnt hatte, etwa daß man die öffentlichen Bühnen der Stadt samt und sonders hatte schließen lassen. Vom Parlament gedungene Soldaten waren mitten in einer Probe im Globe erschienen und hatten den Schauspielern befohlen, auf der Stelle nach Hause zu gehen. Die Türen waren vernagelt, überall in den Straßen Verlautbarungen angeschlagen, die Truhen mit den Kostümen und Requisiten entfernt und in Abstellkammern und Mansarden verstaut worden.

Einige Tage später setzten Nicholas und Lowin mit der Fähre auf das Südufer über, um ein paar kleinere Schachteln mit Requisiten und Bühnentexten zu holen, die man in der Eile vergessen hatte. In der Nachbarschaft war es ruhig, denn die Bärenzwinger hatte man ebenfalls mit Brettern zugenagelt, desgleichen die Hahnenkampfplätze, und die meisten Metzen, die unweit des Bischofspalastes von Lambeth ihr Gewerbe ausgeübt hatten, waren aus der Stadt gejagt worden. Laub war herabgefallen und lag, vom Wind zusammengetrieben, in feuchten Haufen vor den verrammelten Türen des Globe. Die beiden Männer verschafften sich Einlaß, indem sie ein Fenster aus den Angeln hoben, stiegen auf die Bühne und blickten zu den geräumigen, leeren Galerien und dem Strohdach hinauf. Einem inneren Drang nachgebend, kniete Nicholas nieder und berührte die Bretter.

Lowin setzte sich auf einen der kleinen Hocker, die sie am Bühnenrand für den niederen Adel aufzustellen pflegten, und blickte sehnsüchtig in die Runde. »Als ich noch ein Knabenschauspieler war«, erinnerte er sich, die breiten Hände auf den Knien, »fiel mir die Aufgabe zu, Tag für Tag vor der Aufführung die Fahne hochzuziehen, und das werde ich wieder tun! Ich sage den Männern unentwegt: Verkauft die Kostüme nicht! Lebt in Ruhe von Eurem Ersparten! Wir werden schneller wieder auf der Bühne stehen, als wir alle ahnen.«

»Wie geht es den anderen, John?«

»Einige von ihnen erwägen private Aufführungen, denn die kann das Parlament nicht verbieten. Drei oder vier liebäugeln damit, mit ihrer Truppe nach Italien auszuwandern. Manche reden auch davon, für den König zu kämpfen. Ich würde mich ihnen stehenden Fußes anschließen, Nick! Ich würde ein Hemd zum Wechseln und mein Gebetbuch in mein Ränzel packen und losziehen, um Seiner hochheiligen Majestät zu dienen, aber um meine Gesundheit ist es nicht gut bestellt. Das Atmen fällt mir schwer. Wenn dies noch lange so weitergeht, wollen Nell und ich ein Wirtshaus aufmachen.« Er verstummte und blickte einer Taubenschar nach, die über das Strohdach des Theaters flog. »Andrew macht mir Kummer«, gestand er.

Auf dem Rückweg zur Themse unterhielten sie sich über ihn. Als die Soldaten gekommen waren, um das Theater zu schließen, hatte Andrew mit ihnen einen heftigen Wortwechsel geführt, bis sie ihn zur Seite stießen, so daß er stürzte und sich das Bein prellte. Nun wußte er offenbar nicht, was er mit sich anfangen sollte. Er erzählte jedem, der es hören wollte, Schauspieler seien das Gewissen der Stadt, weil sie in jedermanns Haut schlüpften und um die innersten Sorgen eines jeden Menschen wüßten. Er war in den vergangenen Monaten immer grämlicher geworden, und zuweilen sah man ihn, wie er langsam zum Wasser hinunterging, sich ans Ufer stellte und den Fähren nachblickte, als sehnte er sich danach, eine herbeizuwinken, und könne sich dennoch nicht überwinden, an Bord zu gehen. Zuweilen murmelte er, er sei seinem Vater nicht gerecht geworden und habe das in ihn gesetzte Vertrauen enttäuscht. Und daß die Kirche, der er angehörte, geschändet worden war, brachte das Faß zum Überlaufen.

An einem Tag im November, als der Wind das Laub durch Gassen und Gärten trieb, kam Hanks, der Diener der Heminges, ins Pfarrhaus gelaufen und wollte den Pastor sprechen. Sein Herr sei aufgebrochen, um im Krieg an der Seite des Königs zu kämpfen, stammelte er. Andrew Heminges war nun Soldat.

Auch mit Cecilia vollzog sich ein Wandel.

Während des monatelangen Prozesses gegen Strafford hatte sie ihren Mann mitunter an einen Knaben erinnert, der mit der Fahnenstange in der Faust den Truppen voran in die Schlacht stürmt, so flink auf den Füßen und stolz auf seine Aufgabe als Fähnrich, daß nichts auf Erden ihn zu halten vermag. Ihre dunklen Augen hatten so heftig geglüht, daß er manchmal davor zurückgeschreckt war, sich ihr zu nähern. Ein ums andre Mal hatte er sich gefragt: Wen habe ich da geheiratet? Mag man den anderen, bevor man das Ehegelübde ablegt, vermeintlich noch so gut kennen, so hält er dennoch manche Überraschung bereit. Nach Straffords Hinrichtung saß Cecilia oft stundenlang am Fenster, und nicht selten wusch sie sich mehrere Wochen weder das Haar, noch wechselte sie ihr Frauenhemd. Auch ihre Kirchgänge stellte sie unter allerlei Vorwänden ein, und verrichtete er, Nicholas, des Nachts in der Schlafkammer sein Gebet, war ihm, als verurteilte sie ihn durch ihr Schweigen. Alles, wofür sie sich einst so brennend interessiert hatte, verlor für sie an Bedeutung. Nicht zum ersten Mal fühlte er sich hilflos und mußte sich eingestehen, daß er seine Frau nicht verstand.

Die Schändung der Kirche, der Ausbruch des Krieges wie auch die Schließung der Theater rissen sie schließlich aus ihrer Lethargie. Diese Begebnisse rüttelten sie gleichsam wach, bis sie benommen die Augen aufschlug und sich staunend umblickte wie jemand, der nach langer Krankheit aus tiefem Schlaf erwacht. Er dagegen hatte genug gesehen, und wie schon so manches Mal in seinem Leben sehnte er sich danach, die Türen gegen die Außenwelt zu verschließen und sich gänzlich seinen Büchern zu widmen. Sogar seine Mikroskope hatte er weggeräumt. Cecilia indes ging mit wachen Sinnen durchs Leben. Verachtungsvoll schweiften ihre dunklen Augen über die Welt rings um sie her, und ihr rastloser, eigenwilliger Intellekt stellte sie vor Fragen wie: Wie soll ich mich verhalten? Was muß ich tun?

Als Nicholas eines Morgens am Schreibtisch saß und schrieb, zog sie einen Sessel heran, schlug, wie es ihre Gewohnheit war, die Beine übereinander und betrachtete ihn lange.

»Nicholas«, sagte sie nach einer Weile, »wir müssen dem König nach Kräften helfen.«

Ohne aufzublicken, erwiderte er barsch: »Warum sollten wir das tun?«

»Weil er der Grundpfeiler unseres Landes ist, wie Tom sagen würde.«

Da hob er den Kopf und sah sie an. Ihre Augen blitzten wie früher, und zum ersten Mal seit längerem regte sich in ihm wieder Verlangen nach ihr. Es war, als sagte eine innere Stimme zu ihm: Lieber Gott, hier ist das Leben! So legte er denn die Feder aus der Hand und erkundigte sich, etwas milder gestimmt: »Und was gedenkst du zu tun, mein Häschen?«

»Ich werde Geld für sein Heer sammeln. Ich werde alle Menschen in der Stadt, denen ich vertrauen kann, darum bitten, mir Gold, Tafelsilber, Schmuck und was sie sonst besitzen zu geben. Mag sein, daß beizeiten ein Friede ausgehandelt wird, Liebster, doch falls nicht, braucht der König Unterstützung.«

»Ich kann das nicht gutheißen.«

»So?« fragte sie und sprang lächelnd auf. »Ich werde es dennoch tun.« Sie streckte sich, und wieder fühlte er Verlangen in sich aufsteigen... Etwas in ihm begann zu beben. Durch die Fenster strömte das Sonnenlicht auf die Bodendielen, und der frühwinterliche Tag mit den kahlen, dunklen Bäumen in der Gasse erschien ihm mit einemmal ausnehmend schön. Sehnsucht erfüllte ihn ob dieser Schönheit, und er mußte an seinen Freund denken, der ihrer nun niemals mehr ansichtig werden würde. Am liebsten wäre er quer durch den Raum zu seiner Frau gegangen, doch besann er sich anders und setzte sich wieder, ohne sich freilich daran zu erinnern, was er soeben hatte schreiben wollen.

So recht wollte er ihr nicht glauben, bis er eines Tages bei seiner Heimkehr auf dem Bett einen kleinen, mit Gold und Geschmeide gefüllten Korb vorfand. Verblüfft besah er sich den Inhalt. Harrington hatte ihr überdies für ihr Tun sein Haus zur Verfügung gestellt. In der ersten Zeit musterte Nicholas seine hochgewachsene, hagere Frau mit scheelen Blicken, wenn sie, unter dem Rock ein paar Gegenstände aus Gold versteckt, die Treppe hinaufeilte, doch schon bald schloß er sich ihr an, da er nicht hinter ihr zurückstehen wollte. Am Ende verliebte er sich gleichsam aufs neue in sie. Er fuhr mit der Kutsche umher, besuchte Freunde und bat sie um ihre Hilfe. Einmal unternahmen er und Cecilia gar eine mehrwöchige Reise aufs Land, statteten mehreren Bekannten auf deren Landsitzen einen Besuch ab und kehrten mit reichlich Gold und Juwelen unter einem losen Brett in der Sitzbank der Kutsche nach Hause zurück.

Silberzeug verpackten sie, auf Stroh gebettet, in Holzkisten, Schmuck dagegen versteckten sie in hohlen Büchern oder nähten ihn in den Saum von Kleidern ein, damit er sodann auf Rollwagen aus der Stadt geschmuggelt oder von Reisenden, am Leibe getragen, nach Oxford befördert werden konnte. Der König hatte in der alten Universitätsstadt sein Feldlager aufgeschlagen. Aus Berichten, die Hausiererinnen allwöchentlich in ihren Körben mitbrachten, erfuhren sie, daß in Oxford langsam ein kleiner Hof Gestalt annahm und daß die Königin höchstselbst nach Frankreich gereist war, um ihren Schmuck zu verkaufen.

Harrington hielt trotz seiner undeutlichen Aussprache weiterhin hochfahrende Reden und behauptete, er würde, wenn er bei guter Gesundheit wäre, einen besseren Krieg führen. »Ich habe meine Söhne hergegeben«, tönte er. »Ich würde alles geben, was ich besitze, von meinem alten Taufkleid bis hin zu dem Teller, von dem ich esse. Wollen wir doch mal sehen, ob dieses Geschmeiß sich Soldaten und Kanonen beschafft, um gegen seinen rechtmäßigen Regenten zu kämpfen. Wir werden ihnen zeigen, daß er mehr Männer, Waffen und Pferde auszuheben imstande ist als sie. Wir werden ihm die Mittel zur Verfügung stellen, damit er gegen sie zu Felde ziehen kann, bis sie vor ihm... auf die Knie... fallen.« Bisweilen brach er inmitten seines Redeschwalls in Tränen aus und gedachte Lord Straffords mit den freundlichsten Worten, als wäre er ein Heiliger, worauf Cecilia nur gequält zu lächeln und zu antworten pflegte: »Ja, Vater.« So nannte sie ihn neuerdings. Deshalb wiegte er sich in dem Glauben, sie sei mit ihm in allem und jedem einer Meinung, und hieß sie eine gute Frau, die beste, die er je gekannt habe.

Eines Abends, als Nicholas gerade zu Bett gegangen war, stellte sie sich mit halbaufgeschnürtem Kleid vor ihn hin. Lächelnd sagte sie: »Ich weiß, daß du noch nicht schläfst! Hol deine Rechnungsbücher hervor, mein Herz, denn wir müssen uns überlegen, was wir beisteuern können.«

Widerstrebend streifte er seinen Hausrock über und ließ sich von ihr zum Schreibtisch führen, wo sie einen Becher warmen, würzigen Ales vor ihn hinstellte und die Kerzen anzündete.

Draußen wirbelte raschelnd Laub umher, und ein paar Straßenzüge weiter fror der Fluß allmählich zu. Sie holte die Kassette herunter, in der sie Geld und Wertgegenstände, Besitztitel und Nachweise über bei den Goldschmieden hinterlegte Summen verwahrten. »Wohlan«, sagte sie, klappte die Kassette vor seinen Augen auf, setzte sich und schlug unter dem lose fallenden Kleid die Beine übereinander.

»Ich liebe dich«, sagte er sehnsuchtsvoll.

»Schön. Welchen Betrag können wir entbehren?«

»Aber mein Häschen!«

Kratzend huschte seine Feder übers Papier; er trank einen Schluck, stützte den Kopf auf die Hand, blickte lächelnd zu ihr auf und dachte nach. Sie hatten in diesem Jahr bereits einen Gutteil ihres Geldes an Freunde verschenkt: an Keyes, damit dieser seinen verwüsteten Laden wieder herrichten konnte, an die Schauspieler, die über keine Einkünfte mehr verfügten, und an jene von Straffords und Lauds Dienern, die keine Anstellung gefunden hatten. Dabei war Nicholas lediglich ein Drittel seiner ehemaligen Patienten verblieben, und er hatte keinerlei Pfründe.

Er hob die Feder von dem mit Zahlen bekritzelten Papierbogen und meinte seufzend:

»Ich fürchte, wir sind arm, Liebes.«

»Deshalb werde ich dich nicht minder lieben.«

Er war gereizt und benommen vor Müdigkeit und Sorge um Andrew, der in den Krieg gezogen war, und auch um seinen Sohn, der immer schweigsamer wurde, und wegen der zahllosen Rechnungen und Beschneidungen seiner Rechte sowie der mancher Freunde. Schließlich nahmen sie einen Teil ihres Goldes, nähten es in Tuch ein, und Cecilia brachte es tags darauf zu Harringtons Haus. Nicholas wußte nicht so recht, warum er das getan hatte.

Er war allein im Haus, als die Männer ein paar Tage später kamen.

Der Fluß war tatsächlich zugefroren und Nicholas gerade vom Sterbebett einer alten Frau zurückgekehrt, die ihm sehr nahegestanden hatte. Im Haus war es so kalt, daß sich seine Patienten um den Küchenherd scharten. Nicholas vermißte Cecilia, die wieder einmal außerhalb der Stadt unterwegs war; seit einiger Zeit liebten sie sich des Nachts wieder, und er sehnte sich immerfort danach. Als er das Klopfen hörte, vermutete er wegen dessen Heftigkeit zunächst, daß es sich um einen ungehaltenen Patienten handeln mußte, doch gleich darauf besann er sich: ein solcher würde an der Tür zum Dispensarium Einlaß begehren und nicht an der Haustür.

Draußen standen ein paar Männer mittleren Alters in schlichter dunkler Kleidung. Im ersten Augenblick begriff er nicht, wer sie waren, und glaubte, sie wollten ihn um eine Spende für einen guten Zweck bitten. »Ihr habt Euch in der Tür geirrt, Gentlemen«, beschied er sie freundlich.

Der Kleinste von ihnen, der eine Brille trug, warf einen Blick auf das Schriftstück in seiner Hand und fragte: »Seid Ihr Nicholas Cooke aus Cripplegate Ward?«

»Der bin ich.«

»Wir sind gekommen, um Eure Kirche zu schließen. Ihr seid nicht länger Pfarrer. Es ist Euch hinfort bei Strafe des Verrats verboten, Sakramente zu spenden und hier oder andernorts zu predigen.«

Er tastete mit der Hand nach dem Türsturz, und seine Stimme klang mit einemmal tief und gefaßt wie immer, wenn er sich ernsten Dingen gegenübersah: Verlust, Tod, etwas, das unvermeidbar kommen mußte. Als die Männer bereits über den gefrorenen Boden des Kirchhofs marschierten, wollte er ihnen noch einmal nachrufen, sie hätten sich in der Adresse geirrt. Wie oft hatte man ihm beteuert, daß er geliebt und geachtet werde und daß ihm dergleichen nie widerfahren könnte? Er war der Arzt, der während der Pest hier ausgeharrt hatte, er war der Mann, der niemanden verurteilte.

Er hätte es sich besser nicht mit ansehen sollen, doch als sie sich daranmachten, die Türen seiner Kirche mit Brettern zu vernageln, trieb es ihn aus dem Haus. Die alten Türen erbebten, als sie die Nägel hineintrieben. Hätten die Männer ihn geschlagen, hätte es ihn weniger geschmerzt. Alsdann war es vollbracht, und sie gingen davon. Er saß eine Weile im Kirchhof und betrachtete die verwitterte Christusfigur über dem Portal, dann blickte er hinauf zu den Tauben, die ungehindert durch die Fensteröffnungen des Glockenturms ein und aus flogen. Die Sonne am weißen Winterhimmel zeichnete sich nur als fahler Lichtkreis ab, gleich einer Kerze hinter einem Stück Ölpapier; die Erde unter seinen Füßen war hart. Ihm war, als verkröche sich seine Seele in einen kleinen Winkel hinter seinem Herzen und als hoffte sie, dort nicht behelligt zu werden.

Er bemühte sich, Vernunft walten zu lassen. Andere Pfarrer waren fortgegangen, ausgesperrt oder ersetzt worden, liebe alte Freunde, mit denen er manch geselligen Abend verbracht hatte. Für sich selbst hätte er somit kein besseres Los erwarten dürfen.

William traf seinen Vater im Kirchhof an, als er aus der Schule heimkehrte. Er ließ sich erzählen, was vorgefallen war, betrachtete mit tränenverhangenen Augen die Kirche und versuchte, sich die Worte eines Psalms in Erinnerung zu rufen, demzufolge sein Vater auf alle Zeit Priester war. Nicholas nickte nur. Wie immer – das war nicht zuletzt eine Folge seiner jahrelangen Arbeit – wurde er vollkommen ruhig, wenn er an einem Problem herumtüftelte, für das er noch keine Lösung gefunden hatte. Er saß neben seinem Sohn, tätschelte dessen Hand und setzte ihm in aller Ruhe auseinander, was im Lande vor sich ging und wann und warum sie darauf hoffen konnten, daß es damit ein Ende hätte. Es wurde früh dunkel, und da es recht kalt war, gingen sie beide ins Haus.

In ihm war etwas zerbrochen, und die Sehnsucht nach dem, was er verloren hatte, überlagerte alle anderen Empfindungen. Nicht selten stellte er sich sonntags nach dem Aufwachen in den Kirchhof und betrachtete lange das Gotteshaus, das ihm über all die Jahre seiner Obhut anvertraut gewesen war. Alsdann blickte er hinab auf seine breiten Hände, die er gänzlich in den Dienst seiner Berufung gestellt hatte. Die Soutane hing hinter der Tür, desgleichen sein viereckiger Priesterhut, da er nicht wagte, sich damit auf der Straße zu zeigen. Einige Menschen kehrten ihm im Vorübergehen den Rücken zu, andere musterten ihn voller Mitgefühl. Manche beteuerten ihm gar mit leiser Stimme, daß sie auf seiner Seite stünden und es bessere Zeiten abzuwarten gelte. Doch er wußte nur eines: daß ihm die Aufgabe, die Gott ihm gestellt hatte, von Menschen genommen worden war, und zwar von solchen, die nichts davon verstanden.

Eines Nachts träumte er, er ginge in einem fürchterlichen Unwetter unter Donnergrollen durch das Viertel von St. Paul, wo das Wasser durch die Gosse hinab zum Fluß schoß. An der Ecke der Paternoster Lane kauerte ein Bettler. Still hockte er da, doch Nicholas sah ihm an, wie hungrig und durchfroren er sein mußte. Zuerst schritt er an dem Mann vorbei, denn er hatte es eilig, nach Hause zu kommen, doch dann wandte er sich um und sagte: »Kommt mit mir, und ich will Euch etwas Warmes zu trinken besorgen.«

Der Vagabund erhob sich, und Nicholas schob die Hand unter seinen Arm, um ihn zu stützen. Langsam setzten sie sich in Bewegung, und Gott allein wußte, wohin ihre Füße sie trugen, denn von St. Paul zum Haus des Arztes war es nicht weit, und doch marschierten sie viele Stunden lang. Er bemerkte die Müdigkeit des Bettlers und schämte sich, weil er sich nicht an den Heimweg erinnern konnte. Sie befanden sich nun irgendwo inmitten der Elendsbehausungen hinter Westminster, doch erkannte Nicholas auch dort nichts wieder; andererseits konnten sie die Stadt nicht verlassen haben, denn dazu hätten sie eines der Tore passieren müssen.

Hätte er nicht um des Fremden willen angehalten, wäre er längst zu Hause, das wußte Nicholas, und so fragte er leicht ungehalten: »Habt Ihr eine Lampe?« Flugs holte der Bettler unter seinem Mantel eine Blechlaterne hervor, wie arme Knechte sie zu tragen pflegen, und darin flackerte bereits ein muntres Licht und schwappte dem Klang nach so viel Öl, daß sie eine Weile brennen konnte. Als sie nach Blackfriars gelangten, spürte der Arzt, wie die Kräfte des anderen schwanden, und so sagte er zu ihm: »Das hier ist das alte Haus meines Freundes Tom, der uns gewiß Zuflucht gewährt. So kommt denn, auch ich bin bis auf die Knochen durchnäßt!«

Im strömenden Regen hielten sie auf das Haus zu und betraten die kleine Eingangshalle, in der ein Bildnis des Königs hing. Als Nicholas mit etwas Brennholz und Ale aus dem Küchentrakt zurückkehrte, stellte er fest, daß der Mann, dessen er sich angenommen hatte, nicht etwa ein Bettler, sondern sein Gebieter war. Er trug die schlichte Kleidung eines Druckerlehrlings, und das regennasse Haar klebte an seinem Kopf. Zornentbrannt rief Nicholas: »Ihr kommt zu mir? Ihr wagt es, mich um etwas zu bitten?« Da erwachte er.

Letztlich war es mehr sein Bedürfnis, als Geistlicher zu dienen, denn seine Loyalität gegenüber der Krone, was ihn dazu bewog, gleichfalls in den Krieg zu ziehen. Die Krone selbst hielt er in Ehren, doch den Mann, der sie trug, verachtete er. In ihm herrschte ein solcher Widerstreit der Gefühle, daß er sich niemandem anvertraute. Cecilia indes verstand ihn auch ohne Worte. Sie kamen überein, daß sie bleiben und ihr Werk fortführen sollte. Er war darüber nicht eben glücklich, doch willigte er ein, weil er begriff, daß er sie auch diesmal nicht von ihrer Entscheidung würde abbringen können.

Eines Abends versammelten sich einige Freunde rings um den Küchentisch und feierten unter den aufgehängten Kesseln und Töpfen das Abendmahl. Die Schritte des Nachtwächters erklangen und verhallten, sein Schlagstock klopfte erst gegen die Grabsteine und später gegen die niedrige Steinmauer rings um die Kirche.

»Ach, könnte ich nur mitkommen, Freunde!« sagte Lowin, die Hände auf den Knien. »Doch mein Atem geht kurz, mir schwindelt rasch, und ich muß viel sitzen. Ich werde ein Wirtshaus aufmachen, und solltest du je mein Gast sein, Pastor, so wird dir nur vom Feinsten aufgetischt werden. Gott steh dir bei!«

»Dir auch, John Lowin.«

Nicholas packte ein paar Dinge zusammen, da er am nächsten Morgen in aller Frühe aufbrechen wollte, und ging mit seiner Frau zu Bett.

Sechster Teil

1643 – 1645

1
Das Torhaus von Oxford

Während er unter winterlichen Bäumen gen Norden reiste, rief er sich in Erinnerung, welchen Eindruck das Städtchen Oxford bei ihm hinterlassen hatte, als er es Jahre zuvor in Gesellschaft von William Laud besucht hatte: eine von Junggesellen und bärbeißigen Dozenten bevölkerte Welt mit prachtvollen Kirchen und düsteren Bibliotheken, in denen schlechtgenährte Studenten im Licht der Tagesfrühe über Büchern kauerten. Als er nun durch das Stadttor ritt, waren sein erster Anblick drei berittene lachende Kavaliere mit dicken, schulterlangen Ringellocken und federgeschmückten Samthüten. Auf dem Weg in die Stadt nahm er verwundert die an den Toren der Colleges flatternden Seidenbanner und die Frauenzimmer zur Kenntnis, die sich mit fleischigen Armen auf die Fenstersimse des Merton College stützten und zur Straße hinunterblickten. Die Klänge von Lauten und Virginalen wehten ihm aus Schenken entgegen, als er sich durch die von Soldaten und Händlern wimmelnden Straßen seinen Weg zum Christ Church College bahnte.

Harvey erwartete ihn am oberen Absatz einer Treppe, die zu den Studentenquartieren hinaufführte, und stieß die Tür zu seinem kleinen, in eine Ecke gezwängten Zimmer auf. »Wo hast du so lange gesteckt?« bellte er. »Hast du daran gedacht, mir Kaffeebohnen mitzubringen? Dieser geistige Müßiggang bringt mich noch um! Wo ich schon nicht zu den Zusammenkünften kommen kann, hast du dich zumindest erbarmt und bist zu mir gekommen!«

Der Raum des bedeutenden Arztes war genauso vollgestopft, wie es jener in London gewesen war: allerlei Bücher, Aufzeichnungen und chirurgisches Gerät sowie unzählige Skizzen der

Entwicklung eines Fötus, die hier und dort an die Wände geheftet waren. Nicholas stellte seine Tasche ab. »Du unterrichtest also die Königskinder?«

»Tja, das tue ich! Aber laß uns nicht über sie reden, sondern lieber über die Wasserversorgung. Das Wasser hier ist schlecht, die Menschen erkranken reihenweise, aber niemand will etwas dagegen tun... Warum sich die Mühe machen? sagen sie. In ein paar Wochen packen wir unsere Sachen und reisen wieder nach Hause!«

Harvey faßte seinen Freund am Arm und stieß das Gitterfenster zu dem von kalter, regloser Winterluft erfüllten viereckigen Innenhof auf. »Sieh dir den Hof an, oder sollte ich lieber sagen: Sieh dir an, wie Hunderte von höfischen Gemächern auf weit kleinerem Raum zusammengepfercht sind!« Sein Mund zuckte spöttisch. »Seine Majestät weilt hinter den Fenstern oberhalb des Torhauses und erfreut sich bei all seinen Sorgen einer gesegneten Gesundheit. Dort unten pflegt er zu exerzieren, hoch zu Pferde. Wahrlich, wie ich deinem Gesicht ansehe, hast du deine Meinung über ihn nicht geändert! Das St. John's College beherbergt seinen Neffen, Prinz Rupert, nebst jenen Männern, die einen Frieden auszuhandeln hoffen. Allen anderen Herren von Rang hat man in den einzelnen Colleges die Zimmer der Lehrer und Rektoren zugeteilt, und das einfache Volk, als da sind Schneider und Stiefelmacher, Mimen und Musiker, haben sie in irgendwelchen Löchern untergebracht. Ärzte und Pfarrer hausen in Mausefallen wie dieser hier. Und die Soldaten kampieren auf den Feldern in Zelten oder Baracken.« Er nahm Nicholas' Hand, deutete eine Verbeugung an, drehte ihn unbeholfen um die eigene Achse und flötete: »Zuweilen lädt man gar zum Tanze... Darf ich bitten, mein Holder?«

Da platzte es aus Nicholas heraus: »Potztausend! Ich habe dich vermißt!«

Nach dem Abendbrot gingen sie Arm in Arm spazieren. In den Straßen brannten Fackeln, und aus einem Wirtshaus drang das Gelärm von Soldaten, die sich beim Würfeln in die Haare geraten waren. Harvey zeigte auf das Atelier eines Malers und auf einen Übungsraum, in dem ein Tanzlehrer täglich

Stunden gab. »Dies ist in der Tat der Hof!« sagte Harvey. »Aller Beengtheit und allem Geldmangel zum Trotz ist er unverändert.«

Im großen Saal des Christ Church College warfen Kerzen ihren hellen Schein auf die polierte Holztäfelung der Wände und die Gesichter der jungen Soldaten, die durch den hinteren Eingang kleine Truhen hereintrugen. Sie klappten sie auf und knieten nieder, um die auf mehrere Schichten Samt und Stroh gebetteten silbernen Patenen, Kelche und Pokale auszupacken. Auch ein paar Geistliche brachten Kisten herbei.

»Die Colleges haben ihre Schätze für die Sache des Königs gestiftet«, erklärte Harvey. Nicholas sah dem Treiben mit verschränkten Armen zu. Er mußte an seine Frau denken, die mit ein paar in ihrem Mieder versteckten Goldsachen durch die Straßen hastete, und daran, daß sie in dieser Nacht nicht an seiner Seite sein würde. Durch das Fenster wehten Lautenklänge und der leicht heisere Gesang einer Knabenstimme herein. »Dieser Zustand wird nicht von Dauer sein«, meinte Harvey. »Niemand will den Krieg... Im Frühling sind wir wieder zu Hause, Cooke.« Sein Mundwinkel zuckte, und er fuhr mit der Hand darüber, damit Nicholas es nicht sah.

Am nächsten Morgen tat Nicholas etwas, was er seit langem nicht getan hatte: Er zog seine schwarze, knöchellange Soutane an, setzte den viereckigen Hut auf und begab sich in die Kirche. Niemand hinderte ihn daran, ja, er wurde gar von zwei anderen Geistlichen herzlich gegrüßt. Kaum war er von der Andacht zurück, drängte Harvey ihn, gemeinsam mit ihm etwas gegen die schlechte Wasserversorgung und die Abwasserprobleme zu unternehmen. Wie er gesagt hatte, scherte sich niemand sonderlich darum, weil alle damit rechneten, daß die Verhandlungen mit dem Parlament binnen Wochenfrist zu einem erfolgreichen Abschluß gelangen würden.

Doch der Frühling kam, auf den Feldern unweit der Colleges sprossen wilde Blumen, und man hatte keinerlei Übereinkunft erzielt.

»Meine liebste Cecily!

Ich muß gestehen, daß ich mich nach Deiner Berührung verzehre. Gestern nacht habe ich die Hand ausgestreckt, um Dich zu umarmen, und statt dessen gegen die Wand geschlagen. Die Hand ist noch immer ein wenig geschwollen.

Ich frage mich, ob sich die Mäuse wohl in den Altartüchern unserer Kirche Nester gebaut haben. Merkwürdig, woran man so denkt, als wären derlei Kleinigkeiten von Belang! Vielleicht klammern wir uns an das, was wir einst waren, oder versuchen es zumindest, indem wir sagen, derlei ist nicht von Belang. Doch ach! Es ist von Belang, wenn auch nicht halb so sehr wie etwas anderes: daß ich Morgen für Morgen in der Kirche das Gebet sprechen darf und sich die Menschen recht zahlreich dazu einfinden. Ich habe sogar ein Kind getauft.

Harvey ist eine gute Seele, doch in unserer Kammer ist es so eng, daß er gestern abend versehentlich auf mein Rasierzeug getreten ist und den kleinen Spiegel zerbrochen hat. Gleichviel, andere Ärzte müssen sich zu dritt ein Zimmer teilen.

Nick«

Im Frühjahr kam sie überraschend zu Besuch, William vor sich im Sattel. Nicholas eilte ihnen mit einem lauten Schrei entgegen und hätte sie in seiner Freude fast zu Boden gerissen. Den ganzen Tag schlenderte er mit ihnen umher, die Frau an einem, den Sohn am anderen Arm. Er zeigte ihnen die Kirchen mit ihren Buntglasfenstern und die Speisesäle der Colleges. Sie durchstreiften die Gärten der Professoren, warfen einen Blick in die Mensa, in der die Studenten ihre Mahlzeiten einzunehmen pflegten, und stiegen dunkle, steile Treppen zu Bücherläden hinauf, die in winzigen Räumen untergebracht waren. Er und Cecilia mieteten sich für eine Woche ein Privatzimmer, während William bei Harvey wohnte, den er vergötterte.

Er war nun dreizehn Jahre alt, ein nervöser, aufgeweckter Knabe, der gerade in den Stimmbruch kam. Tagsüber wich er nicht von der Seite seines Vaters; das glatte Haar fiel ihm ins Gesicht, und ein wehmütiger Zug umspielte seinen Schmollmund.

»Nun, mein Junge?« sagte Nicholas.

»Ich finde, ich sollte hierbleiben«, erwiderte sein Sohn im Brustton der Überzeugung.

Der Arzt, der gerade Kräuter abpackte und beschriftete, wandte sich zu ihm um und sah ihn liebevoll an. »Und weshalb, bitte schön?«

William schlenderte in dem kleinen Zimmer umher, blickte mal auf den viereckigen Innenhof, mal zur Decke. »Ich werde hier gebraucht«, stieß er schließlich mit möglichst tiefer Stimme hervor. »Ich könnte mich als Bote nützlich machen oder dir zur Hand gehen. Ich könnte mich auch als Page oder Soldat verdingen.«

Nicholas hörte ihm geduldig zu. »Du gehst am besten mit deiner Mutter zurück nach Hause und gibst auf sie acht, du Schelm. In zwei Jahren, wenn die Unruhen längst vergessen sind, wirst du als Studiosus hierherkommen.«

Der Knabe warf den Kopf in den Nacken. »Ich möchte bei dir bleiben.« Flehentlich sah er ihn aus seinen dunklen Augen an und wandte dann zornig den Blick ab. Nicholas seufzte.

Er wußte, daß sein Sohn unzufrieden war, als er ging. »Ich werde mich um den Garten kümmern«, sagte seine Frau und küßte ihn zum Abschied. »Du wirst wieder zu Hause sein, noch bevor die Quitten reif sind.«

Es wurde Hochsommer, und noch immer gab es keine Aussicht auf Frieden.

Nicholas machte die Bekanntschaft eines Studenten der Mathematik, mit dem er viel Zeit in dessen Zimmer hoch oben in einem der Colleges verbrachte. Allwöchentlich trafen Briefe für ihn ein, die er nicht selten spätnachts beantwortete. »Wirst du wohl endlich das Licht löschen, Kamerad?« brummelte Harvey. »Deine Feder kratzt, daß es den Seelen im Fegefeuer in den Ohren weh tun muß!« Ärgerlich verließ Nicholas leise das Zimmer, setzte sich draußen auf die Treppe, legte die Schreibunterlage auf die Knie, breitete die Briefe rings um sich her aus und überlegte, welchen er zuerst beantworten sollte.

»An den Arzt und Pfarrer Cooke, Oxford College, von Luke Malverne, Kaplan Seiner Gnaden des Erzbischofs von Canterbury

Lieber Freund!

Ich sende Euch herzliche Grüße von Seiner Gnaden William Laud, für den nunmehr das dritte Jahr im Tower begonnen hat. Man hat sein Eigentum beschlagnahmt, weshalb sich sein Hausstand aufgelöst hat und seine Dienerschaft ohne Arbeit ist. Allmorgendlich bringen sie ihn zur Messe hinunter in die Kapelle und prangern in ihren Predigten seine Verruchtheit an, während er dasitzt und ihnen still zuhört. Er sagt kein Wort, und doch bricht es mir das Herz.

Die einfachste Tugend, daß wir einander lieben und, sofern möglich, in Frieden und Eintracht mit allen Menschen leben mögen, ist zu einer Unmöglichkeit geworden. Ob auch die Apostel miteinander gehadert hätten, wäre ihnen ein längeres Leben beschieden gewesen? Liegt die Zanksucht etwa in unserer Natur begründet?

Der puritanische Barrister William Prynne ist mit majestätischem Prunk in die Stadt eingeritten, um seinen Platz im Unterhaus einzunehmen und den Niedergang Seiner Gnaden voranzutreiben. Auch dies trägt er mit Würde.

Mehrmals hat er von Euch gesprochen. So seid denn unserer beider Liebe versichert.«

Der zweite Brief, den er las, ging ihm so nahe, daß er beinahe das Atmen vergaß. Er war an seine Adresse in Cripplegate geschickt worden, und Cecilia hatte ihn zusammen mit anderen Dingen in einem Päckchen nachgesandt: arg zerknittert, mit brüchigem Wachssiegel und undefinierbar nach weiter Ferne duftend.

»An den Arzt und Pfarrer Cooke, von seinem geschworenen Freund Avery in der Plymouth Corporation

Dies ist der dritte Brief, den ich Dir schicke, da ich bislang keine Antwort erhalten habe. Entweder sind meine Briefe auf dem Hin- oder Deine auf dem Rückweg verlorengegangen.

Ich schreibe Dir von meiner Hoffnung und Enttäuschung. Mit jedem Jahr wünsche ich mir, ich hätte Dir mehr zu berichten, doch hat sich nur wenig getan. Ich lebe in einer Siedlung von rund achtzig Seelen. Ihre Regeln für ein moralisches Leben erscheinen mir von erdrückender Strenge. Wir sind von Wilden umgeben. Wenn man sie sieht, begreift man, daß auch die schlimmsten Engländer gar nicht so übel sind. Ich lebe von Ackerbau und Jagd und betätige mich als Arzt, sofern Bedarf an einem solchen besteht. Wir verfügen hier nur über wenige Arzneimittel, und ich habe eine Liste beigelegt, solltest Du die Güte haben, uns mit dem Genannten versorgen zu wollen.

Die Kunde von Toms Tod hat uns freilich erreicht, und ich habe darüber geweint. Gerne würde ich nach Hause kommen, doch habe ich kein Geld und weiß auch nicht, wozu. Was ist aus dem Leben geworden, das wir einst kannten?«

Der Brief umfaßte mehrere Seiten, die Nicholas wiederholt las, bevor er zu Harvey zurückging und sie ihm vorlas. Er schrieb Avery einen ebenso langen Brief zurück und legte ihn einem Päckchen mit Kräutern und anderen, bei einem Apotheker in Oxford erstandenen Arzneimitteln bei. Es mutete ihn seltsam an, als Adresse »Plymouth Corporation« zu schreiben, was er noch nie zuvor getan hatte, denn es war ein eigentümliches Gefühl, jemanden zu kennen, der in jenes finstere Land gereist und dort geblieben war... Auf seinen Lippen ließ der Name einen bittren Geschmack zurück. Schmerzlich empfand er die Tausende von Meilen mächtigen Wassers, die zwischen ihnen lagen.

Es wurde Herbst. Man trieb das Vieh in den Innenhof des Christ Church College, und der Geruch nach Heu und Tieren stieg zu den mit Reif bedeckten Fenstern der kleinen Dachkammer auf und vermischte sich mit dem Duft von Harveys Kaffee. Cecilia kam erneut mit William angereist, der nunmehr fast so groß war wie sie: Empfindsam wie eine Sonnenblume, wußte er nicht, wohin mit Armen und Beinen, und stieß immerfort irgendwo an. Als Nicholas ihn einmal zu einem Soldaten mitnahm, der bei einer Schlägerei um eine Dirne verletzt worden war, wurde dem Jungen übel. In den frühen Morgenstunden ging er mit ihm hinunter zu den Flußauen, damit er den Kavalleristen mit ihrem schulterlangen gelockten Haar beim Exerzieren zusehen konnte, während zwischen den kahlen Bäumen die ersten eisigen Nebelschwaden von der Erde aufstiegen. William verging vor Neid, und auf dem Heimweg stritt er mit seinem Vater.

»Ich weiß mir mit ihm keinen Rat«, meinte Cecilia später. »Einige seiner Freunde versuchen ihn zu überreden, von der Schule abzugehen und ins Heer einzutreten.«

Nicholas machte sich auf die Suche nach seinem Sohn. Nach einer Weile fand er ihn auf dem nunmehr verlassenen Feld, wo er mit einem dicken Stock anstelle eines Schwertes grimmig die Luft durchschnitt. Lange saßen sie auf einer niedrigen Steinmauer beieinander, und der Knabe weinte. Als er mit seiner Mutter wieder nach Hause reiste, vergrub sich Nicholas vor Sehnsucht nach seiner Familie in Arbeit.

Eines Tages trafen in Oxford ein paar Männer der aufgelösten Schauspieltruppe *The King's Men* ein. Da sie über keine Einkünfte verfügten, hausten sie in kleinen Zimmern und trugen fadenscheinige Kostüme, die zu verkaufen sie sich nicht die Mühe gemacht hatten. Von ihnen erfuhr er, daß einige ihrer ehemaligen Kollegen in London heimlich im Red Bull auftraten, einer kleinen, für ihre schlüpfrigen Lustspiele bekannten Bühne im Pfarrbezirk Clerkenwell. Sie erzählten ihm auch, daß man den Bischöfen ihre Pfründe verweigerte und den Lambeth Palast zum Hauptquartier der Soldaten im Sold des Parlaments umgewandelt habe. John und Nell Lowin hätten ihr Haus am Kai geschlossen und ein Wirtshaus eröffnet. Der Vorsitzende der Commons, John Pym, leide an Krebs und sei dem Tode nahe. Stürbe er, sei das Parlament ohne Führung, sofern nicht ein noch üblerer Eiferer seinen Posten erbe; dann würde alles noch schlimmer.

Nicholas hörte sich all dies kopfschüttelnd an. Als wäre alles nicht schon schlimm genug, sagte er sich. In der Stadt war die Ruhr ausgebrochen, und deshalb war ihm nicht nach Theater zumute.

Wenn er in seiner dunklen Soutane und mit dem viereckigen Priesterhut auf dem Kopf durch Oxfords Straßen eilte, sah er von weitem mitunter den König und die Königin Hand in Hand spazierengehen. Die Leute sanken auf der staubigen Straße auf die Knie nieder, bis ihr Gebieter ihnen mit entrücktem, huldvollem Lächeln gestattete, sich wieder zu erheben. Nicholas dagegen flüchtete sich lieber in den Schatten eines Hauseinganges, bis Karl I. vorübergeschritten war.

Kurz nach Weihnachten geschah, was er seit langem befürchtet hatte: Harvey stürmte ins Zimmer, warf Nicholas dessen besten Rock zu und sagte: »Komm! Der König verlangt nach uns!«

»Ich gehe nicht mit.«

»Bist du von Sinnen? Zieh dich an!«

Das breite Bett im Gemach des Königs über dem Torhaus war mit besticktem weißem Satin verhängt. Davor standen zwei königliche Kammerjunker mit vor der Brust verschränkten Armen, zwischen sich ein Betpult mit einer aufgeschlagenen Bibel. Am Kleiderständer hingen frischgewaschene Spitzengewänder, ein besticktes weißes Hemd und ein Mantel, darunter stand ein Paar Reitstiefel. Eine leicht rauchige Wärme erfüllte den Raum, denn in einer Kohlenpfanne nahe dem Feuer wurde eine Lockenbrennschere erhitzt. Ein aufgeschlagenes Buch auf den Knien, saß Karl Stuart mit offenem Hemd auf einem gepolsterten Stuhl und hatte einen Fuß auf einen Schemel gebettet. Der Monarch war blaß und wirkte müde.

Wie auf Kommando ließen sich die beiden Ärzte auf ein Knie nieder. »Mit Verlaub, Majestät...«

»Wohl Euch, meine Herren, erhebt Euch. Master Harvey, so es Euch beliebt...«

Nicholas sah, wie William Harvey sich abermals verneigte und auf den Monarchen zutrat. Sein Herz schlug laut. Er verspürte Abneigung. Oder war es Zorn? Trauer? Er wußte es nicht. Gut und böse sind im Herzen des Menschen aufs engste miteinander verknüpft, hatte William Laud einst gesagt, ebenso Liebe und Haß.

»Mit Verlaub, Sire...«, murmelte Nicholas und zog sich in eine Ecke des Schlafgemachs zurück. Der Friseur schickte sich an vorzutreten, doch der König schüttelte müde den Kopf. Wenig später wurden sie entlassen. Harvey nahm Nicholas am Arm, und kaum waren sie ins Freie getreten, blieb der ehemalige Pfarrer von St. Mary Aldermanbury in der Mitte des Hofes stehen und schlug die Hände vors Gesicht. »Ich hätte ihn nicht berühren können!« stieß er leise hervor.

In der Christ-Church-Kathedrale wurden allmorgendlich die Fürbitten verlesen, und anschließend stimmten die jungen Knaben im Chorgestühl Psalmen und Kirchenlieder an. Karl Stuart erschien täglich und kniete, den Blick starr geradeaus gerichtet, andächtig nieder. Von seinem Platz im Altarraum aus konnte Nicholas ihn deutlicher sehen als jeder andere: die schmale Nase, das längliche Gesicht, das kaum jemals lächelte, den selbstgerechten Zug um den Mund. Der König wurde stets von mehreren engen Vertrauten begleitet. Auch zur Abendandacht fand er sich ein, und schon bald kam es Nicholas so vor, als gäbe es in der Kirche allein sie beide.

Sein Herz pochte grimmig.

Sonntagmorgens versammelte er sich mit den anderen Pfarrern um den Altar, um Hostie und Wein zu sich zu nehmen und davon alsdann an die Mitglieder der Gemeinde zu verteilen, die nach vorne traten und am Altargeländer niederknieten. Dies hatte er seit seiner Priesterweihe vor vielen Jahren Woche um Woche getan. Als er sich am Sonntag nach der Visite in den königlichen Gemächern mit dem Kelch in der Hand umdrehte, bemerkte er, daß Karl Stuart vorgetreten und niedergekniet war, um aus seinen Händen den Wein zu empfangen. Ein anderer Geistlicher hatte dem Regenten bereits ein Stück des gesegneten Brotes in die Hände gelegt, und nun harrte er kniend des Weins.

Im ersten Augenblick war Nicholas wie gelähmt. Die brennenden Kerzen, die zerknitterten Samtgewänder der Höflinge, das Parfum der Damen und der Duft des Weihrauchs in der Kirche drangen ihm ins Bewußtsein. Nur wenige Schritte trennten ihn von seinem knienden Herrscher. Sogar die Luft schien stillzustehen.

Den Kelch, den er gegen seinen burgunderfarbenen Chormantel drückte, mit beiden Händen umfassend, trat er langsam vor. Er spürte, wie sein Herzschlag sich beschleunigte. Karl Stuart hatte den Hut gezogen und den Kopf so tief geneigt, daß das Gesicht nicht zu sehen war. Er bot einen gleichsam zerbrechlichen Anblick: selbst seine Finger waren zierlich. Nicholas, der den Kelch mit dem gesegneten Wein noch immer gegen die Brust preßte, blieb stehen. Er verspürte den Drang, dem vor ihm knienden Mann den gesamten Inhalt des Gefäßes ins Gesicht zu schütten.

Da bewegte sich der König kaum merklich und hob das Gesicht. Dabei wirkte er so hilflos wie ein soeben aus dem Schlaf erwachter Knabe. Aus seinen Augen sprach Verwunderung über Nicholas' Säumigkeit, und er streckte eine Hand nach dem Fuß des Kelchs aus. Im stillen schickte Nicholas ein inständiges Gebet gen Himmel, dann holte er tief Atem, neigte den Kelch behutsam zu ihm hin und sprach: »Das Blut unseres Herrn Jesus Christus, das für Euch vergossen wurde, schenke Eurem Leib und Eurer Seele ewiges Leben. Trinket davon im Gedenken...« Er beobachtete die Lippen des Königs, während dieser trank.

Was danach geschah, daran erinnerte er sich später kaum noch; er wußte nur noch, daß er den Kelch abstellte, sich vor dem Altar verneigte und in die Sakristei floh. Kaum hatte er die Tür hinter sich geschlossen, stützte er sich mit beiden Armen auf den mit Bibeln, Patenen und Kelchen vollgestellten Tisch und schluchzte, als wollte ihm das Herz brechen.

In dieser Nacht liefen Männer mit Fackeln durch die Straßen und riefen, daß sich bei Tagesanbruch die Bataillone vor den Toren der Stadt versammeln sollten: Der Kampf sollte beginnen.

Die königlichen Truppen hatten in der Schlacht von Adwalton Moor bei Bradford, unweit von Yorkshire, den Sieg über Fairfax' Männer davongetragen und West Riding, Wentworths Grafschaft, eingenommen. Nun sollte sich die Armee in Wiltshire, rund vierzig Meilen von Oxford, sammeln. Gemeinsam mit sechs weiteren Männern (vier blutjunge, zwei ältere) und einem Chirurgen machten sich Nicholas und Harvey auf den Weg, die Wagen mit medizinischem Gerät, Bandagen und Arzneien beladen.

Später stellten sie die Wagen neben einer großen, kurzerhand zum Lazarett erklärten Scheune ab, setzten sich in der Nähe auf ein Feld und warteten ab. Hinter der Scheune erstreckte sich über viele Morgen Land das Lager der Armee.

Gegen Tagesende durchkämmten sie alsdann zu Fuß die Wälder, in denen unzählige kleine Blumen blühten, und die Wagen holperten auf den ausgefahrenen Wegen hintendrein. So näherten sie sich dem Schlachtfeld, ohne zu wissen, wer den Kampf gewonnen hatte. Im Geäst eines Baumes erblickten sie einen wilden Bienenstock, und sie begegneten einem kleinen Jungen, der vom Angeln kam und sie aus weitaufgerissenen Augen erschreckt anstarrte.

Am Rand des Feldes stießen sie hier und da auf eine Leiche, und als sie weitergingen, waren die Toten nicht mehr zu zählen. Mitunter war nicht einmal mehr zu erkennen, welcher Seite sie angehörten. Schon bald waren die Stiefel der Ärzte mit zähem Schlamm überzogen, und in der Luft hing der Geruch nach warmem Blut wie in einem Zimmer, in dem soeben ein Kind geboren wurde. Heimtückisch surrten die Fliegen. Mehrere Hauptleute begleiteten die Ärzte: bald beugten sie sich über einen Leichnam und stießen ihn mit einem Stock an, bald drehten sie mit der Stiefelspitze vorsichtig ein schweres Stoffbündel um, um es zu identifizieren. »Kennt ihr den hier, Leute?«

»Nein, das ist keiner von meinen Männern.«

»Haltet ein! Er gehört zu Harrys Division, zu den Rekruten aus Cambridgeshire.«

»Wo steckt Harry?«

»Keine Ahnung.«

»Laßt ihn fürs erste hier liegen: Die Verwundeten haben Vorrang.«

»Seht euch dieses Bündel hier an! Der Mann ist dem König bekannt... Er saß im Oberhaus, bis er alles stehen- und liegengelassen hat und hierhergekommen ist. An seinen Namen erinnere ich mich nicht.«

Die Luft roch nach Regen und versengtem Fleisch. Lederhelme umschlossen straff die Schädel der Toten, Lanzen waren entzweigebrochen, überall lagen Pferde, alle viere von sich streckend, die Augen von Insekten bedeckt, denn der Tag war warm. Wie kleine Bodenerhebungen sahen die Toten aus, zwischen denen die Gruppen von alten Männern und jungen Knaben mit Bahren umherliefen, auf denen Verwundete lagen, die stöhnten, schluchzten oder nach ihrem Liebchen riefen. Nicholas fand sowohl Abzeichen mit dem Bildnis Karls I. als auch solche mit dem Konterfei von Lord Essex, dem Befehlshaber der gegnerischen Armee, außerdem Büchlein mit Gedichten oder erbaulichen Sprüchen, ein paar Münzen und eine Sopranflöte. Einige Soldaten lagen mit zerfetzten Brustkörben oder Gesichtern da, in denen weiße Rippen oder Kieferknochen bloßlagen; andere waren nur mehr blutige Knäuel aus Gedärmen, Nieren, Leber und Lungen.

Wieder in der Scheune, beschloß Harvey: »Dieses Bein ist brandig, wir müssen es abnehmen«, und so schritten sie zur Tat, wobei Nicholas und ein paar andere den jungen, vom Süßwein und Geheul benommenen Burschen mit vereinten Kräften niederhielten. Nicholas' größte Angst war es, Andrew Heminges unter den Toten zu entdecken, doch der junge Schauspieler diente nach wie vor in den weiter nördlich eingesetzten Divisionen der Armee und war, jüngsten Briefen zufolge, unversehrt.

Als sie sich im ersterbenden Tageslicht ein letztes Mal auf den Weg zum Schlachtfeld machten, kam ihnen ein kleiner, stämmiger Mann entgegengelaufen, der wild mit den Armen fuchtelte und rief: »Was haben sie nur angerichtet? Mein Feld, mein Feld...! Warum scheren sie sich nicht nach Hause mit ihren Gesetzen?« Er blieb stehen und brüllte: »Geht heim zu euren Frauen! Geht heim! Dieses Feld gehört mir!«

Harveys Mundwinkel zuckte; er fluchte.

Ein Stück weiter tanzten verkleidete, schellentragende Männer im Gras unter einem Baum einen Moriskentanz: In jeder Hand ein großes weißes Taschentuch, traten sie vor, um sich zu verneigen, einander zu umtanzen und einen Reigen zu bilden, der sich feierlich erst in die eine, dann in die andere Richtung bewegte. Zwischen den Obstbäumen drang schwach das Bimmeln der Glöckchen herüber. Die Männer waren noch sehr jung und offenbar gerade im Stimmbruch, denn wenn sie lachten, klangen ihre tiefen Stimmen noch etwas wacklig.

Tags darauf ging Nicholas abermals quer über das Feld zu dem Bauernhaus, wo er eine Zeitlang verweilte und nach den Tänzern Ausschau hielt. Sie waren nicht mehr da, doch im Gras glänzte matt eines der Blechglöckchen, an dem ein Stück rotes Band hing. Er fragte sich, ob er sie sich nur eingebildet hatte, und an diesem Abend legte er sich in seinem Zelt mit grimmigen Gedanken und ungewaschen schlafen.

Einige Wochen später erhielt er einen Brief von Keyes, in dem dieser ihm mitteilte, Soldaten im Sold des Parlaments hätten Cecilia beim Überqueren der Cheapside aufgelauert, sie in eine Gasse gezerrt und mißhandelt. Nicholas trat augenblicklich die Heimreise an.

2

London

Im Galopp preschte er durch das Stadttor und an den Barrikaden vorbei. Erst als er den Kirchhof von St. Pauls erreichte, zügelte er sein Pferd, und im nächsten Augenblick biß er sich auf die Lippen, um einen Aufschrei zu unterdrücken: Die große Kanzel im Freien vor der Kathedrale war niedergerissen worden; von ihr war nur mehr ein Trümmerhaufen aus Holz und Stein übrig, um den ringsumher Tauben pickten. Die Bücherstände gab es nach wie vor, doch befand sich unter den Händlern kein Bekannter mehr, denn diese hatten sich sämtlich dem König angeschlossen. Einige der Männer grüßten ihn mit einem knappen Nicken. Da gab er seinem Pferd die Sporen. In der Love Lane angekommen, schwang er sich mit dem Hausschlüssel in der Hand aus dem Sattel.

Den Schlüssel brauchte er indes nicht, denn die Tür stand offen.

In der Wohnstube waren fast sämtliche Bücher aus den Regalen gerissen und auf den Boden geworfen worden; die Kissen waren hierhin und dorthin geschleudert und die Vorhänge von den Schienen gezerrt worden. In der Küche hatte jemand die Ale- und Mehlfässer ausgekippt, desgleichen die Gewürzgläser, und die Schnüre, an denen Zwiebeln, Kräuter und getrocknetes Fleisch von den Deckenbalken herabgehangen hatten, waren leer. Nicholas warf den Mantel in eine Ecke und stürmte die Treppe hinauf.

In der Schlafkammer waren mehrere Bodendielen hochgestemmt worden, als hätte jemand nach etwas gesucht. Wie benommen ging Nicholas hinunter ins Dispensarium. Die Gläser mit den Salben und Arzneimitteln waren zerschlagen, der Inhalt lag überall verstreut. Williams wilder grauer Kater, der stets nach Lust und Laune aufgetaucht und wieder verschwunden war, hatte offensichtlich davon gefressen, denn er lag tot auf dem Boden. Nicholas' Augen wanderten zum Schrank: Er war leer bis auf ein paar Bögen Papier. Seine Aufzeichnungen über Nieren, Lungen und Magen waren fort, ebenso seine erste Skizze von der Umlaufbahn des Planeten Mars und vom Durchgang der Venus, die er hatte binden und mit einem roten Deckblatt versehen lassen. Sie waren zerknüllt, in den Herd geworfen und angezündet worden, um die Hände eines Mannes zu wärmen, den er niemals kennenlernen würde. Dieser Jemand hatte sich in seinem, Nicholas' Haus ans Feuer gehockt und sich an seinem Lebenswerk gewärmt.

Während Nicholas noch seine Wut über diesen stumpfsinnigen Akt der Zerstörung und seine eigene Ohnmacht herausschrie, kam Timothy Keyes schüchtern zur Tür hereingeschlüpft. Er hatte wie immer seine Schürze umgebunden, und allein die Anwesenheit des sanftmütigen Freundes mit der großen, massigen Gestalt wirkte beschwichtigend auf Nicholas. Bei seinem Anblick rief er: »Bei Gott dem Herrn, mein Freund, ich habe deinen Brief erhalten! Wo sind meine Frau und mein Sohn?«

»Du kannst beruhigt sein, Pastor! Ich habe sie zu unserem guten Lowin in sein Gasthaus in der Old Kent Road gebracht. Dein Junge ist nur sehr widerwillig mitgegangen.«

»Sind sie wohlauf? Und Cecilia? Ist sie –?«

»Sie ist unversehrt. Hier, sie schickt dir diese Zeilen.« Nicholas griff nach dem Brief, murmelte ein paar Dankesworte und setzte sich zum Lesen an das erloschene Feuer.

»Mein Herzallerliebster!

Zuerst sollst Du wissen, daß man mir kein Leid getan hat und ich um diesen Vorfall keinerlei Aufhebens zu machen wünsche. Meine Arbeit fortzusetzen ist allzu gefährlich geworden, doch Gefahren muß man als Soldat eingehen, und nichts anderes bin ich. Die Kerle sind bei mir nicht zum Zuge gekommen; eher hätte ich sie umgebracht.«

Er hielt inne und sah seinen Freund an, der niedergekniet war, um die Scherben einer Tasse aufzulesen. »Weiß sie von der Verwüstung hier?«

»Nein, sie haben das Haus drei Tage zuvor verlassen.«

Nicholas nickte bedächtig und las weiter.

»Du wirst uns im Gasthaus nicht antreffen. Ich halte es für das Beste, unverzüglich nach Frankreich zu reisen. Ich höre förmlich, wie Du nun den Atem anhältst und kopfschüttelnd sagst: ›O Cecily!‹ Mein Herz, etliche Menschen, die der Krone die Treue halten, haben sich hilfesuchend in jenes Land begeben, und auch die Königin höchstselbst weilt in Paris, um Unterstützung zu erbitten. Mein Bruder hat beschlossen, sich dort für eine Weile niederzulassen, und wie Du weißt, habe ich zahlreiche Freunde und Bekannte, und so werde ich die Arbeit, zu der ich mich aufgerufen fühle, fortführen und Geld für die Streitmacht des Königs beschaffen können.

Was William angeht, so ist er böse auf uns beide, weil er sich dem König nicht anschließen darf, und darum halte ich es für geraten, ihn mit über den Kanal zu nehmen. Mein Liebster, gräm Dich nicht um mich. Alles wird gut werden, und wir hoffen auf eine baldige Heimkehr.«

Zahlreiche ihm wohlgesinnte Nachbarn schauten an diesem Abend bei ihm vorbei; sie beklagten bitterlich die Zerstörung seines Hauses, die in aller Heimlichkeit geschehen war, fegten und putzten und brachten ihm saubere Laken fürs Bett und Kohle fürs Feuer. Nicholas fiel in tiefen, kummervollen Schlaf. Bei Tagesanbruch kehrte sein Küster zurück, von woher, wollte er nicht sagen, und machte sich im Garten an die Arbeit, als wäre er nie fort gewesen. Nicholas hängte sein Ärztschild wieder vor die Tür, doch obgleich er einen Großteil des Vormittags im Dispensarium saß und wartete, erschien lediglich eine Frau, um seinen Rat einzuholen.

Am Spätnachmittag kam einer der Schauspieler zu ihm und berichtete, Soldaten seien im Begriff, das *Globe* niederzureißen. Nicholas holte seinen Mantel, und sie eilten über die Brücke zum Südufer, auf dem das Theater stand. Herausgebrochene Holzplanken, vorragende Splitter, mattglänzende Nägel. Die Garderobe und die Lagerräume hinter der Bühne waren bereits dem Erdboden gleichgemacht. Von den oberen Galerien waren nur mehr Haufen aus Brettern und Kissen übrig; allein die unterste war erhalten und ließ noch das einstige Vieleck erkennen. In der Mitte, wo einst die Bühne ins Orchester hineingeragt hatte, hatten Soldaten mit den verbliebenen Schachteln voller Textbücher und Souffleurskopien ein Feuer entfacht.

Wehmütig fragte er sich, ob sich darunter womöglich auch eines von Shagsperes Manuskripten befand, vielleicht gar die überarbeitete Ausgabe des *Hamlet,* die der Schriftsteller im Jahre 1603 verfaßt hatte, als die Bühnen der Pest wegen hatten schließen müssen. Shagspere hatte in seinem Zimmer am Fenster gesessen und mit kratzender Feder geschrieben; das Sonnenlicht hatte sein allmählich kahl werdendes Haupt, den zerknitterten Lederärmel seines Wamses und seine gepflegten, fahrigen Finger beschienen. Ein ums andere Mal hatte er sich auf die Unterlippe gebissen, und er hatte sich kein Licht bringen lassen, bis es schließlich so dunkel geworden war, daß er nichts mehr sehen konnte; alsdann war er aufgesprungen, hatte sich ans Fenster gestellt und, eine Hand ins Schwertgehänge gehakt, die andere an den Rahmen gelegt, hinaus auf die Themse geblickt. Der obere Rand des Papierbogens, der auf seinem Schreibtisch gelegen hatte, war mit Tinte bekleckst, denn Shagspere hatte die Feder einmal allzu hastig, und ohne sie am Rand des Fasses abzustreifen, herausgezogen.

Nimm die Schauspieler unter deine Fittiche, hatte Heminges ihm aufgetragen.

Nicholas wandte dem Theater im kalten Nieselregen den Rücken zu und streifte lange zwischen den Häusern von Southwark umher. Seine Schritte führten ihn an Sümpfen und leerstehenden Freudenhäusern vorbei, und nach einer Weile erblickte er den tiefliegenden, am Wasser hingestreckten roten Ziegelsteinpalast des Erzbischofs. Im Hof waren Pferde angebunden, und im hohen, wuchernden Gras rings um die Kapelle lagen trübe Scherben von buntem Glas. Die Fenster, die William

Laud so liebevoll hatte restaurieren lassen, waren eingeschlagen, und durch die gezackten Öffnungen regnete es hinein. Nicholas wandte sich ab. Er setzte mit der Fähre auf die andere Seite des Flusses über, wo er feststellen mußte, daß sowohl der Altar der Westminster-Abtei als auch das alte Kreuz in Cheapside zerstört worden waren. Mehr hätte er nicht ertragen können, und so ging er nach Hause und schloß die Tür hinter sich zu.

Einige Tage später kehrte auch Harvey in die Stadt zurück. Polternd, wie es seine Art war, stürmte er über die Schwelle des Pfarrhauses und schob das glatte, langsam ergrauende Haar unwirsch zurück. Seine gedrungene Gestalt wirkte dünner, verhärmter als früher, von Mißmut gezeichnet. Die beiden Männer machten es sich am Feuer bequem. Im Verlauf des Gesprächs stocherte Harvey immer wieder in der Pfeife oder drehte den Kopf zur Seite, um kräftig in die Asche des Herdes auszuspucken. »Ich habe es dort oben nicht länger ausgehalten!« knurrte er. »Genug, habe ich mir gesagt, ich sehne mich nach einer guten Mahlzeit auf der Cheapside und einem Spaziergang durch die Lothbury. Und was muß ich bei meiner Ankunft feststellen? London hat sich vollkommen verändert. Es ist eine triste, beklemmende, ja bedrohliche Stadt geworden. Allerorts lungern Lehrlinge herum, bereit, einen Mann niederzuschlagen, nur weil er sich die Nase schneuzt! Und das ist noch nicht alles! Mir haben sie genauso übel mitgespielt wie dir. Sie sind in meiner Abwesenheit in mein Haus eingedrungen und haben meine Schriften verbrannt, Nicholas! Mein neues Werk! Verbrannt!« Sein Mundwinkel zuckte mehrmals.

»Ist viel verlorengegangen?«

»Nahezu alles, bis auf das, was ich bereits veröffentlicht hatte.«

»Gütiger Himmel!« sagte der Arzt und legte dem Freund kurz die Hand aufs Knie. Dann ließ er sich zurücksinken und zollte dem Kummer des anderen durch Schweigen Respekt.

»Es war der größte Frevel, den ich je habe hinnehmen müssen«, murmelte Harvey.

»Gott steh uns bei!«

»Die Frage ist: Wird Er es auch tun? Steht unser Herrgott auf unserer oder auf deren Seite? Oder fällt Ihm die Entscheidung etwa ebensoschwer wie all den anderen? Die meisten von uns nämlich standen bislang in der Mitte, und nun wirft es uns mit Macht auf die eine oder andere Seite... Manche bringt es um, es bricht ihnen schlichtweg das Herz, mein Freund. Alles Männer, die ich gekannt habe, alte Kameraden. Ist das gerecht oder weise? Sei's drum. Ich wollte dir noch erzählen, daß ich bei Harrington in der Great St. Thomas Apostle Street vorbeigeschaut und erfahren habe, daß er erneut einen Schlaganfall erlitten hat. Er hat mich nicht erkannt, Nicholas. Der arme Kerl! Unsere Reihen lichten sich zusehends, was unsere Aussichten, alles Wissenswerte zu begreifen, aufs schlimmste schmälert, zumindest in diesen Tagen... Hier, ich habe Kaffeebohnen mitgebracht! Kann ich den Wasserkessel aufsetzen, mein Guter?«

Als sie das bittere Gebräu wenig später in kleinen Schlucken tranken, meinte Harvey mit schiefem Lächeln: »Soso, mein lieber Strohwitwer, deine Frau ist also nach Paris gereist! Viele zieht es derzeit dorthin – oder in den Krieg. Wer will schon hierbleiben? Potztausend, ich nicht! Wo sind das Leben, die Freude und der Gesang in unserer Stadt geblieben? Wo die Prozessionen, die Chöre, der Mummenschanz? Auch ich werde schleunigst fortgehen. Und du?«

»Niemals.«

Harvey stellte seinen Becher ab. »Aus welchem Grund solltest du bleiben?« fragte er leise und runzelte finster die Stirn. »Glaubst du, es will sich noch jemand von uns behandeln lassen? Gott weiß, wer unsere Häuser verwüstet hat und was diese Kerle als nächstes aushecken! Wir haben der Krone gedient und sind darum nicht beliebt. Einen befreundeten Arzt hat man erschossen, andere Männer verprügelt.«

»Was heißt, du willst schleunigst fort, Harvey?«

»Bald.«

»Nein, du wirst bleiben, dessen bin ich mir gewiß.«

Nicholas war aufgestanden und ging in der Küche umher. Er nahm einen Käse, drückte ihn gegen die Brust und schnitt zwei keilförmige Stücke heraus. »Ich gehe immer wieder durch die

Straßen, ein ums andre Mal, und danach kann ich vor Kummer nicht schlafen«, sagte er. »Ich verzehre mich vor Sehnsucht nach meiner Frau und meinem Sohn... Oder denkst du etwa, ich wäre gerne von ihnen getrennt? Und dennoch: Dies ist meine Stadt. Hast du gehört, was man sich über unseren alten Freund Bartlett erzählt? Er ist jetzt ein mächtiger Mann, und er billigt die Zerstörung all der Pracht – oder des Papistentums, wie sie es nennen.«

Er legte den Käse aus der Hand und ließ sich wieder auf den Stuhl gegenüber von Harvey sinken. »Hör mich an, William!« sagte er. »Ich wollte alle Menschen lieben. Achtet die Rechte eines jeden, dies waren meine Worte... Vielleicht war ich ein Narr, und dennoch muß ich dazu stehen. Weshalb? Weil ich nicht über meinen Schatten springen kann. Mag meine Kirche auch geschlossen sein, ich bleibe. Ich bin nicht minder Pfarrer als zuvor.«

Nach kurzem Schweigen fügte er hinzu: »Einige Männer bereiten eine Petition vor mit dem Ziel, das Gebetbuch zu bewahren, und ich trage mich mit dem Gedanken, sie abzufassen. Und dann ist da noch...« Plötzlich versagte ihm die Stimme. Seit seiner Rückkehr hatten ihn seine Träume Nacht für Nacht hinunter zum Fluß, zum altehrwürdigen Tower geführt, wo in einem kleinen Raum mit einem schlichten Bett, einem schmucklosen Betpult, ein paar Briefen und Büchern und, aller Unbill zum Trotz, einem Rest Hoffnung der umtriebige, gottesfürchtige Mann sein Dasein fristete, der einst zum Erzbischof geweiht worden und auch jetzt nicht weniger als ebendies war.

Harvey musterte Nicholas mit zusammengekniffenen Augen. »Aha, William Laud!« Angewidert spuckte er aus. »Ich kann recht gut deine Gedanken lesen, Cooke. Dieser alte Plagegeist, der in alles seine Nase stecken mußte und in seiner Verblendung so vieles zuschanden gemacht hat! Ach, wir alle sind heillos miteinander verstrickt. Und du, das heißt der Pfarrer in dir, der vermaledeite Pfarrer, klammert sich an das Gebetbuch, wo doch etwas ganz anderes nottut... Ja, so könnte man es wohl nennen! Und du willst in dieser schmutzigen, elendigen Stadt bleiben –«

»– die du liebst.«

»Ich verabscheue die verdreckten Pflasterstraßen! Was gedenkst du für den erbärmlichen Greis zu tun, den nahezu alle verlassen haben, na? Was meinst du, kannst du für ihn tun, du Klistierer? Und was handelst du dir damit ein? Nein, ich möchte es mir lieber nicht ausmalen!«

Nachdem der Freund gegangen war, blieb Nicholas noch eine Weile am Feuer sitzen und hing seinen Gedanken nach. Harvey konnte ihn freilich nicht verstehen; dabei lag ihm, Nicholas, daran, daß ihn seine Freunde stets bis ins kleinste verstanden. In all den Wochen des Umherstreifens seit seiner Rückkehr in die Stadt war in ihm eine Erkenntnis gereift: Er durfte das, was man zerschlagen hatte, nicht verloren geben, sonst wäre er selbst verloren. Er mußte alles daransetzen, die Wunden zu heilen.

Von Malverne, dem Kaplan des Erzbischofs, hatte er erfahren, daß der puritanische Rechtsgelehrte Prynne bei Seiner Gnaden erschienen war und letzterem nicht nur sämtliche Unterlagen, die dieser zu seiner eigenen Verteidigung vorbereitet hatte, sondern auch sein privates Tagebuch weggenommen hatte. Sollte Prynne nun den Inhalt der Zwiegespräche zwischen dem Erzbischof und Gott erfahren? Eine größere Schmach war kaum vorstellbar.

Als Nicholas seinen Entschluß gefaßt hatte, trat ein milder Ausdruck in seine dunkelbraunen Augen. Vieles von dem, was die Verzweiflung in ihm zugeschüttet hatte, drängte nun mit neu erstarkter Kraft empor, das spürte er in seiner Brust. Jeder Mensch hat zuweilen das Gefühl, daß ihn alles, was er kennengelernt, und sämtliche Erfahrungen, die er gemacht, auf einen ganz bestimmten Zeitpunkt hingeführt haben. Diese Überzeugung reifte nun unverrückbar in Nicholas heran. Vor seinem geistigen Auge lief noch einmal sein gesamtes Leben ab: geliebte Menschen, Fehlschläge, Kinder, Gespräche, Wissen und Freude. Solange er die Kraft besäße, zu protestieren, sollten sie dem alten Mann kein Leid antun.

An diesem Abend ging er in östlicher Richtung zum Tower, stellte sich davor hin und blickte empor. Auch seine letzten Bedenken waren nun verflogen, und er war vollkommen ruhig.

Tags darauf zog er gleich nach dem Aufstehen durch die Stadt und sammelte auf einer Liste die Namen von Leuten, die bereit waren, sich mit ihm im Rahmen einer Petition für den Erhalt des Gebetbuchs und die Freilassung des Erzbischofs einzusetzen. Er verbrachte mehrere Stunden täglich an demselben Schreibtisch, an dem Cecilia ihre Bittschriften zur Unterstützung Lord Straffords abgefaßt hatte, und entwarf Briefe an sämtliche einflußreichen Männer, denen er je gedient hatte.

Oft machte er sich des Morgens noch vor Sonnenaufgang auf den Weg und ging zu Fuß die zwei Meilen zur City of Westminster und zum Parlament, vorbei an Häusern, Schenken und den beiden »Temples« genannten Rechtsinstituten. Im Hof des Parlaments drückten sich wie immer Landstreicher und Bittsteller herum, und Bürger standen Schlange, um bei dem an diesem Tag stattfindenden Prozeß einen Sitzplatz zu ergattern. Die Parlamentswachen schritten umher, schnauzten Befehle und versetzten den Wartenden mit den Kolben ihrer Musketen ab und an einen Stoß, worauf die Getroffenen zurückfluchten. Als die mattgoldene Sonne über den Häusern im Osten ihren Aufstieg begann, begehrten bereits mehr Schaulustige Einlaß, als Plätze vorhanden waren. Einige trugen erhitzte Ziegelsteine oder kleine, mit glühenden Kohlen gefüllte Eisenschachteln bei sich, um sich zu wärmen. Das Parlament tagte sogar am Weihnachtsmorgen, da es diesen nicht als Feiertag zu betrachten gedachte. Dies empörte Nicholas, doch er schluckte seinen Zorn hinunter. Er war sich bewußt, daß er so manches würde hinunterschlucken müssen, wollte er sein Ziel erreichen. Wie durch einen Schleier betrachtete er die Menschen: Sie ahnten nichts von seinem Entschluß, und ebensowenig konnten sie wissen, daß er durch sein Tun in gewisser Weise etwas wettmachen würde, worin er nach seinem eigenen Dafürhalten früher versagt hatte.

Nach einer gewissen Zeit hatte er zweihundert Unterschriften beisammen: Das war zwar höchst wenig, und dennoch war er stolz darauf. Am Tag, an dem das Gerichtsverfahren gegen William Laud eröffnet wurde, fand sich Nicholas in aller Herrgottsfrühe in der Westminster Hall ein, um sich einen Platz auf einer der Galerien zu sichern. Ein Stück weiter unten erblickte er im Anklagestand den kleinwüchsigen Mann mit der roten Kopfbedeckung. Der Arzt beugte sich vor. Die Anschuldigungen waren barer Unfug: Der Erzbischof habe die fundamentalen Gesetze des Königreichs untergraben, er habe in heimlicher Verbindung mit dem Hof von Rom gestanden, habe der Kritik gegen das Parlament in Büchern und Predigten Vorschub geleistet. Das meiste davon war Nicholas nicht neu. Indes verblüffte ihn zutiefst, wie sehr er diesen Mann liebte: Er war nicht immer einer Meinung mit ihm gewesen, doch tat dies seiner Zuneigung keinen Abbruch.

Die Petition hatte er unter Zuhilfenahme von Cecilias Rechtsbüchern formuliert und eigenhändig verfaßt. Zu gerne hätte er seine Frau zu Rate gezogen, doch hatte er Bedenken gehabt, sie von seinem Tun in Kenntnis zu setzen. Ohnehin hatte sich in ihrem regen Briefwechsel ein gewisser Mißton eingestellt, drängte sie ihn doch, aus der Stadt fortzugehen, die er um nichts im Leben verlassen wollte. So hatte er denn seine mit Bedacht gewählten Formulierungen noch einmal überarbeitet, voller Bedauern darüber, daß er selbst kein Barrister war. Hier sind nicht die klaren, redlichen Gedanken eines Arztes und die Geistesstärke eines Priesters gefragt, dachte er grimmig.

Indes, er war der Pfarrer von St. Mary Aldermanbury. Selbst die verschlossenen Türen und die verstummte Glocke vermochten daran nichts zu ändern, und er wollte bei seiner Kirche, seinem Erzbischof und in seiner Stadt bleiben, wie er sie seit jeher kannte – bis zum bitteren Ende. Eine übersteigerte Heiterkeit, ja geradezu sinnliche Erregung ergriff von ihm Besitz. Er schlief kaum, sondern lag wach und lauschte den Glocken, wenn sie die Stunde schlugen, sowie den Schritten des Nachtwächters. Er mußte sich bezähmen, um nicht die Treppe hinunterzueilen, die Türe aufzustoßen und mit knabenhaftem Übermut auszurufen: »Ich werde es tun!« Er atmete tief durch wie ein Läufer vor dem Rennen. Nichts würde ihn zurückhalten können, das spürte er.

Als feststand, daß keine Unterschriften mehr zu bekommen waren, machte er einen alten Freund von Dobson ausfindig, der, wenngleich widerstrebend, einwilligte, die Petition während des Prozesses in Westminster vorzutragen. Jener Mann war Nicholas nicht unbekannt, denn er hatte in den alten Tagen mit Laud zu Tisch gesessen und war einer von den lediglich elf Parlamentsmitgliedern gewesen, die sich geweigert hatten, Straffords Todesurteil zu unterzeichnen.

Unterdessen war es Herbst geworden: Rotbraune und tiefgoldene Blätter schwebten von den dichtbelaubten Bäumen auf die Straßen und Gassen der Stadt herab. An dem Tag, auf den sie sich zur Übergabe der Bittschrift geeinigt hatten, schritt Nicholas mit dem Dokument unter dem Mantel über das nasse Laub in den Straßen zum Old Palace Yard wie ein Bräutigam zu seiner Hochzeit. Sein Gang war beschwingt. Junge Frauen drehten sich nach ihm um und lächelten ihm zu. Seit langem hatte er sich nicht so glücklich gefühlt, mochte auch eine einsame Zeit hinter ihm liegen. Keyes war einige Wochen zuvor aus der Stadt fortgezogen, und Harvey war so wütend über die, wie er es nannte, unnütze Vergeudung von Energie, daß er nicht mehr mit Nicholas sprach.

Zügig ging Nicholas seines Weges, und beinahe hätte er gesungen. Ihm war, als gäbe es da weder die Barrikaden noch die mürrischen jungen Soldaten, die gelangweilt herumlungerten und sich zu ihrem jeweiligen Handwerk zurücksehnten, und als wären die Theater nicht geschlossen und seine Freunde nicht in alle Winde verstreut. Er pfiff vor sich hin. Während die emporsteigende Sonne ihre Lichtstrahlen über das messingfarbene und goldene Laub wandern ließ und das Pflaster zum Leuchten brachte, sah er sich im Geiste, wie er die Stufen zum Tower hinaufeilte, die Tür aufstieß, dem überraschten kleinen Erzbischof die Hand entgegenstreckte und rief: »Kommt, Ihr seid frei... Vieles ist wieder wie früher...«

Wie schon so oft überquerte er den Old Palace Yard und reihte sich in die lange Schlange ein, die sich bereits gebildet hatte. Klar und blau war der Himmel über den altehrwürdigen steinernen Gemäuern und den schönen Bäumen, und es versprach ein herrlicher Tag zu werden. Nicholas reckte den Hals und blickte sich um. Es war noch früh am Morgen. Einige Parlamentarier zogen sich soeben Wollmäntel über, die sie während der folgenden Stunden gegen die klamme Kälte in dem riesigen Saal schützen sollten. Er hielt nach Lord Fairfield, Dobsons Freund, Ausschau, der ihm versprochen hatte, sich hier mit ihm zu treffen.

»Ein schöner Morgen, Nat!« sagte einer der Soldaten.

Da fuhr die erste Kutsche vor. Ein Bettler machte aus der Menge einen Satz nach vorne, um den Schlag aufzureißen. Schon trafen die Karossen in rascher Folge ein, während unten am Landungssteg Fährboote anlegten, denen Parlamentsmitglieder samt Sekretären entstiegen, um sich hinauf zur Westminster Hall zu begeben.

Jemand sagte: »Canterbury ist heute nicht gekommen. Er ist arm dran!«, worauf ein paar Leute lachten. Ein Balladenverkäufer hatte mit wackliger Stimme zu singen begonnen:

»Es heißt, es wär sein größtes Glück,
gäb er England an den Papst zurück.
Doch drohet ihm nur gar der Strick.
O weh, armer Canterbury!
Leb wohl, alter Canterbury!«

Ein paar Männer warfen ihm Münzen hin, worauf ein anderer Balladenverkäufer sich die Mütze vom Kopf riß, vor der Menge einen Bückling machte und von einem Blatt Papier in seiner Hand absang:

»Black Tom ward enthauptet,
doch wer sollt's beweinen?
Sind doch schon bald andre
auf dem Richtblock dran.
Halt du den Kopf auf den Schultern
wie ich auch den meinen,
denn wen von uns beiden geht das schon was an?

So laßt uns munter
trinken unser Bier.

Soll'n andre hinlaufen,
wir bleiben hier.«

»Ach, das ist ein altes Lied!« raunzte einer. »Laß einen neuen Vers hören!«

Inzwischen strömten immer mehr Männer vom Landungssteg herauf, und eine Kutsche nach der anderen fuhr in den Hof ein. Da schwangen die Türen zum Saal auf, und die Wartenden wurden wie von einer Woge in einem Wust von Zetteln und Papieren – Flugschriften, Balladen, Verlautbarungen, Rundschreiben, Gedichte und Bittschriften – ins Innere gespült. Eng rückten sie auf den Bänken zusammen, die zu beiden Seiten des Saals in aufsteigenden Reihen bis hoch unters Dach reichten, so daß man zwar von den Parlamentsmitgliedern ein gutes Stück entfernt war, das Geschehen aber doch im Blick hatte. Die Bittschrift, die Nicholas unter dem Hemd über dem Herzen trug, war nun zerknittert, und der Lord, der sie vorbringen sollte, war noch immer nicht erschienen.

Das Verfahren wurde eröffnet. Mehrmals fiel der Begriff »Gebetbuch«, dessen Gebrauch in der sich anschließenden Debatte als verräterischer Akt angeprangert wurde, und auch der Name des Erzbischofs und Gelächter drangen wiederholt an Nicholas' Ohr. Sonderlich gut hörte er auf seinem Platz nicht. Unter sich erblickte er ein wahres Meer aus schwarzen Hüten und Mänteln.

Nach einer Weile bemerkte er, daß sich in der Reihe vor ihm ein Mann umdrehte, und gleich darauf stieß ihn sein Banknachbar leicht an und steckte ihm ein Stück Papier zu. Im trüben Licht, das durch die Fenster drang, las er, was darauf stand. Dobsons Freund würde nicht kommen. Er bat um Verzeihung: Zwar halte er die alte Kirche in Ehren, doch würde man ihn ins Gefängnis stecken, brächte er die Bittschrift vor. Er habe bereits viel verloren, als er für Straffords Leben gestimmt habe, doch dieser Schritt würde ihn in äußerste Armut stürzen.

Nicholas war wie vor den Kopf geschlagen. Er stand auf und wollte gehen, doch da er nicht wußte, wohin, wandte er sich an die Menge im Saal. Die Männer lachten gerade über irgend etwas, als er sich in die Brust warf und rief: »Haltet ein und hört mich an, meine Lords und Masters, ich bitte Euch!«

Das Raunen unter ihm erstarb, als seine kraftvolle, klingende Stimme von den tiefen Fenstern widerhallte. »Meine Lords und all Ihr guten Engländer, die Ihr hier versammelt seid…« Seltsam, ihm war, als beobachtete er sich selbst bei seinem ungewöhnlichen Tun, wie wenn er sich beim Aufstehen in zwei Hälften gespalten hätte.

Überraschtes Schweigen senkte sich auf die Westminster Hall herab.

Flink stieg Nicholas auf die Bank und richtete sich auf. Alle Gesichter, von den dunklen Hüten leicht beschattet, blickten nun zu ihm auf, und für den Augenblick las er nichts als Wohlwollen auf ihnen. »Teure Freunde«, begann er mit erhobener Stimme. »Dieses Schriftstück sollte Euch am heutigen Tage unterbreitet werden. Hier ist es, für jedermann zu sehen und von zweihundert ehrbaren Männern unterzeichnet. Doch die Worte, die es enthält, sind nicht so bedeutend wie jene, die ich nun an Euch richten will. In dieser Schrift spreche ich mich für den Erhalt des Gebetbuchs und die Freilassung Seiner Gnaden William Laud aus… Nein, nein, hört mich an! Was ich zu sagen habe, ist von größerer Tragweite als diese Dinge! Ich habe den Krieg gesehen und weiß, wovon ich spreche, meine Freunde. Nichts ist kostbarer als der Friede unseres Landes. Wir dürfen nicht fortwerfen, was unsere Gesellschaft in den vergangenen hundert Jahren hervorgebracht hat!«

Die Worte sprudelten nur so aus ihm hervor, als wäre er betrunken, und er fuchtelte wild mit den Händen. »Ich liebe diese Stadt und dieses Land!« Er schrie nun beinahe. »Und ich sage, diese Entwicklung darf nicht andauern, das darf sie nicht! Wir müssen ihr Einhalt gebieten…« Es war nicht seine Absicht gewesen, so lange zu reden; er hatte logisch und ruhig argumentieren wollen wie der beste aller Barrister. »Laßt unseren Erzbischof frei!« rief er. »Bei meinem Leben, er ist ein ehrenwerter Mensch und betet noch jetzt für seine Feinde! Gebt dem König seine Macht zurück, und laßt uns wie früher aufeinander zugehen…«

Schon kletterten ein paar Soldaten zu ihm herauf. Gleich darauf packte ihn einer am Arm, und er wurde unter wütenden Ausrufen durch die Menge gezerrt. »Werft nicht alles über Bord, was uns vertraut ist…!« rief er, doch da stießen sie ihn schon aus dem Saal und warfen ihn in hohem Bogen hinaus in den Hof, wo er mit dem Gesicht nach unten in einer Pfütze schmutzigen, kalten Wassers landete.

Von drinnen drang Gelächter zu ihm.

Mühsam rappelte er sich auf. Dabei bemerkte er, daß er sich am Bein verletzt hatte, doch er bemühte sich, nicht allzu sehr zu humpeln, als er auf die kleineren Straßen zuhielt, die zu The Strand führten. Bis zum Stadttor schaffte er es allein dank eines dicken Stocks, den er unterwegs fand und auf den er sich stützte, und dennoch mußte er sich zum Ausruhen wiederholt an eine Hauswand lehnen oder auf einen Brunnenrand setzen. Trotz der Schmerzen steuerte er unbeirrt und voller Ingrimm auf das Haus seines betagten Freundes in der Great St. Thomas Apostle Street zu. Zuerst antwortete niemand auf sein Klopfen, doch nach einer Weile kam eine schüchterne Küchenmagd aus dem hinteren Teil des Hauses und teilte ihm fast flüsternd mit, der alte Mann und seine Frau hätten die Stadt verlassen.

Ihn erfaßten so tiefe Scham und Enttäuschung, daß er kaum seine eigene Gesellschaft ertrug. Sein altes jugendliches Ungestüm hatte ihn überkommen. Vor Demütigung errötend, blickte er auf seine Monate währende Arbeit zurück. Als hätten ein paar hundert Unterschriften etwas zu bedeuten! Als würde irgendein vernünftiger Mensch seine Zukunft aufs Spiel setzen, indem er ein derartiges Papier überbrachte!

Er fand sein Haus kalt und leer vor, denn John hatte wieder zu trinken begonnen und verschwand zuweilen tagelang und die Haushälterin hatte ihre Dienste schon vor langem gekündigt. Er konnte sein Zittern kaum meistern, als er ein Feuer entfachte, sich entkleidete, um den übelriechenden Schmutz von seinem Körper zu waschen, und anschließend wie ein alter Mann in ein wollenes Nachthemd schlüpfte. Wie ein alter Mann… fürwahr! Hatte nicht jemand ebendiese Worte zu ihm gesagt, als man ihn aus dem Saal warf? Alter Mann... Das Blut schoß ihm ins Gesicht, als hätte man ihn geohrfeigt.

Er fragte sich, ob sich all das Gute, das zu tun er stets bemüht gewesen war, ins Gegenteil verkehrt hatte. War er etwa allzu sehr in seinem Amt als Seelsorger aufgegangen? In den finstersten Augenblicken an diesem Abend überlegte er gar, ob seine vorwitzigen Worte im Parlament womöglich dem Mann geschadet hatten, dem er zu helfen suchte. Wem hatte er in seinem Leben wirklich geholfen? Cecilia schrieb, sie und William seien wohlauf, vermißten ihn aber sehr. Argwöhnisch erwog er die Möglichkeit, ob sie dies vielleicht nur aus Freundlichkeit behauptete: Er fragte sich, ob überhaupt etwas so war, wie er meinte. Die Muskeln in seinem Bein waren arg gezerrt, vielleicht hatte er sich gar einen Riß zugezogen, und obendrein setzten ihm Schüttelfrost und ein Klingeln wie Hohngelächter in den Ohren zu. Geflissentlich mied er den Spiegel neben der Tür, denn für den Mann, den er ihm gezeigt hätte, hatte er nur Verachtung übrig.

Kaum hatte er sich mit heißem Ale und ein paar Wolldecken soweit aufgewärmt, daß er wieder einen klaren Gedanken fassen konnte, versank er in eine zutiefst grimmige Grübelei, denn er hatte den Eindruck, in seinem Leben sei alles derart verfahren, daß er es niemals mehr in ordentliche Bahnen würde lenken können. Als er die Wohnstube betrat, fiel sein Blick auf die Stapel von Briefen, die er in letzter Zeit geschrieben hatte. Widerstrebend streckte er die Hand danach aus und spielte mit dem Gedanken, sie ins Feuer zu werfen, doch brachte er es nicht über sich. Da kam ihm der Schrank unter der Treppe in den Sinn. Als er die Briefe hineinschob, stießen seine Finger in den Tiefen des Schranks auf eine Schachtel. Er zog sie heraus und fand darin seine Mikroskope, Aufzeichnungen über die Betrachtung vergrößerter Gegenstände sowie Anleitungen zum Schleifen, Zusammensetzen und Polieren von Linsen und Gedanken zu Brennweiten, Beleuchtung und dergleichen mehr.

Dies sei seine wahre Arbeit, hatten Harvey und auch Wentworth des öfteren zu ihm gesagt. Und doch war sie belanglos, unbedeutend. Ein Mann, der ihm zutiefst am Herzen lag, war in

Gefahr. Nicholas ertrug den Gedanken nicht, daß er nichts für ihn tun konnte. Oft schon hatte er in Zeiten, als er nicht mehr weiterwußte, Zuflucht bei seinen Studien und seiner Arbeit gesucht, und dies tat er auch jetzt.

Als es seinem Bein besserging, machte er eine puritanische Familie ausfindig, die in der Old Fish Street Linsen schliff. Sein Vermögen, Dinge in der Ferne zu sehen, war zwar nicht mehr so ausgeprägt, wie es einmal gewesen war, doch erkannte er kleinere Gegenstände in der Nähe noch so gut wie eh und je. Daraus erwuchs ihm die größte Leidenschaft, an die er sich erinnern konnte, und er verbrachte nahezu seine gesamte Zeit am Mikroskop, bis es für ihn keine andere Welt mehr zu geben schien als jene, die er unter der Linse zu entdecken hoffte.

Er entdeckte sie an einem trüben Tag Ende November.

Vor seiner Haustür stand ein irdener Bottich, in dem sich das Regenwasser sammelte, und aus einer Laune heraus entnahm er ihm ein paar Tropfen, trat damit voller Neugier ans Mikroskop, das er erst kürzlich mit einem neuen Satz Linsen bestückt hatte, und zündete die Kerzen an. Es war ein finstrer Tag, und der wechselhafte Himmel über den grauen Steinhäusern der Stadt mit ihren strohgedeckten Dächern hatte etwas Dräuendes.

In der Gasse hörte er eine Nachbarstochter vor sich hin trällern.

Er betrachtete die Tropfen angestrengt, bis ihm die Augen schmerzten. Plötzlich sah er, daß sich unter dem Glas Leben regte. Es handelte sich um Geschöpfe von unvorstellbarer Winzigkeit, mehr, als er zu zählen vermochte und zugleich von jeder nur erdenklichen Gestalt. Einige schienen aus Kügelchen zu bestehen, die durch nichts zusammengehalten wurden. Die meisten dieser Wesen waren rund, besaßen lange, feine Schwänze und kleine Hörner. Ob er Minuten oder Stunden am Mikroskop zubrachte, wußte er nicht zu sagen. Schließlich ließ er sich auf die Sitztruhe sinken und legte den Kopf in den Nacken.

Im Geiste suchte er nach Worten, die seine Entdeckung auch nur annähernd auszudrücken vermochten. Bedächtig streckte er die Hand aus, rieb an der Kante der abgenutzten Tischplatte und betrachtete stirnrunzelnd die Finger. Dann hielt er die offene Hand in die nach Asche und Regen riechende feuchte Luft und studierte sie ihrerseits eine Weile. Vage kam ihm in Erinnerung, was Shagspere einmal bei einem Spaziergang – er selbst war damals achtzehn Jahre alt gewesen, und der Stückeschreiber hatte gerade seinen Sohn verloren – mit leiser Stimme zu ihm gesagt hatte: »Vielleicht werden wir von etwas krank, das so klein ist, daß wir es nicht sehen können... Doch wie gelangt es in uns hinein?« Hatte er, Nicholas, dieses Etwas entdeckt? Und falls ja – wie sollte er sich nun verhalten?

Jählings beugte er sich vor, zog die Mappe mit den losen Bögen aus Propatriapapier zu sich heran und schrieb flink mit kratzender Feder: »Donnerstag, 29. November 1644. Ich habe lebende Materie von unendlicher Winzigkeit gesehen. Diese Welt ist so klein, daß ihr bislang keine Beachtung geschenkt wurde, und doch...«

Er warf die Feder hin. Er hatte sie gesehen, diese Welt, und allmählich dämmerte ihm, welche Bedeutung die Lebewesen in den Regentropfen besaßen, dämmerte ihm, welch ungeheure Entdeckung er da gemacht hatte. Und dennoch: Von welch unmittelbarem Nutzen mochte sie ihm sein? Sollte er die Stufen zum Ärztekollegium hinaufstolzieren und die Berufsgenossen mit seinen wüsten Mutmaßungen behelligen? Wie die Dinge derzeit bei ihm standen, war er dort wohl eher unerwünscht.

Eine Woche später führte er ein weiteres Experiment durch. Da ihn die weißen Ablagerungen zwischen seinen Zähnen schon seit jeher mit Neugier erfüllt hatten, schabte er ein wenig davon ab, vermischte es mit etwas Regenwasser und betrachtete es unter der Linse. Es erschloß sich ihm eine noch kleinere Welt, deren Wesen noch mannigfaltiger waren: die einen lang und dünn, andere rund oder oval; einige schwirrten herum, andere krümmten sich und zuckten.

Die winzigen Geschöpfe gingen ihm nicht mehr aus dem Sinn: er sah sie überall. Als sich die Nachbarstochter tags darauf die Hand aufschürfte, salbte er die offene Wunde nicht sogleich ein, sondern betrachtete sie eine Weile angestrengt und führte sie dann behutsam an die Lippen, um zumindest zu schmecken, was er nicht sehen konnte. Die Kleine fragte: »Wonach sucht Ihr, Pastor?«

»Nach etwas, das ich nicht sehen kann«, erwiderte er.

»Heilige tun das«, meinte sie eifrig, »und Menschen, die die Zukunft vorhersagen.«

Wieder zu Hause, setzte er sich ans Mikroskop und schaute und schaute. Er wechselte die Linsen, änderte die Brennweiten, verlor das Objekt bald aus dem Blick, sah es bald verzerrt, bald verschwommen und korrigierte die Einstellung so lange, bis das Bild scharf war. Was waren dies für Teilchen? Er schlief nicht mehr und hätte in seiner Besessenheit wohl auch mit keiner Menschenseele gesprochen, hätte Harvey nicht einen Laufburschen zu ihm geschickt. Dobsons Haus in The Strand, das sie in ein Hospital hatten umwandeln wollen, wurde nun doch vom Parlament beschlagnahmt, und sie mußten die von der wissenschaftlichen Gesellschaft zurückgelassenen Habseligkeiten zusammenpacken, sofern ihnen noch etwas daran lag.

Nicholas legte fast den gesamten Weg im Laufschritt zurück und eilte schlammbespritzt und das Mikroskop in einem weichen Beutel unter dem Arm die Stufen hinauf. Mit den Worten: »Ich habe sie gesehen!« stürzte er in die leergeräumte Bibliothek. Sodann erzählte er seinem Freund alles.

Harvey fing an zu weinen. Die Hände vor dem Gesicht, stolperte er schluchzend umher und stieß immer wieder irgendwo an, weil er nichts sehen konnte. »Es ist nur... Ich freue mich so sehr, alter Freund«, sagte er atemlos.

Von da an verbrachten sie wieder, die Köpfe von Pfeifenqualm eingehüllt, wie früher viele Stunden miteinander, verständigten sich mit abgerissenen Halbsätzen und ließen ihren Phantasien und Ideen freien Lauf. Die Mikroskopie durchdrang sie mehr und mehr, wurde bald zu ihrer wahren Welt; die Einsamkeit war süß und zugleich ihre einzige Zuflucht. Zwischendurch schrieb Nicholas lange, liebevolle Briefe an Frau und Sohn. Noch immer scheute er den Spiegel neben der Küchentür, weil er wußte, daß dieser ihm sein Versagen vorhalten würde.

Zeitungen aus Oxford wurden in die Stadt geschmuggelt. Der Krieg nahm einen schlimmen Verlauf, denn der König hatte ein gut Teil seiner Streitmacht und zudem Abschriften seiner Korrespondenz verloren. Der Gebrauch des Gebetbuchs wurde nunmehr als verräterischer Akt geahndet. An einem kalten Abend erschien Luke Malverne zu später Stunde, um Nicholas davon in Kenntnis zu setzen, daß man in beiden Kammern des Parlaments über das Los des Erzbischofs abgestimmt habe und daß der alte Mann sterben müsse.

3

Noch ein Winter an der Themse

Einigen Menschen wurde ein Besuch beim Erzbischof gewährt: eine letzte Gnade vielleicht. Schlaflos wartete Nicholas ab, ob er wohl zu den Auserwählten zählte, und als ihn die Botschaft schließlich erreichte, schritt er in seinem Haus ruhelos auf und ab, denn er war allzu verwirrt, um zu beten. Er wollte William Canterbury all seine Kraft spenden. Er spürte, daß es für die knapp bemessene Zeit, die ihnen vergönnt sein würde, keine Worte gab, die genügend Tiefe besäßen.

Als er den Gefängnisraum im Tower betrat, stand der Erzbischof am Fenster. Er trug eine enganliegende schwarze Strickmütze und eine schwere, pelzverbrämte, gleichfalls schwarze Robe, denn die Wärme der Kohlenpfanne drang an diesem bitterkalten Tag Ende Januar nicht bis in die Ecken. Der Raum war schlicht und klein und enthielt mehrere aufgeklappte Truhen, in denen fein säuberlich Kleider und Papiere gestapelt waren, als habe der Erzbischof für eine Reise gepackt. Er blickte nicht sogleich auf, sondern machte den Eindruck eines Menschen, der sich zu erinnern versucht, wo er einen bestimmten Gegenstand hingelegt hat. Doch als der Arzt leise sagte: »Gott segne Euch, Euer Gnaden!«, hob er den Kopf und lächelte.

»Nicholas Cooke«, sagte er.

Wortlos ließ Nicholas sich auf die Knie sinken und küßte William Canterburys Hände. Aus der Art, wie ihn der greise Mann musterte, schloß er, daß er von dem Vorfall in Westminster Hall gehört haben mußte, und er errötete, während er den Kopf noch immer gesenkt hielt.

Sie tauschten einige Belanglosigkeiten aus und zogen alsdann zwei Stühle an den Tisch. William Laud stützte die Arme auf.

»Das Leben ist so unermeßlich und umfaßt so vieles«, sinnierte er. »Gerade in dieser Stunde mußte ich daran denken, wie arm ich als junger Bursche war. Ich besaß nicht ein einziges Buch, und dann brachte mein Vater eines Tages zwei nach Hause, die er irgendwo im Regen gefunden hatte, und diese beiden las ich ein ums andere Mal.«

»Was für Bücher waren das, Euer Gnaden?«

»Das erste enthielt Predigten, grauenhafte Predigten in übelstem Latein! Ich war stets bemüht, es besser zu machen. Das zweite war... ein Bestiarium, wenn ich mich recht entsinne, es war arg zerfleddert, doch verdanke ich ihm meine Liebe zu Katzen und anderen Kreaturen.« Wehmütig blickte er sich um. »Nur wenigen Menschen wurde gestattet, zu mir zu kommen. Ach, Nicholas! Mein Kaplan hat mich wiederholt zur Flucht gedrängt... Selbst wenn sie mir gelingen könnte, weshalb sollte ich es tun? Ich bin nun über siebzig Jahre alt. Fliehen wäre eine Schande. Nein, ich bin entschlossen, auf mich zu nehmen, was die gute, weise Vorsehung für mich vorbestimmt hat. Ich bin ein alter Mann und sehr müde.«

Nach kurzem Schweigen fuhr er fort: »Erzählt mir von Euch, mein Freund.« Und Nicholas erzählte ihm davon, wie er die Schachtel im Schrank unter der Treppe gefunden und daß er seine Studien wiederaufgenommen hatte. »Von Dingen, die Euch teuer sind, dürft Ihr niemals ablassen«, ermahnte ihn der Erzbischof streng. »Nichts Lohnendes kann einfach sein. Dies weiß ich, ich habe es immer gewußt. Nun denn, lieber Pastor, es gibt da etwas, was ich Euch sagen möchte, und es liegt mir ebenso am Herzen wie alles andere, was mir noch zu sagen bleibt.«

William Canterbury blähte leicht die Nasenflügel in der altbekannten hochmütigen Manier, wie er es immer tat, wenn er sich mißverstanden fühlte. »Tom Wentworth gestand mir einmal in aller Vertraulichkeit, daß er Euch einst zutiefst gekränkt hat«, sagte er. »Der Gedanke, daß es mit Eurer Freundschaft auf immer vorbei sein könnte, machte ihn krank bis aufs Herz, und dann erhielt er eines Tages einen Brief mit dem dreifach unterstrichenen Wort *Verziehen*. Könnt Ihr nicht auch unserem

König verzeihen, daß er Wentworths Todesurteil unterzeichnet hat? Er hatte keine andere Wahl.«

»Ich weiß nicht, Euer Gnaden.«

»Wenn nicht um seinetwillen, warum nicht um Euretwillen? Nach meinem... Wenn meine Zeit gekommen ist, gilt es, die Wunden zu heilen. Wenn wir es nicht tun, wer dann?«

Nicholas erwiderte nichts darauf, sondern nickte nur bedächtig.

Zufrieden legte ihm Laud die Hand auf den Arm. »Wißt Ihr, mein einziger Wunsch war stets, Priester zu werden und unserem Herrn zu dienen... Alles andere hat sich daraus ergeben. Vielleicht, lieber Pastor, bin ich in Eurer Gegenwart für kurze Augenblicke wieder das gewesen, was zu sein letztlich meine Berufung ist.«

Die Wachen kamen und verkündeten das Ende der Besuchszeit. Abermals ließ Nicholas sich auf die Knie nieder und küßte Lauds Hand.

Regen fiel auf den Tower, als er ging.

Gegen Mitternacht weckte ihn ein Klopfen. Augenblicklich schwang er die Beine aus dem Bett und tastete nach seinen Schuhen. Die Fensterscheiben waren zugefroren, und der Wind pfiff um die Ecken des Dachs mit dem alten Deckstroh und den losen Ziegeln. Nicholas zog sich eine warme Jacke und einen Mantel an und setzte einen Hut auf. Zu guter Letzt schob er das verbotene Gebetbuch in sein Wams und steckte das Fläschchen mit dem heiligen Öl in die Tasche, bevor er die Treppe hinuntereilte.

Draußen erwarteten ihn zwei Geistliche mit tief ins Gesicht gezogenen Kapuzen. Wortlos wandten sie sich mit ihm in Richtung Gresham und anschließend nach Osten, zur Allerheiligenkirche in Barking. Vor dem Portal stand ein Karren, auf dem, in mehrere Schichten Sackleinen gewickelt, die sterblichen Reste William Canterburys lagen. Sie öffneten die Tür und zogen den Karren ins Innere. Einer der Männer hatte Kerzen mitgebracht, von denen er nun zwei anzündete und zu beiden Seiten des Leichnams aufstellte. Leicht geneigt standen sie auf den Latten des Karrens, und das Wachs rann über das rauhe Holz.

Luke Malverne trat aus dem Dunkel. Unter seinem Umhang holte er eine seidene Stola hervor und breitete sie mit bedächtigen Bewegungen über das Sackleinen. Nicholas tastete unter der Verhüllung nach dem kalten, leblosen Gesicht. Er öffnete das Ölfläschchen, salbte Augen und Lippen. Dann schlug er das Gebetbuch auf, und gemeinsam begannen die Männer die Liturgie der Totenbestattung.

»Ich bin die Auferstehung und das Leben, spricht der Herr. Wer an mich glaubt, wird leben, auch wenn er stirbt, und jeder, der lebt und an mich glaubt, wird auf ewig nicht sterben.«

Eine Weile standen sie mit gefalteten Händen da. Sodann hoben sie die sterblichen Reste des Erzbischofs vom Karren und trugen sie durch eine kleinere Tür hinaus zu dem Grab, das man trotz der bitteren Kälte ausgehoben hatte.

»Ich hörte vom Himmel herab eine Stimme, die zu mir sprach: Schreib, denn gesegnet seien fürderhin die Toten, die in Gott dem Herrn sterben. Selbiges verkündet der Heilige Geist, auf daß sie ausruhen mögen von ihrer Mühsal.«

Sie bedeckten den Leichnam, so gut es ging, mit Erde und entlohnten den schlurfenden Totengräber, der knurrend meinte, sie sollten jetzt besser verschwinden. Was sie getan hätten, sei, wie sie sehr wohl wüßten, ein verräterischer Akt.

Über der Stadt London hatte es zu schneien begonnen, als Nicholas sich von der Kirche in der Nähe des Tower entfernte. Eine glitzernde weiße Decke lag auf dem Pflaster, und die Laterne, die er hochhielt, warf ihren trüben Schein auf seine Fußspuren, die ihm überallhin zu folgen schienen. Er war vollkommen allein, und doch folgten ihm die Fußspuren, als wollten sie ihn einholen, um ihm mitzuteilen, daß alles nur ein Irrtum gewesen und William Canterbury noch am Leben sei.

Ihr hattet recht, Euer Gnaden, dachte er. Diese Männer sind an die Macht gekommen, und seht, was sie angerichtet haben!

Und ich habe Euch harsch verurteilt und mir in meiner Hoffahrt eingeredet, ich könnte es besser machen.

Er wandte sich zum Fluß und hielt auf Lowins verlassenes Haus zu. Als er wie schon so manches Mal den steilen Weg hinunterging, war ihm, als drangen aus den Gemäuern Stimmen zu ihm. *Ha!* sagten sie. *Ob ich den Krieg kenne, wollt Ihr wissen? Potztausend, und ob ich ihn kenne! Das verdammte Geschmeiß hat den jungen Weizen niedergetrampelt und mit seinem Blut getränkt. Mit langen wehenden Locken und Federn an den Hüten sind die Kavalleristen auf Pferden über meine Felder geprescht und haben die Ernte niedergemacht. Dann sind die Truppen des Parlaments gekommen und haben das Brot meiner Kinder wieder in den Boden gestampft, wo es hergekommen ist. Hab mich beim Sheriff beschwert, beim Konstabler unserer Pfarre, beim Bischof. Der Bischof ist aus lauter Angst nicht aus dem Haus gekommen, hab ihn durchs Fenster spechten sehen. Jawohl, Pastor, ich kenne den Krieg!*

Ihr müßt verzeihen, Sir, flüsterte eine andere. *Irgendwer kämpft gegen irgendwas, aber wogegen, weiß ich nicht. Hab letzten Sabbat davon gehört, aber man sagt, das geht schon eine Weile so. Unser König Jakob (ich bin so vergeßlich, aber ich glaube, es ist Jakob Stuart) bekämpft die dreckigen Franzosen, glaube ich. Über die Bischöfe weiß ich nichts: hab noch nie einen gesehen. Eine verdammte Schande ist es, daß uns die Franzosen auf unserem eigenen Grund und Boden bedrängen.*

Und wieder eine andere Stimme: *Richtet dem König von mir aus, Sir, daß er nichts zu befürchten hat. Könige sind göttlich, sie werden mit Öl gesalbt und sind heilig. Gott wird den König retten.*

Die Stimmen wurden vom Schnee davongetragen, verschmolzen mit dem eisigkalten, grauen, sich dahinwälzenden Fluß, sanken herab zu all dem anderen, was unter dem Wasser verborgen liegen und sich zwischen den Brückenpfeilern verfangen haben mochte, und trieben dem Meer zu. *Zerstört,* sagten sie. *Packt das Land an einer Stelle, gleich, welche Ihr zu fassen bekommt, und zerrt daran, bis sie abreißt, denn dann gehört sie Euch. Zerrt so lange, bis die Eichen entwurzelt sind und sich die Mauersteine aus den Burgen lösen und in die Täler hinabrollen. Steckt Kirchen, Colleges, Theater, Bibliotheken und Schenken in Brand: Versenkt Schiffe, laßt Brücken einstürzen.* Die Rufe schwollen an, um gleich darauf im Tosen der kalten Fluten zu ersterben, und dann war alles still unter dem leise herabfallenden Schnee.

Allein Nicholas' mattes Murmeln war zu hören, als er ein ums andere Mal wiederholte: »Lebt wohl, William Canterbury!«

Er hätte nicht zu sagen gewußt, wie lange er am Hause seines alten Freundes verweilte. Er entfachte ein Feuer und setzte sich an den Fluß. Auch hätte er nicht zu sagen gewußt, wo der Himmel aufhörte und der Fluß begann, was am Horizont von Gott und was von Menschenhand gemacht war. Alles war ein einziges wirbelndes, abwärtsstürzendes, graues Einerlei, und es herrschte klirrende Kälte.

Mit geschlossenen Augen malte er sich aus, wie er vor dem Altar stand und die heiligen Gaben konsekrierte: Er segnete Brot und Wein, wobei ein paar Krumen auf das saubere Tuch fielen, und seine Hände umschlossen den kühlen silbernen Kelch mit dem heiligen Wein, der so tief war wie das Himmelreich. Erstaunt spürte er, wie bereitwillig seine Kehle und sein Leib ihn aufnahmen. Sodann drehte er sich im Geiste um: Die Mitglieder der Gemeinde waren verschwunden, doch es herrschte ein Licht, wie er es nie zuvor gesehen hatte. Es war weder Kerzen- noch Sonnenschein, es wurde auch nicht heller, sondern war einfach nur da. Mit offenen Händen schritt er darauf zu, und seine Füße berührten nicht länger den Boden. Und wie er dahinschritt, spürte er, daß ihn das Licht durchdrang, bis sich alles, was er war, aufzulösen begann. Alsdann war da nur noch dieses Licht, ein Seufzen und das Nichts.

Er war zu Licht geworden: Der Herr hatte ihn von seinem Kummer erlöst, er hatte ihn zu sich geholt und zu einem anderen Ort emporgehoben. Nun wandelte er zwischen den Welten, stützte sich mit einer Hand am Himmel ab und tastete sich mit der anderen am kahlen Geäst der Bäume auf der Erde entlang.

Die Abenddämmerung setzte ein, doch so unmerklich, daß sie kaum etwas veränderte: Unablässig fielen die weißen Flocken auf den kalten, dahinschnellenden Fluß. Auch die Dächer und Kirchtürme des Südufers waren verschneit, und beinahe hätte Nicholas nicht mehr nach Hause zurückgefunden, so elend und kalt war ihm.

4
Der Garten

Von der darauffolgenden Zeit behielt er nur in Erinnerung, daß ihn die Kunde von Malvernes Abreise nach Frankreich erreichte. Nicht ein einziges Mal schellte die Glocke. In völliger Erschöpfung lag er auf dem Bett. Zuweilen stieß er einen lauten Ruf aus, um zu hören, ob jemand antwortete, doch vernahm er lediglich den Widerhall seiner Stimme im Flur und auf der Treppe.

So vergingen drei Nächte.

In der vierten erwachte er irgendwann nach Mitternacht mit einem Gefühl so tiefen inneren Friedens, daß er sich nicht bewegen wollte. Kein Wind rüttelte an den Balken der Häuser oder den Aushängeschildern in der Straße, und auch der Ruf des Nachtwächters blieb aus. Reglos lag Nicholas unter der weichen, warmen Federdecke. Minuten waren verstrichen, vielleicht Stunden, als er plötzlich hörte, daß sich jemand unten im Kirchhof herumtrieb.

Er setzte sich auf und griff nach seinem Schlafrock. Im Raum war es schneidend kalt, doch ihm selbst war warm. Sogar das Gesicht, das er in die Kissen gedrückt hatte, war von Wärme durchströmt. Er schob die Füße in die Pantoffeln und stand auf. Im Flur zeichneten sich im fahlen Licht der Kerze, die in einem Halter stand, nur schemenhafte Formen ab; die ausgetretenen Treppenstufen, die zur Wohnstube hinunterführten, wurden von der Dunkelheit verschluckt.

Schritt für Schritt, die Hand an der Wand, tastete er sich nach unten, bis die Stufen aufhörten und er vor den Fenstern stand, die auf die Love Lane hinausgingen. Er hatte die Läden nicht geschlossen, und die kleinen Scheiben glänzten matt.

Er tastete sich weiter bis zur Küche mit ihrem vertrauten Duft nach Holzfeuer und getrockneten Kräutern; dabei rief er sich die letzten Stunden des vergangenen Abends vor dem Zubettgehen in Erinnerung. Er hatte ein wenig in einem Werk Erasmus von Rotterdams gelesen und einen langen Brief an Cecilia begonnen. Er hatte zugesehen, wie das Feuer erloschen war. Aber er hatte nicht die Tür verriegelt, die von der Küche in den Kirchhof führte.

Da begriff er, daß Unbekannte zwischen den Grabsteinen auf ihn warteten. Ob er zu ihnen hinausging oder sie zu ihm hineinkamen, war einerlei: Sie würden einander begegnen, so oder so. Er wußte nicht, wer sie waren, und sie wiederum hatten, wenn überhaupt, nur eine ungefähre Vorstellung davon, was für ein Mensch er war. Wer auch immer diese Männer waren, die da draußen auf ihn warteten, sie würden sich nicht die Zeit nehmen, ihn kennenzulernen.

Wie nahe war er dem Tod über all die Jahre gewesen, bald an seiner Seite, bald hinter ihm! Er hatte Menschen die Augen geschlossen, die der Tod dahingerafft hatte, und dabei gleichsam das Flattern der warmen Seele gespürt, die zwischen seinen Fingern aufstieg. Nicholas' Herz begann in gemessenem Takt zu schlagen, wie in seinen Zeiten als Schauspieler, wenn ihm ein schwieriger Augenblick auf der Bühne bevorgestanden hatte: nicht schneller als sonst, doch kraftvoller, als zählte es die Sekunden bis zum Auftritt. Vorsichtig kehrte er im Dunkeln zum Fuß der Treppe zurück und tastete im Schrank auf dem verstaubten obersten Brett nach seinem Schwert, das er Jahre zuvor dort abgelegt hatte. Einen Moment lang hielt er es mit beiden Händen und prüfte sein Gewicht. Seit dreißig Jahren hatte er weder Breitschwert noch Rapier auf der Bühne geschwungen, doch wie er da stand, kam ihm alles wieder in Erinnerung. Seine Muskeln hatten nichts vergessen.

Die Unbekannten standen jetzt vor der Tür.

Er begriff, daß sie ihn töten würden, doch seltsamerweise machte ihm das nichts aus. Sehr vieles war ihm im Leben vergönnt gewesen, und irgendwann mußten alle Menschen sterben, wie Shagspere gern gesagt hatte. »Es waltet eine besondere Vorsehung über den Fall eines Sperlings. Geschieht es jetzt, so geschieht es nicht in Zukunft; geschieht es nicht in Zukunft, so geschieht es jetzt; geschieht es nicht jetzt, so geschieht es doch einmal in Zukunft. In Bereitschaft sein ist alles.«

Er hatte keine Angst. Er würde kämpfen, damit die nunmehr im Himmel weilenden Seelen, die es ihn gelehrt hatten, sich seiner nicht zu schämen brauchten, wenn sie von droben herabblickten. Er trachtete keinem Menschen nach dem Leben; diese Sünde wollte er sich nicht aufs Gewissen laden. Gleichwohl sollten die Kerle mit ihm kein leichtes Spiel haben, mochte er auch kein junger Mann mehr und sie ihm zahlenmäßig überlegen sein. In diesem Augenblick stellte er zu seiner Verwunderung fest, daß er, obgleich alle Menschen früher oder später sterben müssen, niemals auf den Gedanken gekommen war, auch ihm könnte dies irgendwann widerfahren. Aus Hochmut vielleicht, aber so war es nun einmal.

Herr, sei meiner Seele gnädig, dachte er bei sich. Dein Wille geschehe.

Er öffnete die Tür und trat hinaus auf den Friedhof. Die Kälte kroch unter dem Nachthemd und dem Schlafrock an seinen nackten Beinen empor. Vor ihm ragte, mit den hohen Bäumen und der langen, niedrigen Mauer zu ihrer Rechten, die Kirche auf, und davor standen die Grabsteine der Toten.

Ein Mann tauchte hinter der Kirche auf, ein paar andere hinter den Bäumen. Sie packten ihn, doch er befreite sich aus der Umklammerung der fremden Arme, indem er schreiend um sich trat. Im Schutz der Dunkelheit fielen sie erneut über ihn her, und einer warf dem Arzt den Arm um den Hals, um ihm die Luft abzudrücken. Ein Knüppel traf ihn auf Rücken und Schultern: Es hagelte Schläge, wohin er sich auch wandte. Über seinen eigenen Ingrimm verwundert, brachte er mindestens einem der Männer eine Schnittwunde bei und trieb einem zweiten die Schwertklinge in den Leib. Da blitzte ein Dolch auf, silbrig und scharf. Der Schmerz in seiner Brust raubte ihm die Besinnung, und dann nahm er nichts mehr wahr.

Ihm war, als schickte sich seine Seele an, zwischen den kahlen Bäumen zum Himmel aufzusteigen, doch da rief in seinem Körper etwas nach ihr, und sie kehrte zurück und nistete sich wieder zwischen seinen schmerzenden Rippen ein. Der Stein unter ihm war kalt, die Brust loderte, der Schlafrock war naß. Zwei Männer hoben ihn hoch; sein Körper sackte durch. Zwischen Himmel und Erde schwankend, wurde er mühsam ins Warme geschafft. Ein Feuer knisterte. Hände berührten sein Gesicht. Jemand verband ihm die Brust. Dann verlor er für lange Zeit das Bewußtsein, und als er schließlich wieder zu sich kam, fand er sich auf dem Fußboden neben seinem Küchenherd auf einem Lager aus groben Wolldecken wieder. Eine Handvoll Leute standen um ihn herum. Als erstes blickte er in Harveys Gesicht, dann in das einiger Nachbarn, doch da war noch eines, das verschwommen vor ihm Gestalt annahm und wieder verschwand.

Später dann lag er in seinem Bett, vollkommen benommen von wer weiß welchem Mittel, das man ihm gegen die Schmerzen verabreicht hatte. Er lag hinter den halb zugezogenen Bettvorhängen, halb träumend, halb wach. Ein Stück entfernt erkannte er den Kleiderschrank und die dunklen Schatten seiner Soutanen an den hölzernen Haken. Von unten aus der Küche vernahm er Gemurmel, und wieder schlief er ein.

Die Tür knarrte: Er bewegte die Lippen, um zu fragen, wer da kam, doch er war zu müde und dämmerte wieder minutenlang weg. Später wurde er gewahr, daß jemand den Wandleuchter mit einer Kerze bestückt hatte, die ihren matten Schein auf Shagsperes Porträt und den Bücherstapel auf dem Regal warf: Geschichtsbücher über die Antike und das frühe England. Seine Lippen waren aufgesprungen. »Harvey«, krächzte er.

Niemand antwortete ihm, und da wußte er, daß er allein war.

Abermals stieg das tröstliche Stimmengewirr von unten herauf, gefolgt vom Duft nach Rinderbrühe. Als er sich auf einen Ellbogen zu stützen versuchte, durchfuhr ihn ein so stechender Schmerz, daß er nach Luft schnappte. Seine Hilflosigkeit machte ihn zornig. Er ließ sich wieder zurücksinken und krächzte, so gut es ging: »Diesmal seid Ihr Freunde, das spüre ich... Kommt!«

Im Flur erklangen leichtfüßige Schritte, wieder knarrte die Tür, und vor ihm zeichnete sich eine Frauengestalt im spärlichen Licht ab. Das nächste, woran er sich erinnerte, war, daß sie bei ihm saß und daß sich ihre Hand warm anfühlte, als sie die seine ergriff. Trotz der betäubenden Schmerzen und der Schläfrigkeit erschien es ihm natürlich, daß seine Frau bei ihm auf der Bettkante saß, und in seiner Erschöpfung fragte er sich erst gar nicht, wie dies möglich war. In diesem Augenblick war er nicht zu vielen Gefühlen imstande. Er wußte nur, daß ihm wohlig zumute war, so wie in kalten Winternächten, wenn er schlotternd von einer mitternächtlichen Visite heimgekehrt war und sie ihn in die Arme geschlossen hatte, um ihn zu wärmen. Er ließ sich auf die Kissen zurücksinken und lächelte zu ihr auf. Nach einer Weile beugte sie sich zu ihm herab und küßte ihn auf den Mund.

»Hast du Schmerzen?«

»Ja, ein wenig.«

»Freust du dich, daß ich gekommen bin?«

»Das fragst du noch? Wo ist der Junge?«

»In Paris. Mein Bruder hat mich hergebracht.«

»Cecily, der alte Mann ist tot.«

»Mein Liebster, das tut mir von Herzen leid. Du hast ihn sehr geliebt, den schrulligen alten Griesgram, und ich auch!«

Unten hob sich eine Stimme von dem Gemurmel ab. Nicholas fuhr sich mit der Zunge über die Lippen und horchte mit leicht gerunzelter Stirn. »Potztausend!« flüsterte er mit heiserer, ungläubiger Stimme. »Cecily, ist Bartlett da unten? Henry Bartlett?«

»Ja, er ist hier.«

Wieder versuchte er sich aufzurichten. »Ich werde hinuntergehen und ihn fortschicken! Ich werde ihm die Tracht Prügel verabreichen, die er verdient!«

»Nicholas, hör mich an! Er ist gestern nacht mit seinen Männern eingeschritten und hat die anderen in die Flucht geschlagen. Er hat gesagt, er wußte, daß sie dir ans Leben wollten, und hat das Haus bewachen lassen. Er rät dir, von hier fortzugehen, sonst werden sie wiederkommen, und dann ist er vielleicht nicht hier, um sie aufzuhalten.« Sie fing an zu weinen und wischte sich mit dem Ärmel über die Augen.

Bei ihrem Anblick erfaßte ihn eine solche Zärtlichkeit, daß alle anderen Gefühle von ihm abfielen. »Ach, meine Liebste«, sagte er gramvoll. »Ich werde alt. Was mag das bedeuten? Tauge ich bald zu nichts mehr? Dann wird es heißen: Da geht der alte Pfarrer, der alte Doktor! Doch das Schlimmste ist: Ich habe versagt. Friede auf Erden, ein Leben in Eintracht mit dem Nächsten... Das waren für mich nicht einfach nur Worte...« Da sie nicht zu weinen aufhören wollte, streckte er vorsichtig den Arm aus und zog sie an seine Schulter. Flackernder Kerzenschein fiel auf die Wände. »Cecily«, flüsterte er zärtlich. »Cecily.«

Es dauerte einige Tage, bis er imstande war zu reisen. Viele Menschen kamen, um ihm eine sichere Überfahrt zu wünschen, während draußen im Garten und im Kirchhof zwei junge Soldaten ihre Runden drehten. Bartlett war gegangen und nicht wiedergekehrt. Harvey blieb bei Nicholas und schlief bis zum letzten Abend in der Dachkammer.

Kurz vor Tagesanbruch stieg Nicholas vorsichtig die Treppe hinunter. Er räumte Linsen und Mikroskope, Papiere und Aufzeichnungen vom Schreibtisch und verpackte sie in kleine Kisten und Taschen. Sie sollten mit ihm reisen. Auch einige Andenken, die sich auf seinem Betpult befanden, und das kleine Porträt von Wentworth nahm er mit.

Im Garten schimmerte schon das erste Sonnenlicht auf der Ziegelmauer im Westen und erfaßte die blattlosen Zweige des Quittenbaums. John war am Schuppen damit beschäftigt, Reisig zu bündeln. Unversehens überkam Nicholas eine solche Schwermut, daß er sich auf die kleine Bank setzte und das Gesicht in den Händen verbarg. Mein Gott, diese Stadt und dieser Garten... dieser wunderschöne Garten. Nein, er konnte nicht fortgehen... Sie würden ohne ihn aufbrechen müssen. Er würde sich bewaffnen und hierbleiben wie eh und je. Er würde sein Arztschild vor die Tür hängen und wieder einen Lehrling anstellen.

Die Anwandlung legte sich indes, und er blickte auf. Langsam begann die Sonne ihren Aufstieg, beschien steinerne Kirchtürme und Ziegeldächer, Gosse und Pflaster. An all diesen Dingen hing er mehr, als ihm je bewußt gewesen war und er je auszudrücken imstande wäre. Und doch war er sich darüber im klaren, daß er fortmußte, denn er wurde nun anderswo gebraucht. Vor allem aber wußte er eines mit Gewißheit: Mochte er noch so lange fortbleiben, er würde zurückkommen. Er würde von Cripplegate aus durch die alten Straßen gehen, vorbei an den Schenken. Er würde seine Kirche aufschließen und die Schwalben aus dem Dachgebälk und die Mäuse hinter der Kanzel verscheuchen. Er würde sein Schild vor die Tür des Dispensariums hängen. Und dann würde er in diesen Garten treten, in dem die Quitten bereits reif an den Bäumen hängen und ihn der Duft von süßem Rosmarin, von Thymian und sonnenwarmen Ziegeln erwarten würde.

Vor dem Haus hielt Dobson mit ernster Miene die Pferde am Zügel. Die kleine Gesellschaft saß auf, ritt durch das Stadttor und alsdann zum Fährboot, das sie nach Gravesend bringen sollte, denn von dort ging es über den Kanal nach Frankreich.

Epilog
Frankreich, 1648

Der Krieg zwischen Land und König dauerte noch einige Zeit an: Allwöchentlich trafen geschmuggelte Berichte über Schlachten, Verluste und Verzweiflung ein. Die Menschen nannten ihn einen Bürgerkrieg, dabei hatte er mit Bürgerlichkeit nicht das mindeste zu tun, sondern war etwas Schmutziges, eine unsägliche Verfehlung. Die Kavaliere in der Verbannung ließen sich gehen, ihr ehedem gelocktes Haar hing schlaff herab, ihre Spitzengewänder waren abgetragen und löchrig. Einige gaben auf, andere starben. Die Königin hatte alles verkauft. Sie lebten in Armut. Der König wurde irgendwo in Sicht- und Hörweite des Meeres gefangengenommen und wartete nun auf seinen Prozeß.

In den ersten Monaten fern der Heimat wurde Nicholas Nacht für Nacht von seltsam verworrenen, schrecklichen Alpträumen heimgesucht, aus denen er schweißnaß und laut schreiend erwachte. In mehr als jedem zweiten erschien ihm Tom Wentworth. Eines Tages griff Nicholas zu Papier und Feder und schrieb: »Lieber Tom...« Verblüfft hielt er inne und starrte auf das fast leere Blatt hinab. Bei seinen Spaziergängen ertappte er sich nicht selten dabei, wie er zu dem Mann aus Yorkshire sprach. Voller Zärtlichkeit gedachte er seines Freundes und vergaß darüber gänzlich dessen Schroffheit.

Zuweilen fragte er sich, ob es gut war, so sehr zu lieben, wie er es getan hatte; dabei hatte er versucht, die Liebe von sich fernzuhalten, sich gegen alles abzuschotten. Eines immerhin wußte er nun: Auch wenn er eine Zeitlang versagt hatte, würde er irgendwo die Kraft finden, seine eigene Welt wieder ins Lot zu bringen. Freundschaft, Glaube und Gelehrsamkeit: nichts war ihm teurer. Dafür wollte er einstehen, solange Gott ihm Leben gab.

Historische Anmerkungen

Geschichtsinterpretation in einem fiktiven Werk

Kaum eine geschichtliche Epoche läßt sich in all ihrer Fülle so schwer darstellen wie das siebzehnte Jahrhundert in England, dessen heftige Konflikte das Land schließlich entzweiten und seinen sanftmütigen König den Kopf kosteten. Karl I. aus dem Hause Stuart besaß für sein Amt zwar nicht den geeigneten Charakter, aber er hielt es bis zum Ende hoch, weil er in dem Glauben lebte, König von Gottes Gnaden zu sein. Mit dieser Auffassung stand er nicht allein, doch wurde zu diesem Zeitpunkt der Geschichte nicht nur die Monarchie als solche massiv in Frage gestellt, sondern eine gesamte Lebensform auf Jahre hinaus zerstört: Die Wissenschaft, die Künste sowie die Religionsausübung gerieten in arge Bedrängnis.

Dieser Roman freilich handelt nicht so sehr von Karl I. und den berühmteren unter seinen Gefolgsleuten als vielmehr von einem Mann, der Wissenschaftler, Arzt, Ehemann, Vater und Pfarrer in einem war, und davon, wie ihn anfangs Vielfalt und Reichtum und später der Zerfall seiner Lebenswelt prägten. Er wußte um ihren Wert und ahnte, was ihr Verlust bedeuten würde. Außer Frage steht, daß von allen Gesellschaften der Menschheitsgeschichte das Elisabethanische England beziehungsweise das England der Stuarts zu jenen mit der größten Prachtentfaltung zählt. In die Freuden und Wirrungen jenes Zeitalters habe ich diese Geschichte einer Freundschaft eingebettet.

Eine drastische Vereinfachung der politischen Begebenheiten jener Zeit war unumgänglich; andernfalls hätten sie auf den Seiten dieses Buchs niemals Platz gefunden. Die Frage, ob der

Sturz der Regierung richtig oder falsch war und wer die Verantwortung dafür trug, liefert noch heute Stoff für hitzige Debatten. Um der erzählerischen Kontinuität willen habe ich einige geringfügige Änderungen vorgenommen, was den Zeitpunkt bestimmter Geschehnisse betrifft, doch bin ich dem allgemeinen Geist jener konfliktreichen Epoche treu geblieben.

Die historischen Gestalten

Jakob I. Stuart herrschte von 1603 bis 1625. Er war der Sohn der unglücklichen Schottenkönigin Maria, die auf Befehl ihrer Cousine Königin Elisabeth enthauptet wurde, und bestieg nach Elisabeths Tod den Thron. »Ein guter König«, so schrieb er, »bekennt sich dazu, daß er zum Wohle seines Volkes geweiht ist und daß er für die ihm von Gott auferlegte Bürde der Regierung Rechenschaft schuldet.« Ein gewitzter, kluger Mann, gab er die Übersetzung der Bibel in Auftrag, ein großes Werk, das noch heute seinen Namen trägt.

Karl I. Stuart, ein zierlicher, verwöhnter und tiefgläubiger Mensch, regierte von 1625 bis 1649. Kunst- und Pferdeliebhaber, war er überdies ein hingebungsvoller Ehemann und Vater. Ursprünglich für ein Leben im Dienste der Kirche ausersehen, erbte er nach dem Tod seines Bruders den Thron. Sein Glaube an das göttliche Recht der Könige sollte ihm zum Verhängnis werden.

Henriette Maria (1609–1669) war die Tochter Heinrichs IV. von Frankreich und Maria von Medicis und kam im Alter von fünfzehn Jahren nach England, um Karl I. Stuart zu heiraten. Nach anfänglichen Schwierigkeiten erwuchs daraus eine über die Maßen glückliche Ehe. Henriette Maria kämpfte unermüdlich für die Rechte ihres Gemahls und starb viele Jahre nach ihm.

Thomas Wentworth, Lord Strafford (1593–1641), war der älteste Sohn eines alteingesessenen Grundbesitzers in Yorkshire und wurde nach dem Tod des Vaters mit neunzehn Jahren zum Familienoberhaupt. Ehrgeizig, geistreich und loyal, ein treusorgender Ehemann und Freund, wenn auch strenger Administrator, stieg er der wachsenden Feindseligkeit von Landbesitzern und Adel zum Trotz in den Diensten des Königs auf. Da er zu einem Symbol für die Macht der Krone geworden war, wurde er zu Fall gebracht und 1641 hingerichtet. Karl I. Stuart hat es sich nie verziehen, daß er seine Einwilligung zu dieser Hinrichtung erteilt hat. Mochten Wentworths Feinde auch den Stab über ihn brechen, so schätzten ihn die, die ihm nahestanden, zutiefst. Sein Freund George Radclyffe schrieb: »Ich habe durch seinen Tod einen Schatz verloren, den kein irdisch Gut aufzuwiegen vermag; einen Freund, wie ihn meines Wissens kein Mensch besessen; einen so trefflichen Freund und einen so großen Teil meiner selbst.« Lord Straffords letzter im Gefängnis verfaßter Brief an den König, der im vorliegenden Roman auszugsweise wiedergegeben wird, gilt als authentisches historisches Dokument.

Sir Francis Bacon (1561–1626), Lordkanzler und Wissenschaftler, ist uns heute vor allem wegen seiner hervorragenden Essays und seiner unermüdlichen wissenschaftlichen Experimentierfreudigkeit ein Begriff.

George Villiers, Lord Buckingham (1592–1628), wurde einzig und allein dank seines guten Aussehens von dem ihn verehrenden Jakob Stuart zum obersten Ratgeber befördert. Jakobs Sohn Karl schätzte Buckingham jedoch auch als Freund mehr als alle anderen und legte – zum großen Verdruß vieler Zeitgenossen – zahlreiche Monopole sowie die Kriegsführung in seine Hände. Buckingham wurde von einem arbeitslosen Söldner mit einem für wenige Pennies erworbenen Messer erstochen.

William Laud (1573–1645), als Sohn eines Tuchhändlers in Reading geboren, unterrichtete als Gelehrter viele Jahre voller

Hingabe in Oxford. Ein frommer Mann, stieg er unter Karl I. nicht nur an die Spitze der Kirche auf, sondern übte auch beträchtlichen Einfluß auf die Regierungsgeschäfte aus. Manche behaupten, seine Intoleranz habe den Untergang des Landes heraufbeschworen. Im Alter von zweiundsiebzig Jahren wurde er auf Geheiß des Parlaments hingerichtet, und noch heute sehen viele Anglikaner in ihm einen Märtyrer, der für seine Kirche gestorben ist.

William Prynne (1600–1669), Barrister am Lincoln's Inn, verfaßte erbitterte, aufwieglerische Schmähschriften gegen die Krone, die ihm wiederholte Bestrafungen eintrugen. Später diente er dem Parlament als Ankläger und wirkte tatkräftig an William Lauds Niedergang mit.

William Harvey (1578–1657), in Cambridge und Padua ausgebildeter Arzt, entdeckte den Blutkreislauf. Schenkt man seinem Biographen Aubrey Glauben, las Harvey während der Schlacht von Edgehill im Schutz einer Hecke ein Buch und »pflegte zu sagen, daß der Mensch nichts als ein großer, bösartiger Affe sei«. Viele Aufzeichnungen über seine Forschungen wurden während des Bürgerkriegs zerstört.

John Heminges (?–1630), der inoffizielle Doyen des Londoner Theaters, war ein enger Freund Shakespeares. Seines Zeichens Krämer, schloß er sich mit einigen anderen Männern zu einer Schauspieltruppe zusammen, die unter der Schirmherrschaft Jakob Stuarts zu den King's Men wurde. Mit seiner Frau Rebecca hatte er dreizehn Kinder und bat kurz vor seinem Tod im Jahr 1630 darum, an ihrer Seite bestattet zu werden. Gemeinsam mit seinem Freund Henry Condell trug er Shakespeares Stücke in einer Folioausgabe zusammen, ohne die uns viele für immer verlorengegangen wären.

John Lowin (1576–1653), ein Schauspieler, der in den Rollen des Falstaff sowie Heinrichs VIII. Berühmtheit erlangte, übernahm zusammen mit anderen nach John Heminges' Tod die Leitung der King's Men. Bei Ausbruch des Bürgerkriegs hinderte ihn seine schlechte gesundheitliche Verfassung daran, in den Kampf zu ziehen, und so eröffnete er ein Wirtshaus, das allerdings nicht gut ging. Er starb in Armut.

Anthonis van Dyck (1599–1641), aus Antwerpen stammender Künstler, wurde 1632 zum »Hofmaler im Dienste Ihrer Majestäten« ernannt. Er besaß mehrere Mätressen, erhielt einen fürstlichen Lohn und wurde von zahlreichen Auftraggebern als Standesgenosse und Freund behandelt.

Was die übrigen historischen Gestalten betrifft, so waren die Schauspieler *James Taylor* und *Henry Condell* Mitglieder der King's Men; der Pfarrer *William Juxon* wurde während der Restauration Erzbischof von Canterbury; der Schauspieldichter *Ben Jonson* verkörperte den Menschen des siebzehnten Jahrhunderts schlechthin, und sein Witz sowie seine außergewöhnliche Persönlichkeit sind uns bis heute in Erinnerung. Bei *Will Shagspere* habe ich mich bewußt für eine elisabethanische Schreibvariante entschieden, um ihn als Mensch und nicht als Dichtergott darstellen zu können. Über *John Pym* läßt sich ausgiebig in jedem Geschichtswerk über das siebzehnte Jahrhundert in England nachlesen, ebenso über den Mann, der schließlich mit dem Königtum aufräumte und das Commonwealth einführte, nämlich *Oliver Cromwell*.

Viele Leser haben nach der Lektüre des ersten Bandes dieser Trilogie den Eindruck gewonnen, Nicholas Cooke sei gleichfalls eine geschichtliche Gestalt. Dem ist leider nicht so, doch ist er zahlreichen Menschen jener Zeit nachempfunden. Etliche begabte Söhne des siebzehnten Jahrhunderts verstanden sich darauf, den Geistlichen und Schriftsteller, Wissenschaftler und Arzt, Händler und Soldaten in einer Person zu vereinigen. Die Figuren *Kate, Andrew Heminges, Henry Bartlett, Lawrence Avery, Timothy Keyes, Lord Dobson* und *Lord Harrington* sind erfunden, gründen jedoch auf meinen Studien über die Männer und Frauen jener Epoche. Zahlreiche gebildete Damen des siebzehnten Jahrhunderts haben ihr Leben in den Dienst der royalistischen Sache gestellt; diesen bemerkenswerten Frauen habe ich *Cecilia* nachgestaltet. Ihre aufschlußreichen Skizzen des Gerichtsverfahrens gegen Lord Strafford sind jenen des flämischen Künstlers Wenceslas Hollar entlehnt, die uns bis zum heutigen Tag erhalten sind.

Die englische Kirche zwischen Reformation und Bürgerkrieg

Als England sich in den Jahren 1529 bis 1550 von Rom abwandte, fiel vieles in den Kirchen der Zerstörung anheim, darunter Buntglasscheiben, Statuen, liturgische Gewänder; nicht selten wurde das Retabel niedergerissen, der Altar zertrümmert und an seiner Statt ein einfacher Tisch für das Abendmahl aufgestellt. Erzbischof Laud ließ in den dreißiger Jahren des siebzehnten Jahrhunderts einen Großteil der alten Pracht wiederherstellen. In jenem geschichtlichen Abschnitt waren Kirche und Staat eins, und selbst die aufgeklärtesten Geister wären damals nicht auf den Gedanken gekommen, daß es anders sein könnte oder sollte. Während des Bürgerkriegs wurden dann noch mehr Kirchengüter mutwillig zerstört, weil man sie als götzenhaft und »papistisch« erachtete.

Die St.-Pauls-Kathedrale, wie Nicholas sie kannte, war größer als das gegenwärtige Bauwerk und zu Zeiten, in denen der Kirchturm unbeschädigt war, auch um einiges höher. Die traditionelle Kleidung eines Priesters, wie sie das kanonische Recht von 1603 vorschrieb, bestand aus einem langen, geknöpften Mantel, einer Halskrause und einem Hut mit vier Ecken. Ich habe den Mantel dem heutigen Sprachgebrauch entsprechend als Soutane bezeichnet.

Sämtliche zitierten Gebete sind dem *Book of Common Prayer* aus dem Jahre 1559 entnommen, mit Ausnahme der Worte, die bei Arabellas Tod gesprochen wurden und die, obgleich sie wesentlich älter sein mögen, erst in der Ausgabe von 1928 erscheinen.

Die Monarchie und das Parlament

Seit der Feldschlacht von Runnymede im Jahr 1215, als die Adligen Johann ohne Land zur Unterzeichnung der Magna Charta nötigten, die ihnen gewisse Rechte gewährte und der königlichen Macht in der Verfassung verankerte Beschränkungen auferlegte, hat zwischen der Krone und den ersten Bürgern des Staates ein erbittertes Tauziehen stattgefunden. Als Heinrich VIII. aus dem Hause Tudor Mitte des sechzehnten Jahrhunderts die Klöster und andere kirchliche Einrichtungen auflöste, übereigneten er und später auch seine Nachfolger dem Adel einen Großteil des Kirchenbesitzes als Gegenleistung für seine Loyalität. Bei der Thronbesteigung Karls I. Stuart im Jahr 1625 besaßen ebenjene Adlige bereits allzu großen Einfluß und allzuviel Machtbewußtsein, als daß er sie leicht hätte im Zaum halten können.

Die Medizin und das wissenschaftliche Leben jener Zeit

In die erste Hälfte des siebzehnten Jahrhunderts fallen Harveys Entdeckung des Blutkreislaufs und seine Arbeit über die Entwicklung des Fötus. Die Mikroskopie galt noch immer als besserer Zeitvertreib für feine Herren, hatte man doch wegen der Verzerrung durch die Gläser und der unzulänglichen Vergrößerungsmöglichkeiten noch mit eklatanten Schwierigkeiten zu kämpfen. Im Jahr 1675 sollte Antoni van Leeuwenhoek unter der Linse Einzeller und im Jahr 1683 Bakterien entdecken. Nicholas nimmt diese Entdeckungen und ihre besonderen Umstände in diesem Roman also knapp vierzig Jahre früher für sich in Anspruch.

Obgleich die Königliche Gesellschaft der Wissenschaften offiziell erst im Jahr 1660 ihre Tätigkeit aufnahm, diskutierten bereits seit dem ausgehenden sechzehnten Jahrhundert viele Männer im puritanischen Zeitalter bei zwanglosen Zusammenkünften sämtliche Facetten dessen, was damals als Naturwissenschaft bezeichnet wurde. Tatsächlich wurde in London ein Hospital mit angeschlossenem Lehrbetrieb nicht vor Mitte des achtzehnten Jahrhunderts eingerichtet, doch war eine derartige Institution bereits zu der Zeit, in der dieses Buch spielt, im Gespräch. Die Krankenhäuser im London der Stuarts waren primitiv ausgestattet und mußten vor allem für Missetäter und Obdachlose herhalten. Selten war ihnen mehr als jeweils ein Arzt zugeteilt. Bedlam, eine Verballhornung von Bethlehem, war kaum mehr als eine geschlossene Anstalt für Geisteskranke.

Da es im Europa des sechzehnten und siebzehnten Jahrhunderts nur wenige Wissenschaftler gab, die diese Bezeichnung verdienten, war es nur natürlich, daß sie den Austausch miteinander suchten. So ist etwa ein Briefwechsel zwischen Johannes Kepler, Thomas Hariot und Galileo Galilei erhalten. Wer das Studium der Wissenschaften ernst nahm, reiste, so er es sich leisten konnte, in fremde Länder, um Menschen zu treffen, die seine Leidenschaft teilten.

Das Theater

Bei William Shakespeares Tod im Jahr 1616 galten die King's Men bereits als die wohlhabendste Schauspieltruppe von London. Sein Kollege John Heminges blieb Oberhaupt aller Schauspieler bis zu seinem eigenen Tod, wonach John Lowin und Taylor seine Arbeit fortführten. Die Theater wurden 1642 geschlossen, das Globe ein Jahr später niedergerissen, etwas früher, als in diesem Buch angegeben.

Die im Roman verwendete Sprache

Ich habe mich für einen Kompromiß zwischen der damaligen und der heutigen Sprache entschlossen, um zumindest eine Ahnung des Stuart English zu vermitteln. Die gesprochene Sprache jener Epoche erscheint mir jedoch bei weitem nicht so salopp und freizügig im Umgang mit gotteslästerlichen Flüchen wie jene zu Zeiten der guten Königin Bess knapp zwanzig bis vierzig Jahre vorher. (Man vergleiche nur die Dialoge in den Bühnenstücken nach 1625 mit jenen der neunziger Jahre des fünfzehnten Jahrhunderts!) Karl Stuarts Förmlichkeit hat auf sämtliche Klassen abgefärbt.

Das London, wie Nicholas es kannte

Von der Welt Londons zu Beginn der Stuart-Zeit läßt sich in der heutigen Stadt noch allerhand wiederfinden, nicht zuletzt das neue Globe Theatre mit all seinen achtbaren Geistern, das fast dreihundertfünfzig Jahre nach seiner Zerstörung durch die Puritaner am Ufer der Themse wiederersteht. Geht man auf der Südseite des Flusses in westlicher Richtung, gelangt man zum Lambeth-Palast, dem man sich nach Möglichkeit auch einmal vom Wasser aus nähern sollte, denn dann bietet sich einem derselbe Anblick wie den Menschen des siebzehnten Jahrhunderts. Das Torhaus ist noch dasselbe wie jenes, unter dem Nicholas hindurchging, wenn er William Laud besuchte. Das von Anthonis van Dyck gemalte Porträt des umstrittenen Erzbischofs von Canterbury, das einst zu Boden fiel und Lauds Niedergang ankündigte, hängt nun wieder an der Wand.

Auf dem gegenüberliegenden Flußufer stößt man ein Stück weiter im Westen auf die Überreste des alten Westminster-Palastes: auf die Abtei und den Saal, in dem die Verfahren gegen Strafford und Laud stattfanden. Die ursprünglichen Parlamentskammern fielen im neunzehnten Jahrhundert einem Brand zum Opfer. Etwas nördlich davon befindet sich der Bankettsaal, das einzige Überbleibsel des ehedem zweitausend Zimmer umfassenden Whitehall-Palastes. Dort wurden Maskenspiele und große Diners gegeben, und der zierliche, anmutige König mit seiner Lockenpracht empfing Gesandte aus fremden Ländern. Folgt man The Strand in östlicher Richtung, erkennt man an den Namen von Straßen und Plätzen, wo einstmals die großen Häuser gestanden haben. Durch die Fleet Street, benannt nach dem mittlerweile unter die Erde verlegten Fluß, gelangt man in den alten, ehedem eingefriedeten Stadtkern.

Die Stadtmauer ist teilweise erhalten. Reste der einige Zeit nach ihrer Zerstörung neu errichteten Kirche St. Mary Aldermanbury finden sich unweit eines den Schauspielern Heminges und Condell gewidmeten Denkmals gegenüber dem Gildenhaus. Von den überkragenden Fachwerkhäusern ist allein das Staple Inn in der Fleet Street übriggeblieben; alle anderen fielen erst dem großen Feuer von 1666 und später, nach ihrem Wiederaufbau, den Kriegsbomben unseres Jahrhunderts zum Opfer. Die heutige St.-Pauls-Kathedrale ist, wie bereits erwähnt, kleiner als die, die Nicholas gekannt hat.

Im Tower von London, in den Thomas Wentworth und William Laud eingesperrt waren, kann man ungehindert umherspazieren und anschließend zur Allerheiligenkirche in Barking hinübergehen, wo Lauds Leichnam von seinen getreuen Gefährten bestattet wurde. Zum Abschluß mag man seine Schritte hinunter an die Themse lenken und über den mächtigen Fluß blicken, an dessen Ufern sich im Laufe der Geschichte so vieles zugetragen hat, während sein Wasser all die Jahrhunderte hindurch unter der London Bridge dem offenen Meer entgegenströmte.

Danksagung

Sämtliche Nachforschungen für *Der Medicus von London* wurden in London und New York City angestellt.

In London danke ich aufs herzlichste der Lambeth Palace Library, wo mir Einblick in die Tagebücher und Briefe William Lauds gewährt wurde. Auch möchte ich dem verstorbenen Sam Wanamaker danken, dessen wiederaufgebautes Globe Theatre am Ufer der Themse für mich ein Quell der Inspiration war; des weiteren den Beschäftigten des Gildenhauses, des London Museum, der St.-Pauls-Kathedrale und jeder noch so kleinen Kirche innerhalb der Mauern der alten Stadt, deren Grenzen ich beim Schreiben dieses Romans persönlich oder im Geiste immer aufs neue abgeschritten habe.

In New York waren mir die Sammlungen der New York Public Library, der Rare Book Room der Academy of Medicine, die St. Mark's Library des General Theological Seminary und die entzückende kleine Bibliothek der English-Speaking Union von großem Nutzen. Mein besonderer Dank gilt Dr. A. L. Rowse, dessen Arbeiten über die Zeitgenossen Elisabeths I. mir in meiner Jugend eine völlig neue Welt eröffnet haben, sowie Dame C. V. Wedgwood, die mich den komplizierten Charakter von Thomas Wentworth, Lord Strafford, schätzen gelehrt hat. Hervorheben möchte ich auch A. Wolfs wunderbare Studie über Wissenschaft und Technik im siebzehnten Jahrhundert. Ohne diese Bücher und Hunderte anderer hervorragender Geschichtswerke, auf die ich mich bei meinen Nachforschungen gestützt habe, wäre dieser Roman nie entstanden.

Ich möchte meinem Rektor Reverend Dr. John Andrew von der St. Thomas Church in New York danken, daß er mir die Überlieferungen seines Glaubens zugänglich gemacht hat;

Reverend Dr. Duane Arnold für seine anregenden Geschichtsvorlesungen und Auskünfte über Kirchen- und Staatspolitik im siebzehnten Jahrhundert; Reverend Roberts E. Ehrgott für seine Beratung in Kirchenfragen bestimmter Zeitabschnitte; sowie Reverend Stuart Kenworthy und Reverend Ivan Weiser für ihre Freundschaft und ihr Interesse. Weiterhin gilt mein Dank Professor Thomas Pendleton, Mitherausgeber des *Shakespeare Newsletter*, für seine Auskünfte über die King's Men nach Shakespeares Tod.

Großen Dank schulde ich meinem Autorenzirkel für die ebenso beständige wie liebevolle Unterstützung und die Anregungen sowie für die vielen langen Gespräche, die sehr wichtig für mich waren: Elsa Rael, Casey Kelly, Katherine Kirkpatrick, Judith Lindbergh und Ruth Henderson. Gleiches gilt für unsere hochgeschätzte Mentorin Madeleine L'Engle. Des weiteren danke ich Russell O'Neal Clay, Isabelle Holland, Bruce Bawer, Chris Davenport, Ellen Beschler, Susan Waide, Sol Rael, John Neiswanger, Linda Lanza, Peggy Harrington, Dr. Saul Farber, Judith Ackerman, Renee Cafiero, den Familien McGaughey bzw. Whitehead und, in liebevoller Erinnerung, Carol Saltus, Phelicia Wingfield, Jimmy DeVries und Edwin Manchester; den Beschäftigten, Geistlichen und Gemeindemitgliedern der St. Thomas Church in New York und dem Männer- und Knabenchor von St. Thomas, dessen wunderschöner Vortrag von Gesängen aus dem siebzehnten Jahrhundert mich sehr inspiriert hat; meinen Freunden in der Kathedrale St. John the Divine und den Schwestern der Heilig-Geist-Gemeinschaft für die wertvolle Unterstützung meiner Arbeit; meiner Verlegerin Mary Cunnane für die kluge Betreuung dieses Buchs und ihren wundervollen Humor, ihrer Assistentin Nicole Wan und allen übrigen Mitarbeitern von W. W. Norton; meinen Kollegen von der Manpower Demonstration Research Corporation, die so verständnisvoll reagiert haben, als ich viel freie Zeit brauchte, um an meinem so komplexen zweiten Roman zu schreiben, während der erste gerade vom Stapel lief, allen voran Patt Pontevolpe, Judy Griessman und Michael Wilde; etlichen anderen, die mir auf vielerlei Art und Weise geholfen haben und deren

Namen allzu zahlreich sind, um sie an dieser Stelle zu nennen; und auch all jenen, die ich versehentlich vergessen haben mag. Und natürlich meiner Familie: meinem Vater, James Mathieu, und meiner Stiefmutter Viraja, meinen Schwestern Jennie und Gabrielle, meiner Schwiegertochter Jessica und meinen Söhnen Jesse und James.

Während ich diese Zeilen schreibe, entsteht Shakespeares Globe Theatre nach 350 Jahren von neuem am Ufer der Themse. Dieses Vorhaben erfordert große Unterstützung, und deshalb möchte ich interessierte Leser ermutigen, schriftlich Informationen bei den Freunden von Shakespeares Globe, PO Box No. 70, London, SE1 9EN, einzuholen.

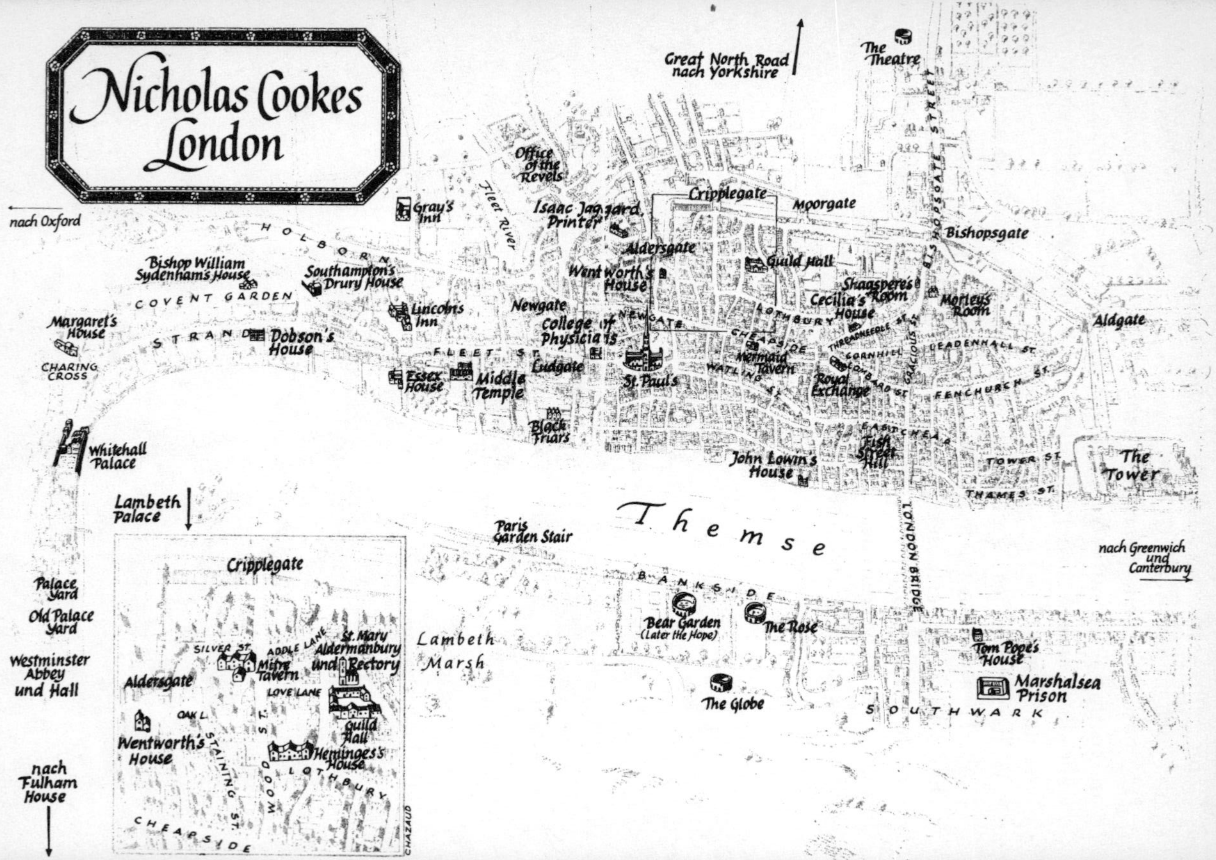
Nicholas Cookes London
nach Oxford
Great North Road nach Yorkshire
The Theatre
Office of the Revels
Fleet River
Gray's Inn
Isaac Jaggard Printer
Cripplegate
Moorgate
Bishopsgate
BISHOPSGATE STREET
HOLBORN
Aldersgate
Guild Hall
Bishop William Sydenham's House
Southampton's Drury House
Wentworth's House
Shagspere's Room
Cecilia's House
Morley's Room
COVENT GARDEN
Lincoln's Inn
Newgate
NEWGATE
LOTHBURY
Aldgate
Margaret's House
STRAND
Dobson's House
College of Physicians
CHEAPSIDE
THREADNEEDLE ST.
GRACIOUS ST.
LEADENHALL ST.
CHARING CROSS
FLEET ST.
Ludgate
Mermaid Tavern
CORNHILL
LOMBARD ST.
Essex House
Middle Temple
St. Paul's
WATLING ST.
Royal Exchange
FENCHURCH ST.
Black Friars
EASTCHEAP
Fish Street Hill
Whitehall Palace
John Lowin's House
TOWER ST.
The Tower
THAMES ST.
Lambeth Palace
Paris Garden Stair
Themse
LONDON BRIDGE
nach Greenwich und Canterbury
BANKSIDE
Palace Yard
Old Palace Yard
Westminster Abbey und Hall
Lambeth Marsh
Bear Garden (Later the Hope)
The Rose
Tom Pope's House
The Globe
Marshalsea Prison
SOUTHWARK
nach Fulham House
Cripplegate
SILVER ST.
ADDLE LANE
St. Mary Aldermanbury und Rectory
Mitre Tavern
Aldersgate
LOVE LANE
OAK L.
STAINING ST.
WOOD ST.
Guild Hall
Wentworth's House
Heminges's House
LOTHBURY
CHEAPSIDE
CHAZAUD